北京大學《儒藏》編纂與研究中心 編

《儒藏》精華編選刊

文山先生文集（上）

［南宋］文天祥 撰

王玉德 李文濤 校點

北京大学出版社
PEKING UNIVERSITY PRESS

圖書在版編目 (CIP) 數據

文山先生文集：全二册 / (南宋) 文天祥撰；北京大學《儒藏》編纂與研究中心編. -- 北京：北京大學出版社，2025. 5. -- (《儒藏》精華編選刊). -- ISBN 978-7-301-31220-9

Ⅰ. I214.422

中國國家版本館 CIP 數據核字第 2025EN4464 號

書　　名	文山先生文集 WENSHAN XIANSHENG WENJI
著作責任者	〔南宋〕文天祥　撰 王玉德　李文濤　校點 北京大學《儒藏》編纂與研究中心　編
策劃統籌	馬辛民
責任編輯	陳軍燕
標準書號	ISBN 978-7-301-31220-9
出版發行	北京大學出版社
地　　址	北京市海淀區成府路 205 號　100871
網　　址	http://www. pup. cn　　新浪微博：@ 北京大學出版社
電子郵箱	編輯部 dj@pup.cn　　總編室 zpup@pup.cn
電　　話	郵購部 010-62752015　發行部 010-62750672 編輯部 010-62756449
印 刷 者	三河市北燕印裝有限公司
經 銷 者	新華書店
	650 毫米 ×980 毫米　16 開本　56.25 印張　567 千字
	2025 年 5 月第 1 版　2025 年 5 月第 1 次印刷
定　　價	180.00 元 (全二册)

目録

上册

文山先生文集卷之五……一五一

文山先生文集卷之六

文山先生文集卷之七……一九八

文山先生文集卷之八

書

文山先生文集卷之九 …… 二五六

文山先生文集卷之十……二七九

文山先生文集卷之十一

文山先生文集卷之十二……三三八

記……三三八

文山先生文集卷之十三……三六二

下册

文山先生文集卷之十四

文山先生文集卷之十五……四〇九

文山先生文集卷之十七……四六四

文山先生別集卷之二

文山先生別集卷之三……六二九

文山先生別集卷之四

文山先生别集卷之五……六八七

校點説明

文天祥（一二三六——一二八三），初名雲孫，字天祥，後以字爲名。改字履善，及第後又字宋瑞，號文山，吉州吉水（今屬江西）人。南宋理宗寶祐四年（一二五六）進士。開慶元年（一二五九）爲寧海軍節度判官廳公事。景定二年（一二六一）除秘書省正字，累遷著作佐郎兼刑部郎官。以上疏彈劾董宋臣，出知瑞州。五年，遷江西提刑。度宗咸淳三年（一二六七）召除尚書左司郎官。五年，知寧國府。六年，召除軍器監兼學士院權直，以忤賈似道罷。九年，起爲湖南提刑。十年，改知贛州。恭帝德祐元年（一二七五），元兵渡江，應詔勤王，累除樞密副都承旨、浙西江東制置大使兼江西安撫大使。二年，除右丞相兼樞密使，詣元軍講和而被拘。押至鎮江，伺機逃脱，輾轉至温州。同年五月，端宗繼位，改元景炎，召赴福州，拜右丞相兼樞密使，都督諸路軍馬，與元軍周旋汀州、漳州一帶。景炎二年（一二七七），敗於空坑，出南嶺。帝昺祥興元年（一二七八），授少保、信國公，移屯海豐，兵敗被俘，在道絶食八日不死。後拘大都三年，終不屈。元世祖至元十九年十二月九日被害。事蹟詳見《宋史》本傳等。

文天祥有文集傳世。文集的主體部分包括詩、對策、封事、内制、表牋、疏、申省狀、書、啓、記、序、題跋、贊、銘、辭、説、講義、行實、墓誌銘、祭文、祝文、樂府、樂語、上梁文、公牘、文判等。別集包括《指南録》《指南後録》《吟嘯集》《集杜詩》等。文天祥留下的文字資料十分豐富，反映了其思想軌跡，也反映了理學發展到南宋後期的某些變化，在思想文化史、文學史、學術史上佔有重要地位。

關於文天祥文集的版本源流，鄧碧清《〈文山集〉版本考》（載《宋代文化研究》第二輯，四川大學出版社，一九九二）及祝尚書《宋人別集叙録》（中華書局，一九九九）皆有較全面的考證。今在稽考前人成果的基礎上，概述如下：

文天祥的文集編撰可以上溯到元初。文天祥在獄中彙編了自己的部分詩文。之後，其孫文富編了五十卷，刻板傳世，是爲最早的全集，但元代即已失傳。傳世的文天祥文集卷數不一。現存最早的是宋刊元印本《新刊指南録》四卷、《附録》一卷。該本在宋末即已行世，現藏日本静嘉堂文庫。

現存文天祥全集的源頭是元代的道體堂本。元貞二年（一二九六），文天祥鄉人搜訪遺文，刻《文山先生文集》三十二卷，大德元年（一二九七）又刻《後集》七卷，世稱道體堂本。此本今已亡佚。明清時爲彰顯文天祥的忠節，人們對其文集多有刻印，刻印的文集皆發源於道體堂本。主要刊本有：

明景泰六年（一四五五），韓雍、陳价刊刻《文山先生文集》十七卷、别集六卷、附録三卷，即景泰本。有韓雍、韓陽、錢習禮、李奎分别作序。此本上承道體堂本，下啓明清各本，對後世有較大影響。現存的文天祥全集，以景泰本爲最早。四川大學《宋集珍本叢刊》影印收録該本。

正德九年（一五一四）張祥吉安刻本，此本包括《文山先生文集》十七卷、《重刊文山先生指南文集》三卷、《别集》一卷。此本源於景泰本，前集十七卷與景泰本基本相同，惟將景泰本《别集》中的前三卷（《指南録》《指南後録》《吟嘯集》）析出爲《指南文集》，析《紀年録》爲《别集》一卷，而不收《集杜詩》。另蒐補遺文，增加《遺墨》一卷。《四庫全書》本《文山集》所據底本即爲此本。❶

嘉靖三十一年（一五五二）鄢懋卿、甯寵刻本。四川大學《宋集珍本叢刊》也影印收録該本。此本題《文山先生全集》，凡二十八卷，較景泰本增加《拾遺》、《續録》兩部分，

❶ 編者按：今臺灣省圖書館著録一部「元刊本」，十七卷十二册。經核查，該本版刻特徵與明正德張祥刻本一致，卷五、卷六版心可見「孝子張里瑞（或作『張瑞』）重刊」字樣，實即正德本殘本。書前元徐有壬《文山先生傳序》當爲後人抄配。

所收資料更爲豐富，但校刻不精。

嘉靖三十九年張元諭刊刻《文山先生全集》二十卷。該本通編各集，且詩文歸屬編次更爲合理。此本編次與校勘較好，後來的影印、整理本多依此本。萬曆年間胡應皋又於福建邵武翻刻此本，《四部叢刊初編》本《文山先生全集》就是根據萬曆翻刻本影印的。

崇禎二年（一六二九）鍾越輯評本《宋文文山先生全集》二十一卷。該本承襲張元諭本，並增加了評語。

崇禎四年（一六三一）張起鵬南京刻本《新刻宋文丞相信國公文山先生全集》，或稱毓秀齋張賓宇刻本。此本係文氏後裔訂訛搜逸並校正，凡二十卷。以張元諭本爲底本，但將原卷三、卷四廷試策、封事之類移至書首，以突出文天祥之忠義。此外補足張本有目無文之《瑞山康氏族譜序》，增收佚作五篇。明刊以此本收文最全。四川大學《宋集珍本叢刊》亦影印收録。

明代文天祥全集還有一部分版本屬於家刻本系統。最早的當屬正德間文承蔭刻本，後來又有嘉靖佚名刻本、萬曆蕭大亨刻本、崇禎佚名刻本等，大多爲十六卷本。家刻本系統也源於景泰本，但編次上有較大改動，且無論編次以及校勘均顯粗疏。

清代康熙十二年（一六七三），江西吉水曾弘爲文堂刻《宋丞相文山先生全集》，凡二十卷，編次依張元諭本，校刻不佳。

雍正三年（一七二五）吉安文氏五桂堂刻《廬陵宋丞相信國公文忠烈先生全集》十六卷。此本屬家刻本系統。乾隆、道光間屢有重修及翻刻。

明清兩代的《文山集》版本衆多，鄧碧清《〈文山集〉版本考》認爲明清之《文山集》自景泰本發源，一部分繼承了景泰本的編次，形成景泰本系統。一部分則對景泰本編次有較大改動，形成了家刻本系統。但其編次、校讎皆以景泰本系統爲善。

本次校點，以《宋集珍本叢刊》影印景泰本爲底本，以嘉靖鄢懋卿《文山先生全集》（《宋集珍本叢刊》影印，簡稱「鄢本」）、嘉靖張元諭《文山先生全集》（簡稱「張元諭本」）、景印文淵閣《四庫全書》本《文山集》（簡稱「四庫本」）爲校本，個别處參校《四部叢刊》本（簡稱「叢刊本」）。景泰本的時間早，内容全面，但排印擁擠，且存在文字漫漶不清的現象，對此，我們依據北京大學圖書館藏明景泰遞修本描補。

還要説明的是，二十世紀以來，文天祥文集得到不斷整理與出版。如二十世紀三十年代上海生活書店發行的《世界文庫》有文天祥的《指南録》《指南後録》，商務印書館《萬有文庫》有排印鉛字本《文山先生全集》。一九三六年，世界書局印行《文天祥全集》。一九七九年，人民文學出版社出版黄蘭波選注《文天祥詩選》。一九八七年，江西人民出版社出版校點本《文天祥全集》，此本由熊飛等根據張元諭本《文山先生全集》校點。二〇〇六年，上海辭書出版社、安徽教育出版社出版曾棗莊、劉琳主編《全宋文》，整理收録文天祥文二十五卷。這次校點，參考了諸書，特作説明。

《文山集》的文集、文集附録、别集均有目録，此次校點把目録全部移到文集之前，便於讀者查閲。底本多用俗字、異體字，其中用字混亂、前後不統一者我們按照出版規範做了統一；有些較常見的俗字、異體字，如悮、欵、酧、吗、觔、体、据等，則依從底本予以保留。研究生王允中、李婷婷等同學參加了校對工作。

此次校點，北京大學請了資深的古籍編輯審稿，提出了許多好建議，並改正了我們校點中存在的一些問題，在此深表謝意。

校點者　王玉德　李文濤

孔曰成仁，孟云取義。
惟其義盡，所以仁至。
讀聖賢書，所學何事？
而今而後，庶幾無愧。

自贊

文山先生文集序

古今論文者，僉曰觀文可以知人。夫文者言之精華，而言則心之聲也。心之所存有邪正，則發言爲文有純駁，而人之忠否見焉。故讀《出師》二表，而知諸葛孔明之忠。讀「天門掉臂」一詩，而知丁謂之不忠。卒之皆如其言。信乎！人可以言而觀。然《校獵》《長楊》等作，雖工且美，而其爲人，終不能無可議。又若難觀以言，蓋必心有定志，則言有定論，而後見諸行事有定守。觀於宋丞相文山先生可徵矣。先生負豪傑之才，蓄剛大之氣，而充之以正心之學。自其少時，游學宮，見鄉先正忠節祠，慨然曰：「没不俎豆其間，非夫也。」及舉進士，奉廷對，識者論其所對：「古誼若龜鑑，忠肝如鐵石。」

已而值時多難，詔諸路勤王。先生捧詔涕泣，且曰：「樂人之樂者，憂人之憂；食人之食者，死人之事。」其心蓋已有定志矣。志發於言而爲文，其詩辭序記等作，或論理叙事，或寫懷詠物，或吊古而傷今。大篇短章，宏衍鉅麗，嚴峻剴切，皆惓惓焉愛君憂國之誠，匡濟恢復之計。至其自誓，盡忠死節之言，未嘗輟諸口。讀之使人流涕感奮，可以想見其爲人。其言可謂有定論矣。惟其志定論定，故以一身任天下之重，盡心力而爲之，艱難險阻，千態萬狀，不憚其勞，不易其心。既而國事已去，被執久繫。挾之以刀鋸而不屈，誘之以大用而不從。卒之南向再拜，從容就義，以成光明俊偉之事業。非其守之一定不移，能若是乎？傳曰「有志者，事竟成」，又曰「言顧行，行顧言」，先生有之，而視世之静言庸違者，異矣。宜其文之足徵而傳世也。

雖然，文章傳世，以其關世教也。使無補於世教，雖工何益？今斯集也，傳之天下後世，使天下後世之人争先快覩，皆知事君之大義，守身之大節，不宜以成敗利鈍而少變，以扶天常，以植人紀，以沮亂臣賊子之心，而增志士仁人之氣。其於世教，重有補焉。故予因按察副使陳价維藩請序其編次之由，不辭譾陋而書之，蓋將以爲同志勸，且爲天下後世之爲臣子者厲也。

景泰六年乙亥春正月既望，賜進士出身、中順大夫都察院右僉都御史姑蘇韓雍永熙書于巡撫江西之行臺。

文山先生文集序

恒軒先君子，平生無所好，而獨嗜於書。嘗集先世所遺餘萬卷，類次書目，十有五卷。因扁所居曰「城南書屋」，以貯之。洪武戊寅，隣弗戒于火，罹其厄者，十之八九。而先大父手筆宋丞相信國文公所著《文山集》二帙尚存，先人每欲鋟梓以傳，未遂而没。正統間，陽忝官湖憲，又厄鬱攸，迨今逾七載，徧訪於士夫，弗獲。翰林侍讀文江尹先生，居館閣日曾録是集之全者。去年春寅，友陳君維藩按部至吉，先生出而示之。陳君求假以歸，而呈于巡撫都憲韓公。公念是集板行者尠，恐致湮喪，遂訂其訛舛，命善書者楷寫而刻之。蓋欲普惠四方，壽之永久也。工將完，陳君需愚言爲引。愚力辭，而陳君索益至，因有感。

夫先世藏書之富，先人嗜書之篤，而《文山》之集又大父手筆之遺，不幸再遭回禄，併爲煨燼。嗚呼！三代尚矣，由秦漢而來，以文字名家者，豈百千萬人可止？皆罷心神、竭精力以勤一世，欲其言之傳之而不泯。然今之人於古之人之製作，果能一見之耶？中秘及天下士大夫家所藏者，愚不得而盡見。近書坊所市，較諸先人書目中，則十之二三耳。後此數百年，則今日之所有，又不知所存幾何。欲立言爲不朽圖者，果可恃乎！丞相文公，忠義大節，炳耀千古。天下後世，雖庸人孺子，皆知敬而仰之。況精神心術之所寓者，孰不欲家傳而人誦也？丞相之不朽，固無藉于言，而言自不能爲之朽，又非欲求不朽而朽者比。陽晚學小生，豈容置喙？謹附此者，抑以白先人鋟梓未遂之志，而兼寓陽失守之責，幸因是而少逭焉。若夫丞相之捐生報國，取義成仁，足以扶綱常、範世教者，昭昭垂于信史，奚俟寡陋之言哉？謹序。

景泰五年歲次甲戌冬十月初吉後學會稽韓陽拜手敬書。

丞相文信國公文集序

江西按察副使銅梁陳公价，以宋丞相文信國公所著詩文世不多見，旁搜博訪得之。翰林侍讀尹君鳳岐重加編次，亟圖命工繡梓，以廣其傳，垂之永久。質諸都憲韓公永熙，公慨然謂：「表章前賢，振舉士氣，化導民俗，寔觀風者之責，其力爲之！」爲加詳定，以贊其成。既克成編，謂予爲公鄉郡後進，宜序諸編首。

予惟宋有天下，以深仁厚澤，養育賢材於三百年之久。其間際世治平，宏材碩德起而致位宰輔，從容立朝，熙帝載、康國步者，先後輩出。公生叔世，自少英特有志操，以先賢名節自期許。擢科登朝，國事已非。元師壓境，朝之大臣扞城而當國者皆降以遯，人主孤立。公以臨危拜相，出使抗議，不屈。拘以北行，脱走京口，涉疑冒嶮，瀕死者數。幸達行朝，再募義勤王，志圖恢復。于時國勢土崩，徒手舉事，止以忠憤激切人心，所至響應。然提千百不教之衆，抗百萬無敵之師，寡弱不支，兵敗被執。經鄉郡，仰藥絶粒不死，係燕獄六年，累疾不死。元主萬方説以大用，志堅不可奪，卒從容就死。古之大臣捐軀以徇國者，未有若公之烈也。是其孤忠大節，直與日月争光，天地相爲悠久，亘萬世而不泯。豈待托諸文字，以垂不朽哉！

去公之殁，今幾二百年。凡其遺墨之尚存者，片簡單削，武人市魁，雖目不知書，視之不啻拱璧，寶藏惟謹。文豈待序而後傳哉！但爲童子時，聞鄉之故老誦公忠義之言，小夫婦人從傍聽之者皆動色，嘆羨不已。有志之士，委質事主，得是編而讀之，足以感發其心，策厲其志。思食人之禄而謀人之國者，必見危授命，寧以義死，毋幸苟生。忠臣義士，接跡於世，則國家有所倚賴，人紀資之維持，不致綱淪法斁而不可救。於世道民俗，豈小補哉？遂不敢以末學淺陋辭，而爲之序云。

景泰甲戌十一月既望，嘉議大夫禮部侍郎翰林學士同脩國史兼經筵官吉水錢習禮書。

文山先生文集

先生平日著述，有《文山隨筆》凡數十大册，常與累奉御札及告身，及先公太師革齋先生手澤，共載行橐。丁丑歲，猶挾以自隨。一旦委之草莽，可爲太息。今百方搜訪，僅僅有此。因自寶祐乙卯後，至咸淳甲戌止，隨門類略譜其先後，以成此編。雖首尾粗備，而遺佚者衆矣。如詩一門，先生所作甚富，中年選體更多，今諸體所存無幾，而選幾絶響，更可浩歎。至如場屋舉子業，自有舊日黄册板行。又如《年譜》《集杜》《指南録》，則甲戌已後之筆，不在此編。其曰《吟嘯》者，乃書肆自爲之名，於義無取，其實則《指南》别集爾。因著其説於集端，以諗觀者云。元貞二年太歲丙申冬至日道體堂謹書。

《文山先生文集》既繡諸梓矣，然散佚尚多，其爲人所什襲者，間復出焉。今隨所得編類如前，爲後集。更當訪求，陸續入集云。大德元年丁酉中秋日道體堂謹書。

《文山先生文集》共二集。前集三十二卷，後集七卷，予合而爲一，姑存二序于此。以上俱舊集所載。

文山先生文集卷之一

詩

次鹿鳴宴詩　時提舉知郡李愛梅迪舉送弟璧同薦

禮樂皇皇使者行，光華分似及鄉英。貞元虎榜雖聯捷，司隸龍門幸綴名。二宋高科猶易事，兩蘇清節乃真榮。囊書自負應如此，肯遜當年禰正平。

集英殿賜進士及第恭謝詩

於皇天子自乘龍，三十三年此道中。悠遠直參天地化，昇平奚羨帝王功。但堅聖志持常久，須使生民見泰通。第一臚傳新渥重，報恩惟有厲清忠。

御賜瓊林宴恭和詩　壬戌以秘書省官與宴

奉詔新彈入仕冠，重來軒陛望天顏。雲呈五色符旗蓋，露立千官雜珮環。燕席巧臨牛女節，鸞章光映壁奎間。獻詩陳雅愚臣事，況見賡歌氣象還。

明堂慶成恭進詩

於皇藝祖德乘乾，聖主宣光奕葉前。運再庚申皇建極，祀同癸亥數參天。中嚴外辦三千禮，累洽重熙四十年。顯贊帝心長對越，至忱功用貫垓埏。

敬和道山堂慶瞻御書韻

墨灑天奎映籀紅，斯堂殿閣與俱隆。方壺圓嶠神仙宅，温洛滎河造化工。列聖文章千載重，諸孫聲氣一時同。著庭更有邦人筆，稽首承休學二忠。著作之庭乃胡忠簡公書，周文忠公立。

劉左司前以著作郎主祕書省營繕事，時落成，適潘祕丞得郡檇李并餞行，❶有詩次韻❷

蓬壺日月四時春，金碧新來絢帝宸。俎豆幸陪麟省雋，衣冠中有虎符新。詩餘和氣生談麈，坐久風光入醉茵。多謝蘭臺舊盟主，好歸群玉領儒珍。

祕省再會次韻

蓬萊春宴聚文星，多荷君恩錫百朋。四座衣冠陪賀監，一時梁棟盛吴興。圖書光動青藜杖，人物温如古玉升。好是木天新境界，螢窗容我種金燈。古玉升，見《隋·律曆志》。

送曹大著知廣德軍

暫屈瀛洲客，來臨汭水民。山川歸史記，岳牧屬詞人。館舍朋簪舊，都門祖帳新。儒林官可紀，何

❶「檇」，原作「擕」，今據鄢本、張元諭本、四庫本改。
❷「次韻」二字，鄢本、張元諭本在「劉左司」上。

止更稱循。❶

贈祕書王監丞

君不見祕書外監賀放翁，鏡湖一曲高清風。又不見太子師傅兩疏氏，東門祖帳羅群公。人生晚節良不易，頹波直下誰障東。使人知有在我者，二三君子爲有功。我公金華山下住，赤松安期白雲處。風骨細瘦真神仙，急流勇退不肯顧。我昔山中想風采，幾回擊節歸田疏。適來追陪水蒼佩，親見辭歸白雲路。❷御筆擢公領蓬山，師表玉立東宫官。兩年苦口一去字，未許鷗鷺從公閑。瑶池深深鎖策府，玉皇宫闕僑其間。暫分赤符管下界，半空雲氣常往還。多少持麾辭上國，悠悠風塵見此客。莫作尋常太守看，疏賀以來偉人物。夜瞻婺女次舍中，一點光明射南極。公歸眠食重調護，世道尚憑公氣力。

題莆陽卓大著順寧精舍三十韻❸

人生天地間，一死非細事。識破此條貫，八九分地位。趙岐圖壽藏，杜牧擬墓誌。祭文潛自撰，荷鍤伶常醉。此等蜕浮生，見解已不易。《齊物》、《逍遥遊》，大抵蒙莊意。聖門有大法，學者必孔自。

---

❶「更」，張元諭本作「吏」。

❷「雲」，原作「當」，今據鄢本、張元諭本改。

❸「題」，鄢本、張元諭本作「贈」。

知生未了了，未到知死地。原始則返終，終始本一致。後來得《西銘》，精藴發洙泗。吾體天地塞，吾氣天地帥。一節非踐形，終身莫繼志。舜功禹顧養，參全潁錫類。伯奇令無違，申生恭不貳。聖賢當其生，無日不惴惴。彼豈不大觀，何苦勤興寐。吾順苟不虧，吾寧始無媿。人而有所忝，曠達未足智。卓哉居士翁，方心不姿媚。蒙讒以去國，七年無怨懟。風雨三間茅，松楸接蒼翠。斯立亦樂哉，❶未老先位置。宇宙如許大，豈以爲敝屣。當其歸去來，致命聊自遂。天之生賢才，初意豈無爲。民胞物同與，何莫非己累。君方仕于朝，名高貴所萃。乾坤父母身，方來日川至。《西銘》一篇書，順事爲大義。請君觀我生，姑置末四字。

送卓大著知漳州

蓬山隔風雨，芸觀司陽秋。厭作承明直，出爲漳浦遊。問俗便桑梓，過家拜松楸。錦堂事相儷，棠舍陰易留。向來瀾蠡間，何物輒負舟。翻覆十年事，行止隨坎流。倘來豈不再，遲取終無尤。太守執此往，邦人庶其瘳。昔予援《西銘》，期子以前脩。願觀弘濟學，四海放一舟。

陸氏登三閣，源明出一麾。清聲光漳浦，便道拜長基。赤子歌來暮，同寅賦去思。《西銘》功用大，竚驗順寧詩。

大陸登三閣，源明出一麾。臨軒親策後，上冢過家時。秋色吴山外，春風漳水涯。斯文交獨厚，

❶「立」，張元諭本作「丘」。

羌賦送行詩。此初詩也，不及用，今附見此。

和蕭安撫平林送行韻 逢辰，字應父，樞密檢詳、江西安撫

得失元來付塞翁，何心桃李問東風。人皆有喜榮三仕，我尚無文謝五窮。秘苑固知朋可正，畏途猶恐甲方衷。欲酧長者殷勤祝，坎止流行學四忠。

和朱衡守約山韻 渙，字行父，大理寺丞

昔人一出正朋字，今我慚非行祕書。人樣相看願元祐，詩章甚雅突黄初。競言汲戇猶須復，❶或謂顔愚亦可如。把酒對花姑勿論，春行後長莫妨徐。

題玄潭觀雪浪閣用誠齋韻

棄官學道勾山許，學到至人本無怒。赤子鱵鱵如魚頭，不堪妖孽腥上流。鉗鍵長潭鐵樹立，❷摩挲穹石寶劍濕。當時豈忍如是觀，毒流不可開眼看，英風凜凜萬古寒。

玄潭觀和龔宰韻

晉代何曾谷此陵，到今樓觀隱居停。幻成鷗鷺乾坤闊，淘盡魚龍雲水腥。仙有神功參造化，人將故事入丹青。我來欲去長橋孽，祠下徘徊夜乞靈。

---

❶「戇」，原作「黯」，今據張元諭本改。

❷「樹」，四庫本作「柱」。

送朱制幹象祖

一官聱漫任如何，屢疏箋天氣不磨。宋祚萬年陳大計，周圖五字訂前訛。重尋范老憂時箸，❶旁竪文公衛道戈。投匭近年殊不少，有人説似此君麼。

送三山林溶孫歸省

束書遊京師，孤雲瞻太行。辭歸慕何蕃，捨養殊歐陽。山林乾坤静，菽水日月長。好味諸公詩，勝讀寒泉章。

京城借永福寺漆臺口占似王城山 名孟孫，字長翁，後太常丞

心如明鏡臺，此言出浮屠。後來發精義，并謂此臺無。此臺已是贅，何況形而器。圓釋正超然，點頭會意思。多謝城山翁，一語迎禪鋒。顧我塵俗人，與物方溶溶。

景定壬戌司户弟生日有感賦詩

夏中與秋仲，兄弟客京華。椒柏同歡賀，萍蓬可嘆嗟。孤雲在何處，明歲却爲家。❷料想親闈喜，中堂自點茶。

---

❶ 「箸」，原作「著」，今據張元諭本改。

❷ 「爲」，鄢本、張元諭本作「誰」。

梅

梅花耐寒白如玉，干涉春風紅更黄。若爲司花示薄罰，到底不能磨滅香。香者梅之氣，白者梅之質。以爲香不香，鼻孔有通窒。我有天者在，一白自不易。古人重伐木，惟恐變顔色。大雅久不作，此道豈常息。詩翁言外意，不能磨滅白。

暑布送王廷舉用蕭敬夫韻

平生凉薄資，埏陶誤大窑。誰知此石怪，愈沃乃愈焦。崐崙織火鼠，頓易鶉衣飄。榮我絲蘿附，免此蒲柳凋。服之雪漫白，長袂風摇摇。表之以霧縠，緣之以烟綃。振衣從姬滿，佩玉遊西瑶。高人不烟火，跳出天地窑。掀然立千仞，塊視金與焦。香袂拂雪冷，紫髯逐風飄。摩挲冥雲樹，❶豈隨群卉凋。但知仙骨輕，不學倒影摇。人間盡描貌，妙不在生綃。揭斗斟天漿，霞衣却瓊瑶。

題陳國秀小園

席地自乾坤，半樹閲今古。池館豈不寬，每换牡丹主。園公非隴傭，獨捎占春風。弄影不在多，嗅香知乃翁。長鶴展輕翮，遠棲松桂林。故宇入清夢，盤盤亦苦心。中林風月賒，十畝團幽陰。林下有奇士，繞樹從之吟。

❶「冥雲」二字，鄢本、張元諭本作「雲冥」。

題　静　山

地得一以寧，凝然者卷石。嵁巘及培塿，異形不異質。古之能定者，悟此爲一極。春榮秋以悴，一歲百態出。鳥鳴花落句，此意誰與詰。所以尼丘人，仁智不廢一。萬象此緯經，死灰彼何物。明發此乎遊，參入觀水術。

贈拆字嗅衣相士

水火坎離紫陽怪，滑波皮骨長坡駭。解州得解解中膠，費家卦鋪同一解。唫字從金詩反窮，貝何爲分田何同。黄絹幼婦我自樂，竹犬多事鴉鶴翁。

阿英薰蒸透肌理，不潔未蒙好西子。芙蓉浪中薔薇水，蘇合蜣蜋忘彼己。馬嵬新韈鉤新月，❶腥臊千年天地裂。是間曾著鼻孔麽，梅香竇臭無如何。

贈閭丘相士

急流勇退識真矍，昔有麻衣撥地爐。我亦愛君雲水趣，莫言雷雨起江湖。言余遇水則發，故云。

贈神目相士

道茂數遁甲，長房得役鬼。風鑑麻衣仙，地理青烏子。擇術患不精，精義本無二。奇哉夢筆生，熊魚掩前氏。

---

❶「鉤」，鄢本、張元諭本作「鈎」。

贈鏡湖相士

五月五日揚子江心水，鑄作道人雙瞳子。吾面堞子大，安用鏡照二百里。

贈秋月葉相士

急流勇退神仙，跛鼈龍鍾將相。借問華山山中，何似天津橋上。

贈曾蘭谷相士

許負眼，禰衡口。巧言甘，莠言醜。

贈月洲相士

月洲月眼閱人多，且道西州事若何。朱紫貴人皆好命，不知中有孔明麽。

贈劉矮跛相士

鍊石爲形，鏗金爲音。世方好圓，癡守方心。陰陽絪緼，人一氣質。善惡之微，證于聲色。意所欲發，雖吾不知。彼美子劉，洞其先幾。骯髒難合，今世道病。如子所言，生稟已定。戇夫勇士，往往一偏。以視妾婦，豈不猶賢。洪範德三，二曰剛克。會其歸其，好是正直。學問工夫，氣質用微。汝能觀形，安知其餘？子術已定，吾情已成。子執子術，吾安吾情。

嫛婗三尺軀，舉止如不揚。瞻視照肝膽，音吐何琅琅。君看水中梟，不及鶴脛長。昔聞夔憐蚿，未聞一足僵。萬物各自適，形色安足量。子言良有理，與子持酒漿。

贈梅谷相士

當年壽陽額，春風點顔色。後來廣平腸，冰雪峙氣骨。世人識花面，識花還自淺。花有歲寒心，清貞堅百鍊。君家在梅谷，自詭知梅熟。須得花性情，不假花頭目。莫説和羹事，花被和羹累。突兀烟水村，我梅自林氏。

贈碧眼相士

蒼蒼垂天雲，靈照行下土。秋江浸草木，魚鰕歷可數。眉山老麻衣，偷入此阿堵。色界只點頭，從人道吾瞽。

贈鏡齋徐相士

鄒忌不如徐公美，引鏡自窺得真是。門下食客纔有求，昏昏便與妻妾比。徐家耳孫却不然，自名一鏡京師市。世人無用看青銅，此君雙眼明秋水。君以無求游公卿，勿令此鏡生瑕滓。堞子大面何難知，從今光照二百里。

贈鑑湖相士

瘦竹淩風弄碧漪，山光雲影共熹微。月黄昏裏踈枝外，認取半天孤鶴飛。

贈趙神眼

一條一褐髯如鐵，神爲秋水眼爲月。欲從壺子覓三機，劒首終然吹一吷。

贈桂巖楊相士

榮悴紛紛未可期，夕多未振已朝披。得剛難免於今世，行好須看有驗時。萱晝堂前惟有母，槐陰庭下豈無兒。好官要做無難做，身後生前是兩岐。

宣州罷任再贈

貧賤元無富貴思，泥塗滑滑總危機。世無徐庶不如卧，見到淵明便合歸。流落丹心天肯未，峥嶸青眼古來稀。西風爲語巖前桂，若更多言却又非。

贛州再贈

此别重逢又幾時，贈君此是第三詩。衆人皆醉從教酒，獨我無争且看棋。凡事誰能隨物競，此心只要有天知。自知自有天知得，切莫逢人説項斯。

贈彭别峰太極數

手把先天已後書，當來一畫本全無。白雲山下泠泠水，自在人間太極圖。

贈黄生銀河數

乘槎人從天上來，天上知有君平術。黄生能談君平書，不知曾認支機石。

贈楊樵隱應炎談命

莘郊一介，堯舜君民。薇山二難，百世忠清。富春耕叟，涕洟雲臺。終南遯士，仕宦梯媒。是數公者，俱以隱名。木石一跡，霄淵異情。九華山人，賣樵江湖。請筭世間，幾種樵夫。

贈葉大明

大明標榜葉氏子，自稱後村門下士。誤言木吉孛爲灾，後村曾發一笑來。其師流傳説如此，寧知禍福乃不爾。犀腰貂首徒勞人，甘藜豢藿無苦辛。我生有命殊六六，木孛循環相起伏。袖中莫出將相圖，盡洗舊學讀吾書。

贈舒片雲

麻源謫仙人，嘘呵成陰陽。向來懷袖間，冉冉天孫裳。一夕大雷電，六丁下取將。仙人乘風來帝鄉，又從膚寸起飛揚。仙術亦如此，天機神翕張。有時行渾天，周游十三萬里强。往來仙馭不可韁。正恐問命人，望氣蓬萊隔渺茫。

贈彭神機

挽强二石徒碌碌，學到穿楊精藝熟。百發百中無虚弦，百中一跌前功辱。彭君絶識透黄間，不師逢羿師珞琭。天度三百六十强，一筭不容失正鵠。吾聞天機難語人，往來了了拈衆鏃。君姑藏用凝於神，矢口莫輕談禍福。

贈劉忠樸

檻何爲折劒何借，鬚肯爲佛糞肯嘗。馬公布衾王公飯，石家錦障丁家香。忠邪佞邪兩無定，一璵一璞異其性。忠樸先生躔法高，古今四者豈關命。五九六餘能善惡，鐵筭不是并州錯。便從忠樸問如今，忠果誰忠樸誰樸。

贈 金 稱

我有一叢籬下花，黄金滿眼無人拾。夜看璇璣度玉衡，猿啼雨外青山濕。

贈余月心五首

月之所在謂之身，朝市山林幾樣人。静看一輪如此潔，莫將身著軟紅塵。

我生之辰月宿斗，如何謗譽由箕口。月明只合醒眼看，斗亦何須挹漿酒。

月比於人歷世多，纔圓又缺幾消磨。只因受用長生藥，嗟爾死蛙如月何。

一種黄州月，曹蘇善惡幾。吾磯連月釣，此月是邪非。

子心月其明，子術星之數。爲月詰衆星，不知何以故。

贈涂内明

老云五色令人盲，面壁不視佛慧生。彼皆去眼絶人僞，孰知涂者出天成。有口能談貴人命，有耳能聽貴人聲。此中一片光明藏，嗜欲淺處天機深。

贈一壺天李日者

汝南市人眼，壺小天地大。誰知賣藥翁，壺寬天地隘。李君血肉身，大化中一芥。天度三百餘，滿腔粲著蔡。仙翁以過謫，長房以術敗。造化多漏泄，鬼神争訝怪。君歸視斯壺，口匏深覆蓋。得錢且沽酒，日晚便罷賣。

贈蕭巽齋

未有大撓書，先有伏羲易。古人尚卜筮，今人信命術。八卦與五行，皆自河圖出。易中元有命，道一萬事畢。卦義六十四，蕭君得其一。江湖旅瑣瑣，談命以巽入。人情愛委曲，喉舌嫌棘棘。言言依忠孝，君平意未失。我生獨骯髒，動取无妄疾。是有命流行，誰隕復誰詘。安能從兒女，朝夕談昵昵。若卦有人買，不妨君賣直。

贈曾一軒

磨蝎之宫星見斗，簸之揚之箕有口。昌黎安身坡立命，謗毁平生無不有。我有斗度限所經，適然天尾來臨丑。雖非終身事干涉，一年貝錦紛雜糅。吾家禄書成巨編，往往日者迷幾先。惟有一軒曾正德，其説已在前五年。陰陽造化蕩晝夜，世間利鈍非偶然。未來不必更臆度，我自存我謂之天。

贈龔豫軒數術

挾筴考休徵，巫甘邁何追。君亦布靈草，乃復探其微。載觀河洛書，今也休明時。天高鳳鳥翔，擊拊遨以嬉。

贈尅擇徐吉甫

東望會稽山，穆陵鬱岧嶤。卜壤藏劒履，伯也昭其勞。昔者遊仙人，龍耳致君王。君家世其傳，芳踵疇可量。青囊落君手，辯語如流河。尋雲履高阜，湯湯俯長波。朔風渺天垂，萬里草離離。安得結方軌，爲君起遐思。

贈魏山人

君不見而家直臣犯天怒，身死未寒碑已仆。又不見而家處士承天渥，閉門水竹以自樂。雲仍妙參曾楊訣，謂余地宅誰優劣。小煩穩作子午針，靈於己則靈於人。

贈老菴廖希説

短屐平生幾兩穿，錦囊真得當家傳。山中老去稱菴主，天上將來説地仙。面皺不妨筋骨健，舌存何必齒牙全。金精深處苓堪飯，更住人間八百年。

彭通伯衛和堂

理身如理國，用藥如用兵。人能保天和，於身爲太平。外邪奸其間，甚於寇搶攘。守護一不謹，乘間敵益勍。古有黄帝書，猶今六韜經。悍夫命雄喙，仁將資參苓。羽衣爲其徒，識破陰陽争。指授别生死，錚然震能名。道家攝鉛汞，膚腠如重扃。到頭關鍵密，六氣無敢嬰。君方建旗鼓，不敢走且驚。他時櫜吾弓，閉門讀黄庭。

贈適菴丹士

本是儒家子，學爲方外事。此身恨皃短，有意求蟬蜕。猶留鼎餘藥，還授人間世。從君卧山中，共談弘景祕。

贈劉可軒寫真

燕頷鳶肩都易寫，從前只道點睛難。近來阿堵君休問，燈下時將頰影看。

慧和尚三絶

畫我郎潛先帝時，而今白髮漸參差。若交傳入都人眼，疑汝前身妙善師。

風雪衡山涕滿膺，懶殘不管自家身。殷勤撥火分煨芋，却有工夫到別人。

花光老矣墨婆娑，無賴梅花一白何。爲問西來宗旨道，世間色相是空麽。

象奕各有等級四絶品四人高下

螳臂初來攫晚蟬，那知黄雀沫饞涎。王孫挾彈無人處，一夜琱盤薦玳筵。

右一爲周子善。言蕭耕山能勝二劉，不覺敗於子善，子善又敗於我。

射虎將軍髮欲枯，茫茫沙草正迷塗。小兒謾取封侯去，還是平陽公主奴。

右二爲耕山。言老夫敗與子善也。❶

坐踞河南百戰雄，少年飛槊健如龍。世間只畏兩人在，上有高公下慕容。

右三爲劉淵伯。言所畏者惟吾與子善。

擊柱論功不忍看，築壇刑馬誓河山。當年絳灌知何似，只在春秋魯衛間。

右四爲劉定伯。言與淵伯上下也。

傳神

相

畫

---

❶「與」，鄢本、張元諭本作「於」。

贈樂軒彭善之

吾家小黄溪，其間石甚巨。可寫《歸來辭》，可刻《盤谷序》。晉唐文章手，誰敢以自負。異時此重來，煩君作玉筯。

贈墨林曹大嵡

巍峩幼婦碑，伶傳七步詩。又得墨林墨淋漓，湊作曹家三絶奇。

贈刊圖書蕭文彬

蒼籒書法祖，斯冰篆家豪。昔人鋒在筆，今子鋒在刀。收功棠谿金，不禮中山毛。囊錐脱潁出，鐫崖齊天高。

題周山甫錦綉段

客從西北來，遺我錦綉段。上有雙鳳凰，文彩何燦燦。置之篋笥中，歲月亦已晏。天孫顧七襄，雷電下河漢。鳳凰忽飛去，遽然失把玩。貧家機杼寒，秋蟲助予嘆。

還梅尉詩軸❶

迺翁聖俞君，瑰辭燦琳琅。吾鄉歐陽子，逸韻諧宫商。人物雄中原，園囿盛洛陽。醲郁追皇風，詭怪抑晚唐。雲仍四方志，生長百戰場。憂國杜少陵，感興陳子昂。我亦青原人，君遺明月光。掩卷不

---

❶ 「還」，鄢本、張元諭本作「題」。

能和，握手談肝腸。

贈羅雪厓樵青

蕭蕭山下人，閉門衣裘單。春心動溪谷，曉起捫松看。

題得魚集史評

男兒生作事，豪傑死留名。天運常相禪，江流自不平。百年多險夢，千古有閑評。諸父淵源在，吾猶及老成。

題彭小林詩藁 其父號雅林

晚識宗文憶浣花，删餘今見雅名家。牙籤料理西風讀，共笑鍾山説老鴉。

題王聲甫松坡樵苦唱後

倚柯睨蒼髯，短蓑挾風雨。談道誰我知，對奕者其侣。狂吟發悲調，谷鳴相律吕。扊扅豈不怨，寧售大夫股。長鑱斸仙苓，穫薪爲吾煮。

題毛霆甫詩集

《雲澗》，美毛霆甫詩也。

英英白雲，在澗之濆。彼美人兮，其德孔純。
英英白雲，在澗之阿。彼美人兮，其思孔多。
白雲英英，澗水泱泱。彼美人兮，碩大且昌。

《雲澗》三章，章四句。

送趙王賓三首

風流不比賀家狂，瀟灑黄冠意更長。自有武夷溪九曲，鑑湖何必問君王。

蕭然被褐不求知，歸倚溪船理釣絲。却笑荆山空自售，未應有智不如葵。

嬾從原上訪桃花，又不青門去種瓜。傳得神仙蟬蜕法，君如覓我問烟霞。

又送前人琴棋書畫四首

不知甲子定何年，題滿柴桑日醉眠。意不在言君解否，壁間琴本是無絃。琴

我愛商山茹紫芝，逍遥勝似橘中時。紛紛玄白方龍戰，世事從他一局棋。棋

蔡邕去後右軍死，誰是風流入品題。只少蛟龍大師字，至今風骨在浯溪。書

欲覓龍眠舊時事，相傳此本世間無。黄金不買昭君本，只買嚴陵歸釣圖。畫

題延真羅道士玉澗

雙巖夾方流，知有至妙藴。山石發清暉，草木得餘潤。泉源皆寶氣，樵牧駭潛蜃。仙翁獨危坐，華池養水性。神澤温而栗，骨峭老益勁。苔磯枕泓碧，時有魚出聽。糜瓊飯潺湲，冲淡意無朕。

聽羅道士琴

斷厓千仞碧，下有寒泉落。道人揮絲桐，清風轉寥廓。飄飄襟袂舉，冰紈不禁薄。紫烟護丹霞，雙舞天外鶴。

吾聞泗濱磬，暗合角與徵。又聞天樂泉，淨洗箏笛耳。如何碧一泓，乃此并二美。藍田滄海意，請問玉溪子。

閒居和雲屋道士

一樽聊共此時心，文字追隨落醉吟。仙子樓臺脩竹外，行人冠蓋畫橋陰。一年芳草東風老，五月空江夜雨深。❶且作蘭亭歡喜集，更論誰後又誰今。

遊集靈觀　時奉祠禄

小洞烟霞國，重陽風雨秋。歐公嵩嶽步，朱子武夷舟。香火真吾職，觥籌且此遊。龍山馬臺事，糠粃舊王侯。

題凝祥觀

前路風塵走且僵，我來一日此徜徉。歐公自是遊嵩觀，迂叟元非過太行。始信神仙還有國，不知蠻觸是何鄉。世間如此紛紛者，贏得山林作道場。

遊青原二首❷

鍾魚間日月，竹樹老風烟。一徑溪聲滿，四山天影圓。無言都是趣，有想便成緣。夢破啼猿雨，開

❶「月」，四庫本作「日」。
❷「原」，原作「源」，今據四庫本改。

元六百年。

空庭横蝃蝀，斷碣偃龍蛇。活火參禪笋，真泉透佛茶。晚鍾何處雨，春水滿城花。夜影燈前客，江西七祖家。

題碧落堂 知瑞州日

大厦新成燕雀歡，與君聊此共清閒。地居一郡樓臺上，人在半空烟雨間。脩復盡還今宇宙，感傷猶記舊江山。近來又報秋風緊，頗覺憂時鬢欲斑。

和龔史君韻 名琦，知瑞州日

淡和心事葛天民，回首歸來清渭濱。長倩君賓孫子行，道原羲仲輩流人。一生受用忘非是，萬事升沈等故新。近日貞元朝士少，蒲輪有命出楓宸。

餞新班弟

送君天上去，當户理瑶琴。萬里白鷗遠，千山黄葉深。江空行路影，日暮倚門心。若見西湖雪，霸橋人正吟。

别弟赴新昌

十載從遊久，諸公講切精。天淵分理欲，内外一知行。立政須規範，脩身是法程。對牀小疏隔，戀戀弟兄情。

和韻送逸軒劉民章　庚午科，名子俊

少日屠龍事已勞，送人千里發江濤。蓬萊地近風方細，閶闔門開日正高。春裹看花須款款，雨中剪韭且陶陶。金吾已辦長安月，雙鳳扶雲立海鰲。

題宣州疊嶂樓

初日照高樓，輕烟在踈樹。峨峨遠岫出，浘浘清江去。簷隙委殘籀，屋隅連宿莽。薈蔚互低昂，熹微分散聚。城郭諒非昔，山川儼如故。童鬟已零落，姝顏慰遲莫。沈沈澹忘歸，欲歸重回顧。

題宣州推官廳覽翠堂。前宣州推幕李君於其廨作亭，梅聖俞以「覽翠」名之，而爲之記。今去之二百餘年，碑埋没久矣。天台陳君客實來，❶發而得之，復表之亭上。江山如昨，翰墨宛然。

廬陵文某時守兹土，既爲作「顔間」二字，復詩以志之

都官自楚産，文采光陸離。當年從事君，如與山川期。歲月忽已遒，天球落塵土。豈曰無嘉賓，過者不我顧。誰令赤城子，發坎出方珉。靈物必復見，其見乃以人。回視城南端，飛甍俯蒼蒨。物理有屈伸，流峙豈云變。寥寥南樓月，至今有遐音。千年一解后，共調風中琴。亦欲結方軌，擘莅事幽尋。行行且言邁，踟蹰思何深。

❶「客」，明萬曆刻本《寧國府志》作「克」。

登雙溪閣

碧落神仙宅，當年庾謝來。烟雲連草樹，山水近樓臺。萬雉銀缸舉，千鴉鐵騎回。梅花衣上月，把玩爲徘徊。

題吴城山

龍行人鬼外，神在地天間。彭蠡石砮出，洞庭商舶還。秋風黄鵠闊，春雨白鷗閑。雲際青如粟，河流接海山。

貧女吟四首

柴門寒自閉，不識賞花心。春笋粹如玉，❶爲人拈繡針。春

竹扇掩紅顔，辛苦紉白苧。人間羅雪香，白苧汗如雨。夏

西風兩鬢鬆，凉意吹伶俜。百巧不救貧，誤拜織女星。秋

巧梳手欲冰，小鬢爲寒怯。有時衿肘露，頗與雪争潔。冬

名姝吟

丈夫至白首，鍾鼎垂功名。未有朱門中，而無絲竹聲。與主共富貴，不見主苦辛。名姝從何來，婉孌出神京。京人薄生男，生女即不貧。東家從王侯，西家事公卿。吾行天下多，朱紫稀晨星。大都不

---

❶「粹」，鄒本、張元諭本作「翠」。

一一，甚者曠數城。如何世上福，冉冉歸娉婷。乃知長安市，家家生貴人。

東方有一士

萬金結遊俠，千金買歌舞。丹青映第宅，從者塞衢路。身爲他人役，名聲落塵土。他人一何傷，富貴還自苦。東方有一士，敗垣半風雨。不識絲與竹，飛雀滿庭户。一飯或不飽，夜夢無驚寤。此事古來多，難與俗人語。

和故人韻

去歲湟中穀，醫瘡咸羅新。一言堪救藥，三秩敢貪嗔。自是仁由己，休論哲保身。當時若瘖默，何面見鄉人。

人情嗟愈變，世法合何如。氣以心平定，才因意廣踈。時行或時止，無咎亦無譽。第一嚴交際，琴紳敢不書。

賦吉州隆慶寺塔火

玉塔穿空不可梯，剨然霹靂暗招提。四城決破吴胥眼，一炷然成漢卓臍。風雨滿山連地捲，鬼神現世覺天低。時人子細回頭看，萬事悠悠落日西。

寄故人劉方齋

溪頭濁潦擁魚鰕，笑殺漁翁下釣差。棹取扁舟湖海去，悠悠心事寄蘆花。

題高君寶紺泉

渟渟巖下泓，澄碧落梧影。寒瑶披清猋，殘月照瀏濙。俯淵測浮雲，流日蕩苕頴。向來滄浪歌，孺子不可詗。載霑衣上塵，懷古意罙永。招招素心人，相期發深省。

題曾氏連理木

后皇嘉樹生偏侻，四衢五衢合一軌。德澤純洽八方一，乘木而王固如此。大明香琴橘，貞觀玉華李。一時圖傳傳奇觀，榮華過眼轉丸易。惟有武城宅前樹，不知何年已連理。從來縣官不以聞，武城子孫世專美。人言協氣薰嘉生，此家孝友陶協氣。朱門多少鎖喬木，百年瞬息滋一喟。焉得鼎鼎爲輪囷，受命不遷相曾氏。傳聞此木更八世，方遇麻陽大夫記。誠齋先生字。❶麻陽誠齋又幾年，❷却入青螺地輿志。比來徹當路，表名連瑞里。有日捧圖上，嘉禾靈草共青史。物生隱顯殆有時，展如之人亦應爾。梗楠杞梓離奇生，繼此廬陵城北不止稱三瑞。

題滕王閣

五雲窗户瞰滄浪，猶帶唐人翰墨香。日月四時黄道闊，江山一片畫圖長。迴風何處摶雙鴈，凍雨誰人駕獨航。回首十年此漂泊，閣前新柳已成行。

---

❶ 「誠齋先生字」五字，原爲大字正文，今據張元諭本改爲小字注文。

❷ 「誠齋」二字，張元諭本無。

題黄岡寺次吴履齋韻 名潛，丞相

長江幾千里，萬折必歸東。南浦驚新鴈，廬山隔晚風。人行荒樹外，秋在斷蕪中。何日洗兵馬，車書四海同。

龍霧洲覺海寺次李文溪壁間韻 名昴英，侍郎

闍黎鍾後訪團蒲，江色漫漫畫欲晡。一笛梅邊何滿子，千蓑芦外筆頭奴。急風吹鴈還家未，新雨生濤到海無。本是白鷗隨浩蕩，野田漂泊不爲孤。

題鍾聖舉積學齋

東家築黄金，西家列珊瑚。嘆此草露晞，良時聊斯須。古人重孜孜，殖學乃菑畬。彼美不琢琱，櫝中竟何如。空同白雲深，君子式其廬。棐几照初陽，垂籤動凉噓。方寸起岑樓，一勺生龍魚。辰乎曷來遲，競諸復競諸。

題顔景彝八窗玲瓏

我闥無纖埃，風日自清好。面面有芙蓉，何如交翠草。

吾聞開十牖，不及一户明。泰宇有天光，八荒盡夷庚。

予　鄧　峒 巽齋歐陽先生爲淦鄧峒賦詩，以孝子慈孫望於人。先生之盛心也，敢不拜手敬贊，鄧君勉之

乃翁猶旅殯，霜露幾焄蒿。日與清江逝，雲連桂嶺高。時無郭元振，夢有令狐綯。目斷方田墓，招魂我欲騷。

題陳正獻公六梅亭

相府亭前梅六株，四圍香影護琴書。月華猶帶玉堂色，風味曾分金鼎餘。五柳門前空寂寞，三槐堂上竟蕭踈。惟渠不變凌霜操，千古風標只自如。

文山先生文集卷之二

詩

文山即事

宇宙風烟闊，山林日月長。開灘通燕尾，伐石割羊腸。盤谷堪居李，廬山偶姓康。知名揔閑事，一醉棹滄浪。

出　山

日日騎馬來山中，歸時明月長在地。但願山人一百年，一年三百餘番醉。

闞山寄朱約山

一笠一蓑三釣磯，歸來不費買山貲。洞天福地深數里，石壁湍流清四時。樵牧舊蹊今可馬，鬼神天巧不容詩。先生曾有空同約，那裏江山未是奇。

山中即事

攜壺藉草醉斜陽，白鶴飛來月下雙。蘆葉西風驚別浦，芭蕉夜雨隔疎窗。千年帝子朱簾夢，一曲仙人鐵笛腔。若問山翁還瘦否，手持漁竹下寒江。

宿山中用前韻

南山之陝北山陽，羽扇輕風共影雙。畫槳菰蒲明月笛，青燈蟋蟀白雲窗。半生遊子成行債，一夜佳人作別腔。倚釣重來此蓑笠，梅花十里雪空江。

山　中

滄洲棹影荻花凉，欸乃一聲江水長。賴有蓴風堪斫膾，便無花月亦飛觴。山中世已驚東晉，席上人多賦晚唐。何處魚羹不可飯，蚤捹泉石入膏肓。

山中謾成柬劉方齋 名夢桂，居南湖，太師公玄孫

東風解凍出行嬉，一閧烟塵隔翠微。自有溪山真樂地，從來富貴是危機。二三輩行惟須醉，多少公卿未得歸。明日主人酬一座，小船旋網鱖魚肥。

山中載酒用蕭敬夫韻賦江漲

拍拍春風滿面浮，出門一笑大江流。坐中狂客有醉白，物外閑人惟奕秋。晴抹雨粧總西子，日開雲暝一滁州。忽傳十萬軍聲至，如在浙江亭上遊。

山中立夏用坐客韻

歸來泉石國，日月共溪翁。夏氣重淵底，春光萬象中。窮吟到雲黑，淡飲勝裙紅。一陣絃聲好，人間解愠風。

山中和韻

白扇揮殘暑，青鞋踏嫩晴。花牀尋小隱，石鼎引長鳴。紗帽有時去，酒壺惟意傾。山僧癡與坐，閑却瘦彌明。

山中自賦

數椽茅屋傍巖邱，❶門外蒼松一水脩。不必清高逼巢許，秖教瀟洒勝由求。空花自滿三千界，老樹相看五百秋。坐有鷹揚人物在，怕牽昨夢上漁舟。

入山即事

江流風灑灑，雲薄雨絲絲。上馬忙呼繖，巡簷静看棋。露天厨作滘，沙地水生池。秉燭留前夕，兹遊更絶奇。

山中感興三首

載酒之東郊，東郊草新緑。一雨生江波，洲渚失其足。青春豈不惜，行樂非所欲。采芝復采芝，終朝不盈匊。大風從何來，奇響振空谷。我馬何玄黄，息我西山麓。

山中有流水，霜降石自出。驟雨東南來，消長不終日。故人書問至，爲言北風急。山深人不知，塞馬誰得失。挑燈看古史，感淚縱横發。幸生聖明時，漁樵以自適。

❶「數椽茅屋傍巖邱」七字，原空缺，江西人民出版社《文天祥全集》據文柱本補，今從之。

桃花何夭夭，楊柳何依依。去年白鳥集，今年黃鵠飛。昔爲江上潮，今爲山中雲。江上潮有聲，山中雲無情。一年足自念，況復百年長。但存松柏心，天地真茫茫。

山中呈聶心遠諸客

誰入山來問野舟，一篙花外渡深流。小蘴風樹蹁躚鶴，淺約湍沙浩蕩鷗。湖上有時思洛社，人間何處不滁州。徘徊才是黃昏候，短笛先催月上樓。

再用前韻

黃葉婆娑上釣舟，唤回舊夢到江流。多情政自憐檣燕，兩鬢終當付野鷗。未説離懷向南浦，須知詩意在夔州。朔風昨夜吹沙急，早覺寒聲戰玉樓。

山中六言三首

兩兩漁舟摇下，雙雙紫燕飛回。流水白雲芳草，清風明月蒼苔。

鶴外竹聲簌簌，座邊松影踈踈。夜静不收棋局，日高猶卧紗厨。

風暖江鴻海燕，雨晴簷鵲林鳩。一段青山顔色，不隨江水俱流。

用蕭敬夫韻

庭院芭蕉碎緑陰，高山一曲寄瑶琴。西風遊子萬山影，明月故鄉千里心。江上斷鴻隨我老，天涯芳草爲誰深。雪中若作梅花夢，約莫孤山人姓林。

山　中

烟雲開窈緲，荆棘剪離披。蠟屐上下齒，竹枝長短詞。半山江色透，獨樹午陰遲。世上兒孫老，有人猶看棋。

倏忽當年遇，蒙茸幾度披。水霞明畫卷，草樹幻騷詞。鳥過目不瞬，江流意自遲。世人空黑白，一色看坡棋。

竹　花

黄家紫家鬪魏姚，夷齊玉立青蕭蕭。便是人間小天地，不特水上作萍浮。

夜　歸

市橋燈火未闌珊，一簇人家樹影間。想把神仙争羨我，不知我正羨渠閒。

八月十六日見梅

廣寒殿裏玉樓開，❶那得孤山處士來。半夜西風半身影，夢中騎得雪驢回。

和蕭秋屋韻

蘆花作雪照波流，黄葉聲中一半秋。明月嬋娟千里夢，扁舟汗漫五湖遊。星辰活動驚歌笑，風露輕寒敵拍浮。贏得年年清賞處，山河全影入金甌。

---

❶ 「樓」，據《文天祥全集》，有焕本、文柱本作「梅」。

月　夜

月到中天雲劃開，斷橋幻出玉樓臺。夜深一鶴掠舟過，疑是坡仙赤壁來。

江　行

日日看山好，山山山色蒼。忘機鷗下早，戀厩馬行忙。松曉清風濕，荷秋流水香。短蓑吹鐵笛，年歲大江長。

紙　帳

紙帳白如雪，上有坐客影。一白不自由，黑光蕩無定。人倦影已散，依然雪花瑩。須臾秉燭眠，相忘心目静。

爲劉定伯索油蕨

我欲登山去采薇，江南秋雨正霏霏。仙家解有逡巡手，一筯西風落翠微。

山中小集

江山閑勝賞，萬户不須留。客醉客多事，吾詩吾自酬。夕風吹絳蠟，春色漾黄流。賓從歸來夜，❶滁翁無此遊。

❶「從」，四庫本作「客」。

新　年

梅花枕上聽司晨，起綰金章候拜親。喜對慈顔看鋪鬢，髮雖踈脱未如銀。

生日和聶吉甫　五月初二日

青蒲花未老，黄竹笋初生。細詠詩工部，閑評字率更。大江流日影，時鳥説春榮。共作千年計，身謀政自輕。

生日和謝愛山長句　崧老，字伯華

余屏跡山間，誦昌黎《三星行》，政自多感，亦何有於初度？客謝愛山翩然遠來，貽我長句，嘘拂而繅藉之者至矣。倚歌而和，愧不成章。

寓形落落大塊間，嘘吸一氣自往還。桑弧未了男子事，何能局促甘囚山。昔年此日作初度，賓客如雲劇歡舞。今年避影却閉門，捧觴自壽白頭母。故人憶我能遠來，虹光滿袖生瓊瑰。一梧相屬慰岑寂，使我發笑愁顔開。簸揚且聽箕張口，丈夫壯氣須衝斗。夜闌拂劍碧光寒，❶握手相期出雲表。

生日謝朱約山和來韻

元豐五年正月日，洛中耆英佳話出。當時韓公七十九，歡噱賡酧老吟筆。偉然冠劍照孔鸞，鮐背鳩杖蒲輪安。韓公而下文寬夫，相高以壽不以官。洛塵已隨流水急，雲仍相逢松下石。顧我行輩真

---

❶「光」，原作「花」，今據鄒本、張元諭本改。

我來，兼蓍故事强安排。約對青山共長久，醉歌要賽滁州守。願隨後社著深衣，闌風伏雨從是非。便令攜樽西墅去，山花山鳥爲歌舞。招招瑶母來庭闈，拍手共笑偷桃兒。吾山陂陀白雲滿，猿鶴司我北門管。紫霞隔斷鷄犬聲，下有琥珀滋長齡。向來福地七十二，此亦清高仙地位。朝遊昆侖暮空同，駕風鞭霆迎我公。丹厓翠壁千萬丈，與公上上上上上。

生日山中和蕭敬夫韻

山深不用結涼棚，風起江蘋暑氣輕。處士林泉自今古，男兒弧矢付豪英。客來不必籠中羽，我愛無如橘裏枰。一任蒼松栽十里，他年猶見茯苓生。

與朱古平飲山中和蕭敬夫韻 古平名埴，字聖陶，丙辰賦魁，太博卒

江山自足引千杯，❶況有如今此客哉。石室只還湖守住，蘆峰曾屈晦翁來。酒酣剩有詩酹唱，步倦何妨車往回。❷遊徧此山方可別，北厓莫遣曉雲開。

所　懷

英英香蕙瑩朝華，收拾東風作一家。燕語鶯啼春又夏，燈花剔盡暗窗斜。

---

❶「引」，四庫本作「飲」。

❷「往」，鄢本、張元諭本作「馬」。

山中偶成

白鶴飛來牽我衣，東風吹我下漁磯。當年秖爲青山誤，直草君王一詔歸。

次約山賦杏花韻

名花韻在午晴初，雨沁臙脂臉更敷。蒲驛莫妨娱刺史，錦坊豈不勝中書。時無艷曲臨軒縱，公莫巍壇韞匵沽。春老緑陰青子近，東風來往一吹嘘。

贈南安黄梅峰

清淺風流聖得知，黄昏歸鶴月來時。嶺頭更有高寒處，却是江南第一枝。

送人往湖南

鴈拖秋月洞庭邊，客路淒凉野菊天。雲隔酒尊横北海，風吹詩史落西川。夜深鬼火千山雪，春後鵑花一樹烟。爲我祝融峰上看，朝暾白處禮蓬仙。

題張景召簿尉梅墅并餞入南

唤醒三影燕支魂，一枝半樹專黄昏。江南暗香欝不住，霜風吹入羅浮村。踈枝不入輞川畫，暗香不到東山棋。雲階一枕梨花夢，参横月落無人知。

和謝愛山晚吟韻。日晚，與客散步，因誦「夕陽雖好不多時」之句，謝愛山欣然賦之，余亦率然口占以和，亦一時之樂也

日落未落天滄涼，❶懸厓掛壁留餘光。紫烟翠霧空迷茫，颼颼度壑松風長。牛背短笛催歸忙，飄飄逸興空悠揚。襟懷洒落萬慮亡，須臾薄暝山色藏。長歌浩浩相激昂，淡雲弄月微昏黄。

別謝愛山

緑綺知音早，青燈對語遲。那知今雨別，又重故人思。山隔詩情遠，雲含客思悲。小樓今夜笛，莫向月中吹。

君今拂衣去，我獨枕書眠。一片過林雨，數聲當户蟬。情長空有恨，吟苦不成篇。後會知何日，西風老鴈天。

和胡琴窗 名日宣，字德昭

買得青山貴似金，瘦筇上下費沉吟。花開花落相關意，雲去雲來自在心。夜雨一江漁唱小，秋風兩袖客愁深。夾堤密與栽楊柳，剩有行人待緑陰。

七月十三夜用燈牌字韻湊成一詩與諸賓一笑

赤壁當年賦子虚，西風忽復到菰蒲。蟾蜍影裏千秋鑑，蟋蟀聲中七月圖。詩思飄飄入雲漢，歌聲

❶ 「凉」，四庫本作「浪」。

隱隱動江湖。萬家簫鼓連燈火，見説年來此事無。❶

病　中　作

歲月侵尋見二毛，劒花冷落鷗鵜膏。睡餘吸海龍身瘦，渴裏奔雲馬骨高。百忌不容親酒具，千愁那解減詩豪。起來大作屠門嚼，自笑我非兒女曹。

又　二　絶

瞿塘隘處真重險，勾漏波前又一灘。❷世事不容輕易看，翻雲覆雨等閑間。

病中忽悟通真理，静處專尋入定工。雨汗淋頭都不管，須臾和氣自冲融。

又　賦

一病忽兩月，蓬頭夏涉秋。形羸心自壯，手弱筆仍遒。昨夜燈如喜，今宵蝶莫愁。問誰驅五瘧，正與五窮謀。

一病四十日，西風草木凉。倚牀腰見骨，覽鏡眼留眶。倦策吟詩杖，頻燒讀易香。夜深排果餌，乞巧大醫王。

---

❶「年來」二字，鄢本、張元諭本作「來年」。

❷「波」，鄢本、張元諭本作「坡」。

又　賦

病裏心如故，閑中事更生。睡猫隨我嬾，黠鼠向人鳴。羽扇看棋坐，黄冠扶杖行。燈前翻自喜，瘦得此詩清。

驟雨知何處，一溪秋水生。苦吟肩鶴瘦，多病耳蟬鳴。隱几惟便睡，挑包正倦行。山深明月夜，乞我半窗清。

寄興逃吾病，吟詩老此生。風高鴻鴈起，晴久鶺鴒鳴。野樹辭秋落，溪雲帶雨行。晚凉便懶坐，移傍竹陰清。

借道冠有賦

病中蕭散服黄冠，笑倒群兒指爲彈。祕監賀君曾道士，翰林蘇子亦祠官。酒壺釣具有時樂，茶竈筆牀隨處安。幸有山陰深密處，他年煉就九還丹。

又　賦

一番潮信過，時暫脱熬煎。心似轆轤轉，身如徽纆纏。夜聽飢鼠嘯，晝看伏雌眠。急雨千山動，應知爲解弦。時以草果數百枚作枕，遂得汗。

病甚夢召至帝所獲宥，覺而頓愈，遂賦

臥聽風雷叱，天官赦小臣。平生無害物，不死復爲人。道德門庭遠，君親念慮新。自憐螻蟻輩，豈意動蒼旻。

病愈簡劉小村

秋光沁人骨，意氣曉來新。古鼎龍團雪，虚簷麈尾春。商山奕棋老，赤壁洞簫賓。風月真倉扁，招呼入屋頻。

倦餘心似酒，❶病起首如蓬。黄竹斷橋雨，白蘋長笛風。僊僊鷗屢舞，咄咄鴈書空。孤負秋來眼，閑挑爨下桐。

夜坐偶成

蕭蕭秋夜凉，明月入我户。攬衣起中庭，仰見牛與女。坐久寒露下，悲風動紈素。不遇王子喬，此意誰與語。

簡琴窗雲屋竹軒諸友

世情千萬變，險甚劍頭炊。嗜傳姑成癖，登山且作癡。烟霞非疾痼，泉石自心馳。獨喜精神健，山中剩有詩。

用前韻留琴窗

百年矛上淅，萬事枕中炊。病苦還思老，貪嗔未若癡。雲低天欲動，江長岸如馳。明月西風健，山頭賦別詩。

---

❶ 「酒」，鄢本、張元諭本作「醉」。

又用韻簡李深之 名道大，號深齋

晚尊和月吸，早飯帶星炊。鵬鷃從高下，螳蟬任黠癡。水澄神自止，雲遠意俱馳。門外誰車馬，故人來課詩。

早起偶成

濬濬池光曙，沉沉野色秋。片雲生北舍，隻鴈過南樓。有見皆成趣，無言摠是愁。芭蕉夜來水，嚥罷自搔頭。

又用韻

江山如有意，天地可無秋。夜月馮驩鋏，西風王粲樓。露蛩令我喜，烟草爲誰愁。且醉梧中物，相看尚黑頭。

曉起

夢破風烟迴，衾寒不自由。鍾聲到枕曙，月影入簾秋。鴈過江山老，蛩吟草樹愁。整冠人共笑，兩月不梳頭。

遠寺鳴金鐸，疏窗試寶熏。秋聲江一片，曙影月三分。倦鶴行黃葉，癡猿坐白雲。道人無一事，抱膝看回文。

夜坐

淡烟楓葉路，細雨蓼花時。宿鴈半江畫，寒蛩四壁詩。少年成老大，吾道付逶遲。終有劍心在，聞鷄坐欲馳。

和朱松坡

學醫未至大醫王，笑殺年年折臂傷。屏裏江山如出色，亭皋松菊已成行。細參不語禪三昧，静對無弦琴一張。多謝嶺頭詩寄我，滿園梅意弄春光。

陳貫道摘坡詩「如寄」以自號，達者之流也，爲賦浩浩歌一首

浩浩歌，人生如寄可柰何。春秋去來傳鴻燕，朝暮出没奔羲娥。青絲冉冉上霜雪，百年欻若彈指過。封侯未必勝瓜圃，青門老子聊婆娑。江湖流浪何不可，亦曾力士爲脱靴。清風明月不用買，何處不是安樂窩。鶴脛豈長鳧豈短，夔足非少蚿非多。浩浩歌，人生如寄可柰何。不能高飛與遠舉，天荒地老懸網羅。到頭北邙一杯土，萬事碌碌空奔波。金張許史久寂莫，古來賢聖聞丘軻。乃知世間皆長物，❶惟有真我難滅磨。浩浩歌，人生如寄可柰何。春夢婆，春夢婆，拍手笑呵呵。是亦一東坡，非亦一東坡。

借朱約山韻就賀挂冠

身健尚堪松下飯，眼明正好橘中棋。青山有約當朱户，白首何心上彩闈。栗里田園供雅興，午橋鍾鼓賞清時。晚來倦客秋江上，坐看半天黄鵠飛。

---

❶「皆」，鄢本、張元諭本作「爲」。

用前人韻賦招隱

釣魚船上聽吹笛，煨芋爐頭看下棋。賸有晚愁歸别浦，已無春夢到端闈。去年尚憶桃紅處，好景重逢橘緑時。珍重山人招隱意，猿啼鶴嘯白雲飛。

用前人韻招山行以春爲期

掃殘竹徑隨人坐，鑿破苔磯到處棋。一水樓臺開曉鏡，萬山花木放春闈。雪中便有回舟興，林下豈無燒筍時。莫待東風吹柳絮，眼穿籠鶴遶湖飛。

翰林權直罷歸和朱約山韻

閑雲舒卷無聲畫，醉石敲推一色棋。試問挂瓢棲碧洞，何如襆被臥彤闈。夢中芳草還成路，别後黄花又是時。羞殺今年堂上燕，片心寄與鴈南飛。

慶羅氏祖母百歲

羅氏慶門壽母百歲，父老見所未嘗，鄉閭夸以爲盛。某既交朋，升堂爲壽，退布席廳事，與横舟昆弟子姪舉酒盡歡。酒酣賦詩志喜也。

麗日萱花照五雲，升堂風采見乾淳。蓬萊會上逢王母，婺女光中見老人。雨露一門華髮潤，江山滿座綵衣新。只將千歲苓爲壽，更住人間九百春。❶

❶ 「住」，原作「佳」，今據鄢本、張元諭本、四庫本改。

拜羅氏百歲母之明日，主人舉酒，客張千載心賦詩。某喜，贊不自已，見之趁韻

翠微三島近，畫閣五雲横。春水鷗聲滑，夕陽鴉背明。尊前持一笑，花下臥餘酲。曾見瑶池母，不爲虚此生。

醉清湖上三日，存叟獨不在坐，即席有懷

石鼎吟方透，瑶觴醉未闌。踈林花密綴，舊壘燕新安。春半湖山好，夜深江海寒。王孫隔芳草，初月正相看。

羅山長存叟兄弟來謝宴山中 存叟名耕，登科

天開盤谷隱，春到浣溪家。一水樓臺影，滿山桃李花。春風寄横笛，夜月擬乘槎。政好逢佳客，江空北斗斜。

壽朱約山八十韻 九月十三日

翠袖瓊樓八十翁，平安曉字看孤鴻。❶五湖圖裏添彭祖，南極光中約祝融。日日青山醉春色，年年黄菊飽西風。鷹揚但願無施處，臣老婆娑一釣蓬。

壽朱約山八十三歲

八十餘翁雪滿顛，深衣大帶耳垂肩。磻溪回首今三載，絳縣論心又十年。歸去來兮真富貴，美哉

---

❶「字」，張元諭本、四庫本作「宇」。

壽也活神仙。門前燕雀紛如雨，媿我白雲深處眠。

賀祕書歐陽巽齋先生遷居 名守道，字公權

先生挾册當菑畬，不待辛勤有屋廬。宅様只還齊里舊，鄉風好似潁川居。鏡湖今日賀外監，瀛館前年虞祕書。天下經綸猶一室，時人尚敢説吾迂。

挽李制帥二首 名遇龍，字叔興

上下荆淮劒氣雄，進擔全蜀凛英風。將壇歃血金湯志，白腹填天竹帛功。❶治法征謀關世道，精忠定力簡皇衷。傷哉生出瞿塘險，翻落黄粱一夢中。

世變江河渺未涯，如公真是濟時危。幾年荆益龍驤譽，一日瀟湘鵩識悲。天下皆傳清獻節，人心自有武侯碑。郎君昔共慈恩約，抆淚西風寄些詞。

挽孫庸齋 樞密兄

淮水奇人物，樞星偉弟兄。泰山開學譜，雲谷發詩源。委吏初行志，修文莫返魂。功名傳久遠，賴有二郎存。

挽龔用和

結屋南陵三十秋，田園舊隱隔江流。鄜州避亂杜工部，下澤乘車馬少游。名利無心付隍鹿，詩書

❶「白」、「天」，原爲墨丁，今據鄢本、張元諭本、四庫本補。

有種出烟樓。長淮清野難歸玉，魂魄猶應戀故丘。

挽萬監丞益之

文華時輩右，質朴古風餘。壁上春陵記，屏間太極圖。雲山居士屋，風雪故人書。一夢中觀化，堯夫以後無。

哭祕書彭止所 名方迥，丙辰省元

人物孤中祕，神山返異仙。目穿陪紼處，夢斷曝書年。玉質應無死，韋編豈不傳。奠芻和淚遣，此月向誰圓。

挽潮守吴西林 名道夫，字深源，没於潮

凜凜千軍筆，堂堂一面威。荆流春浪湧，峽樹莫雲飛。素壁鯨猶在，中橋鶴不歸。劒亭遺跡古，豐石照山輝。

傾蓋歲年晚，相知江海深。春天思北樹，夜雨話西林。五嶺生前夢，中原地下心。英雄凋落盡，慷慨一霑襟。

挽高郵守晏桂山 名陶，字復之，祕書丞

淮南已仙去，桂樹鬱青青。五馬賢聲望，三丞舊典刑。邦人多感嘆，諸老半凋零。何日持雞酒，傷心請葬銘。

挽鄒晉叔主簿 名晉，同榜

此君何坦坦，廻首杏園遊。魂魄湘潭去，聲名彭澤休。百年中道短，千里故鄉愁。六子三方幼，遺言可淚流。

挽王遠叔

孟嘗生五日，白首嘆遭逢。燈火殘編雨，虀塩短褐風。八天下鵰鶚，半水偃蛟龍。原上諸生哭，黄花衰草中。

挽蕭帥機虎溪 名了翁，字明可

世以千金重，誰能學隱君。一門名似雨，滿座客如雲。志願生無憾，聲華死有聞。韓碑照原草，含笑有斯文。

挽朱尚書貔孫

一代文昌貴，千年諫議名。天球聲渾厚，玄酒韻和平。❶巖穴思風采，朝廷惜老成。東西生死别，江水淚爲傾。

挽大博朱古平

白氏賢司馬，昌黎真學官。江湖驚落筆，朝野望彈冠。天馬高風骨，秋鷹折羽翰。萊庭人白髮，烟

❶「玄」，原作「元」，避宋始祖趙玄朗諱，今回改。下同，不再出校。

雨萬松寒。

鐵硯傷同志，青燈憶舊游。臨軒朝鳳闕，馳道聽雞籌。魏野神仙宅，元龍湖海樓。西風一揮淚，世事蓋棺休。

挽黎致政 黎探花祖

楚峰天地闊，四世百年家。鶴髮垂袍葉，龍孫上榜花。詩書新雨露，松柏老烟霞。白馬蒼山路，斯人忽已遐。

古心江先生以舊弼出鎮長沙，癸酉十月乙亥是爲七十六歲，門人文某以一節趨走部内，謹擬古體一首爲壽

炎圖啓丕運，皇路熙以平。蜿蟺發令姿，有美洵一人。鴻藻舒朝華，大音鏘韶鈞。黼斑麗三階，火龍昭紞紘。桓圭殿南服，熊旂被金城。瞻彼鶉尾火，翼軫宣其精。祥鸞舞瑤席，鳴鳳翔媯笙。孟冬兆陽氣，西北無浮雲。駕言酌春酒，可以寫我情。揚旍下祝融，躧履朝泰清。❶嘉猷扇九垓，還以遂古淳。君子保金石，所以永國成。純嘏錫千歲，綿綿贊休明。

送張宗甫兄弟楚觀登舟赴湖北試

金螺曉氣照人寒，手把天漿領佩環。夜月送魚來赤壁，秋風吹鴈發衡山。東南拆處旗花見，牛女

❶「泰」，原作「奉」，今據四庫本改。

光中槎影還。見説青年文賦好，士龍一笑共雲間。

衡州送胡端逸赴漕 號觀齋

楚觀簷花曉，舟人擊鼓東。蛟龍噀靈雨，鵰鶚展雄風。此客雲霄士，斯文造化工。捷來君飲此，我亦凱元戎。時八月十五日，發兵討賊。❶

題楚觀樓

西風吹感慨，曉氣薄登臨。半壁楚雲立，一川湘雨深。乾坤橫笛影，江海倚樓心。遺恨飛鴻外，南來訪遠音。

安序宋吏部來牧衡陽，某將指聯事好也。會以便郡歸養，獲忝交承，臨發賦詩，湘水千里意爲桐鄉。

傾蓋年華晚，行人早發湘。白雲虹浪小，明月燕花香。南浦春何急，巴山雨正長。祝君加一飯，我

贈周東卿畫魚

觀君瀟湘圖，起我濠上心。短褐波濤舊，秋雨菰蒲深。

❶「時八月」至「討賊」十字，張元諭本在標題小字注「齋」字下。

某叨臬衡湘，蒙恩以便郡歸養。肯齋大卿實寓衡，我十年前邦君也。一再見間即分南北，五言啓之，所以致今舊雨之繾綣云　李肯齋，名芾

瀟湘一夜雨，湖海十年雲。❶相見皆成老，重逢便作分。嘑鵑春浩蕩，回鴈曉殷勤。江闊人方健，月明思對君。

幕客載酒舟中即席序别

故人滿江海，遊子下瀟湘。夢載月千里，意行雲一方。櫓聲人語小，岸影客心長。總是浮萍迹，飛花莫近檣。

用韻謝諸客和章

傳鼓發船去，我秦君向湘。持螯思太白，占鵲問東方。世味秋雲薄，交情江水長。相期天路曉，陣馬度風檣。

湘潭道中贈丁碧眼相士

自詭衡山道士孫，至今句法有軒轅。世人未見題堯廟，盡把昌黎作寓言。

收拾衡雲作羽衣，便如屈子遠遊歸。離騷忘却題天柱，爲立斜陽問翠微。

❶「海」，四庫本作「水」。

咸淳甲戌第二朔，予道櫧洲里，徐畋方諫自長沙來爲別。問客幾何，曰半年矣。臨別爲賦

君爲湘水燕，我作衡陽鴈。鴈去燕方留，白雲草迷岸。

和衡守宋安序送行詩并序

某將指罔功，叨符便養。初聯寅誼，近依清燕之香；末忝交盟，親授朱提之印。冠蓋一時之盛事，縉紳百世之深情。别集殷勤，歌詞鄭重。夢回雲舍，深懷萱草之詩；思乏雪車，謾和梅花之賦。瞻言作遠，覽擲爲榮。

玉立湘西第一州，丹梯小爲嶽雲留。東風城郭人行樂，春日旌旗公出遊。便趁綈香摩碧漢，莫嫌綉影涴清流。兩君相見衣冠好，記取兒孫好話頭。

方共衡雲把酒魁，❶春風吹向鬱孤臺。鴈將回處驚帆落，花未開時怯笛催。别草可堪遊子去，寄梅應爲故人來。臨行笑覓凝香譜，❷十駕那追逸驥材。

贈萍鄉道士

道上觀行人，半似重相見。古云性相近，性豈不如面。萬形本一性，萬心方一殊。世固難絶聖，亦恐難絶愚。

❶「魁」，張元諭本作「杯」。

❷「凝」，原作「疑」，今據鄢本、張元諭本改。

白髭行

憶昔守宣時，白上一根髮。去之四五年，一化爲七八。今年客衡湘，黑髭已多黄。衆黄忽一白，驚見如陵陽。白髮已爲常，白髭何足怪。歲月不可歇，雪霜日長大。世人競染緇，厭之固足嗤。誰服蘆菔湯，避老亦奚爲。少老如春秋，造物以爲儔。吾方樂吾天，樂天故不憂。

將母赴贛道西昌

重來鷗閣曉，帆影漲新晴。倚檻雲來去，閉簾花送迎。江湖春汗漫，歲月老峥嶸。手把忘憂草，夔夔繞太清。

快閣遇雨觀瀾

一笑登臨晚，江流接太虚。自慚雲出岫，争訝雨隨車。慷慨十圍柳，周回千里魚。故園隄好在，夜夢繞吾廬。

題鬱孤臺

城郭春聲闊，樓臺畫影遲。並天浮雪界，蓋海出雲旗。風雨十年夢，江湖萬里思。倚闌時北顧，空翠濕朝曦。

予題鬱孤泉，筦五湖翁姚濂爲之和，❶翁官滿歸里，因韻贊別，并謝前辱

巢龜君住好，涌翠我來遲。夜雨呼三韭，春風試一旗。飛花行客夢，芳草故人思。何日五湖上，同看浴海曦。

用韻謝前人

兹遊良解后，吾道未逶遲。斗埜橫雙劒，牛津直兩旗。北風應小住，明日便相思。輸與君家近，扶桑五色曦。

翠玉樓晚雨

晚樓一曲轉梅花，官事無多報放衙。林木蔽虧烟斷續，江流曲折雨橫斜。年華冉冉風前影，歲莫悠悠客裏家。一鴈近從沙觜落，更饒片雪入天涯。

翠玉樓觀雪

矯矯臨清泚，濛濛認翠微。綈春生客袖，鐵冷上戎衣。柳眼驚何老，梅花覺半肥。新來有公事，白戰破重圍。

翠玉樓和胡端逸韻

客影魚千里，年華柳十圍。白雲栖石密，黄鵠出烟微。江海秋風老，湖山晚日暉。鬱孤臺上望，野

❶「筦」，景印文淵閣《四庫全書》本《石倉歷代詩選》《宋元詩會》無此字。

闊犢初肥。

翠玉樓

昏鴉何處落，野渡少人行。黄葉聲在地，青山影入城。江湖行客夢，風雨故鄉情。試問南來信，梅花三兩英。

合江樓

天上名鶉尾，人間説虎頭。春風千萬岫，秋水兩三洲。客晚驚黄葉，官閑笑白鷗。雙江日東下，我欲賦扁舟。

西楚驚鴻晚，東淮落木秋。蒸湘今石鼓，句宛古宣州。白日聊清賞，青山總舊遊。不知滄海水，何處接天流。

皂蓋樓

一水樓臺繞，半空圖畫開。蝸涎行薜荔，雀影上苺苔。碧落人千載，青山酒一桮。晚烟看不盡，待月却歸來。

石樓

曉色重簾捲，春聲疊鼓催。長垣連草樹，遠水照樓臺。八境烟濃淡，六街人往來。平安消息好，看到嶺頭梅。

馬祖巖

曾將飛錫破苔痕，一片雲根鎖洞門。山外人家山下路，石頭心事付無言。

禪關

秋風吹日上禪關，路入松花第一彎。只願四時烟霧少，滿城樓閣見青山。

吸江

絶壁千尋俯雪潭，春花秋草自藍鬖。❶當年誤著蒲團坐，惹得人稱馬祖巖。

塵外

半山風雨截江城，未脱人間總是塵。中夜起看衣上月，青天如水露華新。

雲端

半空夭矯起層臺，傳道劉安車馬來。山上自晴山下雨，倚闌平立看風雷。

清江何漢英，再見於空同，讀歐陽先生詩，感慨爲賦

采芝雲滿山，采檗瀑垂澗。當年有清徽，爲寄南來鴈。鴈去人已逝，歲月割云晏。流水失聲音，西河老憂患。往日志士悲，窮途行子慣。君爲梁宋遊，我復江漢宦。十年耿相逢，千里欠一盼。玄機寄糟粕，美疢墮芻豢。贈子歸東方，聊薦吴興莧。

---

❶「自」，鄢本、張元諭本作「有」。

送曾倅巖山官滿歸里❶ 名大發，贑倅

春陵光霽落蒼苔，葛水神仙立翠槐。萬里雲霞騏驥路，三年風月鳳皇臺。興同老子復不淺，歌曰先生歸去來。庾嶺梅花開漸徧，一枝就與寄蓬萊。

和前人賦別

翠松三萬頃，松雪著神仙。柳院催金鑰，江花送玉鞭。曉巖雲壁立，晚棹浪規圓。未了醉翁事，重尋潁上田。

當年童子見，今見二毛翁。海月三秋别，江雲一日同。鷗心馳舍北，龍尾曳天東。定有延和奏，南來寄一通。

贈明脉蕭信叔

枚乘擅七發，郭玉明四難。微言起沈痼，此道今漫漫。云何東海生，而乃緒真要。砉然以神遇，契彼鏡經妙。我欲炊彫胡，俯鑿菊水泉。壽被方輿人，六氣何由僁。

贈林碧鑑相士

咸陽宫中四尺鏡，照人五臟何烱烱。桑田滄海千餘年，百鍊依然化爲鑛。君從何處得此物，鑄就雙瞳敵秋月。向來照心今照形，不事瀾翻三寸舌。遠衝風雪肯我過，看來猶未深知我。我方蓑笠立

❶「曾」，原作「曹」，今據底本目録及四庫本改。

釣磯，萬事浮雲都勘破。噫嘻吁，只今神目鬼眼紛道途，暗中許負應盧胡。試問何如林家老碧鑑，不知天津橋上復有龍鍾無。

送吉州陳守解任

美人策良馬，弭節螺江湄。歲年忽晼晚，桃李已成蹊。遥遥一水間，復復東與西。晴川夾脩楊，行舟何能維。朱鳳翔海山，層漢揚音徽。高岡有梧桐，鴛言覽朝暉。贈君以白雲，白雲不我持。贈君以明月，明月不我攜。白雲與明月，遠道相追隨。

贈蜀醫鍾正甫

炎皇覽衆草，異種多西州。爲君望岷峨，使我雙淚流。向來秦越人，朝洛夕邯鄲。子持鵲經來，自西亦徂南。江南有羈羽，豈不懷故營。何當同皇風，六氣和且平。

改題萬安縣凝祥觀

古道松花空翠香，風前鬢影照滄浪。飛泉半壁朝雲濕，啼鳥滿山春日長。須信神仙元有國，不知蠻觸是何鄉。道人横笛招歸鶴，坐到斜暉上壁璫。相如《遊獵賦》「華榱璧璫」，注：「璧璫，以玉爲椽頭。」

西昌倪氏有山谷書杜陵《山水圖障歌》，作江山堂。堂廢，其後人以黄書求題跋，感慨一絶

杜二已無黄九去，長歌大字落江山。百年風物今何似，春水晚烟飛白鷴。

山中再次胡德昭韻

不將顔色汙黄金，落得灞橋驢上吟。是處江山生酒興，滿天風雪得梅心。觥籌堂裏春聲沸，燈火林皋夜色深。人世可能行樂耳，重游不用卜晴陰。

人生柳絮鬬堅牢，過眼春光歎伯勞。蜀道謾傳千古險，廬山方許一人高。眼前見赤徒妨道，耳後生風未當豪。明月蘆花隨處有，扁舟自在不須篙。

曾見尊前此客哉，笑攜麈尾拂莓苔。水邊飛鴈年年見，湖上新亭日日來。酹菊醉餘披草坐，探梅吟罷帶花回。北厓尚被剛風隔，笑殺匆匆上馬栖。

山中泛舟觴客

便作乘槎客，蕭蕭骨髮清。尊前山月過，笛裏水風生。半夜魚龍沸，未秋河漢明。❶雪堂眠二客，夢與白鷗盟。

病　中　作

六月廿四夜，人間熱欲炊。病懷如酒困，倦睫似書癡。夢與千年接，心隨萬里馳。客來相問訊，寄語有新詩。

山中即事

山中方雨笠，天外忽晴絲。夕釣江澄練，春行路布棋。乾坤供俯仰，歲月任差池。有酒如澠在，何妨日問奇。

---

❶「未」，張元諭本作「三」。

挽巽齋先生歐陽大著

徘徊西河上，❶月落衆星稀。哲人萎中道，雨絶將安之。昔者麗鴻藻，玉振含清暉。名理軼晉魏，雅言襲軻思。連駕覲馳道，並坐侍端闈。及門懷燕婉，升堂接逶迤。方期黄鵠翔，忽作朝露晞。黔婁不蓋體，延陵有遺悲。層阿翳寒樹，平楚曖希微。帷荒衣廣柳，縞冠涕如縻。水從章江去，雲遶楚山飛。已矣如有聞，斯文不在兹。

送劉其發入蜀

秋風淒已寒，蜀道阻且長。虎狼伏原野，欲濟川無梁。客從何處來，云我之西方。蕭蕭驌驦鳴，熠熠湛盧光。昔時榮華地，今爲争戰場。將軍揚天戈，壯士發戎行。江南有羈鳥，悠悠懷故鄉。駕言與子遊，雲天何茫茫。

周蒼厓入吾山作圖詩贈之

三生石上結因緣，袍笏横斜學米顛。漁父幾忘山下路，仙人時訪嶺頭船。烏猨白鶴無根樹，淡月踈星一線天。爲我醉呼添澿澒，倦來平臥看雲烟。

題羅次説竹巖摘藁

游子西南來，出門道何悠。文章會有用，意氣輕身謀。紛紛食粱肉，藜藿當其憂。君看百川水，何

❶ 「西河」二字，張元諭本作「河西」。

處不東流。

挽劉知縣 名元高，字仲山，實齋之子

玉海淵源懿，金閨步武高。功名千載意，翰墨一時豪。天馬含風骨，秋鷹折羽毛。相逢俱白髮，流涕濕征舠。❶

❶「舠」，張元諭本作「袍」。

文山先生文集卷之三

對　策

御試策一道❶

臣恭惟皇帝陛下，處常之久，當泰之交，以二帝三王之道會諸心，將三紀于此矣。臣等鼓舞於鳶飛魚躍之天，皆道体流行中之一物，不自意得旅進于陛下之庭，而陛下且嘉之論道。道之不行也久矣，陛下之言及此，天地神人之福也。然臣所未解者，今日已當道久化成之時，道洽政治之候，而方歉焉有志勤道遠之疑，豈望道而未之見耶？臣請泝太極動静之根，推聖神功化之驗，就以聖問中「不息」一語，爲陛下勉，幸陛下試垂聽焉。

臣聞天地與道同一不息，聖人之心與天地同一不息。上下四方之宇，往古來今之宙，其間百千萬變之消息盈虚，百千萬事之轉移闔闢，何莫非道？所謂道者，一不息而已矣。道之隱於渾淪，藏於未

❶ 該標題下，張元諭本注「有題」二字，其後全録試策題目，凡五百八十六字。

琱未琢之天。當是時，無極太極之體也。自太極分而陰陽，則陰陽不息，道亦不息。陰陽散而五行，則五行不息，道亦不息。自五行又散而爲人心之仁義禮智，剛柔善惡，則乾道成男，坤道成女，穹壤間生生化化之不息，而道亦與之相爲不息。然則道一不息，天地亦一不息。天地之不息，固道之不息者爲之。聖人出而爲天地立心，爲生民立命，爲往聖繼絶學，爲萬世開太平，亦不過以一不息之心充之。充之而脩身治人，此一不息也。充之而致知，以至齊家治國平天下，此一不息也。充之而自精神心術，以至於禮樂刑政，亦此一不息也。自有三墳五典以來，以至於太平六典之世，帝之所以帝，王之所以王，皆自其一念之不息者始。秦漢以降，而道始離。非道之離也，知道者之鮮也。雖然，其間英君誼辟，固有號爲稍稍知道矣，而又沮於行道之不力；知務德化矣，而不能不尼之以黄老；知施仁義矣，而不能不遏之以多欲；知四年行仁矣，而不能不畫之以近效。上下二三千年間，牽補過時、架漏度日，毋怪夫駁乎無以議爲也。獨惟我朝，式克至于今日休，陛下傳列聖之心，以會藝祖之心。會藝祖之心，以參帝王之心，參天地之心。三十三年間，臣知陛下不貳以二，不參以三，茫乎天運，窅爾神化，此心之天，混兮闢兮，其無窮也。然臨御浸久，持循浸熟，而筭計見效，猶未有以大快聖心者。上而天變不能以盡無，下而民生不能以盡遂，人才士習之未甚純，國計兵力之未甚充，以至盜賊兵戈之警，所以貽宵旰之憂者，尤所不免。然則行道者，始無驗也邪？❶臣則以爲道非無驗之物也，道之功化甚深

❶「始」，鄢本、張元諭本作「殆」。

也，而不可以爲迂。道之證效甚遲也，而不可以爲速。❶「維天之命，於穆不已」，天地之所以爲天地也；「之德之純，❷純亦不已」，聖人之所以爲聖人也。爲治顧力行何如耳，焉有行道於歲月之暫，而遽責其驗之爲迂且遠邪？臣之所望於陛下者，法天地之不息而已。

姑以近事言，則責躬之言方發，而陰雨旋霽，是天變未嘗不以道而弭也。賑飢之典方舉，而都民歡呼，是民生未嘗不以道而安也。論辯建明之詔一頒，而人才士習稍稍渾厚。招填條具之旨一下，而國計兵力稍稍充實。安吉、慶元之小獲，維揚、瀘水之雋功，無非憂勤於道之明驗也。然以道之極功論之，則此淺效耳，速效耳。指淺效速效，而遽以爲道之極功，則漢唐諸君之用心是也。陛下行帝而帝，行王而王，而肯襲漢唐事邪？此臣所以贊陛下之不息也。陛下儻自其不息者而充之，則與陰陽同其化，與五行同其運，與乾坤生生化化之理同其無窮。雖充而爲三紀之風移俗易，可也。雖充而爲四十年囹空刑措，可也。雖充而爲百年德洽於天下，可也。雖充而爲卜世過曆億萬年敬天之休，可也。豈止如聖問八者之事，可徐就理而已哉！臣謹昧死上愚對。

臣伏讀聖策曰：「蓋聞道之大原出於天，超乎無極太極之妙，而實不離乎日用事物之常；根乎陰陽五行之賾，而實不外仁義禮智、剛柔善惡之際。天以澄著，地以靖謐，人極以昭明，何莫由斯道也？

❶「速」，明永樂内府刻本《歷代名臣奏議》卷六四作「遠」。
❷「之德」二字，四庫本作「文德」。

聖聖相傳，同此一道。由脩身而治人，由致知而齊家治國平天下，本之於精神心術，達之於禮樂刑政，其体甚微，其用則廣，歷千萬世而不可易。然功化有淺深，證效有遲速，何歟？朕以寡昧，臨政願治，于兹歷年，志愈勤，道愈遠，窅乎其未朕也。朕心疑焉。子大夫明先王之術，咸造在庭，必有切至之論，朕將虚己以聽。」臣有以見陛下遡道之本原，求道之功效，且疑而質之臣等也。臣聞聖人之心，天地之心也。天地之道，聖人之道也。分而言之，則道自道，天地自天地，聖人自聖人。合而言之，則道一不息也，天地一不息也，聖人亦一不息也。臣請遡其本原言之。茫茫堪輿，坱圠無垠，渾渾元氣，變化無端。人心仁義禮智之性未賦也，人心剛柔善惡之氣未禀也。當是時，未有人心，先有五行；未有五行，先有陰陽；未有陰陽，先有無極太極；未有無極太極，則太虚無形，冲漠無朕，而先有此道。未有物之先，而道具焉，道之體也；既有物之後，而道行焉，道之用也。其体則微，其用甚廣。即人心而道在人心，即五行而道在五行，即陰陽而道在陰陽，即無極太極而道在無極太極。貫顯微，兼費隱，包小大，通物我。道何以若此哉？道之在天下，猶水之在地中，地中無往而非水，天下無往而非道。水一不息之流也，道一不息之用也。天以澄著，則日月星辰循其經。地以靖謐，則山川草木順其常。人極以昭明，則君臣父子安其倫。流行古今，綱紀造化，何莫由斯道也？一日而道息焉，雖三才不能以自立。道之不息，功用固如此。夫聖人体天地之不息者也，天地以此道而不息，聖人亦以此道而不息。聖人立不息之體，則斂於脩身；推不息之用，則散於治人。立不息之體，則寓於致知以下之工夫。❶推不息之用，則顯於齊家治國平天下之效驗。立不息之体，則本之精神心術之微。推不息之用，則達之禮樂刑政之著。聖人之所以爲聖人者，猶天地之所以爲天地也。道之在天地間者，常久而不息。聖人之於道，其可以頃刻息邪？言不息之理者，莫如大《易》，莫如《中庸》。大《易》之道，至於乾道變化，各正性命，保合大和，而聖人之論法天，乃歸之自强不息。《中庸》之道，至於溥博淵泉，上天之載，無聲無臭，而聖人之論配天地，乃歸之不息則久。豈非乾之所以剛健中正純粹精也者，一不息之道耳？是以法天者，亦以一不息。《中庸》之所以高明博厚悠久無彊者，一不息之道耳。是以配天地者，亦以一不息。以不息之心行不息之道，聖人即不息之天地也。陛下臨政願治，于兹歷年。前此不息之歲月，猶日之自朝而午；今此不息之歲月，猶日之至午而中。此正勉强行道，大有功之日也。陛下勿謂數十年間，我之所以擔當宇宙，把握天地，未嘗不以此道，至于今日，而道之驗如此其迂且遠矣。以臣觀之，道猶百里之途也，今日則適六七十之候也。進於道者，不可以中道而廢。游於途者，不可以中途而畫。孜孜矻矻，而不自已焉。則適六七十里者，固所以爲至百里之階也。不然，自止於六七十里之間，則百里雖近，焉能以一武到哉！道無淺功化，行道者何可以深爲迂？道無速證效，行道者何可以遲爲遠？惟不息，則能極道之功化。惟不息，則能極道之證效。氣機動盪於三極之間，神采灌注於萬有之表，要自陛下此一心始。臣不暇遠舉，請以仁宗皇帝事爲陛下陳之。

❶ 「知」，原作「和」，今據鄢本、張元諭本改。

仁祖，一不息之天地也。康定之詔曰：「祇勤抑畏。」慶曆之詔曰：「不敢荒寧。」皇祐之詔曰：「緬念爲君之難，深惟履位之重。」慶曆不息之心，即康定不息之心也。皇祐不息之心，即慶曆不息之心也。當時仁祖以道德感天心，以福禄勝人力，國家綏靖，邊鄙寧謐，若可以已矣，而猶未也。至和元年，仁祖之三十三年也，方且露立仰天以畏天變，碎通天犀以救民生。處買黯吏銓之職，擢公弼殿柱之名，以厚人才，以昌士習。納景初減用之言，聽范鎮新兵之諫，以裕國計，以强兵力。以至講《周禮》，薄征緩刑，而拳拳以盜賊爲憂。選將帥，明紀律，而汲汲以西戎北虜爲慮。仁祖之心，至此而不息，則與天地同其悠久矣。陛下之心，仁祖之心也。范祖禹有言：欲法堯舜，惟法仁祖。臣亦曰：欲法帝王，惟法仁祖。法仁祖，則可至天德，願加聖心焉。

臣伏讀聖策曰：「三墳以上云云，豈道之外又有法歟？」臣有以見陛下慕帝王之功化證效，而亦意其各有淺深遲速也。臣聞帝王行道之心，一不息而已矣。堯之兢兢，舜之業業，禹之孜孜，湯之慄慄，文王之不已，武王之無貳，成王之無逸，皆是物也。三墳遠矣，五典猶有可論者。臣嘗以五典所載之事推之。當是時，日月星辰之順，以道而順也。鳥獸草木之若，以道而若也。九功惟叙，以道而叙也。四夷來王，以道而來王也。百工以道而熙，庶事以道而康。光天之下，至于海隅蒼生，蓋無一而不拜帝道之賜矣。垂衣拱手，以自逸于土階巖廊之上，夫誰曰不可，而堯舜不然也。方且考績之法，❶重於

❶「且」，四庫本作「具」。

三歲，無歲而敢息也。授曆之命，嚴於四時，無月而敢息也。凜凜乎一日二日之戒，無日而敢息也。此猶可也。授受之際，而堯之命舜，乃曰：「允執厥中。」夫謂之執者，戰兢保持而不敢少放之謂也。味斯語也，則堯之不息可見已。《河圖》出矣，《洛書》見矣，執中之説未聞也，而堯獨言之，堯之言贅矣。而舜之命禹，乃復益之以「人心惟危，道心惟微，惟精惟一」之三言。夫致察於危微精一之間，則其戰兢保持之念，又有甚於堯者。舜之心，其不息又何如哉！是以堯之道化，不惟驗於七十年在位之日；舜之道化，不惟驗於五十年視阜之時。❶讀「萬世永賴」之語，則唐虞而下數千百年間，天得以爲天，地得以爲地，人得以爲人者，皆堯舜之賜也。然則功化抑何其深，證效抑何其遲歟？降是而王，非固勞於帝者也。太樸日散，風氣日開，人心之機械日益巧。世變之乘除不息，而聖人之所以綱維世變者，亦與之相爲不息焉。俗非結繩之淳也，治非畫象之古也。師不得不誓，侯不得不會，民不得不凝之以政，士不得不凝之以禮，内外異治，不得不以《采薇》《天保》之治治之。以至六典建官，其所以曰治、曰政、曰禮、曰教、曰刑、曰事者，亦無非扶世道而不使之窮耳！以勢而論之，則夏之治不如唐虞，商之治又不如夏，周之治又不如商。帝之所以帝者何其逸，王之所以王者何其勞。慄慄危懼，不如非心黄屋者之爲適也；始於憂勤，不如恭己南面之爲安也。然以心而觀，則舜之業業，即堯之兢兢；禹之孜孜，即舜之業業；湯之慄慄，即禹之孜孜。文王之不已，武王之無貳，成王之無逸，何莫非

❶「阜」，四庫本作「朝」。

兢兢業業孜孜慄慄之推也。道之散於宇宙間者，無一日息。帝王之所以行道者，亦無一日息。帝王之心，天地之心也，尚可以帝者之爲逸，而王者之爲勞耶？臣願陛下求帝王之道，必求帝王之心，則今日之功化證效，或可與帝王一視矣。

臣伏讀聖策曰：「自時厥後云云，亦足以維持憑藉者，何歟？」臣有以見陛下陋漢唐之功化證效，而且爲漢唐世道發一慨也。臣聞不息則天，息則人。不息則理，息則欲。不息則陽明，息則陰濁。漢唐諸君，天資敏，地位高，使稍有進道之心，則六五帝，四三王，亦未有難能者。柰何天不足以制人，而天反爲人所制；理不足以御欲，而理反爲欲所御；陽明不足以勝陰濁，而陽明反爲陰濁所勝。是以勇於進道者少，沮於求道者多，漢唐之所以不唐虞三代也歟！❶雖然，是爲不知道者言也。其間亦有號爲知道者矣。漢之文帝、武帝，唐之太宗，亦不可謂非知道者。然而亦有議焉。先儒嘗論漢唐諸君，以公私義利分數多少爲治亂。三君之心，往往不純乎天，不純乎人，而出入於天人之間；不純乎理，不純乎欲，而出入乎理欲之間；不純乎陽明，不純乎陰濁，而出入乎陽明陰濁之間。是以專務德化，雖足以陶後元泰和之風，然而尼之以黄老，則鴈門、上郡之警不能無。外施仁義，雖足以致建元富庶之盛，然而遏之以多欲，則輪臺末年之悔不能免。四年行仁，雖足以開貞觀升平之治，❷然而畫之以近效，則

❶「不」下，四庫本有「及」字。

❷「貞」，原作「正」，避宋仁宗趙禎諱，今回改。下同，不再出校。

紀綱制度，曾不足爲再世之憑藉。蓋有一分之道心者，固足以就一分之事功，有一分之人心者，亦足以召一分之事變。世道汙隆之分數，亦係於理欲消長之分數而已。然臣嘗思之，漢唐以來，爲道之累者，其大有二：一曰雜伯，二曰異端。時君世主，有志於求道者，不陷於此則陷於彼。姑就三君而言，則文帝之心，異端累之也；武帝、太宗之心，雜伯累之也。武帝無得於道，憲章六經，統一聖真，不足以勝其神仙土木之私，干戈刑罰之慘，其心也荒。太宗全不知道，閨門之恥，將相之誇，末年遼東一行，終不能以克其血氣之暴，其心也驕。雜伯一念，憧憧往來，是固不足以語常久不息之事者。若文帝稍有帝王之天資，稍有帝王之地步，一以君子長者之道待天下，而晁錯輩刑名之説，未嘗一動其心，是不累於雜伯矣。使其以二三十年恭儉之心，而移之以求道，則後元氣象且將駸駸乎商周，進進乎唐虞。柰何帝之純心，又間於黄老之清浄，是以文帝僅得爲漢唐之令主，而不得一儕於帝王。嗚呼！武帝、太宗累於雜伯，君子固不敢以帝王事望之。文帝不爲雜伯所累，而不能不累於異端，是則重可惜已。臣願陛下監漢唐之跡，必監漢唐之心，則今日之功化證效，將超漢唐數等矣。

臣伏讀聖策曰：「朕上嘉下樂云云，抑化裁推行，有未至歟？」臣有以見陛下念今日八者之務，而甚有望乎爲道之驗也。臣聞天變之來，民怨招之也；人才之乏，士習蠱之也；兵力之弱，國計屈之也；虜寇之警，盜賊因之也。夫陛下以上嘉下樂之勤，夙興夜寐之勞，悵歲月之逾邁，亦欲以少見吾道之驗耳。俯視一世，未能差强人意。八者之弊，臣知陛下爲此不滿也。陛下分而以八事問，臣合而以四事對，請得以熟數之於前。

何謂天變之來，民怨招之也？天視自我民視，天聽自我民聽，天明畏自我民明威，人心之休戚，天心所因以爲喜怒者也。熙寧間大旱，是時河陝流民入京師，監門鄭俠畫《流民圖》以獻，且曰：「陛下南征北伐，皆以勝捷之圖來上，料無一人以父母妻子遷移困頓皇皇不給之狀爲圖以進者。覽臣之圖，行臣之言，十日不雨，乞正欺君之罪。」上爲之罷新法十八事，京師大雨八日。天人之交，間不容穟，❶載在經史，此類甚多。陛下以爲今之民生何如邪？今之民生困矣！自瓊林、大盈積於私貯而民困，自建章、通天頻於營繕而民困，自獻助疊見於豪家巨室而民困，自和糴不間於閭閻下户而民困，自所至貪官暴吏視吾民如家雞圈豕惟所咀啖而民困。嗚呼！東南民力竭矣。《書》曰：「怨豈在明，不見是圖。」今尚可謂之不見乎？《書》曰：「怨不在大，亦不在小。」今尚可謂之小乎？生斯世，爲斯民，仰事俯育，亦欲各遂其父母妻子之樂，而操斧斤，淬鋒鍔，日夜思所以斬伐其命脉者，滔滔皆是。然則臘雪靳瑞，蟄雷愆期，月犯于木，星殞爲石，以至土雨地震之變，無怪夫屢書不一書也。臣願陛下持不息之心，急求所以爲安民之道，則民生既和，天變或於是而弭矣。

何謂人才之乏，士習蠱之也？臣聞窮之所養，達之所施，幼之所學，壯之所行，今日之脩於家，他日之行於天子之庭者也。國初諸老嘗以厚士習爲先務，寧收落韻之李迪，不取鑿説之賈邊；寧收直言之蘇轍，不取險怪之劉幾。建學校，則必欲崇經術。復鄉舉，則必欲參行藝。其後國子監取湖學法，

❶「穟」，張元諭本作「髮」。

建經學、治道、邊防、水利等齋，使學者因其名以求其實。當時，如程頤、徐積、吕希哲，皆出其中。嗚呼！此元祐人物之所從出也。士習厚薄，最關人才。從古以來，其語如此。陛下以爲今之士習何如邪！今之士大夫之家，有子而教之，方其幼也，則授其句讀，擇其不戾於時好、不震于有司者，俾熟復焉。及其長也，細書爲工，累牘爲富，持試於鄉校者以是，較藝於科舉者以是，取青紫而得車馬也以是。父兄之所教詔，師友之所講明，利而已矣。其能卓然自拔於流俗者，幾何人哉！心術既壞於未仕之前，則氣節可想於既仕之後。以之領郡邑，如之何責其爲卓茂、黄霸？以之鎮一路，如之何責其爲蘇章、何武？以之曳朝紳，如之何責其爲汲黯、望之？奔競於勢要之路者，無怪也。趨附於權貴之門者，無怪也。牛維馬縶，狗苟蠅營，患得患失，無所不至者，無怪也。悠悠風塵，靡靡媮俗，清芬消歇，濁滓横流，惟皇降衷秉彝之懿，萌櫱於牛羊斧斤相尋之衝者，其有幾哉？厚今之人才，臣以爲變今之士習而後可也。臣願陛下持不息之心，急求所以爲淑士之道，則士風一淳，人才或於是而可得矣。

何謂兵力之弱，國計屈之也？謹按國史，治平間，遣使募京畿淮南兵。司馬光言：「邊臣之請兵無窮，朝廷之募兵無已，倉庫之粟帛有限，百姓之膏血有涯，願罷招禁軍，訓練舊有之兵，自可備禦。」臣聞古今天下能免於弱者，必不能免於貧；能免於貧者，必不能免於弱。一利之興，一害之伏，未有交受其害者。今之兵財，則交受其害矣。自東海城築，而調淮兵以防海，則兩淮之兵不足。自襄樊復歸，而併荆兵以城襄，則荆湖之兵不足。自腥氣染於漢水，冤血濺於寶峰，而正軍忠義，空於死徒者過半，則川蜀之兵又不足。江淮之兵又抽而入蜀，又抽而實荆，則下流之兵愈不足矣。荆湖之兵又分而策應，分而鎮撫，則上流之兵愈不足矣。夫國之所恃以自衛者，兵也。而今之兵不足如此，國安得而不弱哉！扶其弱而歸之强，則招兵之策，今日直有所不得已者。然召募方新，調度轉急。問之大農，大農無財；問之版曹，版曹無財；問之餉司，餉司無財。自歲幣銀絹外，未聞有畫一策爲軍食計者，是則弱矣，而又未免於貧也。陛下自勞肝鬲，❶近又創一安邊太平庫，專以供軍，此藝祖積縑帛以易賊首之心也，仁宗皇帝出錢帛以助兵革之心也。轉易之間，風采立異。前日之弱者，可强矣。然飛芻輓粟，給餉餽粮，費於兵者幾何？而琳宫梵宇，照耀湖山，土木之費則漏卮也。列竈雲屯，樵蘇後爨，費於兵者幾何？而霓裳羽衣，靡金飾翠，宫庭之費則尾閭也。生熟口券，月給衣粮，費於兵者幾何？而量珠輦玉，倖寵希恩，戚畹之費則濫觴也。蓋天下之財，專以供軍，則財未有不足者。第重之以浮費，重之以冗費，則財始缾罄而罍恥矣。如此則雖欲足兵，其何以給兵耶？臣願陛下持不息之心，急求所以爲節財之道，則財計一充，兵力或於是而可强矣。

何謂虜寇之警，盜賊因之也？謹按國史，紹興間，楊么寇洞庭，連跨數郡，大將王瓔不能制，時僞齊挾虜使李成寇襄漢，么與交通。朝廷患之，始命岳飛措置上流，已而逐李成，擒楊么，而荆湖平。臣聞外之虜寇，不能爲中國患，而其來也，必待内之變。内之盜賊，亦不能爲中國患，而其起也，必將納

❶「勞」，原爲空格，今據四庫本補。

外之侮。盜賊而至於通虜寇，則腹心之大患也已。今之所謂虜者，固可畏矣。然而逼我蜀，則蜀帥策瀘水之勳；窺我淮，則淮帥奏維揚之凱。狼子野心，固不可以一捷止之。然使之無得氣去，則中國之技，未爲盡出其下，彼亦猶畏中國之有其人也。獨惟舊海在天一隅，逆雛穴之者，數年于兹。颸風瞬息，一葦可航。彼未必不朝夕爲趨浙計，然而未能焉。短於舟，踈於水，懼吾唐島之有李寶在耳。然洞庭之湖，烟水沉寂，而浙右之湖，濤瀾沸驚，區區妖孽，且謂有楊么之漸矣。得之京師之耆老，皆以爲此寇出没倏閃，往來翕霍，駕舟如飛，運柂如神，而我之舟師不及焉。夫東南之長技，莫如舟師。我之勝兀术於金山者以此，我之斃逆亮於采石者以此。而今此曹反挾之以制我，不武甚矣。萬一或出於楊么之計，則前日李成之不得志於荆者，未必今日之不得志於浙也。曩聞山東荐饑，有司貪市榷之利，空蘇湖根本以資之，廷紳猶謂互易，安知無爲其鄉道者。一夫登岸，萬事瓦裂。又聞魏村、江灣、福山三寨水軍，興販鹽課，以資逆雛，廷紳猶謂是。以扞衛之師，爲商賈之事；以防拓之卒，開鄉道之門，憂時識治之見，往往如此。肘腋之蜂蠆，懷袖之蛇蝎，是其可以忽乎哉？陛下近者命發運兼憲，合兵財而一其權，是將爲滅此朝食之圖矣。然屯海道者非無軍，控海道者非無將，徒有王瓊數年之勞，未聞岳飛八日之捷，子太叔平符澤之盜，恐不如此。長此不已，臣懼爲李成開道地也。臣願陛下持不息之心，求所以弭寇之道。則寇難一清，邊備或於是而可寬矣。

臣伏讀聖策曰：「夫不息則久，久則徵。今胡爲而未徵歟？變則通，通則久。今其可以屢更歟？」臣有以見陛下久於其道，而甚有感乎《中庸》、大《易》之格言也。臣聞天久而不墜也以運，地久而不隤也以轉，水久而不腐也以流，日月星辰而常新也以行。天下之凡不息者皆以久也。《中庸》之不息，即所以爲大《易》之變通。大《易》之變通，即所以驗《中庸》之不息。變通者之久，固肇於不息者之久也。蓋不息者其心，變通者其跡。其心不息，故其跡亦不息。游乎六合之内，而縱論乎六合之外；生乎百世之下，而追想乎百世之上。神化天造，天運無端，發微不可見，充周不可窮，天地之所以變通，固自其不息者爲之。聖人之久於其道，亦法天地而已矣。天地以不息而久，聖人亦以不息而久，外不息而言久焉，皆非所以久也。臣嘗讀《無逸》一書，見其享國之久者，有四君焉，而其間三君爲最久。臣求其所以久者，中宗之心，嚴恭寅畏也；高宗之心，不敢荒寧也；文王之心，無淫于逸，無遊于畋也。是三君者皆無逸而已矣。彼之無逸，臣之所謂不息也。一無逸而其效如此，然則不息者非所以久歟！陛下之行道，蓋非一朝夕之暫矣。寶、紹以來，則涵養此道。端平以來，則發揮此道。嘉熙以來，則把握此道。嘉熙而淳祐，淳祐而寶祐，十餘年間，無非持循此道之歲月。陛下處此也，庭燎未輝，臣知其宵衣以待；日中至昃，臣知其玉食弗遑；夜漏已下，臣知其丙枕無寐。聖人之運，亦可謂不息矣。然既往之不息者易，方來之不息者難；久而不息者易，愈久而愈不息者難。昕臨大庭，百辟星布，陛下之心此時固不息矣。暗室屋漏之隱，試一警省，則亦能不息否乎？日御經筵，學士雲集，陛下之心，此時固不息矣。宦官女子之近，試一循察，則亦能不息否乎？不息於外者，固不能保其不息於内。不息於此者，固不能保其不息於彼。乍勤乍怠，乍作乍輟，則不息之純心間矣。如此，則陛下雖欲久則證，臣知《中庸》九經之治，未可以朝夕見也；雖欲通則久，臣知《繫辭》十三卦之功，未可以歲月計也。淵蜎蠖濩之中，虛明應物之地，此全在陛下自斟酌，自執持。頃刻之力不繼，則悠久之功俱廢矣。可不戒哉！可不懼哉！

陛下之所以策臣者，悉矣。臣之所以忠於陛下者，亦既略陳於前矣。而陛下策之篇終復曰：「子大夫熟之復之，勿激勿泛，以副朕詳延之意。」臣伏讀聖策至此，陛下所謂詳延之意，蓋可識已。夫陛下自即位以來，未嘗以直言罪士，不惟不罪之以直言，而且導之以直言。臣等嘗恨無由一至天子之庭以吐其素所蓄積，幸見録於有司，得以借玉階方寸地，此正臣等披露肺肝之日也。方將明目張膽，謇謇諤諤，言天下事，陛下乃戒之以勿激勿泛。夫泛固不切矣，若夫激者，忠之所發也。陛下胡併與激者之言而厭之邪？厭激者之言，則是將胥臣等而爲容容唯唯之歸邪？然則臣將爲激者歟，將爲泛者歟，抑將遷就陛下之説，而姑爲不激不泛者歟？雖然，奉對大庭，而不激不泛者，固有之矣。臣於漢得一人焉，曰董仲舒。方武帝之策仲舒也，慨然以「欲聞大道之要」爲問。帝之求道，其心蓋甚鋭矣。然道以大言，帝將求之虛無渺冥之鄉也。使仲舒於此，過言之則激，淺言之則泛，仲舒不激不泛，得一説曰正心。武帝方將求之虛無渺冥之鄉，仲舒乃告之以真實淺近之理，兹陛下所謂切至之論也。柰何武帝自恃其區區英明之資，超偉之識，謂其自足以淩跨六合，籠駕八表，而顧於此語忽焉。仲舒以江都去，而武帝所與論道者，他有人矣。臣固嘗爲武帝惜也。堂堂天朝，固非漢比，而臣之賢亦萬不及仲舒。然亦不敢激，不敢泛，切於聖問之所謂道者，而得二説焉，以爲陛下獻，陛下試采覽焉。

一曰重宰相，以開公道之門。臣聞公道在天地間，不可一日壅閼。所以昭蘇而滌決之者，宰相責也。然扶公道者，宰相之責，而主公道者，天子之事。天子而侵宰相之權，則公道已矣。三省、樞密謂之朝廷，天子所與謀大政，出大令之地也。政令不出於中書，昔人謂之斜封墨敕，非盛世事。國初三省紀綱甚正，中書造命，門下審覆，尚書奉行，宫府之事無一不統於宰相。是以李沆猶得以焚立妃之詔，王旦猶得以沮節度之除，韓琦猶得出空頭敕以逐内侍，杜衍猶得封還内降以裁僥倖。蓋宰相之權尊，則公道始有所依而立也。今陛下之所以爲公道計者，非不悉矣。以寅緣戒外戚，是以公道責外戚也。以裁制戒内司，是以公道責内司也。以舍法用例戒群臣，是以公道責外廷也。雷霆發蔀，星日燭幽，天下於此咸服陛下之明。然或謂比年以來，大庭除授，於義有所未安，於法有所未便者，悉以聖旨行之。不惟諸司陞補，上瀆宸奎，而統帥躐級，閤職超遷，亦以夤緣而得恩澤矣。不惟姦贓湔洗，上勞涣汗，而選人通籍，姦胥逭刑，亦以鑚刺而拜寵命矣。甚至閭閻瑣屑之鬭訟，皂隸猥賤之干求，悉達内庭，盡由中降。此何等蟣蝨事，而陛下以身親之，大臣幾於爲奉承風旨之官，三省幾於爲奉行文書之府，臣恐天下公道自此壅矣。景祐間，罷内降，凡詔令皆由中書、樞密院，仁祖之所以主張公道者如此。今進言者，猶以事當間出睿斷爲説。嗚呼！此亦韓絳告仁祖之辭也。「朕固不憚自有處分，不如先盡大臣之慮而行之」，仁祖之所以諭絳者，何説也？柰何復以絳之説啓人主，以奪中書之權，是何心哉！宣、靖間，創御筆之令，蔡京坐東廊，專以奉行御筆爲職，其後童貫、梁師成用事，而天地爲之分裂者數世，是可鑒矣。臣願陛下重宰相之權，正中書之體，凡内批必經由中書、樞密院，如先朝故事，則天下幸甚，宗社幸甚。

二曰收君子，以壽直道之脉。臣聞直道在天地間，不可一日頹靡。所以光明而張王之者，君子責也。然扶直道者，君子之責。而主直道者，人君之事。人君而至於沮君子之氣，則直道已矣。夫不直則道不見，君子者直道之倡也。直道一倡於君子，昔人謂之鳳鳴朝陽，以爲清朝賀。國朝君子氣節大振，有魚頭參政，有鶻擊臺諫，有鐵面御史，軍國之事，無一不得言於君子。是以司馬光猶得以殛守忠之姦，劉摯猶得以折李憲之横，范祖禹猶得以罪宋用臣，張震猶得以擊龍大淵、曾覿。蓋君子之氣伸，則直道始有所附而行也。今陛下之所以爲直道計者，非不至矣。月有供課，是以直道望諫官也。日有輪劄，是以直道望廷臣也。有轉對，有請對，有非時召對，是以直道望公卿百執事也。江海納汙，山藪藏疾，天下於此咸服陛下之量。然或謂比年以來，外廷議論，於己有所未協，於情有所未忍者，悉以聖意斷之。不惟言及乘輿，上勤節貼，而小小予奪，小小廢置，亦且寢罷不報矣。不惟事關廊廟，上煩調亭，而小小抨彈，小小糾劾，亦且宣諭不已矣。甚者，意涉區區之貂璫，論侵瑣瑣之姻婭，不恤公議，反出諫臣。此何等狐鼠輩，而陛下以身庇之。御史至於來和事之譏，臺吏至於重訖了之報，臣恐天下之直道自此沮矣。康定間，歐陽脩以言事出，未幾即召以諫院。至和間，唐介以言事貶，未幾即除以諫官。仁祖之所以主直道者如此。今進言者猶以臺諫之勢日横爲疑。嗚呼！兹非富弼忠於仁祖之意也。弼傾身下士，寧以宰相受臺諫風旨，弼之自處何如也？柰何不知弼之意，反啓人君以厭君子之言，是何心哉！元符間，置看詳理訴所，而士大夫得罪者八百餘家，其後鄒浩、陳瓘去國，無一人敢爲天下伸一喙者，是可鑒已。臣願陛下壯正人之氣，養公論之鋒，凡以直言去者，悉召之于霜臺烏府中，如先朝故事，則天下幸甚，宗社幸甚！

蓋大道之行，天下爲公；周道如砥，其直如矢。自古帝王行道者，無先於此也。臣來自山林，有懷欲吐，陛下悵然疑吾道之迂遠，且概論乎古今功化之淺深，證效之遲速，而若有大不滿於今日者，臣則以爲非行道之罪也。公道不在中書，直道不在臺諫，是以陛下行道，用力處雖勞，而未遽食道之報耳。果使中書得以公道總政要，臺諫得以直道糾官邪，則陛下雖端冕凝旒於穆清之上，所謂功化證效可以立見。何至積三十餘年之工力，而志勤道遠，渺焉未有際邪！臣始以「不息」二字爲陛下勉，終以公道、直道爲陛下獻，陛下萬幾之暇，儻於是而加三思，則躋帝王，軼漢唐，由此其階也已。臣賦性踈愚，不識忌諱，握筆至此，不自知其言之過於激，亦不自知其言之過於泛，冒犯天威，罪在不赦，惟陛下留神。臣謹對。

廷試前兩日，先生苦河魚，且不能食。試之日丑寅間，强起乘籃輿，趨馳道外，幾不能支吾。至昕，諸進士趨麗正門之旁門，先生隨群擁併而入，頂踵汗流，頓覺蘇醒。至殿廊，恭受御策題，就題命意，文思湧泉，運筆如飛，所對且萬言，未時已出矣。或謂有神物者，盪滌其中，以吐其奇，是豈偶然之故哉！道體堂謹書。

封　事

己未上皇帝書

十一月吉日，敕賜進士及第臣文某昧死百拜，謹奉詔獻書于皇帝陛下。臣一介踈賤，遭逢聖明，猥以庸愚，早膺親擢。世道悠悠，風塵流靡，臣於其間，蓋嘗感激奮發，以爲由今之道，無變今之俗，一日有關於天下國家之故，懼無以辱使令。杜門四年，讀《禮》之外，蓋未嘗一日不思以自效也。乃夏五，陛下臨軒策士，偶垂記憶，起臣於家居，進臣於仕籍，臣伏被宸命，感激不自勝。追惟蒙恩之初，阻於朝謝，北望天路，輒奉表以聞。伏蒙聖慈，許臣詣拜闕下，德至渥也。臣就道以來，不圖國事浸艱，邊烽頓迫，陛下引咎責躬，改過更始，召還舊德，斥去元姦，凡可以當天意回人心者，無所不用其至。伏惟陛下，不自神聖，猶親灑宸翰，誕布詔書，庶幾中外臣庶，危言極論，以有補於今日之故。陛下悔悟之意，上通于天，天下於此咸服陛下之勇。臣甫及趨謝闕庭，兩讀綸音，爲之哽咽下泣。君臣之義，與天地並立，況臣蒙被厚恩，非衆人比。使於此時，泯泯默默，上負陛下，內負帝衷，尚何以飲食於戴履間哉！是用不避斧鉞，輒奮愚忠，條其説以獻，惟陛下財幸。

一曰簡文法以立事。夫貴爲天子，富有四海，垂衣拱手，以雍容於穆清之上，至尊之體也。不幸際時艱難，兵革四起，俯仰成敗，呼吸變故，此非用馬上治不濟。今國勢搶攘，固猶未至如馬上之急，然寇入腹心，事干宗社。陛下爲皇皇拯救之謀，不得不略倣馬上治之之意。今陛下焦勞於上，兩府大臣黽勉於下，君臣之間，不可謂非日計軍實而申儆之者。然尊卑闊絶，禮節繁多。陛下平旦視朝，百官以次奉起居，宰相搢笏出奏，從容不踰時。軍國大事，此雖陛下日夜與宰相汲汲而圖之，猶懼不莸，謀王斷國之設施，尊主庇民之藴蓄，豈能以頃刻交際而究竟之哉！陛下退食之暇，雖時出内批，以與宰相商論。宰相又時有奏報，以出其建明。然天下事得於面論者，利害常決於一言。筆墨所書，或反覆數百言而不足。事機交投，寸陰可惜，使宰相常有此等酧酢，則一事之末，固有費其日力者矣，其於幾務，豈不有所妨哉！古者，天子之於大臣，或賜坐，或賜食，或奏事至日昃，或論事至夜分。凡皆以通上下之情，爲國家至計也。賜茶之典，五代時猶有之。惟國初范質、王溥頗存形迹，此事遂廢。陛下莫若稍復古初，脱去邊幅，於禁中擇一去處，聚兩府大臣，日與議軍國大事。陛下賜之欵密，親是非可否於其間，衆議惟允，則三省畫時施行。上下如一，都俞吁咈之間，必將有超然度外之舉。天下何事不可爲，何難不可濟？至於除授，尤有關繫。且如近者重臣建閫之事，方帥海門，隨遷建鄴；甫鎮建鄴，又進上饒。布置變换，如奕棋然，卯詔辰行，奔命不給。大者措畫之如此，小者遷徙之更多。人無定志，事無成謀，當此艱危，豈不誤事？繼自今始，陛下宜與大臣熟議，某人備某職，某人任某事。人物權衡，當而後用；朝廷命令，奠而後發。如此則觀聽者不至皇惑，驅馳者不至遲回。人知其令出惟行，則無輕朝廷之心。士大夫知其可以展布四体，則鞠躬盡瘁而無觀望。其於國事，厥非小補。又如用一人也，或出於陛下之拔擢，或出於宰相之啓擬，中書已費行移，後省方及書讀，或有不當，又至繳駁。比其不繳駁也，則書黄徑下，其人徑受命矣，臺諫始從而有所指陳，是致國論紛紜，而内外職守，遷移如傳舍。施之平時，雖有体統，用之今日，恐悮事機。臣愚以爲陛下宜倣唐諫官隨宰相入閤故事，令給舍臺諫從兩府大臣，日入禁中聚議，其有不可，應時論難，不使退有後言。如此，則國事無聚訟之譏，宸命無反汗之失，事會無濡滯蹉跌之悔，豈不簡便易行哉！若夫中書，乃王政之所由出，宰相之重，又天子之所與論道經邦而不屑其他者也。今宰相來於倉卒之中，而制千里之難，立於敗壞之後，而責一旦之功。此雖敏手不能以大有爲，須是博采四方之謀，旁盡天下之慮，而後不僨於事。側聞軍期文書，填委叢積，宰相以其開誠布公之歲月，弊弊焉於調遣科降之間，侍從近臣且日不暇相接矣。諸葛亮以區區之蜀，抗衡天下十分之九，究其經濟大要，則曰集衆思，廣忠益。今衆思不暇集，忠益不暇廣，宰相不得已，竭其一心，役其兩耳目，日與文書期會相尋於無窮。此豈其才之不逮哉！我朝三省之法，繁密細碎，其勢固至此也。柳宗元有言：失在於制，不在於政。爲今之計，惟有重六部之權，可以清中書之務。今六部所司，絶是簡省，其間長貳，常可缺員。莫若移尚書省六房，隸之六部。如吏部得受丞相除授之旨而行省劄，兵部得稟樞密調遣之命而發符移。其他事權，一倣諸此。而又多置兩府屬官，如檢正、都承之類，使知蜀事者置一員，知淮事者置一員，知諸路事者置若干員。兩府日與其屬劘切講畫，以治此寇，而文書行移不與焉。如此，則大臣有從容之暇，可以日見百官以及四方賢俊。酬應簡，則聰明全；心志壹，則利害審。塞禍亂之路，開功名之門，當自此始。惟陛下思之。

二曰倣方鎮以建守。今天下大患，在於無兵，而無兵之患，以郡縣之制弊也。祖宗矯唐末五代方鎮之弊，立爲郡縣繁密之法，使兵財盡關於上，而守令不得以自專。昔之擅制數州，挾其力以争衡上國者，至此各拱手趨約束，卷甲而藏之。傳世彌久，而天下無變。然國勢由此浸弱，而盜賊遂得恣睢於其間。宣、靖以來，天下非無忠臣義士，强兵猛將，然各舉一州一縣之力，以抗寇鋒，是以折北不支而入於賊。中興之臣，識循環救弊之法，蓋有建爲方鎮之議者矣。失此不圖，因循至今日，削弱不振，受病如前。及今而不少變，臣不知所以爲善後計矣。今陛下命重臣建宣閫，節制江東西諸州，官民兵財，盡從調遣。廟謨淵深，蓋已得方鎮大意矣。然既有宣閫，又有制司，既有制置副使，又有安撫副使，事權俱重，體統未明。有如一項兵財，宣閫方欲那移，諸司又行差撥。指揮之初，各不相照；承受之下，將誰適從？今日之事，惟有略倣方鎮遺規，分地立守，爲可以紓禍。且如江西一路，九江、興國、隆興，與鄂爲鄰，朝廷既傾國之力以赴之，姑所不論，惟寇之至湖南者，已宿堂奥。此外八州，其措置不容苟簡。八州之中，廬陵、宜春最當衝要。虜之爲兵，其法常有所避。避八桂則出清湘，避長沙則出衡陽。今宜春見謂有兵，惟廬陵猶此無備。舍堅攻瑕，棄實擊虚，虜既以此爲得策，則夫避宜春而趨廬陵，其計將必出於此。州縣之事力有限，守令之權勢素微，虜至一城則一城創殘，至一邑則一邑蕩潰。事勢至此，非人之愆。若不别立規模，何由戡定禍亂？臣愚以爲莫若立一鎮於吉，而以建昌、南安、贛隸之。立一鎮於袁，而以臨江、撫、瑞隸之。擇今世知兵而有望者，各令以四州從事。其四州官吏，許以自辟。見在任者，或留或去，惟帥府所爲。去者，令注别路差遣。其四州財賦，許以自用。自交事一日始，其上供諸色窠名，盡予帥府。交事以前，見未解數目，亦許截留。其四州軍兵，見屬伍符者，必寡弱而不振，見行團結者，必分散而不齊。許於伍符團結之外，别出措置，收民丁以爲兵。彼一州之緊急者，得三州稍寬緩之力，以爲之助。三州之寬緩者，得一州當其緊急，而無後憂。不出二三月，如吉、如袁，其氣勢當自不同。倣此而行之，江東、廣東無不可者。夫郡縣方鎮之法，其末皆有弊，所貴乎聖人者，惟能通變而推移之。故郡縣所以矯方鎮之偏重，方鎮所以救郡縣之積輕。今郡縣之輕甚矣，則夫立爲方鎮之法，以少變其委瑣不足恃之勢，真今日之第一義也。陛下一日出其度外之見，不次拔數人之沈鷙英果者，委以數鎮，俾各爲國家當一面。則郡縣之間，文移不至於太密，事權不至於太分，兵財得以自由，而不至於重遲而不易舉。旬月之間，天下雷動雲合，響應影從，驅寇出境外，雖以得志中原可也，尚何惴惴宗社之憂哉！

三曰就團結以抽兵。抽兵之説，臣前已開其端，而其節目未悉也。請再陳之。夫取兵於民，周井田、唐府兵之遺法也。今使者四出，分行營陣，俾各處團結，以自爲鄉井之衛。疾行之中，此亦庶幾善步者，然而無益也。近時朝廷以保伍爲意，官府下其事里胥。爲里胥者沿門而行，執筆以抄其户口曰官命而各爲保伍也。已而上其籍於官，又從而堊通塗之壁，取其甲分五五而書曰保伍如右。所謂保伍者，如此而已。臣居廬陵，往往有寇警，則鄉里又起所謂義丁者。一日，隅總擊柝，以告其一方曰：「寇至，毋去諸！而等各以某日聚某所，習所以守望。」至其日也，椎牛釃酒以待，隨其所衣，信其所持，從而類編爲之伍。一匝乎村虚井落之間，翕然而聚，忽然而散，則義丁者，又止如此而已。今朝廷命使以團結，州縣奉旨而行移，計其規爲布置，當有加密於臣所言者。然某所若干人，某所又若干人，屬邑合狀帳申郡府，郡府合狀帳申朝廷，計其數目，當自不少。然其分也，散而不一；其合也，多而不精。故當其分，則鄉村無以通於鎮市，鎮市無以通於城郭。虜突如其來，彼一方者，力不敵，勢不支，老弱未及揀，教閱未及施。雖有金鼓旗幟之物，而未知坐作進退之節也。雖有城池山澤之險，而未知備禦攻守之方也。且民之聚也，使之自峙其糧，自備其飲食，則有所不能。仰於官，則無以給也；有以給，則又不能久也。臣故曰無益也。夫前所謂或千人，或數百人，此隅總一日能辦也。今建言者，不察其聚之易而用之難，增兵之有名，而拒寇之無實。乃欲視其團結之多寡，升降其官賞以爲勸，且意其一日之急，或者可驅而他之。賈誼有言：皆非事實知治亂之体者也。陛下忱能委數州立一方鎮，莫若俾爲帥者，就團結之中，凡二十家取其一人，以備軍籍。一郡得二十萬家，則可以得一萬精卒。例而行之諸州，則一鎮新兵當不下二三萬。州郡見存之租賦，可以備兵食；見存之財利，可以備軍需。古人抽丁之法，或取之三家，或取之五家。今官收其米以就爲養，收其財以就爲用。既食其力，不當又重役其人。惟於二十家取其一，則衆輕而易舉，州縣號召之無難，數月之内，其事必集。爲帥者教習以致其精，鼓舞以出其鋭。山川其便習也，人情其稔熟也，出入死生之相爲命也。鋒鏑之交，貌相識而聲相應也。如此兵者，一鎮得二三萬人，當凛凛然不卜一敵國。今諸路列鎮，則精兵雖十餘萬可有也。太祖皇帝南征北伐，所至如破竹，計其兵，曾不滿二十萬。使吾於諸閫之外，别得十萬精兵，則何向而不可哉！或曰，國家經常，皆用供億；州縣財賦，各有窠名。今上流之兵未解，江、淮之餽如故，使移此事力，以給方鎮之兵，如諸閫何？嗚呼！擇害莫若輕，擇利莫若重，臣蓋籌之審矣。夫京、湖之路既梗，則雖欲漕運，而舟楫不能以前。江廣之備既虚，則雖有財賦，而土地不能以自保。與其束手無措，以委輸於虜，孰若變通盡利，以庶幾虜之可逐也。且夫江廣既全，則吾之境内，其惟正之供者尚多也。陛下撫此厄運，不得不勉自節縮，曲爲通融，多方以濟諸閫之急。支吾年時，寇必就盡，然後一正吾之郡縣，一復吾之經常，未晚也。不然，殆未知其所終。惟陛下深思亟圖之！

四曰破資格以用人。本朝用人，專守資格。祖宗之深意，將以習天下之才，世雖有賢明忠智之人，英偉奇傑之士，亦必踐歷之多，涉歷之熟，積勞持久，而後得至於高位。養成遠大之器，消弭僥倖之風，人才世道，胥有利賴。然其弊也，有才者常以無資格而不得遷，不肖者常以不礙資格法而至於大用。天下卒有變，不肖者當之，而有才者拱手熟視。夫是以常遺國家之憂。臣嘗見數年以來，邊陲之間偶缺一帥，陛下徬徨四顧，弄印莫屬，挨排應急，不得已常取監司之風力者爲之。趙、魏老不可以爲滕、薛大夫，陛下非不知其然也。他人資格或有未及，而彼適可得之，雖其才具容有不逮，然猶意境外無事，以幸其不至於敗缺。比其敗缺，則倉皇變易，常至於失聲色而後已。嗚呼！此平世拘攣之弊也。今天下事勢，潰決已甚，一有蹉跌，事關存亡。百夫不可輕擇將，一壘不可輕畀守，況其重者乎？今自朝郎以上，凡内之卿監侍從，外之監司郡守，紫朱其綬，唱呵車蓋而出者，不知幾人。使其中果有非常之材，堪任將帥，則是望實既優，資格又稱。一日舉而置之萬夫百將之上，誰曰不然？然臣意陛下之未有其人也。則夫宗社安危之機，不可輕決於庸人而有資格者之手。世之能辨事者，固多矣。三辰不軌，拔士爲相；蠻夷猾夏，拔卒爲將，事固各論其時也。今何如時？尚拘拘孑孑於資格之末。臣觀州縣之間，凡寮底小官馳騁於繁劇之會者，蓋甚有之。薦引之法浸弊於私，而改官之格率爲勢要者所據。孤寒之中，獨無可任大事者乎？三歲一貢士，碌碌成事者衆，而氣概才識望于鄉里，曾不得一名薦書。抱膝隆中，杖策軍門，固皆逢掖章甫之流也。夫今日之士，他日之官也。今日之小官，他日之爲公卿者也。天下有事，凡能擔當開拓，排難解紛，惟其才耳。固有明知其人之有才，而拘於資格之所不可，則亦姑委棄之，此豪傑之士，所以痛心疾首於世變之會也。陛下如建立方鎮，收拾人才，臣願明詔有司，俾稍解繩墨，以進英豪於資格之外。重之以其任，而輕授以官，俟其有功，則漸加其官，而無易其位。漢、唐法度疏闊，其一時人才，常倜儻不羈。本朝以道立國，以儒立政，則亦無取乎爾。然至於今日，事變叢生，人物落落，柰何不少變之哉！至如諸州之義甲，各有土豪，諸峒之壯丁，各有隅長。彼其人望，爲一州長雄，其間蓋有豪武特達之才，可以備總統之任。一日舉之以爲百校之長，則將帥由是其選也。其顥異通敏者，引之於帷幄樽俎之密，又從而拔其尤者，委之以人民社稷之重，則人才不可勝用也。至如山巖之氓，市井之靡，刑餘之流，盜賊之屬，其膽勇力絶，足以先登；其智辯機警，足以間諜。使貪使愚，使詐使勇，則群策群力，皆吾屈也。昔之方鎮，食其土地，用其人民，拊循其士大夫，驅策其跅弛之士，故雖以區區之地，常足以與天下爭雄。今雖未至於此，然陛下髣髴而行之，則吾規模意氣，固已一變前日之弱矣。惟陛下熟計之，幸甚！

夫古之爲天下國家者，常有敵國相持之憂，然而立乎四戰之衝，雖將衄兵潰，屢赴屢仆，❶而其國終不可動，由卓然有所立故也。今陛下奮發神斷，赫然悔悟，所以洗舊汙，更宿弊，如雷霆風雨，交馳並至而不可禦。陛下亦求所以爲自立矣，而未得其方也。自立之方，臣前所獻之數條是已。雖然，臣意陛下未之能行，則有説也。何也？悔悟之意未明也。奸人當國，指天下能言之士，謂之好名譁競。使好名譁競者常在朝廷，則清議之福陛下必及受用，事應不至今日。惟浸潤膚受，爲毒已深，而後陛下之人才盡逐。陛下今既悔悟矣，然鋒車所召，率未及前日擯棄流落之人。或謂陛下猶有畏其不靖共之意。夫今日之禍亂，靖共之報也。陛下猶有愛於貌爲靖共者邪？此悔悟未明之一也。三數年前，縉紳之能出臆論事者既爲奸人所屏，學校之士猶叩閽亹亹不自已。奸人疾其爲害己也，託名學法，重致意於禁上書之一條，而後陛下之言路盡塞。陛下今既悔悟矣，然食肉之徒未有能出一語以救陵遲之禍，惟學校不憚懇懇以爲言。彼其所陳，固有未盡切實者，陛下何不擇其善者而施行歟？此悔悟未明之一也。今有人焉，陷於酒色，湛溺而不自知，元氣日耗蝕於內，客邪日衝擊於外，四肢百骸幾至解体。一日倏大悔悟，自創其酒色之愆，而使爲朋友僕御者各得以勤攻己之短，其爲身謀幾晚矣。然知湛溺之爲病，而猶諱其所從來，則是病根固在也。人非不知愛身，彼諱病根而不肯決去者，説其小而忘其大也。陛下所以救社稷，重於救身，則夫病根所在，何所顧惜而不之去歟！高宗皇帝

❶「赴」，張元諭本作「起」。

以麥飯豆粥之苦，植立東南百四十年太平之基。陛下嗣無疆大歷服，所以撫摩愛養，培億萬年丕天之休，加用力焉。不幸比者中外怨叛。吾之赤子，自延寇入室，謀危國家，蓋至今日遠近爲之荷擔，宗社幾於綴旒。天下之人追咎其失，以爲於聚斂之過。❶而聚斂之事，通國憤然怒罵，以爲倡於陛下左右之人。夫此一人者，竊弄威權，上累聖德，其凶燄威惡，蠹國害民者，臣不能具數。獨其攘臂聚斂，招集奸凶，爲陛下失民失土，以貽宗社不測之憂者，其罪莫甚焉。趙簡子命尹鐸爲晉陽，尹鐸曰：「繭絲乎？保障乎？」簡子曰：「保障哉！」古之爲天下計者，不屑於其小，而惟遠者是圖；不快於目前之求，而常恐其一朝之患。故雖簡子區區之大夫，尹鐸區區之小吏，其所規爲，猶及於此。國家之大，不可以田舍翁自爲也。後之人君，思以富雄天下，固有時出其聚斂之術，然猶繭絲自繭絲，保障自保障。何物刑餘，爲謀不臧，率天下以共向繭絲之的，而保障之地亦不得免焉。繭絲之毒不可忍，而後保障之禍不可爲。陛下間者屢出内帑金帛，分給諸司，期有救於難。然調度方殷，兵革又不得息，前日聚繭絲之得未什伯，今日救保障之費，蓋千萬億秭而未有已也。嗚呼！誰生厲階，至今爲梗。向使此人者不以聚斂斲伐祖宗涵洪寬大之仁，蟊賊陛下神明英武之德，則必不妄籍民財以入修内司，必不豪奪民産以實御莊，必不諧價西園以布中外貪酣之寵，必不交通南牙以開朝廷污濁之門。如此，則奸人必不得竊據相位，偏置私人。如此，則彊禦掊克之流，必不得齒於搢紳，玷於節鉞。如此，則各郡有賢

❶「於」，張元諭本無此字。「於」上，《歷代名臣奏議》卷一〇〇有「起」字。

守，各路有賢監司，必不侵漁以交結北司，剥割以應奉内獻。民心必無變，宗社必無危。今朝廷知江閫虐取漁舟，故吾人爲虜鄉導以至於此。曾不知是數年間，外之監司郡守，求爲交結應奉，而一切不卹，以失吾民戴宋無二之心者，所在有之，江閫之事偶著爾。今論者追訟江閫之罪，死有餘責，則夫使士大夫貿貿焉爲聚斂，重失人心，激天下以各懷怨叛，如臣所指之人者，一死詎足道哉！且夫奸人之入相也，使非此人者與之相爲表裏，以揜陛下之聰明，密爲游揚，以開陛下之信用，則賢者必不以好名中傷，言者必不以譁競逐去，學校之持公論者必不以諠横得禍，士大夫之秉直節者必不以貪贓加罪。朝廷清一，言路光明，邪人何自而赫張，民瘼何自而壅鬲，人離而陛下何以不覺，寇至而陛下何以不知？彼其依憑陛下恩寵，以爲奸人奥主，故顛倒宇宙，濁亂世界，而得以無忌憚。使陛下今日訟過於天地，負媿於祖宗，結怨於人民，受侮於夷狄，則豈獨一奸人爲之哉？原情定罪，莫重於奥主，而奸人次之。莊周曰：「兵莫憯於志，鏌鎁爲下。」言刺人而殺之，不在於手，而在於心，不在於鋒，而在所以用其鋒者。奸人則鏌鎁也，奥主則志也。方今國勢危疑，人心杌棿。陛下爲中國主，則當守中國，爲百姓父母，則當衛百姓。且夫三江五湖之險，尚無恙也；六軍百將之雄，非小弱也。陛下臥薪以厲其勤，斫案以奮其勇，天意悔禍，人心敵愾，寇逆死且在旦夕。或謂其人者，鋪張驚憂，以沮陛下攘寇之志，處分脆弱，將誤陛下爲去邠之行。居前日，則曰我能爲君充府庫，以盜其權。居今日，則獻其小心，出其小有材，使陛下意其緩急可恃，以固其寵。向非陛下參酌國論，堅凝廟謨，爲效死不去之計，則一日嘗試其説，六師一動，變生無方。臣恐京畿爲血爲肉者，今已不可勝計矣。小人誤國之心可勝誅哉？臣愚以爲今日之事急矣。不斬董宋臣以謝宗廟神靈，以解中外怨怒，以明陛下悔悟之實，則中書之政必有所撓而不得行，賢者之車必有所忌而不敢至。都人之異議何從而消？敵人之心膽何從而破？將士忠義之氣何自激昂？軍民感泣之淚何自奮發？禍難之來，未有卒平之日也。千金之家得一僮奴，稍足以稱其私，雖害于而家，未忍亟去，況其人給事之歲月已深，乞憐之懇欵已熟。陛下性資仁厚，亦豈忍遽甘心焉？然宗社之事重，左右之恩輕，蠹民誤國之罪深，承顔順色之愛淺。伏惟陛下以宗廟社稷之故，割去私愛，勉從公議，下臣此章，付之有司，暴其罪惡，明正典刑，傳首三軍以徇。如此，而天下不震動，人心不喜悦，將士不感泣而思奮，虜寇不駭愕而謀還，是人心天理可磨滅也，是天經地義可澌澅也，臣所不信。臣嘗讀諸葛亮《出師表》，輒掩卷哀憤，悲其用心。亮之言曰：「宮中府中，俱爲一體。陟罰臧否，不宜異同。若有作奸犯科，及爲忠善者，宜付有司，論其刑賞，以昭平明之治。亮將獎率三軍，北定中原，攘除奸凶，興復漢室。」其於宮府之政，宜若無與，而獨區區以此爲先者，良以社稷安危之權，國家存亡之故，不在於境外侵迫之寇，而内之陰邪常執其機牙。此亮之所以深權内外本末之理，而先窒其禍亂之源也。今臣上自朝廷，下至州縣，所以分畫其規模，纖悉其經緯，以上助尊夏攘夷之一畫者，已略備矣。而臣獻其狂愚於末，猶有感於亮之所言。區區劣功，何敢引亮爲證，顧所以忠君愛國之心，則亮之爲也。臣非不知踈遠之人，指陳無狀，干犯天誅，罪在不赦。且使幸赦之不誅，則左右之人仇疾臣言，亦將不免。然臣所以不顧危亡，寧以身犯不測之鋒者，義命之際，臣固擇之精矣。方今社稷震動，君父驚虞，此所謂危急存亡之秋。臣委質爲臣，與國同休戚，親見外患如火燎原，❶而内寇又復植根固，流波漫，則禍難無涯，臣死亡正自無日。與怵迫於權勢之威，憂疑於一己之禍，噤口結舌，以坐待國家之難而後死，孰若犯死一言，感悟天聽。如陛下以爲狂妄而誅之，臣固已自分一死。萬一陛下察臣之忠，行臣之言，以幸宗社，則臣與國家同享其休榮。等死之中，又有生路。此臣所以齎咨涕洟，望闕懇悃，而不能自已也。臣冒瀆天威，殞越震懼，謹席藁私室，以俟威命之下。臣無任瞻天望聖，激切屏營之至！不備。臣某昧死百拜上。

此先生開慶己未伏闕書也。先生丙辰狀元及第，乃穆陵親擢。舊例：三魁唱名罷，賜袍笏，謝恩。入幕，賜御饌，進謝恩詩。出，賜席帽，於闕門外上馬，迎入期集所者，又名狀元局，官給錢物、供張、皂隸等。於此所聚同年，待賓客，刊題名小録，賜聞喜宴，進謝宴詩。如此者一月。然後率榜下士詣闕門謝恩，謂之門謝。門謝後，命之初階，内狀元授承事郎，簽書某軍節度判官廳公事。至後一科放進士榜，則前一科狀元召入爲秘書省正字，名曰對花召。此舊例也。先生入期集所數日，嚴侍有疾，即謁告還邸侍藥。未幾，乃有失怙之變，即持服扶柩歸里，服除，閉門度日。後一科，當對召日，始除簽書寧海軍節度判官廳公事。蓋先生未除官而即持服，故除初階，先生上請未敢受官，乞行門謝禮，奉旨允。己未冬，造朝門謝，適有江上之警，應求言詔上此書，不報而歸。未幾，又除簽書鎮南軍節度判官廳公事。先生上請，乞奉宫觀香火，以安分守，除主管建昌軍仙都觀。未

❶「燎」，原作「潦」，今據鄒本、張元諭本、四庫本改。

幾，除祕書省正字。誥辭云：「倫魁登瀛，故事也。然始進大率以虚名，既久乃知其實踐。爾則異是，初以遠士奉董生之對，繼以卑官上梅福之書。❶天下誦其言，高其風，知爾素志不在温飽。麟臺之召，其來何遲？語有云：『見大名難。』又云：『保晚節難。』爾其厚養而審發之，使輿論翕然曰，朕所親擢敢言之士，可。」陞校書郎，又陞著作佐郎，兼景獻太子府教授。值巨閹董宋臣再出用事，於是上章極論，遂出知瑞州。此章見于後，今略敘其概云。道體堂謹書。

癸亥上皇帝書

七月吉日，具位臣文天祥，謹昧死百拜，獻書于皇帝陛下。臣畎畝末學，天賦樸忠。遭逢聖明，早塵親擢。己未之夏，陛下廷策多士，記憶微臣，俾佐京兆尹幕。時臣不敢拜恩，乞行進士門謝，旨令赴闕，其冬實來行禮。適值寇難方殷，江上勝負未決，而全、永、衡且破。于時京師之勢，危如綴旒，上下皇皇，傳誦遷幸。臣得之目擊，忱恐六師以一朝而動，京社之事，❷關繫不細；采之公論，則謂寇禍起於憸壬之聚斂，而憸壬用事，則主於董宋臣。至於遷幸一事，宋臣張皇處分，尤駭觀聽。事勢至此，死且無日。臣忠憤激發，叩閽上疏，乞以宋臣尸諸市曹，以謝生靈荼毒之苦。指陳觸忤，自分誅斥，出關

❶ 「卑」，原作「早」，今據張元諭本改。

❷ 「京」，《歷代名臣奏議》卷一八六作「宗」。

待罪。不報，亟歸山林，側聽聖裁。臣章雖不付出施行，而竟亦不坐臣以罪。非惟免於罪而已，改命洪幕，從欲與祠，又寵綏之。臣嘗以爲區區父母之身既委而徇國矣，陛下赦而不誅，臣之再有此身，是陛下賜之也。感激奮發，常恨未有一日答天地之造。前冬誤辱收召，畀以館職，曾未幾時，進之以著庭，寵之以郎省。臣之取數於明時者，益以過多。共惟聖德日新，朝無闕事，臣得從事鉛槧，悉意科條，以無忘「靖共爾位」之訓，忱幸忱荷。兹者倏讀報狀，宋臣復授内省職事。臣驚歎累日，不遑寧處。繼傳御批，洊畀兼職，且使之主管景獻太子府。臣備員講授，實維斯邸，此人者乃爲之提綱。當其覆出，臣自揆以義，且無面目以立朝，況可與之聯事乎？請命以去，臣之分也。然臣端居深念，託故而去，謂之潔身可也。陛下未嘗拒言者，言而當於可，陛下未嘗不行。臣不言而去，則於事陛下之道，爲有未盡，是用不敢愛於言。伏惟陛下鑒臣之衷而幸聽焉。臣伏讀國史，竊見孝宗皇帝所以待贊御者，終始之際，恩威甚明。臣嘗以爲自古人主，寬仁莫如孝宗，英斷亦莫如孝宗。方曾覿、龍大淵輩用事，周必大言之，龔茂良言之，劉度言之，鄭鑑、袁樞言之。言者日以盛，而孝宗假以恩寵，未嘗爲之少衰。孝宗豈咈諫者哉？聖心寬仁，未忍驟有所加也。比其招權弄勢，日益翕赫，小心謹畏之態昵昵於前者，迄不能掩其陰私傾險之迹。或以見踈死，或以坐罪廢。英斷如此，豈以寬仁而遂失之姑息哉！開國承家，小人勿用，聖子神孫，一守是法。共惟皇帝陛下以聰明操制萬幾，以神武經緯六合。四十年間，凡經幾大禍亂，幾大驚危，天綱地紘，❶重新整頓，功業逐日以新，聲名隨風而流。尚論聖德，三代以下之英主，未能或之先也。神明之下，侍御僕從，罔匪正人，旦夕承弼厥辟，固其所也。惟是宋臣兇鷙慘毒，不可嚮邇。陛下曩以其小有才而假借之，小人不足大受，倚恃權勢，無所不至。戊午、己未間，天下指目，共欲甘心，臣冒死先爲陛下言之。陛下於此時，猶有徘徊顧惜之意，未即加罪也。而縉紳學校，交疏其惡，伏闕投匭，殆無虛日。陛下始豁然大悟，奪其大阿，屏置畿郡，中外鼓舞，歌誦盛德。臣妄謂陛下之寬仁全似孝宗，陛下之英斷亦全似孝宗。漢家自有制度，固應如是。《詩》云：「維其有之，是以似之。」雖然，陛下稟天地沖和之全氣，接帝王忠厚之上傳，寬仁英斷，雖並行而不相悖。二者分數，寬仁較多，是以如此人者遂得以生全於覆載之內。尋醫之旨未幾，朝請之命復下。今者又使之内居要地，日覲宸光，惟至聖爲能寬裕有容有如此者。然臣嘗聞之，惟仁者能好人，能惡人。蓋仁則無私，無私故能好能惡，聖人豈專以博愛爲仁哉！漢唐宦官之禍，其後至於濫觴而不可救，推原其初，則起於時君一念之不忍。是故古人之防微杜漸，不敢忽也。《語》曰：「往者不可諫，來者猶可追。」宋臣前此誤國之罪，陛下既赦之而勿問矣，臣何敢追尤往事，上瀆聖聰。獨爲方來計，則嫠緯之憂不能忘情焉。夫以陛下聖明在上，孤雛腐鼠亦何敢晝舞夜號，少作喘息？其人心性殘忍，群不肖

---

❶「天綱地紘」四字，前三字原漫漶，今據《歷代名臣奏議》卷一八六補。鄢本、四庫本作「人□□紘」，張元諭本僅作一「紘」字。

所宗。竊恐復用之後勢燄肆張，植根既深，傳種益廣，末流之禍，莫知所届。近者，陛下親製十四規，丕哉聖謨，爲萬世計甚悉。有如此事，獨可以爲小故無與於貽謀而闊略之哉！宋臣之爲人，臣實疎遠，亦安能以盡知之？惟是天下之惡名，萃諸其身，京國閭巷，無小無大，輒以「董閻羅」呼之。陛下之左右使令亦衆矣，此名不歸之他人，而惟此一人是歸，則豈不召而自至也哉！陛下毋以其退然謹愿而謂其未必怙威生事也，毋以其甘言卑詞而謂人言爲已甚也。千金之家，强奴悍僕，恣横閭里，至其服役於主人之前，固亦未嘗不小廉曲謹而可信也。此事雖小，可以喻大。陛下儻察及此，則亦何愛於此一人而閟惜英斷，以重違天下之心哉！伏望陛下稍抑聖情，俯從公議，縱未忍論其平生之惡以寘之罪，亦宜收回成命，别選純謹者而改畀之。失一兵，得一兵，於國家事，夫亦何損？于以厭人心之公，于以示來世之法，于以防天下之禍於未然，令聞令望，施于無彊。臣子之願，莫大於此。臣實何人，輒上封章以仰及於萬乘之所親信，蚍蜉撼木，自速虀粉，可謂愚甚。然臣方備位中朝，使其以厚禄餬口，坐取遷擢，豈不得計，而臣子所以事君正義謂何？世道升降之大幾，國家利害之大故，柰何坐而視之，噤不發一語？上負天子，下負所學，貽無窮羞。此臣所以不敢强顔以留，亦不敢詭辭以去，忘其嬰鱗不測之危，以冀陛下萬一聽而信之。臣言得行，宗社之利也，臣之榮也。如臣之積忱，未足以仰動天聽，坐受斧鉞，九隕無悔。謹杜門席藁，以聽威命之下。臣無任望闕瞻天，激切屏營之至。不備。臣昧死百拜。

輪對劄子

臣早以書生遭遇先皇帝親擢，事先皇帝垂十年，恨無涓埃補報天地。陛下龍飛繼運，移忠以事聖明，永肩乃心，臨鑒在上。比者臣來自外藩，待罪戎監，陛下親御宸墨，進之經筵。臣學殖凋蕪，循墻無路。自入侍氈厦，❶切見天顏睟穆，聖性謙虚。雖如草茅之愚，時賜訪問，臣感激殊遇，亦既得以悉數於前矣。猥當轉對，伏念臣職在講讀，今日聖學關天下治忽不細，輒因封事，畢吐其衷。臣聞聖人之作經也，本以該天下無窮之理，而常足以擬天下無窮之變。天地無倪，陰陽無始，人情無極，世故無涯。千萬世在後，聖人亦安能預窺逆觀，事事而計之，物物而察之？然後世興衰治亂之故，往往皆六經之所已有。凡六經垂監戒以爲不可者，小犯之則關安危，大犯之則決存亡。如赴水火之必斃，如食堇葛之必毒。是何哉？聖人知有理而已。合於理者昌，違於理者僵。所貴乎帝王之學，惟能不悖乎大經，❷無蹈乎其大戒而已。嗚呼！聖人所以爲萬世慮者豈不甚智，所以爲萬世戒者豈不甚仁矣哉！《書》曰：「民可近，不可下。予視天下愚夫愚婦，一能勝予。」而後世猶有以民爲黔首，以覆其宗，爲天下笑者。《書》曰：「内作色荒，外作禽荒。」《詩》曰：「亂匪降自天，生自婦人。」而後世猶有昭

❶「自」，四庫本作「昔」。
❷「大」，張元諭本作「六」。

陽華清，霓裳羽衣，以階漁陽之禍者。《書》曰：「慎乃儉德，❶惟懷永圖。」又曰：「不作無益害有益，不貴異物賤用物。」而後世猶有蒲萄天馬，甲帳翠被，以致四海蕭然者。臣嘗嘆夫自聖經以來，時君不聞大道之要，生人不被至治之澤。秦至五季，千數百年間，犯六經之顯戒者，相望史册。聖人立爲大經大法，以幸萬世，藐然未有聞焉，豈不惜哉！惟皇上帝，畀矜斯文，孔、孟微言，至我朝周、程、張、朱，始大闡明，如矇斯發。先皇帝表章四書，尊禮儒先，爲往聖繼絶學，爲萬世開太平。穆考之廟，稱爲理宗。陛下親得精一之傳，而日就月將，緝熙于光明。斯道斯民，解后千載。先皇帝欲爲唐虞三代之治，殆留與陛下使了此事。臣覩陛下自踐阼以來，畏天尊祖，親親仁民，敬大臣，體群臣，尊其所聞，行其所知，何往非學。今朝廷清明，宫府齊一，大法小廉，罔越厥志，不可謂不治矣。然臣切怪去年寒燠失常，四方或以旱告，今年星文示變，雨雹見妖，近者積陰爲寒，皆名咎證。漢人縱閉之學，必謂一證主一事。臣不能曉此，但即其影而想其形，因其流而疑其源，豈人所不知，己所獨知之地？陛下猶有當反之六經者乎？陛下日御經筵，正道正言嘗接于耳，而又内庭不廢觀書。《傳》曰：「多識前言往行，以蓄其德。」陛下蓋有之矣。臣愚更願陛下虚心體認，切己省察，每誦一義，善可以爲法，即驗之身曰，吾嘗有是乎？無則勉之。每説一事，惡可以爲監，即揣之心曰，吾嘗有是乎？有則改之。言則慮其所終，行則稽其所敝。豈惟制治于未亂，保邦于未危，充道學之用，經綸天下之大經，範圍天地之

❶「慎」，原作「謹」，避宋孝宗趙眘諱，今回改。下同，不再出校。

化而不過。行而帝，行而王，以卒先帝主張道統之事業，臣何幸身親見之哉！《書》曰：「兢兢業業，一日二日萬幾。」夫一日二日之間，亦未至即有萬事。然一事不謹，則萬事之幾自此而兆。故撥亂本，塞禍源，無一息不當用功。兢兢業業，所謂必有事焉者也。惟陛下留神。

文山先生文集卷之四

内　制

擬進御筆　爲馬丞相、趙僉書上奏留平章

《書》曰：「三人占，則從二人之言。」蓋占取其同。自二人之同推之，卿士庶民，無往不同者。師相欲去，二府以爲不可去，是千萬人皆以爲不可去矣。朕自師相有請，寢食不爲安。朕必不能違衆心，師相亦必不忍違朕心。嗚呼！尚鑒時忱，永綏在位，師相其聽之哉！所請宜不允。

又　擬

周公相成王，終身未嘗歸國。孟子當齊世不合，故致爲臣。蓋常情以去就爲輕，惟大臣以安危爲重。苟利諸國，皇恤其身！若時元勳，爲我師相。先帝付託，大義所存；太母留行，前言可覆。胡爲以疾，而欲告休？惟醫藥所以輔精神，惟安身所以保家國。古者之賜几杖，雖當七十，而不得引年；我朝之重辯章，雖過九旬，而尚使爲政。勉釐重務，勿困眇懷。所請宜不允。

此先生直翰林院時，代言一二也。留平章二批已進呈御前，賈似道有聞，嫌所擬無過褒之辭，且怒不先呈己，諷諭别直院官改作進呈。批出，竟不用先生所擬。先生即引先朝楊大年在翰林草詔，以一字不合真宗聖意，明旦，援唐故事，學士作文書，有所改爲不稱職，當罷。因亟求解職，丐祠引去。賈似道以漆木史作字至先生勉留。大略云：「直院援楊大年故事，豈非亦有大年性氣邪？如此者在先朝以爲異，後來皆以爲常。近日馮、王二直院所擬，未嘗不反覆更定。既曰天子私人，又豈不通商量？只如每年春帖，自有一等忌諱字面，上每令似道諭詞臣再三改定。諸公亦惟知謹承上意，直院特未知之耳。幸不必過爲突兀而有遐心。至叩，率幾台照。」先生貼名，繳還來槧。又上第二章，力丐祠，束擔出國門，而臺疏罷命出矣。先生有詩曰：「當年秖爲青山誤，直草君王一詔歸。」是也。道體堂謹書。

擬册立皇太子文

皇帝若曰：朕弗克于德，嗣先人，宅丕后。三十有七年，夙興夜寐，怵惕惟厲，懼無以追配于前猷，自底不類。迺季秋將有事明堂，思惟皇天，全付于有家，繼繼承承，於千萬年。祖宗在天，眷相惟兹，蔽自朕志，貽厥孫謀，予一人有辭，郊廟神祇祖考將安樂之！皇帝曰：猷，具官皇子某，爾忠孝豈弟，少如夙成。朕用疏爾王封，衍爾賦畬，欽迺服命，克懋厥德，惟爾休。昭事有嚴，俾爾圭鬯，薄海内外，罔不咸一。其册爲皇太子，改名某。嗚呼！厥惟我前人，造天丕基，創守惟艱哉！天難諶，命靡常，民罔常懷，懷于有仁，戒之哉！爾惟親正人，學于古訓，罔遊于盤，罔淫于逸，罔以非道孫志，罔以古之人無聞知！尊德崇道，由仁義行，乃若時守宗廟社稷，以爲祭主。天地神人，無疆惟休。朕不失爲知子，爾亦有令名。於戲欽哉！

表　牋

門謝表

臣某言，伏準省扎：「五月二十八日，三省同奉聖旨，文某添差簽書寧海軍節度判官廳公事，仍釐務。」臣以賜第之初，未經門謝，未敢祇拜劄命，申乞指揮。續準省扎：「七月十一日，三省同奉聖旨，令朝謝訖之任。」臣謹遵奉旨揮，詣闕庭朝謝者。御大廷而發策，式廣旁招；奉清問以攄忠，誤承親擢。尚阻紫宸之謝，遽叨黄紙之除。曠世遭逢，瞻天感激。中謝。❶臣切以賓興下詔，同天地宗祀之彝；科舉取人，代造化爵賢之柄。豈曰利人才之進取，其間實天道之流行。肆萬乘之臨軒，受諸侯之貢士。占小善者率以録，咸造在廷；取一人焉拔其尤，必有名世。豈應庸瑣，可在蒐羅。臣稟質既凡，聞道尤淺。才非洛陽之年少，偶玷薦書；學非廣川之大儒，遽塵舉首。自叨異數，亦既三年。回思臚唱之蒙

❶「中謝」二字，張元諭本無。下文諸如「中謝」、「中慰」等詞，張元諭本皆無，不再出校説明。

恩，莫與皀趨而奉表。有懷就日，無路箋天。方徬徨於丘園，乃寵綏其禄秩。輒請展爲臣之禮，幸許修詣闕之恭。兹蓋伏遇皇帝陛下，德體乾行，道符恒常久。❶世更三紀，遠追成周式化之風；歲啓後庚，近接藝祖開基之運。凡際風雲之會，咸依日月之光。遂令一介之姓名，亦被九重之記録。臣敢不誓堅素守，勉企前脩。自揆讀書，非爲平生温飽之計；願言竭節，用副上心忠孝之期。臣無任瞻天望聖，激切屏營之至。謹奉表陳謝以聞。

湖南提刑到任謝皇帝表

帝庭敷命，昭闢四門；天牧播刑，誤頒一節。申以諯驅之旨，疇兹已試之庸。周隰載馳，漢條具布。中謝。伏念臣本無他技，惟有孤忠。兩朝特達之知，洊塵清要；十載行藏之跡，秖自悔尤。雲雷之義方屯，天地之心已復。當元日達聰之始，在皇華遣使之中。聖恩靡許於祝釐，臣職敢稽於行道。瞻蓋高而下耳，冀用譽於折肱。兹蓋恭遇皇帝陛下，道協重華，仁周四表。崇德廣業，合乾轉坤翕之功；折獄致刑，得震動離明之用。遂令承乏，復忝司平。臣敢不祗若咨詢，對揚欽恤。陳時臬事，尚弘康乂之圖；受王嘉師，永迪明清之訓。

❶「恒」，原作「常」，避宋真宗趙恒諱，今回改。下同，不再出校。

謝皇太后表

司平楚甸，命出嚴宸；告至周原，恩歸慈極。敢敷睿訓，仰謝徽音。中謝。伏念臣一介寒微，兩朝知遇。傾葵向闕，初無補於使令；啜菽杜門，秖自深於觀省。當元日會同之始，拜公朝拉拭之仁。❶言遣使臣，往陳臬事。華省耑頒於趣旨，叢祠竟祕於俞音。❷勉臣子之驅馳，見吏民而宣布。兹蓋恭遇壽和聖福皇太后陛下，心超有極，道合無疆。長信怡愉，贊炎圖之昌運；大任肅穆，開蒼籙之隆平。宜擇攸司，俾敬爾獄。臣敢不丕承欽恤，誕布慈仁。乂我黎民，尚想無刑之治；于其王母，敢忘介福之元。

謝皇后牋

君子審官，道隆儷極；皇華遣使，命出治朝。德意具宣，忱辭告至。中謝。伏念臣踈庸一介，遭遇兩朝。早綴班行，嘗忝金科之屬；繼乘使傳，復塵繡指之行。曲成每戴於鼇明，退食難逃於吏議。不圖元會，復錫恩言。拉拭起家，往陳時臬；驅馳在道，寅奉天威。涖止攸司，欽哉乃職。兹蓋伏遇皇后

---

❶「拉」，四庫本作「拂」。

❷「祕」，四庫本作「播」。

殿下，德侔坤地，位正家人。《關雎》之化既行，用之天下；象魏之法使布，正自王宮。爰取踐更，載叨詳讞。臣敢不靈承欽恤，祗若平反。無刑以乂黎民，誕敷聖化；式敬以長王國，永誦徽音。

皇太子生日賀皇帝表

大夏長贏，坤二爻之紀季；千秋似續，震一索之揆初。瑞彩緣車，歡顔丹扆。中賀。恭惟皇帝陛下，德流芑水，業茂蘿圖。壽富多男，積善必有餘慶；本支百世，命吉在厥初生。記甲觀之瑞分，占乙禖之祚遠。臣縻身軫埜，戴目心星。誦億子之宜君，首歌周《雅》；祝萬年之爲父，更續唐詩。

賀皇太后表

福于王母，際南面之昌期；天以神孫，娱東朝之永日。晝堂瑞節，長樂歡聲。中賀。恭惟壽和聖福皇太后，性藴冲和，仁培静壽。《思齊》所以聖也，以御于邦；《螽斯》宜爾孫兮，克開厥後。皇皇穆穆，繼繼承承。臣迹滯騏原，心馳鳳闕。本支百世，播繇瓞之聲詩；怡愉萬年，衍含飴之福慶。

賀皇后牋

坤后廣生，式協二爻之月；震男揆度，載逢一索之期。慶衍蘿圖，喜充椒掖。中賀。恭惟皇后殿下，道柔配地，德厚承天。以御于家，爲今京室之婦；則樂有子，如古《周南》之風。百世本支，萬年福禄。臣迹縻牡轡，心賀燕謀。占《斯干》之詩，已符吉夢；美《思齊》之德，益嗣徽音。

皇子進封左衛上將軍嘉國公賀皇帝表

乾父垂仁，茂積蘿圖之慶；震男鍾美，肇基茅土之邦。百世可知，四方來賀。中賀。洪惟昭代，爰立親親；粤有舊章，禮優貴貴。昉祥符之七載，侈慶國之初封。綺仗分班，瑑珪疏寵。庸表人倫之厚，遹觀王室之疆。式于今休，監于成憲。恭惟皇帝陛下，福培周厚，和緝堯雍。寶曆無疆，方萬年而受祜；金枝有煒，期億子以宜君。錫以嘉名，汗其大號。❶地營東井，詔爵五之最穹；天拱北辰，炳心三之相照。克昌厥後，長發其祥。臣有蹇牡騑，阻隨虎拜。祉歌子施，遥陳《皇矣》之詩；道盡君嚴，願賛《家人》之易。

賀皇太后表

東朝保艾，方隆堯母之仁；西國分茅，式篤文孫之慶。兩宫喜色，萬宇歡聲。中賀。恭惟壽和聖福皇太后陛下，德厚慈元，神怡長樂。尊之至也，上承視膳之勤；宜爾繩兮，下適含飴之趣。瑶池日永，玉葉春濃。臣遠被繡衣，隃瞻綵仗。于其王母，知介壽之來崇；佑我後人，願丕圖之有衍。

❶「汗」，張元諭本作「涣」。

賀皇后牋

坤稱乎母，儼家服於椒塗；❶震索而男，赫龍光於茅土。長秋喜色，方夏歡聲。中賀。恭惟皇后殿下，含弘承天，博厚配地。祥鍾《長發》，熾商後於有娀；音繼《思齊》，培文昭於大姒。圭瑑焜煌於綺仗，芾朱輝映於褘衣。臣遠驟華原，隃瞻藥殿。想宜君之穆穆，茂對王休；侈多子之繩繩，載歸后美。

皇女進封同壽公主賀皇帝表

乾見大人，道夙隆於乾體；巽爲長女，命爰寵於巽申。喜溢宫庭，歡騰海宇。中賀。竊惟興君之際，必有積善之餘。播在正風，則曰王姬之美；陳于《小雅》，是爲女子之祥。無非歌福禄之同，于以表國家之盛。恭惟皇帝陛下，和順而理，温柔以容。苞體深仁，既茂緜瓜之瓞；岡陵厚積，復培穠李之華。始封爰遴於嘉名，遐祉永齊於聖壽。臣跡縻使事，身隔賀班。親愛如家，遥贊人倫之厚；肅雍迪教，遹觀王道之成。

❶「家」，疑爲「象」字之訛。

賀皇太后表

周家福禄，積由任姒之仁；堯母聖神，親覩娥英之慶。宫闈盛典，海宇歡聲。中賀。恭惟壽和聖福皇太后陛下，南極景光，東朝綦貴。有功寳祚，既開聖子之傳；流澤銀潢，爰毓天孫之瑞。贊初封於沁水，同上壽於瑶池。臣遠玷皇華，隃瞻長樂。怡愉太后，諒承婉娩之娱；雍肅王姬，益表儉慈之教。

賀皇后牋

坤萬物之資生，實蕃慶積；巽一索之謂長，昉對命申。喜氣宫闈，歡聲海宇。中賀。恭惟皇后殿下，《關雎》孝敬，《芣苡》和平。灼灼宜家，夙範華桃之懿；雍雍成德，茂鍾穠李之英。賁然錫沁水之封，展也同長秋之壽。臣遠縻苞杞，遥睇塗椒。風以《周南》，仰化原之洵美；觀于堯女，願母道之浚明。

知贛州到任謝皇帝表

九重選牧，錫類天寬；千里承流，奉親地近。昉共侯度，丕戴王休。中謝。伏念臣某，才本空踈，分安孤苦。身逢盛代，夙自厲於丹心；家有重親，晚相依於白髮。頃叨漢傳，往即楚封。何敬非刑，粗殫審克；不遑將母，私切懷歸。嘗懇懇以陳情，冀高高之從欲。遄蒙異渥，特畀近麾。繼肦旨以趣征，已鞠躬而祗上。禄及一門之微賤，恩同大造之生成。兹蓋伏遇皇帝，以堯舜之資，行曾閔之道。嗣寧王之大歷，毖我成功；奉太后之萬年，與天齊壽。遂使忝求芻之寄，亦獲共啜菽之歡。臣敢不老老及人，親親爲政。由家達國，期興遜以興仁；以子移臣，寓爲忠於爲孝。

謝皇太后表

東朝鴻慶，介壽無疆；南國虎符，便親有命。荷中宸之涣寵，望慈極以皈忱。中謝。伏念臣一介迂踈，❶兩朝遭遇。昔備殫於敭歷，無以逾人；頃間任於驅馳，不遑將母。惟内懷於烏哺，遂上徹於蟻忱。果分二水之麾，爰易三湘之節。惟壤地接，故可以供菽水之職；惟土風習，故可以盡芻牧之心。自省叨踰，若爲報稱。兹蓋恭遇壽和聖福皇太后陛下，德光堯母，功配周姜。壽錫萬年，享怡愉之福；化流四海，推慈孝之仁。遂令下吏之僥榮，獲以邇封而就養。臣敢不祗承德意，誕布恩言。服膺錫類之詩，益崇美化；拜手牧民之訓，揄贊徽音。

謝皇后牋

慈極承天，恩深錫類；廉車易地，職重分符。布聖德之中和，便親闈之温清。中謝。伏念臣起踈孤

❶「一」，原爲空格，今據鄢本、張元諭本、四庫本補。

遠，積有迂踈。骪髒半生，於事君而何補；驅馳近歲，以將母而未能。屬爲養以陳情，荷畀矜而從欲。三湘納節，二水授麾。回刺史之車，庶乎爲子；捧郡守之檄，專以爲親。僥冒實多，糜捐曷稱。兹蓋恭遇皇后殿下，道隆坤厚，德配乾仁。大雅《思齊》，媚周姜而穆穆；長秋備禮，奉漢母以愉愉。遂令踈遠之微臣，亦效旨甘於便壘。臣敢不恪恭侯度，茂對王休。崇《關雎》《卷耳》之風，迪惟懿則；篤《南陔》《白華》之行，施及遐萌。

壽崇節本州賀皇帝表

天子有親，備四海九州之奉；封人祝聖，同萬年億載之期。凡屬照臨，舉同呼舞。中賀。恭惟皇帝陛下，剛建中正，緝熙光明。燭六合而耀八紘，功參天地；躋三皇而軼五帝，道御家邦。紹巍巍蕩蕩之勳，盡尊尊親親之養。怡愉誕節，光大前聞。臣獲布寬條，幸逢盛際。鵷鸞阻綴，莫旅賀於東朝；螻蟻傾忱，惟仰瞻於南極。

賀皇太后表

於萬斯年，慈宸有慶；誕彌厥月，祖佛同生。旒冕敬共，縉紳舞蹈。中賀。恭惟壽和聖福皇太后陛下，道超太始，德厚重坤。《關雎》周南之風，夙陶美化；《思齊》文王之母，懋著徽音。袗衣初奏於薰絃，宮珮畢朝於慈扆。親下衮龍之拜，載揚韶鳳之音。呼萬歲者三，歡騰朝野；等百世而上，福衍子孫。臣叨守魚符，莫陪鴛序。我百而爾九十，諒喜溢於舉觴；心一而臣三千，第神馳於拱極。

賀皇后箋

大姒之嗣大任，星重慈極；長秋之朝長樂，天介壽祺。流慶九霄，比隆千古。中賀。恭惟皇后殿下，明章德範，陶冶化風。大練厚繒，訓四方之節儉；宵衣旰食，侑五位之勤勞。肖似徽音，婉愉誕序；厚符坤地，吉萃家人。臣遜守遐邦，忻逢華旦。仰瞻帝闕，莫陪《振鷺》之班；下與邦民，同被《關雎》之化。

壽崇節兵馬鈐轄司賀皇帝表

天子盡敬事親，丕昭瑞節；臣下歸美報上，同祝脩齡。覆載兩間，❶頌歌四洽。中賀。恭惟皇帝陛下，克勤克儉，無怠無荒。堯以是傳，道莫高於虞舜；文所以聖，德益顯於大任。有開麗水之祥，適際瑶池之會。臣屬縻戎鍵，阻綴班聯。北面而朝，恍天威之尺五；南山之壽，效臣子之呼三。

❶「間」，張元諭本作「朝」。

賀皇太后表

金闕日長，尊處宸闈之極；玉巵春滿，誕膺法駕之朝。凡在式圍，率均擊壤。中賀。恭惟壽和聖福皇太后陛下，心遊恬淡，德著慈仁。隆周召之風，人倫既正；養黄老之性，母道獨尊。皇穹申方至之休，壽命衍無疆之筭。臣猥分郡組，共貳戎韜。迹遠觚稜，帷幄隃瞻於長樂；忱同葵藿，笙璈第想於承華。

賀皇后牋

坐於少廣，慶慈極之誕彌；朝于寢門，助聖人之教愛。宫庭溢喜，宇宙同和。中賀。恭惟皇后殿下，瑞應俔天，光昭遡日。正始基化，歌二《南》芣苢之詩；視膳問安，備六寢褘褕之禮。協朱明之律吕，鏘綵仗之珮環。驩奉玉巵，禮同黼扆。臣濫紆州紱，通領兵符。聆舜樂之九成，遥瞻南面；效堯階之三祝，竊比華封。

乾會節本州賀皇帝表

一人天拱，適符龍御之亨；萬國雲從，共慶虹流之瑞。系隆宗社，福被寰瀛。中賀。恭惟皇帝陛下，曰睿曰聰，乃文乃武。金甌有永，紹寧人大寶之休；翠蹕早朝，娱太后萬年之壽。當嵩呼之華旦，繼夢月之佳辰。❶兩宮同時，千載盛事。臣猥叨分竹，彌切傾葵。奉玉巵之恭，阻綴班於北闕；通銀臺之奏，但申頌於西崑。

賀皇太后表

六龍御極，增光《長發》之詩；萬國同心，推本《思齊》之聖。驩騰宮壼，和塞堪輿。中賀。恭惟壽和聖福皇太后陛下，曰希曰夷，爰清爰靜。❷以天下養，備百禄之熾昌；與元氣游，葆六根之純粹。海内樂唐虞之化，宫中頌任姒之音。臣叨預承流，遥伸歸美。冬温夏清，禮嚴東面之朝；日升月恒，福等南山之祝。

賀皇后牋

黼扆端臨，交上華封之祝；椒塗内助，仰承京室之規。喜溢六宫，和薰八表。中賀。恭惟皇后殿下，静專成性，徽懿秉姿。珥簪進庭燎之箴，雞鳴有度；弓韣奉高禖之祀，燕翼發祥。際上帝生商之

❶「繼」，四庫本作「總」。

❷「清」，原作「淸」，今據鄢本、張元諭本、四庫本改。

首贊乾辰，懋塗山興夏之德。仰占七政，日月並明；俯鑒四方，岡陵齊壽。臣分符江右，化被周南。❶亨，體天行之不息；更祈坤載，協地道之無疆。

乾會節鈐司賀皇帝表

龍首庶物，覩天德之照臨；虎拜萬年，對王休而蹈厲。堪輿協氣，海宇頌聲。中賀。恭惟皇帝陛下，神聖整齊，武文經緯。諸福畢至，一登再登三登；我武維揚，五伐六伐七伐。虹渚載臨於盛旦，鳳音遥想於明庭。臣通領鈐符，恪共官次。葵傾觀闕，阻陪就日之班；花覆簪紳，阻謝需雲之宴。

賀皇太后表

天下傳歸於子，降寶册之鴻名；聖人教愛以親，上玉巵之曼壽。非常之慶，嘉頌攸同。中賀。恭惟壽和聖福皇太后陛下，冲澹頤神，儉慈孚化。輔佐先帝，❷夙殫《卷耳》之勤；愉佚東朝，允著《思齊》之聖。昉前殿紀誕彌之旦，正群方傾就望之忱。肆膺鳳輦之朝，親下龍綃之拜。臣屬縻戎鍵，阻綴班行。現五色之雲，知獻占於太史；舞兩階之羽，諒增喜於慈顔。

❶「化」，原脱，今據鄢本、張元諭本、四庫本補。

❷「佐」，四庫本作「佑」。

賀皇后牋

上萬歲之壽，咸頌聖人；形四方之風，實基王化。凡居持載，罔不驩呼。中賀。恭惟皇后殿下，生禀静柔，安行雍肅。躬河洲采荇之潔，列聖顧歆；翼寢門視膳之恭，慈顔和懌。合坤其順，遡日而明。欣聆嵩嶽之呼，並受華封之祝。臣俯共武服，仰贊壽觴。星之遠，天之高，陛莫瞻於九級；漢之廣，江之永，詩但誦於二《南》。

皇子賜名本州賀皇帝表

家有嚴君，托中興之昌歷；天以聖子，作大國之宗藩。喜溢宫闈，慶關宗社。中賀。恭惟皇帝陛下，懋昭聖德，厚正人倫。保天命以宜君，四方無侮；貽孫謀而翼子，百世可知。爰錫嘉名，載敭大號。敬哉有土，肇基二水之邦；格于皇天，式應三星之曜。俾耆而艾，長發其祥。臣縻跡侯方，傾心魏闕。監王成憲，願垂謨烈之休；啓我後人，益壯本支之盛。

賀皇太后表

東朝介福，式彰母道之尊；南國分封，庸迪孫謀之吉。兩宫交慶，百世彌昌。中賀。恭惟壽和聖福皇太后陛下，長樂怡愉，大庭游衍。養以天下，日永瑶池；正于家人，春生玉葉。贊苴茅於浯水，壯緜戺於宗藩。臣逖在侯方，阻瞻宸仗。《思齊》所以聖，遥頌徽音；《皇矣》莫若周，益隆世德。

賀皇后牋

母資坤德之生，椒塗襲慶；男正家人之吉，茅土分封。宗社延洪，宫闈闓懌。中賀。恭惟皇后殿下，承天光大，法地静專。成美化於《周南》，言能逮下；嗣徽音於京室，于以御家。屬聖子之勝衣，賛嚴君之錫爵。臣遠縻外服，阻造内班。正風俗以厚倫，永歌后德；輔皇王之維辟，丕傒孫謀。

皇子賜名鈐司賀皇帝表

天佑我家，篤生聖嗣；國有鉅典，肇建宗藩。社稷靈長，神人孚洽。中賀。恭惟皇帝陛下，禮行貴貴，愛立親親。撫寶曆之昌期，萬年福禄；演銀潢之慶澤，百世本支。爰重燕謀，載頒鴻號。于疆于理，地營浯水之邦；有翼有馮，星拱周廬之衛。克開厥後，俾熾而昌。臣遠褺戎韜，睎瞻文石。施于帝祉，德已動於監觀；保我後生，命更歌於壽考。

賀皇太后表

堯母怡愉，介于景福；湯孫岐嶷，錫以嘉名。慶衍宗祊，歡隆慈極。中賀。恭惟壽和聖福皇太后陛下，爰清爰静，曰希曰夷。佐先帝之中興，雞鳴有度；膺嗣王之孝養，燕翼成謀。爰鍾受於緑車，乃分封於赤社。❶臣恪恭武服，阻造王庭。以御于家，隃贊《思齊》之德；克開厥後，佇成《皇武》之功。

賀皇后牋

坤稱乎母，作德配天；震索而男，建邦有土。慶成宗社，喜溢宫庭。中賀。恭惟皇后殿下，《芣苢》和平，《關雎》孝敬。嗣母徽於京室，在廟在宫；明子道於家人，正内正外。歡動勝衣之拜，光昭壽社之封。臣共武有嚴，稱班云遜。風以《周南》之化，隃贊《螽斯》；烝哉豐水之謀，遹觀燕翼。

皇帝登寶位本州賀皇帝表

天作之君，表冠倫之大聖；父傳於子，昭立嫡之至公。曆數維新，神人胥協。❷中賀。恭惟皇帝陛下，以周元子，爲舜重華。大德生知，聰明以臨，齊莊以敬；一人有慶，進退可度，容止可觀。積累厚而孫謀深，謳歌同而神器定。無爲而治，有道之長。臣叨領虎符，隃瞻龍御。建皇極而王天下，幸際昌期；開明堂而朝群臣，聳觀初政。

---

❶「封」，張元諭本作「符」。
❷「協」，張元諭本作「慶」。

賀太皇太后表

肇聖德之龍飛，運開昌曆；垂孫謀之燕翼，功出慈宸。九廟尊安，八紘抃蹈。中賀。恭惟壽和聖福太皇太后陛下，道光任姒，行邁塗莘。範肅東朝，性適含飴之樂；規重南面，養親視膳之榮。❶光昭嫡統之傳，丕衍皇家之慶。臣叨紆守紱，阻簉賀班。頌皇帝之萬年，永言齊壽；佑寧人之大歷，尚克圖功。

賀皇太后表

震出麗天，重明繼序；坤稱正位，一統蒙休。基祚斯皇，幅員胥慶。中賀。恭惟皇太后陛下，輔佐先帝，憂勤王家。思媚周姜，履肅雍於京室；訓貽禹子，服勤勞於塗山。瑞昭南面之符，光疊東朝之矩。臣屬縻侯服，喻企慈帷。嫡統無疆，已慶大横之兆；嗣徽有秩，尚稽《小毖》之謀。

皇帝登寶位鈐司賀皇帝表

乘時御極，宣日月之重光；居嫡宅尊，大春秋之一統。幅員愛戴，宗社安强。中賀。恭惟皇帝陛

❶「親」，原作「新」，今據張元諭本、四庫本改。

下，仁孝生知，聰明時乂。踐寧王之丕祚，大歷維新；奉文母之徽音，皇天有慶。宜首正飛龍之御，以上承翼燕之貽。無疆維休，有相之道。臣濫巾戎轄，阻簉朝班。五百歲而生，幸親見聖；萬億年其永，不替惟王。

賀太皇太后表

兆協大横，運在當命之聖；謀貽《小毖》，功歸太上之慈。嫡統延洪，皇圖鞏固。中賀。恭惟壽和聖福太皇太后陛下，躬基美化，教闡徽音。彤管光華，配豐功於祖烈；練衣朴素，示懿訓於孫謀。聿新歷服之傳，式副簾帷之託。臣司戎共貳，望闕呼三。庶民近天子光，忻逢昌曆；太極爲元氣母，永迪初基。

賀皇太后表

震主宅尊，光紹寧王之命；坤元居正，適彰大姒之音。❶一統親傳，萬邦胥慶。中賀。恭惟皇太后陛下，功伴持載，德備含弘。風化二《南》，衍傳家之忠厚；本支百世，肇繼序之聖明。大《春秋》正嫡之書，應日月重光之運。臣屬兼鈐紱，阻造軒帷。在天利見大人，已孚文命；介福于其王母，長詠《思齊》。

❶「適」，鄢本、張元諭本作「適」。

謝皇帝登極赦文表

日月重離，開國家之休運；雷雨作解，溥天地之至仁。萬邦咸休，一人有慶。❶中賀。恭惟皇帝陛下，堯文光宅，舜德出寧。神聖爲君，丕受皇天之命；春秋立嫡，聿昭正統之宗。爰肆眚於端門，示湛恩於熙代。臣猥分銅虎，喻企金雞。大人繼照四方，聳觀初政；皇極敷錫五福，第奉寬書。

太皇太后加尊號本州賀皇帝表

御丕圖於南面，順應天人；崇徽册於東朝，重增宗社。億年縟典，萬國懽心。中賀。恭惟皇帝陛下，皇極之宗，人倫之至。性同符於堯舜，達孝升聞；訓一本於姜任，徽音有秩。紹寧王之明命，彰祖后之尊稱。臣分牧有嚴，承休胥抃。介福于王母，難名太上之功；肖德以神孫，願共無疆之號。

賀太皇太后表

鴻名揚厲，用彰重慶之尊；龍扆繼承，懋舉盡倫之制。明廷孚號，寰宇傾心。中賀。恭惟壽和聖福太皇太后陛下，德備儉慈，教修愛敬。佐我烈祖，成《天保》之憂勤；訓于神孫，示《思齊》之雍肅。粹美翟褘

❶「一一」，原爲空格，今據鄢本、張元諭本補。

之服，增華琬琰之章。臣屬守銅符，欣傳寶册。同御延和之殿，誕頌前猷；尊居慈福之宮，永言至養。

賀皇太后表

統繼堯天，重華協德；位隆文母，太姒嗣音。寰宇休明，内庭肅穆。中賀。恭惟皇太后陛下，行高配地，功大補天。輔先帝以重光，憂勤夙至；肇嗣王之丕緒，福禄方來。奉寶册於重闈，壽皇圖於覆載。臣屬縻郡紱，阻簉廷紳。咸曰太皇，已慶元和之壽；願言帝母，永肩長樂之名。

太皇太后加尊號鈐司賀皇帝表

皇圖嗣慶，著母道於重坤；鉅册稱尊，告王庭而大涣。宫闈增重，宗社蒙休。中賀。恭惟皇帝陛下，德爲聖人，孝治天下。侍宣仁之聽斷，元祐同符；禀慈福之起居，紹熙儷美。播無爲之懿號，隆太上之徽音。臣猥介戎鈐，聳觀國典。《思齊》文母，既彰有德之雍雍；於赫湯孫，願共厥聲之穆穆。

賀太皇太后表

離日方升，光傳龜寶；❶坤元重慶，肇建鴻名。福萃三宫，歡騰八表。中賀。恭惟壽和聖福太皇太

❶「龜」，鄢本、張元諭本作「國」。

后陛下，佐佑皇祖，怡愉東朝。德配姜任，植丕基於蒼籙；功高馬鄧，扶洪業於炎圖。宜效美於《思齊》，大歸尊於長樂。臣偶叨戎轄，阻綴朝班。丕哉烈，丕哉謨，共傒嗣王之政；得其名，得其壽，載揚太上之休。

賀皇太后表

晉大號於重闈，❶位隆長樂；紹丕基於萬世，慶本慈元。命肅治朝，禮行廣内。中賀。恭惟皇太后陛下，頤神冲澹，履行静專。美紹《思齊》，宜毓文王之聖；訓垂《訪落》，實開成后之謀。贊重慶於御簾，推有尊於臨制。臣猥分戎轄，喻聽恩綸。望少廣之宸居，莫班獸舞；頌長秋之壽曆，同播鴻名。

皇太后加尊號本州賀皇帝表

嗣王受此丕基，光膺明命；文母介以繁祉，祇奉嘉名。典册流輝，幅員有慶。中賀。共惟皇帝陛下，一人出震，五位乘乾。玉質金相，嗣延洪之大曆；寶褘羽翟，奉雍肅之徽音。光進瑶編，重增鼎祚。臣叨分虎壘，喻望龍墀。保佑恩深，已際《大明》之運；怡愉樂永，更揚齊壽之休。

❶「重」，鄒本、張元諭本作「慈」。

賀太皇太后表

毓正神孫，方布應門之詔；位尊祖后，復隆京室之稱。重慶萬年，丕休四海。中賀。共惟壽和聖福太皇太后陛下，性超太上，德應黄中。元祐大功，法宣仁之鞠育；紹熙新政，燕慈福之起居。宜旌坤極之嘉名，式趾太宸之芳躅。❶ 臣屬分侯服，欽誦王綸。天子必有所尊，已光載籍；聖德無加於孝，長戴兩宫。

賀皇太后表

坤稱正位，訓迪嗣王；涣號揚庭，尊歸文母。簾帷介福，社稷垂榮。中賀。共惟皇太后陛下，德著憂勤，躬行慈儉。虞嬪觀于潙汭，密贊聖謨；后稷生於姜嫄，美鍾神胄。晉長信尊尊之號，嗣《思齊》秩秩之音。臣忝守藩維，阻趨軒陛。得其名，得其壽，幸同萬國之歡；宜爾子，宜爾孫，永頌兩宫之慶。

皇太后加尊號鈐司賀皇帝表

重明以繼大人，瑶圖垂慶；介福而于王母，玉册有光。瑞溢簾帷，重關宗祏。❷ 中賀。共惟皇帝陛

---

❶ 「宸」，四庫本作「任」。
❷ 「祏」，四庫本作「祏」。

下，敬仁成性，曆數在躬。惟后綏猷，蹈堯舜之孝弟；因親教愛，奉任姒之肅雍。宜申慈極之尊，式表聖倫之至。臣叨兼兵轄，喻企陛簾。贊長信之徽稱，已光漢制；頌塗山之丕訓，益大禹功。

賀太皇太后表

嗣皇奉册，尊歸長信之名；❶祖后宣猷，夙迪《思齊》之訓。萬年集慶，八表蒙休。中賀。共惟壽和聖福太皇太后陛下，德邁維莘，道高于汭。金車玉路，備三世之典章；寶翟珍禕，示六宫之法度。美慈宸之疊矩，揚大號以同符。臣兼領戎鈐，竦聆郵綍。德壽早朝之典，已慶淳熙；延和同御之功，益歌元祐。

賀皇太后表

文母克昌厥後，光紹皇圖；大德必得其名，慶隆寶册。四方來賀，百志惟熙。中賀。共惟皇太后陛下，陰教齊家，慈元正位。推爲美化，邁周召之二《南》；著在徽音，紹姜任之《大雅》。宜膺涣號，增重坤稱。臣適貳韜鈐，聳聆綸綍。踐其位，行其禮，莫重尊親；求厥寧，觀厥成，遹追來孝。

❶「歸」，張元諭本作「居」。

大行皇帝升遐本州慰皇帝表

堯父宅尊，春秋鼎盛；杞天告墜，遠邇震驚。降割非常，銜哀罔極。恭以大行皇帝，神聖文武，濬哲温恭。萬千歲怡愉，恪盡東朝之養；十一年寅畏，遹祗上帝之威。期壽考之惟休，俄憂勤而積疢。詎圖大漸，驟至遐征。望欲斷於遺弓，命忍傳於憑几。中慰。共惟皇帝陛下，有仁有孝，盡制盡倫。克念先猷，根聖人之至性；誕承慈訓，服天下之通喪。願少抑於孝思，以永綏於神器。臣屬縻守紱，哀捧告書。莫伸奔問之恭，徒切攀號之痛。

慰太皇太后表

雞鳴問寢，方慈極之深居；龍去遺弓，忽皇輿之新陟。宫闈震悼，海宇摧傷。中慰。共惟壽和聖福太皇太后陛下，德備周姜，道光堯母。東朝垂訓，曾不改於儉慈；南面積憂，遽忍違於温清。驟罹國疢，諒切聖懷。少寬憑几之思，式副御簾之託。云云。

慰皇太后表

皇靈新陟，變撫遺弓；儷極永懷，悲興捐玦。六宫哀痛，九宇摧傷。中慰。共惟皇太后陛下，坤道宅中，家人位正。脱簪而諫，期共濟於中興；綴衣于庭，忽遽聞於末命。雖委裘之悲至切，而定鼎之託方新。願制晝傷，永綏敷遺。云云。

大行皇帝升遐鈐司慰皇帝表

王宜日中，方慶垂衣之治；父有天下，遽傳憑几之言。宗社憫凶，幅員哀痛。共以大行皇帝，王道正直，帝德簡寬。奉長樂之清温，丕昭仁孝；聽邇英之勸誦，遹紹文明。方嗣服於萬年，胡委裘於一旦。烏號罔極，龍御何追。中慰。共惟皇帝陛下，聖德升聞，孝思永慕。重華協帝，方遏密於八音；冢宰總官，將諒陰於三祀。願少紓於聖抱，以弘濟於皇圖。臣遜領戎昭，哀傳國疚；阻伸奔問，惟重摧傷。云云。

慰太皇太后表

嚴宸居正，痛晏駕之奄聞；慈極宅尊，悵早朝之遽隔。哀傳海宇，悲結簾帷。中慰。共惟壽和聖福太皇太后陛下，德厚承天，恩深與子。夙行恭儉，聖方頌於《思齊》；晚享怡愉，變忍聞於《顧命》。諒聖情之結戀，鑒輿志之攀號。願抑慈懷，永謀孫翼。云云。

慰皇太后表

變興梧野，九土烏號；悲結椒塗，六宮縞哭。宅憂罔極，降割何深。臣中慰。共惟皇太后陛下，志紹徽音，躬行美化。冬温夏凊，佐孝養於東朝；海潤星暉，演慶源於中壼。驟撫鼎湖之戚，奚堪輿極之哀。願抑慈懷，聿扶新政。云云。

百日慰皇帝表

烏號浸遠，九土同悲；駒隙易流，十旬如隔。撫時哀疚，易月徬徨。中慰。共惟皇帝陛下，曆數有歸，羹墻如對。雖擗踊哭泣，曷勝父子之情；而朝覲謳歌，當慰臣民之望。願節宅憂之制，益成繼志之圖。臣承乏偏城，阻趨嚴陛。云云。

慰太皇太后表

烏號銜恤，悵再隔於月遊；龍寢闕朝，恍十周於日浹。流光何速，哀思欲摧。中慰。共惟壽和聖福太皇太后陛下，宫壼宅尊，簾帷託重。雖道揚王命，不勝慈極之懷；然燕翼孫謀，當念皇圖之本。願体臣民之戴，少寬朝夕之思。云云。

慰皇太后表

雲升梧野，頓隔千秋；日短蓂階，駕言十浹。委裘禍迫，捐玦哀深。中慰。共惟皇太后陛下，教盡人倫，慶隆母道。雖易月以日，難窮伉儷之悲；然薦子於天，正重攜持之託。願俯從於中制，用式副於群情。云云。

期年慰皇帝表

追玉几之遺言，制嚴易月；服練冠於初祭，哀重感時。霜露深悲，乾坤罔極。中慰。共惟皇帝陛下，孝治天下，統承先王。雖見堯於墻，克篤終身之慕；然纘禹之服，所期大器之安。願從禮制之宜，少副輿情之望。臣屬縻藩屏，阻造闕庭。云云。

慰太皇太后表

訓予命汝，易月有嚴；練而慨然，周星何短。哀承遺制，痛結慈衷。中慰。共惟壽和聖福太皇太后陛下，德紹宣仁，功侔明肅。天經地義，扶嫡統於方新；日邁月征，悵宸旒之愈遠。願勉從於衆志，姑少抑於至情。云云。

慰皇太后表

悲捐玉玦，痛極呼天；祭服練冠，制嚴易月。乘雲浸遠，濡露何堪。中慰。共惟皇太后陛下，德佐先猷，慶鍾神胄。雖徬徨虞汭，望欲斷於蒼梧；然婉孌周姜，任方隆於京室。願少寬於哀抱，用丕贊於鴻圖。云云。

再期慰皇帝表

龍湖未遠，可傷易月之喪；駒隙幾何，已舉再期之制。羹墻如在，霜露孔哀。中慰。共惟皇帝陛下，道盡人倫，位隆世嫡。雖終身慕父，難窮至性之悲；然億載怡親，方疊慈顔之養。願重承休之託，少寬追遠之懷。臣隃綴蕃宣，阻班軒陛。云云。

慰太皇太后表

終天巨釁，降割一朝；易月通喪，寓言再歲。仙遊未遠，慈抱難居。中慰。共惟壽和聖福太皇太后陛下，功在先朝，志勤内治。雖變生憑几，悵闕問於雞鳴；然寄重垂簾，方稽謀於燕翼。願抑無疆之恤，益昌有大之休。云云。

慰皇太后表

望斷乘雲，悵龍髎之浸邈；制嚴易月，恍鳳曆之再周。凡屬幬持，式同追慕。中慰。共惟皇太后陛下，承天功大，與子仁深。雖悼舜陟方，不替蒼梧之望；然開周嗣歷，方隆豐芑之休。願少抑於哀悰，用永綏於神器。云云。

禫祭慰皇帝表

龍御何之，方切綴衣之痛；駒陰未遠，已驚釋禫之期。易月從宜，感時增疚。中慰。共惟皇帝陛下，恭默思道，愛敬事親。天作之君，當周艱而即命；日致其孝，將舜慕以終身。願寬追遠之至情，丕慰含生之顒望。❶臣濫承郡紱，阻綴朝班。云云。

慰太皇太后表

衮衣萬歲，痛隔終天；禫服一朝，權從易月。感時憂戀，率土盡傷。中慰。共惟壽和聖福太皇太后陛下，德著寶褘，功藏金匱。撫鼎湖之龍去，子保何追；懷豐水之燕貽，孫將有衍。願副普天之望，式紓慈極之悲。云云。

慰皇太后表

宫車輟駕，浸遠翠華；國典行權，恍終素韠。託言釋禫，胡忍免喪。中慰。共惟皇太后陛下，夙著脱簪，驟罹捐玦。雖梧雲不返，永爲褘翟之傷；然芑水方來，共徯簾帷之助。願釋居諸之感，俯從遐邇

❶「含」，張元諭本作「蒼」。

之情。云云。

賀皇帝聽政表

思皇烈考，誕受寶龜；於穆嗣王，甫敓治象。慈簾保佑，熙政闓明。中賀。共惟皇帝陛下，德實天生，動爲世則。入于翼室，稱元子以宅宗；出自應門，會諸侯而作誥。欽奉怡愉之訓，爰親兢業之幾。既兩宮垂拱以無爲，宜四海謳歌而來覲。臣屬縻郡國，喻戀闕庭。御延和殿之正朝，願光祖烈；奉紫雲樓之盟誓，第守藩條。

賀太皇太后同聽政表

綏壽而右文母，高拱慈宸；肖德而有神孫，共臨幾政。徽音洋溢，光訓昭宣。中賀。共惟壽和聖福太皇太后陛下，功邁塗山，德高嬀汭。施于帝祉，已深慶錫之源；保我後生，益衍壽寧之福。章憲垂簾於天聖，宣仁稱制於延和。紹昔大猷，爲今懿範。臣屬縻守紱，欣聽俞綸。太易太始太初，莫測無爲之化；四門四聰四目，共觀有道之朝。

天瑞節本州賀皇帝表

龍出御天，❶重華于帝；虹書流渚，長發其祥。萬姓驩呼，三辰擁佑。中賀。共惟皇帝陛下，聖德克肖，天性自成。光北斗之樞，篤生黄帝；美南山之壽，誕命文王。節屆千秋，時維九月。臣縻身侯度，拜手王休。三千臣同心，永言華壽；五百年生聖，敬贊河清。

賀太皇太后表

聖王垂拱萬年，方開燕翼；太皇怡愉億載，親見虹流。海宇春輝，宫闈日永。中賀。共惟壽和聖福太皇太后陛下，身基美化，德著慈元。正位而定家人，功高配祖；介福而于王母，❷慶積貽孫。律協素商，節書金籙。臣濫膺藩屏，阻賀簾帷。《假樂》命之，慶春秋之鼎盛；《思齊》聖也，同日月之離明。

賀皇太后表

龍德方升，祥書載震；燕禖有慶，福萃重坤。旗翼光華，幅員熙洽。中賀。共惟皇太后陛下，道侔

❶「出」，張元諭本作「德」。

❷「于」，張元諭本作「來」。

博厚，德備仁明。虞汭來嬪，女于舜帝；周京作配，生此武王。方觀日上於扶桑，隨紀虹流於華渚。臣濫叨一障，隃企千班。大域中王，既祝華封之壽；爲天下母，願齊西極之年。

天瑞節鈐司賀皇帝表

謳歌與子，方開捧日之祥；福禄宜王，初紀流虹之慶。光生宗社，歡溢堪輿。中賀。共惟皇帝陛下，天德生知，乾元首出。載震載夙，膺天地之珍符；繼聖繼明，正春秋之嫡統。當瑶光之瑞節，際金顥之昌辰。臣分虎有嚴，抃鰲欲舞。呼玉巵之萬歲，隃贊王休；進金鑑之千秋，嗣殫臣職。

賀太皇太后表

萬壽齊天，思齊以聖；千秋紀日，長發其祥。廣宇休揚，重闈慶洽。中賀。共惟壽和聖福太皇太后陛下，以女堯舜，爲今姒任。有典有則之貽，輔于皇祖；立政立事之準，訓乃文孫。當月届於素商，喜節書於華渚。臣猥塵戎轄，阻賀宸闈。請祝聖人，既效堯封之職；亦右文母，載賡周頌之章。

賀皇太后表

辛歲重光，昔符夢日；乾元首出，今紀流虹。歡溢華封，慶歸長信。中賀。共惟皇太后陛下，徽音大雅，美化二南。德配重華，觀嬪于汭；祥開《長發》，立子生商。扶暘谷之初升，記高禖之載誕。臣領鈐偏郡，銜表明廷。五百歲河清，既覩聖人之出；三千年桃實，願同王母之尊。

大行皇帝謚號本州慰皇帝表

祀以配天，致聖人之達孝；廟可觀德，彰烈考之隆名。典册千年，宗祧九鼎。恭以端文明武景孝皇帝，光宅天下，簡在帝心。敬直義方，焕經天而緯地；事名物應，昭修政以攘夷。大德大功，立親立愛。自生民而未有，熙鴻號於無窮。中慰。恭惟皇帝陛下，離象重光，乾龍首出。聖盡倫，王盡制，始于家邦；宗有德，祖有功，行其典禮。式崇徽譽，昭對皇靈。臣叨領虎符，欽傳駿命。告神明，頌盛德，已觀國典之光；薦郊廟，揚洪休，尚述侯邦之職。

慰太皇太后表

居長樂之宫，興懷鶴駕；瞻顧成之廟，肇錫鴻名。大册垂榮，慈衷悼往。中慰。共惟壽和聖福太皇太后陛下，以天下養，與元氣游。明肅臨朝，親立仁皇之策；宣仁在御，永懷神考之思。丕對皇靈，昭升熙號。臣屬縻侯紱，阻慰宸簾。云云。

慰皇太后表

九疑陟遠，莫返皇靈；七廟升宗，聿彰世德。洪名有赫，哀抱彌深。中慰。共惟皇太后陛下，位正家人，道隆坤母。躬《葛覃》之節儉，厥配有光；秉《清廟》之肅雍，于嬪增感。於惟大册，肆對皇穹。臣跡縶分符，神馳望闕。云云。

大行皇帝謚號鈐司慰皇帝表

翼室宅宗，考先王之制禮；觚壇告帝，爲烈考以易名。大册遹彰，皇靈昭假。共以端文明武景孝皇帝，體元居正，持盈守成。端獨化之原，文經天地；明萬幾之理，武定邦家。景行有容，孝思無極。上可以配祖宗之德，下可以垂子孫之休。中慰。恭惟皇帝陛下，弼我丕基，鑒于成憲。寧王克綏受命，篤棐忱辭；嚴父莫大配天，答揚光訓。奉徽稱於宗祀，昭縟典於明時。臣通領戎昭，竦承帝號。堯萬世如見，莫名巍蕩之功；周諸侯來朝，第贊肅雍之相。

慰太皇太后表

盛德之祀百世，肇建嘉名；太皇之壽萬年，興懷縟典。慈宸惻楚，穹覆鑒觀。中慰。共惟壽和聖福太皇太后陛下，懿範兩朝，仁恩四海。爲元氣母，克篤貽孫；育天下君，忍聞祔禰。哀時大號，對越皇靈。臣身貳戎鈐，心懷國典。云云。

慰皇太后表

大德得名，尊歸昭考；嗣王謀廟，上奉徽音。宗禰休揚，宮闈愴極。中慰。共惟皇太后陛下，儉昭練服，中協黄裳。嗣任德之肅雍，思齊以聖；名堯功之巍蕩，焕有其章。聿深羽翟之懷，於赫觚壇之告。臣猥兼戎轄，喻贊邦彝。云云。

冬至節本州慰皇帝表

一陽來復，感駒隙之易流；三祀諒陰，悵烏號之浸邈。愴深履韈，悲著羹墻。中慰。共惟皇帝陛下，清明在躬，恭默思道。水有源，木有本，方嚴祭祖之時；霜既降，露既濡，不替思親之念。少抑居諸之慟，仰膺付託之隆。臣遜守遐邦，阻班嚴陛。誦先王省方之戒，願謹起居；秉諸侯謀廟之忠，聿懷奔走。

慰太皇太后表

暖律吹嘘，感一陽之初復；慈簾擁佑，訓三祀之通喪。痛在宮闈，情均海宇。中慰。共惟壽和聖福太皇太后陛下，徽音慈福，懿範宣仁。履韈迎長，天休方至；冕旒問寢，子保奚追。願少抑於慈懷，以永綏於孫翼。臣屬縻侯服，喻企御闈。云云。

慰皇太后表

復陽在地，氣應黄鍾；坤德承天，悲深素韠。六宫增疚，萬宇永懷。中慰。共惟皇太后陛下，長信宅尊，思齊繼美。手扶宫日，坐占千歲之長；目斷臺雲，尚想九疑之遠。願紓哀於儷極，以永翼於皇圖。臣逖守江城，腧瞻禁闕。云云。

啓攢慰皇帝表

三年諒陰不言，悲深翼室；七月同軌畢至，告啓菆塗。遠日戒嚴，終天增慕。中慰。共惟皇帝陛下，外勤謀廟，内奉臨朝。制爰舉於因山，龍輴將駕；情永懷於陟岵，鳳紼奚追。願寛劒舄之思，益重基圖之託。臣屬縻斗壘，阻慰宸庭。云云。

慰太皇太后表

居長樂之漢宫，永懷鶴駕；卜會稽之禹穴，垂戒龍輴。悲結慈闈，痛均薄海。中慰。共惟壽和聖福太皇太后陛下，憂勤德備，擁佑功高。百世可知，首正貽孫之則；七月而葬，豈勝思子之懷。願東望以節哀，重外朝之同御。臣身縻乘障，跡阻趨班。云云。

慰皇太后表

龍湖言遠，椒掖永懷；鳳翣戒嚴，葮塗載闢。六宮雨泣，萬宇雷哀。中慰。共惟皇太后陛下，儷極動高，正家化洽。撫軒皇之劒舄，將賁橋山；❶奉舜帝之衣裳，思藏梧野。尚軫乾坤之記，願紓朝夕之思。臣身繫分符，神馳攀紼。云云。

發引慰皇帝表

鸞車既駕，陟岵哀深；龍匣畢塗，崇丘制舉。新宮永閟，翼室增傷。中慰。共惟皇帝陛下，思道諒闇，送終哀感。居喪讀葬禮，不愆復土之期；因山不起墳，尤切望陵之感。冀少寬於孺慕，以丕重於宗祧。臣縻跡侯藩，傾心宸陛。云云。

慰太皇太后表

日淪西極，悵鶴駕之長遊；天拱東朝，痛龍湖之永閟。重闈悲繫，九土慕思。中慰。共惟太皇太后陛下，福備怡愉，功高擁佑。撫綴衣於翼室，億世貽孫；念加斧於畢塗，千秋望子。願抑《思齊》之感，

❶「將」，鄒本、張元諭本、四庫本作「衲」。

益昌《小毖》之謀。臣叨領偏城，阻趨慈陛。云云。

慰皇太后表

國謹重喪，龍楯就殯；禮襄大事，鸞掖興懷。海宇同哀，山陵告備。中慰。共惟皇太后陛下，憂勤孔夙，哀感謹終。嬀汭居諸，悵虞琴之已遠；會稽咫尺，望禹穴以奚追。顧紓既葬之悲，式相維新之治。臣承流有守，伸慰無從。云云。

祔廟慰皇帝表

先帝之葬衣冠，載虞神祐；嗣王之奉宗廟，丕祔皇靈。昭穆用休，典章備舉。中慰。共惟皇帝陛下，以舜大孝，居商諒陰。如慕如疑，既畢因山之禮；以享以祀，聿嚴升禰之恭。勉承翼翼之容，深抑煢煢之感。臣屬縻牧訓，阻奉駿奔。云云。

慰太皇太后表

嗣王宅恤，奉先祏以升宗；聖母思齊，感皇靈而悼往。禮容有赫，祀事孔明。中慰。共惟壽和聖福太皇太后陛下，壽考維祺，儉慈爲寶。佑我烈祖，有典則以貽子孫；保予冲人，修宗廟以序昭穆。祔既行於永紹，哀少釋於慈元。臣叨綴蕃宣，阻班奔走。云云。

慰皇太后表

地隔丹洲，畢舉九虞之祭；天臨清廟，昭升七世之宗。慄主思皇，椒闈若惕。中慰。共惟皇太后陛下，性鍾慈儉，德備憂勤。嬪虞帝以曰欽，陟方浸邈；對文王之於穆，率祀惟恭。願紓坤極之思，益衍乾符之慶。臣屬縻民牧，莫效侯朝。云云。

正旦慰皇帝表

王正書月，景命維新；靈德在天，孝思罔極。運開曆數，哀動几筵。中慰。共惟皇帝陛下，思道奉先，與時更始。王受同瑁，祭不替於元辰；帝見羹墻，禮益嚴於上日。願抑居諸之感，丕承擁佑之恩。臣屬守偏城，阻趨嚴陛。云云。

慰太皇太后表

正月始和，律更大簇；昊天不弔，痛在《思齊》。曆數維新，宫闈孔惻。中慰。共惟壽和聖福太皇太后陛下，爲元氣母，與太極游。孟春而戒遒人，撫時其邁；上日而受文祖，擁治方新。願寛丕子之思，益重神孫之託。臣屬縻宣化，阻慰履端。云云。

慰皇太后表

羲日更新，治開泰象；虞雲浸遠，悲在坤元。駒隙易流，烏號何及。中慰。共惟皇太后陛下，光輔先帝，敬授人時。元會衣冠，尚想熙明之政；月游劒舄，忍聞永紹之名。願寬悼往之哀悰，益撫履端之昌運。臣屬縻一障，阻慰三朝。云云。

改元賀皇帝表

春王會於三朝，慶開景運；皇天佑于一德，治紀初元。正朔肇新，乾坤有造。中賀。共惟皇帝陛下，春秋正始，曆數在躬。仰則定陵，開三傳之丕祚；近稽哲祖，基七葉之昌期。敓鳳曆以改絃，衍鴻圖而卜鼎。臣親逢更化，適綴承流。揚偉蹟，鋪閎休，恪共侯度；撫太平，應昌歷，謹授人時。

賀太皇太后表

天王一統爲元，載敓正朔；太皇萬年齊壽，同御邦家。日月重明，乾坤更始。中賀。共惟壽和聖福太皇太后陛下，道符烈祖，功擁神孫。乾德太平，訓實承於昭憲；元祐盛際，政共聽於宣仁。洊開更瑟

之休，實繫垂簾之盛。臣叨承傒服，丕奉慈宸。基正始之風，已新美化；播《思齊》之頌，永戴徽音。❶

賀皇太后表

《春秋》以一爲元，曆開昌運；《關雎》之化正始，本在慈宸。正朔更新，國家胥慶。中賀。共惟皇太后陛下，有娀長發，大姒思齊。齊壽以奉太皇，德惟子肖；受福而于王母，祐自天申。宜涣號以繫年，示同文而更始。臣猥乘一障，丕戴三宫。當昌歷，應休期，已供傒服；綏眉壽，介繁祉，益贊母徽。

曆日謝皇帝表

乘龍御以紀年，一元正始；詔虎城而頒朔，千里承休。敬授人時，對揚王命。中謝。共惟皇帝陛下，明哲作則，曆數在躬。欽若昊天，熙春夏秋冬之績；建用皇極，協雨暘寒燠之疇。乃誕布於成書，以昭垂於新治。臣蕃宣有恪，播告惟恭。錫厥庶民，順中星而平秩；佑于一德，歌化日之舒長。

謝太皇太后表

歲正孟陬，一元改紀；朝臨長樂，萬國頒正。春朔會同，神人和洽。中謝。共惟壽和聖福太皇太后

❶ 「戴」，鄢本、張元諭本作「載」。

陛下，怡愉萬歲，擁佑一人。肖德而有神孫，光膺昌歷；受福而于王母，丕輯蕃禧。載頒協律之書，式重垂簾之政。臣欽承鳳紀，誕布侯藩。聽嶰竹之歈，誕敷和氣；獻蟠桃之頌，益贊壽眉。

謝皇太后表

鳳曆頒春，東朝介福；虎城告朔，北面承休。歲定四時，天佑一德。中謝。共惟皇太后陛下，《思齊》肅穆，少廣怡愉。訓示塗山，曆開禹子；教行渭涘，紀協周王。春朔攸同，乾坤交泰。臣承流下障，奉令孟陬。協和萬邦，第贊定時之績；嚮用五福，益陳曰壽之休。

疏

壽崇節本州進功德疏

九龍吐水，當摩耶産佛之辰；萬歲呼嵩，上大母延年之請。敬憑二氏，仰贊千齡。壽和聖福皇太后陛下，恭願大安大榮，至愉至佚。慶雲五色，現南極之祥光；壽域八荒，衍西池之長筭。

鈐司進功德疏

三寶曰慈，南極衍太皇之福；五兵不試，西江陶聖化之風。仗仙釋之殊因，贊宫闈之丕慶。壽和聖福皇太后陛下，恭願位隆少廣，筭等崐丘。仰大慈尊，誕節正同於盛旦；得無量壽，長生永協於先天。

乾會節本州進功德疏

聖瑞虹流，開半千之休運；官聯虎拜，瞻尺五之清光。靄玉翠之祥氛，裒緇黄之妙果。皇帝陛下，恭願駿聲克廣，龍德方中。地久天長，壽命衍洪源之慶；河清海晏，皇圖鞏磐石之安。

鈐司進功德疏

天臨寶位，夙開繞電之符；地領玉鈐，載罄呼嵩之祝。謹率兵戈之屬，虔修道梵之緣。皇帝陛下，恭願玉燭四時，金湯萬里。元龜大貝，梯航采川岳之珍；❶歸馬放牛，旗蓋壯東南之運。

天瑞節本州進功德疏

飛龍在天，大横有兆；流虹貫月，景命維新。演道梵之真詮，崇聖明之瑞節。皇帝陛下，恭願維天其右，如日之升。五百歲而生，已開昌歷；億萬年其永，益鞏皇圖。

---

❶「采」，鄢本、張元諭本、四庫本作「來」。

鈐司進功德疏

爲天下君，祥書帝武；祝聖人壽，歡動戎昭。闡二氏之真科，崇千秋之誕節。皇帝陛下，恭願泰元有相，長發申休。在辛歲曰重光，方升如日；以乾元正五位，多歷斯年。

大行皇帝升遐本州進功德疏

帝棄群臣，忍傳末命；教宗二氏，恭薦殊因。慨極烏號，戀深蟻慕。大行皇帝，伏願游神極樂，觀化太虚。十四聖之在天，皇靈陟降；億萬年之與子，丕祚綿洪。

鈐司進功德疏

出宫駕晚，縞素興哀；望闕臺孤，緇黄嚴薦。恭哀冥福，遹相宸游。大行皇帝，伏願性悟真如，道超無極。成慶而垂萬世，聿齊九廟之靈；後天而彫三光，長作百神之主。

皇帝聖躬違和保安諸廟疏

天子萬壽，詎期無妄之災；臣人一心，共徯有神之相。惟帝齡之悠久，實神貺之扶持。名山大川，尚鑒蘋蘩之意；普天率土，不勝葵藿之私。

本州宮寺保安疏

皇極九五福，合率土以傾心；帝壽千萬年，籲慈尊昊天而請命。❶皇帝陛下，伏願寅畏享國，清明在躬。王受命無疆惟休，誕迎和氣；天行健自强不息，丕享脩齡。

鈐司宮寺保安僧疏

惟聖宅尊，共祝一人之慶；以臣請命，敬皈三寶之慈。皇帝陛下，伏願曆數在躬，神明其德。九五福曰壽，丕享康寧；億萬載齊天，式臻永久。

道　疏

率土傾心，均願聖人之壽；籲天請命，肅殫臣子之忱。同前。

❶「慈尊昊天」四字，鄢本「慈尊」爲大字，「昊天」爲小字。張元諭本僅「慈尊」二字，爲大字。

大行皇帝遺誥本州成服道疏❶

道揚末命，忍聞晏駕之音；瞻仰昊天，上訴遺弓之慟。修崇冥果，攀慕遐征。大行皇帝，伏願返于混元，光我烈祖。洋洋而在上，俯鑒臣民；❷剡剡以揚靈，永綏宗社。

僧　疏

捧九天之遺誥，帝馭何追；皈三寶之真乘，臣心欲割。

鈐司成服道疏

昊穹降割，悵宸馭之上賓；率土興悲，望帝庭而哀籲。虔資冥福，遹相仙遊。大行皇帝，伏願靈德昭回，皇明陟降。衣冠雖邈，會烈祖以在天；宗廟如存，朝百神而爲主。

---

❶「誥」，鄢本、張元諭本作「詔」。
❷「鑒」，鄢本、張元諭本作「察」。

僧　疏

昊穹降割，慟玉仗之上賓；率土興哀，望金仙而仰籲。虔資冥福，遹相仙游。

本州成服滿散疏

制嚴易月，痛君父之通喪；望極乘雲，薦人神天之勝果典。❶露香蹰蹐，釋經悲傷。大行皇帝，伏願堯性常存，舜明不隔。成慶而垂萬世，聿齊九廟之靈；後天而彫三光，長作百神之主。

鈐司成服滿散疏

捧易月之制書，萬邦哀痛；修升遐之冥果，三寶證明穹昊監觀❷，喪紀有嚴，孝思罔極。大行皇帝，伏願羹墻不遠，劒舄如生。帝鄉而乘白雲，真游冲漠；孫謀之注豐水，遺澤深長。

---

❶ 「人神」、「果典」，鄢本、張元諭本作大字「人」、「果」。

❷ 「三寶證明穹昊監觀」八字，鄢本「三寶證明」爲大字，「穹昊監觀」爲小字。張元諭本僅「三寶監觀」四字，爲大字。

大行皇帝本州追嚴道場疏

惟新陟王，悵皇靈之日遠；演大乘教，無上法，❶資勝果於天游。悼痛罙深，薦嚴有俶。❷大行皇帝，伏願性超清淨，冲素，❸德邁圓通。希夷。❹生爲帝，没爲神，豐功不泯；高配天，厚配地，明德無疆。

鈐司追嚴道場疏

皇靈冲舉，莫追汗漫之游；淨業真如，真誥昭宣，❺式薦逍遥之果。終天哀痛，率土慕思。大行皇帝，伏願陟降大虚，超升無極，儼橋山之劒舃。云云。

---

❶「大乘教無上法」六字，鄢本、張元諭本作「大乘法」，爲大字。
❷「嚴」，鄢本、張元諭本作「言」。
❸「清淨冲素」四字，鄢本、張元諭本作「清淨」，爲大字。
❹「圓通希夷」四字，鄢本、張元諭本作「圓通」，爲大字。
❺「淨業真如真誥昭宣」八字，鄢本、張元諭本作「淨業真如」，爲大字。

申省狀

辭免新除秘書省正字狀

具位文某照會，十月二十六日，伏準省劄：「十月二日，三省同奉聖旨，文天祥除秘書省正字者。」某猥以疎賤，叨被聖恩，望闕瞻天，莫知所措。伏念某自叨親擢，未歷外庸。以讀書學從政之方，以奉祠爲書考之日。方竊山林之暇，敢圖臺省之登。負乘非宜，循墻無任。伏望公朝，特賜敷奏，令某滿足宮觀兩考日，祇被新命。其於出處得宜，庶幾無負聖明拔擢之意。所有省劄，未敢祇受。除寄本州軍資庫外，須至申聞者。

再　狀

具位文某照會，於去年十月二十六日，伏準省劄：「十月二日，三省同奉聖旨，文某除祕書省正字者。」某伏念一介庸賤，叨竊非宜。加以從仕以來，未有庸歷，輒具狀申控：「乞候宮觀兩考滿日，祇被新命。」十二月二十九日，伏準省劄：「十二月九日，三省同奉聖旨，不允。」某除已望闕謝恩，擇日前來供職外，須至申聞者。

辭免知寧國府狀

具位文某照會，伏准尚書省劄子：「四月十七日，三省同奉聖旨，文某差知寧國府，替朱應元缺者。」起家超躐，望闕徊徨。❶伏念某實無他腸，粗有遠志。昔年憂國，冒當事任之難；數歲杜門，寧悔身謀之拙。屬明良之胥慶，念岳牧之疇庸。曾謂栖遲，遽叨選用。惟是某省愆已至，貶秩猶新。雖公論至久而愈明，而丹書未謂之無過。儻不量於出處，是自速於顛隮。欲望公朝，特賜敷奏，收回成命，改畀叢祠。使某得以讀書養親，安身寡過。他有驅馳之日，無非報效之年。所有省劄，已寄留吉州軍資庫，未敢祗受，須至申聞者。

❶「徊徨」二字，張元諭本作「徘徊」。

文山先生文集卷之五

書

回胡簽判請交割 除寧海軍節度判官廳公事日

某仰德襟期，比布之竿牘，顓飭謝言，兹不贅吐。首祈崇炯，某幸甚。區區此來，得忝交代。意者天將開攀拊之緣，使之拉湊，一至於此。惟是天賦偏於愚戇，親見聖主懇焉求言，意應詔者必有中今日之故。側聽逾久，無能爲國家陳大計者。私念上悔悟勇決如此，而某蒙恩至厚，他人既不言，則雖踈遠，豈容避其責。是以積忱累日，冒死投匭，以冀一感悟天聽。出關席藁以來，首領且不自保，況苟官職乎！高誼不薄，猶以同寀爲情，連屈軒車，復畀翰墨。一吏至，又持公文以來，周旋曲折，無非眷愛。某感激不自勝。惟如前之義，則有不可孤長者之意，不敏謂何，某尚留此待旨。若數日後威命不下，則是上怜其愚而寬宥之，某當歸且念咎矣，而非所敢望也。所有添差簽判廳公用，某一切不曾祇受。或郡府不以某爲不肖，他有情文，則恐吏輩爲欺，而亦某所不與知也。本須具狀申府，惟身爲罪人，不敢自擬於屬吏之列。得於晝諸之次，敘其衷情，則某之受賜甚厚也。臨風拳拳。

賀吴提舉西林　己未

某自九月赴京師時，請叩門墻，蒙警策備至，妙語天然。式相行色，篋笥間至今耿耿有光氣。第某解舟至豐城，及聞新局肇更，鄰麾茂畀。細讀「仕隱不同轍」之句，則雲駛月運，舟行岸移，轉瞬之間，已成兩樣。雖然，此非爲明公榮也，纓冠褰裳，世道有賴焉。某來，上下以鄂鄂故爲之澒洞。聞諸闤雲集，而某正不多，❶以此爲不足慮。獨賜教時，則衡陽之事，明公蓋已及之，而中外未之信。某以十月晦至脩門，則聞聚毒已并，流波浸漫。秣陵荷擔之事，蓋凛凛已兩月，中間新相至，則又得月十日定帖耳。然我之緩急，往往視敵之起息爲之，則定帖者未可保也。譬如一間屋，前人放火，已燒及旁舍，僅僅得全宅未動，卒急得一曉事人率衆拯救，雖千百擔水，未足以頃刻沃滅。明公蓋防防一大頭項也。今事莫如袁、吉之急，袁已改畀明公，而鄉里又得平林爲重。時有明公，諸人必能一心同力，以障潰堤之衝，藉此無恐。惟内間則病根未去，履翁掣肘尚多，雖言路大開，而奸諛熏注之深，搢紳多不能自拔，徒聞應詔投匭，則學校與布衣而已。世變至此，可爲慨嘆。某不量其愚，輒上書論其事。區區以爲宗社有故，死亡亦在旦夕，不若犯危一言，有及於今日之難。其得禍與否，不計也。今出闗待罪已三日，而上猶未見施行，未知後命如何。藉天之靈，祖宗之休，明公之庇，得全首領。而以周旋於

❶「某」，原爲墨丁，今據四庫本補。

義旅之後，不勝願也，而不敢望也。封事藁止於一本，付璧弟全録以呈似。其踈狂，知執事不笑且憐之否。共惟節鉞交錫，旌旗一新，誼當專狀爲慶。顧世變至此，明公方任大責重，以與上下同憂患。某不敢作平世語也，惟明公亮之。引筆嚮風，拳拳不備。

回聶吉甫 號心遠

某比道從鳴珂，幸甚獲下膺龍之拜，蒙眷愛稠渥，侍樽俎間者連夕，感激不自勝。別後凡百餘日，數千里行役，貿貿於一來一往之間，大可取笑。伏承寶墨，鐫教備至。今天下大勢所以削弱不支，實坐於文物制度之密。區區直欲割去繚繞，使内外手輕脚便，如此而後可以立國。書中言規模大概，所以纖悉上下，其説則未也。朝廷若不鄙而行之，則台諭欲列置一帥，如古方伯連率者，又當再商量也。區區之心，既不足以行於國，退而欲爲一鄉一宗之謀，正將擇險以爲依，集衆以爲安。但事勢浩大，不量其綿力，而欲舉之。善後與否，視吾所及，❶何如？某乍歸冗劇，使命日亟返，姑此治報。何當一日會晤，以請所未聞。

---

❶「吾」，鄒本、張元諭本作「無」。

賀何縣尉 名時，字了翁

某頃揭揭入國時，江皋祖帳，爲意腆甚。感激之私，不自勝。別後不圖世變沄沄，天下大事幾去。某始而駭，中而疑，繼而憂憤，又繼而大聲疾呼，以至於流涕出血。相去近百日，而展轉變化，以至若此，事變可畏矣哉！某學無涵養，不能謹其所發，倉卒來歸，求爲杜門循省之計。藉慶雲在上，以此月七日善達鄉國。甫入境，側聞一同桑梓，若君實庇蔭膏澤之，以廉革貪，以明易暗，以神奇變巽懦，大冠縫掖，交以程吴歸焉。方謀奉狀至屏下，而紫氣煌煌，已移照鄰次。交臂相失，懷此悵怏。當今事會方殷，人才不競，一杞二杞，國家常病之。今州縣之於執事，亦此類也。凋瘵澒洞之餘，雖近於不可爲，而開繁破劇，如長才得以自見，可賀也。吉水之爲邑，得之朋友，見謂官錢無定額，賦無正籍，是以若此其竭澤也。平林以鄉人爲郡，念此至熟也。執事軍期之暇，爲之定制立數，求爲一定之經，惠幸兹邑，其庶幾乎！

上丞相 除祕書省正字，辭免，不允。

正月吉日，具位文某，謹再拜奉書于某官。某昨蒙朝廷不以不肖，授祕書省正字職事。某自念非才，未有庸歷，輒具狀辭控。既而省札降不允之旨，鈞翰重促行之命。伏惟聖天子之所拔擢，大丞相之所提撕，德至渥也。某一介晚末，跧伏深密，所知不出田里。大丞相勒名鼎彝，紀功太常，坐于廟朝，進退百官，而佐天子出令。下土之人，求望其位貌，聽其謦欬，不可得也。惟聞弓旌紛於阿澗，束帛徧於巖野，元德碩望，麟游鳳集於省臺之上。想望風采，以爲不圖此生獲見昇平如此。詎意今者宸命收録於草茅，鈞畫照耀於山谷，恩光所被，震悸不自持。僕惟此舉不見於今世久矣。夫大君宗子，居天位者也；宗子之家相，理天職者也。自一命以上，所以輔贊大君，彌縫家相者，皆將以分奉天之責者也。《書》曰：「天工，人其代之。」又曰：「欽哉，惟時亮天功。」又曰：「天命有德，天討有罪，天敘有典，天秩有禮。」韓愈曰：「天付人以賢知才能，豈使自有餘而已？忱畏天命而悲人窮也。」天命人事，常判然不相侔，而前言往傳，動必以天爲訓者，人雖藐然萬物備於我，苟爲凡民則已，大之爲聖賢，秀之爲士，天地民物，孰非一己之責？任重致遠，皆性命之當然也。由此觀之，用人者，非私於其人；爲人用者，非私於其用。近臣之得所爲主，皆所以事天也。此意不明，上之人操其公器大柄以自私，曰：「吾能以富貴人。」下之人失其靈龜，貿貿於勢利之途，而不知返。是以上不知以代天理物爲職，而無復有以貴下賤之風；下不知以畏天悲人自任，而無復有比之自内之義。天地失位，人極不立，人物悖其性，往往由此者多矣。伏惟大丞相勳在王家，意在人物，方且以不滿假處功，以不驕吝處才，開忱布公，集思廣益，嘉與天下賢士大夫，以爲共理。如僕庸愚，亦得自列於兼收並蓄之下。顧僕不足以稱所舉爲大負，而由先生此心，天命之所流行，國家之幸，斯世之福也。《謙》之九三：「勞謙，君子有終，吉。」先生之用心以之。《泰》之九二：「包荒，用馮河，不遐遺。」先生之用人以之。《孟子》曰：「古之人所以大過人者，無他，善推其所爲而已矣。」由是而言，自可比功於隆時，垂號於無窮矣。僕雖嵬瑣無足齒，其於明時不敢自棄，求所以無負上帝之衷，仰承君相之惠，將盡心焉。某已於元日祗被新命，謹别狀遵禀，惟是屬有私役，造闕之月日，尚此遲之。伏惟大丞相矜憫其情，而原其後至之罪。公爾忘私，國爾忘家，某之補報知遇，將有日也。下情不勝懇惻激切之至！謹奉書，不備。

通廟堂 溥論承心制事

某仰恃鈞慈，直布心腹。某昨歲四月，遇先人本生母之喪，以服制未定，請之朝廷，遂作假俟伺旨揮。後來此申未及下，而某得劾。某以義起禮，謂先人若存，則於所生母當申心喪；先人既已矣，則某照承重例，遂承心制。自謂仁之至，義之盡，莫如此矣。未幾，《龍溪友議》板行天下，謂某當有重服，匿而不行。一時聞者，爲之疑惑。後巽齋歐陽祕書守道爲《或問》，衢州曾添教鳳爲《詳目》❶二先生發此精義，禮意昭然大明。某竊聞《龍溪友議》印本以萬本，閩廣遐陬，莫不有之。既不能家至户曉，須得朝廷討論墳典禮意，播之邸報，著以爲令，使天下知孝子慈孫之用心，而不至爲謗者所惑。是以拳拳致請，乞下太常，討究一番。三月末旬，伏領鈞翰，特蒙先生照見曲折，謂其所遇在禮之變，所循爲禮之正。且如昨者，臬申已下禮寺，某以爲定禮典，正流俗，在此舉矣。

四月三日，忽得承受人報備至寺狀所申，乃引紹興休寧縣尉蔣永吉與寶元集賢校理薛紳爲證，直

❶「目」，原作「自」，今據張元諭本改。

指爲某合持齊衰三年。嘻！其誤矣。聖人制禮，自有隆殺，其隆殺本之人情。切詳蔣永吉之祖妾直下只有蔣永吉，使蔣永吉而不服，則其祖妾爲若敖氏之鬼矣，所以爲孫者須持齊衰。今先人之本生母，自改適劉氏之家，有劉氏子孫持重服，則主祀固是他姓矣。是以某體先人之心，則只當承心制也。況蔣永吉無祖母，今則某有正祖母在堂，何緣可爲劉母持齊衰乎？劉母之子既持齊衰，某又自姓文，何緣兩姓俱有齊衰之服乎？又詳薛紳之母既稱爲「祖母萬壽縣太君王氏」，則是嫡祖母也。當時朝廷止給假三日，只從孫之本服。所以薛紳再申，指爲先人所生母，謂服不可絕也，故有三年之制。此正是承重孫，又自與蔣永吉者不同也。禮官不讀書，不講義，不明先王隆殺之意，往往只據吏人檢至故事，見有「父所生母」四字，便謂事體一般，鹵莽申上，更不曾子細致辨於同異之間。今且未須論某所得服如何，且只論先人之服。先人之母，改適劉氏，既有劉氏子爲服，且先人係出繼別位，又非本位之比，先人只當有心制，不當有齊衰明矣。若先人有齊衰，則某當以齊衰；先人有心制，則某只合承心制。豈有先人本等止有心制，而某乃有齊衰之服乎？朝廷所行，便作萬世不刊之典，毫釐之間，所當致辨。矧禮意粲然，非有嫌疑，又何難辨之有？某承心制已一年矣，今非畏有齊衰，不願承服。但可惜禮官如此討論，萬一誤朝廷備據行下，恐國朝會要上又錯添一典故，不免貽將來朝廷無人之誚耳。今看來，禮官未必解事，先生揆之本心，若以爲某見行之禮既安，徑乞從都省點對行，萬一已照寺狀施

行，亦乞改命，庶不悖於人心天理之正。而古聖人制禮之意得行於今，其於綱常豈曰小補之哉！❶

後朝命下，許令承心制，仍著爲令。道體堂書。

通江參政古心

某即時甘雨，共惟宫使大參相公先生，芝山清逸，珍館宴超。天相有道，鈞候動止多福。某昨歲獲走一介詣舍人門下，伏蒙鈞念，勞苦有加，祗服訓辭，至今亹亹。俯仰山林，感慨年歲，又若是其闊疏矣。某官百年幾見，一代共宗。司馬居洛，而相天子活白姓，都人西其首而望。張紫巖杜門白首，而嗣皇嗟嘆用晚，倚之以向中原。先生今其人也，上方舉元祐故事，勤於夢卜，旦夕爰立，言人人同，先生不以此覬於當世，而當世以此祈於先生。惟先生重愛眠食，以幸世道。某屏伏田野，蒙賴鈞天之庇，守先人墳墓，幸無闕狀。追惟兩年間，口語横出，先生進而廟堂，退而江湖，德於其人，如出一日，傳所謂生死肉骨之情也。報答已知，言語抑末，傾竭犬馬，尚庶幾於門墻。專人上狀，百拜起居。衮舄皇皇，未遑納拜，心之沄沄，如此江水。仰乞鈞照。

❶「於」，原作「曰」，今據鄢本、張元諭本、四庫本改。

通潭州安撫大使江丞相

某在門墻諸孫輩行中，而所以蒙鈞天造就，知愛綢繆，獨出乎諸生之右。然號爲登門垂二十年，而至今庭下無愈之迹。古人負笈從師，不問道路之遠，某乃不能自拔如此，殆不可對人言也。兹者誠不自意先生手提玉鉞，作鎮於重湖以南，而某適以臯事一節奔走於賜履之内。昔者，詹企台階，坐霄壤隔。今乃得以詣大府，受約束，有一日斂板之便，豈天殆爲小子計乎！某始以親老丐祠，既趣旨下，再請則瀆，於是姑以單車出門，蓋馳驅數旬，又須乞便郡歸養耳。某四月八日辭膝下，留廬陵城中，始聞先生拜乾會節於清江，亟亟追逐牙纛，度宜春、醴陵間，所蹉跌片雲間耳。兹專布狀，重謝不敏，且致恭先之悃。參謁邇只，遡風距踊。

與李復卿 長弟初赴臨安府司户日

某比者吉蠲子墨，祇詗涓房，留連踰浹，甫拜答洒，蒙不彼外，感荷感荷。兹專布區區之心，璧弟不穎，竊第奉常，受官京兆。初欲鞭策向上工夫，故多求山林歲月，以自爲地。事不可料，欲緩得速，東行且有日矣。此弟雅欲致一朋友，相此遠役。大冠峩如，大裙襜如，服斯服者不少也。而流俗薰蒸，靈龜磨蝕，區區所爲，例指以爲迂。而他求所謂不迂者，抱膝長嘯，寡和柰何？執事氣藐餘子，言根古人。疇昔之日，幸接光塵，論議之末，共爲慨然，其誠有得於同然者。憑恃襟雅，僭欲屈致崇峻，以副前所期。此弟天資，每與義理合。喪本心以求外物，則自保其決無之。❶惟是閎深博邃之學，汪洋演迤之文，日力方來，正將從事。執事與之處，公餘得商略上下，交闡互發，他日此弟其殆非吴下蒙乎？某敢不知自。交際之道，莫重乎其初，輒拜此紙，以將盟言。聘資不腆，别牋并致不敏，萬萬控謝不遠。

與孫子載 季弟與從弟從學

某聞古者家有塾，黨有庠，士生其時而爲師者，非其家之父兄，則其鄉之所與也。是以不獨屑屑於言語文字之末，而聖賢誠正脩齊之學，蓋皆在所法焉。小弟肩項相齊，學無以大相過，獨其性質之陋，而未有以開通；氣習之浮，而未有以撿束。故脩業，一事也；進德，又一事也。某於古者父兄之教，既不克從事，則鄉評之峻卓，師範之尊嚴，是於執事乎歸焉。區區所以屈致之私，間嘗致稟，千金之諾，敬聞命矣。交游之道，莫重乎其初。禮有聘，謹肅將以前，并令二學生俯伏再拜，以立庭下，俾之有敬也。

❶「之」，鄢本、張元諭本作「也」。

與胡觀洲季從

某童而習之，授業解惑，有所自來。惟今父族母族，衿佩而立，受道者七人焉，將同堂合席以私淑之。輒恃鉗鎚之舊，爲此數子以北面請。歲以緡錢百上之隸人。禮有聘，奉芝楮二十千，明有初也。吾未嘗無誨焉，惠徼福于夫子。謹謹奉狀，伏乞台照。

與楊學録懋卿 字景堯，太學前廊

某比僕僕來京師，幸甚得下膺龍之拜，辱賜之不鄙，軫顧稠厚。關外之别，江皋之餽，所以致繾綣者尤甚，感激不自勝。第恨匆匆聚會，不及爲頃刻之情，以慰滿連年契闊之雅。回首天上，瞻企拳拳。兹有稟事，朋友蕭文，❶名來新，新參之客也。此丈可人，且身事端正，無復頂冒異同之弊。揭揭而來，欲赴春參。鄉同舍往往望白雲而歸，其歸然爲游學，瞻仰惟執事耳。其所參務本，適在德星躔次之側，特來展先達之敬。不揆遒瀆，道其至前，得蒙與進，稍與之温存，使不致落莫，區區之望也。

---

❶ 「文」，疑當作「丈」。

回祕書巽齋歐陽先生

某因朱月窗來，伏拜誨帖，辱問璧弟，意極拳拳。近僥倖受縣，一出師門玉成之造。後生從政，未知嚮風，惟先生終教之耳。金盌在質庫，某處約之甚，恨未能自取之，乃勞先生厚費如此。山林中亦無用此物，先生儻乏支遣，不妨更質錢用，第常使可贖足矣。吉甫一去連旬，頗孤龍頭之約，時且向熱矣，柰何！因便介到城，伸紙行筆，嚮風馳情。

金盌，乃先生爲景獻太子府教授，講經徹章，上賜也。巽齋借而質之，故先生云然。道體堂書。

與前人

某尋常於術者少所許可，而江湖之人登門者日不絶。彼誠求飽暖於吾徒之一言，吾徒誠閔其衣食之皇皇，則來者必譽，是故不暇問其術之真何似也。先生之於應酧也亦然。今是書之作，爲一星士，姓朱，名元炳，字斗南，號月窗，則非前者之謂，是誠有取於其術矣。斗南，吉水文昌鄉人，去吾里三十。起田間，談命高妙精絶，盡奄同袍。試以百十命，應對如流，而人品之大概皆不差，異哉術也！問其所得何書，則嘗汗漫於十數家，而其末也會歸於李吉甫、林開之説。吉甫之書，人多有之，以其深而不能詰。若林開，則人未有得其本者也。斗南會二爲一，而又以所得於數十家者間出而證之，斯其所以獨步也。某既與之訂正二書，又詩之以見意。其别也，欲詣門下求品題。某告之曰：「先生品題甚易，至之日，爲先生請十數命，某也如此，某也如彼，爲先生鋪陳之，即先生亹亹，豈惟品題。先生心肯，轉相汲引，即子命通矣。」斗南曰：「諾。」探其中，欣欣然殊無憚色。他人泛泛得先生增重多矣，未有如斗南肯以術而取先生之知者也。是書也，某何爲而不作？事出專白，故不他及。

與前人

某前月二十八日，因朱月窗來遠迓，草草一帖致起居，不知是日正先生到家日也。後聞稍避訪客，住某寺久之，然恐訪者即所在相尋，亦未必能盡避也。某九月十三日方及門，值鄉榜未揭，此一月中，相過者有數。近數日漸漸增多，來者必數百里，或百里，不容不少欵，閒居寒薄，殊不能支，而妄有干請者，紛然多不相亮，甚以爲苦。先生昔者於應酧亦苦之，今猶苦此否？嘗蒙見示，每許人作一文，如置一針胸次。今某畏爲文詞，亦類此矣。習嬾亦是病，先生以爲如何？念久闊尊候，亟起援筆，請所以誨。朋友以某遠歸，間有以羊麫問勞之者，某不敢私，輒以一羫一石獻之庭下。某昨在宣州，不敢擕木瓜，宣州人不相忘，近却有以此爲意者。知先生嘗須此爲藥物，謹并奉四枚，一笑留頓，幸甚。

回劉架閣會孟

某伏蒙專劄，垂示先夫人誌銘，伏讀驚愴靡已。古心先生藻發清言，垂光罔極，慈靈有知，含笑地下，若此，可以無媿人子矣。遠日倏至，柳翣載途，追送傾城，素車銜尾。某於夫人，契家子弟，以故不能攀望引紼，負負幽明，不勝愧恨。謹成些章一，少紀哀悰，以授挽者。伏想隨車號痛，涕如綆縻，孝在顯揚，願寬毁瘠。臨紙下情淒切之至。

回衢教曾鳳先生 字朝陽，號秀峰

某數月於師門極間闊，顧山水荒唐，不自知年歲之運運，闕禮多矣，尚庶幾先生索之於形骸之外。別後，得二子，丙寅、戊戌、庚戌、丙子，丁卯、壬寅、甲午、丙寅，命不知孰勝。乍嚮風水，即得三地，此須具眼以爲然則然。❶向牛肉坑所結砌者，今知其大謬，爲棄屣矣。深之昨所問館成否，何所固必。新正詣清湖行禮，亦不見訪，往往泥哭則不歌之意，非有他也。屋見説漸就緒，先生鼓舞倦矣，宜作意。身事悠悠，何爲行日，可得聞否？春和景明，其間一造盤谷，亦可遍觀先生所謂寶者。更願撥剔而後來，一來須十日，乃可歸爾。悉俟面賦，此不能盡。

回李宫教應革 號肯堂

某頃以附伯昂令姪書後，未悉起居。深之令弟來，聞病目少寬，爲之喜幸。日欲專价詳問飲食坐

---

❶「具」，鄢本、張元諭本作「巨」。

臥之節，塵坌因循，心甚愧之。昔人云：「身在則有餘。」舉天下紛紛藉藉不如意事屏置度外，專精神事醫藥，靡有不濟。恐吾目所受病方將驅除，而又重以吾心之不寧，是滋予疾也。用敢於岐黄忠愛之外，輒奉清心一方爲獻，願於《大學》第七章加三思焉。偶璧弟有介歸就，有京書達左右，輒并遺前薄物將忱。徒覺塵瀆，臨風馳泝。

與朱太博埴 號古平

某山中相望，數舍而遠，乃心精微，無往不通。僕十年受用，順境過當，天道反覆，咻者旁午。七八月以來，此血肉軀如立於砧几之上，虀粉毒手，直立而俟之耳。僕何所得罪於人？乃知剛介正潔，固取危之道，而僕不能變者，天也。僕誠不自意，乃於寒舍千步外得一陂陀，溪山泉石，四妙畢具，委曲周遭可十餘里。蓋其景趣，兼盤谷、環滁而有之，而其曠遠縹緲，或謂南樓劣焉。騎馬囊飯，朝往夕還，率以爲常，而山外事一毫不接耳目矣。僕嘗羨君家山水之勝，幾欲作意植杖其間，而未能也。然自以爲旦夕必償所願，不知吾壺天可以屈公一來乎？烟霞泉石，此不足與俗子説，處知音者自不同，正恐不問主人，徑造竹所。余月心來，拱被寶墨，惡乎而不用吾情？適凝祥觀蕭道士來訪，其別也，曰「吾將造古平」，爲之書以復命，且道予懷而假道士爲郵焉。

某比及門，即拜狀，聞車騎在郊外，正欲嗣訊，韓星忽來，偉然朵雲之贈。故人渠渠，勞苦行役，諸兒那識此意。曉起入山，新流没岸，棋聲未盡，石骨依然。人生往往如此。盈虚消息，道體流行，仁者謂仁，知者謂知，可超然一笑。承有訪剡之約，上巳前後擬山行數日，須主人在竹所，方可乘興。分沙一席，已戒白鷗退避矣。呼燈走筆，馳意泬寥。

極有磊隗，欲從執事傾倒一日。雲山浩渺，渺焉余懷。忽拜羲獻帖，❶宛然玉立之參前倚衡也。垂諭前城李氏事，讀之甚駭。近有假爲黄節幹者，騙寫其家田莊，鄉廨既見之發覺，昭其迹於墻壁間矣。曾鑑何人，又肆無狀，欺愚嚇聾，一至此耶！某平生所立謂何，豈有退居林麓，省咎敬威，我自爲我，而青蠅紛紛，每使惡聲至耳。莫爲而爲，莫致而致，非命也耶！勢不得不榜。謹納一紙，幸轉之李氏，以破奸猾者之爲。使人日爲此等救過之事，不勝浩嘆。某向者因及執事出處，常誦《伐木》之詩。今書所云，猶若未悟，稟答之次，臨紙惘惘。

回鄧縣尉中甫

某入山愈深，於所尊敬，嘻其闊矣。前年足下以書議禮，得一往復，最後賜誨，迄今不能報。論其形跡，何前之恭而後之倨歟？坡云：「人情重往復，不報生禍根。」后山云：「一詩已經年，知子不我

❶「羲」，原作「義」，今據張元諭本、四庫本改。

怨。」人之度量，固有相遠。執事知我，宜可無前日之事。❶今通國識其用心，由其未定，而言辭之不可以已也如是。自其定者而觀之，輕重銖兩，固皆當然，言語文字，幾乎閏矣。昨書皆精義所發，卷爲一通，謹而藏諸。後有作者，將爲此興起。客從巽齋來，能言執事日從翁樂甚。因欸客坐，亟亟援筆，寫此悁結，授客以轉之左右。學之不加，感慨年歲，山澤雖遠，尚惠一言。臨風拳拳。

與顔縣尉復古

某自春末得一夕承顔色，接話言，外此皆瞻仰之日。追憶是數年來，書筒無虚月，分袂亦不太久，未有如今之疏者也。然私竊自解，則曰，此其迹爲然，不足深計，知足下得我同然與否？兹者恭承少迂蓬山之步，暫爲梅屋之游。脂車有嚴，滌篆伊邇，豈勝贊慶。執事自此開張清途，摩拂碧落，固其分也。顧徼富貴利達以自致其身貴且重者，崇論宏議所鄙者也，不當薦是爲賀。惟邑於民社爲最親，惟少府於邑爲最要，平生學問，藉是得以展布。潘輿康寧，千里迎奉，調熊嗜苦，式慰兹願。是二事，深足爲年丈賀也。某雅聞説者，以某日戒途，懷是惓惓，將祖帳道周，栖酒爲壽。屬有牽制，不能來，謹上狀，并致薄禮，以昭區區，惟容頓是幸。川平陸夷，行者有相，惟秋深殘暑未央，更乞頤輔崇重，以前三接九遷之寵。隨軒德輯，伏想喜氣方來，錫羡山則。别後或有鄉邦驅策，敢不下拜。

❶ 「無」下，原有墨丁，疑闕一字。「無」上，四庫本有「以」字。

某歲杪得承便馹，遺以瓌洒。故人千里之情，藹然可掬，感鏤其如之何！兹得嗣書於令弟來歸之便，尤見崇篤。喜審議論於帷幄之親，出入於錢穀之會，滿腔磊隗，庶其有以自試矣。來教自咎，以爲浸淪汩於俗吏之歸，此意固超人一等。孟子論仁賢，而必望其有政事財用之效。蓋績用聲猷，不可相戾。本末一致，焉得就此以遺彼。自賢者徒以清浮爲高，而無益於實，然後小人得以事功自詭。今日挽回君心，轉移世道，吾輩正不得不自力，尚可以俗爲尤乎！伏惟尊同年其懋勉之。頃承刊委，比於敬巖之前，亦屢説項。非某私於所親，名德如許，區區欲白默，本心亹亹，自有所不肯。此老亦既有所許矣。坐席未温，遽爲林麓之歸，一場説話，又付畫餅。雖然，長松在林，利錐處囊，翹翹傑傑，旦夕諸公争羅致不暇，瑣瑣愛助，何足爲説。某奉祠侍親，頗於讀書有一日之樂。朝市紛紜，怨謗之府，某雅欲退藏，以遠罪咎。賜教極得同然之真，或政事有足爲庸陋矜式，毋惜刊曉一二。因以具報。情悃非筆可既，專規嗣布。

與聶吉甫

某於斯文契闊，數年于此。載酒問奇，豈非夙心，而相望百里，離群索居，甚負此愧。以其傾嚮，輒私布之。先人季子生二十年矣，號曰學文，實未知方。有從弟一人，同堂而習，年相若而學相似也。閣下沛然古作，籍甚時名，所欲北面而從事者衆，區區欲使二子者私造化焉。間者疑其不可，諗之朋友，故以爲請，❶不圖閣下不鄙夷而許之，敢專書以聞。閣下不屑與之盟，豈惟二子得以受教，僕也不敏，實嘉君子之賜。援筆荒蕪，臨風切切。

某作別近一月，是一月中，稍從事魏晉間歌行，苦不能彷彿，魏晉間人不可作，那復問向上？非獨自嘆，世代亦可感念，安得英妙沈著如心遠，即日執手共論此事，某平生斯文幸甚。此數月心迹相親近，方自嘆解后之晚，而執事即欲舍而去之，柰何！僕恐於主賓之禮實有未盡，輒托絜矩謝過，并爲弭節從容之請。憐其至情，不曰麾之門墻，豈非三生之至願！俟命切切。❷

回王國智

某歲前作稟字，輒致松栽之請。專夫十餘，虬孫載道，一日塞破吾屋，即乘天時遍布滿山矣。異時車馬相過，山神欣然迎拜，必曰：「此吾東道主云。」擾甚，布答膚率，別作謝狀。

---

❶ 「故」，鄢本、張元諭本作「固」。

❷ 「某作別」至「切切」一百四十一字，鄢本、張元諭本無。

與劉司户三異 號古桂

某自别，不獲奉起居，忽聞小爽調攝。昨見當風輒睡，不禁生冷，嘗憂其必爾。看來衛生之書，誠不可忽也。心遠云，來時及拜問，已幸勿藥，極以爲喜。❶ 暑天將理正未易，某欲助數藥，而不知當用何品，謾遣芝楮百千爲意。且宜深自愛護，候其可出，見訪未爲晚也。《南史》正本，遂可得否？便中謾得，介意爲荷。詗候草草，他規嗣布。

與胡端逸

自别後，日在山間搜奇剔怪，得二所，曰「閟微」，曰「上下四方之宇」。幽閑曠邈，超偉軒張，其奇又在中磯兩峰之間之上。君再來，足以抵掌大笑。「翠晚」又改曰「浮嵐暖翠」，「釣雪」改曰「六月雪」，「特立」改曰「至大至剛以直」。我非好怪，地適足以當之。君謂如何？新昌弟一介至門，館穀之議諧矣。專人導其來庭下，請君蒞盟。江南春小，天和景明，山靈川后，畢獻萬狀，欣然有應接佳客之意。不遠二百里，杖屨容與乎其間，不亦可乎？淩遽信筆，未究欲言。

---

❶ 「喜」，鄢本、張元諭本作「善」。

與黄主簿景登 名瀛

某輒有所請，鄉州有俊傑士曰胡君，名天牖，端逸其字也。十年前學校定交，意其旦夕獵獵乘青雲而上。尚遲決科，蓋其命，然心甚敬且念之。來山中聚首半月，且留度重陽，問其館穀，則未有所嚮也。此君有能賦聲，於應用更高，好自脩飭，不爲流俗。足下若與處，日從三益，豈曰小補之哉！其家事自好，而嚴君主之，端逸歲得百千上下，則從人泰然矣。萬一賓廡無虚席，則明年君創員以料理之。多費以取友，美德也。端逸留山中，若蒙雅報見及，相其受幣而歸，是所至願。

與劉正伯 知瑞州日

某江滸分攜，流光如駛，每荒城雲合，笛韻沈沈，吾故人之思未嘗不往來于懷也。禿筆鉗書，曾無暇晷；東風順翼，乃有飛箋。如之何不喜？執事垂光虹蜺，濯髮雲漢，少須暇之，駕秋濤而湘春錦矣。燒尾光芒，薦靈角尺，山中猿鶴，先侈光榮。某癡事未了，誤渥徵行，三辭弗俞旨，且俟代。持其觚落不敏者，如之何而任劇哉！託愛宿昔，不同他人，何以教之？因風馳泝。

某久不交訊，坐積尊仰。忽蒙專价惠報寇事，桑梓驚動，南望惻然。正具復問，得鄉里信來，乃聞十六日破王山，次日破新安，吾鄉必不免矣。財物所未論，屋廬所未論，不知一鄉人命是時得脱與否？未有嗣音，爲之哽咽。已作書控倉使，乞兵勦滅。某即日交臬事，當以滅寇爲第一事，毋慮。尊公朝議，近況想安適，謹附拜一忱。郎君新功日富，次者且聯翩而上矣，可慶可慶！草草脩染，媿甚膚帥。

回鍾叔玉三帖

某杜門避影久矣，出山一事，不到夢寐間。聞命誤節，湘羅笑人，方循墻丐祠，以安半菽。倘拜俞音，春晝花陰，猿鶴飽臥，亦五雲之密蔭也。衮褒渠渠，饙禮郁郁，固不敢當，亦不得不拜。草此稟酧，尚規裔謝。

某昨承令嗣子京相過，眉目森秀，真可喜也。承以至德觀牌爲諭，便筆偶已染就，今謹封納，切希視至。❶

伏拜寶翰，寵有臺餽，塗抹《無羊》之詩，珍重來牟之意。我之懷矣，我之懷矣！親戚往來，本無所不可受，獨其名曰前日嘗爲某事也，若然，敢不重拜以辭。吾黨相與，誼如一家，緩急相赴，情之所

❶ 自《與黄主簿景登》末「見及相其受幣」至《回鍾叔玉三帖》「切希視至」，原闕，今據北大藏遞修本補。

有，而足言謝哉！ 非曰不恭，其所操挾如此。 薄言稟報，未既由衷，仰幾台亮。

與隆興黎節判立武 探花

某自大名震盪以來，吾江西一佛出世，引領願拜，實不知前此固嘗坐下風而揖餘光也。 去年汗漫一出，道過清豐，解后捧檄，歸省江皋，草草相見，道舊恍然，驚喜過望。 至洪，甚恨匆匆，郵亭晤語外，無從嗣集。 蹤跡展轉，重見黄花，所思天一方，令人回首。 某恃氣類之同，輒以士薦。 漕闈新貢元劉君子俊，吾鄉清淑之英也。 所居門巷相接，文學卓然，可稱遠器。 今年以登仕得舉，士者以爲晚。 旦夕詣星臺下，謂一世龍門，以未執鞭爲恥。 敢告賓榮，許其漫刺。 見所未見，劉君歸，可以語人矣。 西雨南雲，臨筆馳泝。

與劉民章 子俊

某自湘花别後，其人如玉，夜夢見之。 名網猶兔罝然，不足以得横天之翼，每爲咄咄三嘆。 空同上得書，乃知猶爲脩門客，何留滯周南之甚耶！ 詩云：「京洛多風塵，素衣化爲緇。」又云：「棲鳥戀舊林，池魚思故淵。」青山屋上，流水屋下，歸來自有樂地，乃欲以外物之盈虚爲面顔之有無，爲執事者左計也。 乘興而返，萬里足下，可以遠道爲諉乎？ 某昨報舍弟，令贊千騎之歸，爲奉薄贐，想已稟達。 歸哉歸哉，臨紙引領。

文山先生文集卷之六

書

與梅制幹

自去年滄浪使者歸，米氏真帖又三四，往往多從景明便鴈來也。洞門窈深，雲山千里，騎黃鵠，跨白鶴，恨不得一日共君其間。風雅比興，韶鈞交作，長軸大册，一再寄意而不倦。鬼神閟吾山數千百年，今而後衣被雲錦，草木澤澤，光價益倍。章之三十二詩，四時朝暮之變，皆有其象，獨以一詩當一境，則有不相似者。混萬顆珠璣，作一片圖畫，而江山無異辭矣。謹頓首謝，頓首謝。子秀別三年，漸成六考，通籍金閨，止爭浮圖一級。近書謂赴吏部銓，將取一闕。人豪如此，猶落骰子選，豈非朋友之責哉！歲月易老，功業宜壯，早改官去，即仗麾建節無滯礙，男兒事庶幾哉！某當年間亦大參差，江西代者，激爲波濤，使人彈指剥剥。賴君之庇，天日皦然，今可以適吾山水之陶陶矣。比詩云：「日日騎馬來山中，歸時明月長在地。但願山人一百年，一年三百餘番醉。」君念我悉，度欲知我近況，不敢不白。某惓惓故人之意，豈一飯而忘，顧數百日内，不能專一价，附書殷郵，又不敢信，以是契闊詹仰，充塞懷抱，而未有以發也。李彪請假歸，道出琵琶亭下，率然伸紙，意之所至，不擇言語，臨書神爽飛動。

與杜教授抑之 字伯揚，號帶溪，崇仁人，李梅亭高第

辱早春第一帖，遠佩意真，❶每一念吾弟，輒思老成。吾弟一出，幸無他，微執事教訓，何以臻此？不知菖蒲前後，書琴得至山中否？近來心思稍清，頗得專意研討，亦時不廢吟。向嘗令吾弟訪問《南史》正本與晚唐百家詩，想亦可得。如未也，執事試致意焉。古桂留館中，日得誦習《毛詩》，因知求選於《選》，止可爲《選》之子孫，求選於三百五篇，則《選》之兄弟可進也。相見當爲執事傾倒之。偶遣一价，信筆布露，馳泝雲表。

回謝教授愛山四帖

雖塊坐深山，於時高人韻士，鼎鐺獨無耳乎？載酒問奇，道之云遠，徒有是心，而未之能也。不圖五塩道院，屈居仙客，階蘭砌玉，與亭芝相照映。每思吾仲取友必端，未嘗不自嘆獨學之陋。手書寵貽，清揚流動，雖未見，猶既見矣。何時簪盍，慰此忡惙。臨風馳報，書不盡言。

❶「意」，鄢本作「甚」，張元諭本作「意甚」。

寒簷積雨，抖擻無悰，得書而讀之，昏眼爲拭。某落落白雲間，一疇春緑，自飯吾犢，浮世榮辱事，付之山外。褒借所蒙，君言過矣。然醴露醲郁，波及溝斷，企瑞芝而遐眺，佩金蘭之永好也。美人一方，書琴自適，爲誦《停雲》三過。

日於仲氏便价得書，振衣快讀，恍焉眉宇之迫吾睫。可人不來，蒼苔滿徑，得無忘把酒看山時約耶？西風逼人，桂香浮動，天池鯤化，摶扶摇而上之，捨愛山其誰屬魁？卷紙一幅，納之文房，衣被琳琅，騰翥光景，楮生輩亦將侈其逢矣。薄言占復，掛一漏萬。

山中度日如年，落葉蕭蕭，涼月墮砌。起視寥泬，安得知己握手長吟，寫胸中之耿耿，以相慰藉耶？杪秋餘熱猶壯，二豎者雖相戲而不吾虐。予亦縱其所爲，倉扁輩未嘗屑屑然也。久之不覺脱然去體，是又不治之治，有勝於劑餌者。寵貽手札，問勞渠渠，故道其所以然，而以復于執事。

與廬陵劉知縣庭薦

采山釣水，飲食於大夫之境，三年于兹，門無公事，得至於百里之室，幾於魚游江湖而忘江湖矣。伏諗解印西歸，揚舟東下。昔者河陽之李，今兹南國之棠。諸父兄子弟，服習長者教訓，恨不留鎮此土。雖然，此一縣之望也。縣私土子人，無所不治，是中都索包，總有相道焉。行矣，僕將大其所觀。某山深閉門，杳無城郭信，風傳令尹新舊之交，未及馳慶。乃承手書，顒走告别，江頭折柳，柰何！不敏爲之慚對將命，四壁空寒，一無可爲載月助者。知心天遠，解后何年！　詹泝風帆，江空渺渺。

與廬陵李知縣詵孫

某邑人也，聞令尹之來，不能隨父兄子弟迓千騎於郊外，敢自訟以書，惟高明察之。某茲審承命九天，涖封百里，初條甫下，闔境争驩，諒爲慶愜。某官氣宇鴻明，風猷駿厲。脩程步武，空萬馬以無前；清水鋒鋩，解千牛而不頓。吾廬陵號壯哉縣，詞訟雖繁，而詩書之家衆；版籍雖廣，而期會之事省。約之以清浄，捷之以平易，以公之才，恢乎有餘地矣。會成美錦，逌趣温綸。某骯髒一世之沈浮人也，所占籍處，在治所之南三舍而遠，雞豚可千户，民淳俗厚。僕也相忘於漁樵，而今而後，其得一廛之託矣。僕實何者，首辱箋函。以此事當路之尊貴則有矣，區區何足以當之。輒裁箋賀上，并鍾鼎大名，歸璧涓吏，伏楮卷卷。

與廬陵陳知縣堯舉

昨歲京華，天作解后。每念晏公在陳，歐公在潁，一宋二蘇，千里往訪，竟日從容。以某不才，受知場屋且二十年，良覿乃僅如此，視子瞻、子京諸公，不知何地著愧！　匆匆汰去，過荷遠將。一目江空，暮雲如水，渭濱之首，寧爲他人回哉！　兹者伏審肅持鳳檢，出宰螺山，車馬實來，旄倪胥舞，伏惟驩慶。　先生聞多而學廣，事熟而心精。　筆力千鈞，捕龍蛇而搏虎豹；❶雲衢萬仞，騎麒麟而翳鳳凰。　未秣馬於天津，乃著鞭於雷邑。　竹松林裏，不妨編簡之尋；❷桃李蹊邊，細數枝柯之長。　小紓盤錯，便起扶摇。　某閉門山中，傳來邸報，忽覩先生爲吾邦一來。　古人重師友，至有塗竄片言隻字以冀萬分益者。　嗚絃千室中，有老門生在焉，知公不能用，其恝然矣。　惟素性踈孏，無城市蹤跡，謹避聲利，不沾借於公私。　自今以往，陰陽和，風雨時，曉猿夜鶴，左花右竹，吾君吾相之恩，亦吾座主之惠也。　剽聞前茅在郊，謹具劄子候迎，臨風馳往。

回樂安唐知縣元齡

深山中俯仰漁釣，久闊時箋。　使者忽來，計一往一返，殆幾千里，君之厚我，感無有極。　他人作縣，驚惴若不可以一日。　先生爲之優游，政聲洋洋乎盈耳。　難易殊絶，蓋必有爲之本者。　旦夕細滿，綸綍在道。　璧弟以斯文受知，僥倖通政，書來謂注邑當在春季。　繼此望洋方新，尚賴教誨，庶幾自淑。　刊曉寺記，微獎予不及此。　惟平生於浮屠無所見，非敢有所攘闢，於其家數，全不曾從事耳。　恃愛直

❶「搏」，鄢本、張元諭本作「獲」。

❷「編簡」二字，鄢本、張元諭本作「簡編」。

布，尚寬方命之誅。嘉貺頓拜，薄物非所以爲報。臨風悚仄。

回劉運使應龍 號實齋

比承一介使人，陟我山麓，問外自梅外來。執事惠綏一日之好，其與人也重以周，則既感激所蒙，致其多謝之私矣。未數日，從驛吏取近報，伏審升班西閣，移節南昌，提封不隔於故家，父老相誇於盛事，仰惟慶愜。某官揚休山立，玉潤金相。方其爲御史也，風采所撼，聞者凛栗。及其將指於楚越也，滿腔惻隱。人所不滿之處，入巖入細之規模，可以概見。歸來麟閣，還本等地位，已竊遲之。西江涸鮒，延首福星，誰爲朕行？弄印未決，公未至闕下，就道相屬，亦曰此公鄉里，煩公歲月。又將出少府節，召公歸矣。某嚮者得節，亦曰鄉部，後來召駡，數月而不休。嘗試思之，近年如宏翁、矩翁，未嘗不漕本路。而二老之所以鎮壓群動者，年德位望，自是過人，而持斧之役，旁午豪譁，又非計使比也。今執事繼二老芳躅，仁聲賢聞之著於人久矣，萬無不及，惟有過之，此所以宜賀。而僕之所以亟拜此書也，前茅出嶺，聞已多日，勢必馳上巽書，歸鈞山以俟命。上方屬意賢英，亟疾其驅，惠我江國。臨書不勝瞻依之至。宏翁，包宏齋，名恢。矩翁，曾矩堂，名潁茂。

耕釣山澤，飯疏飲水，不自知歲年之運運也。使者維何，云自南浦，飛雲五朵，居然下之。寒谷陰崖，冰霜積沍，春風不擇地而至，有如此者。某官天和晬穆，地望高清。夜占天文，福星直斗牛之分。

薄蓬萊，厥承明，爲桑梓此來。鈞山之下，雲霧噴薄，油霖甘露，流注乎大江之西。部人歡呼吾父吾母，帝曰勞止，歸遂相予，僕何幸身親見之。某山人也，其於當路，厥有等威，不敢屑屑竿牘，致歲時之敬。謙尊而光，禮出倒置，德盛仁熟，悚然稽首。落霞孤鶩，水天茫茫，既不克傴僂請拜棨戟之下，心之精微，寄此函尺，永言歸嚮，江流知之。

與袁守雷侍郎宜中 號省身

某前年赴宣州，道滕王閣下。望山川英氣，稽首人物，欲擁篲造門。而舟車異趣，僅能拜書，問花竹平安而已。亡何，蹤跡展轉，不遑嗣音，歸臥蒼苔，益以踈闊。其戀戀門墻之心，固如水之必東也。某比者伏閱邸報，竊審小紓紫橐，近擁銀符，吏竦旌旗，人傳襦袴，共惟驩慶。欽以某官，抱經濟之袐，稱磊落之豪。青天白日鳳凰，百年美瑞；高山深林龍虎，一代傑魁。上方寤寐仄席，圖致太平，甘泉舊臣，不當越在遠服，名藩歇馬。姑曰起家，徑執事樞，旦夕有詔。某庚午一出，殊與戊辰相似，去住匆匆，取笑當世。杜門深念，益求寡過，未知所以稱塞於知己之道。君子不棄，尚惠教之。某久聞紫馬赴鎮，空山不能專介申賀。適逢過客，輒寫其私，以自附於大厦燕雀之後。相望一方，馳泝切切。

與中書祭酒知贛州翁丹山 名合

晨起冠帶，輸寫積誠。世俗竿牘，曾是足爲有道者言？惟高明索之形骸之外。某青原白鷺書生耳，童子何知，乍習句讀。凡先生之精神意氣，粲然於言語文字，公之天下，以淑後學。某皆嘗得以朝斯夕斯焉，衣被遺餘，曾不自意早以名知於人。有我師焉，生同吾世，驅馳四方，乃不得解后。某日夜興起，謂當何時而後得免於常人也。流年堂堂，實勞我心。共惟某官，孕光岳之精，參天地之運。大忠大雅，萊公、文正之心；不倚不偏，伊洛、考亭之學。斯文落落，上帝惠顧，天門夜下龍虎章，授公以柄，轇轕璇璣，經緯星辰。公從兩制，稍發蓄積，然後坐之廟堂，爲天子興建禮樂，洗千載房、杜之陋。太平之期，適當今日。某退歸以來，有泉石十里，足以爲適。浮空變態，日過其前，飯疏飲水，自求吾志。竊伏思念空同欝孤，如在屋角，平生悁結，云如之何。輒因此時，以姓名通之門下，一言終身，尚庶幾焉。圜丘慶成，上方親事，少府出節，必以公歸。迎拜東帆螺江之滸，以其時可矣。山斗高明，臨風切切。

某伏自空同玉節，順江而東，獲從中流，迎候鷁首。雄文鉅册間，想象變化，如高山深林，龍虎不測。不圖解后，遂拜堂堂。風流雲散，一别如雨，金聲玉色，夢寐以之。自先生振衣登朝，手提文印以照四海，國家誥令典册，燁然先秦西漢之上。學校之士，莫不從風興起，彬彬郁郁，争自磨濯，以正法眼，作大宗師。世無歐陽，不當在弟子之列。某知稽首矣。主上尊德樂道，師用賢哲，論思獻納，日聞正言。孔孟不得用於周，光、禹竟無益於漢。才與誠合，學與位偶，儒者之遇，未有榮於此時者也。《大學》之功用，至治之福澤，何幸身親見之。某疏脱之蹤，分安山澤，起家誤渥，忽畀龍藩，聞命彷徨，莫知所自。如聞天上聲光，假借非一，意若可與從事斯文者。自古聖賢之佐，英豪之輔，莫不垂意人物，薦進拔擢。燮天功，經人極，罔不在此。共惟盛心卓犖，度越流俗，而某則非其人也。夜瞻紫微，徒有頓首。脩門懸隔，久曠音題。屬請事祠官，冒馳一介，輒鳴忡悃，未即趨摳。願言玉持金護，爲世道自力。臨風切切。

賀翁丹山兼憲

某熟視一世，靡然風塵，刀筆何從縱横旁午，架漏於士民之上。而世之言人材者，率如是而已。安得結輩落落參錯，布滿天下，使萬物吐氣。僕嘗擊節於斯言，悠悠空山，誰與語此。兹者喜審肅將繡節，通涖銀符，山川不改於空同，風采一新於江右。共惟某官，淵源接乎諸老，氣概聞於當時。人物眇然，真中流之巨屏；文章偉甚，稱南渡之當家。輩行諸公，鈞樞十九，夜半一札，趣歸蓬萊，以其時則晚矣。上方式敬由獄，乃眷西顧。非有志念，不足以洗冤澤物；非有力量，不足以懲暴詰奸。故予環之寧遲，而乘傳之若屑。太平之責，正在方來，以公歸兮，政枋焉往？某碌碌不如人，獨有愚戇不能改其素。追記前年冒乘君子之器，他不足道，惟奸宄豪横，稍稍鋤擊。淺之爲日月，雖未得盡行吾志，庶幾無失職之恨。人情卑淺，憚繩檢而樂姑息，矧猶未免鄉人譁訕，朋興以要，其得罪於小人也果矣！伏惟先生昨者不賜鄙夷，心聲往來，藹然氣類之意，某誠不知何日，得以執鞭下風。忽覩除綸，心目開朗。我輩從事，俗吏奪氣，豈獨爲一道賀，❶實足自壯。謹專人上狀，頓稽庭下，少伸門墻燕雀之悃。蘋藻薄羞，別紙惴悚。

賀江東憲方逢辰 號蛟峰

某當公在螭坳時，嘗奉一紙書至于閣下，書上未幾，而公歸蛟峰矣。譬諸草木，臭味實同，詹望雲山，臨風切切。某茲者恭審升撰祕丘，宣威直指。西臺與政，蓋嘗識潁濱之文；東路洗冤，亦以行濂溪之志。六絲初駕，一佛懽傳。共惟某官，色正而芒寒，揚休而山立。言語妙天下，材稱一代之奇；出處重本朝，望在諸公之右。自夾侍玉皇香案，等而上之，胡不均弘，俾執事樞。國家重更迭之制，江湖一節，煩公驅馳，式敬由獄，以長我王國。公所學在此。歸哉，歸哉！中詔在道。某山林之下，靜觀世故，其於君子進退，安得不致其卷卷？芝山父老，迎擁星軺，以時考之可矣。輒馳一介，自附於門下燕雀。江水東西，心期天遠，臨紙欲飛。

賀前人除江西漕

某東書歸隱，有釣遊之所曰盤中，兩山對峙，間以小溪。日步溪上，極目滔汩，輒自以爲晝夜不

---

❶「獨」，鄢本、張元諭本作「惟」。

舍，此溪水會有達鍾陵時，而某塊守漁樵，則曾此水不若耳。昨孟君陞從番昜遣介來，嘗爲書附申起居。相望千里，亦不知上徹果何如時也。某兹者伏審班仍寶殿，節峻冰臺。貫索沈沈，方轉芝山之曉；使星冉冉，又回南浦之春。一水東西，二天今昔，伏惟歡慶。欽以某官，寒芒五緯，絶岸孤峰。生漢子陵之鄉，雲山一日；派唐處士之譜，風雅百年。雖已跨海而望蓬萊，猶肯濡絲而諏原隰。濂溪道脉，雙井詩香。流馬木牛，既無媿於千古；落霞孤鶩，應可對於二公。所謂旂常，特吾懷袖。某硉兀抱虚，真無所用於世。囊六轡使江之左，每依餘光，以自映帶。今也一畝之宫，環堵之室，囿德宇而處。自兹以往，夜月如水，猿鶴不驚，田夫芸子，各適所適，則何啻如天之福。郵傳所至，不勝燕雀私情，即日謹奉書爲賀。臨風馳泝。

回許秘丞自　號果齋

某火龍之歲，從集英門綴行而出，風流雲散，回首參差。不自意去年待罪闕下，獲接英游，心事流行，日星垂而河漢流也。湖陰送客，風露滿衣，移語崇朝，英概亹亹。歸去來山中，至今夜夢見之。新昌小弟，夙被奬知，嘗寮之情，終始一日。伻來，遞示五雲，光怪照室，此豈四海九州無情人耶？鄉風九頓首。尊年丈山立時行，日光玉潔，長樂鼓鍾，西清帷幄，終當著身風日不到處。轇轕雲漢，經緯星辰，爲天下開文明太平之運。某被服光潤，實與有焉。某既還里閈，入山讀書，杳不知山外事。天上故人，重相顧念，適逢便武，輒謝所蒙。餘祈爲斯文珍重，慰此引領。

賀倪提舉普 號警齋

某寄跡提封某水某丘，童子所釣遊，君侯實照臨之。報政將一年矣，某猶未能以民禮見。自盤谷西南而望，城郭在焉，相對五雲，輒移時不能去。某茲審宸紵鼎來，庾臺肇建。讀皇甫記，已蘇今日之疲民；傳紫陽心，又舉向來之荒政。風行新令，雷動歡聲。欽以某官，神驅五兵，才入八面。作真御史，以直道而事君；稱明監司，行本心而澤物。公來青原，父母其人。屬時常平，弄印六服，牧伯無以踰公者。西江涸轍，久煩公拯活歲月。少府出節，中詔又冉冉出建章矣。某自聽除綸，即欲自附於門下燕雀。側聞雅志引卻甚真，上方倚賢者以共理，烏乎能從？臺治一新，境内爲動。某甫及拂紙行墨，以贊東注之盛，嘻其晏矣！世俗所以事尊貴，以鱗番從事，公有道人也，某不敢出此。臨風飛動。

與新知太平州趙月山 名日起，集英殿修撰，川人

某去年待罪闕下，幸甚得一再交書，幅巾獨樂。近在吴門，入秋正擬專介，候猿鶴起居，會去國不果。黄强立自竹所來，相見於六和塔下，遠蒙寄聲，多謝故人厚意。自是而入山愈深，杜門掃軌，無復南來鴈足矣。璧弟學製新昌，新年見告，二月遣人詣門墻通問，輒寄所思寫之竹筒。既行，伏覩除目，欣審仍班内撰，領榷東藩。一札起家，千乘載道，共惟驩慶。執事青天白日之質，望之知爲正人；千兵萬馬之胸，識者推爲豪傑。六合悠悠，風埃滿目。所謂江左管夷吾，公其人也！偃薄起伏，如神龍天

馬不可羈。牛渚天門，一瞬萬里，亦足以發其中之所存矣。天下事方有賴於公，時來爲之，孰之能禦。某夙昔荷相知，出人一等，以此不敢自菲薄。一别十年，浮雲進退，何足爲達者道，而學不加長，每每自憐。久不見叔度，鄙吝固宜。自今得聞一言，三日後刮目，未知於吴下蒙何如也。偶遇新昌便，意其介尚或未行，輒附賀狀，并寫戀嫪萬分之一。相望泬寥，臨紙馳泝。

某風雪殘年中，使者以餽歲至，嘗草草拜狀，竟未知果達籤房與否。過年百二十日，是間何限傾倒。毛顓輩不任事，姑寄一歎。比審放纜長江，休鞍盤谷。執事自宦遊以來，敭歷中外，垂三十年，曾無一日得從五畝花竹之樂。金山鷗鷺，甫此尋盟，如負者之息其肩，行者之休于樹。一時瀟洒，比軒冕束縛，瞠乎遠矣。浮雲滿山，任其往來，太虚真體，皦然萬古。某歸來兩年，處積毁震撼之餘，差幸天者之小定。自有溪山，足以遊釣，漫不問其他。有詩云：「日日騎馬來山中，歸時明月長在地。但願山人一百年，一年三百餘番醉。」欲知近況，此其凡矣。念人間清福，莫如一閑。幸而吾二人，皆可以自適，獨相去遼絶，無從合并。江東暮雲，長長在眼，輒專人奉問潭府居處之概。即辰夏氣方深，共惟静養淳和，坐消熱惱。神明護持，式衍方來川至之福。臨紙耿耿。

與知吉州江提舉萬頃　號古崖

某兩年乎山中，春猿秋鶴，木食澗飲，蓋頹然世味之外者。五雲繽紛，麾節夾招摇、歷勾陳而下，青原白鷺，浩有生意。某甫與溪倪谷耄額手蒙幸。乃大化驅之出，束書就道，修民禮公堂下。俎豆春風，簫韶夜月，藉之以詩書禮樂之光多矣。明公以洞庭五老之胸，時雨一路，曾未數月，春旗霜艘，風采軒豁，所謂「動揺山岳細事耳」。少須暇之，棣萼棠陰，先後醲郁。夢寐五采，衣被八紘，持國弟兄，盛事再見。大江以西之父老子弟，豈得以私我公哉！某自解維江滸，風濤回薄，抵昭亭下，是爲子月丙寅。大壞積梠，觸手病敗，雖日夜爬梳，會肯綮，然盲竪浸淫，非七劑可藥。肘後寵靈，公不我靳，則宣殆庶幾乎！惟故山松菊，沐浴瑞露，而隴蜀之望復切切，微疇昔不至此。某日墮倥偬，神馳棨戟，甫奉陟釐，則已魯皋，籍獨不愧于心乎？歲將新矣，願言滿頌盤椒，對揚綈緑。此豈無委，嚴立下風。

某伏蒙公劄，下問勸分，仰見豈弟父母救民水火之盛心。某實共邦人額手大賜。某所居里，凡千餘家，常年家中散米一日，不收錢。諸大家以次接續賑糶，可及三十日，隔日一糶，可當兩月，此方儘可無飢。他時不待勸率，自是舉行。明年係緊要年分，或須使榜一申嚴之。至期，却當取禀，但四竟委有可憂。蓋吾州從來以早稻充民食，以晚稻充官租。今年晚稻半虧，顆粒並是入官之數，早稻不過二三分，則是民食十減七八，此其所以皇皇也。近見多有趨龍泉、永新運糴者，覺彼二處米亦有限。縣大夫各私其土，不肯透泄，亦其不得已者。此須使司示以意嚮，使之斟酌放行，庶彼此可以均濟。最急莫如通贛州之米，近同年李守惠書，自謂年穀中熟，米價日低。某嘗答書云：「廬陵一歉，異於常年，田里憔悴，不堪舉目。惟章貢素無糴事，而得歲又偏，鄉人顛頓者往往相率而趨。治國民食關係，苟可通融，兼愛秦晉，公之惠也。」蓋贛浮橋泄米之令素嚴，田吉號産米，而贛多山少田，故爲贛計，不容旁及鄰郡。❶今歲事既相反，又當通變，此須古崖一書，與李守通情，俟得其要領，然後大榜境內，許人赴贛收糴。此亦權宜之一策也。區區管見，姑復仁明，後有利便，又須陸續申控。

某自聞琴鶴言歸，即戒笋車，擬送別於吉水、新淦間。初十日，始得初八日申時實翰，則知去期甚速，始意不可得遂，即抖擻作詩，馳詣使艎，意必可相及。僕自城還，則知解維已三日，臨風悵惋如失。廬陵四竟皇皇，流離入贛，過吾鄉者無虛日。豈弟父母，又拂衣去之。細民嗷嗷，皆謂「曷不留我公，撫我妻兒婦女」，一無異辭。此即公論在人心，不可磨滅處。吾輩仕宦得如此，即無愧《漢・循吏傳》，浮雲得喪，何足較也。某念受廛兩年，當使君之行，不得往送，詩又不達，歉負爲如何？亟函元詩，并拜此紙。從新昌璧弟處借一兵，走詣潭府，不知紫氣在芝山，❷或在廬山邪？引筆馳泝之至。大丞相古心老師，某不敢容易上問鈞履，丐爲轉道。詹依卷卷。

---

❶「郡」，鄢本、張元諭本作「邦」。

❷「氣」，鄢本、張元諭本作「燕」。

賀知吉州黄提舉器之 名鏞

某密依使天，冰雪深山，與猿鶴臥，送流年、繙故牘於左泉右石間，非賜邪！每飯牛頃，必矯首晝戟下。兹審郡揚帝璽，節畀天囷，千里光華，一道鼓舞，伏惟驩抃。欽惟某官，眼空四海，胸著千年。旌麾振代直聲，鼓雷霆而潤風雨；鎮浮定力，載華岳而繫星辰。衣冠紫橐之神仙，氣類青原之忠節。一頓，草木交輝。地私二千石之陽和，天溥十一州之福澤。璀璨六絲之遺，礌硠五袴之歌。即賜召環，遂高聽履。某受廛幸矣，公朝念其久廢，誤節湘行。顛倒綉衣，不堪重著，陳情丐祠，以安菽水之奉。尚徼均弘，俞音旦夕下，俾得醉泉飽蕨，水之北，山之南，地主之賜也。於馳賀之次，仰布其私。干瀆峻清，臨楮悚悚。

與前人

某日者釋耒山中，僕僕湘役。走公堂，修民禮，且申假道之敬。❶蒙主進吏位之堂上再三，祖帳殷勤，臺餽絡繹，視廛氓且絶等。至於開心見誠，憂愛亹亹，一洗世俗崖岸。某鄙吝久矣，微大雅無以發此意，殆未許諸兒覺也。小隊出郊，追送作遠。自違森戟，雲樹渺然。連日欲作書，道歸戀之概，征塵

❶「且」，鄒本、叢刊本作「具」。

在衣，筆硯爲廢。偶宿分宜七里，殘日入户，輒寫綢繆。風濤滔滔，嫠緯忘食，金護玉持，世道將有嘉賴。歸鴈草草，尚謀裔襞。

賀楊提刑允恭　號高峰

某昔者望七十二峰於洞庭之南，以爲嵩、恒、岱、華類不可易見。五峰三市之近，皇華臨之，遂得以相望下風，未見猶既見矣。廼今使帆凌空，泝贛石而上，僕家去大江濱可四十里，天其予之以一日迎見之便，慰此平生，云胡不喜！某兹者伏審庚政告功，刑臺建節。褰帷而問風俗，猶昔四封；持斧而行東南，于今三命。旌旗初動，約束一新。仰惟某官，識透萬微，才當八面。陽道州撫字之政，所謂吏師；元刺史參錯之奇，可布天下。天子以公篤於倫紀，使得以便綵衣堂上之奉，乃眷西顧，如此江水。一節常平，二節綉斧，式敬由獄，以長我王國。平反一笑，庶其在此。公歸廟朝，即典風化。「一家仁，一國興仁」，尚觀《大學》之顯效。某杜門掃軌，知事常後，忽里巷父老驩傳明使者將至，伏櫪之駑躍躍鉦鼓。往事如夢，不足細陳。某所深自幸賀者，三間風雨，託諸提封，小人有母，繼自今得安於其子之養。是則君子錫類之賜，服之無斁。堂堂在目，即聽匪伊，輒以書先，精神孤往。

與吉州繆知府元德

某昔侍同朝，自詭相好，兹不得又以繁縟爲踈遠，惟公勿深訝。某行吟孤嶼，回首吴山烟雨中，書郵來往，時從泓頴敘尊仰。汰歸深密，姓字不到雲霞外，分正如此，非於名門有所簡也。階符在望，徒有稽首。某兹者伏審朱轓春動，紫馬星移。民樂耕桑，簡静方安於晉國；州稱富庶，勤强更屬於張公。兩地送迎，一二天今昔，恭惟懽慶。欽以某官，霜明月湛，玉潔冰清。端嚴有大臣風，澄不清而撓不濁；循良入漢吏傳，寬有斷而愛有威。小停櫂於天津，頻合符於江國。歲之不易，民胡以生。將甦青社之飢，遂易淮陽之臥。竟上争杜衍，雖去住之良難；席前問賈生，恐傳呼之已迅。自天子所，以我公歸。某茅屋三間，在萬山深處，借書沽酒外，一毫不以爲公私撓。獨蒔松百畝，日騎牛叩角其間。天惠仁侯，自此吏不打門，犬不夜吠，猿啸鶴嘯，各適其適，則某受賜侈矣。候迎之初，不勝依倚。謹具劄子，自陳燕雀之私。何當嗣狀。

某屏居一廛，耳目塗塞，忽蒙公牘，録示省札。竊諗朝廷，爲李祕丞諸公有請，特發諸項椿積，❶賑我廬陵。而賢太守敬共其事，日夜講行之。仰惟施仁發政，朝廷甚盛惠也；救災恤患，鄉曲諸公甚盛舉也；承流宣化，切切然惟恐一夫不被其澤，君侯甚盛心也。某嘉與鄉邦父老人士同一贊歎。伏承不鄙，特有下問，以某之庸愚，不足及此。細玩諸公所陳，如隨縣闊狹，分撥米數，如發糶之直，只依元糴價錢，皆旨揮之所已許，而使府已遵而行之，甚善！至於户口之多寡，編排之虚實，此則各都各保之

❶「椿」，原作「樁」，今據鄢本改。

事。所在都保，委有奸欺，然物之不齊，物之情也。若以太守屑屑爲此計較，恐末流必至多事。此惟當嚴責之八縣宰，宰若親民，若其以實惠及人爲意，必能周思熟慮，以求稱塞明指，傳所謂「心誠求之，雖不中不遠」是也。一縣各有一縣風俗，一鄉各有一鄉事体。❶諸宰申請，惟各從其便，不患寡而患不均，彼必自能斟酌通融而爲之説。惟吾行所無事，自然所濟不細。但縣之於郡，往往勢分隔絶，若專靠公文行移，必有展轉遲滯之患。若使府明諭諸宰，此事今作一項措置，不比公事常程。每縣各給以數紫袋，置循環曆其中，使諸宰有所申明，只於曆中絡繹禀請，從書表司徑達君侯，❷隨手應答，如回朋友書信。使爲宰者，得依時禀承，其中便減吏奸八九分。且閭里細微，得常達於黄堂之前。物來事至，無不曲當，是則布宣德意之一大捷法也。某不當出位僭越，承問不敢不對，或者千慮一得，惟君侯矜其愚而勿罪之。某繼此若有管見，憑恃寬貫，又得禀陳。

回吉州西倅竇檢閲全器

某昨歲待罪闕下，明公騎鸞驂鳳，下我青原。相望寥廓，不能以時刷翎振喙從燕雀來。不圖天孫雲錦，飛墮几格，金聲玉色，參前倚衡，固不以既見未見爲間然也。某官斂岳翠以爲神氣，卷湘水以爲

❶「体」，四庫本作「凡」，屬下句。
❷「徑」，鄢本、張元諭本作「徃」。

波瀾。駕蓮葉而味玉書，仙芳纚纚；搴芙蓉而弄斗柄，道運堂堂。長樂鼓鍾，西清帷幄，轇轕星辰，經緯雲漢，固其分也。風月神螺，小此盤礴，綠綈方底，王曰遄歸，某旦旦爲斯文屬目。昨承使者之來，即從脩門作意馳謝。會匆匆去國，出處殊科，歸臥悠悠，書尺盡廢。光陰不堪把玩，歲年如許，念厚意久不報，矍然薰沐，祗對主書。耕釣一廛，五雲在上，❶臨風詹泝之至。

回江州李都承與 號南窗，關西人

某頃風飃回薄，自湖入江，目穿高牙，恨臂不羽。一棹從湓浦來，五雲絢爛，照映清越。對桑落而飲故人之酒，擊中流而聞夜覺之雞，至今使人意氣激昂。借力下風，飽我滿腹。乃以丙寅視篆茇舍下，塵埃抖擻，末繇面謝。軍將扣門，斜封三道，突入眼角，臺魄使蕃，❷綈袍之私，何以持報。共惟某官，關洛耆俊，韓范聲名。參井鉞旗，聯寶奎之錯落；江淮草木，被玉節之昭回。吟嘯庾樓，梅花噴薄。老熊當道，貉子不敢越一步。夷猶岸幘，蠡管莫涯。方面誅，❸不敢辭圭錫，以須勒此堂堂燕然石在。某漫浪出山，落身枵瓠。問官官靡，問吏吏荒，而民氣則憒憒未醒，絲棼莫理，如之何其淑後也！明

---

❶「雲」，四庫本作「風」。
❷「使」，四庫本作「便」。
❸「誅」，原作「詠」，今據張元諭本改。

公惠念疇昔，肘後丹訣，其肯爲某愛邪？臨風切切，亟拂吏坌，具酬潦約。歲晚寒驕，願言金玉體府，壽此宗廟社稷之身。宣豈無觳觫者，三肅以請。

某去年在宣州，一江上下，幸甚數數相聞。然所甚恨者，過湖口時不能轉江西四十里，拜屏下，共登琵琶亭，以庶幾英豪之下風也。未幾，召去。又未幾，汰歸。一出一處，爲天下笑。知心千里外，當亦謂何？某比者伏審晉承密旨，升直淵圖，詔璽申褒，鋒車交趣，共惟驩慶。某官關西遺老，江表偉人。崎嶇諸葛之兵間，氣吞河渭；偃蹇元規之坐處，目盡江淮。天方祚宋，襄戍解嚴。公歸本朝坐帷幄，老成謀國，處置得宜，使姦雄伐謀，兵端不開，將社稷實受其福。某嫠緯小心，一飯三禱。屏伏深山，幸不見棄於君子。專使遠來，持書問勞，將意孔厚，猿鶴爲驚。區區心拜高誼，❶而杜門齪齪，未知所以爲報也。九江未除人，想當宁急賢，應不俟代，某嘉與海内延頸大用。倘得衣被餘光，遂爲太平幸民，❷公賜大矣。江空如許，執筆茫然，相望一方，精神馳往。

❶「心」，鄢本、張元諭本無。
❷「幸」，鄢本、張元諭本作「安」。

回潘檢閲

某伏以歲華畹晚，春事權輿，共惟某官，鏤玉晶熒，凝旒簡注，神之相之，台候動止萬福。某濃熏鵲尾，酬敬腆施。曩從集英殿門，吾榜得人，以執事重。海臺沙合，雲月相輝，至今斗牛猶有光氣。顧山林僻左，繫鴈悠悠，天際碧雲，明發不寐。千里眉目，忽照宛陵，爲之跫然以喜。欽以某官，斂崑崙以爲神氣，捲溟渤以爲波濤。玉質金相，宛乎無自眩之色；泉清松茂，浩然有難進之風。乃今紬石室之秘藏，爲籀書而出色。視周六典，作宋一經。南豐以史學稱，進裁大典；安定非他人比，宜在經筵。某鶴夢正耀，起廢出坎，循墻弗獲，被命于征。郡枵然虚，真山凋水瘵處也。敏手爬梳，猶懼不莵，況不潁之尤者乎？不規而頌，非所敢望於同年也。稟酬崖約，寧不嗣音。願言努力明德，對揚王休。有昭亭委戒，其敢不肅。

回鍾編校堯俞 字君俞，號方巖

某曉汲凍清，以贄萬一之謝，首干穹勺。某兩年山中，風月晃朗，望太乙光氣九霄，吾書無翰，不能時一飛到。梅花月影，忽疑是君，而米家第二帖至矣。施稠報眇，自省欿如。尊執事以黼黻雲漢之胸，試金玉典墳之手，駕輕就重，拾級升高。此逢掖之至榮，而搢紳之交羨。曾子固晉裁大典，爲史學優；胡康侯宜在經筵，非他人比。某鶴夢正寒，大化驅之出。自湖涉江，風帆回薄，四十程乃抵宣。山凋水瘵，眇兮愁予。敏手爬梳，猶懼不莊，況不顓之尤者乎！高明局外之見，何以教之？滿硯冰澌，濡毫如帚，尚規嗣音，以寫繾綣。

回吴制帥革　號恕齋

某林慚澗愧，貿貿此來，幸甚在玉節照臨之末。九華山下，蹉跌望塵，拜手雙魚，分隔雲漢。敢圖下士盛心，超越昭代，襄報鄭重，闕位貌於不有。方驚喜未定間，五雲寵靈，自玉麟堂翩然賁之，所施所蒙，非敵己以下所可得。道德之味，流注翰墨，使人之意也消。恕齋先生，允文允武之才，有體有用之學。以王謝之衣冠，而接風流於江左；以朱程之講貫，而窺閫奥於魯東。顧今吏道便熟，袪帷成雲。崇詩書而抑刀筆，坐俎豆而行甲兵。鉄壁東南，公其天人也耶！經制西事，當在朝廷；錫命師中，不如歸袞。某敢誦所聞。某生也晚，於一世封胡羯末之勝，幸甚皆得下拜。而於恕齋識獨早，眷尤厚。癸亥之望神皋，戊辰之陪紫棗，又其後來事也。今則以列郡而事崇垣，何敢仰綴？宿昔食芹之美，豈無是心，非所得僭，詎謂臺餽駢羅，光照下國。自上而施之，足以爲德，某敢不三肅使人，恭承嘉貺。若夫以往復爲禮，則誼之所不敢出也。謹三熏三沐，祇酹主書，干瀆清嚴，臨風愧悚。

回宣州洪倅

某馳想芝山屹立，如鸞坡鳳閣，代有英妙。不自意天惠宛陵，朱紱斯皇，乃肯共堂下探梅清致。

亭亭雲月，邀我敬山，不後不先，未有如斯之巧者也。伏惟執事，日光玉潔之襟，繩直準平之度，車堅御良之材，真所謂喬木百圍，秀色干霄。望清都太微之垣，維尺有咫；課丹岘緹屏之最，當階而升。胡尚綰於緋魚，來同看於黄鶴。意者康沂之歌，愈出愈偉，有相之道，實畀之以藥石，枵然郡政之闕者乎？思昔潁水霄立其間，而正獻以賢行佐理。至今談者，猶撟舌不下。某於鄉之典刑，無能爲役，而吾執事則真其人也。前茅在道，旗旄舒舒，願疾其驅，降此未見。至於乘珠委貺，鄭甚於先施，覺光氣烱烱，衝貫斗牛矣。懼弗敢當，亟鍾鼎而歸於瑶華之側。區區甫此滌篆，排冗占酧，崖略是悉。

文山先生文集卷之七

書

回吴直閣 履齋之子

某少之時，聞東南二石筍玉立九霄，陵陽蒼蒼，實爲緑野，午橋佳處，鸞鶴神清，縹緲何許。老成遠矣，尚有典刑。仰惟某官，揚休山立之韻，日光玉潔之襟。文獻堂堂，代有英妙。未既見只，神爽一方。某臥青原山中，驅馳良倦，上恩俾郡，越在鳴珂。循走彷徨，連符趣赴。不量此來，未知所以淑後。喬木婆娑，五雲絢畫，尚祈蕐誨，俾就玉成。某遠奉瑶音，緘貺駢錦，先施倒置，曾是爲容。既什襲巾衍，輒鍾鼎以歸太乙之府。望履非遥，臨風罣罣。

與游提刑汶

某以良月之望，舉棹東下。江空見底，乃章貢源頭，諸水怒長。未幾，光燄五朵，與空同雲俱來。

往飄順風，航波瀾之澎湃，洒石鍾之清越。寵靈張王，迄抵雙溪。子月丙寅，俯祇賤役，❶瓣香西望，敬謝所蒙。明公卷其十二峰之神氣，軒軒磊磊，照耀東南。以宰相才，學宰相事，天下久望其爲家氈出色。嚳絲周道，肯復倭遲。惠露瀼瀼，江之民幸矣，如溥寰何。會有温綸，四輩馳下。某不善爲斲，得郡復楞。至之日，視官官靡，視吏吏荒，民氣憒憒如也。爬剔棼絲，顧氣力所至，終覺五技易窮。肘後神奇，不敢以望之他人。惟故山松菊，衣被綵雲，亦已過數。矧玆隴蜀，徽惠未涯，微疇昔不及此。相望二千里外，明月此心，䫉䫉側耋，掛一漏萬。惟青陽將動，❷綈緑光華，式金式玉，以副前禱。此豈無觖，辱戒爲榮。

與趙知郡孟藡 號菊山

某頃從南浦亭邊，抖擻殷函，道所蒙荷，且矯首于太乙之府。穹林宴坐，❸縹緲絳霄，江塗漫漫，勞我宵栩。執事以玉雪界之精神，臨睨八極。朝閶風，夕玄圃，識者猶竊遲之。錦衣照道，紫淦横舟，蕩漾柳風，嘘吸竹露，澗阿樂矣。如顒顒望歲者何！建章夜半，尺一堂堂，畫省紅雲，著公高處，惟日望

❶「祇」，鄢本、張元諭本作「抵」。
❷「將」，鄢本、張元諭本作「時」。
❸「宴」，鄢本、張元諭本作「冥」。

之。某不善爲斲，得郡復梘，以子月丙寅，視篆昭亭下。視官官靡，視吏吏荒，洗垢爬痒，亦曰視吾氣力所至。然山凋水瘵，非刀圭可療。肘後神奇，惠徼大福，某不敢以望他人也。焚蕤瀹雪，西鄉奉書，以謝以祈，鼎珍履絇。願言金護玉持，對揚王休。臨風悁結。

賀前人得盱守

某昨在宣州拜書，亡何，客攜琳琅來京師，欣浣如對。匆匆去國，不成報襄。歸里以來，杜門深念，又無從嗣音爲謝，徒有清夢，夜遶金峰。忽讀邸狀，欣審丹鳳揚綸，銀菟擁鎮。八百國封爵，莫如同姓之親；二千石起家，共讚惟良之牧。先聲載道，闔竟爲春。伏深歡抃。❶欽以某官，景緯光華，仙潢清潤。淮南桂樹，了無貴介之風；李白桃園，綽有神仙之韻。軒陛宜當於三錫，轅和肯泣於十同。睠惟東盱，❷實介南服。紅泉碧澗，髣髴丹丘。白玉紫烟，參差綉陌。聊商羊於朱紱，供衎燕於清香。大宗維翰，价人維藩，丕動袴襦之喜；九卿執羔，三公執璧，言觀衮舃之歸。某辱在眷知，助喜百倍，既不能振翎刷喙，從燕雀來，謹奉書寄便申慶。迓兵當已在道，不知開藩涓卜何日？某尚當屢賀，不一

❶「抃」，鄢本、張元諭本作「忭」。

❷「盱」，原作「旴」，今據鄢本、張元諭本改。

賀，❶臨風馳泝。

與趙監丞淇 號平遠

某乃歲之秋，緹騎來山中，嶽翠蒼寒，琳琅照映。章不成報，内有歉然，寧不嗣音，僻左之以。世道如許，風起雲飛，中夜人物之思，爲此耿耿。上念井絡，丹詔起家，峽月棧雲，先聲浩蕩。蓋有望木牛流馬，再立武侯之事業。又壁窺萬一，意必與南山洎予秀諸公上下雲龍，共此光明俊偉之舉。縮手袖間，臨睨天半，此其大本領、大經綸，政不易涯之。野水横舟，蒼虬縹緲，山君川后，日有疏附。即日恭惟台候萬福。某漁隈半席，自分小休，誤渥自天，俾尋庾、謝舊盟，意此是抆拭笭箵之陋耳。三辟弗可，乃以陽月之望，束書出山，涉重湖，越大江，整整四十日抵戍。以是月丙寅抵賤事。凋城敗屋，枵然大瓠耳。搔首踟躕，望洋氣縮。維宣距鄞，僅隔一雲，東望熏香，奉尺書候起處。惠徽藥石，立我沈痼，梅花晴昊，拄笏神馳。

慰前人

某昔讀《檀弓》文子之喪，既除喪，而後越人來弔，其居使之然也。伏惟先大傅大丞相冀國公之

❶「賀」，鄮本、張元諭本無此字。

喪，既有日矣，地不千里，不能往弔，一介奉禮，今也而後能來，死罪死罪。嗚呼！皇天祚宋，國有元老，數百年宗社之靈長，千萬里風寒之險要。蛟龍在淵，虎豹在山，屹然長城，爲此突兀。天乎不使憖遺，遽奪之去！主上震悼，傾動朝野。伏想生平翹館之英俊，舊日麾下之將士，與夫三邊之百姓，四塞之英豪，見碑而淚，望城而悲者，不能已已。矧夫家門之奇禍，父子之至情，攀擗柰何，嗚呼痛哉！某生也晚，當公佩天下安危，分不得勇往執鞭，今而追恨，則已無及。獨念袖有瓣香，歸依平生，亦既不克爲公壽，惟有爲天下慟哭，敢西望靈輀，揮淚百拜而獻之。公而可作，尚其我許。嗚呼悲哉！親喪所自盡也。抑先王制禮之意，是有節文；士君子爲孝之道，在於顯揚。伏惟執事，重致意焉，即日孝履支持。某頓首奉狀起居，臨紙哽塞。

回安福趙宰與捞　號勿齋

某追記疇昔同到蓬萊，慈恩之題，杏園之宴，吾以故不與焉。然同年之情，豈以四海九州爲藐然哉？王孫乃龍種，世有籋雲鱗。今不遡紫清，上岧嶢，顧得百里之地而君之。簾陰晝寂，千室鳴絃，實鄰吾父母國，人誦子産，今其時乎？某私獨念，今天下豈有可爲之縣，縣不可爲，而可爲者人。如君者，以可而臨不可，於是知材具之超常流百倍矣。長書下貽，爗然春華，溜若清風，與我之厚，昭彻至情，多言不足以殫謝意也。某守郡無補，誤渥爲郎，縮縮循墻，行且歸里。當觀棠陰，以與邦人共談政化之微。亟推吏塵，具報記室。揆諸來施，不敏流汗。

比一馬二僮，日在泉石深處，聞山外塵埃，亦頗作惡。坐對浮雲，亦開口笑不自已耳。君解墨綬去，意紅光紫氣，冉冉帝側，乃猶廬陵客，琅畫至前，矍然起仰。黄柑紅柚，二美并貺，杏苑論情，我之懷矣。冬江霜涸，❶萬里安流，目送征鴻，知有順帆，天際如駛。伏楮拳拳，中書不中書，復字蕪纇，併希錫察。

回寧國交代孟兵部之縉

某去國之前一二日，宣州弛征之命下。某既爲桐鄉百姓頓足起舞，即拜書望雙谿疊障，爲賢主人賀。吾輩讀書臨民，正爲今日行志。凡此者各盡其分，固非相與爲賜也。既汰斥歸里，即閉門不與人事，山巔水涯，翛然獨往。而使者忽持五雲來，君子之有情於人也，既勞問之，將以厚禮，復申其綢繆焉。某誠不自知，其何以得此也。宣人歌舞賢侯之德教，冠冕像設，祝廣成千二百年，令公二十四考，蓋人心之天也。某何人斯，偶以一日出位言語，乃得因見大夫，以自附於去思之義。某微德以堪，❷回首碧落，山川鬼神，猶有餘愧。宣敗壞至矣，弛之則期會散，繩之則撫字虧。公折回蟻封，從容不迫，

❶「霜」，鄢本、張元諭本作「雪」。
❷「微德」二字，四庫本作「德微」。

期年而變，古語不誣。方今論選表，無出潁川右者，曷不均弘，俾執事樞？某一飯三禱。使者之歸也，謹東望熏祓，身心致敬。陵峰堂下，有日延見父老，尚願道山林不忘之私，與其所以不敢當之意。進之惟命，退之惟命，某臨書不勝拳拳。

回寧國陳節推容

去年闕下拜書，稍得數數。未幾，聞捧檄校文，不知陶鑄何處人物。某自是即汰斥去，閉門深山，遂無復鱗鴻一日之便。忽使者來山中，欣得妙帖，見示小録，方知昨者衡鑑所嚮。近想歸舟蕩漾彭蠡，❶吾知心正在香爐峰白雲下耳。宣之弛征，執事首從臾之，幸而集事，僅足了吾輩之責，非相與爲賜也。書來，乃知宣人以此爲多，祠之以識其不忘之意。怵惕於孺子之入井，豈爲内交要譽設？抑桐鄉父老此意，亦能使人感激耳。宣爲郡凋劇，極力扶持，幕畫間想見勞苦。盤錯糾結，以試利器，天下事正有賴於方來耳。某前冬一出，去秋一歸，進退行藏，惟其所遇，而無心焉。今則奉親課子，彈琴讀書，流水青山，悠然獨往，不煩故人江雲渭樹之思也。《史記》見貺，家藏本皆不及，尚當朝夕以稱所蒙。《明善録》一部，謾侑歸箋。臨墨馳泝之至。

---

❶「想」，鄱本作「思」，張元諭本作「思想」。

與吴提刑觀

某頃待罪闕下，薄奉函書，襆被來歸，嗣音杳邈。上下人物，感念世道，未嘗不於門墻拳拳也。某比者伏讀邸報，欣審玉陛出綸，綉衣移節。夜醉長沙，曉行湘水，已著平反；風酣章貢，日麗崆峒，更煩輕熟。江湖相望，原隰增輝。某官宣慈而惠和，高明而正直。義豐授受，孔孟氏之淵源；江左聲名，王謝家之門第。蚤立登於閶闔，端坐厭於蓬萊。竹馬相呼，春生襦袴；星軺所至，雨卧桁楊。兹洊捧於英函，乃肯臨於梓部。刺史故人按事飲酒，情法相當；忠臣孝子畏道驅車，君親交盡。靡需席暖，已趣詔温。某杜門深山，去城郭甚遠，而於太和差近。初謂旦夕使艎，泝贛石而前，可於快閣上下，迎候一拜。忽傳英簜，小駐青原，某揆之始望，則蹉跌矣。瞻睇行臺，輒易奉狀，代敘燕雀之萬一。若夫揚清激濁，洗冤澤物，閭閻欣欣，無所患苦，使屏退之蹤亦得從畎畝以自放適，是則某之所自賀者也。臨紙切切。

與湖南陳提舉合 號中山

某猶記乙丑之夏，從江西提幹得往來行書。江闊雲空，年光如水，❶每懷世道上下人物，未嘗不中

❶「年」，鄢本、張元諭本作「斗」。

夜耿耿。某兹者恭審奉少府節，駕常平車。衡嶽連雲，遠挹海山之秀；天困麗漢，近垂楚分之光。原隰春深，旌旗風動。伏惟歡慶。某前年與公同除郎，去年與公同除節，不才安得追附名勝，自分却立下風。猶幸時論不磨，得公輩落落參錯，使民物吐氣，國庶幾耳。相望千里，北斗在天。何時執鞭，寫此忡悃。

回林學士希逸 號竹溪

某夙有幸，獲與介弟爲寅恭，因之有以詢居處著作之萬一。不戚戚得喪，而言語文章，足以詔今傳後，竹溪先生何憾哉！一日之赫赫者多矣，千載而赫赫者幾人？爲一日計者無千載也決矣。云云。

回贛守李宗丞雷應 號樓峰

某匽薄林阿，不虞使者之涉吾竟也，廼自空同來，顧我猿鶴。米家書畫，光怪滿山，此豈四海九州同年無情者邪！僕家青原深處，實與君侯黄童白叟接畛而處。自下車以來，但見年穀獨登，鼪鼯屏息，不需數月，報政赫然。兹豈獨千里能事，❶環君侯四境，雞鳴犬吠，晝夜相聞，實共受賜。僕也彈琴讀書於其間，其賜多矣。敢圖高誼，厚鎮撫之，委貺盈箱，非所當得。睇瞻霄立，頓首知歸。吾鄉宰邑

❶「獨」，鄢本、張元諭本無此字。

於使天之下者，三人焉。其一爲陳行夫，若羅子遠、蔡濟甫，皆曲江齊盟者，奉令承教，必有可觀。廬陵一歉，異於常年，田里憔悴，不堪舉目。惟章貢素無糴事，而得歲又偏，鄉人顛頓者往往相率而趨治國。民食關繫，苟可通融，兼愛秦晉，公之惠也。謹復書。空山白雲，無足持報，薄言采藻，臨風如馳。

回交代湖南憲新除湖北漕李宗丞

某既專鱗幅奉起居，猶有腹心，不嫌裔孽。某屏臥寬閑，無復山外想。公朝念其流落，畀節起家，使之繼明公印綬之後。聞命憮然，不知所爲。堂有重諼，蓋年耄矣。湘行且千里，舟車迎侍，不堪顛頓，是以懇悃丐祠，冀便私養。天高聽邈，促旨且頒，叱馭回車，進退維谷。將從鶴髮而來耶，則非養志。將又以香火請耶，是何爲者，而爲是瀆也？謀之乃心，稟之親老，旦夕姑以旨甘屬弟輩。單車將指，以明不敢自棄於明時，而復以不得將母重告之造命。俟驅馳數旬，即乞身以歸，爲臣子稍盡己分耳。❶某於門墻知己，論交非一日，天又開之以奉令承教之機。是其與四海九州之同年，其有情益倍倫等，誠不圖解后及此。古之君子，其爲人也，謀之必忠，愛其人也，惟恐其不入於德。故敢亹亹陳出處之概，惟執事啓誨而圖利之。言不盡意，臨風如馳。

❶「己」，鄢本、張元諭本作「幾」。

與江西黃提刑震

某幸托年盟，夙依麾部。竊跡萬山底，衣被末光，飲墜露，湌落英，粗安半菽，公之餘也。久踈晤寫，滿目春雲，一水盈盈，遡詹河漢。某茲者共審出綸鳳闕，移節虎城。春信初傳，立變桁楊之舊；天光下照，重瞻禮樂之新。依然故部之江山，籍甚先庚之號令。伏惟驩慶。某官剛不吐而柔不茹，寬有斷而愛有威。發爲文章，正諧《韶濩》；勁沮金石，凜然節概。光垂虹蜺，聲揚紫微。早分潁川二千石之符，就秉天囷十三星之節。據案叱吏，笑比黃河清；開門賑飢，功過中書考。上久簡孟博登車之志，公遂爲勝之持斧之行。春風遍地而狴犴虛，夜月當天而鼪鼯伏。載馳載驅，維騏維駱，❶靡憚周咨；來游來歌，如圭如璋，言觀肆覲。某避影杜門久矣，不作山外想，不圖元會之日，上恩覃及流落，畀相讌於珠玉之側。虎鼠同器，猿鶴笑人。云云。

回林司業應炎

某夢想巍巍堂堂，於朝花院柳間追隨，猶昨日事也。玉烟劒氣，轇轕崢嶸，杳然在碧雲崔嵬之外。江月流水，實照沄沄。某官以冰輪金井之心胸，發黼黻火龍之光燄，而又慥慥乎言行，皦皦乎進退。

❶「騏」，鄢本、張元諭本作「驥」。

若汲長孺，若陸敬輿，若慶曆、元祐諸賢，充公之爲，表裏庶幾其無愧。領袖斯文，旗翼元命，天下以此望公者，殆人人同，顧玉立以需之。某自歸來乎山中，俯仰半菽，不復得與四方書牘從事。比從户曹黄文得誨函，❶草木同味，玉雪照心，欣懌之餘，感慨係之。某踸踔之蹤，何可爲者，❷大化驅之，一節誤落湘雲。避走陳情，俞音竟閟，單車徊徨，且此首涂，行復求返吾屠羊而已。渺渺天一方，重此懸泝，專容陸續貢敬。

回信豐羅宰子遠 名椅，號澗谷

某去年聞雙鳧南上，落落空山，不如燕雀之爲有情也。大化驅人，作江東客數月，爬梳枵瓠，未見端倪。會誤恩召環，洿班過當。亡何，狼狽而去。蓋疎闊以來，居多道路之日，出處乖方，滋可爲笑。杜門息影中，高情厚鎮撫之，專介持書勞苦，臨風馳感。可人天一方，信豐山水邑，見謂讀書松竹，畫影滿簾，著吟人其中，所謂「予方有公事」，此豈錢穀吏比耶？勿需終更，西清有詔。璧弟何爲者？赴新昌且百日，商歫馳河，未知攸濟。惠徼如天之福，寡過多取數矣。贛、瑞皆佳邑，藹藹吉人，鼎立空同，真一時之盛。當路或令舉所知，某幸甚有以藉手。薄言脩布，小附芹心，非敢謂報。倚筆詹泝。

❶ 「文」，疑當作「丈」。
❷ 「可」，原作「何」，今據鄢本、張元諭本、四庫本改。

某臘前函書往來，❶庶幾契闊之意。年光冉冉，驚見雙璧，蓋曾兄季困專紀綱寔來，仰惟同年長者所以惠綏荒寒，皆可感也。某雲卧深山，世意落落，一起一仆，非人爲之。上天蓋高，匪怒伊教，敬威念咎，安得不力。執事昔爲之助喜，今亦有以救其不逮乎？敢請。季困值儒者之窮，執事以氣類遇合，所以位置之者寵甚。萬間寒士，公將溥其施於一時，所謂兆足以行矣。某爲之斂衽。新年喜雨，燈前報命，馳想一方，臨紙悁悁。

回羅子遠就賀除京權

某俯仰歲年，甚知聞問。頃知卷旆來歸，衣錦有爛，且趣舍人裝，于于然東矣。亟欲擘箋，所思雲頹鶴倦，不可拈拾，竟墮夢寐外。時一動寥廓，想江邊鷗鷺，爲之悵然。忽得手書，賁我空谷，華袞流離，辟易久之。共審帝闕出綸，天京司轄，姑養箎鴛之望，佇博嶤豸之音。伏惟驩慶。明公契古胸襟，吞雲夢者八九，外物瑣瑣，遲速何心。積之厚，發之弘，宇宙間華軌清貫，將次第而取之，以其時考之，則過矣。某風雨深山，避影却走，乃元會之日，公朝以一節起其流落。回首三湘，驚心蕉夢，請隸香火，旨更趣行。慈親以遠役爲憚，進退維谷，莫甚此時。旦夕黽勉拜命，姑單騎之戍，驅馳數旬，乞身

❶ 「某」上，張元諭本有標題「與前人」。

歸臥縣上。同年有情，不隔四海九州之遠，毋金玉爾音，冀一語以自壯。拂拭過情，非所敢當也。占對梗概，尚猷嗣箋。

某一之日，既端拜敬謝芳題，并報信豐簿攝雩之概。二之日，謹遣介馳諸席間，寅奉起居，不敢繁敘，首祈委鑒。某昨歲入湘後，墮身徽纆中，詹泝宇下，闊焉嗣音。繼聞趣戒朝裝，榮司京榷。某念欲箋忱賀廈，以申風雲發軔之慶，一春屑屑行路，浸墮因循。既抵空同後，潼川趙同年來爲縣，實在河陽舊桃李處。鴻沙指爪，猶記東西。所以告新者甚厚，因得切諗脩門近況。大帶深衣，長身玉立，道德福澤，方來而未艾也。吾鄉諸老，行輩落落，巋然靈光，惟今澗谷先生。依星辰，傍日月，一日騎麟翳鳳，朝閶風，夕玄圃，勢正順耳。某枌陰杏集，素辱心期。慕王陽之回車，學毛義之捧檄。得郡山深，俯仰半菽。君師天地之造，知己錫類之餘也。惟是求牧力綿，未知攸淑。回首蔽芾，我愛桐鄉，豈無一言，益其故人，并寄父老。因風東向，頓首以請。

與汪安撫立信 號紫源

某仰惟曠度絶人，不作邊幅，僕安得以書生刀尺從事，高明幸察之。某昨者爲高安，受容受察於玉斧之下，公不以衆人畜我，我實德公。未幾，公去之，而僕亦以憂患，連年臥山中，蹤跡跋疐，不足爲知心道也。撫念江流人物如此，未嘗不中夜耿耿。某茲者伏審揚綸九陛，建纛三湘，人無異辭，國有生氣。共惟慶愜。欽以某官，名高九牧，氣蓋群公。江左管夷吾，足係英雄之望；軍中范老子，能寒寇賊之心。往者金湯中流，忠績簡在，上方以南事爲慮。詔公方面，隱然長城，一代數人，百年幾見，公不得不力，紀勳旂常，歸衮廊廟，自此等而上之。某退在漁樵，未忘嫠緯，聞公此來，爲世道擊節。偶逢黄君强立長沙便介，率然上狀，仰闖賀牀。强立名至道，某昨嘗薦至館下。强立每謂公以意氣動人，能使人不愛其軀，其感激知己可見。今兹適在冀府，從諸公遊，公不以生客視强立，强立奉筆墨以佐大閫，豈直一日之長而已。憑筆僭越，向風如馳。

回前人

某望五雲多處，以駑劣下乘，幸甚自託於禮樂之下風。既奉儷函，布親牘，脩大閫府之敬。迺不我後先，使者銜命，即之於深山中。翰墨陸離，光動蔀屋，拜而後敢讀，讀已而亟拜。居今天下論人物，一方一曲之士，隨世以就功名，謂之無益於成敗之數可也。當大方面，建大將旗鼓，使國有龍虎，馬不敢南向，其周公瑾、祖士稚之流乎！天子召拜樞近，修勞還。故事，少府且出節，付以西北，煩公辦此。金戈凱馳，歸衮廟堂，作太平六典，四海以此望公，亦公志也。某少也驅馳，嘗有意事功，雞鳴奮發，壯懷固在，然而亦少衰矣。被旨行湘，顛倒繡衣，豈堪重著？惟宿昔於門墻辱知已厚，惠徼宇下，恃此敢來。適三月移卜先塋，有山間之役，受印之期，尚在夏五。竊聞四輩在道，車馬有行色，天殆啻其一見之機乎，何爲屢得之而屢失之也？追憶前年，❶自直廬汰歸，公以書存問，推許不薄。海内時流，得此於名公者，正恐無幾。今承獎翰，益佩卷卷。江濤渺然，事會何極。何時執鞭，寫此傾蓋。某臨風無任馳泝之至。

與胡都承穎 號石壁

某已端具儷櫝，候敬籤房，心之精微，敢嗣陳之。某於當代知名，夙有取履結韈之願。寄書梅外，嘗寫我心，遠道報襄，如見顔色。伏自牙纛卷零雨而還，鴈闊湘深，馳泝寥廓。伏惟以任重道遠爲心，以難進易退爲節。巍巍堂堂，卓然佩安危而繫輕重。乃今聖哲馳鶩，上下焦然，《金城圖》《出師表》，微公孰與於斯？追鋒在道，不俟駕行矣。某家畏壘山下，麋鹿之與群，而猿狖之爲曹也。公朝起其流落，山衣易繡，舊夢怳然，一節走趨。幸在通德里，九轉寵靈，亹亹肘後。某行當掃門以請，拜狀梗概，臨風卷卷。

某一節出山，指碧雲崔嵬，八風吹不動處，知爲神龍臥洛所也。前者幸甚脱屨堂下，進瞻芒寒。適子之館，授子之粲，胸中經綸之奇，傾倒敷露。中夜慷慨，音落九霄，使人驚且喜。今而後知宇宙

❶「追」，鄢本、張元諭本作「退」。

間，未嘗無劉玄德輩。某持以去岣嶁，襟袖尚有萬丈光，此殆未可與俗人言也。某以踈決故，一葦下長沙，初約先拜見，而後往帥垣下。偶有牽制，稍違息壤之舊。今兹回棹潭濱，將由便道，單車負荆門屏之外，輒遣一介，先道其私，幸豫戒猿鶴，勿以俗駕爲拒。率然馳控，倚卜面敘。

慰饒州胡通判 石壁之姪

某兹者不圖先令叔某官石壁先生，遽捐里館，風馳上征。哲人云亡，邦國殄瘁。執事者骨肉至慟，爲國受弔，撫孤大誼，定力如山，足可以對岳雲之崔嵬矣。顧惟某落落後出，辱二阮之知，乃在一日之間，老仙用意，慷慨與之。上下今古，撫念人物，袖中瓣香，僅僅拈出一再，老仙所以命之者，更在度外。爨桐之音方希，而化人之裾已不可追矣。出聲慟哭，悲不自持。謹哀綴壹鬱，泣爲奠詞。❶往者如生，尚爲我惻。惟一賜宣燎，豈勝感涕之至。

與安撫李大卿芾 號肯齋

某已專具儷槓，申敬記室，私心梗概，不嫌啇蘖。某辱知愛門墻，非一日之故，風流雲散，一別如雨。每一念此，神爽飛馳。江湖一雲，本不甚相隔，彼此出處，解后參差，至闊絶乃爾，僕之罪多矣！

❶「泣」，鄒本、張元諭本作「洩」，四庫本作「賦」。

明公當世人物，卷韜山林，四方顒顒，望其一出。方時多艱，嫠緯忘食，然見王茂弘者，固以爲江左有管夷吾，某有計日以俟鋒車耳。某避影深山，久不作馳鶩想，公朝念其流落，畀節起家。釋緜上耒而于征，未知所以淑後。幸甚區區走趨，實在中台之里，十年契闊，一旦逢迎，豈命物者開其親炙之機而惠顧之乎？如聞閉門謝客，雅意絶塵，然待故人，固自有情，猿鶴必不我拒。相望寖近，凝泝如馳。

回永州楊守履順 臣源之後

某尚論一世人物，紫朱其綬，唱呵車塵，若是者駢肩矣。求其忠義貫日月，處漢賊危疑之間，臨大節而不可奪，至於殺賊奴，取纍纍金印，此事付度外，豈不凜凜大丈夫哉！父老講傳，百年間吾見先大師一人而已。某官鍾岷峨之秀，嗣彝鼎之勳。忠臣之門，天人之所共祐；國士之器，君相之所柬知。石崖齊天，唐中興頌功處也，公來其間，寧不感慨！今蜀道難，蜀道難，公收拾群人，手揮天戈，一節之還，從甘棠刻第二頌，旂常濯濯，光于前聞人。某何幸身親見之。歸隱空山，望湘雲千里，不圖使者遽涉吾竟。仰惟明公主張斯文，❶經始棘院，以相龍飛興賢之盛，大張門顔，使某也得執事從。君侯所以厚我，不同他人，小人雖無能爲役，烏乎敢辭！「貢院」二字，僭易奉上，進之退之惟命。未諧握手，往來心聲，庶幾古道之概。臨紙拳拳。

❶「主張」二字，鄢本、張元諭本作「張主」。

回林侍郎卿孫 號雲屋，在臺時

某從望闕山，矯首五雲多處，寢跦起居。長沙少府傳仙惠書，并繳貺琳琅之翰。仰惟緇衣宛孌，古道顔色，爲之歆拜。傳仙不肯望然而來，以書先訂出處，此意亦頗謹重，已遣禮聘之，且告以初筮。如九層臺基，須令堅壯可耐，静以待次，不失雅道。未知傳仙何所嚮？若其來訪，敢不惟命戒之共。

回前知衡州楊秘監文仲

某已端飭儷櫝，致敬心之精微，不嫌啇擘，首祈垂炯。某於足下，非敢以氣類詭流俗之蹤，尚想疇昔，載色載笑，相遇不同他人，至今歷歷在夢。時方孔艱，荆吴多壘，坐廟朝，籌帷幄，折衝俎豆，正張、趙、韓、范之事業。湘水以西，勤勞一障，天子曰歸，借徑斯文本色，俾執事樞，歎見之晚。某閉關念咎，不復作馳鶩想。公朝出節，誤及荒濱，回顧黔驢，曷對湘鴈。趣命且放，單車于役，稍盡君親之誼，即尋香火之緣。衡雲照人，垂執鞭弭，乃天上笙鶴，不復顧雞犬矣。所恃襟期有素，且未忘甘棠，則其居中庇之誨之，某與蒸湘之人，均利賴焉。昂首慶雲，伏楮耿切。

與劉尚書黻

某夜拜文昌，朝馳函敬，感激亹亹，不嫌啇擘，首祈穹采。某庚午待罪底班，望英躔萬丈於絲綸閣，天章潤色，衣被青黄，雋永味言稱於天下，曰知己。歸伏山阿，分霄壤絶，不敢以世俗書尺候主進史。熏香宣夜，北斗以南。共惟某官，文章稷言而臯謨，器度商彝而周鼎。陶鎔帝皇，轇轕造化，燭六合，蕩八垠，吾道之福，布濩流衍。翠幄青瑣之從容，文劒紫荷之淩厲，由八座而間兩社，使天下再見希文、稚圭之風流，某嘉與人士旦旦稽首。某瓠落之蹤，一意返哺，夢寐不到山外。公朝未忍捐棄，拉拭而起之，復令效湘節牛馬走。煙霄流眄，不進不止，蓋疇昔之盛心未憖也。某始以私養丐閑廩，天高聽邈，且趣之再，奉明命以趨。一之日甫履回鴈，布宣德意唯謹。湘人尚力抵氣，末俗輕生，蘇息而調服之，既竭吾力焉。垂天之雲，覆燾其上，訖濟我後，某爲之夙夜願言。因謝有祈，臨風悁結。

與陳察院文龍 號如心

某夙在眷知，屢㥜契闊。杓粲奎明，經緯碧落，曉夕詹馳。伏惟執事以光明俊偉之胸，負法家拂士之望。鳳鳴朝陽，萬物吐氣，氈厦密勿，熙明日新。陸贄處中，汲黯居禁，精神强而本根充，外難不足平也。上方屬以經濟，俾執事樞。某歷落之蹤，豈堪使事？公朝不忍終棄，盡出嘘揚。始以私計，不使迎侍，冒干閑廩。趣旨且放，單車于役，以五月一日受印司存。既見父老，具宣上德意。然兇猾相挺，山凋水瘵，扶持調習，庶幾一日非晚。且再陳情，爲歸養計。「侯誰在矣，張仲孝友」，儷語循比藉手，不足以當劒首之一吷。臨楮無任。

某輒有稟瀆。某昔者以臬敗，由書生本色，只當在斯文一邊，不應以刑獄爲職。故凡寬厚惻怛處，人皆由之而不知，其有不可以詘令甲者，則譁然以爲過當，所處非其位故也。自後諸公速有論列，皆不實知其人，不過以前疏潤色而爲之辭。某常願一日有以自見於天下，❶使知吾所謂衡氣機者，而未易遂也。今年復除憲，實不願就，丐祠不遂，鋭欲再請。又念起自廢閑，豈當重瀆已甚。❷故且黽勉驅馳，亦謂姑以平平處之可也。既入竟，乃知湖南風俗大不然。某若以身事懲創，靡然風采，懼無以肅一路觀聽，又坐失職。故初至不免見之榜揭，謹録本以達台覽。夫如此，初未嘗有嚴厲之事，特示之以警戒之意，蓋於職分不得不然。然才作此差遣，便是惡滋味。兩日刷具一路獄案，數目甚多，莫非劫掠嘯聚等事。他時審覆既圓，皆不容付之輕典，某且獨柰何哉！某比來不及侍親，處此亦大不安，俟踈決後，惟有乞身歸養。所恃知己，肝膽相照，臨書不憚傾倒，念其久要，其必有以教之。嚮風卷卷之至。

與鄧校勘林

某頃繇春中走赫蹏，闖輦下，知上徹五雲閣久矣。一節奔走行役，曠焉嗣音，矯首河漢，盈盈一

❶「常」，鄢本、張元諭本作「嘗」。

❷「重」，原作「童」，今據張元諭本改。

水。某蒙賴如天之庇，以孟夏八日辭膝下，五月朔吉受印於衡陽。初見吏民，既宣上德意，退坐棘木塵中，與徽纆相爾汝，爲之弊弊焉。江去湖不甚相遠，始者殊不諗其風氣之悉，至此始知尚力抵氣，以血人爲嬉，九城一波，莫障其瀾。某以爲怒之而不教，非古祥刑意也。見諸榜揭，嚴而不爲殘，楚人亦頗爲動悟，其肯綮中也。然某以書生爲之，非其本色，不諒者衆，此十年所以有申韓之謗，以至于今日，是安得而忘吹虀之想乎？且重闈以老不得就養，單車徬徨，雲舍切切。旦夕踈決後，且即丐還居羊，使叱馭回車，於君親兩不爲失。此其所以謝夙昔君子之教，而庶幾乎年盟之盛心也。厚德錫類，某惠徼福于宇下，蓋方新焉。偶逢便武，亟詷起居，且敘其所以跛躄馳驅者。遥對清切，臨楮泝詹。

與陳直院維善　名合，號中山

某隃睇紫霄，寅致儷櫝，心之精微，敢嗣陳之。某昨承鵲袍出使，馹騎歸班，嘗領廬山下所賜手書，光氣垂虹，下照空谷。撫歲年而如雨，恍河漢之一水也。❶ 中山先生，文運斤而成風，氣振策而奔電。元龍湖海，突兀宇宙，支架明堂，曲摺萬丈光芒，緯國典，華帝制，天下固以爲未也。大明奎璧，晉執事樞，使士者顒顒，歌仲淹、弼，一夔一卨。某落落青山，自返吾哺。公朝未忍捐棄，畀之一節，使與衡鴈相周遭。草木吾味，一引手凴翼之，端出緇好。某始以私計求閑廩，聖恩閎俞，且趣之載道，遂以

❶「水」，張元諭本作「色」。

朔日見吏民，宣德意。然楚俗尚力抵氣，殺人爲嬉，撫存而調習之，未易爲力。明公宿昔褰帷，❶棠陰如屋，五雲緯霄，影落衡杜，某爲之夙夜願言。因謝有祈，臨風依遡。

某頃侍親抵郡，輒持尺素，專貢紫清。懷今雨之綢繆，望下風而慷慨也。璧弟來京師，拜夫子之門。黄河、泰、華，天下鉅麗之觀，璧也所遇多矣。今天下稱文章大手筆，落落可數。平園、西山諸老之風流，散在三光五岳間，日月磅礴，河漢經緯，吾紫微公實當之。南州之士，僕將帥以聽。某讀書涉獵，筆墨空踈，方青山蕭然，水上之風，猶若意會，❷一行作吏，此事便廢。間於故牘中掇拾親親長長之説，見於行事。邇來千里民氣，覺稍洽和，書生不知向方，能終不迂闊於事否？昔人云：「未識意，先感水火流燥。」記吾味久矣。教思無窮，勿替引之。某豈勝惓惓！

與曾縣尉先之　字孟參

某自前拜書後，回首鴈峰，不勝拳拳。水口吴權寨來，及承手書，備見繾綣故舊之意。百單二歲之姥，孟參發揚之，安序表章之，真足以爲衡陽一段佳話。某六月朔日，祖母初度，亦及與一城老者相周旋。

❶「宿」，鄢本、張元諭本作「夙」。
❷「若」，張元諭本作「吾」。

人生七十古來稀，是以自七十爲始，千數百名中，其最高者爲九十六。延此母於堂，進趨語言，殊覺不衰，惜未有過百者。鄉間有羅提幹存叟祖母，去歲滿一百歲，某嘗偕朋友十餘人往拜之，當時有詩歌成軸，今年又百單一矣。此母大家，諸孫皆儒者，提幹登科，有福有壽，又非衡嫗比。劉守却未知，某旦夕亦當爲文以白之。贑斗絶，與湘問久相隔。適有自建昌來者云，五月二日，廖恕齋過建昌，知五月末，主人至臺觀上矣。司存事首尾關繫，無如孟參在，恕齋必不能相舍。安序權事半年，添此繁劇，想一旦釋重負，甚以爲喜。某於賀恕齋書中，已備道孟參一段。人將争出我門下，此自無説，但願足下斂以静鈍，守以廉朴，一如平日，則天下之奇材，青雲之遠業也。贑事稍簡，親老以下俱安平，亶出雲庇。但有疲於竿櫝，以一人之寡，應四方之多，覺甚苦之。鄉人相過者，隨分處之，亦不至甚相炒，中間只一榜禁假託，大者歸之臺，小者聽之縣，或以爲得體。贑只有出甲一項，未易杜絶。今春此輩在廣，聞某新上，皆急於歸就保伍。乘其畏向之機，近日未免先事諭曉，度今冬可得安靖。湘中既獲諸渠魁後，想道州一帶已無事，湘鄉諸處寇攘之風，當是久已帖息。兹因專介，信筆傾倒，薄芹并瀆，向風如馳。

與曾架閣

某曠不奉狀者累月，杜門山居，無由四方上下以相從於顧眄咳唾之末。❶ 馳仰中得會李丈復卿，

❶「眄」，張元諭本作「盼」。

廉知起居之詳，甚慰。子曰：「苟患失之，無所不至。」百千年間，天地不位，萬物不育，推尋其咎，常於患失之私基之。閣下出其浩然之蓄積，與當世之大人論成敗，争曲直，言不合，艴然竟去。榮途引於前，禍機怵於後，而毅然不變，由閣下自處則本心内事也。自惴惴持固者觀之，則豈不患此失哉！歐公所謂我輩中人，敬歎敬歎！因復卿歸，并介以有請。先通判託孤於先侍郎，❶先侍郎以其責歸之架閣，事至重也。執事不以某弟爲不顯，使昏名門，講好以來，涉四年矣。中間歲月雖多，機會甚少，以故告成吉禮，猶切遲之。獨至今日，則造物若有巧於其間者。執事當驅馳江淮，而某赴闕就道。執事卷風雲，藏林壑，而某恰亦骯髒來歸。兩家初意，誠不期有此暇也。某方尋香火之緣，自分閑散，而執事氣宇蓋諸公，名聲動中朝，扶摇九霄，匪蚤伊莫，則川駛月流，舟飛岸奔，非復有此之暇。執事終先子之託，而某了同氣之責，今其時乎！區區肺肝，已具告之復卿，并疏其事，冀以關徹，幸執事終惠之。

回吉守王提舉佖　號敬巖

某僻居林薄間，望旌麾所涖，遠在霄漢。道德朝望，蔚乎輝光，可仰而不可親，是其分也。廼蒙寵戒，令有聞教之便，忻快何如！入冬暄寒相薄，適有采薪之憂，莫讎隆厚，滋負皇恐，謹具狀謝。他容參謁，并敘區區。

❶「於」，鄢本、張元諭本作「與」。

與廬陵龔知縣日昇 號竹鄉

自螺水而東，望西山廬阜，與三江五湖如拱揖，知蜿蟺扶輿，有名勝宅其間。相去蓬弱，良覿差池，北斗芒耀，徒耿耿心目爾。不自意桑梓幸會，牛刀大手，姑爲此試。共惟明和介潔之譽，此邑不占已乎，跂予望之。艱難之秋，得君子之政，與拜燾覆之貺，滌篆云俶。未能躬闖賀庭，謹具劄子，代布忱悃，非晚當圖，稟謝不敏。

與贛縣許權縣

惟廬陵與安成爲比郡，山川同在吉志。今兹遂得自附於鄉黨之末，幸甚休甚！某往者於諸公間，得聞政事一二。有司敬謹，莫重於獄，後世苟簡，幾以民命爲戲。濂溪爲小官，不肯殺人以奉其上。東坡謂今人争減半年磨勘，雖殺人亦爲之。聖賢愚不肖之用心，其異如此。頗傳廉明與同州推官事，前後照映，辱在同里，與切增氣。銅章墨綬，賁止空同，一同風化，姑此相屬。奏最匪伊，騰太清，凌扶摇，錢公之步武也。某疇昔學校，曾於名門子姪略有相知者，獨絢履末光，未有下拜之日，其如傾企何！適陳丈成甫來，以爲託身桃李之國，輒拜此以識惓惓，陳文并乞公庇也。率然上狀，❶末繇參侍，

❶「然」，張元諭本作「文」。

仍冀自愛不貲之寶，以須遠至。

賀劉敬德補入太學 名欽，號絜矩

兹審捷來南浦，❶聲振西雍。才名三十年，説屠龍之老手；冠帶億萬計，快走馬之脩程。儒榮有開，士論稱服，共惟驩慶。某相期半生，聞榜折屐，無繇造慶，謹奉顯函，芝楮二百千，敬爲犒捷之助。不腆皇恐，臨風馳泝。

賀鍾有謙補入太學 名山甫

兹審冰闈獻藝，璧水蜚聲。月旦評中，説八叉之老手；朝雲飛處，艷三合之脩名。下同。

與周德甫 爲季弟、從弟聘

某比者牽率朝從一相過，兩日夜陪接議論之末，極慰翹企。獨恨去之匆匆，未遑屬饜耳。中間妄欲以二弟相累陶冶，苟不鄙棄，許之以相周旋，甚幸甚休！鄰敵相交則有盟，市道相質則有券。吾徒相與，一諾已足，政不在要約區區也。然君子義以爲質，禮以行之。莘郊之幣，際可而幡然。雖虞人

❶「浦」，張元諭本作「渚」。

之微，非其招不往。非義無以將禮，非禮無以昭義。交際之道，不以節文將之，終必有弊，況爲弟子擇師乎？此書之所以不敢廢也。歲禮之數，息壤在前，無俟贅述。官楮一百貫，顓人送上，以少將聘致之敬，告幸麾頓。小弟差劣，不可大脱鈐束。燈前後早賜垂訪，乃所願望。觀德聽教，行有日矣，尚及傾倒其餘。

文山先生文集卷之八

書

與文侍郎及翁　號本心，川人，後參政

某久曠起居，遞中連得誨帖，仰佩至愛。邸狀間屢見丐祠，尊性樂在簡淡，急流勇退，仙風道骨人也。但老文學爲諸儒典刑，真侍從爲朝路風采，上必不聽去耳。舍弟璧來拜侍，辱以家人進之，得與教誨玉成，實受尊賜。某向在湘，承命問一路書籍。後某去之匆匆，諸州來者不齊，今約見存可二百册。贛書爲一萬九千三百餘版，亦已陸續印背，别容一日專兵賫申。某治郡以來，書生迂闊之説頗有效驗。祖母六月生日，集城中内外老人，自七十一至九十六，爲男女一千三百九十名，犒恤有差。老者既踊躍，而少者始皆知以老爲貴。禮遜興行，詞訟希省。又風雨以時，早禾甚稔，晚稻亦可望，諸縣民皆樂業，無持挺爲盗如宿昔者。稍逭曠瘝，皆尊誨所逮。宗老去國後，今寄居何處？想甚清健。恥堂先生居霅川，近況如何？批示幸甚。遇郵拜書，不宣備。

高恥堂，名斯得，川人。參政本心，癸丑榜眼，後來廬陵省其叔可則。先生時年十八，邑校簾

試，全篇論題曰「中道狂狷鄉原如何」。冠榜，遂通譜焉。道體堂謹書。

與楊大卿文仲

某頃繇岣嶁，申敬群玉之府，爾後僕僕西還，爲空同之役。一息半朞，海山一碧，秋風淩淩，翹企不勝，五雲紛郁。比審疏榮文石，晉武頌臺，制作一新，搢紳交慶，伏深歡抃。❶某官貞元朝士，西學宗師。玉雪照天，寒露清冰之操；璧奎行世，懸黎垂棘之光。屬時訪落，朝有老成，真天聖之蓍龜，元祐之麟鳳也。入告辰猷，條天章十事，寘之兩社，以福溥寰。某顒顒延睫，烏哺萬山間，於芻牧何補？亦惟召父杜母之政，是則是效。蒙被吾味，至于今兹。璧弟來脩門，得親炙典刑，以濯去舊意，浸潤新雨，愛其兄，施及其弟，此感殆未易名言也。念間起居，輒此馳泝空明，并候所以教。尚祈金玉，式副前禱。

與趙户部平遠

某嫋嫋秋風中，若有天人嘘新雨而沐之者。眄摇落之繽紛，把鉅麗而舒卷，則夏六月錦闈蛟龍字也。「西平有子，惟我有臣。」《春秋》書曰「季子來歸」，國人貴之。麒麟游泰畤，鳳凰集阿閣之候乎？

❶「抃」，鄢本、張元諭本作「忭」。

朝廷清明，再天聖、元祐，對揚訪落，爲東諸侯先。洗耳琅琅爲天下誦之。某爲養承乏于此，何補芻牧。所以朝夕其民，亦惟親親長長之推，庶幾萬一云耳。諸邑大夫之相承，通融一家，痛痒一體。「緇衣之宜兮」，若田君尤所謂用吾情者。執事惠以所知，於此見田君益奇，而某得納交，幸也。「結幽蘭兮延佇」，此意襞積，專猷嗣箋。

某繇空同，起睨海山，虹氣緯霄，靡鎛不照，吾石樓大地一粟也。輒倚空明，來詷起處，惟偉人照以度外。某惟明世雜遝英賢，以綱紀生人，金玉新政。豈弟君子，來游來歌，經緯乎文武，轇轕乎風雲。伯塤仲篪，叔出季處，無非《吉日》《車攻》間真實經濟。臂指西北，本在中書，植之風聲，旂常世世。某拭目延和殿新綸之下，烏哺且半期，餐素祇益媿耳。旦夕歸命香火，奉輕車歸即所安，居中引重，允然終惠之望。泚筆廉泉，馳訊碧落，豈不嗣音，更僕以請。臨風無任悁結。

與陳侍郎伯大　號篤齋

某熏沐薇露，闖敬高寒，惠徼五行俱下之矚。某玉峽撐空，水沙一碧，神仙人弭節其間。春花秋竹，鍾鼓餘閑，真神龍深臥處也。咫尺五雲，不得時候猿鶴，則吏鞅實丹黝之。夜瞻明河，自訟不置。仰惟一代翔鸞神駿，騰踔凌厲，駕寥廓而振汗漫也。舒爲慶雲，卷爲清飈。其磅礴帝所，則福在海宇；其夷猶山澤，則望在廟朝。六合一握，天地一瞬也。厥今訪落廟謀，雲漢爲章，詔書出延和，公且兩社，某嘉與顒顒額手。某區區烏鳥之情，俯仰半菽，枌陰蔽芾，實持鬳之。宿昔拊摩凋疲，曾微芒忽而髮皤皤。間亦念家，旦夕皈命香火，奉輕車即所安。玻瓈一江，光氣上下，某服媢之無斁。蕝禮寄之九霄間，忘其蒙瀆，倘沐涵茹，幸甚。

與宋衡州

某介倚心知，不敢徒亹亹西曹，道邊幅，首祈紆省。某自抵空同，兩廛蜚翰，忽殷勤以寫心，折芳菲其寄遠。春風千里，著人如醉。至如散骸之作，不足乎揚纅藉而琮璜之，大好大慚，退卻三舍。顧區區定交才數月，宇宙意氣，不啻平生。忽飄風其相離，不勝回首，明河一方，如耿耿何。某官冰輪金井，雪柏霜松。西岷太白之精，九霄經緯；南平莫邪之氣，萬丈光芒。馳玉軑而坐朱陵，轡華絲而當銀漢。洗齕齬之窟穴，飽鴻鴈之稻粱。已收暴公子之威名，小燕汲淮陽之清浄。緑綈方底，竚垂峋嶁之雲；絳幘曉籌，催傍觚稜之月。某視郡印已十旬，初至，如人家風雨四壁，逐處經理，久之方成綸緒。日來甘霔應期，粗慰農望。想福星所次，時雨膏之，早熟必已可卜。恕齋新上，以同里而講交承，解后非偶然者。遠想楚觀五雲，衣冠玉立，不任馳羨。采采澗芹，薄旌一髮，不足當莞頓。「欲往從之湘水深」，三復是詩，神爽飛越。

與知江州錢運使

某日戴五雲，苟且爲治，自省其私，則統部中一支壘也。等威有截，不得以杏園宿昔自詭。乃者辱不彼，賜之書，草木吾味，篤實嘔喻。略分際之崇卑，申度外之繾綣。言念君子，終不可諼兮。某惟溢浦控上下流，古用武之國，陶士行、庾元規諸公藉此以鷹揚江表，虎視河洛。乃今天移福星，作鎮此土。激西江，蘇鮒轍，屹長淮而斷鯨波，作宋長城，真北平變化傑魁人也。東南金湯，施及虹翠，隸也受賜多矣。某私竊自念，贛山長谷荒，赤子龍蛇雜襲而處，芻牧之責，大恨不任。而欲以詩書揉强暴，衣冠化刀劍，書生迂闊，而不至敗缺者幾希。明公回首曲江，風誼一世，果不以九州四海之人例視之，則鞭辟其不迨，包蓄其未閑，如天之福也。某頓首下風以請。謹馳一介，上詷起居，薄采空青，以自附於潢汙有敬之誼。犯嚴忸然，控露潦略。

某撫摇落之繽紛，泝空明而延佇。龍光射牛斗，福星出虛危，殆一夕九起也。某之爲郡，寔隸照臨，月詷有典，當不懈益虔，寧不嗣音，童瀆是懼。五雲九霄，凌倒景而下空同，斂爲清冰，溥爲膏雨。地雖辟絶，而天人顧復之益深。豈無他人，不如我同味。足下塤篪五老之嶙峋，襟帶九河之汗漫，要其胸中磊磊落落，倬彼雲漢，爲章于天者，曾未究也。忽而身作長城，手提半壁，嘉與一道桑麻而菽粟之。西人之子，幸則幸矣。然六轡如濡，王事一方，孰與入坐中書，經制天下？聞延和殿議召公矣。

某强顔芻牧，何補毫分。目前四境無虞，年穀粗豐，皆澄清餘潤所覃也，區區素餐是愧。倘使者猶以故人未即舉法，旦夕丐香火，奉輕軒，歸即所安，徼福年盟，尚終惠之。遠道寵賚，雜遝充庭，翠玉春暉，緹襲無斁。謹具劄申聞，伏覩新綸，專容郵賀。

與廣東曹提刑

某曉挹薇露，注之赫蹏，上之東壁府，昭有敬也。某惟紫微雲烟，衣被炎海，若經若緯，紛郁輪囷。施及虹翠間，山媚川暉，浩蕩何極，隸也旦旦稽首。欽以某官，才足以截蛟剸犀，文足以鏗鯨躍鳳，力量足以扶巨鼇之贔屭。東都韓、吕家，聲猷奕奕，江濤如許，更當坐玉關，爲天子當一面。綉衣霄漢，尚逶迤五嶺間邪？袖青冥之鈇鉞，行黄道之星辰，方底緑綈，已落天半。某丕戴五雲，奉重謖空同小院，烏鳥私情，自揣逾分。起視四境，山長谷荒，赤子龍蛇，未易帖服。越雞伏鵠卵，何以克濟？邇只臺容，如面鐵壁，某恃此無恐。郡中舊例，以八九月間申嚴編氓出甲之禁，往往此時，兇儔陳脚已動。履霜不戒，堅冰柰何。近者妄意預行曉揭，使家至户曉，人人知所避就。今年僥倖，梅關以南，無一草一木之驚，僕之責始塞。榜檢求教吏師，尚不彼發藥之。某比爲五羊羅僉判拜書强聒，持寸莛，撞巨鍾，多見其不知量。飛剡公車，不俟終日。明公有意天下士如此，感拜盛心。謹馳一价，脩訶節下，謝已往而祈方來，亹亹如也。東望芙蓉，玉立萬仞。伏楮神馳。

回汀州陳守

某惟自古民流爲盜，有受病淺者，有受病深者。淺者，調其氣血，❶時其餧飼，不待針艾而病已除。昔之人有行之者，龔少卿施於漢之渤海是已。深者，參苓之所不能可，湯熨之所不能瘳，則大承氣湯之證矣。昔之人有行之者，子太叔用於鄭之萑苻是已。今者使部弭盜一事，鼇峰先生豈弟之心，高明之識，見諸已行者，其成效固班班著矣。賞一人而勸者百，罰一人而戒者亦百。春風之和，秋霜之栗，施及鄰境，胥有嘉賴。特在更酌其受病之淺深，而斷以行之，是殆非浮想懸度者所敢與知也。贛之爲州，雖曰以五城兵馬鈐轄繫之銜，顧建立司存，本意不過爲贛民出他境，使郡將得行通制之權，要其實，則依然一列城也。若有所徵調，下郡稟承，實視朝命。謹布腹心，以謝委戒之辱，稟秸恐悚。

與趙大卿孟傳　號松壑，前知贛州

某汲廉泉，澡栗尾，通忞忞主書吏，昭初好也。某昨從湘花間奉盈尺牘，一舒泄其宿昔雲龍之私。明河七襄，流麗空碧，地中之山謙，水上之風渙，十襲九緹，至今耿耿光氣。蓬萊水清淺，縹緲環佩，渴心湧泉，一日千里。某茲者共審玉宸渙寵，金掌升班。維城維翰維藩，磐石大宗之續；厥貢厥包厥篚，

❶「氣血」二字，張元諭本作「血氣」。

綱維六府之司。禁籞雲開，神塗風動，伏惟慶抃。❶欽以某官，祥源異禀，若木殊輝。綺綉揮揚，汝陽天人之相；龍虎變化，北平魁傑之風。勞侍從而厭承明，經騶盪而出馺娑。公不淮海之薄，上爲宣室之思。玉珂金鑰之玲瓏，花綬藻衣之舄奕。徑摩馳道，涣周卿六命之頒；不出都門，竚唐相九人之拜。某頃單車馳岣嶁下，鶴髪重重，一夕九起，效矉洗馬，歷歷陳情。君師天地之造，爲擇便州。夫子奔逸絶塵，乃使隸也瞠若乎其後。雖鴻燕差池，不克面拜龜組，然天開百世之好，山川其忘諸？惟是求牧力綿，未知攸淑，一規一隨，賴有柯則在。我愛桐鄉，不隔風雨，肘後寵靈，不彼而惠綏之。此固憩棠中父老之所共望賜者也。謹具劄子，申詷起居，未諧良晤。願言金護玉持，式副前禱。應舊治要來，敢請其凡。

與前江西趙倉與檽 號端齋

某澤露焚蕤，闖敬五畝花竹下，盡脱櫝彝，惟高明垂督。某沐滕壓舊雨，今十六七年，立冀部下風，則又六年。僕以荒落之資，跧伏於青原山中，如商蚷馳河，遠莫致之。先生如鶩雲游龍，舒卷九霄，其步武不可俄度，宜乎其欲往之而瞻望不可及也。區區九十之親，就養空同。今綉衣洛社中輩行也，間得訪問，獨樂起處。先生玩心神明之表，游目日月之上，蓄爲清氛，蒸爲甘霖。一日舉而措之，

❶「抃」，鄢本、張元諭本作「忭」。

沛然江河，孰能禦之？我有宗老，爲國之榦，訪予落止，以公歸兮。某半生出處，無足爲明公道。宿昔受教，所以護持其元龜者，至今不敢渝。世人自有一種毁譽，道眼自有一等高下，先生度外大觀，謂其人竟何如也？某因諗趙令君居中台之里，又出門下，值其良使，亟裒此墨，少敘戀思。臨楮馳泝。

與吉州劉守漢傳

某澤顥祓薙，寫忞忞銅壺閣下，昭鄰好也。某日從郵置，得辭我私。盈盈一水間，鼓宫宫動，鼓角角動，精神流注，絶出翰墨町畦，❶芳菲菲兮浩蕩何極。欽以某官，吐吞玉櫝之風烟，拔拂青藜之光燄。卿雲甘雨，含天地之至和；古柏蒼松，炯雪霜而獨立。小駐星河之棹，頻分江國之符。春靄袴襦，神螺黼黻；雨籠絃誦，振鷺漣漪。鈍爲銛而頑爲廉，痿者膏而憒者醒。兵衛森畫戟，小宴清香；衣冠拜紫宸，佇班黄道。某宿盟園杏，又尾朝花，蒙霧一廛，稽首錫類。揭來空同，密倚五雲多處。楚波之及晉，魯柝之聞邾，川媚山暉，沐浴今雨，則所以講信脩睦者，柰何以簡陋廢？采采澗蘋，以明有敬。玻瓈一碧，此心俱東。

某日摩挲空翠，端飭側厘，以進之集古主書之側。蓋於門墻辱好有三焉：園杏之齊盟也，朝花之

❶ 「翰」，四庫本作「筆」。

末至也，三間風雨託於君侯之土地也。而豈但曰小國之於大國也，有交鄰之道焉？謙齋先生不以小人之美芹者爲僭，而察其明，有敬之私，是能容之，其弘多矣。介使踵來，辭曰報聘，庭實維旅，芳菲彌章。是何君子施禮之周，執德之信，而僕何以當之！抑傳有云：「長者賜，不敢辭。」取數之多，亦祇以媿。贛去吉一水三百里，而氣候風土習俗，事事不同。未春已花，才晴即熱，山川之綢繆，人物之伉健，大概去南漸近，得天地陽氣之偏，看來反不可以刑威懾，而可以義理動。書生出其迂闊之説，嘗試一二，觀聽之間，稍覺丕變。奉令承教於君子，尚願維今有聞，以淑厥後。廬陵之政，識與不識皆云一佛出世。山川出雲，時雨流動，此爲霖之善者機也。民歌路謡，徹聞京師，天子明聖，恩光言遠。某雖不敏，尚能取皇甫公韻歌和之。占謝之次，寫其輪囷，寧不嗣音，如此江水。

回吉州趙倅

某首春攜便符歸省，道五臺下，華裾葱蒨，照我征衣，雪跨冰懸，灑灑清味，至今彷彿霄栩間。投膠沸糜，不克闖屏星西來，以脩賀上之禮。琳琅金薤，忽落虹翠，三過跫然以喜。某茲者伏審緹軾行春，畫堂開曉，袖槐雲之五色，俎樓月之千峰。共惟歡慶。某官瑶簾簫鍾，秋濤瑞錦。駕玉虹，垂蒼兕，凌紫清而上之，固其所也。鞘鞘佩璲，乃翺翔石泉松雪間邪？輿藤簾綉，小燕屏題，方底緑緹，又看環召。某視郡印十旬，云云。皆喬壽之賜也。自省於涓曹正負不敏，圓椷鄭重，此禮奚宜至哉？鯨錦卷還，猶有餘媿，折寄芳菲，今雨何厚。頓首拜嘉，謹謝將命，尚容專致厦成之慶。

回袁州鄒倅

朱明逾半，南薰之時。共惟襦袴行春，旌旗麗曉，有燕有翼。某對廉泉，飭側厘，東嚮以謝主書吏。某頃叨節南馳，得符歸省。三峽烟雨中，一再獲拜瑶林瓊樹之側，亹亹吾味，我心寫兮。執袪幾何時，明月千里，惠而好我，錯落華音，下照虹翠，赤脚踏層冰，忘其執熱也。共審龜臺借重，鳳岳凝清，時雨誦絃，和風條教。伏惟歡慶。某官東山芝蘭之韻，北斗梧竹之標。朝發軔兮扶桑，夕攬轡兮玄圃，識者已竊遲之。兩樓山水，能久著神仙人邪？竚文組之即真，以介圭而入覲。某禊前一日，奉重闈抵空同下。既三閱月，公事稍清，得小遂半菽歡，錫類之餘也。實篚勤斯，芳菲襲予，新雨洒濯，感在下風。采采一芹，效矉隴寄，非所以報也。馳遡一方。

回臨江婁倅

夏鳴仲琯，良苗懷新。共惟風月滿樓，江山入句，百神偎价。某焚薤瀹露，專謝中涓，若兩廂氍毹，五鼎芍藥，無庸爲仙人瀆。某於東都韓、吕家，鼎鐺獨無耳乎！頃一節湘行，獲從衡陽，廣文君亹亹簪花，情味甚春容也。清江之上，頡頏飛霞，獨不得四方爲雲，追軼清絶。琳琅金薤，光墮玉虹，執熱以濯，我心寫兮。欽以某官，冰壺玉露之泠泠，瑶林瓊樹之英英，黄琮蒼璧之熒熒。上之清都，盛之紫微，便當還家氈本色。石泉松雪，可久爲麒麟係耶？方底緑綈，自天子所。某將指罔功，叨恩便養，空同小院，粗可從容半菽歡，皆裔燾之賜。惟芻牧之才單，龍蛇之俗險，凛乎未知攸濟。渠渠遠道，頌不以規，既謝下風，尚沐新雨。畫堂高處，槐桂成行，春蚓秋蛇，覺我形穢。明公不以覆瓿而顯設之，鉅軸爛然，一見頳發。謹復將命，不勝馳泝。

回隆興熊倅震龍

某撫今雨，懷清風，其契闊未有甚於此時者也。挹色絲於浦碧，追流水於爨焦，其慰浣有甚於斯。今乎澹圃先生，以冰懸雪跨爲風骨，以鸞漂鳳泊爲文章，以規圓矩折爲政事。挈其堂堂，著之高處，以經緯河漢，舟楫江濤，萬夫一喙也。陳仲舉千載風流，乃獨與歲寒結印，倏霆轟飈怒而起，有不磊磊落落者乎！時來則爲，當仁無遜。某雨別十年，無非俯仰林烏之日。祖母行年八十有七，切切便養，承乏此來。公朝篤棐人紀之造，而諸君子錫類之餘也。第五閱朔于此，廛而入，鞅而出，於民無絲分補。行矣，丐一縷香火緣，奉輕軒以歸。亹亹襟期，明月千里，折寄芳菲，厚意不敢不拜。薄將石間一髮，非所以爲美芹也。廬陵廣文，玉戛金鏗，長沙識衡山簿，猶昂昂雞群之鶴。中峰有以服乎兩峰，觀者爲此膽慄。何當簪盍，上下慷慨。目送征翰，臨染馳去。

與楊縣尉如圭

某他日上下紫淦間，草木吾味，未必無解后之雅者也。廬陵少仙之庭，數有英游發軔其間，而君年又不可及。當官風采，東西行者亹亹誦言，知爲清脩，知爲縝栗。培風怒飛，霄漢一碧，跂予望之。某誤恩便壘，夢繞松楸間。伏戎于莽，有乘虚而干法犯禁者，霜臺遽以煩執事，知敏手爲可託也。寒泉白骨，蒙賴方新，惟牵師從者，重愧重愧。草草持恩高明，臨染無任。

回唐書記

某一節湘行，得挹寶烟玉氣於芙蓉池渌間，亹亹吾味，歡如平生。岸花催路，吹絮滿衣，煒其五雲，落我店月。厚意久不報，所思遠道，回首憮然。執事以瓊琚玉佩，照映東西，鸞凰先驅，朝閶風，夕玄圃可也。赤雲瑞氣，黄花歸期，當仁勿遜。某花朝前四日抵雲舍，又十日奉重闈泝灘而上，禊前一日抵空同。郡事稍簡，俯仰半菽，皆喬壽賜也。江湖寥落，鴻影參差。「安得素心人，相與數晨夕」，每誦此詩，明發不寐。輒持只赤，小澣我私。采采澗芹，臨風如結。

回黄强立

某薄游空同，繾綣半菽。故人知心，千里寄瑶華音以縲藉之，讀之宛然促膝接語也。强立以排淮決漢之胸，行駕風鞭霆之氣，鑄爲雄辭，能使京師紙貴。新豐舍中，誦天下事，一日騰上，風聲千載。某來此，訟簡事稀，餘力可及故讀，四境倍稔，絶南剽之跡，皆五雲所照映也。久缺報襄，輒郵專筒，薄將聊奉一笑。

回文教 名寶

某久徯亢宗，無從通譜。璧弟幸托年盟，雲杏集中，不知曾得納拜否？己巳之歲，千騎過廬陵，有意來山中。時某適赴鶴書，取愧薜荔，失此交情，悵然一方之感。書來空同，陳誼天出，「欲往從之湘水深」，令人亹亹。柳子厚謂南方之靈鍾而爲石，故有多石少人之論，某常以爲未也。地氣自北而南，古有斯語，意者人物之數，斯文之運，亦莫不然。玉篸羅帶之勝，中州山川所未有也。磅礴鬱積，而振發之以其時，可矣，吾宗丈寔當之乎？❶令業方來，雲湧川至，樹之風聲，快覩郯郯。某半生落魄，無足爲宗盟道。去年單車馳岣嶁下，堂有重慈，白雲間之，陳情至於一再，遂授今壘。闔門就禄，亹出過數，力綿求牧，未知向方。宗丈宦遊海外，坐隔一關，一介相先，是不以他人待同姓者。委貺所及，拜而受之。薄物非所以報，何當嗣音。

與胡節推幼黄

某他日盤之中，辱玉山朗然照之。「舉帆凌斗牛」，「掛席拾海月」，已占吾成玉堂堂於此時矣。空同落葉間，快讀千佛，喜見榜花。雙峰巽山，嶙峋蒼翠，布濩轇轕，何盛大如之！國家三百年，代有英

❶ 「丈」，原作「文」，今據四庫本改。

傑，樹之風聲，五緯聚奎之符，彪炳未已。滅没草根者，固復何限。吾成玉一大振起之，青原劚空，忠節生氣，是則草木同味也。隃計晝綉娱雙親時，某當以奉祠歸里，尚從鄉稚耊候馬首遮慶。兹襞赫蹏，寫此茂悦，亹亹薄將祇瀆。

繳奏藁上中書札子　時吴履齋當國

某惟軍國萬微，日至黄閣，不敢爲竿櫝。區區懼瀆威峻，惟鈞宥是祈。某頃罹人子之厄，曾拜仁人親親之恩，感激榮光，永矢無斁。不自意今春伏遇先生衮繡來歸，爲國柱石，遂得密邇陶鈞，以庶幾一日履屐之役，幸甚莫大！先生當國以來，上迎聖主悔悟之機，下慰蒼生蘇息之望，所謂垂紳不動聲色，而措天下於泰山之安，先生有焉。乃一日伏讀明詔，許中外臣庶得實封言事。皇心光明，言路軒豁，恭惟啓沃至深也。某私念今事變至此，衝決横潰，使宗社有不測之憂者，誰實爲之？病根在内，膠結不去，終不可以爲國。是以積忱具書，先陳其愚慮之一，而痛哭流涕終之。人非不知愛身，何苦如此冒死。今日之事急矣，懼其至於一旦，則亦不免於死也。惟是言輶如毛，懼不足以感悟天聽，尚賴先生徇通國之心，出回天之力，以措世道於清夷光晏之域，某九殞無悔。謹繳奏藁具申，伏惟鈞慈俯賜鑒察。

賀簽書樞密江端明古心

某夏五之月，伏從下士，切聽朝命。共惟天子蒐選洪儒，布滿侍從，而先生以海内達尊，居然冠文昌之首。僕自惟念正人登崇，天下誠幸誠賀，不敢以草野自踈，輒奉狀以爲斯人之慶。記史登録，及徹巖視，私心欣喜，莫可涯涘。山澤深遠，與廊廟本不相接，一日閭巷風傳歡呼，則謂先生以某日踐政地，參樞筦。主上聖明，君子終爲大用，莫不舉首加額，❶以爲共相天子，活百姓，遂在旦夕。以一方推而放諸，知懽欣交通，人情莫不皆然。人望有所宗，而斯民之譽猶出於直道。僕爲之舞之蹈之，中夜以思，不能成寐。夫以穹壤之大，人倫之衆，而先生之進，大夫、士、庶民皆欣欣然相告，如其父兄親屬之得用，將有所利賴於己者。此其心豈千金之所可得，而家至户曉所能同哉！

我朝先正得此氣象，惟前有范文正，後有司馬公。范自諫府以來，以言事傾動中外，後來出帥西邊，入班兩地。巖穴之士慕下風而望餘光，蓋皆延頸企踵，以庶幾其一日之爲相。司馬居洛中十餘年，當時兒童婦女，識與不識，競曰司馬相公。元祐初衛士之感泣，都人之遮留，其所由來者漸矣，非一朝一夕之故也。范公得經世之望，司馬公得救民之望。嘗恨士大夫所以積望於平日，得望於當時，蓋幾世幾年而後得此。二公有以厭服天下之心口，聳動時人之耳目，而范公不及用，司馬公不及盡

❶ 「首」，張元諭本作「手」。

用，天之未欲平治天下，其如之何哉！今先生早以言語妙天下，中以政事動中朝，後以氣概風度上結人主之知，而下爲四海所傾慕，則先生都范、馬之望於一身。蓋二公之後，又凡幾世幾年而後得此。天下之所以責望於先生者，豈與伈伈晛晛，笑與秩終，而甘同草木俱腐者同日而語哉！方今西有叛將，東有逆離，而江淮與强敵爲鄰，强兵富財之道無所於講。主上不得怡，宰相以爲憂，其顯證莫過於此。而學士大夫私相擬議，痛心疾首，以爲方來無窮之變，伏於不足慮之中，而發於不測，而不可禁者，其幾尤切凜凜。天下無事，則代天理物之地，猶可從事於牽補架漏，以庶幾不至於敗缺。不幸搶攘憂危之間，倘非碩德重名積乎於人心，一日舉之以從民望，則鎮服危疑，收拾涣散，精神氣勢未能一旦動天下之聽也。今當揆身定大亂，奠安方極，不敢自以爲功，而方嘉與天下之賢者，共圖久安長治之策。先生從容於廟朝，訏謨於帷幄，則當揆所以隆體貌，敷腹心，未能或之先也。鄭侯所以舉代於平陽，茂弘所以深器於安石，其爲天下國家計者甚悉，豈曰身爲功業而已哉！則夫先生之一身，其關繫於方來之世道誠重且大。而閭閻之内，父子骨肉私憂過計，以爲脱有倉卒，則所以寄命而幸全者，非先生疇依？然則先生之望，近世以來絶無而僅有者。將范、馬不及爲之事，先生將來雖欲逃之而不爲，其亦何辭以謝天地神人之所期哉！僕鄙野無足道，又執方不通於世，脩門之書，每視以爲甚重，而未敢輒發，其於先生，獨亹亹不倦。自天下之公而言，則僕之喜談樂道，與人情若不相遠；自一身之私而言，則僕誠何人，而辱先生特達之知。此其所以伸紙行墨，樂爲四海誦其情，而不自覺其僭且瀆也。伏惟先生少垂察焉。

某仰惟三台熒煌之精，藐在雲漢。下土之人，夜瞻頷頷，曾無羽翰可飛箠於經天光耀之側。間者不揆，雖荒繆之筆墨，時得以上登涓史，而觀道德，聽教誨，自謂未有疇昔，則左右亦以其人爲何如？先生度越常情，嘉惠後學，采於窮約之素，以爲可進而教之。盧陵之士，凡來謁先生者，未嘗不深念其姓名。至於造化人物之地，先生所以提撕薦進，使之得以齒下士於朝，則既有日矣。乃者秘府之命，從天而下，空山不顯之蹤跡，一日有聞於人。自宰相鈞陶而言，曾無所偏私。而某心口相謂，山澤之人，何以及此，是蓋有所從來而不敢忘也。當泰之世，必有均調皇極之輔，深思遠計，周及人物。雖遐遠僻陋如不肖，亦使之無所曠棄。九二曰：「不遐遺，得尚于中行。」今當揆以之。泰之未成也，必有一陽爲之先，而後衆陽之氣類，隨其汲引以進。今正人滿朝，大抵以先生爲朋來之倡。至於晚陋，亦得依乘以前。初九曰：「拔茅茹，以其彙征。」先生當之。《屯》之六二曰：「匪寇婚媾，女子貞，不字，十年乃字。」二嫌於初，不願爲應，徘徊不字，至於十年。某雖不足語此，顧惟劫而從之者衆矣。蓋至今日，得先生爲之宗主，奉命驅馳，惟此時爲然。某他無能爲役，至於守其本心，不與流俗爲軒輊，以求上不負知己，下不負嵬瑣之所存，則或可無愧怍於此。尚惟先生終斆之。某欽惟新命，亟應祗赴，顧以未服外庸，不敢即造朝班。區區欲俟宫觀兩考批滿日，徐拜恩渥，蓋已顓狀控於朝矣，諒先生當許可之。遥睇清崇，未即詹侍，輒奉狀，臨拜懇悃。

與前人 時以前宰相帥湖南回

某半生出門下，幸甚！乃從湖南以一節奔走闔部。去年此時，拜長沙壽星，甫償分願。潭、衡相望，郵置信宿，奉令承教，王事一家。以父兄師弟子之情，而行於連率方伯之際，湘人或云前未見此比，而某也受賜爲不貲矣。先生之入湘也，某後三數日而來；先生之出湘也，某後三數日而去。何其步亦步而趨亦趨也。璧弟於臨江候迓使艎，獨蒙一再予進，所以愛之誨之，不令兄弟無間然者，曾不自意先生及豐城以下，乃有門内之戚。盛德大業，如山如河，存神過化之學，先生其講之也熟矣。某所得郡，去家一葦，而近奉八十七之祖母，與老母俱。闔門長幼，無慮二百指，悉從官居，縻費俸粟，是皆公朝錫類之造。郡事頗簡，四方無竊發之告，日來風雨，亦似調順。使苟禄之日，得免曠瘝，非大播之賜而誰賜？秦孟四者，久焉逋誅，湖湘未了公事，殊切介介。比日來，連得舊同官書，閻計議駐兵永明，誘孟四而生獲之，爲廣兵所奪，尋且告斃。經司取其尸，寸斬以謝兩路。先是田定二據平原，秦小九據塩田，爲秦孟四聲援，引孟四以屠永明，正田定二之爲也。柯倅權全州，首禽二兇磔於市。自二兇死，而孟四遂不能免。先生一番出師，其終條理如此。孟四不死，非但遺患南方，其於根本關繫甚不細。且得竣事，功之在彼在此，無足計也。蕭獻可失其令嗣如塤，廬陵生此士有數，可爲痛惜！詹望泰階，中夕九起，薄言顧寫，❶有懷忡忡。伏乞鈞照。

與吉守李寺丞芾 號肯齋

某居廬陵南陬，蓋受廛之最遠者也。其於當世人物，無所交際，惟從田間側聽輿論，則天下伯淳，雖隔在僻遠，烏得不聞風稽首？吾州自前守去後，無主宰幾一年，舞鱔號狐，郡政泥濁，斯人無辜，亦云甚矣！執事不鄙下土，惠然此來，天開日明，是在今日，某實爲鄉國稱慶。仰藉喬雲在上，區區非才，叨恩入館，極知負乘。月朔嘗造州關印申免，時聞千騎且入關，某遂止旅間伺候，攀迓前茅。繼聞少展，適頭目受病，旋暈不可耐，不得已，載舟兼輿以歸。相距兩月，交臂失之，不敏之咎，其當如何。方僥倖平復，造謁以敘悃愊，顓駛及門，寵授翰墨。山林踈賤之人，乃得殊禮，郡大夫之德爲不可及，而某缺典之愧，益加多矣。祇誦來辱，避席再拜，有懷輪囷。具嚴初櫝，謹具劄子，繳申職事之記。所有台翰，謹謹歸璧，示不敢當也。倄布草率，顓圖侍見以謝。

回廣東曹提刑

伏以炎日正夏，薰風自南。共惟某官，玉節霄明，華絲雲度，穆清簡注，穹壤棐扶，台候動止曼福。

❶「顧」，鄒本、張元諭本作「傾」。

某淪頴廉清，通箋奎碧，惠徽書月，卻立下風。某遥企芙蓉，上插牛斗。儼繡衣之持斧，屑璚靡以爲粻。弘鋪太和，勿問元吉。某欽以某官，簫鍾鏗戛，玉尺端方。盧阜青蒼，毓白石清泉之勝；北斗魁傑，挺碧梧翠竹之標。或弭節於人間，或彯纓於帝所。既盤礴而鬱積，復周遊以逍遥。流水青山，奪司馬尋春之志；荒崖絶島，行濂溪澤物之心。欽哉，刑之恤哉！使也，言有光也！❶樓臺映白日，絲轡小馳；衣冠拜紫宸，綸音端下。某起觀宣夜，跂敬明河。方闊焉北樹之題，乃贈以南金之寵。跫然三復，愧此七襄。某頃綴楚軺，每懷綿末。淺天從欲，回邛坂之車；便地養親，得江南之舍。永惟錫類，不隔善鄰。𧾷竷積阻心，熒煌在目。某袖分薤露，才劣錦雲。雜下俚於九成，發宗工之一莞。喻瞻蓬翠，工輯蓮珠。冰桃碧藕之清涼，福英禄華之郁穆。臺容所戒，鞭影是趨。

回陳侍郎

某伏以回車邛坂，請自效於林烏；得郡江南，取已捐之竹馬。綢繆錦覆，緹襲衮華。共惟某官，麾斥八極之風雷，卷懷九天之星斗。古靈袖中之藁，屢薦時賢；温公洛下之評，不遺人物。遂使忝求芻之寄，從而諧啜菽之私。某半竹奚堪，儷花甚寵。想五畝青山之樂，願請訂金；懷四愁明月之詩，曷酬贈璧。謹具劄子申謝，伏乞台照。

❶「光」，鄒本、張元諭本作「先」。

與湖南交代廖提刑

某汲濂香，裹側厘，裔忞忞于主進吏，昭交好也，首祈紆省。茲者伏審濡絲星轡，弭節霜臺。紫蓋撑空，開雲烟之五色；綉衣立漢，灑冰雪於九州。號令一新，江山胥動。共惟某官，金井玉淵之丰度，簫鍾瑶簴之聲名。老氣崢嶸，吐鼇頭之山碧；清文流灑，貫龍影之潭星。凡踐歷中外以來，皆推行忠恕之學。惟刀劍狃楚氛之惡，賴旗旄指漢坂而驅。于疆于理于南，來宣王命；其刑其罰其審，曰惟民中。汲湘水而滌瘡痍，豁衡雲而燭幽枉。禮樂遣使臣也，於昭原隰之光；衮綉歸我公兮，遄任朝廷之重。某頃從岣嶁下一拜狀後，繼得旨，以臬事屬之宋史君。某遂於正月末，解維而西，先花朝之四日抵雲舍，禊前奉重闈至空同上。俯仰半菽，皆裔燾賜也。第念夙緣結習，實開衣冠百世之好，乃不克迎拜馬前面奉龜組。江海契闊，有足念者。近得之東西行人，始知歇節前玉節道盱境。以時考之，此際久建牙楚觀上矣，某不勝爲湖南一道賀。舞後木人，蕭然音節，納之錦覆，過者化之，亦以自賀也。某春杪得府第所遺答書，仰佩篤敘，數月念念嗣音，相望泬寥，邃坐不敏。茲想建臺有俶，謹謁下風，傾此襞積。臨拜無任馳泝之至，伏乞台照。

與前浙西安撫李大卿肯齋❶

某頃從湘花間解維而西也，故人意厚，棹酒壺三十里而飲餞之。風飄飄兮吹衣，芳菲菲兮襲予，呴喻篤緻，一何勤也。回首江空，明月千里，因念向留楚觀，望午橋鍾鼓，不隔簷陰，從容玉麈，曾不能以數數。矧今去之汀洲杜若間，蓬弱三萬，不翅明河在天，瞻仰夙夜，如此悁結何。某共以某官，懸黎垂棘，瑶簴簫鍾。峥冰雪，走雷霆，精神麾乎八極；沮金石，諧《韶濩》，文采被乎五音。維今江濤，正須人物。外之而北門筦鑰，内之而西府樞機。亶惟老成，具有經濟。青山五畝，未容寄傲之深；黄道九天，佇看傳呼之近。某丕承裔燾，先花朝之四日抵雲舍，又十日奉重闈泝灘而上，禊前抵郡。抵賤事乍入沸糜，❷不免轇轕。既三閲月，遂就簡平。親老安健如常，半菽俯仰，皆錫類之及。惟起視四境，山長谷荒，赤子龍蛇，未易帖服。商蚷馳河，凛乎其未濟。教思無窮，惟勿替宿昔，重訓飭之。秦寇一段，某未了事而去，日夜念此。半年師旅，數州杼柚爲空，疽根仍存，憂曷有極。今聞罪人斯得，黨類悉就殲夷。我愛桐鄉，屐齒爲折，顧撫摩凋瘵，鎮定危疑，湖嶺間方來正欠工夫耳。洛中花竹平安，悠然長思，當必及之。某數月念念，專襞上起居，及今方走一介，不敏甚矣。未繇佳晤，暑氣方殷，

---

❶「肯齋」二字，張元諭本作小字注文「號肯齋」。
❷「抵」，張元諭本作「邸」，屬上讀。

願言金護玉持，以副蒼生之望。孤臺有委，一唯鞭影所向。某臨風馳泝之至。

與劉吉州漢傳

某介恃薄雲之誼，忘其爲瀆，僭有願陳。吾鄉歐陽巽齋先生，講學天出，從游滿門。登科三十年，獨處環堵。晚見召擢，一再登朝，先生居之淡如也。其修於家，終日清言，接引後進，未嘗爲儋石謀。捐館之日，槖無贏貲，諸生爲集喪事。悠悠人生，惟死乃見真實。嗚呼！先生之風可使懦夫立也。其子浚，字資深，世先生之學，頽然布衣。禁路諸公，每以鄉先生歿而無澤爲闕典，有欲從化地言者。人情好德，信不相遠。先生不以貨財遺其子，而資深亦復能守拙甘貧，酷與乃翁相似。區區謂文獻所屬，吾輩當相與輔成之。大監樂善若不及，又於巽齋爲庚午同朝。儻念其孤，待分廩俸，❶月資送之，使先生有子，不至乏絶。非惟使爲善者知勸，而名公念舊下士之盛心，所風厲遠矣。某旦夕亦謀具辭幣，聘資深至郡齋，庶幾前輩之典刑，斯文之宿昔，念同志孰有如門墻者，故輒以書至焉。當暑紊聽，慚汗瀋流，伏乞台照。

❶「待」，張元諭本作「時」。

回兩淮制使李端明庭芝

伏惟龍虎魁傑，手提鈇鉞，重鎮東郊。淮山崇崇，江水不波，施於南土。隸也跽敬階符，等威有截，不圖親灑袞翰賁之，榮光下土，伏讀感激。某仰承寵戒，信豐趙宰，真古大臣勤小之威心。趙於某同年，宿相厚，今又得以郡邑聯好，人事結習非偶然。矧知出自晉公門下，他日稱吾榜得人，有所受之矣。謹具劄子，百拜控謝。藁秸萬罪，❶伏乞鈞照。

回岳縣尉

惟中興之初，先武穆王手扶天戈，忠義與日月争光，名在旂常，功在社稷。天報勳勞，克昌厥後，雖百世可知也。縣尉生北平龍虎家，而又偉然植立，誰不知敬。幸出結習，乃託一日之嘗僚，刊諭批曆，❷亦既欽承，遠畀鱗緘，爲禮過矣。

---

❶「秸」，原作「秸」，今據四庫本改。

❷「刊」，鄢本、張元諭本作「判」。

與洪端明雲巖 名燾

去歲在湘中，專人詣越拜起居，滥沐報教。以門墻一介之舊，撫問所及，勿替引之，相望廓寥，感戴不可言喻。繼閱邸狀，欣審端殿陞班，安車就第。于彊于理，既了旬宣；某水某丘，逕歸遊釣。共惟驩慶。欽以某官，中朝耆舊，前輩典刑。早歲驅馳，持國、子華之並出；晚年脱灑，盤洲、野處之所無。今世浮沉畏途，不知止足者勿論，固有掛冠請老，欲一日婆娑里門而不可得者。先生袖手版，還丞相，天目山中逍遥野服，獨立於得喪寵辱之表，真天人哉！左轄頻虚，上方側席，只恐禁中朝出傳宣，天使夕至，未容公久作碧山學士耳。某堂有重慈，今年八十有七。昨者將指而出，牽於行路，鶴髮不容迎養。歲晚力扣化地，乃畀麾章貢，家園相去三百里，一葦可杭，闔門二百指皆仰禄焉，此先生喬雲所覃。某到郡後，頗與郡人相安，日來四境無虞，早收中熟，覺風雨如期，晚稻亦可望。惟是力綿求牧，來日方長，❶凛乎淑後。先生襦袴舊譜，出其一二以惠綏之，❷蒙戴而行，敢不知賜。某於左右缺禮久矣，謹寅奉赤紙，申緑野平安之問。采采澗芹，犯嚴悚仄，未卜闓侍，願言觀頤視履，益扶神明，以慰中外屬望。臨風拳拳。

❶「日」，原作「自」，今據張元諭本改。
❷「綏」，原作「緩」，今據鄢本、張元諭本改。

與贛州屬縣宰

顓有公禀，保伍本領在於隅團。比者郡家禀使者之命，欲於十縣從新整刷一番，見之公文，固已詳盡。所謂差過隅團，蓋所在積弊，有公差者，有買充者，正在賢令尹用其明焉。可因者因，可革者革，按之舊籍，參之僉言，一日而可決也。使者屢問及此，卻望辦以敏手，月末如期申來。隅團定則保伍周，保伍周則盜賊弭，郡之所以蒙成也，而縣亦職有利焉。申嚴出甲榜，比想皆已家至。今有賞罰鏤榜，煩更徧揭。

回袁永州

某引首三吾，環清匯碧，神仙人居之。坐隔千里，方嘆衡鴈之參差，緹騎秋風，落我虹翠，跫然瑶華音之在耳也。共惟某官，以羔羊素絲爲節概，以清霜紫電爲精神，以布帛菽粟爲政事。自擁千車，來照二水，發舒家學一二，便足以破奸膽，甦民氣，期月而可，百廢具興。萬石山中，遂爲古潁川渤海郡，真刺史敏手也。清廟訪落，諸侯來朝，風聲堂堂，歸植千載。某承乏便州，僥倖娱侍，庭空無事，年穀粗登。凡前此龍蛇之淵，皆屏跡絶影。要是奉教宿昔，❶陰有以惠利之。然親意亦復念家，旦夕皈

❶「奉」，四庫本作「忝」。

命香火，歸哺山之南、水之北矣。遠道寄將，有實其庭，吾味之厚，不翅懷連城而佩明月也。臨風慷慨，亟此馳謝，尚猷緝藺，申候起居。伏乞台照。

賀京尹曾尚書

某茲者共審露綸涣渥，星履陞華。東澗西瀍，冠十連之元帥；南昌北斗，表六典之地官。丹屏雲開，紅牙日麗。共惟某官，依乘日月，吞吐江湖。直氣摩空，金天晶之錯落；清規照世，玉井水之紺寒。自曦曦於鸞聲，遄峩峩乎豸角。文章大手，南豐先生；政事十條，小范老子。出袖摩霜之鉞，坐吟卷雨之簾。真侍從歸拜於甘泉，慈父母來臨於京兆。乃由太一，徑陟文昌。冰縣雪夸而朝望孚，日暖潮平而民氣悦。儼衣冠於建禮，益鎮千羌；籌帷幄於延和，遄歸兩地。某喜傳除綍，阻趍賀綦。五緯明霄，望龍泉之秋色；九河流潤，懷虹翠之春暉。謹具劄子申賀，❶伏乞台照。

回曾知縣晞顏 號東軒，後除御史

某去秋知紫氣飛度鴈峰，法不得相候。西風撤棘，新雨來車，知必不我遐棄也。未幾，喜聞玉垣飛檄，榮甚錦歸，交臂參差，殊重回首。今年出湘之日，乃千騎載，入湘之時，又不得相隨，雞豚社中，

❶「申賀」二字，原作「賀申」，今據張元諭本乙正。

一數契闊相隔，耿耿心知。不圖帳犀，遠持五雲，下賁虹翠。筆墨淋漓，起敬英妙，而繅藉所及，不敢當，不敢當。某堂有重慈，自高安歸後，十年不克迎侍。昨歲叨節，本不能出，請祠不獲命，姑以單騎驅馳，非其欲也。轇轕白雲，情表連上，君師天地之造，畀之便州。非徼福顓遺，端不及此。千里遠將，折寄何厚，衣被重襲，其宏多矣。乍理糜沸，稟對皋晏，薄附芹心，非所以爲報也。蓬萊玉雪，小寘之松竹間，會有新綸，倚布婁賀。

回曾連推宗甫 名尹

某瀹顥廉清，起而謝所蒙。東嚮亹亹，一拜幾何年。西方美人，豈不夙夜，飛鴻踏雪，闃其廓寥。去年漫浪行湘，於東軒公甚相厚。朅來八境，又日從巖山先生遊。獨於吾泰宇，何其闊如也！春榜既開，聞謝家鳳毛，世科盛事。芙渠勝處，僅隔庾梅，每念擘牋，寫此襞積。乍入沸糜中，墮此不敏，而琳琅金薤，卷五仙雲氣下之，言念知心，喜而不寐。吾泰宇以乾坤清氣，晶晶銀河，朝發軔兮咸池，暵曝鱗於沃焦，以其時可矣。河陽幕中，雲飛川泳，老子倚胡牀，誇有此客。佇由黄金臺，徑上青瑣闥。某單車馳峋嶁下十閲月，大行白雲，繚繞清夢。陳情一再，天高聽下，畀以便符，奉重闈抵空同，三見蓂莢矣。郡稍簡静，得遂半菽歡，皆錫類所及也。渠渠然頌不以規，望塵辟易，芳菲遠道，第懷我私，聞車馬行色，且旦夕出領。某倘未以罪去，得握手道舊，豈不快哉！占謝葩如，馳遡一碧。

回李本中

某一節稍踈聞問，千里相望，方賦所思，得手書讀之，展轉情話，慰此契闊。某數年以兒女講授，爲琴書累，發初啓蔽，作成方來。三世交遊，此意不敢忘去。區區出山，親老不任行役，雲龍隔絶，不得日奉從容。本中獨處寒齋，覺户外屨不至，静中倍有方册工夫。然門可張羅，庖隷自放，所以奉師者必甚鹵缺，負愧柰何！諭及小子年漸長，當學聲律，尤認真至。第此兒自以爲得師，甚欲從師學而學焉，又念吾先人以賦起門，重於改作，貪賢且柰何！今姑遵來教，擇賦師爲代，但未知來年有意他出否？倘有啚回，某雖江湖懸隔，豈無可效綿者？拳拳此衷，亦以屬之新昌弟，唯命東西矣。敬憑使稟控，別牋薄物，少寄芹私。令祖困學老先生尊候多福，侍邊乞道起居。

回長沙傅縣尉合

某他日接玉泉於涓涓中，去之十年，君且撫汗漫，神變化而爲龍已。高言軋霄，自當向上位置，需雲岳翠，不淹騰踔乎？豸府知心，貽書道君出處之概，廣文又緹襲琳琅以來，目中將快見緇之好也。敢不預戒行窩，汛掃以俟。雖然，落木荒涼之境，飄風瀟蕩之蹤，以君堂堂發軔，而肯相從於庖俎間，此意攜持琬琰者不屑也。吾意不薄，惟君熟裁之。持對不敏，切惟照寬。

文山先生文集卷之九

啓

上權郡陳通判㫮謝解　乙卯舉送時弟璧同薦❶

是邦大夫賢者，聿新道藝之賓興；吾黨小子斐然，得遇功名之主宰。僧彌出法護之右，越石居楚金之先。人羨二難，已叢百媿。竊惟奎開我宋，箕壽斯文。堯叟以壯歲掔魁，堯咨爲之接武；子由以弱冠登第，子瞻至於聯芳。孫何齊孫僅之名，宋祈遜宋郊之榜。韓家閥閱，吴氏簪纓，皆一時兄弟之傑然，乃我朝科目之盛者。甲於江右，未若廬陵。名耀帖金，以一門而五董；筆香氊墨，不十歲而七劉。或踵接於童科，或肩摩於胄監，輝煌簡册，雜遝衣冠。至今文水仁山，猶想流風遺俗。雖巫步亦期似禹，然賜賢何敢望回。如某者，技等飛鼯，才長縮蚓。故家喬木，借秭歸舊峽之陰；❷宦録雲萍，

❶「乙卯」至「同薦」九字，鄢本、張元諭本無。

❷「秭」，原作「稊」，今據張元諭本、四庫本改。

分白鷺餘波之潤。勘皇祐牓帖，久寒石室青氊；閱癸丑狀頭，曾入本心墨譜。恐負前人之弓冶，勉爲今日之箕裘。有嚴君焉，唾棄萬年之諂味；難爲弟者，誓齊兩到之英聲。故唯諾怡愉之間，皆切磋琢磨之地。晨窗花露，滴乾硯眼之鴝；夜帳木油，剔盡桉頭之蠹。以孝弟忠信爲實地，以功名富貴爲飄風。非六六餘子之儔，有飄飄凌雲之氣。自染指時文之鼎，即梯身季考之階。愈出愈奇，頗類黄絹外孫之虀臼；屢選屢中，幾成翰林學士之葫蘆。遂令伯氏吹塤，仲氏吹篪；過辱庖人繼肉，廩人繼粟。方嗟雌伏，未遂雄飛。適槐粟之揉黄，偕棣華而拈采。擲番骰子，同拏喝六之籌；彎起弓弦，共上中紅之垛。天開雙眼，地放一頭。渴睡漢平白解嘲，揶揄鬼分明束首。二旬賜第，皆以沈内翰相期；十八奏名，僉謂劉學士可繼。使小子自此升矣，皆先生進而教之。

茲蓋恭遇某官，秀孕天台，英蜚帝學。萬乘器可擎唐柱，五色線要補舜裳。器古罍於盆盎之中，韻黄鍾於雜優之地。一從分刺，名雖沂郡之王祥；兩屈護麾，實則潁川之黄霸。斯民廣厦，吾道泰山。螺川醉多旨之春風，燕寢樂近民之暇日。政安赤子，解弄挺之亂繩；兵撫清人，戢攘叙之横蘖。雖借我二天之有幸，恐尹京五日以趣還。茲以題輿，委之勸駕。至若豆萁之朽質，亦該花帖之榮恩。是宜拂楮雪以牋誠，候屏星而布謝。誓當鞭策，不負揄揚。諒大賢何所不容，知孺子尚或可教。晉公得二俊才士，不無汗赭於前脩；古靈薦三十餘人，尚冀牙緋於後進。

上倉守李愛梅謝解

執鞭而御於君，風裁久欽司隸；推轂而輦其正，天人幸遇翰林。欲借方寸地，吐氣而言；敢操盈尺紙，循廊而進。切謂烏河陽方司鎮鉞，石生隨就禮羅；王豫章未下使車，荀爽已騰辟剡。蓋人非卞和，玉閟石竅；而世無伯樂，駒困鹽車。必假先容，乃梯後進。切念某策非魯客，材僅莊林。自垂髫逮二十年，知肄業爲第一事。家庭自爲庠序，要祖廬江興學之風；文字懶傍門墻，惟準石室立言之法。遥睇故家之木，勉爲良冶之弓。子玉應而父金春，伯塤唱而仲篪和。夜桉剪燈，帳幾成墨；凍窗呵筆，火不思爐。每因染教於芹香，屢獲聯輝於蓴集。角能戰蟻，占序榜龜。朋社陽秋，過許洛中之陸；鄉評月旦，謂非吴下之蒙。曩踏黄槐，聊窺斑管。合三萬餘於圍棘，争六十八之帖花。如小子者，車載斗量；況有司之沙披石汰。誰謂燭几駒窗之際，遽蒙黄鍾罍洗之褒。風健鴒披，騰北海一雙之鶚；雲横鴈翅，摶漆園九萬之鵬。必侍郎氊筆嘘而送之，則進士虎榜自此升矣。

兹蓋共遇某官，百梅風格，八桂雲仍。羅眙門兵甲於胸中，漱淮水淵源於筆下。風檣陣馬，不足爲勇，長吉之文章；景星鳳凰，快覩争先，王濬之名望。❶早躋顯第，偏歷要途。嘗膺北闕之詔綸，出領西江之衣綉。兒童猶誦君實，野老皆識元城。惟虎城舊治，嘗屈典麾；故螺水重來，又新持節。蘇

❶「王」，原脱，今據張元諭本、四庫本補。

疲民於恩露，清奸吏於壺冰。坐念鉛爲銛，跖爲廉；安有書如絲，官如旺。粲連檣，粧執樂，舊句重賡；繒閲庫，粟埋梁，新謡繼作。兹屈皇華之使，就延鳴鹿之賓。某忝以釜箕，玷兹玉笋。敢不淬庖人之刃，誓無荒陸氏之庄。云云。

賀吴丞相革

再登鉉路，首冠鈞庭。以進士爲名臣，兩朝倚重；以儒宗爲宰相，四海具瞻。天啓聖衷，國有生氣。某官洪深而肅括，光大而直方。喬嶽泰山，微細悉歸於涵育；青天白日，奴隸皆知其清明。頃天子以爲股肱，舉海内望其風采。霖雨未浹而收斂神功，泰階未平而韜閟光耀。共惜温公之歸洛，猶期潞國之還朝。偃逸藩維，久鬱衮綉歸公之望；均調鼎味，復端鹽梅用汝之司。公卿大夫，交笏相慶；兒童走卒，舉手懽呼。顧中外不謀同辭，在古今未始多見。斯人之望既切，賢者之責方新。

維今言路之不通，最爲天下之大弊。縉紳以開口爲諱事，城闕以游談爲危機。如人一家，情睽離而衆侮起；如人四體，氣壅底而百病生。多故之由，一類諸此。枰更子改，柁轉舟移。惟從衆謀，可以合天心；惟廣忠益，可以布公道。盡解群疑衆難之會，克有榮名成功之休。其惟我公，望在今日。某瞻依有素，慕戀惟深。適造闕以戒嚴，聞揚庭而增抃。以書上光範，先伸賀厦之私；於人見歐陽，行展

摳衣之敬。其爲懇切，罔既敷宣。❶

謝吴丞相

涣號揚庭，方慶昭文之命；蒙恩詣闕，適修進士之恭。喜當風雲際會之秋，得囿天日照臨之下。輒陳短淺，爰叩高明。伏念某才不逾人，學未聞道。雖家庭唯諾之教，動欲行其本心；然山林朴野之資，知無補於當世。頃得備地官之貢，遂及登天子之庭。一第策名，既有慚於負乘；三年讀禮，幾無意於驅馳。宸命光華，自天而下；聖恩廣大，如海斯涵。遂令參京兆之謀，仍許奉團司之表。靖循僥冒，端出庇存。載册戒行，將下天威之拜；彈冠稱慶，遽傳公衮之歸。重惟柳氏之碑，曾辱燕公之筆。讀聖主偏親之語，佩教方新；仰先生長者之風，銘恩莫報。矧復更新於弦轍，自今密邇於鈞陶。喜如其辭，有莫能贊。兹蓋共遇某官，兩朝舊德，一代偉人。金鼎調元，曾接沂公之轍；玉龍擎重，再持忠憲之鈞。屬逢當軸之初，與有得輿之慶。某敢不勉攄素學，畐報明時。仰台宿之麗天，既近輝光之照；占赤雲而赴幕，尚依覆燾之仁。

先生之父革齋先生墓誌銘，乃江古心撰，履齋題蓋。道體堂書。

❶「罔」，原作「冈」，今據鄢本、張元諭本、四庫本改。

謝丞相 除祕書省正字日

竊禄叢祠，方重素餐之媿；備員蓬館，遽叨黄紙之除。由大鈞之無垠，故小子之有造。輒攄短淺，庸瀆高深。伏念某大江以西，一介之下。幼蒙家庭之訓，每欲行其本心；長讀聖賢之書，初何補於當世。從事一研，起身諸生。偶遭際於聖明，獲僥逾於科第。君恩天大，若爲報稱之圖；流俗波頹，常有激昂之志。當前年之赴闕，適强寇之臨江。親見主憂之時，不勝臣辱之義。陳師江滸，悵無一障以宣勞；奏疏公車，倘冀九重之易聽。奔命而歸田里，舉目而盡干戈。江迥川平，非賴整頓乾坤之手；糜沸雲擾，幾無戴履天地之身。骨肉幸全於山林，頂踵皆歸於造化。琳宫香火，揆始分而已逾；石室詩書，尋初心而未究。敢畐菲采，獲備茹連。使當登崇俊良之時，而秉校讐畐籍之筆。賢人在内，幸無正朋字之譏；世運方平，雅有讀秘書之暇。顧兹甚寵，非所宜蒙。有懷負乘之慚，無任循墻之懼。使之得進退之正，所以報知遇之隆。

兹蓋恭遇某官，勳在王家，澤被天下。圭瓚秬鬯，侈召伯之來宣；衮衣綉裳，大周公之歸相。既仗笞箠而定大難，將興禮樂而開太平。遂使乾清坤夷之餘，轉爲小往大來之會。至如公選，亦及凡材。某敢不勉企前脩，恪持素節。彦博未至堂上，已先蒙許國之知；器之既入館中，當不辱温公之薦。其爲懇悃，罔既敷陳。

謝皮樞密龍榮

領香火於祠宫，幸書下考；校丹鉛於册府，誤玷中除。由泰階六符之光，爲廣厦萬間之地。輒裁牘記，仰謝鈞慈。切以登群玉山，夙號麒麟之勝；持三寸筆，將刊魚豕之訛。是爲朝露之清班，必極人材之公選。我聞在昔，公惟其人。晏殊之學問，楊億之文章，仲淹之聲名，器之之氣節，苟非其類，不在此科。伏念某學不知方，仕未能信。尋千年之蠹簡，早慕伊、顔；得一第之鵷梁，終慚晁、董。深考國家之典，每由館閣之途。知負乘之懷慚，恐顛隮之速咎。故方筮仕，已即丐祠。尚口乃窮，頗愛山深而林密；觀頤自養，徒羞月費以歲縻。敢畐楓陛之疏恩，俾處蘭臺而正字。正恐不免耳，其何以堪之。靖循僥冒之由，端出陶成之辱。

兹蓋伏遇某官，清朝良弼，名世大才。燮贊化原，大尊主庇民之道；均調皇極，普薦賢報國之心。遂使疏庸，與叨拔擢。某敢不恪持素節，勉企前脩。讀木天汗漫之書，尚求指教；陪丹地深嚴之幄，何幸身親。悃悃罙深，敷宣罔既。

謝何樞密夢然

范質傳衣，曾侈和公之遇；仲淹入館，復蒙元獻之知。使諸公而與同升，豈門生而不知報。輒伸下悃，庸叩中樞。伏念某石室孤寒，青原落魄。幼被家庭之訓，頗欲得其本心；長讀聖賢之書，初無補於當世。從事一研，起身諸生。偶持觚翰於南宮，獲遇鑑衡於北面。鸞鳳杞梓，舉集權公之門；欵段駑駘，誤登伯樂之廐。名姓雖塵於函丈，足迹未造於仞墻。山斗之望，彌久而彌穹；畎畝之蹤，愈疎而愈隔。閉門自守，知尚口之乃窮；遯世無求，惟觀頤而自養。凡竊禄奉祠之日，皆省身念咎之時。承明之廬，著作之庭，未嘗意想；寂寞之濱，寬閑之野，遽拜寵光。胡爲乎來哉，是有其故矣。想木天之清峻，望丹地以凌兢。顧非麒麟鸑鷟之英，其如亥豕魯魚之謬。深有慚於負乘，敢自已於循墻。

兹蓋恭遇某官，名世鉅公，清朝良弼。持樞贊化，共調傅鼎之梅；報國薦賢，不種狄門之李。遂令公選，亦及凡材。某敢不勉企前脩，恪持素節。就中書而見座主，將求一介之先容；以進士而爲名臣，尚賴終身之保任。

謝江樞密萬里

領祠宫之香火，敢望彈冠；掌册苑之丹鉛，誤蒙推轂。薦非由於識面，事真可以語人。頂踵銜私，額手奏記。切以觀遠臣以所主，孟子以言進退之閑；遇大賢而相知，韓公以爲遭逢之盛。蓋受恩非天下之所少，而知己得君子之爲難。乃若初無左右之先容，獨受門墻之隆遇。以古道之相與，尤人生之至榮。伏念某才不逾人，學未聞道。雖家庭疇昔之教，動欲行其本心；然山林朴野之資，知無補於當世。執經而後，承恩以來，念景行在四海之達尊，而科第非終身之能事。頗欲自拔於常人之類，庶幾無負於上帝之衷。頃趨闕下之時，適際江干之警。主憂臣辱，念我生之不時；外阻内訌，繄禍至之無日。因撫躬而思奮，遂投甒而獻言。當時破腦而刳心，何啻焦頭而爛額。有倉卒等死之慮，無毫髮近名之心。六太息之陳，豈曰賈生少年之過；三十字之獻，幸寬郇模東市之誅。逮時事之既平，滋人言之無據。小体者戚其失措，好事者高其得名。痛痒無知者以文采爲賢，操挾不正者以譁競爲議。匪躬之故，俱莫諒於初心；尚口乃窮，嗟難行於直道。既奉祠而竊禄，顓閉門而讀書。未可與俗人言，姑盡吾分内事。不謂見知於長者，遂勤延譽於諸公。承明之廬，著作之庭，未嘗夢想；寂寞之濱，寬閑之野，遽沐寵光。非華衮有一字之褒，何弊帚增千金之重。雖深慚於負乘，然幸出於鈞陶。永堅乃心，欲報之德。

兹蓋伏遇某官，清朝碩輔，昭代真儒。胸中括石渠東觀之藏，海内仰天球河畐之瑞。睠惟世道，深屬我公。整頓乾坤，共屹江流之柱；獻納日月，入旋斗極之樞。非徒耀不世之功名，將有意太平之禮樂。凡今小往大來之會，多出前推後輓之功。遂使踈庸，例叨拔擢。某敢不力持素節，勉企前脩。稱彦博於都堂，幸借郇公之譽；薦仲淹於館職，敢忘元獻之知。

賀江左相

大老造朝，元台正席。歸公有衮繡，我來自東；用汝作鹽梅，王置諸左。三台明概，❶八表清夷。

❶「概」，原作「慨」，今據鄢本、張元諭本、四庫本改。

洪惟我朝相業之隆，莫如元祐家法之懿。潞公平章軍國，司馬實位昭文；正獻議論廟堂，微仲嘗开左轄。或以學術真純而輔君德，或以人物直諒而當帝心。續遺響於先秦兩漢之前，文章鉅麗；挺雄姿於黄河泰山之上，器量崇深。此自古之難兼，蓋于今而獨見。

共惟某官，行關百聖，名塞兩間。于前寧人，期之以伊尹、傅説；今從學者，尊之如韓愈、孟軻。尚論公之平生，有報國之大節。以君子不用爲我耻，以小人未退爲己憂。童兒婦女知其血忱，搢紳大夫想其風采。自其驅馳外服，出入中朝，洛中偃仰之年，江上經營之日，以至贊先皇之大政，參嗣聖之初元。賢與不賢，一言定其可否；用或弗用，四海視以重輕。卓然一時人望之宗，展也三代王佐之事。屬登庸之伊始，問夢卜以孰賢。朕安得斯人哉，固無踰老臣者。乃申帝指，乃穆師言。金甌覆崔相之名，銀信趣鄴侯之覲。朝士舉笏相賀，都民遮道聚觀。天子引見以勞歸，東朝出饌以錫宴。遂由政路，徑秉國鈞。先天下而憂，斯能後天下而樂；有聖人之任，將以行聖人之時。莫難得者，海内相望之深；最罕遇者，君子氣類之合。方今師維尚父，右舉臯陶。贊襄於都俞之間，寅協於和同之際。鈞無垠而播物，相天地，理陰陽；鼎有足於承君，安國家，定社稷。昔講於洙泗者，困道路之厄；而學於河汾者，抱禮樂之慚。道之行歟，時則可矣。俾我后五三之盛，真吾儒千一之榮。某猥在山棲，欣逢庭册。親見上下龍雲之會，豈徒門闌燕雀之私。陽翟歸耕，回首舊時之學士；徂徠作頌，傾心今日之太平。慶抃情深，刊摩語淺。

馬右相庭鸞　號碧梧

紫宸播告，金鉉登崇。歸周公於東，方來大老；舉皋陶於右，復得良臣。九鼎尊安，三靈開懌。自馬服君之著姓，至伏波氏之封侯。燧進侍中，特超居於外府；璘遷僕射，姑借重於將壇。惟賓王起自書生，在貞觀號爲真宰。然以草茅之踈遠，出於羈旅之遭逢。未有親拔巍科，素居清望。布衣之極，以一編爲帝師；都門之中，不十年至相位。於皇盛舉，夐掩前聞。

共惟某官，得聖人之和，抱王佐之學。高山蓄泄，有潤澤萬物之功；太極渾涵，無運用四時之迹。自顒昂搢紳之日，已雍容廟堂之風。告后惟良，有謀猷則順于外；敬王如我，非仁義不陳於前。其出處不可瑕疵，其喜怒未嘗形色。龍潛羽翼，栽培不世之風雲；鰲禁絲綸，醞釀後來之魚水。先帝留之爲宰輔之備，主上待之以師傅之尊。徑邁群公，徧登兩社。或主東廳之典故，或參西事之經營。鄴侯之跡大奇，安石之名愈重。兩宫明聖，一老辯章。既峻昭文之遷，遂正集賢之拜。朝家用元祐之故事，學館獻慶曆之頌詩。儒者之遇，僅有而絶無；天下之望，方來而未已。簡淡獨周於事物，晦叔所以有立於潞國、司馬之間；忠恕不離於須臾，堯夫所以無媿於正獻、微仲之際。前哲之風流未遠，太平之幾會有開。豈特輝簡册於二百年之前，直將植風聲於千萬世之下。某喜傳鴉字，驚起牛衣。知廊廟之有人，爲國家而增氣。昔通政府，無書或詭於門人；今誦相麻，交賀敢遲於朝士。其爲抃蹈，罔既刊摩。

通章簽書鑑 號杭山

兹者共審涣號明廷，晉籌宥府。風生黄道，衛宸殿之凝嚴；星度紫清，焕斗杓之赫奕。真儒無敵，中國有人。竊惟我朝之盛明，最繫君子之翕合。永叔之參兵柄，在魏國位平章之時；堯夫之贊樞庭，當潞公判重事之日。于以笙磬治平之政，于以塤篪元祐之功。若稽前聞，復見今日。

共惟某官，知周而道遠，仁熟而義精。和風甘雨慶雲，備四時之正氣；高山深林鉅谷，名一代之魁人。當屬者爲小官之初，已淵乎有大臣之器。誰起諸國人之謗，我衣而褚之，我田而伍之；公真大丈夫所爲，匪席可卷也，匪石可轉也。突兀南都之鉄壁，卷舒滕閣之朱簾。在江湖，在朝廷，時人望其大用；爲臺諫，爲侍從，識者恨其已遲。六飛之馬，莊重而不馳；萬斛之舟，舒徐而後進。厥今天助順而人助信，大在廷而細在邊。江漢沔水朝宗，載揚我武；夙夜基命宥密，無競維人。遂升兩社之班，爰贊五兵之本。宰相計安宗社，太師時游廟堂。參之以運籌帷幄之神，輔之以折衝樽俎之密。衣冠盛事，具四方巖石之瞻；袞舄一堂，有三公鼎足之勢。遹觀大業，丕建隆平。某盥耳山棲，傾心廷播。親見天地雲龍之會，非爲門闌燕雀之私。傳江西宗派之圖，敢云入社；誦徂徠聖德之句，請繼作歌。抃蹈之深，敷菜則淺。

賀倉守趙編脩端齋

侯藩課最，庾節陞華。常平專斂散之功，廉察展澄清之志。有識交頌，不謀同辭。共惟某官，璿派清流，玉班雅望。早贊樞庭之畫，遄躋府寺之崇。結知前旒，試庸外服。幸甚趙大夫之日，來臨歐六一之鄉。❶廟堂知其爲循良，田野誦其爲豈弟。二天不啻，兩年于兹。雖明公屢上丐閑之章，而天子正深倚重之眷。爰畀茶鹽之任，聿增麾節之光。鮮于一道福星，式快輿情之望；晉公三司真使，行膺御札之除。某仰席庇休，倍深欣抃。大厦成而燕賀，敢修奏記之恭；六轡沃而駰馳，實切執鞭之戀。其爲贊慶，罔既敷宣。

回瑞州羅權府

遥瞻松雪，久羡檗冰。簾捲西山，撫輿圖於錦水；書移東里，醒午枕於桐鄉。寵委新編，輝生棄弁。天高地迥，諒碧落之知心；日光月華，看紫薇之潤色。謝私何限，嗣敬以陳。

❶「鄉」，原作「卿」，今據張元諭本、四庫本改。

回吉州繆守送端午

端午賜衣，漸傳璽召；昌陽薦俎，忽沐珍頒。行人賁然來思，野老爲之驚見。某官心清於水，仁行如春。岐麥詠漁陽，方騰善政；角黍記荆楚，尚念流風。亦分百索之餘，遠及一廛之陋。某倏驚畹晚，良感慇勤。剪綵艾以爲嬉，强酎佳節；對燈花而作報，多謝故人。

回朱約山賀生日

鄉有達尊，獲在嫡孫之行；我生初度，誤蒙大老之知。庭實騈羅，使華驚見。共惟某官，世間活佛，天上壽星。棄萬户如張子房，而壽考遠甚；領諸孫似郭中令，而精神過之。尚憐蒲柳之新姿，分以松椿之餘福。既受賜矣，細吟香山三十六之詩；何以報之，還祝崆同千二百之壽。

餽朱約山歲禮

歲無多子，驚爆竹之倏來；盤有五辛，喜屠蘇之末至。睠時大老，萃止繁禧。喧櫪馬，散林鴉，遥傳歲頌；臥籠兔，横盤鯉，聊見鄉風。

回前人餽歲

一壑棲遲，不覺歲年之晚；五雲飛墜，頓生草木之春。分四老之玉塵，起初平之白石。某官陽和着物，壽極當霄。門有垂車，換桃符之新句；庭多戲綵，沸竹爆之驩聲。猶推椒柏之芳馨，散作茅茨之光寵。某肅登嘉貺，祇佩盛心。嘆巷北之椰榆，吾癡未醒；祝樽前之强健，翁醉何妨。

回前人賀生日

富公七十九歲，嗟九老之不如；潘岳三十二年，覺二毛之已見。方揆余之初度，忽惠我以好音。疇昔折輩行之謙，從今悦親戚之話。永爲好也，長歌白雪之章；還以事之，願壽青山之約。

回彭知縣賀生日

潘岳閑居，已覺二毛之見；盧仝破屋，忽驚三印之來。愛之欲生，錫以難老。親戚情話，若是綢繆；宇宙吾生，不勝感慨。矧復贈我，永言好之。讀三星行，誰解嘲於南斗；壽八百歲，尚徼福於彭城。

回太和趙宰賀生日

三載淵明，幸相望於五柳；今年潘岳，覺已見於二毛。懷哉好音，賁我初度。愛之欲其生也，忠焉能勿誨乎。一鶴自隨，約青山於未老；雙梟何許，感流水之相知。

回太和趙尉賀生日

潘岳閑居，已覺二毛之見；盧仝破屋，忽驚三印之來。爲此大小年之光，異哉神仙尉之寵。錫以難老，愛之欲生。陽春白雪之詞，真成寡和；流水高山之約，安得相逢。

回胡宣教賀生日

春華如水，驚三紀之流光；夏綠滿園，又一年之初度。方拾薪而煮瀑，姑擷草以供茶。敢意谷虛，有來庭實。錫之厨珍，以起其牢落；將之篚厚，以申其慇勤。門外桑弧，自嘆男兒之老；里中羊酒，敢忘親戚之情。

回蕭子蒼賀造居

杜門掃軌，❶方尋歸隱之盟；依山結廬，聊作奉親之計。正辛勤於結構，辱折寄於芳馨。室虛分坱圠之春，庭實委繽紛之貺。想兒郎之歡喜，共舉草堂；謝介使之勤渠，寄將梅驛。

賀朱大博得祠

楓陛疏榮，蕋宮領秩。平分風月，暫横緑水之舟；寄傲烟霞，新入壺天之宇。相羊得所，進退有階。共惟某官，一世精英，盛年華要。春風滿座，人知公挾之懷；雲谷讀書，我得晦翁之樂。聞已速夔龍之武，未容高鴻鵠之飛。某同志有人，相期何許。臥簹篔谷，正尋白水之盟；望麻姑山，輒致黄冠之賀。

送韋主簿成功赴宏詞科

徑辭矮屋，前赴大科。開五十難以試教官，是名上等；分十二体以取詞學，尤見宏材。慶熊魚之得兼，觀龍象之第一。某冬烘自昔，晚歲相期。久此妙音，不到蓬宫之處；看君名第，又光杏苑之年。

---

❶「杜」，鄢本、張元諭本作「東」。

回廬陵趙簿投贄

我輩蓬蒿，正堪羅雀；美人錦綉，上有棲鸞。懷哉六謙，持此三過。某官鳳其翽翽，麟兮振振。吹大乙之烟藜，欻然特起；織天孫之雲錦，燁乎相輝。有是簿耶，自此升矣。某細敲白石，遥想緑綈。看南山之雲，惠而好我；穿東郭之履，欲往從之。

回吉州陳守緯 台州人，葉西澗表親，大常丞

分牧龍藩，此非子坐；退耕鶴隴，乃得公書。紛六轡之光華，亶一廛之榮寵。某官照人白雪，有脚陽春。蒙福凡十萬家，民歌載路；薦人至二千石，相譜滿門。籍甚嘘枯，居然起廢。某豈堪作吏，真足爲氓。儻一壑之無他，維五雲之在上。吟詩自樂，退求元亮之心；設榻相看，徒感陳蕃之意。稟酎不敏，摧謝未央。

賀前人除福建倉

藩條報政，庾節敭綸。雲閣森嚴，上接神奎之府；天囷明概，下臨須女之虚。天啓九遷，民争二竟。共惟某官，渾金璞玉，甘雨祥風。家有旂常，籍甚東山之名姪；身雖朱紫，依然太學之儒生。蚤騰駿馬於雲霄，遂主神螺之風月。人懷惠政，帝有恩言。奪南國之二天，遺東甌之一佛。常平典在，武

夷之文獻可尋；宰相時來，文穆之聲猷孔邇。某退耕滕野，喜趣曹裝。輒持行李之恭，庸展塗芝之慶。事大夫賢者，庶自附於攀轅；以我公歸兮，將不勝其賀厦。其爲頌抃，曷竟敷陳。

賀劉省元夢薦登科　辛未省元，甲科第九人，衢教

蘭宫拔頴，甲第傳臚。過千曰俊，過萬曰英，人間健筆；第一爲魁，第九爲弼，斗北脩名。柯峰翠濕於飛纓，泮水清摇於振鐸。行撤皐比之席，即歸鷺翮之班。某正僻耕寬，遂稽箋賀。賦雲山之紅樹，焉得往從；摩石室之蒼苔，不堪持贈。

迎寧國交代孟知府

共審肅將一札，言牧雙溪。紫馬西來，照旌旗而出色；玉麟外遣，覺篆籀之生輝。上日先庚，懽聲旁午，竊深慶抃。欽以某官，羔裘豹褏，玉質金相。説書而動京師，素積行秘書之學；把麾而去江海，重爲賢刺史之勞。少稽漢郡之三公，嘉惠建州之千里。某久哉望歲，際此行春。宛水明樓，已敬虚於中舍；昭亭簇騎，敢先候於前茅。謹具申聞，伏惟丙照。

除湖南憲通交代李樓峰　李改除漕

東風一道，喜鵲錦之生花；元日十行，愧牛衣之换繡。幸甚葵丘之新好，託於杏苑之舊盟。一介

施先，七襄敢後。共惟某官，負宇宙之志，出文獻之傳。高山深林，世載其魁傑；青天白日，人知其清明。地望接乎西平，聲名垂於北斗。瑶編玉牒，參天上之神仙；紫界粉墻，隔人間之風雨。盍鳴珮而登馺娑，乃弭節而下崆峒。民五袴而牛犢滿家，米萬檣而蚕桑遍野。屬凝旒之西顧，遂持斧以湘行。風動褰帷，祝融七十二峰之雲曉；星沉貫索，太微二十五宿之芒寒。江春洗蘅茌之愁，庭晝臥桁楊之影。方山摇而岳動，俄斗轉而星移。五丈原之流馬木牛，運於樽俎；八景畫之晚鍾沙鴈，同是江山。我公之二界無争，先君之四封如舊。然而江濤如許，原隰謂何。温公嘆子駿之福星，不宜居外；文正服張公之大体，引以歸朝。爰重中權，式光前軌。某生而骯髒，分也嵚崎。飲蘭露，餐菊英，哺烏有味；裂荷衣，焚芰製，夢鹿何心。每爲梁甫之吟，有感長沙之賦。曩於飛輓，徒觸危機；今見平郊，猶驚曲木。賴有同年之宿昔，互爲一日之交承。春爲秋先，秋爲春後；甲入乙舍，乙入甲家。曲江會上之風流，南岳雲邊之禮樂。荆俗相傳於佳話，蕭規幸淑於前猷。睇駰駱之光華，敢云並駕；隨雲龍而上下，儻許執鞭。欣蹈之私，誦言莫既。

賀前人改除湖北漕兼知鄂州

日陛揚綸，冰軺作屏。北斗丹欂，勾陳玉檻，聯郎宿於天階；渚宫碧封，巫峽青山，迎福星於江夏。光稠符玉，色動轡絲。共惟某官，鐵馬行空，金虬騖海。離離珠璧府，懸黎垂棘之光；耿耿斗牛虚，干將莫邪之氣。洒翠竹碧梧之韻度，發清霜紫電之神奇。太微二十五星，旌摇江漢；祝融九千餘丈，節倚雲霄。當驅馳吟遣使之詩，每慷慨讀出師之表。落落襄樊之事會，悠悠江漢之風寒。局面一新，機神頓聳。師垣制勝，集忠益而開誠心；師閫請行，從便宜而上方略。武承先志，孰與明公。乃峻冰臺，乃陞寶庋。練鵲錦之廉車改觀，黄鶴樓之衛戟生風。餉高密之師，借恂河内；詔西平之子，贊度淮堧。節鉞合而氣勢張，弓矛重而精神壯。北伐歌功於六月，中興刻頌於萬年。樓船過洞庭，旌旗直下；閶闔開黄道，衮舄遄歸。某方協寅衷，喜傳卯詔。界上争杜衍，想共戴於我公；方面待乖崖，將遂誇於吾榜。行行會弁，亹亹賀牀。

賀前人生日

暢月先春，福星初度。朱綬錦艾，聯赤壁之六絲；蓬矢桑弧，絢紫微之五色。玉書吐燄，繡紱生輝。共惟某官，風骨清剛，精神大耐。仙人駕黄鶴，色照渚宫；老子跨青牛，氣浮函谷。壽八荒而裒福，律九寸以迎長。棠陰照岣嶁之央，十分翠曉；桃影近蓬萊之水，一朵紅雲。某夙分碧落之香，遠認瑶池之色。一車以南，一車以北，軫軫相望；千歲爲春，千歲爲秋，心心持壽。

賀化地冬

舞雲門而奏至，六琯函和；占星壁之正中，三階齊色。芝香丹禁，穀介黄扉。共惟某官，心見乾坤，身扶元會。御牀親捧，耀五龍夾日之光；寶鼎密調，胚萬象皆春之意。燦火城之鶴戣，領圭舄於鴛行。❶宜哀坱圠之和，茂集陶鈞之福。一陽出地，露玉燭之光芒；五色書天，開金穰之瑞慶。某叨繼乘軺之乏，殊慚把繡之長。絢色線於帝裳，乃心上袞；跂黄雲於仙欜，莫尾賀綦。頌詠情深，敷菜喙短。

賀化地正

帝堯授曆，肇開平秩之端；周公爲師，實主泰和之運。光華絶席，坱圠方維。共惟某官，玉燭際蟠，鈞陶動植。調元神鼎，心包太極之春；捧日扶桑，色照蒼精之角。條鬯東南之温厚，塤篪上下之明良。拜晉國大夫人，慶祥符之真宰；邁潞公平章事，登元祐之昌期。億載敬休，八荒開壽。某囿身洪播，稽首獨班。三陽君子泰來，仰贊茹茅之盛；四牡王事靡盬，俯同苞杞之生。致賀輪囷，牋忱稿秸。

賀簽書冬

晷躔南陸，一線迎長；星麗西樞，三階齊色。哀時茨祉，穀我英髦。共惟某官，元會運之經綸，天地心之橐籥。黄雲乘欜，肅劒履於大昕；繡日補裳，領衣冠於亞歲。鼓舞黄鍾之雅，陶鎔緹幔之温。

❶「於」，鄒本、張元諭本作「之」。

萬物生輝，回餘光於草木；八荒開壽，𤰞新渥於乾坤。某承乏湘軺，馳瞻魯觀。芸香透暖，尚憐采苦之寒；梅意先春，預闖和羹之候。葵葵是祝，草草奚殫。

賀參政正 簽書樞密院兼

東角耀芒，開三朝之景運；西樞齊色，轉萬象之洪鈞。碩輔均弘，方輿錫羨。共惟某官，明謨贊化，熙績亮天。金鼎調元，共斡太和之運；玉衡測影，首參平秩之功。塤篪宥密之經綸，鼓舞明良之際會。薇歌中國，壽細柳之春風；花滿上林，揭扶桑之曉日。四方來賀，三壽作朋。某身遜馳驅，神傾坱圠。拔茅連茹，言觀君子之風；集杞方苞，尚念使臣之遠。輪囷致頌，藁秸箋忱。

文山先生文集卷之十

啓

駢劄付

賀江丞相除湖南安撫大使判潭州

舊弼起家，价藩建閫。姬公相周而爲左，方遂明農；召保分陜而守西，又新維翰。威行夷夏，運在東南。共惟某官，壽俊兩朝，禮樂四代。脩名偉節，以日月爲明，泰山爲高；奥學精言，爲天地立心，生民立命。水火不争於鼎鼐，泥金各就於陶鈞。本之身心，暴秋陽而濯江漢；措諸事業，膺戎狄而懲荆舒。起觀一世之安危，端繫大人之出處。當世道未寧之日，正遼人相戒之時，乃放一道之玉麟，乃授三公之金鵲。謂捍荆門，吞夏汭，寄莫重於星沙；豈挹浮丘，拍洪崖，閑可專於緑野。安石起東山而苻秦潰，❶孔明渡瀘水而孟獲擒。維兹銀濤青壁之雄，倚我錦艾朱綬之重。功隱存於宗社，書不盡於旂常。三軍百姓之歡迎，大開玉帳；一馬二童之促召，再築沙堤。佐興唐虞，誕保文武。某及門甚晚，知

❶ 「苻」，原作「符」，今據四庫本改。

己何深。薦不識面官，每嘆先生之古道；自號報恩子，豈在衆人之下風。鳳凰出而羽毛朝，蛟龍驤而雲氣族。一日偃藩之際會，同時誤節之走趨。方當聖哲馳騖之秋，無限師友從游之感。孝子回車，忠臣叱馭，將交盡於君親；司空副相，太保上公，惟深期於造化。潔蠲拜下，傾倒由中。

賀前人除特進

碩輔在藩，優恩加秩。撫淳熙左相之舊鎮，赫奕十連；冠元豐特進之新銜，巍峩一品。星馳汗號，雷動驩音。共惟某官，耆壽具瞻，宗師先覺。東問典故，西問文學，錦堂丞相之規模；公見庶僚，府見監司，潞國太師之度量。維時台宿，來莅軫邦。熊當道而貉子之膽寒，龍居淵而象罔之迹遠。上思舊德，時有恩言。進左右僕射之官，增詩書元帥之重。在師中吉，承天寵也，既都錫命之榮；以我公歸，有衮衣兮，即轉征東之馭。某猥塵馳轡，阻赴賀牀。載酃渌之清，指玉麟而爲壽；遡斗樞之紫，徯金鵲於方來。

回前人除特進送禮

上公國輔，相望龜紱之華；特進天人，忽枉鸞飛之字。溥乾坤之新渥，賁岣嶁之行雲。庭實熒煌，鈞和坱圠。芳洲杜若，被紫驄翠釜之榮；驛路梅花，看赤舄繡裳之覲。熏香跪謝，伏繭泝馳。

行部潭州謝江丞宴

古之學必有師，甫趨函丈；子使人歌而善，肅拜初筵。春風渭北之旗，夜月洞庭之樂。蕭韶俗耳，冰雪征塵。《車攻》賡《六月》之詩，先聞吉語；帝所聽九成之奏，再相太平。

送前人九日禮

宴龍山九九之節，夙侈雄藩；開鶴林七七之花，今逢真宰。風清六纛，霜肅九州。共惟某官，赤舄玄圭，琱戈錫盾。酌長沙酒，快春水之曉行；賦《北門》詩，喜秋花之晚看。小馳戲馬，重補袞龍。某記影星垣，驚心颷館。跂芙蓉之頂，想千乘之登高；折茱萸之房，爲三公而持壽。

回前人送九日禮

天開紫蓋，秋高淡圃之香；星下碧泉，春到長沙之酒。飛卷五雲之風雨，光華九日之山川。味也罙深，恩斯曷稱。北門看菊，幸與分玉帳之清；内殿傳柑，聞已下金甌之信。

賀前人冬

春入重緹，欣聽雷蘱之奏；台明上衮，具瞻井鉞之輝。穀我庬臣，裒時疇祉。共惟某官，量包元氣，心見先天。冠漢殿之仙班，火城如畫；補舜裳之五色，宫線猶香。卷舒昭文館之春風，布濩祝融峰之曉露。茝蘭出色，芸荔含和。愛日迎長，開一氣八荒之壽；瑞雲促覲，領五更三點之朝。某迹囿轉鈞，心馳獻履。近依星軫，愧直指之綉衣；遥贊雲門，歸碩膚之赤舄。薄言燕賀，永矢鴌鳴。

送前人折筵

肇九寸律，柄屬洪鈞；建十丈旗，光生几舄。馳想雲和之瑟，莫陪壽軫之觴。薄注酃清，式歌魯瑞。出乘仙轍，遥修南至之恭；入捧御牀，預致東歸之慶。瀆嚴增惕，錫頓爲榮。

回前人送冬酒

嘘嶰谷之陽，方覃鈞播；照酃湖之渌，忽拜袞題。有華舞袖之春風，增賁綉絲之曉日。淺深存爕理，滿傾北斗之天漿；德澤布光輝，跪沐南山之雲氣。輪囷鏤感，稾秸刊申。

賀前人正

龍杓麗曉，天開泰内之陽；駬騎明春，❶星起軫中之壽。和薰青琯，喜動黄麻。共惟某官，心會陽

❶「駬」，張元諭本、四庫本作「驛」。

宗，身扶人統。黻明帝衮，迎瑞日於東郊；纓焕公主，照蒼精於左角。卷劒氣玉烟之彩，增綉裳赤舄之榮。東作有三百六旬，陶鈞一轉；中書歷二十四考，鼎鼐重新。戒前路之鸞凰，沸歡聲於童馬。某喜逢雞朔，隃贊熊旂。光近火城，又獻大椿之歲；寒噓雲舍，敢忘寸草之春。跂賀心馳，箋忱喙短。

送前人酒

開條風於獻節，瑞藹三朝；介壽酒於公堂，春生四履。斂神光於雲岳，拓喜氣於沙堤。輒持醽渌之窪樽，聊贊鈞天之和鼎。不匱錫爾類，懷哉萱草之詩；再入福蒼生，如此椒花之頌。薄將凌躐，賜頓欣榮。

回前人送春

春回大蔟，開雲氣於南山；曉醉長沙，酌天漿於北斗。挹注偏提之潤，薰蒸統部之和。緑浄生香，洪鈞轉燠。八仙地隔，莫陪左相之杯；太乙風生，隃贊東皇之席。卷卷跂謝，草草箋忱。

賀前人赴召

銀信騰霄，金書照闕。映南雲之紫蓋，春滿江湖；歸東雨之衮衣，天開閶闔。行官絡繹，統部歡呼。共惟某官，以大宗師，爲真宰相。文章若雷霆河漢，玉色金聲；言行質天地鬼神，丹心白髮。出納祝融峰之日月，卷舒昭文館之星辰。北門小煩魏公，盡寬上顧；中國再相司馬，坐慴衆心。仙人駕綵鳳以傳音，老子馭青牛而入覲。碧涵汀芷，曉清沙路之塵；黄把庭麻，夜轉火城之影。某囿身化冶，舞手揚綸。大老盍歸乎來，共致巖瞻之喜；君子永錫爾類，終徼鈞播之私。跂賀欲飛，牋詞甚秸。

通羅提舉京子　號牧隱

天困照楚，瞻駰轡之濡絲；雨耒耕綿，愧牛衣之易綉。合臺容之永好，嚴牘贄之先恭。欽惟某官，冰浸玉淵，雲峥鉄壁。沮金石，諧《韶濩》，音振蓬萊；踞虎豹，登虬龍，氣摩岣嶁。覽德輝翔千仞而下，迴狂瀾障百川而東。萬鍾何加，一介不取。寧航選海，棹頭不揖於王公；使夢鈞天，平步可登於卿相。莫屈英英之氣，何求赫赫之名。以恢乎玉山壁府之才，亦屑於金署犀監之屬。再命而俯，一車以南。霜飛暑路，旗展春山，輝煌周隰；金聲中朝，玉振江左，照映熊湘。起視西北之風濤，誰是東南之砥柱？必平居曰法家曰佛士，則臨事爲孝子爲忠臣。参文公之政於浙西，舉行殆遍；凛清獻之風於殿上，植立方來。某政酣啜菽之甘，不作覆蕉之夢。長鑱爲命，忽持斧以重來；曲木猶驚，雖循墻而莫避。幸甚星臺之近，聿爲鄰燭之輝。繼自今爲王事之圖，增昔者寘周行之氣。九折回王尊之馭，爲範馳驅；四方隨東野之龍，願從鞭弭。匪伊拜下，莫既由中。

回前人干批書 舊例監司交批

疇庸天庾，趣駕星闈。戒嚴繫日月之書，茂對照乾坤之渥。某禀承有恪，占署知榮。謹具劄子，復申稟秸。萬愧。

送前人七夕

瞻兩旗之耀，獨立秋風；依六轡之光，相望七夕。來綉口錦心之巧，贈玉盤金錯之英。鄰酒春深，客堂涼透。牽牛織女，看夜度於天街；語燕留人，且曉吟於湘水。

請前人宴

濯錦湘江，欣覩乾坤之渥；卷簾楚觀，頗懷風月之談。忘蒙瀆之爲嫌，冀謙尊之肯訪。薄言卜日，爲慶朝天。富以其鄰，且細論於尊酒；德將無醉，願小駐於鋒車。某輒擬翌日，敬邀崇重。

回前人折送

錦闈星度，喜涣禁綸；畫舫雲來，特開臺宴。爲折瀟川之渌，頓生楚觀之春。酌郎官清，卷碧筩而遥謝；懷美人贈，慚荆壁之無酬。

請前人九日宴

紅杏舊陰，甫迎天囷之綵；黄花佳節，又飛冰篆之丹。膏車已動於行雲，流馬聿來於今雨。偶龜明日，薄宴清風。莫置錦屠蘇，且拚小飲；已鑄黄金印，行慶異除。

送前人折筵

鵠立春霄，帥雲霓而來御；鴈拖秋色，喜風月之共談。欲挹注於黄流，盍招呼於緑浄。跽效折枝之瀆，想爲會節之煩。飲露供騷，何取水中之薜荔；倚雲同味，共看江上之芙蓉。

通董提舉楷　號克齋，永嘉人，前知瑞州

魏闕揚綸，熊湘授庾。刺史二千石，雲度錦河；天囷十三星，春浮絲隰。六條先曉，一道生風。共惟某官，閥冠雲霄，樓高湖海。沮金石，諧《韶濩》，音振蓬萊；踞虎豹，登虬龍，氣摩鴈蕩。清泚三蘇之潁水，❶峥嶸二陸之象山。自崑丘鳳穴之鳴陽，即溟海鵬雲之增翮。上下浙江之明月，早透金閨；翱翔輦路之春風，曉聽金鑰。灑灑清都之人物，飄飄碧落之神仙。張乖崖斬叛卒於益州騷動之餘，富

❶「三」，原作「二」，今據張元諭本改。

鄭公活飢民於青社荒殘之後。璽書選表，環召歸班。大府上士之清聯，帝思前席；常平使者之新轡，公念南湘。以醴泉芝草之春，爲芳芷杜蘅之澤。九郡顒顒而望賜，四牡業業以戒嚴。霜飛暑路，旗展春山，已摇翠岳；烟傍衮龍，日臨仙掌，遄侍紅雲。某夙出年盟，今諧鄰好。萬里風雲之天闊，一襟草木之味同。祝融山外之芙蓉，肅迎紫氣；泰華峰頭之冰雪，佇沐清風。

回前人到狀

夙綴鴈題，今聯駱轡。欽傒清風之戾止，亟馳新雨以恭先。甫快低簪，居塵飛翰。天囷星近，喜不隔於光華；湘水月明，尚嗣承於談笑。

迎前人

星槎度漢，天庾明湘。丹鳳銜書，光照朱維之色；蒼龍授節，清摇緑浄之波。禮樂輝煌，旄倪鼓舞。共惟某官，文章大雅，節概真清。玉立九關，徹芒寒於霄漢；春行千里，蓄精鋭於雷霆。屢培後户之本根，少屈廉車之步武。任一道常平之寄，推九重博濟之仁。不待突黔，趣歸橐紫。某寅同下隰，蔭接芳隣。太史新占，看德星之照軫；故人舊識，喜今雨之來車。

送前人洗拂

振衣碧落，弭節朱陵。祝融驅，海若藏，江山摇動；風伯清，雨師洒，原隰昭蘇。言解征驂，驩傳回鴈。某年盟有夙，鄰蔭方新。吉日來思，已慶拂龜之喜；皇華近止，輒陳秣馬之恭。

回前人送私覿

今雨來車，方連雲於回鴈；清風落袖，忽分貺於懸魚。捧旅實以若驚，恍使華之如對。報青玉案，頗懷客况之寒；望黄金臺，惟謝年情之厚。

謝前人招宴樂語

雲垂臺蔭，偶陪湘水之行；風度伶音，恍聽洞庭之奏。和氣一堂之律吕，年情四海之弟兄。矧燕花飛舞之時，正鵲錦交輝之旦。充庭有喜，滿座爲春。故永歌之，尚想五章之禮樂；式相好矣，永懷一片之宫商。

送前人新除禮

峰回秋色，賽誰留兮中洲；臺立春冰，歷余征於吉日。舄奕車輿之彩，葳蕤袍鵲之花。注緑浄以傾馳，睨青空而折寄。洞庭霜熟，是爲正好景之時；閶闔雲開，嗣貢真福星之賀。薄言卷俎，莫究衷旌。

送前人折俎

臺冰正色，錦袍生春。馳華轡之六絲，軫星增焕；鑄黄金之一節，融岳如新。條令具孚，耄倪胥抃。某阻奉即真之賀，輒修攝飲之恭。禮無體，樂無聲，慇懃直寄；南有箕，北有斗，清淺相望。持瀆忞忞，麾留荷荷。

回前人中秋請宴

照江疊節，載畫舫之清冰；待月舉杯，呼芳樽於緑浄。拜華星之墜几，約明月之浮槎。風雨滿城，何幸兩重陽之近；江山如畫，尚從前赤壁之遊。稾秸申酬，輪囷嗣布。

回前人折俎

注酃湖之渌，昉慶臺春；然楚竹之清，倍分鄰燭。載塵卷俎，如侍秩籩。援北斗以酌天漿，既知賜矣；醉長沙而行湘水，悵莫從之。

回前人送酒

福星明處，甫羞北斗之漿；今雨來時，又報長沙之酒。起立寒梅之月影，坐添涷芋之春萌。雖軫之相望，真心心之不隔。白絹之封三印，報不成章；黄麻之似六經，又將來賀。

賀前人冬

春入重緹，欣聽雷聲之奏；星垂練錦，泝瞻沙軫之輝。履此一陽，賁然雙節。共惟某官，聲名雷動，意度春融。大雅正音，得黄鍾之渾厚；純和元氣，探寶鼎之絪緼。卷夜月於蓬萊，布曉雲於峋嶁。茝蘭出色，芸荔生香。君子得輿，開千載一時之會；使臣濡轡，催五更三點之朝。某斧綉何功，臺雲借蔭。暖回鄰壁，先鳴鳳之六筩；光近福躔，會牽牛之七曜。通忞喙短，馳賀心長。

又送冬至酒

五紋添綉線，日麗旌旗；一節鑄黄金，春生霄漢。馳想雲和之瑟，莫陪壽軫之觴。薄注酃清，式歌魯瑞。九疑仙人之轙，正快曉行；四牡使臣之車，即催元會。瀆嚴增惕，賜頓爲榮。

送前人歲節酒

條風開獻節，瑲玉更端；春酒躋公堂，壺冰薦祉。皇華六轡，和氣九州。輒斸杜若之清，持向屠蘇之末。軫中星轉，隃瞻練鵲之輝；緜上雲歸，爲喚林烏之夢。薄將增悃，賜頓知榮。

賀前人正

龍杓曉轉，天開泰内之陽；駰轡春行，星揭軫中之壽。雙旌郁穆，疊節焜煌。共惟某官，清澈壺冰，和鍾瑲玉。葱珩剡剡，輝瑞日於東郊；練錦煌煌，映蒼精於左角。小駐祝融峰之雨露，遄催含光殿之風雲。某幸接臺容，欣同律暖。酌屠蘇酒，願均八荒壽之心；詠萱草詩，曷謝三春暉之賜。傾心來賀，引領欲馳。

回前人送春

杓攜龍角，煥天上之星辰；壽介兕觥，分軫中之和氣。喚醒年華之舊，移來夜酌之春。折芳芷與杜蘅，永懷騷雅；挼紫藟坐碧草，隃企湘深。什襲知榮，七襄莫報。

得贛送前人禮

上堂拜家慶，偶忝近麾；痛飲讀《離騷》，有懷疊節。持此清冷之寒渌，進于沆瀣之朝霞。望美人兮一方，特慚菲禮；問征夫以前路，尚肅藥規。輶瀆有慚，麾留斯寵。

回前人請宴

堂有白髮親，誤塵便組；公鑄黄金印，爲舉初筵。移來長沙酒之芬馨，唤起章貢臺之顔色。君子永錫爾類，已懷既醉之歌；使臣言遠有光，尚借如濡之潤。

送前人别會折俎

楚節易麾，深味慈烏之哺；湘花舞席，隃瞻練鵲之輝。思君渥之綢繆，膏吾車而繾綣。上堂拜家慶，遠借光華；痛飲讀《離騷》，隃同慷慨。區區折寄，盼盼麾留。

回前人别會送酒折俎

回邛坂之車，方隨檣燕；贈蒲城之酒，忽枉帳犀。慇勤折柳之情，流麗飛花之影。丈夫豈無别，淚不洒於東西；同年亦有情，雲相隨於上下。銘藏娓娓，馳泝沄沄。

小人有母，聊分竹以懷歸；君子錫朋，指飛花而賦別。慷慨執袪之意，慇勤祖帳之文。卷寄良稠，銘感不足。日暮碧雲合，喚游子於他鄉；月明今霄多，耿美人於河漢。

揭麗軫之福星，隃詹正色；呼歸航之明月，尚沐餘光。雖已催南浦之春，更爲醉長沙之曉。公方行冀部，即聯獻納之班；吾亦念桐鄉，終席澄清之潤。懷哉折寄，皋甚刊酬。❶

賀衡州宋吏部赴上

鳳池絢曉，鴈岫行春。天近蓬山，玉檻照西清之直；風高湘水，朱旗壯南國之游。童竹生驩，騷蘭出色。共惟某官，山輝川媚，雪跨霜懸。遠景樓高，拂西眉之意氣；靈光殿炯，接東魯之風流。砥柱百川，大車九軌。金鑰玉珂之凌厲，粉墻紫界之踊躍。海荔晴雲，曾度兩轓之影；溪苕夜雨，尚留六轡之光。卷紫氣於河球，韜神芒於浦劍。屈訪禹碑之奇字，小凝韋戟之清香。驅龍蛇放之菹，春生敏手；乘騏驥道夫路，雷動先聲。佇風幕之圍春，聽今襦之歌暮。朱陵道院，暫分翠岳之輝；碧落仙人，行侍紅雲之近。某牡驅何補，鼯技已窮。地帶九州，輝最親於鄰燭；月明千里，影即對於朋簪。盥露沄沄，遡風亹亹。

❶「皋」，四庫本作「罪」。

回前人到任狀

小車戒曉，猥隨竹馬之塵；森戟臨風，快覩梧鸞之彩。纚纚襟期之新雨，煌煌手畢之華星。封侯識荆州，已諗度關之氣；低頭拜東野，願從開岳之雲。儲謝輪囷，刊酬梗概。

請前人到任宴

虎符新渥，聿來聚軫之輝；鴈嶠初春，喜接浮關之氣。粲梅花之照眼，擷杜若以論心。欲龜告朔之朝，薄燕行春之色。共剪西窗燭，迎桃李之春風；爲酌北斗漿，卷瀟湘之夜雨。

送前人洗拂

露溶朱旆，已空緑浄之塵；烟淡綉隅，莫侑清香之宴。來新多喜，飲至有彝。花邊立馬，竹裏行厨。木末搴蓉，聊將綿蕝；❶水中采薜，謾贊春容。輶濆知慚，麾留爲寵。

❶「木末搴蓉聊將綿蕝」八字，原作「聊將綿蕝木末搴蓉」，今據張元諭本、四庫本乙正。

謝前人招宴致語

衡陽虎竹之春，新輝碧落；湘水燕花之夜，共醉清吟。藹僎介之倡酧，發伶倫之揄詠。共惟某官，黄鍾疏越，丹井甘寒。咳唾珠璣，五鳳樓之錯落；擊撞金石，九龍簾之春容。妙言語之齊諧，寄音容於趙舞。某味深登席，寵復歌詩。相如文豈類俳，❶敬肅齊心之謝；魯侯永錫難老，莫酧思樂之章。什襲意長，七襄辭訥。

送前人特會折俎

慶棨戟之遥臨，幸依香燕；講尊彝之特試，敢去餼羊。折騷客之芳馨，效野人之綿蕝。樂無聲，禮無體，聊寓慇勤；北有斗，南有箕，相望清淺。忞忞持瀆，盼盼麾留。

回前人送物

詹新府之襜帷，有光下隰；來美人之錦綉，於粲西珍。庭實生香，江空出色。緑文赤字，徒深什襲之榮；青玉明珠，莫寓七襄之報。填膺多謝，待面縷陳。

❶「俳」，原作「徘」，今據四庫本改。

回前人賀雪

行湘水之春，天開光霽；呼霍山之雪，風起繽紛。手提五袴之温，心出六花之瑞。幻塗鴉之玉界，賞回鴈之璠田。清憶廣平公，莫形容於天巧；白戰潁水上，預贊詠於年豐。

回前人饋歲

官居佳節，❶坐閱壘荼；兵衛清香，特分瀡瀡。來使華於千乘，雜侯鯖之八珍。唤醒春意之繽紛，倍覺寒聲之辟易。歌椒頌而懷杜甫，喻贊凝森；持梅花以謝廣平，莫酬清絶。

謝前人聚宴折俎

諸侯應郎宿之躔，來從劒外；太史奏德星之聚，偶與席間。傳風味於鄮湖，斂陽和於楚觀。黄堂一杯酒，良佩交情；青烟五侯家，喻馳謝臆。

❶「佳」，鄢本、張元諭本作「家」。

送前人聚宴折俎

凝香森衛戟，近揖春和；舉瓢酌天漿，有懷星聚。爰采澗溪之末，薄陳俎豆之前。爲細民斟，隃想賦西園之雪；從太守樂，駕言隨東野之雲。瀆餉懷慚，麾留爲幸。

回前人賀正

斗指蒼龍，轉陽和於雄律；尊分白獸，來瑞氣於雌堂。曉酣栢葉之香，暖轉梅花之色。稱壽觥而頌魯，散作春和；下褒璽以徵黄，佇看天渥。有華什襲，莫報七襄。

回前人請元宵宴

麗譙龍炬，春輝左角之星；碧落燕香，夜對西眉之月。特枉金玉章之貺，許從雲霞佩之遊。遶建章，立通明，預祝六鼇之宴；醉長沙，行湘水，且聽五馬之謡。

請前人元宵宴

轉西樓之梅月，喜對銀花；持北斗之桂漿，擬陪畫戟。僭卜仍圓之夕，共流引滿之霞。敲鉄馬之春冰，肯來楚觀；賦石犀之夜燭，細説巴山。

回前人請聚宴

虚危出福星，光生鴈嶠；斗牛有紫氣，喜動燕香。爲開北海之尊，如會長沙之節。益者三友，懷練錦之新輝；襄我二人，歌緇衣之永好。感深緹襲，愧後刊酹。

除贛守回宋衡州袖劄請宴

馳隰何功，沐崆峒之新雨；秩筵有命，開岣嶁之春風。鏗然出銜袖之音，爲我助回車之喜。江湖千里，將聯麾影之光；桃李一杯，尚聽襦歌之譜。彌襟傾感，走筆刊酬。

請前人宴

太行望吾親舍，偶遂陳情；合江和使君詩，正堪握手。敬龜明日，薄燕清風。御杯接慇勤，聊盡湘行之趣；上堂拜家慶，敢忘顈錫之私。徼惠賁然，坐邀亟甚。

請前人別會

致節言歸，借末光於郎錦；飛花執別，馳遠夢於客帆。小湔袚於詰朝，更徘徊於勺水。日暮碧雲合，不勝乍遠之情；月明今宵多，且盡相親之興。坐邀淩躐，惠肯知榮。

回前人還請

把太守之新符，獲傳民譜；問征夫以前路，乃辱祖筵。方繾綣於飛花，更慇懃於折柳。南有箕，北有斗，所願挹漿；君向湘，我向秦，若爲聞笛。懷哉傾倒，帥是刊酹。

謝送禮物

捧檄江城，喜囿二天之照；折梅驛使，歡傳千里之音。煌煌麾節之夏盟，纚纚雲仍之新好。某官誼隆金石，香溢芷蘭。誰將西歸，懷之好音，莫殫深謝；《詩》曰不匱，永錫爾類，惟戴殊知。菲禮將忱，靦顔匪報。

通胡都承石壁❶

叨臬湖南，余征上日；摳衣洛下，伊邇中台。亟裁書而敘心，將考德而問業。共惟某官，出入文武，闔闢樞機。龍虎變化，山林高深，間出魁傑；冰雪聰明，雷霆精鋭，獨步艱難。肯綮十九年而刀如新，扶摇九萬里而風斯下。連麾江海，春浮五袴之聲；疊節東南，星度六絲之影。自任以天下之重，獨

❶「通」，原漫漶不清，今據鄢本、張元諭本改。

賢於王事之勞。金署犀監之翺翔，奎殿紫樞之凌厲。赫奕將磨於浯石，逍遥遽薄於蓬萊。此聲梁楚之間，英雄籍甚；長江南北之限，人物眇然。馳旌夜召於長沙，乘馹曉行於湘水。❶亟躋兩地，試韓、范之規模；弘濟中天，遡趙、張之事業。某味方酣於啜菽，夢不到於覆蕉。换烟雨之緑蓑，方深凋媿；起波濤之舊綉，曷稱臺容。緬懷冀部之風，❷喜近高陽之里。王尊九折坂，願聞叱馭之規；元龍百尺樓，即展下牀之拜。登龍在望，濡兔莫殫。

回楊秘監就賀

貳書璧府，晉講金華。太乙藜青，焕玉山之黼黻；邇英槐翠，照丹井之絢絲。❸開岳雲回，度墀春早。共惟某官，岷峨一壁，關洛單傳。玉井冰輪，洒落神仙之韻；簫鍾瑶簴，和平典則之音。自欻起而霆轟，每徐行而山立。稱真侍講，在淳夫、正叔之間；號小司成，負安定、康侯之望。雉監沐天光之近，螭坳居地望之嚴。羞崐崘而薄蓬萊，枕湘江而會瀟水。萬家燈火，雨籠絃誦之聲；千里桑麻，雲度袴襦之曉。君不淮陽之薄，上深渤海之嘉。圖書歸領於瀛洲，鍾鼓行尋於長樂。銅印水蒼佩，亟紓宣室

❶「馹」，張元諭本、四庫本作「驛」。
❷「部」，四庫本作「北」。
❸「絢」，鄒本、張元諭本作「綸」。

之思；白馬金盤陀，浸近文昌之拜。某相望千里，一别六年。緑蓑風雨之中，方兹餐菊；舊綉波濤之後，復爾夢蕉。喜追東海之龍，來趁衡陽之鴈。❶恍絶塵而瞠後，剨半夜之召前。❷懷騆駱之載馳，敢安絲轡；乘騏驥以先路，遥想雲旗。贄賀葵葵，刊酎草草。

通丁侍郎應奎 號璜溪

誤節瀟湘，馳驅上日；摳衣過洛，咫尺中台。拜下有期，恭先告至。共惟某官，黄河泰山之望，咸池大濩之音。學問單傳，安定公之藴奥；文章獨步，歐陽子之聲名。空萬馬以無前，領衆星而直上。慷慨玉爐之給札，聯翩璧府之彯纓。一麾江海以翺翔，載駕風雲而磅礴。翠帷麟觀，螭陛鳶臺。天子穆穆以親賢，海内顒顒而望賜。方千仞翔而覽下，乃六月息以圖南。矧如聖哲馳騖之秋，正切廊廟論思之益。胡不起金魚而垂帶，而乃新瑶象以爲車。弭節愈穹，履星冞近。賈生見宣室，亟紓半夜之思；安石起東山，大衍蒼生之福。某相望千里，一間十年。緑蓑風雨之中，菊餐有味；舊綉波濤之地，蕉夢何心。詎期漢節之來，唤醒楚騷之讀。寅縁通德，親切依仁。瀟湘逢故人，尚軫蓬藿之舊；霖雨思賢佐，佇看芝鳳之新。傾耳一言，拜手三肅。

❶「趁」，鄢本、張元諭本作「趣」。
❷「剨」，四庫本作「乘」。

通楊提刑允恭　號高峰

誤節瓛湘，載驅上日；摳衣過洛，伊邇下風。望履有期，擘牋告至。欽惟某官，溟南健翮，斗北修名。玉尺冰莖，洒落絶塵之韻；瑶琴錦瑟，和平瑞世之音。自欻起而霆轟，每徐行而山立。提振春陵之風月，縱横周序之鼓鍾。日暖旌旗，一麾玉帳；春明霄漢，三道綉衣。驅馳靡憚於賢勞，出入有關於民命。方千仞翔而覽下，乃六月息以圖南。矧今聖哲馳騖之秋，正切英雄經濟之略。江濤如許，泉石謂何。召賈誼於長沙，上心久渴；見夷吾於江左，天下何憂。某飲菊悠然，夢蕉儻爾。起家乘傳，念舊綉之波濤；畏道回車，想緑蓑之風雨。幸近十洲之島，冀沾九里之河。滕壤舊廛，曾識平反之譜；周原新壄，願承鞭辟之方。拜下非遥，由中莫既。

回李安撫肯齋

叨臬湘南，余征上日；摳衣洛下，伊邇中台。亟裁書而敘心，將考德而問業。共惟某官，名門人傑，昭代吏師。醴泉芝草麒麟，天生瑞質；高山深林龍虎，代出魁人。見謂西珍，蔚爲南望。自覽德翔千仞而下，即回瀾障百川之東。粉墻紫界之蹁躚，玉檻丹梯之凌厲。連麾江海，風馳五袴之聲；疊節荆吴，星度六絲之影。以天下而自任，何王事之獨勞；迨授鉞於千畿，乃進書於九扆。俄動平地神仙之想，來尋往時鍾鼓之盟。湘水春深，未許放情於黄老；虞廷日永，行看翔舞於夔龍。某飲菊悠然，夢蕉儻爾。起家乘傳，念舊綉之波濤；畏道回車，想緑蓑之風雨。幸近十洲之島，冀沾九里之河。滕壤舊廛，曾識平反之譜；周原新轡，願承鞭辟之方。拜下非遥，由中莫既。

回前人賀遷秩

影縻下隰，奚補毫釐；步進員階，忽饒分寸。未謝玉淵之潤，先塵金薤之華。自笑竿魚，爲官何拓落也；尚隨書鶴，振德而輔翼之。未悉刊酧，餘圖嗣布。

送前人冬

灰管移新律，暖轉茝蘭；鍾鼓樂清時，春生花竹。隔幔緹之醲郁，阻履韈之從容。薄注酃清，式歌魯瑞。俯慚雲縩，又添愛日之紋；喻聽雷鼗，趣侍含光之宴。微芹馳瀆，采菲知榮。

賀前人冬

黄鍾嘘暖，繡線紀長。錦堂增履韈之春，緑野换荔芸之色。某謾馳今雨，阻造下風。喻睇翠蓬，莫遂前茅之拜；第瞻鶴燄，早催元會之朝。

餽前人歲

朱泥貼歲，❶鷩殘爆竹之寒；緑野回春，唤起屠蘇之曉。欲贊喧馬散鵶之集，曾微横鯉臥兔之供。柏葉浮香，踰想午橋之宴；梅花轉暖，即迎卯詔之來。輶瀆包羞，麾留爲寵。

賀前人正

攝提貞孟陬，春回甲胙；祝融接天柱，雲度午橋。元氣與游，壽祺來介。某官泰内君子，西方美人。樂鍾鼓於園林，聲和緑浄；拜衣冠於閶闔，光近清都。表新渥於鶴書，催穹班於鼇禁。某迹縻俗駕，心遶賀牀。星遥指於軫中，拳拳公壽；雪立殘於門外，耿耿予懷。

送前人元宵

火樹銀花，簇朱陵之明月；羅幃綉幕，開緑野之春風。莫陪鍾鼓之勝遊，敬效豆籩之攝飲。醉長沙，行湘水，忍賦岸花；遶建章，立通明，佇依雲朵。區區輶瀆，盼盼麾留。

❶「貼」，四庫本作「知」。

賀前人納子婦

歡聲噪鵲，喜氣乘龍。日耀屏金，春生堂錦。伏惟歡抃。某永塵賀履，敢後慶箋；猥此將芹，菲然采若。倘蒙鑒茹，無任欣榮。

送前人別會

楚節易麾，有味林烏之哺；湘花舞席，隃瞻湖鴈之飛。感水薤之風規，持金蕉而雨別。日暮碧雲合，耿河漢之相忘；月明今宵多，勞江湖之遠夢。薄言折寄，徼惠麾留。

謝章簽書鑑

綿田負耒，投分一丘；楚澤乘軺，皈忱兩地。公造化吹噓之賜，廣詳明欽恤之仁。昉履南維，輒箋西笎。伏念某遭逢雖早，零落亦多。一壑白雲，對哺烏而俯仰；十年流水，忘夢鹿之去來。不圖元日之會同，猶記壯年之奔走。我牛我車我輦，方墮影於湘波；維駒維駱維駰，胡强顏於衡麓。未許賦東方之粟，乃趣涖南冠之囚。尊叱馭，陽回車，展轉於君親之際；皋明刑，契敷教，劑量於政化之間。吏民甫接於咨詢，風俗重爲之感激。龍蛇行而赤子瘁，羔羊泯而素絲傷。非扶内地之本根，曷壯重湖之保障。曹劌之戰長勺，或云察魯獄之功；孔明之駐臨蒸，正在破荆賊之後。恍聞風而興起，凛受命之艱難。茲蓋恭遇某官，德業兩朝，人物三代。頌慶曆之聖德，政府經綸；用淳熙之真儒，中天黼黻。誕篤緇衣之造，齊調金鼎之和。遂沐匿瑕，亦叨將指。某敢不靈承清問，惠迪嘉師。奉使登車，敢自詭范滂之操；爲親拜表，尚曲全李密之私。激切未央，敷榮祇淺。

先生前除湖南漕，即報罷，復除本路憲。道體堂謹書。

謝高尚書斯得

負耒耕綿，方省愆於私室；乘軺使楚，忽拜命於公朝。昉履朱維，敬箋丹屏。伏念某同前。❶茲蓋恭遇某官，拱璧玄圭，泰山喬嶽。邇英殿之勸講，總是經綸；古靈稟之薦人，不遺氣類。遂令起廢，復忝司平。某敢不迪惠嘉師，靈承清問。鞭辟虺隤之陳迹，濯磨鞅掌之新功。自與心謀，敢比范滂之攬轡；未以罪去，尚容李密之陳情。歸倚方長，敷菜祇淺。

謝陳尚書宜中

耕綿負耒，方私室之省愆；使楚乘軺，忽公朝之錫命。既履朱維而陳臬，亟瞻紫禀以修辭。伏念某學極支離，性惟骯髒。宿昌黎之南斗，自嘆我辰；事元亮之西疇，每懷前路。撫陳編而慷慨，恍初服

---

❶「同前」二字，原爲大字正文，今據張元諭本改爲小字注。

之流離。題柱而乘駟車，不量己力；叱馭而馳九坂，徒負壯心。山川尚有於鬼神，草木自全於霜露。血指迹已陳於芻狗，影屢落於杯蛇。一壑白雲，十年流水。當元會彰綸於日月，乃一朝移綉於波濤。創深，貽羞巧匠；折肱痛定，莫詭良醫。請東方之粟以餬俞，爲南冠之囚而趣載。周爰伊始，汔濟奈何。起觀今日之重湖，正抵北風之一面。曹劌之戰長勺，或云察魯獄之功；孔明之駐臨蒸，正在破荆賊之後。欻聞風而興起，凛受命於艱難。兹蓋恭遇某官，大吕黄鍾，玄圭拱璧。天章閣之論事，行展經綸；古靈臯之薦賢，不遺氣類。遂令起廢，復忝司平。某敢不激厲新知，濯磨舊玷。沐浴蓬萊之風露，昭蘇蘅芷之江山。皇帝清問，何擇非人，願言奉教；王事靡盬，不遑將母，儻遂陳情。歸倚意長，敷宣喙短。

文山先生文集卷之十一

啓

謝陳正言堅

省愆私室，方負耒以耕綿；拜命公朝，忽乘軺而使楚。初咨詢而咨度，終受察以受容。隃跂拾遺，敬箋主進。某名浮實淺，意廣才踈。早歲飛騰，真有終軍之鋭；中年閱歷，始知元亮之非。頃飯牛吉水之陽，有秣馬湘江之旨。此運使大體，既無士遜之良；去監司不才，聊見希文之志。進退用舍，固各有命；栽培傾覆，亦因其材。此真生我之孟孫，安得酖人之叔子。歲年忽忽，空懷躍冶之羞；風雨悠悠，久斷問鈞之夢。不謂一寒之零落，未爲諸老之棄捐。取彼蒼葭，謂粗嘗於霜露；憐其舊綉，使復出於波濤。血指創深，見嗤巧匠；折肱痛定，敢詭良醫。方祈偃息於支離，俄責驅馳於跛躄。慨念重湖之今日，浸憐一面之北風。孔明之駐臨蒸，正在破荆賊之後；曹劌之戰長勺，或云察魯獄之功。凛受任於艱難，恍聞風而興起。孰主張是，遂濟登兹。兹蓋伏遇某官，寒露清冰，泰山北斗。雖剛不吐，柔不茹，卓然論事之風；然過者化，存者神，偉甚容人之度。遂使山林之深密，復叨原隰之光華。某敢不祇若平反，對揚欽恤。鞭辟咫隤之陳迹，濯磨鞅掌之新功。元龍百尺樓，知將展下牀之拜；王尊九折坂，其敢忘叱馭之規。皈倚方長，敷菍祇淺。

謝陳侍郎存

省愆私室，方負耒以耕綿；拜命公朝，忽乘軺而使楚。初咨詢而咨度，終受察以受容。稽首席間，通悉閣下。伏念某名浮實淺，意廣才踈。生平事可對人，粗有聞於涑水；仕太早不及學，或見笑於乖崖。捫心每念於息肩，回首不堪於鑄錯。司馬橋乘駟，豈應聞命以疾驅；管城子免冠，正當爲法而受惡。然而兩停漢傳，再黜周行。皆緣一日之瑕疵，自取十年之坎軻。悠悠白日，空懷毀瓦之思；落落青山，久斷問鈞之夢。不謂元日闢門之始，猶在皇華遣使之中。追天上之雲龍，望不到此；詠人間之蕉鹿，意若安之。血指創深，見嗤巧匠；折肱痛定，敢詭良醫。方祈偃息於支離，俄責驅馳於跛躄。慨念重湖之今日，浸隣一面之北風。❶孔明之駐臨蒸，正在破荆賊之後；曹劌之戰長勺，或云察魯獄之功。凛受命於艱難，恍聞風而興起。孰主張是，遂濟登兹。兹蓋恭遇某官，拱璧玄圭，泰山喬嶽。邇英殿之勸講，揔是經綸；古靈稾之薦賢，不遺氣類。遂令起廢，復忝司平。某敢不激厲新知，濯磨舊玷。沐浴蓬萊之風露，昭蘇衡芷之江山。皇帝清問，何擇非人，願言奉教；王事靡盬，不遑將母，倘遂

❶「隣」，疑當從上篇作「憐」。

陳情。歸倚意長，敷宣喙短。

賀曹尚書孝慶　兼給事中

選高春伯，光映夕郎。劍履摩雲，焕清朝之文物；簪裾照日，侈丹地之恩輝。鼓舞風雷，動摇鴛鷺。恭惟某官，名高二陸，才備百參。風雲上下之交，撝呵龍虎；天日清明之瑞，鞭駕鳳皇。春行霄漢之三麾，星焕江湖之四節。蘭臺璧水，安定龜山；彤管青蒲，歐陽司馬。出袖磨霜之鉞，浩吟捲雨之簾。階轉松陰，旗翻柳色。白馬盤陀之覲日，紫囊筆槖之生風。矧批敕瑣闈，任朝廷之綱紀；而侍言經幄，啓帝學之光明。用頒一命再命三命之榮，特懋大書特書屢書之績。卻高麗使，止西蕃馬，讀青史而猶香；還諫臣敕，繳内侍官，凛清游其未遠。必兼廣申公之十論，必細陳温國之五規。要看久遠之功名，盡展平生之經濟。某濫巾遠服，望履層霄。星度文昌，遥想蓬萊宫之氣；雲行石鏡，尚磨蛟龍字之碑。心曲葵葵，毫端草草。

賀劉尚書啟

命涣九旒，光升雙履。風清畫省，準繩帝世之百工；雲擁仙臺，刀尺周官之群吏。濡毫緑浄，拜手紫微。恭惟某官，吞吐龍湫，卷舒鴈蕩。清規映日，耀西華之金晶；直氣摩空，屹南都之鉄壁。威鳳祥麟之出處，慶雲瑞日之文章。一疏辨姦，少日老泉之氣識；十條論事，平生小范之精神。自埧箎堂陛之交，而黻藻帝皇之度。獨到古今之未到，❶能言天下之難言。爲御史，爲諫官，張膽論事；真舍人，真侍講，吐辭爲經。儒榮方試於一時，柄用遄開於九軌。乃霈三命再命之渥，徑通前行後行之班。細氈廣廈之席重，龍泉文淵之劒二。時方艱大，公竭論思。余安道決邊議於朝廷，真工部長；蘇子容戒功臣於疆埸，爲史銓師。❷發揮黄旗紫蓋之精靈，盡掃枉矢攙搶之芒角。前籌彪炳，疊組蟬聯。采石江流，更展中書之略；海壇沙漲，遄符宰相之謡。某羈足馳原，阻心賀厦。文昌星度，衣冠徒想於後塵；岣嶁雲飛，草木願濡於今雨。鋪陳喙短，激躍心長。

賀趙侍郎月山 太平州赴召

選表揚綸，歸中持橐。采石洲之明月，光照海山；通明殿之紅雲，影摇河漢。介圭覲只，會弁驩如。共惟某官，玉粹金剛，冰懸雪跨。《清廟》《生民》之作，膾炙諸公；干將莫邪之鋒，指麾餘子。自傍天而行斗牛之渚，便拔地而起湖海之樓。出入兵間，月柝灯碁之耿耿；驅馳江上，參旂井鉞之堂堂。儒臣知兵，從古所少；天子謀帥，必在其中。方建纛而前，千軍遶帳而不動；及還笏而去，二童隨馬而有餘。悠悠四顧於山河，落落一麾於江海。嘯吟水石，酹謫仙捉月之魂；上下風檣，訪舍人麾軍之迹。

❶「今」，張元諭本作「人」。
❷「史」，四庫本作「吏」。

慨然有神州陸沉之歎，發而爲中流擊楫之歌。屬傳風景於峴山，忽駭波濤於天塹。長江爲備不數處，可共險於萬人；❶朝廷養兵三十年，當成功於儒者。乃疇庸於東掖，乃趣貳於西曹。太乙靈旗，出陪豹尾；鈎陳玉檻，進逼鼇頭。青天白日，鳳皇之聲名；高山深林，龍虎之氣勢。前行爲兵部，小紓帷幄之謀；大本在中書，亟正鈞樞之拜。某濫巾劇部，望履脩門。班漢從於甘泉宫，喜稱知己；勒唐功於浯溪石，已戒有司。

賀荆湖汪制帥立信

中禁出綸，上流易鎮。尚書天之北斗，光動玉垣；荆楚國之西門，勢雄鐵壁。氊帷膽落，旗蓋風生。共惟某官，意氣吴鈎，胸襟彭蠡。蒼龍捲四海之水，拔地威風；巨鼇戴三神之山，擎天砥柱。表表二三豪傑，恢恢數萬甲兵。起觀江漢之危枰，政急波濤之巨楫。峴山落日，追思羊太傅之經營；江左流風，孰奮管夷吾之慷慨。乃易長沙之節，乃高建禮之門。北繞潁沔，❷南卷沅湘，一新牙纛；東達吴會，西通巴蜀，重整金湯。然且許充國以便宜，授孔明以節制。真儒無敵於天下，此虜已在吾目中。箭青海，弓天山，櫜鞬敵愾；盃長河，塊泰華，樽俎折衝。陳《六月》北伐之詩，刻萬年中興之頌。式歸

❶「萬」，原爲墨丁，今據鄢本、張元諭本補。四庫本作「酹」。

❷「潁」，原作「頴」，今據四庫本改。

几几，晉位巖巖。某隃睇齋壇，阻陳賀履。星輝翼軫，莫隨東野之雲龍；月滿關河，尚策祁山之流馬。衷旌摇曳，舌筆單踈。

廣西李經略經過迎狀

圭裳東覲，牙纛西來。畫鷁鏡秋，懸桂林之明月；綉屏帳曉，拂石廪之行雲。雷馭先驅，天吴起舞。某摩挲脱屨，❶飛逩前茅。逐東野之龍，久懷上下；拜北平之馬，重覩傑魁。

請廣帥會

傳鼓上清湘，桂舟度曉；舉杯邀明月，楚觀生秋。輒扳千乘之光華，重話六年之契闊。舳龍飛動，豈敢爲從者之淹；檣燕慇懃，且爲盡故人之飲。

折送諸監司巡歷會

問楚囚而返棹，幸接席間；傳酃渌以稱觴，幾成瓦後。欲洊邀於金罍，恐重溷於冰壺。獻芹而效野人，顔之厚矣；折枝以奉長者，禮亦宜之。區區卷俎不腆，僭易馳獻。如沐肯留，萬有餘榮。

---

❶ 「屨」，鄢本、張元諭本作「履」。

回朱帥參

疇庸紅旆，贊畫油幢。羅帶玉簪，卷嶺麾之雲氣；銀濤青壁，籌湘柳之春風。五朵施先，七襄禮後。某官春容之度，贍蔚之文。颷起雷轟，揭脩名於千佛；霜懸雪跨，斂神氣於九仙。弓矛洛下之耆英，領袖湖南之賓客。月暗秋城，灯明夜觀；日臨仙掌，烟傍袞龍。小駐籌帷，促歸輦路。某居慚未見，切幸寅同。訪赤字於山尖，喜陪新雨；望冰壺於幕下，喻結飛霞。繾綣情深，敷菜詞約。

回劉運管志叔

周隰馳駰，恍波濤之移綉；祁山流馬，催帷幄之運籌。一介施先，七襄報後。某官鞭駕英雄之意氣，攢吸霞雨之文章。雲杏露桃，艷神仙於蓬島；灯碁月柝，重賓客於湖南。小泛紅蓮，佇歸青瑣。某俯慚小草，仰辱儷花。逢故人於瀟湘，尚珍金玉；跂天孫於雲漢，莫報襜褕。

回葉茶場

車來今雨，載征濡轡之塵；旗展春山，遠聽杖藜之句。感君雙尺，華我六絲。捧雲漢之織裳，莫將瑶報；撫波濤之舊綉，尚藉瑱規。

賀桂陽劉守

疏綸鼇掖，作鎮熊湘。天上仙班，猶帶觚稜之月；湖南道院，新行棨戟之春。條貫昭蘇，耄倪驩舞。共惟某官，真霄漢士，爲文章翁。袖五老之風烟，插天秀色；卷三神之霧雨，搏海壯啚。自騰翔殿角之雲，已錯落班心之玉。飽看芙蓉之輝媚，尋歸芍藥之從容。記大史之名山，金匱石室；籌將軍之武庫，紫電清霜。小横桂水之烟，歡戲萊衣之綵。乘騏驥道夫路，雷動先聲；驅蛇龍放之菹，春生敏手。孺歌鼎鼎，綈召堂堂。某息蔭載騏，叨恩便養。東馳西鶩，迹將遠於江湖；夜醉曉行，心相望於霄漢。輪困抒謝，稾秸包羞。

賀寶慶王守

丹詔起家，彤幨就國。跨茅山鶴，來從勾曲之洞天；分竹使符，出領濂溪之霽月。感先未識，樂在寅同。共惟某官，鴈蕩孤峰，梅溪的派。激龍湫而和妙墨，箋古史倚相之書；執牛耳而主齊盟，負大學何蕃之望。大車九軌，砥柱百川。峩峩天上之神仙，佩蒼鳴曉；纚纚水邊之花氣，戟畫闌春。風行蘭國之江山，煥轉梅峰之草木。銀菟出色，畫鹿生光。川暖玻瓈，小駐插天之紅旆；花深翡翠，佇馳度漢之紫泥。某舊綉靦顔，新麾照眼。九州地接，獨先鄰燭之光；一水江連，飽聽今襦之頌。東旌摇曳，舌筆單疎。

賀道州王守

鳳檢揚庭，熊旂赴鎮。翩翩趙公子，星焕九霄；粲粲元道州，風行千里。騷蘭香度，童竹歡傳。共惟某官，簫鍾瑶簴之音，金井玉輪之操。當家清白，撫千佛之青氈；上界葱蒼，接九仙之玉佩。出則蟺蜿於湖海，入而黼黻於周行。衣冠照須女之珠，樽俎總從戎之柝。卷紫電清霜之氣，主光風霽月之盟。驅龍蛇放之菹，春生敏手；乘騏驥當夫道，雷動驩聲。發游刃於新硎，走神丸於迅坂。民歌來暮，公快行春。香戟凝清，和墨剩吟於碧落；璽書照渥，追鋒促覲於紅雲。某鼯技已窮，牡驅何補。九州襟帶，喜親鄰燭之輝；萬井旌旗，滿聽今襦之頌。溶溶新雨，亹亹下風。

賀永州袁守交割

春生騎竹，吉耀菟銀。揚照軫之旌旗，布先庚之條貫。風行千里，庭迅三吾。某喜滌籀之辰良，即盍簪而申慶。亟馳泓潁，預訊轅和。

回　前　人

懷紱湘源，榮分半竹；飛書楚觀，光挹前茅。爲華緑净之江山，猶帶紫清之烟霧。沸歡聲於稚籊，浮喜氣於寒薌。瞻鸑鷟於北平，跫然擊節；爲雲龍於東野，幸甚執鞭。❶ 稾秸占酧，輪囷覿謝。

請雷州虞守

領紱海邦，低簪楚觀。太史紬金石，契闊十年；故人逢瀟湘，會并一日。喜來今雨，願欸清風。

送前人别禮

剪燭空涼，喜話巴山之雨；解維浩渺，莫追溟海之風。喻聞傳鼓之麾呵，曷究執袪之繾綣。折梅花於峋嶁，愧我騷騷；隨雲氣於蓬萊，爲君娓娓。

回諸郡守冬

陽氣應黄鍾，時哉南至；兵衛森畫戟，貺我東風。昭黼黻於魯臺，噓塵埃於楚觀。共惟某官，陽明人物，雷動聲名。麗曉旌旗，照映壺冰之潔；行春鼓角，發舒圭影之和。近七日之朋來，進三朝之元會。某坐馳梅影，喻借芸香。宫線添長，正靦顔於把綉；雲門入奏，惟洗耳於歌襦。

❶「幸」，鄢本、張元諭本作「喜」。

回諸郡送年酒

開荆楚之畫雞，舊梅如夢；賦蘇州之清燕，新麯生香。挹宫錦之淋漓，醉屠蘇之先後。從太守樂，知同元日之春；爲細民斟，願廣東風之賜。

回諸郡賀年

條風開獻節，雄律鳴春；戟衛森清香，雌堂麗曉。茨梁介祉，草木生輝。共惟某官，氣度陽明，精神雷動。玉珂舊影，光摇白獸之尊；皂蓋清塵，彩照蒼龍之角。小聽歌襦之暖，即來召綍之温。某坐閲一期，賖瞻五馬。回車雲近，方懷邛坂之思；化犢日長，尚味海瀕之譜。

送徐權府折俎

舟泝鴈回，載沐瀟湘之雨；雲連燕寢，渴陪桃李之春。恐廢聽棠，薄言羞藻。乞爲寒水玉，恨莫對於冰清；走置錦屠蘇，敢坐將於酃緑。

回前人請宴折俎

帆浦乍歸，沐東風之飛錦；鈴齋相望，荷北海之開樽。清來畫戟之香，緑折瓊芝之草。碧筩賖卷，如坐使君之林；玉案無酬，有愧美人之綉。

回前人送轉官折俎

影麋下隰，奚補毫釐；步進員階，忽僥分寸。正自憐於磨蟻，乃特枉於緘魚。感折寄之慇懃，佩相期之汗漫。共明月千里，肯分此光；賦終日七襄，若何爲報。

回前人送冬

陽氣應黄鍾，時哉南至；兵衛森畫戟，貺我東風。昭黼黻於魯雲，噓塵埃於楚觀。芸香在手，梅意彌襟。日表迎長，正靦顔於把綉；雷聲入奏，惟洗耳於歌襦。

回柯權郡謝舉薦

爲仲舉題坐，彼美監州；薦侯喜有詩，薄言報國。度清風於燕寢，洒今雨於鴈回。大丈夫即真，佇膺菟紱；我鄉人未免，聊謝貂褕。

回前人賀得贛

對峋嶁之行雲，何功將指；沐崆峒之新雨，爲養叨恩。志甫遂於循陔，音首勤於傳驛。某官以錦裳手，誦《緇衣》詩。「王事靡盬，豈敢定居」，同心心而体國；「君子不匱，永錫爾類」，推老老以及人。遂令回邛坂之車，亦猥捧江城之檄。某感深烏哺，愧甚鵜濡。顧影躊躇，漸有雲東西之迹；懷人飛越，相望斗南北之輝。

回李潭倅謝上

渥渙紫泥，光紆朱紱。蓬萊雲氣，隨太祝之輕裘；湘水月明，照監州之緹軾。兹憑回鴈，薄謝來魚。某官大雅孤標，真清偉度。玉珂金鑰，聯天上之神仙；青壁銀濤，重湖南之賓客。佇攜風幘，歸趁星軺。某喻奉儷花，相輝芳杜。拂山尖之科斗，敬襲清霜；聽江上之琵琶，更傳白雪。

回諸郡倅賀冬

九寸黄鍾律，和動緹帷；五丈畫堂旗，春生錦段。芸香在手，梅意彌襟。某官氣類陽明，精神冰潔。賡庾樓之曲，聲徹雷鼗；續溢浦之吟，文裁宫線。清露曉濡於驥尾，韶風夜度於鴛行。某隅綉何工，屏泥借潤。瀟湘波暖，照明月於胡牀；峋嶁烟寒，倚行雲於仙轍。

回諸郡倅賀正

攝提貞孟陬，青規絢綵；風流半刺史，朱紱生輝。陽德斯升，元氣之會。共惟某官，聲名雷動，氣度春温。緹軾清塵，色照蒼龍之角；玉珂舊影，光摇白獸之樽。小分千里之辰旌，即下十行之卯詔。某坐驚歳始，隃贊州端。波暖江湖，未趣東西之駕；風和山水，相望南北之樓。

回諸簽幕賀冬

黄鍾陽氣應，緹幔香深；冰壺幕下清，彩毫燠轉。芸香在手，梅意彌襟。某官氣類陽明，聲名雷動。胸蟠五色，卷舒宫線之紋；音度九韶，出入雲和之瑟。小分光於烏幕，即翔舞於鴛行。某軫野相望，綉隅何補。招呼和氣，隃看仙轙之華；上下春輝，密贊賓帷之勝。

回諸司諸郡幕賀正

閲雞户之年，頓驚元日；賞龍門之雪，隃企光風。暖透荔芸，意行蘭芷。某官聲名雷動，氣度春融。緑幕生輝，光照龍杓之彩；朱絃奏雅，音諧鳳律之陽。衣冠小立於金臺，環珮即趨於玉府。某相逢甲换，猶喜寅同。夜醉曉行，漸作江湖之隔；雲飛川泳，永言霄漢之期。

回施帥準送别

望冰壺於幕下，遥結飛霞；映赤字於山尖，喜來垂露。寵先一介，禮後七襄。某官冰雪孤標，雲霄名閲。玉珂金鑰，接江左之衣冠；青壁銀濤，贊山南之鼎軸。籌帷小駐，輂路遄歸。某服膺夾袋之儲，決意《緇衣》之好。南轅北轍，迹遽隔於江湖；左弭右鞬，心相期於霄漢。輪囷欲謝，稾秸是慚。

回洪準遣到任

衮鉞掄材，油幢疏渥。花明湘水，分曉月於紅牙；柝静郾城，生春風於色筆。一箋愧後，六儷施先。某官威鳳鳴陽，神駒奔電。貂金奕奕，發五彩之芝英；簪玳翹翹，結九歌之蘭佩。小駐清壺之下，即陪赤舄之東。某喻企芳塵，喜聞新雨。從軍古云樂，剩羡灯棋；織女不成章，莫酧裳錦。

回趙檢法

馳絲無補，愧行湘水之春；贊幕多奇，遠洒縉雲之雪。施先一介，禮後七襄。某官瑚璉英姿，泉阿神物。洛陽龍門之清賞，吞吐風雲；軒轅鳳樂之妙音，鏗鍧金石。小游緑水，即近紅雲。某久徯寅同，未諧辰見。云云。

回諸郡教官賀冬

吹琯動浮灰，時哉南至；講道出新貫，貺我東風。梅意彌襟，芸香在手。某官精神冰凜，氣類陽明。文鐸聲揚，一片雲和之瑟；書氈色麗，五花宫線之紋。徑攜三鱣之春，入慶六鼇之曉。某何功把綉，徒愧織裳。岣嶁烟寒，自笑庭揚之影；瀟湘波暖，第傳泮藻之清。

回諸郡教官送别

星馳隰轡，空浮棘影之塵；日麗堂氈，喜邇槐陰之翠。輒憑回鴈，占謝來魚。某官蓬萊文章，華岳瑚璉。曉開雲杏，纚纚聲猷；清菹泮芹，源源教思。聊汲清湘而變鄒魯，行瞻黄織而講唐虞。某將指何功，同心有味。南轅北轍，迹似遠於江湖；左啚右書，情相期於霄漢。

回桂陽劉教授

日麗氈堂，喜近枌榆之翠；星華鴈嶠，有來芹藻之清。知在歲寒，舞慚地窄。謂草木吾味，賦聊誦於梅花；毋金玉爾音，振隃聆於杏鐸。七襄匪報，三宥爲榮。

回林教授

時雨鶴峰，新菼度曉；清風鴈嶠，塵臬生秋。不言而意已傳，未識而氣先感。謂草木吾味，賦聊誦於梅花；毋金玉爾音，振隃聆於杏鐸。

回張教授

春滿氈堂，覃藻芹之教思；書來鴈嶠，出草木之味言。先舉所知，豈非吾願。南轅北轍，迹遽遠於江湖；左弭右鞬，心相期於霄漢。

回胡山長

挹西山之新雨，如見其人；納北窗之清風，喜有此客。亟憑回鴈，占謝來魚。某官蓬萊文章，華岳瑚璉。曉開雲杏，文采九霄；清照川花，書香五色。重濯濂泉而浴洙泗，行趨廣厦而講唐虞。某恍舊綉之濡絲，捧儷花之盈袖。永爲好也，愧莫稱於報瓊；能無誨乎，尚有聞於振鐸。

回邢山長

開帝館之雲，秋蕤度曉；織天孫之錦，晴綺絢空。一介施先，七襄禮後。某官岷峨鋒鍔，蓬萊文章。紅杏碧桃，艷神仙於天上；粉墻紫界，重賓客於湖南。小對簷花，即歸院柳。某幸償未見，且賀寅同。自笑黔驢，難策再衰之鈍；相逢衡鴈，願聞三益之規。

回衡州江判官

從軍帷幄，欣雲近於蓬萊；贈我瓊瑶，喜露承於霄漢。❶施先一介，禮後七襄。某官玉尺懸冰，金

❶「蓬萊」至「霄漢」十二字，原漫漶不清，今據四庫本補。

莖瀹露。紫霄縻頂，扶摇溟海之風；緑水彯纓，談笑郾城之月。佇看飛鶚，即遂篚鴛。某欣捧色絲，有華舊綉。擷瀟湘之草，喻寄鴈回；望江漢之雲，莫將貂報。

回趙判官

芙蓉幕畫，見推三語之清；桑梓年情，僅效一言之鴈。舞袖方慚於地窄，織裳乃逐於雲來。瀟湘逢故人，薄酬今雨；霄漢瞻佳士，徒竚下風。

回郭判官

雲近熊山，有美芙蓉之影；書來鴈嶠，頓生杜若之香。三語施先，七襄愧後。某官珊瑚文采，冰雪聰明。空冀北之群，神行贔屭；望湖南之幕，鋒淬鉅鋌。小贇凝森，遄班清切。某偶諧聚軫，多幸同寅。意重冰清，深謝宜敖之句；贈隆錦織，莫酬幼婦之辭。

回陳撫屬張監倉

馳絲何補，媿岣嶁之春風；畫幕多奇，賁瀟湘之華月。施先一介，禮後七襄。某官絶俗精神，識時俊傑。洛陽龍門之清賞，吞吐雲烟；軒轅鳳樂之好音，鏗鍧金石。少凭玉帳，即覲璧璫。某多幸寅同，有懷未見。南轅北轍，迹似間於江湖；左弭右鞬，心相期於霄漢。

回黎知録李司理

軀馳遠使，空搴杜若之雲；俊逸參軍，辱贈梅花之雪。舞慚地窄，知在歲寒。某官巧鑄鉅鋌，清摩贔屭。剛風度筆，廣平賦之淋漓；寒露照襟，何遜詩之洒落。小需鞠草，即看攢花。某共客瀟湘，期君霄漢。重緹錦段，莫酬明月之珠；空羨紫鱗，擬結横江之網。

回永州司理司户

梅花鐵石心，相知已晚；金薤琳琅字，多謝何虡。味也同吾，惠而好我。緇兮又改，嘆舞袖之地寒；白也不群，喜録屏之天近。

回謝司法

星馳周隰，將爲養以懷歸；春度燕臺，乃覽輝而來下。載憑回鴈，薄謝來魚。某官華岳清冰，海水明月。鏗鍧金石，軒轅鳳樂之好音；上下風雲，洛陽龍門之清賞。小吟蕖緑，徑照藜青。某夙幸同寅，瞻聚軫。南轅北轍，雖遽隔於江湖；左弭右鞬，正相期於霄漢。

回諸縣宰賀冬

觀臺雲物，曉看五色之書；彭澤風流，春度一同之詠。駢花委艷，芳杜生香。某官氣類陽明，精神冰潔。霞飛錦織，卷舒宮線之紋；春落弦聲，上下雲和之瑟。佇翔鳧影，晉篋鵷行。某邇只畫簾，倏然隅綉。撫庭楊於峋嶁，空負分陰；培浦柳於瀟湘，喻看一碧。

回諸縣宰賀正

攝提貞孟陬，八荒開壽；連城得茂宰，萬象皆春。花柳無私，茨梁有慶。某官聲名雷動，韻度天和。文艷錦機，光照龍杓之彩；風生玉軫，音諧鳳律之陽。舒舒蒲穀之香，進進蓬萊之武。某坐驚甲換，猶喜寅同。爲秋浦官，孰禦春風之舄；送長沙客，相望明月之舟。

回衡山趙宰孟傃 謝舉陛陟

效犫一鶚，力何補於培風；照眼雙鳧，手忽承於垂露。一謙過矣，三復蹙然。某官文采珊瑚，歌聲金石。融峰九千餘丈，氣埒青蒼；郎垣二十五星，光生銅墨。哀時正直，簡在凝嚴。某借助鞭長，汲清

綆短。頌言美瑞，知麟鳳之在郊；趣覲通明，戒鸞凰兮先路。❶

回善化韓宰

出宰山水縣，喜調新琴；爲織雲錦裳，有華舊綉。載憑回鴈，占謝來魚。某官玉尺清方，金莖晶潤。融峰九千餘丈，氣埒青蒼；郎垣二十五星，光生銅墨。暫翔鳧影，佇入鵷行。某自賀寅同，豈云未見。娟娟一碧，共看貫索之沉；耿耿七襄，莫效聯珠之報。

回酃縣晏宰

移綉波濤，愧將絲轡；出宰山水，先度絃歌。隃寄鴈回，敬酬魚遺。某官琳珪清越，冰雪聰明。雲傍碧桃，千丈蓬萊之光氣；月明緑野，一簾秋浦之清風。小種縣花，佇歸院柳。某俯慚舊斧，仰辱聯珠。味黄絹之辭，永爲好也；乏貂褕之報，受言藏之。

回攸縣郭宰

舊綉塵深，閲八蓂於楚觀；畫簾花度，飛五朵於雲陽。新雨同心，清冰照目。某官光華尚錦，盤錯

---

❶「凰」，原作「鳳」，今據鄢本、張元諭本改。

投刀。横巴水之野舟，肯煩期會；聞楚萍之更鼓，終覺分明。邇只皃飛，翩其鵠立。某馳驅技短，嗟切意長。皎皎織女，終不成章，駕言匪報；駪駪征夫，每懷靡及，尚克相規。

回湘潭張權縣

雲移松影，調新韻於宓堂；春滿桃陰，來清風於周轡。懷哉今雨，遺此華星。小生欲相吏耶，願同衷協；丈夫即爲真耳，佇聽除音。一水娟娟，七襄耿耿。

回永興趙權縣

鶴岑琴好，相望明月之心；鴈嶠書來，不隔同年之面。以雍容之雋軌，將慷慨於公車。北轍南轅，遽江湖之相遠；左鞬右弭，尚霄漢以爲期。占對甚臯，垂乎爲寵。

回瀏陽任丞

晴紋照綬，曉入新花；遠素飛雲，春回舊綉。辱施先於一介，愧禮後於七襄。跂天孫之織雲，莫將瑶報；望美人兮明月，尚藉瑱規。

回寧遠簿到任

地鄰棲鳳，喜聆千玉之吟；風度鳴鸞，恍聽九韶之奏。縣花出色，汀若生香。然太乙之藜，佇聽令業；織天孫之錦，莫敵腴施。

回溆縣趙簿衡陽易尉❶

馳隰無功，愧行雲於岣嶁；佐琴有韻，捧明月於瀟湘。小車來映於縣花，春佩相輝於岸芷。某喜瞻聚軫，樂在同寅。北轍南轅，漸覺江湖之隔；左鞬右弭，尚爲霄漢之期。

回衡陽歐陽尉

挹春花於拂綬，喜見青撐；垂星字於乘槎，有華綠淨。重此湖南之賓客，美哉日下之神仙。牡轡何功，自笑再衰之技；貂褕莫報，更求三益之規。

---

❶「簿」，原作「薄」，今據張元諭本、四庫本改。

回楊料院

司會名藩，有美同年之子；委書下隰，聿來異事之僚。峩簪玳於賓筵，粲糜瓊於騷圃。湖南幕貴，良懷支使之賢；水北價高，寧久山人之索。薄憑回鴈，喻謝來魚。

回宋税院萬年

篁竹嘯鼪鼠，僅免失刑；峋嶁挐虎螭，劃傳得句。怒飛鉄畫，光照錦機。撫劒首於漆園，敢當一吷；聞簫聲於赤壁，莫遂倚歌。

回劉學録　胡石壁客

我馬維駒，訪峋嶁之奇字；有鶯其羽，發蓬萊之妙音。亦來見我乎，嘗有此客否。某人語洗烟火，書籠山川。張生手持石鼓文，氣涵緑浄；楊雄自有《河東賦》，聲透明光。亟呼熊耳之雲，立近鼇頭之日。某味同草木，影合江湖。扶摇萬里，南溟相期汗漫；上下四方，東野此意輪囷。

通交代廖提刑邦杰　號恕齋

共審疏恩象魏，易節熊湘。星度天囷，光照武陵之雪；風生春綉，神開衡岳之雲。翠蕩凌烟，華絲絢曉。共惟某官，傳心正學，行世清規。雲霄閥之高寒，蜿蜒浦劍；湖海樓之突兀，坱圠參旗。屹砥柱於中流，行大車於九軌。出擁康沂之駕，入提建禮之門。犀監重弓，武絢將軍之電；金曹曳組，輝聯須女之珠。佩聲雜遝於蓬萊，麾影橫斜於牛斗。誰謂寒露清冰之勝，屑爲春山暑露之行。收海若之波濤，定夫正學；布澌江之雨露，朱子常平。便當跨汗漫而擺雷硠，于以經駘蕩而出馺娑。屬天顔之西顧，念民命于南維。不有仁人，孰長王國。乃輟神仙於海上，乃移星宿于軫中。惟君子之祥刑，自聖門之恕學。推廣不冤之條貫，發揮無訟之本原。轉陽和於芙蓉薜荔之間，沛生意於榴棲桁楊之外。❶蓋以皋夔之長者，而行孔孟之本心。皇華咨度咨詢，盡展平反之業；清問惟明惟畏，即陪啓沃之聯。某久把短鑱，偶塵綉斧。撫王事而集苞杞，坐隔白雲；望美人而結幽蘭，喜逢今雨。俯仰十年之同味，夤緣百世之交情。尊叱馭，陽回車，豈是秋春之鴻燕；貢彈冠，朱結綬，尚將上下於雲龍。舌筆踈單，衷旌搖曳。

與袁州安守到狀

叨符便養，假道言歸。西水分江，喜接九河之潤；東雲捲雨，重瞻三峽之春。即遂摳趨，預深欣抃。

❶「棲」，原作「接」，今據張元諭本改。

回袁守不赴請

馳白雲之下，幸甚假途；卷今雨而來，言將授館。華髮之典刑甚厚，清風之籩豆有加。薄言還歸，何速邛崍之馭；願安承教，第懷臺峽之春。方命負慚，嗣音抒謝。

回交代權贛州孫提刑炳炎

南節易麾，爲慈親而拜命；西臺就牧，屈膚使以論交。温朝花雨別之盟，借堂草春暉之色。施先一介，禮後七襄。共惟某官，大雅風流，真清人物。冰懸雪跨，吐吞禹穴之玉書；鳳躍韶鳴，鏗戛天台之金賦。雷轟欻起，山立徐行。巍冠參卿月之班，雜珮峻郎星之直。侍女護衣，雞人傳箭，擬翠殿之賦詩；衛兵森戟，燕寢凝香，肯芝山之擕酒。豈弟十萬家之春意，精神三百里之湖光。前席興思此佳吏部，西人則曰真好監司。寧遲履接於星辰，便報綉行於霄漢。春風扉影，草臥桁楊；夜雨灘聲，雲銷貫索。暫屈玻瓈之六轡，更聯虹玉之半符。昔清獻典州，而三川之琴有韻；而濂溪行部，則五嶺之獄無冤。每惟八境之有緣，皆著兩賢之遺迹。盛德可稱於百世，明公乃合於一人。麾旟照江，劍刀易俗。玉節青絲纜，小駐虎頭；白馬金盤陀，端陪豹尾。某無功將指，有味陳情。王陽回刺史車，庶乎爲子；毛義捧郡守檄，專以爲親。昔隨振鷺之英游，今忝傳龜之雅好。夢回舊綉，恍慚揚秕之前；手把新符，早托絶塵之後。會趣綸之來下，辱飛檄之遠臨。皇華之禮有加，《南陔》之詩復作。安有十一州之廉察，屑爲二千石之交承。行縣録平反，喜不隔望雲之舍；詣府受約束，願遂依近月之臺。舌筆單踈，衷旌摇曳。

回陳侍郎篔齋

回車邛坂，請自效於林烏；得郡江南，取已捐之竹馬。綢繆錦製，緹襲衮華。共惟某官，麾斥八極之風雷，卷懷九天之星斗。古靈袖中之槀，屢薦時賢；温公洛下之評，不遺人物。遂使忝求芻之寄，從而諧啜菽之私。某半竹奚堪，儷花甚寵。想五畝青山之樂，願請訂金；懷四方明月之詩，曷酬贈璧。

賀曾京尹淵子 號留遠

露綸涣渥，星履陞華。東潤西瀍，冠十連之元帥；南昌北斗，表六典之地官。丹屏雲開，紅牙日麗。某官抉分雲漢，吞吐江湖。直氣摩空，金天晶之錯落；清規照世，玉井水之甘寒。自巘巘於鸞聲，湍峩峩乎豸角。文章大手，南豐先生；政事十條，小范老子。袖出摩霜之鉞，坐吟捲雨之簾。真侍從歸拜於甘泉，慈父母來臨於京兆。乃由太乙，徑陟文昌。冰懸雪跨而朝望孚，日暖潮平而民氣樂。儼衣冠於建禮，坐鎮千畿；籌帷幄於延和，湍歸兩地。某喜傳除綍，阻趁賀綦。五緯明霄，望龍泉之秋色；九河流潤，懷虹翠之春暉。

回曾主簿清老　曾玉堂秀溪之孫

千里明月，喻企停鸞；一字華星，劃開湧翠。惠而好我，粲然有文。某官地胄穹華，天資潤美。北平王之閥閱，梧竹蒼蒼；東山氏之衣冠，芝蘭奕奕。盍騎麒麟而凌厲，乃從猿鶴以徜徉。展也怒飛，翩其執禦。某頃馳楚傳，切志綿田。邛坂回車，庶乎爲子；江城捧檄，正以便親。永懷寸草之暉，更感粲花之寵。式相好矣，莫酧錦綉段之華；遡洄從之，如此玻璨江之碧。

回吉州權府賀新除

某寖疏棨座，倏被絹封。身到木天，誤辱九重之眷；詞垂金薤，過蒙十部之臨。方切循墻，敢勤褒袞。蓋如庸晚，徒抱迂愚。山林自分於投深，畎畝空存於愛上。朝清道泰，幸遭際於明時；小往大來，慶挽回於正氣。猥令忝竊，例沐登崇。共惟某官，瑞毓長庚，福移子駿。家有甘棠之笏，凜凜典刑；人蒙别駕之春，陶陶生遂。適郡符之初綰，覩帝綍之誤頒。蓋惟大夫之曰賢，遂令小子之有造。正朋一字，恐慚讀秘閣之書；肅使載還，尚擬致監州之謝。

回吉守李寺丞芾

光膺芝檢，榮剖竹符。吉爲大邦，望二天之正急；公有異政，爲百姓而一來。新令風馳，歡聲雷動。共惟某官，雪山冰壑，天球河畾。居南岳風土之奇，夙鍾清淑；得西堂議論之正，綽著典刑。早啓雋途，荐升華貫。天官宮正，持衡稍食之平；穡臣司農，挈領扈丞之重。惟絶海迅颿，可以開鯨浸；惟倚天長劍，可以破浮雲。故當搶攘杌棿之秋，常任撫字澄清之寄。昔四郊洶洶，帝每興當饋之嗟；今二水湯湯，公迄收按堵之效。惟我廬陵郡之劇，爲今東蒙主之難。莫非王事，我獨賢勞，旁諸縮手；所謂世臣，必有喬木，上遂傾心。向來二千石之除，曾擬六一翁之里。惟蒼生之有福，故珠浦之重還。期會餘間，雖異坡老作詩之舊；道理最大，喜聞韓王有德之言。今庶幾乎，侯來暮矣。青原鷺渚，未容坐席之温；紫殿鵷班，正恐召環之速。某幸備受廛之數，得同載道之歡。已進迓於前驅，乃退慚於後至。欲陳情而未果，先賜汗而謂何。謝劉公紙書，姑附鴻翔之便；望皇甫壁記，即修燕賀之恭。嚮戀罙深，敷陳罔既。

回前人

某荐蒙顯翰，再遺駢緘。辭遜一出於肺肝，義理各存於肯綮。螺浦之珠既去復返，足以爲奇；夜光之璧無因至前，受之甚懼。輒裁尺素，庸敘寸丹。仰冀融清，俯垂澄察。

回前人送冬禮

周曆紀正，魯臺書至。袴謡雷動，恰先七日之來；棨座春生，共慶一陽之長。頌聲盈耳，和氣滿城。某未薦賀言，猥塵餽禮。岸容待臘，正棲寂寞之濱；谷律先春，多謝温存之貺。赦然登受，❶略此控酧。餘俟别陳，仰干情亮。

回黄主簿

伏以春華如水，驚三紀之流光；夏緑滿園，又一年之初度。方拾薪而煮瀑，即嚼茗而噍花。敢意一謙，有來多貺。厚之厨珍，以起其牢落；將之篚實，以申其慇懃。童喜相誇，爲里中之羊酒；兒癡不了，笑門外之桑蓬。拜而受之，我之懷矣。輪囷感臆，拍塞謝言。

❶「赦」，張元諭本、四庫本作「赧」。

文山先生文集卷之十二

記

吉州州學貢士莊記

物之在天地間，自銖粟以上，莫不有主名，獨貢士莊所儲，以擬夫三歲大比。士之送上春官者，有司不知誰宜得之，取什伯於千萬，亦無敢自必爲已得。其予奪之，殆有物焉。逸史稱隋末一書生，所居抵官庫，有數萬錢，欲取之。神人訶之曰：「此尉遲公錢也。」泉者，天之利器，惟天能以與人。則夫任貢士莊者，殆爲天守利器，以俟夫天之所以與人者，充是心以往，真無所爲而爲之。其爲仁豈不至，而爲義豈不盡乎？

咸淳六年，簡池趙君必禴來爲廬陵教授，作興斯文，教養畢具。則按貢士莊之舊，稽其所出内，歲錢穀幾何。廬陵士甲江右，一科數路，資送四五百人。裒多益寡，稱物平施，末之云耳，於是有增田之議。一之日，置尹氏租，爲米八十斛，二之日，置彭氏租，爲米一千一百九十二斛。趙君猶以爲未足，則曰：「傳而益之，其來者之事哉！」添差教授番陽程君申之繼至，相與詣郡請蠲賦。吏持難易，閣弗下。永嘉繆侯元德甫下車，二君申其請。侯慨然曰：「奈何與吾黨校瑣瑣乎！」復之不崇朝。予聞而異之，以爲侯與廣文之用心，皆所以奉天道之不及者也。古之爵人，言必稱天。國家謹惜名器，自他蹊者，悉名僥倖。惟進士科使四方寒畯操觚而進，付得失於外有司，而定高下於殿陛之親擢，公卿大夫，繇此其選。當是時，天子宰相一不得容心於其間。予嘗謂今世惟科舉一事，爲有天道行焉。士修於家，試於鄉，如探籌然，以信夫天命之所遭。而爲貢士計者，積倉裹糧，共其道路，先事而爲之備，隨天命之所與而後與之。是心也，豈復有内交要譽之私哉！予故曰：皆所以奉天道之不及者也，是宜書。

且夫取士於天下，將以爲天下用。人之常情，其窮也，不爲利疚，則其達也，不可以非義屈。後之臨大節，斷大事，決非異時簞食豆羹見於色者之所能也。夫使郡國上其賢能，而漢人續食之意，隱然寄於學校，士得以直走行都，而無僕馬後顧，所望於人也輕，則所以全於己也大。是邦學者，世修歐、周之業，人負胡、楊之氣，如有用我，執此以往。是舉也，世道微有賴焉，蓋益可書也已。是莊創始於尚書胡公榥，隸于學者，米二千二百斛有奇。前丞相葉公夢鼎爲郡，增六百三十斛有奇，前教官黄君愷伯，增一千三百六十斛有奇，前趙侯典樀，增四百一十斛有奇。自二教創後，施君郁、鄭君師臯，增二百五十斛有奇。合今所增，通爲米六千一百斛有奇。以學諭提點莊事，劉少南、張敏子云。八年八月記。

吉州右院獄空記

吉州右司理院，迺開慶元年五月獄空，九月又空，明年五月又空。吉爲州，凡三獄：曰州院、曰左司理院，右院其一也。方千里之國，未易爲理，而物之不齊，其情固然。省刑罰，止獄訟，賢者雖欲爲之，而格於其勢之所不可。長老傳説，以爲自南渡百餘年，惟乾道庚寅、嘉定甲申獄嘗空。乾道事不知何如。嘉定間，南昌張別駕被旨攝廬陵郡。初，張宰清江，得米南宫「獄空」二字勒諸珉，以詔不朽。洎來吉，摹本徧付諸獄。不三月，遂皆以空告。由今推之，謂長民者一念之善，感召和氣可也。上有所好，下從而逢之，是未可知。夫以百餘年兩見之事，可謂稀闊，而其可疑又如此，然則雖謂之絶無僅有可也。今司理君爲政寬允，嘗平反死事二，法應賞，君不自以爲功，當路論功亦不及，人謂君超然利害之表。君曰：「吾盡吾心而已，而何賞之較？」君實有愛人利物之心，哀矜庶獄，無所不用其至，人人自以爲不冤，獄空遂爲常。君書三考，候代者未至，歲月有奇，獄空之事，其二在考内，其一在候代時。院之設久矣，官此者幾人，得闕而來，受替而去，其間可紀之盛，百餘年僅僅兩見。今君受任三考，已能配此曠絶之蹤，而書滿已後，迄臻三美。君職於其事，可謂無愧矣！此而不書，後將何觀？雖然，予嘗上下世變觀之，自晝象之化遠，人心之樸日以散。惟成康時曰刑措不式，漢文時幾致刑措，下此則唐初死囚歸獄之事，人以爲奇。蓋唐虞後至今三千餘年，而斷獄之省，數不過三。四海之大，兆民之衆，不可以一院比也，然聖人得國而爲之，持之以道，使民遷善遠罪而不自知，其效驗近卜於期月三年，而遠亦不過於必世。夫古今刑措之日，既如此其難，而區區空一院之獄，又如此其不數，聖人之志其遂不可行邪？雖然，由君之事，則百餘年間職業之可書，曾不一再。而君以歲月爲之有餘，天下事信不可爲乎？神而明之，存乎其人，此予所以初爲世道感，而以其尚可爲者深幸也。嗚呼！君其毋以自足哉。君姓洪，名松龍，嚴陵人。

龍泉縣太霄觀梓潼祠記

龍泉邑治左出門行數百步，有大霄老子宫焉。辛酉之春，予登其巔，四山拱趨，天宇高曠。會令方營度作梓潼君祠，邀予爲字曰「元皇之殿」。既爲從事，六月殿成。明年，令若士以書諗曰：「役之初興，君寔來辱爲之書，請卒記之。」邑爲吉上游。山川清拔，民秀而文。天聖以來，高科鼎鼎出，有位至侍從，以忠直自奮，尚論文獻者歸焉。維郴實接壤，桴鼓數震。令初至，適江上有警，郴寇益乘以譟，周旋軍旅，不得以間。事平，令謂：「吾幸爲禮義邑，雖倥傯，不容不爲俗化地，況少須暇乎！」稽諸圖志，庭廟鱗立，吾黨之士，獨無所敬祀。會賓興詔下，乃進諸生謀曰：「今三歲大比，試者以文進。將文而已乎？意必有造命之神執其予奪於形聲之表者，蓋元皇是也。士之所自爲，行爲上，文次之，神所校壹是法，合此者陟，違此者黜。人謂選舉之權屬之有司，不知神之定之也久矣。蜀山七曲，神所宅之國，衣冠文物，莽爲風塵。惟神元命，寔始吴會，英靈赫赫，將從君父所在而依之。是以江湖以南，神迹多著，此固士之所當欽崇而景仰者，舍而不祠，惟缺典是懼！」議遂決。予按《詩》曰：「相在爾室，尚不愧于屋漏。」又曰：「昊天曰明，及爾出王；昊天曰旦，及爾遊衍。」夫人一動之微，必有神明焉，得其情於幽隱易肆之地，兹其所以体物而不可遺也。惟經傳統謂之神，未有所指名。近世貴進士科，士以得失爲病。自元皇廟食於是，始有司桂籍之説。《化書》所謂九十四化，變遷推移，曠千百歲，雖涉於不可測知，然神生爲忠臣孝子，殁爲天皇真人。取士本末，實昉於人心義理之正，明有禮樂，幽有鬼神。果哉其不誣矣。孟子曰：「天爵：仁、義、忠、信。人爵：公、卿、大夫。古之人，脩其天爵，而人爵從之。」聖賢不語怪，而教人先内後外，未嘗非神之意。神雖游於太虚，而考德問業，初無戾於聖賢之言。其在《祭法》，苟有以明民成教，宜與祀典，則神之有祠，豈緇黄之宫之埒？邑有先民典刑，大冠逢掖，争志策厲。爲臣止忠，爲子止孝，此其内心固油然不自已，而況高山仰止，明神在前，則其戒謹恐懼，工力當倍。他日拔起諸生，彬彬知名，則居公卿大夫之位，必將有仁義忠信之人。令之此舉，於人才甚有功，於方來世道非無所關繫，豈曰以區區科目望其人，而惠徼福於神之一顧哉！祠翼殿以廡，丹堊，具鍾鼓供器如式，像設居中。内而父母婦子，事親之道，孝之屬也；外而侍御僕從，爲臣之道，忠之屬也。費錢七十萬有奇，十萬爲令俸，餘衷多。迄于成觀下，❶古曰「龍頭里」，因其名爲坊。扁額，校書郎姚君勉筆也。令方爲遠者計，廉用積餘，市田以奉祠事。繼令邑之士，其受令之賜永永無斁。令陳氏，名昇，三山人。初攝事，繼辟今任云。

❶「成」，鄢本、張元諭本作「城」。

文山觀大水記

自文山門而入，道萬松下，至天圖畫，一江横其前。行數百步，盡一嶺，爲松江亭。亭接堤二千尺，盡處爲障東橋。橋外數十步，爲道体堂。自堂之右，循嶺而登，爲銀灣，臨江最高處也。銀灣之上，有亭曰「白石青崖」，曰「六月雪」。有橋曰「兩峰之間」，而止焉。天圖畫居其西，兩峰之間居其東，東西相望二三里。此文山濱江一直之大概也。

戊辰歲，余自禁廬罷歸，日往來徜徉其間，蓋開山至是兩年餘矣。五月十四日大水，報者至，時館中有臨川杜伯揚、義山蕭敬夫。吾里之士，以大學試，群走京師，惟孫子安未嘗往。輒呼馬戒車，與二客疾馳觀焉，而約子安後至。未至天圖畫，其聲如疾風暴雷，轟豗震蕩而不可禦。臨岸側目，不得注視，❶而隔江之秧畦菜隴，悉爲洪流矣。及松江亭，亭之對爲洲，洲故垤然隆起，及是僅有洲頂，而首尾俱失。老松數十本，及水者争相跛曳，有偃蹇不伏之狀。至障東橋，坐而面上游，水從六月雪而下，如建瓴千萬丈，洶湧澎湃，直送乎吾前，異哉！至道体堂，堂前石林立，舊浮出水面，如有力者一夜負去。酒數行，使人候六月雪可進與否，圍棊以待之。復命曰：「水斷道。」遂止。如銀灣，山勢回曲，水至此而旋。前是立亭以據委折之會，乃不知一覽東西二三里，而水之情狀，無一可逃遁，故自今而言，

❶「注」，鄢本、張元諭本作「往」。

則銀灣遂爲觀瀾之絶奇矣。坐亭上，相與諧謔，賦唐律一章，縱其体狀，期盡其氣力，以庶幾其萬一。予曰：「風雨移三峽，雷霆擘兩山。」伯揚曰：「雷霆真自地中出，河漢莫從天上翻。」敬夫曰：「八風捲地翻雷穴，萬甲從天驟雪駿。」惟子安素不作詩，聞吾三人語，有會於其中，輒拍掌捋鬚，捧腹頓足，笑絶欲倒，蓋有淵明之琴趣焉。倚闌踰時，詭異卓絶之觀，不可終極，而漸告晚矣。乃令車馬從後，四人攜手徐步而出。及家，而耳目眩顫，手足飛動，形神不自寧者久之。

他日，予讀《蘭亭記》，見其感物興懷，一欣一戚，隨時變遷，予最愛其説。客曰：「羲之信非曠達者，夫富貴貧賤，屈伸得喪，皆有足樂，蓋于其心，而境不與焉。欣於今而忘其前，欣於後則忘其今，前非有餘，後非不足。是故君子無入而不自得，豈以昔而樂，今而悲，而動心於俯仰之間哉！」予憮然有間。自予得此山，予之所欣，日新而月異，不知其幾矣。人生適意耳，如今日所遇，霄壤間萬物，無以易此。前之所欣、所過者化，已不可追紀。予意夫後之所欣者至，則今之所欣者又忽焉忘之。故忽起奮筆，乘興而爲之記，且諗同游者發一噱。

鄒文叔垂芳堂記

吾鄉上游，有佳木連理，生於鄒公長者之地，不知幾何年，益公取以補廬陵圖誌。木濱水，如老蛟，夭矯有騰驤怒起之勢。咸淳八年秋，一夕，大雷電以風，木隨水而飛。又二年秋，有蓮一蔕雙華，出于文叔北窗下苔池中。文叔，長者曾孫也。連理表章於乾、淳間，鄒氏始享有其瑞。予聞長者一再傳，皆恂恂友愛，同氣並根，既碩且蕃，實生來仍。今文叔之庭，二季競爽，兩孫端美。天將昌之，其殆視同潁兩岐，絪緼坱圠而未有已乎！文叔喜而命予題其堂曰「垂芳」。夫一草一木之微，比于太虛，僅同毛髮，而「鄂不韡韡」，兄弟之親，《小雅》所爲賦也，於吾心得無感乎！予旦夕尚徘徊新堂，爲君賡《棠棣》之一章。

李氏族譜亭記

蘇老泉有《族譜引》，又有《族譜亭記》。《引》專言父祖子孫出於一本，不可忽忘，《記》則以鄉人不義不睦者爲戒。愚嘗謂《引》之詞，極論骨肉之所從，而動其内心之愛，此宜與賢者道。至於《記》之所載，其言他人戕賊之故，而惟恐族陷於不淑。「羞惡之心，人皆有之」，則此訓又親切焉。西山李氏，家於龍泉數百年，先世有諱穀者，與潁濱遊。老泉之《譜引》，自以爲得於面授，而切意其《亭記》尚未及見也。今其族放蘇氏作族譜亭，以不忘先世潁濱之交，以庶幾老泉之意。有名繼祖者，又脩復之，以紹前志。爲予求字，予爲之書而樂道其美。夫其《譜引》，先世既自得之以遺其子孫，今其子孫固已識先世之用心矣。予猶以爲未也，則告諸繼祖，歲時聚族，拜奠亭下，更願與蘇公《亭記》各各觀誦一過。使爲長上者，復申告之曰：謹毋爲鄉之某人者！

蕭氏梅亭記

廬陵貢士蕭元亨，江西帥平林公之孫，贛州龍南縣丞之子。蚤孤，有立，克肖厥世，於其讀書游息之暇，有自得焉。乃作亭於屋之西偏，周之以徑，被徑以梅，亭後有廊，有詩畫壁間。前方池，廣五尺，飼魚而觀之。隣墻古樹，蔽虧映帶，清風徐來，明月時至。君領客于此，上下談笑，客多乃祖父舊遊，而君樂從之，稱其家兒也。君名亭曰「梅」，而屬其客請記於予。予昔者登平林公之門，入其園，臺觀沼渚，卉木竹石，曲折靡曼，登覽幽遠。公緩步徐坐，杯酒流行，古君子也。退從贊府，與其次子江陵支使昂然野鶴，粲然華星。南金荆玉，應接不暇，佳公子也。今是園也，亭館日以完美，草樹日以茂密，元亨兄弟又從而增大之。夫高臺曲池，百歲倏忽，此孟嘗君之所以感慨於雍門周者也。予於君不十年間，俯仰三世，昔也念其門之遭，今也賀斯園之幸。則告於元亨曰，天地閉塞而成冬，萬物棣通而爲春。方其閉塞也，陰風觱栗，寒氣贔屭，衆芳景滅，萬木僵立，何其微也！及其棣通也，木石所壓，霜露所濡，土膏墳起，芽甲怒長，何其盛也！天地生意，無間容息，當其已閉塞之後，未棣通之前，於是而梅出焉。天地生物之心，是之謂仁，則夫倡天地之仁者，蓋自梅始。今君之樂斯亭而賞斯梅也，其何以哉！天地莫不有初，萬物莫不有初，人事莫不有初，人心莫不有初，君從其初心而充之，無非仁者。使梅而有知，吾知其爲君欣然矣。昔東坡記靈壁張氏園亭，推本其先人之澤，而拳拳然望其子孫，且將買田泗上，以與張氏游焉。予里人，辱君好舊矣，宜其甚於坡之愛張氏也。

衡州耒陽縣進士題名記❶

衡州《進士題名記》設於學，耒陽隸焉。去年歷兵火，浸湮毀。耒陽宰郴江王某，始與其士刻石邑庠，以自爲一同人物記。邦人鬱林教授周君道興介予曰：「縣之立是碑，屬歲大比，將作興士氣也。冀子爲之記。」予嘉其勤，不得辭。按衡進士姓名可考者，自祥符省元鄭向而始，景祐八人俱擢第，郡人侈爲渾化，時耒陽居其三。嘉定郡貢十八人，耒陽又半之。間歲往往多得士。今邑人於花州之讖，翹乎其未憗也。雖然，科第之末，不足爲儒者道，天下事固有大於此者矣。衡有石鼓書院，朱文公實爲記。其論世俗之書，進取之業，以爲志於己者所羞言，至謂學校科舉之害，不可以是爲適然而莫之救。先生所以正人心，破俗學者，頎乎其至也。前輩之流風未遠，學者之分内何限，屬邑之士，其得無所聞乎？然則縣之此碑，將以紀姓名也。豈曰使人歆慕誇羨，矻矻然爲務外之歸哉！夫在上有師道，則在下有善人；脩於家有正學，則天子之庭有真儒。此令尹與凡邑之士，兢兢終日而不能已者也。若夫苟焉而學，泛焉而仕，冒焉而題，則後人指之曰：「某也若何，某也若何。」嗚呼！是可不凜凜乎哉！

❶「耒」，原作「來」，今據鄢本、張元諭本、四庫本改。下「耒陽」之「耒」同。

撫州樂安縣進士題名記

撫領縣五，《進士題名記》自太平興國樂公史始，以迄于今，班班然。雖然，此記諸郡者，縣又各有記，郡縣皆以本人物之出，而縣又近也。樂安自紹興十八年始置縣，于時士文富義豐，頭角嶄出，志氣凛然，蓋文物之發越久矣。三歲大比，由是而計偕者，始而二三人，繼而四五六七人；擢奉常第者，始而一人，繼而二三人。斯盛矣！而記未立，闕也。予同年新贛州教授何君，時以書來京師曰：「薦於鄉而仕於國，皆士之達也。追其已往之不及記，待其方來之不勝記，將托諸石，以詔不朽，願假之一言。」辭不獲。按圖志：縣始創，實割崇仁三鄉，與吉之永豐一鄉。斯土也，蓋文明之會也。山川之英，扶輿清淑之所藏，是故名世出於其間。歐陽子之於永豐，文恭羅公之於崇仁，是其人也。今縣東跨西并，收拾奇山水以爲一國，風氣磅礴，且百年於此。斯文之運，寖以張王，此豈偶然之故邪？雖然，二君子所長，非科第也，有大焉者矣。登斯記也，「高山仰止，景行行止」，當何如哉？當何如哉？

瑞州三賢堂記

瑞有三賢祠堂。三賢：余襄公、蘇文定公、楊文節公。祠堂舊在水南闤闠，景定庚午燬于兵。前守嚴陵方君逢辰，遷之稍西，垂成而去。某爲君代，相遇於上饒。君語及斯堂，曰：「瑞人之敬三賢也如生，三年無所於祠，❶意閔閔焉，予是以亟新之也。然塗塈未畢，像設未備，子其成之。成則爲之記。」某至郡，既敬奉君之教，遂率諸生行釋菜禮，而君書三至，諗記之成，某不得辭。夫瑞爲郡，號江西道院，然在汴京盛時爲遠小，故余、蘇二公皆以謫至。淳熙間，郡去今行在所爲近，而楊公江西人，雖自蓬監出守，殊不薄淮陽也。地一而時不同，又守郡者與他謫異。然瑞人矜而相語，概曰：「吾郡以三賢重，余公坐黨范文正；蘇公坐救其兄東坡先生，後又以執政坐元祐黨；楊公坐争張魏公配饗事。使此三賢者皆無所坐，安得辱臨吾土？」噫，甚矣！瑞人之好是懿德也。

然三賢所養猶有可得而竊窺者乎？范公忤吕丞相而去也，未幾復用，前日寅緣被斥者，以次召還。襄公自瑞徙泰，乃獨請嶺南便郡以歸，愈去愈遠，豈非所謂同其退不同其進者耶？蘇公世味素薄，其記東軒，謂顔氏簞瓢之樂不可庶幾，而日與郡家收錙銖之利，曾不以爲屈辱。異時再謫、三徙之餘，退老潁濱，杜門卻掃，不怨不尤，使人之意也消。若楊公則肆意吟哦，筆墨淋灕，在郡自爲一集，與疇昔道山群賢文字之樂，無以異也。若三賢者，豈以擯斥踈遠累其心哉！夫擯斥踈遠不以累其心者，其流或至於翛然遠舉，超世遺俗，而三賢又不然。余公用於慶曆，蘇公用於元祐，蹇蹇匪躬，皆在困躓流落之後。楊公當權姦用事，屢召不起，報國丹心，竟以憂死，凛然古人尸諫之風。嗚呼，此其所以爲三賢歟！繇前言之，吾知在瑞之時，樂天安土；繇後言之，吾知在瑞之時，乃心罔不在王室。嗚

❶「三」，四庫本作「二」。

呼，此其所以爲三賢歟！《詩》曰：「高山仰止，景行行止。」太史公曰：「雖爲之執鞭，所忻慕焉。」瑞人之敬三賢也，又於此思之，當有以稱方君所爲欲記斯堂之意。某於先正，無能爲役。

建昌軍青雲莊記

大農簿趙侯守盱之明年，建青雲莊成。侯旦夕受代行矣，移書請記於廬陵文某曰：「大江以西，搢紳衣冠，盱爲盛。盱賓興薦士三十七，江山奇氣，發天地之藏未艾也。郡有庫，邑有莊，皆以貢士名。賦鹿鳴與計偕者，❶僕馬道路而無虞矣。則後自念，士方奏名待對，皇帝王伯之規模，造端發軔，如火始然，奈何以旅瑣瑣病寒畯乎？會南豐有寺曰安禪，燬于寇。田若干，無所於屬，於是復其租税，爲屋四楹，廼積廼倉於寺之廢址，命曰『青雲莊』。錢穀有司三歲一會。凡盱之試御前者，贐各有差，所爲厚士於方來，蓋庶幾焉。」

某復於侯曰：自異學興，緇黄之宫遍天下，其徒蠶食，阡陌相望。有志之士，嘗欲磨以歲月，聽其消亡。士大夫蔽於福田利益之私，非惟無救於敝，更張大之。侯也炳然大觀，右儒而左釋，制其膏腴，移彼予此。正合前賢建置，可謂執德而不回者矣。孟子曰：「我善養吾浩然之氣。」夫浩然者，際天地而常存，不假外物而爲消長，士豈以侯爲浼己哉？《詩》云：「菁菁者莪，在彼中陵。既見君子，錫我百

❶「賦」，張元諭本作「貢」。

朋。」釋者曰：「古者貨貝，五貝爲朋。百朋，得禄多也。」《小雅》之序「菁菁」者，美其育材；「變小雅」之次《菁莪》者，傷其廢禮。以君師在上，取其長育人材者，禮如何其廢之！矧諸侯奉天子命，守土有國，士賢者能者，悉上送春官，勸駕續食，固其所也。侯推廣國家樂育之意，知盡禮而已，與之者非以爲恩，受之者豈以爲不屑哉？莊生論鵬摶扶摇而上者九萬里，風斯在下，本放曠者寓言。自隋唐以來，世人尊異科第若青雲者，放之而爲之辭。古之人，其身益高，其心益危，人以爲瞻望不可企及，乃其憂責之始。士之於一旦，豈真以發身爲汗漫乎哉？《易》之《象》「雲上於天，需，君子以飲食宴樂」，士待對時也；「雲雷屯，君子以經綸」，士澤物時也。侯誠有望於人物，有意於世道，有以爲需之飲食，侯事也；無以爲屯之經綸，士責也。侯不負士，士亦不負侯，是爲不負所學，不負天子。侯名孟藡。董莊事者，前通判臨江軍曾君積新，袁州萬載縣主學徐君應午。貢士庫名存而實湮，以白金二十鎰補其籍，改庫爲田，以利久遠，其出内則隸是云。

贛州重修清獻趙公祠堂記

郡所在祠先賢之爲守者，守得祠以遺愛。然而百世之下，君子之澤有存焉者，寡矣。而聞其風，爲之興起，尸而祝之，不謀同辭，識者於是上下世道而觀其大節焉。故參知政事贈太子少師清獻趙公抃，歷事仁宗、英宗、神宗，以忠亮純直，爲時名臣。公嘗治虔、治益、治杭、治越，其政本之以清淡，行之以簡易，寬不爲弛，嚴不爲殘。使在漢氏，課功第能，當不在循吏下。抑公所爲大過人者，不寧惟是。當王安石變更祖宗法，海内騷動，廷臣唯諾趨走，莫敢後先，獨與司馬文正光、范忠文鎮、唐質肅介頷頷争論，不少假借。至上疏言財利於事爲輕，民心得失爲重，不罷青苗使者，非宗社之福。公卒去位，小人相繼用事，濁亂天經，蘖牙禍根，荆舒之罪，穢汙簡册。「如有一个臣，斷斷猗無他技」，中原遺老，炳然元龜，天下後世，感憤追想，猶凛凛有生氣。嗚呼！此其所謂大節，❶關繫於世道治亂升降，而不可誣也。

咸淳六年，知贛州大宗丞番易李侯雷應，以公嘗辱爲是邦，始至，訪公祠所在。郡治故有祠，與濂溪並。自濂溪移祀于學，前守陳公宗禮始建公廟于城之東偏，歲時妥侑，習爲故常。屋弊且壓，神不顧享，侯慨然曰：「是不可憚改。」會歲豐人和，庭無徵發，於是棟楹欄檻之腐敗撓折者，瓴甓丹雘之踈漏漶漫者，神位祭器之缺失不如禮者，所費節約，❷一日新美。又更爲之門，俯臨大衢，非徒侈觀，使過者敬恭焉。明年夏五落成，侯時已除湘南刑獄使者，將行，走書屬某記之。某惟吏道苟且，逐末忘本久矣。侯之先公忠清，有風裁於世，侯得之見聞，獨能尊事文獻，景行先哲，風示邦人，以繹教思，其淵源有自來哉！

清獻距今二百餘年，贛石，公所鑿也；章貢臺，公所創也。公之事遠矣，而其山川猶有衣被其餘

❶「謂」，原作「調」，今據張元諭本改。
❷「節」，鄢本、張元諭本、四庫本作「儉」。

者，贛人之思之曰：「公生而德澤在吾土，公之賜也；公死而典刑在吾土，公之賜也。」嗚呼！公之在熙寧也，當時小人，號爲得志，富貴澌盡，終歸無有。贛何地也，而公祠在焉。後公而爲贛者相望，亦豈無可以繫去思者，而公之祠，巋然靈光，何其懿也！嗚呼！士大夫之於當世，其大節可不謹哉！可不謹哉！

贛州重修嘉濟廟記

今天子咸淳六禩，大宗丞權侍左郎官李雷應被旨知贛州。贛地大而俗嚚，山寬而田狹，俗嚚故易以譟，田狹故易以饑。侯未至以爲難，將至以爲憂。迺七月下車，膏雨霈流，嘉氣坌集，民聲大和，四郊以寧。侯悦，莫喻所從來也。百姓歌之曰：「我土渢渢，黍稷芃芃。孰啓我侯？我神之功。我氓蚩蚩，❶牛犢熙熙。孰相我侯？我神之威。」侯驚召父老進而問故，曰：「是何神也？」父老相率告于庭曰：「州之東，有廟曰『嘉濟』。自秦漢以來，血食至今，我民司命，匪神其孰尸之？」侯憮然曰：❷「我何以得此於神哉？抑神實德我，我其有不致力於神？」迺肅籩豆，乃潔牲牷，晨起詣廟，以謝以祈。既竣事，周視庭宇，不遑于寧，始建議營度。刊木于厓，浮竹于津，厥材既堅，厥工惟時。植圮支仆，撤

❶「氓」，原作「岷」，今據張元諭本、四庫本改。
❷「憮」，鄢本、張元諭本作「恤」。

去庳陋，傭力奔走，咸勸於事。堂皇言言，廊廡嚴嚴，有門秩然，有亭翼然。於是神位具宜，廟制大備，王公皇皇，袞冕裳衣。祠既畢，則以其餘修道逵，以便來游者，葺三浮梁，❶以便絶江者。錢奇二百萬，粟奇二百碩，悉出侯所節縮，故役成而人不知。

明年四月，侯除荆湖南路提點刑獄，未行。粟米在市，麰麥滿野，雞犬相聞，達于嶺表。訖侯去，視始至如一日焉。百姓復歌之曰：「奕奕廟貌，我侯新之。侯爲我民，匪神是私。田有稻粱，野無干戈。微侯之賜，胡以室家？避舞僊僊，❷伐鼓淵淵。何以報侯？萬有千年。」予時臥山中，州從事具本末，來屬予書其事。予按《祭法》：「能禦大菑則祀之，能悍大患則祀之。」神之爲靈昭昭矣。謹敘次下方，納諸廟門爲記。

贛州興國縣安湖書院記

贛興國縣夫子廟在治之北門。縣六鄉，其五鄉之人來游來歌，被服儒雅。東二百里曰衣錦鄉，其民生長斗絶險塞，或爲龍蛇，瀆于邦經，有司黽勉以惠文從事。咸淳八年，宣教郎臨川何時來爲宰，憫然曰：「使人不可化，則性命之道熄矣。」顧邑校曠越不克施，迺夏四月，即其地得山水之勝，議建書

❶「三」，鄢本、張元諭本作「二」。
❷「避」，鄢本、張元諭本作「屢」。

堂，以風來學。召其豪長，率勵執事，堂庭畢設，講肆有位。彙試館下，録爲生員凡二十八人，又拔其望四人爲之長。冬十月，令率諸生以牲幣薦于先聖先師，樽俎旗章，等威孔嚴。環觀愕眙，屏息胥抃，黧老婦子，轉相傳呼，然後翕然以儒者爲重。令曰：「吾教可行矣。」載命胥正，秩其比伍，家使有塾，人使有師，如黨庠術序之意。置進學日記，令躬課其凡，督以無怠。又上諸府，改其鄉曰「儒學」，植之風聲。於是山長谷荒，人是用勸，咸願進嚮文事，率由訓程。傳曰「天地之道浸」，言化以漸也。風俗之積，幾千百年，而令一朝變之，固若是速歟！

共惟國家，五星聚奎，實開文明。皇祖制詔，天下州縣立學，所在表章儒先，復創書院，三代以下，斯文彬彬焉。先民有言，地氣自北而南。粤從衣冠正朔，啓我吴會，自江以南，悉爲鄒魯。今也遐荒陋僻，沐浴教恩，如狂得瘳，如迷得呼。王澤之滲漉日深，地氣之推移日至，此豈偶然之故哉？

予於令爲同年進士，適守是州。令奉天子明訓，❶以字民爲職，能廣學愛，宣德化，是爲不辱威命。將上其事於朝，復諗之諸生曰：「昔有文翁，興學于蜀。受業博士，時則張叔。學官弟子，畏而懷之。彼何人哉？叔兮叔兮。」又進諸生之長諗之曰：「昔有文公，設教于潮，潮人趙德，以士見招。維文與行，倡于齊民。其則不遠，德哉若人。」諸生拱而前曰：「某等幸生明世，惟師帥不鄙夷之，俾獲有聞。雖不敏，敢不受教，請刻諸石，以詔百世。」書院之制，前爲燕居，直以杏壇。旁爲堂，左先賢祠，祠後爲

❶「令」，鄢本、張元諭本作「今」。

直舍，繚齋以廡，不侈不隘，臨溪爲之門。堂名「絜矩」，齋名「篤志」、「求敏」、「明辨」、「主善」、「率性」、「成德」。其門總曰「安湖書院」，某山中所題云。

道林寺衍六堂記

余行部長沙，❶道湘西，登道林寺。舊有四絶堂，指沈傳師、裴休筆札，宋之問、杜甫篇章也。堂之顔，吾鄉益國周公書之，至是百二十年。公又有記，述蔣之奇語。之奇取歐陽詢書、韓愈詩，而黜裴、宋。公獨合古今異同，有衍四爲六之説。人之意度，相遠如此。僧志茂以屋壓字漫，壽公字于石，取公之意，易名「衍六」，將揭于新堂。予嘉其有二善焉：補唐賢故事，寶乾、淳遺墨，非俗衲所爲，爲之嘉嘆而記其後。

五色賦記

孟春之二十五日，發舟石鼓。越三日，過衡山，宰趙孟俵送縣志，《遺逸門》一段云：「寇豹與謝觀同在唐崔裔孫門下，以文藻知名。豹謂觀曰：『君《白賦》有何佳語？』對曰：『曉入梁王之苑，雪滿群山；夜登庾亮之樓，月明千里。』觀謂豹曰：『君胡不作《赤賦》？』豹曰：『田單破燕之日，火燎于原；

❶「部」，鄢本、張元諭本作「步」。

武王伐紂之年，血流漂杵。』」前輩游戲文字，足以解人頤如此。客曰：「更倣之作《黑賦》如何？」予應聲曰：「孫臏銜枚之際，半夜失踪；達磨面壁以來，九年閉目。」客絶倒。予曰：「君盍賦黄、賦青，如何？」一客云：「杜甫柴門之外，雨漲春流；衛青塞馬之前，沙含夕照。」又一客云：「帝子之望巫陽，遠山過雨；王孫之别南浦，芳草連天。」曰黄曰青，不于其蹟，而于其神，亦一時興致所到。因反觀寇、謝前作，惟「月明千里」得白之神，曰雪、曰火、曰血，皆不免著迹，且漂杵是武王一處事，燎原與田單不相干。一客改之曰：「堯時十日並出，爍石流金；秦宫三月延燒，照天燭地。」一客又曰：「『夜登庾亮之樓，月明千里』，如何對？」或對曰：「秋泊袁宏之渚，水浸一天。」予謂前作已是劣劇，後來者又進乎滑稽矣。因次第其高下：赤，豪雄第一；黑，深妙第二；黄，神俊第三；白，脱灑第四；青，風韻第五。或以黑爲冠，予亦莫知其定，因記之以諗觀者。

衡州上元記

歲正月十五，衡州張燈火合樂，宴憲若倉于庭。州之士女，傾城來觀，或累數舍，竭蹷而至。凡公府供張所在，聽其往來，一無所禁，蓋習俗然也。咸淳十年，吏部宋侯主是州，予適忝陳臬事，常平以王事詣長沙，會改除，於是侯與予爲客主禮。是晚予從城南竟城東，夾道觀者如堵。入州，從者殆不得行。既就席，左右楹及階，階及門，駢肩累足，轍轍如魚頭，其聲如風雨潮汐，咫尺音吐不相辨。侑者集，三面之人趨而前，執事幾不可曲折。酒五行，升車詣東廳，廳之後稍偏爲燕坐，俎豆設焉。主人既肅賓，車不得御，乃步入燕坐之次。至，則兒童婦女雜襲而争先，❶男子冠以上，往往引去。及獻酬，州民爲百戲之舞，擊鼓吹笛，斕斑而前。或蒙倛焉，極其俚野以爲樂。游者益自外至，不可復次序。婦女有老而禿者、有羸無齒者、有傴僂而相攜者、冠者、髽者、有盛塗澤者、有無飾者，有攜兒者、有負在手者、有任在肩者、或哺乳者，有睡者、有睡且蘇者、有啼者、有啼不止者，有爲兒弁髦者、有爲揔角者，有解后敘契闊者、有自相笑語者、有甲笑乙者、有傾堂笑者、有無所覩隨人笑者，跛者、倚者、走者、趨者、相牽者、相扶擎者、以力相拒觸者，有醉者、有勸者、咳者、唾者、嚏者、欠伸者、汗且扇者，有正簪珥者、有整冠者、有理裳結襪者、有履閾者、有倚屏者、有攀檻者、有執燭跂惟恐墮者，有酒半去者、有方來者、有至席徹者。兒童有各隨其親且長者、有無所隨而自至者、立者、半坐於地者、有半坐杌下者、有環客主者、有坐復立者、有立復坐者。視婦女之數，多寡相當，蓋自數月之孩，以至七八十之老，靡不有焉。其望於燕坐之門外，趑趄而不及近者，又不知其幾千計也。當是時，舞者如儺之奔，狂之呼，不知其褻也；觀者如立通都大衢，與俳優上下，不知其肆也。予與侯頽然其間，如爲家人之長坐於堂，而驕兒騃女充斥其間，不知其偪也。

予起而舉酒祝侯曰：「以平易近民，而民近之。豈弟父母，侯之謂矣。」侯釂，❷且執爵前曰：「惟

---

❶「則」，張元諭本無。

❷「釂」，鄢本、張元諭本作「醻」。

使者使民不冤，無湮鬱其和，我是以大有民。」予避且謝，則復諸侯曰：「使時和歲豐，日星明概，舉海内得以安其生而樂其時，衡與賜焉。維天子之功，臣等何力之有？」侯拱而立。侯，蜀人也。因與予言益州承平時，元夕宴遊，其風流所親見，蓋出於祖宗德澤，天地涵育之久，而今不可復得矣。予愍然私念之，開慶、景定間，衡以中州，不得免於難。今城郭室廬，公私文物，猶草創綿蕝云爾。然以幾世幾年所爲郡，而十數年間，卒然修復，得其大体，非國家忠厚積累，於民力愛養有素，豈望如今所成立哉？蜀自秦以來，更千餘年無大兵革。至于本朝，侈繁鉅麗，遂甲於天下，不幸蕩析若鬼神之忌盈者。今衡之民，務本而勤力，歲時一觀游之外，衣食其耕桑，儉而不泰，風氣淳厚，猶南方建德之國，其將進而未已者乎？

予爲親懷歸，得郡且行，侯還表於朝有日矣。惟一時民物之概，得於目擊，相與嗟嘆闊絶，而欣喜不厭於心者，不當無所紀。具懼夫可愛可愕之狀，❶俯仰蹉跌，忽不可以復追也。燕之明日，亟奮筆記之，以庶幾觀風之意，且使後來者於侯政有考焉。侯名遇，今居延平。

雷州十賢堂記

國朝自天禧、乾興迄建炎、紹興百五十年間，君子小人消長之故，凡三大節目，於雷州無不與焉。

❶「具」，張元諭本作「且」。

按《雷志》，丞相寇公準以司户至，丁謂以崖州司户至。紹聖後，端明翰林學士蘇公軾、正言任公伯雨以渡海至，門下侍郎蘇公轍以散官至。蘇門下正字秦公觀至。樞密王公巖叟雖未嘗至，而追授别駕，猶至也。未幾，章惇亦至。其後，丞相李公綱、丞相趙公鼎、參政李公光、樞密院編修官胡公銓，皆由是之瓊、之萬、之儋、之崖。正邪一勝一負，世道與之爲軒輊。雷視中州爲遠且小，而世道之會，乃於是觀焉。

我度皇之九年，詔大府寺簿虞侯應龍知雷州。侯，雍公曾孫，有文學。凡登朝，必與史事，諸所袞鉞，得《春秋》大旨，植之風聲，尚有典刑。其至雷也，考圖諜，訪耆老，顧瞻山川，愁如有懷。乃黜丁氏、章氏，自萊公以至澹菴，凡十賢，爲祠於西湖之上。使海邦興起前聞，一朝皂白，知所以勸，敬賢如師，疾惡如仇。侯所爲，豈刀筆細故哉？嗟乎！雷何地也？諸賢冠冕于此，儼然而威。自太守諸生以下，敬共登降，制幣薦奠，如先聖先師。人有常言，「惟是風馬牛不相及也」，諸賢何以得此於南海？南海何以得此於諸賢乎哉！我祖宗待士大夫忠厚而有禮，稽諸司敗，嶺海則止。此事上配帝王，非漢唐所及。雖施之姦回，容有傷惠，而賢者失路，靡不獲全，祈天永命，萬有斯年。噫嘻，盛德事也！祠經始於十年九月，十月吉日落成。侯謂予同館，走書數千里至贛，屬予記。予不敏，叙其凡。復爲迎送神辭，使祀則歌之。辭曰：

飈風起兮雲黄，萬里兮故鄉，桃茢兮祓不祥。何懷乎斯宇兮，惟獨有此衆芳。海可竭兮神不可忘，五嶽爲質兮三辰爲光，保我有國兮萬年其昌。

雷州重建譙樓記

凡並海而爲州，皆有颶風，而雷爲甚。中州多山，地氣固密，城郭公府，苟非水火兵革之難，雖累數千百年存焉可也。南方歲有颶風，拔大木，蜚大屋，以爲常。矧雷三面際海，當風之衝，豈獨城樓難哉？太史氏虞侯應龍來爲守，是爲咸淳十年。六月十有二日夜半，颶風作，厥明，視譙壓而城壞。方風之來也，其暈如虹，有蜃氣如樓臺，及其欻霍凌轢，訇哮撞搪，其聲不可名狀。侯曰：「斯樓，郡以晝夜者，非大且壯無以支永久。」乃筏鉅材，鳩工並興，設爲巍峩，下臨鯨波。予聞而憮然曰：天下猶海也，世變猶風也。昔人有言，「大厦非一木可支」，又曰「震風凌雨，而後知厦屋之帡幪也」。侯所建立，有安天下之道焉。侯之爲雷也，寬而有制，嚴不爲暴。始至，蒐軍明律，戮澤中爲龍蛇者，獄有三年淹破其貨内者。覈丁籍，實民賦，老壯以時，富貧有經。又爲之表賢哲，興學校，開其倫常，示人有耻，陶爲清淳，訟是用希。凡此皆侯所爲，反風徙鱷之本也。天子神聖文武，克有天命，祝融受職，海若順令。侯爲政知所本，价人維藩，式是南邦，城樓云乎哉！

文山先生文集卷之十三

序

孫容菴甲藁序

容菴孫先生，早以文學自負，授徒里中，門下受業者常數十。晚與世不偶，發其情性於詩。今其家集甲乙丙彙爲三帙。當先生無恙時，乙，官湖王公介爲序；丙，今念齋陳公彬筆也。獨甲篇首無所屬，太史公將以自序云爾，不幸未就，賫志以歿。後二十二年，先生之子演之、孫應角出其本，命予序，以補其遺。

先生之爲詩，縱横變化，千態萬狀，前二公模寫極矣。後生小子於前輩畦徑，不能窺也，獨嘗往來容菴，知先生所以爲詩者。今夫山，一卷石之多，及其廣大，草木生之，禽獸居之，寶藏興焉。今夫水，一勺之多，及其不測，黿鼉蛟龍魚鼈生焉，貨財殖焉。天下之奇觀，莫具於山水。山水非有情者，莫之爲而爲，何哉？《傳》曰：「山藪藏疾，江海納汙。」則其所容者衆也。先生之菴，介於闤闠，敞二尋，高爲楹不踰丈。求其領略江山，收拾風月，則亦無有乎爾。然先生讀書，白首不輟。皇王帝霸之迹，聖經賢傳之遺，下至百家九流，閭閻委巷，人情物理，纖悉委曲，先生旁搜遠紹，蓋朝斯夕斯焉。是百世之上，六合之外，無能出於尋丈之間也。以一室容一身，以一心容萬象，所爲容如此，此詩之所以爲詩也。

先生名光庭，字懋□，居廬陵富川，以詩書世家。今其子惟終，放情哦諷，爲詩門再世眷屬。其孫懋，於文學方翹翹自厲，發矢於持滿，流波於既溢，以卒先生爲詩之志。詩之道其昌矣乎！予里人也，知先生爲詩之故，與其所以積累繼述者，因發之，以補二序之未及云。

危恕齋論序

近世有驪塘巽齋二危論行於世，予讀其文，庶幾前輩之彷彿者矣。吾州恕齋危先生，其所爲論積成帙，學者爭傳爲矜式。先生學爲桑梓之宗，行爲章甫逢掖之望，放而爲文，所謂仁義之人，其言藹如。臨川、廬陵之危，是或一道也。抑二危以此決科發身，而先生不偶於場屋以死，則所遇之足悲也。雖然，遇不遇，無足計也，于其人而已。然則學恕齋爲文，尚從其人求之。

金匱歌序

《金匱歌》者，鄉前輩王君良叔之秘醫方也。初，良叔以儒者涉獵醫書，不欲以一家名。一日，遇病數十輩同一證，醫者曰：「此證，陰也，其用某藥無疑。」數人者駢死，醫者猶不變。良叔曰：「是證其必他有以合。」少更之，遂服陽證藥，自是皆更生焉。良叔冤前者之死也，遂發念取諸醫書，研精探索，如其爲學然。久之，無不通貫，辨證察脉，造神入妙，如庖丁解牛，傴僂承蜩。因自撰爲方劑，括爲歌詩，❶草紙蠅字，連帙累牘，以遺其後人，曰：「吾平生精神，盡在此矣。」其子季浩，以是爲名醫。其子庭舉，蚤刻志文學，中年始取其所藏讀之，今醫遂多奇中。一日，出是編，予然後知庭舉父子之有名於人，其源委蓋有所自來矣，天下豈有無本之學哉！世道不淑，清淳之時少，乖戾之時多。人有形氣之私，不能免於疾，世無和、扁，寄命於嘗試之醫；斯人無辜，同於巖墻桎梏之歸者，何可勝數！齊高彊曰：「三折肱，知爲良醫。」楚辭曰：「九折臂而成醫。」言屢嘗而後知也。《曲禮》曰：「醫不三世，不服其藥。」言嘗之久而後可信也。人命非細事，言醫者，類致謹如此。然則良叔，齊楚人所云醫也，若庭舉承三世之澤，❷其得不謂之善醫矣乎？予因謂庭舉曰：「凡物之精，造物者秘之，幸而得之者不敢輕，然其久未有不發。周公金縢之匱，兄弟之秘情也，至成王時而發；藝祖金匱之誓，母子之秘言也，至太宗時而發。君所謂《金匱歌》者，雖一家小道，然祖宗之藏本，以爲家傳世守之寶，其爲秘一也。子之發之也，以其時考之，則可矣。」庭舉曰：「大哉斯言！予祖之澤，百世可以及人。予爲子孫，不能彰悼先志，恐久遂沈泯，上貽先人羞，敢不承教以廣之於人！」予嘉庭舉之用心，因爲序其本末如此。

❶「歌詩」二字，四庫本作「詩歌」。

❷「庭」，原作「廷」，今據上文「庭舉」及鄢本、張元諭本、四庫本改。下「庭舉」同。

良叔諱朝弼，季浩諱淵，庭舉名槐云。

張宗甫木鷄集序

三百五篇，優柔而篤厚。《選》出焉，故極其平易，而極不易學。予嘗讀《詩》，以《選》求之，如曰：「駕言陟崔嵬，我馬何虺隤。我姑酌金罍，維以不永懷。」如曰：「自子之東方，我首如飛蓬。豈無膏與沐，爲誰作春容。」《詩》非《選》也，而《詩》未嘗不《選》，以此見《選》實出於《詩》，特從魏而下多作五言耳。故嘗謂學《選》而以《選》爲法，則《選》爲吾祖宗，以《詩》求《選》，則吾視《選》爲兄弟之國。予言之，而莫予信也。一日，吉水張彊宗甫以《木鷄集》示予，何其酷似《選》也！從宗甫道予素，宗甫欣然，便有平視曹、劉、沈、謝意思。三百五篇，家有其書，子歸而求之，所謂吾道東矣。

趙維城洗冤録序

漢法，殺人者死。我國家式敬由獄，尤於人命重致意焉。情法輕重，相去一毛，轉移蔽欺，其謬千里。吾儒坐論書史，志其大者，固自以司空城旦之書、柱後惠文之學爲不必講。不必講可也，而一日臨事，懵然受成，其爲誤不少。愛人利物之心，謂之何哉！近世宋氏《洗冤録》於檢覆爲甚備。宋氏多所歔歷，蓋履之而後知。吾邦趙君與㯃甫階一命，而能有志乎民，反覆駁難，推究其極，於宋氏有羽翼之功矣。使君自此有中外之迹，日增月益，豈曰小補之哉！《書》曰：「獄貨非寶，惟府辜功。」又曰：「無或私家于獄之兩辭。」祥刑之本也。讀趙君此編，而於《書》再三焉，雖不中，不遠矣。

龔知縣帥正録序

《訟》九五曰「尚中正」，下四爻竟至於不訟。子曰：「子帥以正，孰敢不正？」惟上九一爻犯終凶，至錫帶三褫，豈帥之者之罪哉？居卦之終，爲險健之極，冀其矯揉，非百倍其力，有所不能。兹《易》所以爲憂患之書也。龔君子輝，宰吾廬陵，其聽訟必据經守法，不肯少委折以貳民聽。凡斷筆，備書之册，踰年幾三帙，名曰《帥正録》。大哉，君之用心乎！廬陵訟最繁，自君視事，日以銷殺，從所帥也。然猶不免於有録，而録不免於再且三。風俗所積，其嚚也久矣，夫豈一朝一夕之故。縣，古諸侯也，使君私其土，子其人，教化之入人也深，則是録可以無作。今之縣，三年一替，君之所試，曾幾何時，讀是録也，庶幾朞月而可者矣。子路問政，子曰：「先之勞之。」請益，曰：「無倦。」君而以無倦行之，是録也，固筌蹄之粗也歟！君名曰升，豫章人。

蕭燾夫采若集序

《選》詩以十九首爲正体。晉宋間詩，雖通曰「選」，而藻麗之習，蓋日以新。《陸士衡集》有擬十九首，是晉人已以十九首爲不可及。十九首竟不知何人作也！後江文通作三十詩，擬晉宋諸公，則十九首邈乎其愈遠矣。予友雲屋蕭君燾夫，五年前善作李長吉体，後又學陶，自從予游，又學《選》，今則鬖鬖顔、謝間風致。惟十九首悠遠慷慨，一唱三歎而有遺音。更數年，雲屋進又未可量也。十九首上有《風》《雅》《頌》四詩，俟予山居既成，俯仰温故，又將與君細評之。

羅主簿一鶚詩序

詩所以發性情之和也。性情未發，詩爲無聲；性情既發，詩爲有聲。閟於無聲，詩之精；宣於有聲，詩之迹。前之二謝，後之二蘇，其詩瓌偉卓犖，今世所膾炙，然此句之韻之者耳。夢草池塘，精神相付屬；對牀風雨，意思相怡愉。傳曰「立見其參於前，在輿見其倚於衡」，謝有焉。「樂則生，生則惡可已」，蘇有焉。東溪君嗜詩，叔曰北谷，而雲谷又其弟。鶴鳴子和，塤歈篪應，天和流動，雍于一堂，❶所謂無聲之詩也。噫！謝之樂，不能兼蘇；蘇之樂，不能兼謝。東溪君合蘇、謝而一之，其樂庸有既乎？若夫君所以句之韻之者，予非能詩，又焉能評？其歸問之二谷。

新淦曾季輔杜詩句外序

杜詩舊本，病於篇章之雜出，諸家註釋，人爲異同。淦北山子曾季輔，平生嗜好，於少陵最篤。編其詩，倣《文選》体，歌、行、律、絶，各爲一門，而紛紛註釋，自以意爲去取。意之所合，列於本文下方，

❶「于」，四庫本作「和」。

如東萊《詩記》例，而總目之曰《少陵句外》。予受而讀其凡，蓋甚愛之。既録其副，則復慨然曰：世人爲書，務出新説，以不蹈襲爲高。然天下之能言衆矣，出乎千載之上，生乎百世之下，至理則止矣。虚其心以觀天下之善，凡爲吾用，皆吾物也。是意也，東萊意也，而北山子得之。觀舞劒而悟字法，因解牛而知養生，予也受教於北山子矣。

忠孝提綱序

江流滔滔，日夜無聲，水之常也。至於石觸之鳴，風激之爲波，則水之所遭，拂乎常矣。爲臣忠，爲子孝，出於夫人之内心，有不待學而知，勉而行者。古之人，都俞吁咈，定省温凊，行乎忠孝之實，而不必以名知於人，此人道之自然也。若夫處時之變，遭事之不幸，始有不得已，而忠孝之名歸焉，則亦有可憫者矣。帚齋郭君某，有感於忠孝之事，既取古人之大節，旷分而爲之書，又哀皇朝事爲後卷。君之用心，所謂先立其大者。吾讀其書，蓋世變存焉，非徒纂集之末而已。抑有願與君講者，「率土之濱，莫非王臣」，「守孰爲大，守身爲大」，士君子之於天下，固不必食君之禄而後爲忠，親存而後爲孝也。《語》曰：「仁以爲己任，死而後已。」義理之責，庸有既乎？君更以是推廣其説，使人人知忠孝之爲切己事，常也由其道，變也不失其節，則於世教豈曰小補之哉！

八韻關鍵序

《八韻關鍵》者，義山朱君時叟所編賦則也。魏晉以來，詩猶近於三百五篇，至唐法始精。晚唐之後，條貫愈密，而詩愈漓矣。賦亦六藝中之一，觀《雅》《頌》，大約可考，《騷》《辨》作而體已變，風氣愈降，賦亦愈下。由今視乾、淳以爲古，由乾、淳視《金在鎔》《有物混成》等作又爲古。矧《長楊》《子虛》而上，胡可復見？然國家以文取人，亦隨時爲高下，雖有甚奇傑之資，有不得不俛首於此。若朱君立例嚴，用功深，蓋亦深達於時宜者。朱君執此以往，一日取先場屋，然後舍而棄之，肆力於爲文，其於古也孰禦？雖然，又豈惟文哉！

壬戌童科小録序

景定壬戌，童子十人挑誦國子監。既中，試中書如初考，吾里王元吉爲首。該恩許兩試太常，以次九人一試，童子歸而課業，當爲來科新進士；否則再試能文，中即待年出官矣。噫，其亦咄嗟乎哉！山林之士，白首佔畢，有終身不得名薦書，齒下士於朝者。童子未離幼學，已得以所長頡頏當時。雖其得於天者不凡而貴之也，人無異辭，然世之厄於命者何限？若此，獨不以自幸哉！童子歲月方來而未艾也，天下事有大於科目之學者矣，則將何如？韓子《送張童子序》曰：「暫息乎其所已學者，而勤乎其所未學者。」予謂童子，其所已學者，經也。經，載道書也，童子向記其言語而已。而沉潛義理，變化氣質，藴之爲德行，行之爲事業，未之及也。童子而能自其所已學者，温習紬繹，深加履踐，希賢希聖，求之有餘師；而其所未學者，徐徐而勤之，不爲後也。「大學之法，禁於未發之謂豫，當其可之謂時。」童子有之。予也有志乎競辰者，日斯邁而月斯征，愧悔多矣，敢無以相童子，童子倘有利於予言矣乎？

題家保狀序

吾鄉孫幼賓，善與人周旋，受人託必忠。吾黨之士，多與爲知識。三歲大比，其欲結保就試者，率以狀轉授，俾上之有司，幼賓無所愛力，每科輒結至數百保。榜揭之日，籍中多得人，由是中禮部者常有之。從事數科，今又將詔歲，人争以幼賓爲有驗，雖幼賓亦不能自已。一日，持其籍以告予曰：「君疇昔籍中人也，其爲我序之。」予不能辭焉。按《周禮·大司徒》「以鄉三物教萬民而賓興之」，此鄉舉里選之風也。考諸《族師》，則五家十家，五人十人，又使相保相愛，刑罰慶賞相及相共，凡保必有連坐。古以德行取人，於此猶有取爾。周官之法度，與《關雎》《麟趾》之意，固不相悖也。進士始於隋唐，本朝沿襲不改，日引月長，弊倖浸出。上之所以關防禁制者，❶務盡其術，若家保狀其一也。科目與鄉舉里選自不同，然其所以立法之意殆相似。然吾州士風，接歐、周、胡、楊之遺，知所自愛，其麗於

❶「制」，鄢本、張元諭本作「治」。

族師之禁，固鮮矣。幼賓作事必履實，其所受託亦不輕所任。刑罰之相及相共者，吾又固爲幼賓一保。吉爲州鉅，應試二萬餘，然他日得之，率是知名之翹翹者。幼賓自此綱羅無遺，使千佛之名盡萃於一籍，則幼賓繼今，皆慶賞之日也。吾爲子賀，不既多乎？幼賓曰：「『嗜欲將至，有開必先』，君言且驗矣。吾籍屢驗不一驗，將徼福於君，請執此以往。」

又家保狀序

吾嘗觀李肇記唐科舉事，都會謂之舉場，通稱謂之秀才，投刺謂之鄉貢，俱捷謂之同年，有司謂之座主。籍而入選，謂之春闈；將試相保，謂之合保；既捷列姓名於慈恩寺塔，謂之題名；大宴於曲江亭，謂之曲江會。進士之爲貴於天下，其來尚矣。某吉水人，肯爲吾黨哀梓家保狀，使不煩自投於官，殆好事者，介予所知識，以其籍求序。予前一夕，夢有持一卷來曰桂籍，得此夢若驗焉者。是籍之人，由秀才試舉場，由鄉貢試春闈，拜座主敘同年，赴題名所，入曲江會，將必自此合保始。雖然，使君籍而止得科目人也，吾何觀焉？天下事蓋有大於此者矣。仁山蒼蒼，文水泱泱，歐、周、胡、楊，休有耿光。獨無追遺芳而昌之者歟？吾之望君籍也如此。

新淦曾叔仁義約籍序　名公芑

財利在天地間，爲義理之賊。三代以下，選舉不以德行，則士雖爲聖賢，猶將從科目以進。舉于鄉里，固得時行道之發軔也。然士方窮時，驟得一舉，屬有千里之後，無所取資，不得已俛首屈意，以爲此之求，是不待仕，固已賊其心矣。此義約之所以不可廢也。予至新淦，親黨曾君叔仁出其所謂《青雲約》《魁星約》者。其爲約，視他郡特有寓公助送之例，可以觀是邦之風矣。吾黨之士，凡與斯籍，名薦書，走在所，居者無深責，行者無復顧，昌其氣以從事於文，蹇蹇諤諤，進奉天子之對。由此培植，爲他日賢公卿大夫，殆此籍有助焉。然則區區周急，義之末者耳。其於人才有關係，則於後之世道不爲無益，其爲義不亦大哉！

送隆興鄒道士序

新吳昭德觀，或傳西晉劉仙人飛昇之地。其觀前井，猶仙人時丹井也。今鄒高士居其觀，亦以煉丹名。或曰：「高士，仙人之徒與？」予詰其所以爲丹，則高士之丹，非仙人之丹也。仙人之所謂丹，求飛昇也；高士之所謂丹，求伐病也。仙人之心，狹於成己；高士之心，溥於濟人。且夫兼人己爲一致，合体用爲一原，吾儒所以爲吾儒也；重己而遺人，知体而忘用，異端之所以爲異端也。高士非學吾儒者，而能以濟人爲心，噫！高士不賢於仙人歟。

送彭叔英序

彭叔英以秀才精躔度，推予命，謂剛星居多，意若他日可爲國家當一面者。巽齋歐陽先生以三命折之，具爲之説，與叔英辨予命。叔英既錯下一筭，又累先生齒頰，顧區區何足以當之？抑叔英所以許予，謂主命得火，行限得金孛羅計，故至於有主殺伐等語。雖然，此以論項籍、關羽、敖曹、擒虎之流則可，而世固有不必如此而爲名將帥者矣，非叔英之所知也。予獨以爲陰陽大化，絪緼磅礴，人得之以生。其爲性不出乎剛柔，而變化氣質，則在學力。如叔英之説，某星主剛，某星主柔，得剛者必不能柔，得柔者必不能剛，則是學力全無所施，而一切聽於天命，聖賢論性等書俱可廢已。予性或謂稍剛，殆柳子所謂奇偏者。凛焉朝夕，惟克治矯揉，懼陷於惡，敢以命爲一定不易之歸乎？叔英憮然曰：「予言命，君言性，命之矣。抑予所以爲君言者，自謂不誣。士固各有志，子之志，願聞所向，請轉與巽齋直之。」昔諸葛孔明與石廣元、徐元直、孟公威遊學荆州，嘗曰：「卿三人仕進，可至郡守刺史。」三人問其所志，孔明笑而不言。予非孔明也，予之志，豈叔英得窺哉？

送王山立序

官湖王先生，以文章名家。其子山立，無忝於弓冶之業，蚤攜琴書，相從諸公筆硯間。既而曰：「士不爲司馬子長遊，不足以爲學。」於是上下四方者幾年于行，今遊且倦矣。湖海之風波浸惡，山林之歲月漸長，斂其如川方至之鋭，以就於霜降水涸之實，山立將從事乎此。昔孫泰山爲養索遊，范文正公給以月俸三千，遂得留意於學，卒爲一世師表。誠齋素貧，得劉氏館，以故旁搜遠紹，及讀世間未見之書，南渡以來，稱儒宗焉。二先生之事，夫人而可爲也。會有拈出故事以嘉惠山立者，其静以待之。

與山人黎端吉序

與癡兒説夢，終日悶悶，使人欲索枕僵臥。明者了了，不踰頃刻，能解人數百年中事，恨相見晚矣。山人黎端吉客吾門，旬日風雨，旦稍霽，入吾山，一瞬而還，若有德色。問之，則山川巨細，情狀變態，信手圖畫，如山中生長然者，何其敏也！黎氏祖爲吾鄉羅氏葬地，百年效驗翁不見。端吉食其根，❶又能以術世其家，翁信未死哉！端吉遺予地，予方撰屨出郊，而端吉又泝十八灘上矣。臨别敘其説。其歸也，爲予復來乎。

贈林梅所序

何所無花？屈擅蘭，陶擅菊，林擅梅，乃若有定所然。古者以功爲地之封建，後世以文爲花之封建。屈之騷、陶之辭、林之詩皆有功於花。是故花托於斯文，而後得其所焉，噫！九畹三徑，今無復存。林之孫義，獨能世襲孤山，與花周旋，所謂居其所而不遷者。君充拓門庭，於詩道益進，豈惟克有其土地，抑亦光昭其先君之功。懋哉！懋哉！

---

❶「根」，張元諭本、四庫本作「報」。

送項巽可入南序

東坡作《韓文公廟碑》詩云：「作書詆佛譏君王，要觀南海窺衡湘。」坡在南方，亦云「兹遊最奇絶」，又云「兹遊奇絶冠平生」。當文公諫佛骨，豈故欲爲揭陽之行？坡不幸罹黨禍，乃以炎方爲夸。自古詩人大言而非情，往往如此。吾鄉項兄巽可與權之度嶺也，訪予於玉虹，予問：「子非不得已，是行何爲？」則曰：「巽可生也有四方之志，弱冠時嘗一至番禺。已而走上饒，參疊山，拜東岡古爲，然後經潯陽，出赤壁，登黄鶴樓，今也又將往見東岡。吾所學子長遊也。」他時入南者，以風土爲憚。與權年未三十，神澤而氣强，擔簦行數千里，如適其東家，是其要觀南海而從奇絶之遊者，非詩人大言類也。子長南游江淮，上會稽，闚九疑，浮于沅湘，北涉汶泗，講學齊魯，過梁楚以歸，而平生車轍獨未至廣。與權今游子長之所未游，從而偏歷吴楚，按子長東南故跡，登淮山以望中原，以庶幾盡見天下之奇。子長作《史記》序三千年事，爲五十萬言。漢至今又千有餘年，不知與權後之所書，其詳略如何。書成以諗我！

送賴伯玉入贛序

賴君成孫伯玉，號竹澗，五雲人。自幼已好詩，長而浸癖，有《甲乙藁》行於人。戊午，出宜春道中，得詩三十，歸而裒以附於《乙》，自是以行爲趣。一日，以書抵予曰：「某也將泝十八灘，踐空同，非子寵兹行，彼之山靈水神未易屈降。」賴君之行，殆不苟然。贛之勝處，如鬱孤、如八境、如廉泉、如塵外，寺則如慈雲、天竺。在唐有香山品題，至今墨蹟如新。入本朝，東坡、山谷之流交有以發其奇，而長其光價。而東坡蹤跡之密，精神之著，又其尤者也。賴君觸目爲思，開口成句，而騷人墨客之遺，又有以動其亹亹焉者。虚而往，實而歸，此行稡宜春、章貢之得，其自足以成《丙藁》可知也。❶君之茲役，予何能贊一辭。

抑予有請焉：君方盛年，於詩之道，其所造，已非他人以一句一字名世者比。以君之資，其當他有所進乎？司馬子長足迹幾徧天下，後來竟能成就《史記》一部，或議子長所用小於所得。少陵號詩史，或曰「讀書破萬卷」，止用資得「下筆如有神」耳，頗致不滿。韓昌黎因爲文章，浸有見於道德之説，前輩譏其倒學，然猶不爲徒文，卒得以自附於知道。横渠早年縱觀四方，上書行都，超然有凌厲六合之意。范文正因勸讀《中庸》，遂與二程講學，異時德成道尊，卓然爲一世師表，其視韓公所爲，蓋益深遠矣。今君挑包負笈，將四方上下以求爲詩，予也不止望其爲前所稱騷人墨客者，因誦言諸公之失得如此。君且行矣，歸而求之有餘師。

送李秀實序

三月二日，予有行役，宿郊外。次日昧爽，有來謁者，視之，李君秀實也。李君初不之識，一見，察

---

❶「以」，四庫本作「之」。

其爲能言士。坐定，出詩三首，其自序末句曰：「他事無求求者道，莫教徒手只空轅。」今人有好爲尊大，以道統屬己自任，終日瞑目，夜半授佞己者二三言曰：「道在是矣。」隱君授書，孺子取履，昔人以爲近於鬼物，往往類是。李君之求，其諸此之求歟？李君曰：「予知不及此。予，丈夫也，桑弧蓬矢之志，將於子長遊發之。」噫嘻！子長盡天下之觀，一部《史記》取資於此。先民有言：「杜子美讀書萬卷，止用資得下筆有神耳。」予固爲子長惜也。横渠先生早年英邁之氣，奮不可禦，上書行都，縱觀四方，後乃精思力踐，以其學接孔孟之緒。朱文公贊之曰：「早悦孫吴，晚逃佛老。勇徹皋比，一變至道。」懿哉淵乎！李君所欲求者，道也。則子長之終身不足師法，横渠何可當也。顔何人哉？睎之則是。於李君之别也，書此以贈。

送彭和父遊學序

彭，江西三瑞之一，和父其孫也。家傳詩書，半世以教人爲業。以兩歲無所於館，將遊學以問於四方。命予曰：「可行乎？」今夫大冠峩如，大裙襜如，談道理非不纚纚可聽，一旦有飲食之累，則棄三尺，蕩四維，苟可以求無飢者，無所不至。和父雖失館，夷然無慼容，所爲皇皇，問館之外無他筭，此之謂不失其本心。悠悠穹壤，獨無知心者歟？

贈談命朱斗南序

天下命書多矣。五星勿論，若三命之説，予大概病其泛而可以意推，出入禍福特未可知也。惟《太乙統紀》，鈎索深遠，以論世之貴人，鮮有不合。然閭閻賤微，有時而適相似者，倉卒不可辨。予嘗謂安得一書，爲之旁證，以窺見造化之庶幾哉？最後得朱斗南出白顧山人秘傳書一卷，以十干十二支五行二十七字旁施午竪，錯綜交互之中，論其屈伸刑衝六害，察其變動。生旺官印空而爲衰敗死絶，衰敗死絶破而爲生旺官印。禄馬不害爲貧賤，孤劫未嘗不富貴。盈虚消息，觀其所歸，和平者爲福，反是爲禍。其言親切而有證，予切愛之。獨其所著之文，可以意得，不可以辭解。乃循其本文，變其舊讀，概之以其凡，表之以其例，其不可臆見者，闕疑焉。《統紀》十干，干各一詩，其辭雖若專指一干而云，而十干取用，無不相通。故詩雖以百數，其大指數十而已，亦復如白顧之例，别爲之篇，以附見其後，使二書貫穿於一人之手，彼此以補其所不及。年月日時，雖相去一字之差，而於銖兩輕重，爲不可誣矣。斗南，吉水人，拔起田間，談命皆自得之妙。予謂初事《統紀》，失之者十之二三也。繼得白顧書，失之者，百之二三也。予觀斗南用二書，奇中所不在論，偶然而不中則反求之吾書，書未嘗失，顧用書者，或未盡耳。予又恨白顧書有闕疑也，天命之至矣，出於人之所俄度者，不可一言而盡也。吾所見斗南論命，就其一家，真白眉哉！是爲序。

又贈朱斗南序

甲巳之年生，月丙寅；甲巳之日生，時甲子。以六十位類推之，其數極於七百二十而盡。以七百二十之年月，加七百二十之日時，則命之四柱，其數極於五十一萬八千四百，而無以復加矣。考天下盛時，凡州主客户，有至千四五百萬，或千七八百萬，而荒服之外不與焉。天地之間，生人之數殆未可量也。生人之數如此，而其所得四柱者，皆不能越於五十一萬八千四百之外。今人閭巷間，固有四柱皆同而禍福全不相似者。以耳目所接推之，常有一二，則耳目之所不接者，安知其非千非百，而命亦難乎斷矣。且夫五十一萬八千四百之數，散在百二十期中。人生姑以百歲爲率，是百歲内生人，其所受命，止當六分之四有奇，則命愈加少，而其難斷亦可知矣。嘗試思之，宇宙民物之衆，謂一日止於生十二人，豈不厚誣？而星辰之向背，日月之遠近，東西南北天地之氣所受各有淺深，則命之布於十二時者，不害其同，而吉凶壽夭，變化交錯，正自不等。譬之生物，松一類也，竹一本也，或千焉，或萬焉，同時而受氣也。然其後榮者枯者，長者短者，曲者直者，被斧斤者，歷落而傲年歲者，其所遭遇，了然不侔。夫命之同有矣，而其所到，豈必盡同哉！然則參天地之運，關盛衰之數，此其間氣或數百年，或百年，或數十年，而後一大發洩，必非常人所得與者。於五十餘萬造化之中，不知幾何可以當此，而天地寶之不常出，鬼神秘之不使世人可測知也。嗚呼！論至此，則命書可廢也耶？因書于歐陽先生贈月窗説後。

贈曹子政劍客序

「江西劍客」，吾鄉曹子政筭命標榜也。予曰：「子卜也，而取劍何居？」曰：「世人賣卜，事諂媚，捐苦口，皇皇於一食之末。予恨其道之不直也，如是而福，如是而禍，一無所回護，故予剛者之爲也。予言必剛者而後能聽，劍是以得名。」予曰：「噫嘻！昔人有學字，觀公孫大娘舞劍而神。劍無與於字，而廻朔赴仆之間，❶乃足以相發。今子雖爲卜，而有取於劍之剛者，亦詎曰不宜哉？」或曰：「然則是腹劍也。」予曰：「惡，是何言？子政豈口如蜜者邪？」或人語塞。因書以遺之。

贈山人黄焕甫序

黄景文焕甫，乃祖贛風水名術也。予里大家祖地，多出其手，而焕甫以術世其家。前十三四年，予嘗以詩送之。又數年，覺焕甫小異，亟取詩更其辭，而實未深知焕甫也。焕甫游從日以密，講辨日以多，今也而後探其胸中之所存，果有大異乎時人者。噫！知焕甫晚矣。焕甫嘗與予上下阡隴，凡予動心駭目，以爲奇詭雄特，輒掉頭不謂然。至淡然平夷，漫不起人意，往往稱不容口。予始甚訝之，久而服其爲名言也。大概焕甫之術，以爲崇岡復嶺，則傷於急，平原曠野，則病於散。觀其變化，審其

❶「朔」，四庫本作「翔」。

融結，意則取其静，勢則取其和，地在是矣。舍是而求地，亦固有之，而非焕甫之所謂地也。山人之獻地者，日至吾門，予使焕甫往觀，常不滿一笑。焕甫曠數年始獻一地，所獻真如其説。予爲山人所欺者多矣，若焕甫，真不我欺者。惜也焕甫汲汲餬口，以奔走於四方，以予之近且久，幾不相知，卒然使人一見，使人愛其術而不疑，斯亦難矣。予嘗謂能爲焕甫百指計，使焕甫安居一年，必能時發天地之藏，以使予欣然而不厭。予方煮石山中，計必不能及此，姑遂其説。庶幾有因予而信焕甫，焕甫必能出所學以報所知。是楚人亡弓，楚人得之，予又何幸焉！

贈黄璘翠微序

黄璘，吾鄰人，得祖父風水之學。間與之登山，鋪張造化，口角瀾翻，亦可愛。吾館人議以「翠微」名之。翠微山之腰，蒼蒼鬱鬱之象，山人所得稱，抑微乎微者。地理書所謂隱隱隆隆，吉在其中，此則麄心者所不能得其彷彿。黄生齒新而意鋭，更下入細工夫，以庶幾吾所謂微者。

贈仰顛峰拆字序

顛峰仰宗臣，以拆字之術行京師，諸公贈言，陳往驗甚悉。予未即信，試之且數年，每言輒酧，奇矣哉！予問顛峰曰：「禍福將至，必先知之，吾聖人則有教矣。就字而言，字，心畫也，得於心，應於手，夫固動乎四体之一也。由此而推，資稟之强弱，操術之正邪，生死壽夭貧賤富貴之理，於其字畫之大体，而夫人之平生，可一言而盡，是則予固能知之。今夫卒然而遇人曰請所欲書，夫人者亦倘然應之，曾不經意。而子於其偏旁上下之間，紬繹解說，曰某宜禍，某宜福。則其臨書之際，豈亦有鬼神厭乎其上，誘其中而運之肘歟？不然，字而字耳，何靈之有？」顛峰曰：「未也。天下禍福之占，于其動而已。木之榮枯，康節不能索之於其静，一葉之墜，筭法生焉。世人見墜葉多矣，誰知大化寄此眇末。子之觀字也，于其心；某之觀字也，❶于其心之動。是法也，得之異人，異人誡勿言，君退思之。」予推其理不可得，而又動於顛峰之異，則思夫聖人之於事，其存而弗論者不少矣。相視一笑，就用其言贈焉。

送僧了敬序

萬安僧了敬，丙辰年來謁，示予以夫子像。予初怪之，與之語，彷佛儒者氣象。閲諸公賞音，則知其能爲詩，能讀先儒語録，又能築讀書堂，以與邑之逢掖者處，而後嘉其來意之有以也。越五年，予至其宫，求其所謂讀書堂者觀之，則方裒緡斂材，召審曲面勢者而商度焉。因知諸公所以亟稱之者，書其志也，敬師之竟就是役者，志之不忘也。自佛入中國，其徒牢護其説，遂與儒者之教並立於天下。

❶ 「某」，鄢本、張元諭本作「予」。

大顛上於海上，❶韓公屈與之交，當時羈窮寂寞之餘，以其聰明識道理，姑與之委曲於人情世故之內。其於變化其氣質，移易其心志，攘除其師之教，未必有焉。以今敬觀之，則其崛起於浮屠之中，而若有得於聖賢君子之説，而凡精業勤行以學韓之學者，又與之周旋一室，以上下於其間，其爲聰明識道理也多矣。陳良，楚産也，悦周公、仲尼之道，北學於中國，孟子推爲豪傑，然則敬師非僧之豪傑也歟！

吉水縣永昌鄉義役序

吉水縣永昌鄉某都建義役，復淳熙成規也。予同升陳君某既爲序，則貽書於予曰：「願贊一言，使鄉黨鄰里有所憑依，且庶幾徼福於君之筆，俾勿壞。」予懼不敢當，以其爲義設，不得辭。嗚呼！義役之不行，而差役之紛紛何甚也。民無以相友助，相扶持，乙曰甲當役，甲推之乙，乙復曰甲，展轉而聽命於長民者之一語，時則其權在於官。官無以自爲也，赝鶩行，鉗紙尾而進，曰某宜差，某有以私其人，則改曰宜某，時則其權在於吏。一方之版籍，一胥主之，❷高下其手，紊於多寡之實，時則其權在於鄉胥。閭閻之間，紛争之微，桀黠者乘間而起，告訐因之，而差法以亂，時則其權在於奸民。受役者，有二三年迄無一事，有不幸而殺傷盜賊麗於其境，不旋踵家破，時則其權在於天。今吾陳君與其鄉約

❶ 上「上」字，張元諭本作「止」。

❷ 「一」，鄢本、張元諭本作「吏」。

曰：「爾役月日若干，爾末減若干，爾費若干，至若干以上助若干。」一切惟公是據。處之者無媿辭，承之者無拒色，是役之權，不在官與吏，與鄉胥，與奸民，與適至之天，而在吾鄉里和氣間。義之用，大矣哉！利久遠而無訟，仁也；使人知有遜讓，禮也；不以資奸，智也；盟而無敢後先，信也。一舉而五常備焉，豈惟義哉！鄉之長上，其申告子弟曰：「如是而福，如是而禍，守約者久處，敗群者交罰。」使一守是法，永永無斁，則其於是邦之風俗，不爲無小助。噫！亦安能下其法於天下哉？

龍泉縣監漕鄉舉題名引

恭惟祖宗以取士爲國，三歲大比，所謂從數路得人。古遂江，吾廬陵佳山水邑也。廬陵諸老發身，六一公、澹庵以學舍，益公、誠齋以鄉舉，獻簡公以漕貢，而獻簡生遂江，文獻風流，又其最近且親者。山川毓靈，人物代興，「高山仰止，景行行止」。是爲題名引。

北京大學《儒藏》編纂與研究中心 編

《儒藏》精華編選刊

文山先生文集（下）

〔南宋〕文天祥 撰

王玉德 李文濤 校點

北京大學出版社
PEKING UNIVERSITY PRESS

文山先生文集卷之十四

題　跋

敬書先人題洞巖觀遺墨後

按先君作此詩時，天祥甫七歲。後十五年，知觀任道士始摹本以來。又越三年，以次道士朱山月復爲軸以相遺。維先君子，天韻冲逸，神情簡曠，使一日脱人事之累，黄冠野服，逍遥林下，真所甘心焉。爲子不德，使先志不獲遂，捧軸卻立，爲之泫然。

跋曾子美萬言書藁　名士倬

菊坡，天人。文溪，菊坡樣人。菊坡不可作已，願見文溪，五仙如在天上。寶辰夏五，集英殿賜某等進士第。入局一日，同年曾兄子美來訪，議論慷慨，知非凡人。扣其所宗，則傳菊坡法衣，密文溪講席者也。當布衣時，春宫一疏，已能發菊坡之所欲言。他日爲天子御史，直氣凛凛，必能赤文溪幟。悠悠風塵，安得若人？寶祐丙辰，書于期集所。

跋李景春紹興萬言書藁

吾鄉布衣李君景春，上書於紹興，累累萬言，盡疏閭閻隱微之故，可謂知無不言矣。厥亦惟我高宗皇帝，仁厚惻怛，勤求民瘼，是以旁通下情，庶幾古者詢于蒭蕘之遺意。凡我有官君子，暨于國人，式克于勸。讀君之言，當時州縣間可嗟嘆者如此。今去之百有餘年，孰知又有過於君所觀者。識者於此，又重爲世道感。

跋劉翠微罪言藁

崔子作亂於齊，太史以直筆死，其弟嗣書而死者二人，書者又不輟，遂舍之。崔子豈能舍書己者哉？人心是非之天，終不可奪，而亂臣賊子之暴，亦遂以窮。當檜用事時，受密旨，以私意行乎國中，簸弄威福之柄，以鉗制人之七情而杜其口。胡公以封事貶，王公送之詩，陳公送之啓，俱貶。檜之窮凶極惡，自謂無誰何者矣，而翠微劉公猶作《罪言》以顯刺之。公固自處以有罪，而檜卒無以加於公。噫！彼豈舍公哉？當其垂歿，凡一時不附和議者猶將甘心焉，公之《罪言》直未見爾。由此觀之，賊檜之逆，猶浮於崔，而公得爲太史氏之最後者。祖宗教化之深，人心義理之正，檜獨如之何哉？公之孫方大，出遺藁示予，因感而書。

跋繆上舍萬年論丁相大全詞案 被黜爲沙溪寨巡檢

讀繆言詞案，世固有如此冤事哉！掩卷爲之太息。

跋歐陽公與子綿衣帖

東坡跋歐陽公與其姪通理書云：「凡人勉强於外，何所不至？惟考之其私，乃見真僞。」今觀此帖，綿衣之外，一語不及其私。以此見前輩心事，未有不可對人言者。

跋胡景夫藏澹菴所書讀書堂字

此澹菴所隸以與壽亭者也。壽亭於澹菴，爲累從弟。澹菴臨大難，決大議，不負所學，於國爲忠臣，於親爲孝子，斯讀書之所致也。公崇敘宗族，復以讀書惠幸其弟，固曰使之有所顯揚也，于其先與有榮焉。《詩》云：「孝子不匱，永錫爾類。」澹菴以之。壽亭曾孫景夫世其家，寶澹菴真墨，徹堂而新之，復其扁，用詔于子若孫，以追孝也。「考作室，既底法，厥子乃弗肯堂」，景夫逭斯責矣。「雖無老成人，尚有典刑」，藏脩于此者，尚勉之哉！

跋吕逢德所收平園文字

此石刻司馬文正、吕正獻爲翰苑時贊書，跋藁則鄉袞平園周公爲直院時手筆也。平園此跋，屬意於文正之曾孫。淳熙距今幾年，善本存否未可知，而其删改塗注，初藁爛然，則吕氏得之。逢德以示余，噫，其謹藏諸！

跋誠齋錦江文藁　知瑞州日作

誠齋當淳熙之季以少蓬出守，距今七十有七年矣。某他日嘗讀《道院集》，見所品題甚多。及來此，則先生一字之跡無復存者，惟亭閣尚留其名，而屋亦化爲烏有矣。有則嶔嵌老壓，❶亦未知其爲當時屋否也。一日，得先生錦江尺牘一帙，大率吏楷，而爲先生手筆者四。其三蓋在郡時作，其一作於還朝以後，而附諸帙尾者。典刑遠矣，於此尚庶幾見之。嗚呼！庚申一變，瑞之文物煨燼十九。修復以來，得十年間殘編斷簡，不啻足矣，而況出於七十年之前者乎？且方其文物具備之時，此帙非郡之所得有，收拾散亡之餘，乃能有前日之所未嘗有，斯不謂之益奇矣乎？既勒諸石，書以識之。

❶「歁」，四庫本作「嵌」。

跋崔丞相二帖

菊坡翁盛德清風，跨映一代，歸身海濱，當相不拜。天下之士，以不得見其秉鈞事業爲無窮恨。今觀兩帖，所稱規模意向、局面話頭者，則文武之道具是矣。一朝踐其位，固皆舉而措之者也。後書論邊計尤切，是時楚叛矣，而公以不得盱眙爲憂，若不可終日者。嗚呼！寧知三十年後，楚之餘燼復然，而漣水之迫，乃有過於盱眙者乎？考引昔今，爲之永嘆！

跋李世脩藏累科狀元帖

國朝踰三百年，所謂進士第一者，何止百數。披圖而觀，某如何，某如何，夫人得而知之。李君世脩，先世多與其顯者游，今其家藏墨蹟，僅十數紙，而其可愛敬、可鑒戒者，已粲然可見。李君又欲厠予語於其間，不知後之視予，又以爲何如也？嗚呼，是可不凜凜哉！

跋李龍庚殿策

三代以下，無良法取士者，因仍科舉不能變。士雖有聖賢之資，倘非俯首時文，無自奮之路，是以不得不屑於從事。而其所謂文，蓋非其心之所甚安，故苟足以訖事則已矣。豐城李君彝甫，有文學，且評所尊稱，晚乃屈就南廡試，名在第三，衆共惜之。門人好事者，取君所對策刻諸梓，予得而讀之，君信能事矣。然由君言之，當時寸晷之筆，何啻芻狗。君姑借此脱韋布，蓋將有所行於時，而豈以是爲有餘哉？此非好事者之所得知也。君非碌碌，意積蓄必有深厚，故予獨探其心，表而出之。

跋王元高詞科擬藁 號稼村，後國正添倅

我朝言治者，曰慶曆、元祐、乾、淳，厥亦惟歐陽子、蘇公兄弟、周益國、三洪氏，以其宗工大手，掌朝廷文字，以爲之繅籍粉澤。功光當時，垂休無窮，豈曰小補之哉？國於天地，必有與立，而尚論其盛，則其渾厚醲郁，光明俊偉，百世之下想望風采，必於斯文乎是稽。《傳》曰：「鼓天下之動者，存乎辭。」辭之不可已也如是。往時有博學科，有宏詞科，士各知所崇尚。近世此學寖少，於是而小詞科之制立。其望於人，甚約也，而應令者迄亦落落，人才於是少衰矣。豫章王君義山元高，自爲舉子時，獨有志於此。國家大制詔、大誥令，擬諸其形容者叢鉅册，其能出章逢佔畢之士矣。元高登進士乙科，調永州司户參軍，意若不自滿，謀卒業以大科致身乃已。予謂元高：「一命以上，皆將有世道之責。子歸而求之，他日中興太平之盛，所謂號令文章，焕然可述，以與三代同風者，安知責不在子？而正不必曰吾不得志於進士，而退爲是也。」元高欣然納之，遂存其説於帙尾云。

跋吕元吉先人介軒記後

巽齋先生曰：「徂徠石先生名介，質肅唐公名介，鄭公俠字介夫，半山老人字介甫，凡有取乎介者，

其人必可觀也。」予嘗評之：徂徠之介爲孤峭，質肅之介爲直方，鄭公之介爲敢決，荆公之介爲執拗。三公之介，純於天資；荆公之介，雜於客氣。介則一，而其所以介，則不同也。予獨悲夫强辨堅忍，虚名僞行。介甫以誤於其君，以厲於其時，至今天地易位，人極不立，皆此介之流也。徂徠不得爲諫官，唐公争新法不勝，發憤死，鄭以一跌，碌碌州縣，不復能自振迅。介，美德也，三公得其純，坎坷於當世，彼其角血氣之私，竊名譽之盛，而遺毒迨今日而未已。嗚呼！僞行之誤人，而直道之難行，久矣。吕元吉之先人，名介軒，予不及識其人。諸君品題，類以爲言和而行果，色温而氣剛，然則是介也，視前三君子有光焉。然君止於布衣，懷其耿耿，不見於用，則君之所遇，又爲不幸者。雖然，介在我，幸不幸在天，吾求無怍乎本心可矣，何外物之較？風氣淺薄，其能刻厲矯揉，以竊毅然丈夫之名者，已不多見。若夫以直自懟，而毁方爲圓以就外物者，多矣。外物卒不可得，而本心空自喪失，是則介軒之罪人也。元吉重念之哉！

跋周蒼厓南嶽六圖

扶欹植傾，補空續高，吾欲觀於嵩、恒、岱、華，其放六合於秋毫也邪？

跋李孟博東山夢境圖

昔有得湘中老人誦黄老之詩於恍惚中者，前輩謂其語非太白不能道。今圖中武士所授孟博帖甚鉅，庶幾亦有格力如此詩者列其中乎？　願出以示予，當許君親見太白，何但夢也，然萬一太白訝其孫輕發藏寶，或復遣六丁下問泄者書何在，仍取以去，君將無以爲東山鎮，則不如勿出。

跋周一愚負母圖

己未之變，周君一愚家於狗咬石之下，最先遇禍。君從其兄負母越溪以逃，妻子溺死，不能救也。事平，君爲圖紀其狀，諸公嘉其臨難識所輕重，褒之不絶口。予謂人子之事其親，不幸而處人事之變，急所急而緩所輕，本心之不能不爾，其於天則蓋非有一毫之增益也。一愚之處此，豈其欲以爲高哉？正可悲耳。嗚呼！自狗咬石之失險，江右之父母妻子離散不知幾人，覽君之圖，豈獨爲其一家哭哉！誰謀不臧，一至於此？　昔魏陵繪襄樊之戰，爲于禁屈伏、龐德怒罵之狀，將耻禁也。彼禁敗事者，見之宜發慚以死，然龐憒憒就殞，使其骨肉見所畫像，尚復何忍！　君此圖一開卷，當一流涕，毋爲自苦。予將請之轉示前之玩敵抽戍者，使誤國者死有餘媿，而君其庶少寬乎。

題陳尚書昉雲萍録

公守建陽，人和政成。皇曰來歸，從橐斯榮。我時在館，望公珮珩。公不我遐，我德公誠。公録班如，友朋公卿。維公下士，敬附氏名。

題中書直院劉左史震孫雲萍録

忠肅公，朔人，以直節名一代。今中書左史，負沉厚剛峭之氣，以「朔」名齋，蓋於高曾規矩焉。某始聞其風，今見其人，輒書氏名，昭與潔也。

跋辛龍泉行狀

予昔待罪館閣，辛君應始改官受龍泉，來訪予。語以山川風俗之故，君離坐傾聽，若謹識之。他日，予持節，君適在部内，知君廉且明，於縣百姓有恩也。會予罷歸，後來者於予尋仇，幾累君。賴仁聖在上，君與予俱得免。去年，予忝爲郎，君來受倅，相見甚歡，俯仰且兩年。君季子過予，則知予去國未幾而君逝矣。君仕宦淮襄間，勤勞辛苦，德於人者深。予生晚，不及悉。龍泉予父母旁國，予親友在焉，能言君終始，無一日簠簋帷薄之跡，事實而有證。予是以信君之爲賢，悼君之不可作也。君季子以君狀示予，捧卷三讀，爲之哽塞。

跋蕭敬夫詩藁

累丸承蜩，戲之神者也；運斤成風，伎之神者也。文章一小伎，詩又小伎之游戲者。秋屋蕭君自序其詩，乃有不克盡力之恨。昔人謂杜子美「讀書破萬卷」，止用資「下筆如有神」耳。讀書固有爲，而詩不必甚神。予謂秋屋藁亦云可矣，顧何足恨哉！予聞君之爲學沉潛堅忍，其自得者深，充而至之，有耿耿詩之上者。

跋李敬則樵唱藁

三百五篇之《詩》，間出於田夫野叟之作，當時樵者固多能詩。自晉唐來，詩始爲一道，而作者有數矣。今李敬則莊翁於詩大用工力，然猶不敢自以爲傑，謙而托諸樵。今樵安得此可人？其古樵之流亞歟？抑君嘗從蔡覺軒學，庸齋復贈詩曰：「男兒不朽事，只在自身心。」君生武夷山下，此晦翁理窟。山林之日長，學問之功深，君非徒言語之樵也，身心之樵，何幸從君講之。

跋劉玉窗詩文

予嘗造玉窗之廬，環堵蕭然，青山滿户，真詩人之資也。唐人之於詩，或謂窮故工。本朝諸家詩多出貴人，❶往往文章衍裕，出其餘爲詩，而氣勢自别。予觀玉窗不特工於詩，諸所爲文，皆嘗用意。而其爲人又魁梧端秀，疑非久於唐人之窮，其駸駸於本朝之風氣者乎。玉窗劉氏，名芳潤，字元方，五雲人。

❶「貴」上，張元諭本有「於」字。

跋周汝明自鳴集

天下之鳴多矣，鏘鏘鳳鳴，雝雝鴈鳴，喈喈雞鳴，嘒嘒蟬鳴，呦呦鹿鳴，蕭蕭馬鳴，無不善鳴者，而彼此不能相爲，各一其性也。其於詩亦然，鮑謝自鮑謝，李杜自李杜，歐蘇自歐蘇，陳黄自陳黄。鮑謝之不能爲李杜，猶歐蘇之不能爲陳黄也。吾鄉周君性初，善爲詩，署其集曰《自鳴》。予讀之，能知其激揚變動，音節之可愛而已。予亦好吟者，然予能爲予之言，使予髣髴性初一語，不可得也。予以予鳴，性初以性初鳴，此之謂自鳴。雖然，凡音生於人心，其所以鳴，則固同矣。

跋胡琴窗詩卷

琴窗遊吾山，所爲詩凡一卷。或謂遊吾山如讀少陵詩，平淡奇崛，無所不有。或謂讀琴窗詩，如行山陰道中，終日應接不暇。詩猶山邪？山猶詩邪？琴窗善鼓琴，高山流水，非知音不能聽。然則觀琴窗詩，必如聽琴窗琴。琴窗胡氏，名日宣。

跋趙靖齋詩卷

趙史君以「靖」名齋，其與世澹然相忘，而寄思於詩，有冲邃閑遠之韻，以「靖」爲受用也。公殁，其壻丞簿段君裒其詩爲帙，出示於人，而公之所以爲「靖」者始復表暴。由公之本心，豈計後人之知己哉？段君所爲，其盛德之不可掩也。然則其翕也，固所以爲張也歟？

跋王道州仙麓詩卷

讀仙麓詩，詩材政自滿天地間也。杜太苦，李太放，變踔厲僇慓，從李杜間分一段光霽，如《長慶集》中君尊臣卑，賓順主穆，仙麓疑甚近之。香山天資，倜儻樂易，其居又有疏泉鑿石之勝，與一時名輩爲宫爲商，《九老圖》中概可想見。仙麓屋九仙下，其騎氣御風，風流正自相接。至其當春陵龍蛇起陸之際，山窗晝永，石鼎茶香，微一日改其吟詠之度。是丸倒囊，矢破的，無地不然也。神人瑞士，其氣爲清淑者爲一，故心常得其自律自吕之妙。仙麓此集，宜與《長慶》並行無疑。

題勿齋曾魯詩藁

勿，夫子語顔以作聖工夫也，作詩亦有待於此乎？曰：「《詩》三百，一言以蔽之，曰思無邪。」詩固出於性情之正而後可。曾君魯擇言未爲不精，尚勉之哉！

跋惠上人詩卷

齊己賦梅，鄭谷爲改一字，師不覺下拜。予材不及谷遠甚，讀惠上人編，不能措一辭。然則谷不可於齊己之不可，予則可於惠之可。

跋道士婁君復詩卷

余去年行嶽麓下，遇山人，譚彌明出處，謂八桂堯廟有彌明題墨在焉。世見《石鼎聯句》高古奇崛，謂是昌黎寓言。今觀婁君三卷，則知彌明嫡孫正自堂堂也，何寓言之疑之有？

跋彭道士虚碧房

虚碧天，夢境也。黄州之夢遊於斯，夢夢境也。志和結房於山，虚碧其顔，援黄州夢也。命予爲之辭，記累夢也。雖然，予焉得以爲夢乎？夫有大夢，有大覺，君其問諸希夷先生。

跋番昜徐應明梯雲帙

《易》之坎爲水、爲雨、爲雲，而雲之象獨著於屯與需。《屯》曰：「雲雷屯，君子以經綸。」言陰陽始交而未暢，猶世道方險阻之日，時則君子奮其經綸，有亨屯之道焉。《需》曰：「雲上於天，需，君子以飲食宴樂。」言陰陽之氣交感而未成雨，猶君子蓄其才德，而未施於用。時則君子養其氣體，和其心志，而居易以俟命焉。《易》象雲者二，一以爲君子用世之象，一以爲君子樂天之象。《易》於進退行藏之義，各有攸當。予聞之，聖賢畏天命而悲人窮，未嘗不皇皇於斯世。然方其初也，守其義，不隨世而變；晦其行，不求知於人。脩其天爵，無所怨懟。一日達，可行之天下，正己而物正，而所性不存焉。

嗚呼！聖賢非坐視民物之屯者，而安於需若此，則其道之所存也。後之學古者，宜可以觀矣。讀豈華《梯雲帙》，有感而書。

跋隆興王邦立所藏元祐關書

昔者嘗讀《圬者王承福傳》，見其自言，操鏝以入貴富之家，有一至、再至、三至，而皆爲墟焉。問之，或刑戮也，或子孫不能有也，或歸之官也。圬者棄官勳，喪其土田，手鏝衣食，其色若自得，疑若貴富者不可常，而不如不有土田之愈也。今觀王氏居豫章，世守先緒，保有元祐關書，以迄于今。子孫業詩書，其門且將有興者，則圬者終身親歷之所感慨，豈真足以斷千古而信方來也邪？雖然，圬者爲不克肖者言也，予爲善繼者言也。韓公存圬者之辭，戒也；予爲王氏言，勸也。

題賈端老不忘室

凡道各有入處，凡學各有悟處。程氏以敬，張氏以禮，示人以從入也。而游於程、張之門者，或得於静坐，或得於主一，或得於去一矜字，悟之不必同也。凡入皆以悟，凡悟皆可入。鹿巖賈君得「不忘」二字於水心先生之詩，以名其室。先生之詩，崇好脩而黜徇外，賤決科而尊天爵。一則因言而有悟，一則因悟而示之以所入。師友淵源之懿，去之幾年，猶將見之。今其孫子純，賓其祖訓二字，勿替引之，知悟幾矣。讀水心詩，尚求所以入門也哉。

題張德從畏心堂

德從取其家橫渠翁「畏心」一語爲心法，稱鄉前輩；其子希明肯堂取而名諸爲家法，稱賢士夫。抑天下危莫危者心，天下樂莫樂者心。操而存之防其危，優而柔之會其樂。德從講學無不盡，希明有所受之矣。

題戴行可進學齋

《乾》稱進德者三，而《象》曰：「天行健，君子以自強不息。」聖人復申之曰：「終日乾乾，行事也。」君子之所以進者，無他，法天行而已矣。進者，行之驗；行者，進之事。進百里者，吉行三日；進千里者，吉行一月。地有遠，行無有不至，不至焉者，不行也，非遠罪也。戴君行可以「進學」名齋，垂二十年，前之進，予不得而考也；後之進，予不得而量也。獨有一言願獻於君者，曰「行」。「行」，固君字也。《書》曰：「行之惟艱。」《語》曰：「行有餘力。」《中庸》曰「利行」，曰「勉行」，曰「力行」，皆行也，皆所以爲進也。不行而望進，前輩所謂游心千里之外，而本身卻只在此。雖欲進，焉得而進諸？戴君，求進者也。而予言行，予將有遠役，其知行之理固審。君之俯仰是齋也，其亦反覆於字之爲義也哉。

跋周應可爲蔡德夫干藥物目子後

蔡德夫病且貧，硯庵周應可過而顧之，曰：「是不可坐視。」問藥於所知，斯可謂知義之士矣。予方杜門守約，於所親厚未能以偏愛，其何力及此。顧友道久薄，❶硯庵能崇篤如此，是亦足勸厲薄俗，敢不罄竭以爲之從臾云。

跋彭和甫族譜

莆中有二蔡，其一派君謨，其一派京。傳聞京子孫慚京所爲，與人言，每自詭爲君謨後。孝子慈孫之心固不應爾，亦以見世間羞耻事，雖爲人後，猶將愧之。彭和甫之派，來自博士齊，非玕後也。今其譜牒，併二族爲一本，爲君謨之後，而引京以混之，人情固大相遠哉！予聞晉沈勁耻其父陷於逆，致死以滌之，卒爲忠義。唐柳玭有言：「門地高者，一事墜先訓，則無異他人，是以脩己不得不至。」諸公皆勸和甫以自立。和甫而祖玕，猶當爲沈勁，和甫而祖博士，柳玭之言得不勉乎哉！

---

❶「友」，四庫本作「交」。

跋吴氏族譜

自魏晉以來至唐，最尚門閥，故以譜牒爲重。近世此事寢廢，予每爲之浩歎。今觀吴氏譜，源於禾川之燕市，派於西昌之白沙。自宋興以來，衣冠燦然。蓋升學者二十有二，舉於鄉者五十有七，薦於漕者三，奏於禮部及精究科、賢良科者九，而特科、恩封、世賞拜爵者又三十有四人。盛哉！可覩矣。自昔以知力持世，功利起家，有道所忌，傳不數世。惟詩書之澤綿綿延延，愈久而愈不墜。赫赫而蹶，孰與循循而至者哉！天下之理，可久者必可大。吴氏代有人焉，其將有尤者出以其時可矣。

跋楊宰記曾氏連理木

右《連理木記》，誠齋先生叔父百里君筆也。乾道距今幾年，墨跡如新，曾氏之父祖子孫，其藏之也謹也。季淵來京師，攜其所謂連理圖及諸名公詩、記凡一軸，而是記編於圖詩之間。季淵蓋將求表章於當世之有道，以廣大其瑞，以昌其先志。會有取之以往，而鄰火夜不戒，是軸併以煨燼。季淵悼前輩之不復作，而家世百年之寶一朝而失之，蓋於是記重致意焉。初予讀其文愛之，命吏私識之別帙，以備遺忘，季淵不之知也。及善本羽化，而楊子精神心術之煒然者，獨在吾帙間。曾氏之故氈似墜而不墜，猶賴有此。則予昔也讀而愛之，愛而識之，固默有以開其衷者。夫物之存亡，莫不有數，而其既亡而不遂亡，不存而復終存者，雖人力之偶及於是而識者不敢諉之於數之外。季淵喜予存曾氏之舊，就俾書之，而予亦自以爲有功於楊子，不敢辭。季淵得此於鬱攸，當無所憾。楊子而知斯文之不泯也，吾知其亦爲子欣然矣，豈獨木哉？

跋彭叔英談命録

命者，令也。天下之事至於不得不然，若天實使我爲之，此之謂令，而自然之命也。自古忠臣志士，立大功業於當世，往往適相解后，而計其平生，有非夢想所及。蓋不幸而國有大災大患，不容不出身扞禦，天實驅之，而非夫人之所欲爲也。當天下無事，仕於是時者不見兵端，豈非命之至順？蓋至於不得已而用兵，犯危涉險，以身當之，則命之參差爲可閔矣。士大夫喜言兵，非也；諱言兵，亦非也。如以爲諱，則均是臣子也，彼有王事鞅掌，不遑啓居，至於殺身而不得避，是果何辜，吾獨何爲而取其便？如以爲喜，則是以功業爲可願，鰓鰓然利天下之有變，是誠何心哉？是故士大夫不當以爲諱，亦不當以爲喜。委質於君，惟君命所使，君命即天命，惟無所苟而已。星翁曆家之説，以金、火、羅、計、孛皆爲主兵之象，遇之者即以功業許人。十一曜之行於天，無日不有，無時不然，人物之生亦無一日可息，是適相值者，❶亦時而有之也。治亂本於世道，而功業之顯晦，關於人之一身。審如其説，則人之一身，常足爲世道之軒輊，有是理哉？聖賢所謂知命、俟命、致命，皆指天理之當然者而言，是故

❶「是」，鄢本、張元諭本作「事」。

非甘石所曉。彭叔英，儒者也，而星翁曆家之説，尚不免膠固。歐陽巽齋先生既具爲之辨，予復備論之，叔英持以復于先生。

跋王金斗談命録

萬鍾浮雲，我有靈龜。季子伯仁，得印奚爲？俛仰利害，桔槔夏畦。彼昏不知，彼昏不知。噫，王君又從而鼓之舞之邪！

跋劉父老季文畫像

州有父老員若干，月給廩俸若干。太守歲二月出郊，號爲勸農，則召是二三父老者，俾聽勸戒之辭。吾農實無所聞，其代而聞之者，斯人也。田里有疾痛或水旱，則父老以其職得轉聞之長民者，然則其事亦不輕矣。劉季文齒望八衮，蓋父老之一。以一州之人高年者蓋多矣，而劉得以壽考隸官之籍，且其得禄如在官，晚節有光焉。一日，以其喜像來求贊，予觀其田里淳厖之狀，山林朴茂之氣，得壽於世，非曰偶然。嗚呼！鳶肩火色，騰上必速者，非人間永器。虎頭燕頷，當封侯萬里外，亦幾勞苦拂亂之甚。劉雖貌若甚朴者，然終身田里，無辛苦之態，以至於壽。富貴之樂，顧足易康寧哉？是亦云足矣。予未暇贊，因備誦其爲人，聞者倘有利於斯言乎。

跋李氏譜

族譜昉於歐陽，繼之者不一而足。而求其鑿鑿精實，百無二三。原其所以，蓋由中世士大夫以官爲家，捐親戚，棄墳墓，往往而是，雖坡公不免焉。此昌黎公所以有「不去其鄉」之説也。友人李希元示予家傳，自唐西平忠武王子憲，至其先人十數世，墳墓皆在目睫，亦可尚哉！使昌黎公見之，亦將以美楊少尹者美之矣。予家本石室，蓋無可疑，而自出蜀以來，未免與蘇公同是一慨。方擬乞身後，即六七世墳墓可考者，取蘇公《族譜引》而損益之，使世之子孫執爲典要，且以楊侯不去其鄉而未能也。觀李氏之族譜，重有感於昌黎之説云。

贊

巽齋先生像贊

歐陽巽齋，望宗六一。辛丑掇科，親老謝職。色難愉惋，思報親恩。學通經史，有本有根。司户虔州，化被蠻貊。别駕建昌，益樹名節。轉官秘著，不爲苟諛。説書崇政，講貫唐虞。都官刑曹，讞獄詳備。考文成均，濟濟多士。疏抗龍顔，宜絶嗜好。欲心一萌，良心隨耗。天子嘉納，年高與祠。横經論道，一世宗師。及門之徒，不將即相。河汾王通，雲龍下上。名齋以巽，殊非過情。六一之學，實傳先生。

贊龔知縣龍

龍猶有欲，垂頤就豢。孰知吾龍，頭角霄漢。舜卿之筆，子輝之德。往來清風，霖雨八極。

贊程縣丞龍

蟄于滄洲，驤于海垠。憫四域之焦枯，遽奮爪而張鱗。固將神變化，水下土。豈直嗔蛙躁蟹，役役於形氣也邪！

贊何了翁帳龍

淵蟄其真，雲發其神。爲道不泥，遇止乘行。是爲龍之靈，是何君之所以名。

贊三山莊之龍魁星

太極初開，即有星紀。字始蒼頡，科始漢氏。後人因之，爲鬼爲斗。乾元坤元，非德非有。勗哉莊君，明辨密察。在邦必達，在家必達。

贊沈俊之筆

厥體孔良，厥心孔端。資汝心匠，達我心官。

銘

彭叔英砥齋銘

爵禄之石，厲世磨鈍。頑夫奔走，廉隅蕩盡。中流之柱，障山回瀾。巖巖具瞻，千古如山。嗟今之人，模稜義利。金銀銅鉄，攬爲一器。淬去穢濁，刮出光明。他山之石，有如斯銘。

黄山人羅鏡銘

陟彼高岡，相其陰陽。因以箴之，終然允臧。

辭

劉良臣母哀辭

維婦德之中正兮，昉乎人彝。彼美其盛壯兮，甘白首於一嫠。夫仁者必有壽兮，及耄而望期頤。夫有德者必有後兮，紛四世其蕃滋。嗚呼！全而生之兮，必全而歸之。從一以終兮，尚得正其何悲。

贈人鑑蕭才夫談命

歲單閼，人鑑蕭才夫過予，以予命推之，言頗悉。是秋迄次年，予所遭無有不與其言相符。噫，人鑑其神已！爲之辭曰：

眇陰陽之大化兮，布濩垓埏。出王游衍之度思兮，曾淺淺乎爲天。自青紫食窮經之心兮，怪詭乘之而相挻。竊掠五緯之膚兮，誑其愚以自賢。方疾其拂耳騷心兮，羌作炳於眇綿。將事實與行會兮，抑抉幽而鈎玄。予將窺前靈之逸跡兮，就有道而正焉。

鄒翠屏改葬哀辭

霜露成冰兮寒谷悲，陽春歸兮草萋萋，君一去兮何之？造舟爲梁兮車馬悠悠，朝出遊兮暮歸休，君一去兮誰留？君故人兮如雲，白髮兮繽紛。高臺曲榭兮如昨，歌舞兮成陳。君自蒔兮桂花，昔芳稚兮今婆娑。秋香飄兮九霄，君不見兮奈何。

吳伯海自號滄浪，爲徐徑畈所喜，攜諸公詩來訪，因有感作滄浪歌，并呈巽齋先生

世混濁而不清兮，蟬翼爲重，千鈞爲輕。彼滄浪其無據兮，何纓非足，何足非纓？嗟靈均之好脩兮，安能受物之汶汶？漏泥揚波以相從兮，羌不知漁父之用心。莞爾而歌，鼓枻而行。噫！漁父其何如兮，掉頭乎靈均。

文山先生文集卷之十五

説

答歐陽秘書承心制説

《龍溪友議》好事者爲之，不知其誰何也。巽齋歐陽先生爲之辯，以書來曰：「君所處，變之又變，而或者於無過中求有過，援經引古皆不類，而又鋟木摹紙，流傳四方，莫曉用意所在。君於國於家，公私得失自了然于心。雖不必較，畢竟此於世教人倫有關繫，不可以流俗誤方來，所以怫然不能自已於言也。」嗟夫！先生所以主張名教，愛惜後學，至矣。抑先生就其爲説，區别禮文之隆殺，極其精微，只如此，固已明甚。然兩家事實，猶有非先生所盡知者。若某初於倉皇中處此，則不過從吾事實，順事理之本然者而行之，固不待如此鈎索精微，而其當然之路，自粲然可見也。

初此母嫁先伯祖，生男三：長曰行，是爲先伯；次爲先人，又次曰信，是爲先叔。女一，是爲吾姑。先人生歲餘，嗣先祖後。先叔既生，而伯祖方殁。己卯而後，此母適劉鞹。劉前室之子曰敏，曰午，而自生二女一男。二女今各有歸。男曰欽，出繼於黄塘劉氏。在文在劉，通男女爲七。非適劉之日淺於適文，文有子而劉無所出也。當先祖存，先人篤於生母，則衣食敬共之。丙午，先祖殁，先人始迎致就養。然劉之子，諱得不養之名，歲輒取養二三月。至丙辰以後，某始專其養，而歲時劉之子孫族黨，絡繹起居，曰：母也，伯叔母也；祖母也，伯叔祖母也。此母非以在文而諱其在劉，劉亦非以其在文而不之母也。當其在文，特文有能養之資，得以遂其敬愛之情，而名義之爲劉，自若也。是以殁之日，其子午，其孫伯參，奔喪于西昌，其二女各以遠近來赴，其劉之族黨縞素哭候於道，書銘旌曰「劉」。吾鄉人見者，以爲是固當然，無所不安也。固非曰未屬纊爲文，既屬纊而名之曰劉，而制禮爲是嚴也。彼好事非爲文爲劉之族黨姻親，又非里巷父老知事之悉，主於騰謗，故亦不問事實如何，而侮經慢法，苟可以媒蘖者，不遺餘力。若曰文致綱常之説以壓之，則可覆其終身云爾。險哉，其用心乎！先生辯之，得其概矣。要其肯綮，數語可以破之。彼之説曰，在某當書「申心制姪孫」，而銘旌當書「故伯祖母某氏」，此十一字，殊不類學者語。此母從其實，則先人本生母也。平居無所於名，則從其前日之位曰伯祖母，如以義斷，於稱謂亦恐未安，而欲自名曰姪孫，得乎？心制而曰申，稽之禮律，曰子爲所生父母也，曰弟子爲師也。苟曰姪孫矣，則何爲下得「申心制」三字乎？劉午之於几筵，書曰「先妣某氏之靈」，而書疏謝其鄉人，自書曰「孤哀子劉某」。以孤哀子爲妣作喪主不爲當，乃欲書「姪孫」以主伯祖母之喪，語之三尺之童，然乎？否乎？以四十七年婦于劉，母于劉，而一旦瞑目，乃使之不得爲劉母，則劉之子若女哭劉母乎？哭文母乎？使劉之廟祀文母乎？祀劉母乎？且夫在文氏，則生先人而出繼於先祖，在劉氏，則生欽而出繼於黄塘之劉，其事体一也。今欽爲人後，不得而服本生母，亦止於申心制。某方之於欽，情義若何？而曰「意其必衰麻其服，而乃寂無聞焉」，何其無稽之甚乎！親喪，人所自盡，以義起禮，此母爲先父本生母，在先父不及申心制，在某遂承心制。吾所自盡，何與乎或人？而或人詆毀之至此，某非惟不必辯，彼亦不足辯也。獨此心不可不明於先生，故具述於此以復命，而不傳焉。

吴郎中山泉説

「子在川上曰，逝者如斯夫，不舍晝夜。」道體流行之妙，往來而易見者，惟川流爲然。聖人發其端倪，欲學者體認省察，而無一息之間斷也。後千數百年，程子始默識而指以教人曰：「其要只在慎獨。」聖人言道之旨，學者入道之門，於是而深切著明矣。尚書郎吴君正夫，名蒙，因名取象，有合於下坎上艮之卦，遂自命曰「山泉」。君所以從事，則又取二程、上蔡、和靖、晦翁凡諸言敬者，識諸座右。《易》以養正爲聖功，而養之方，未之及也。吾獨見自得，乃從敬入，則豈泛然而用吾力也歟？夫川之水，道之體也；山之泉，性之象也。是故善盡道者，以敬而操存之，則猶之川而不息焉；善盡性者，以敬而涵育之，則猶之泉而不雜焉。蓋有欲則息，惟敬爲能不息；有欲則雜，惟敬爲能不雜。君之所以見《易》，其猶程子之所以見夫子歟？雖然，川上之事，純亦不已，誠者之天也。泉猶性也，泉動而出，猶性動而爲情也。是則有幾焉，「誠無爲，幾善惡」，始以敬而持此幾，終以幾而達此誠，則山泉其川水之源，川水其山泉之流，會而通之，混然一貫。故曰：敬者，聖學成始而成終者也。君講切熟矣，愚也不敏，方願學乎此，尚從君質之。

徐應明恕齋説

自漢儒以大中訓極，而極之流遂爲苟容；至先儒以極爲四外標準，而學者始知極。自唐儒以博愛謂仁，而仁之道遂爲小惠；至先儒以仁爲包四德，而學者始識仁。自漢晉以來有恕己恕人之説，而恕之弊遂爲姑息；至先儒以恕爲如心，而學者始明恕。聖人浸遠，道學無傳，於是漢人之中庸，唐人之模稜，皆足以自附於此三字之義。天下之不見聖久矣，尚賴伊洛諸君子出而抉聖經千載之秘，而後之學者，遂得襲其遺餘，以求進於道。番易徐君應明，有志於學，特以恕爲入門。則其幸生於道學之世，而不至涵忍混貸，以淪於漢唐之陋也審矣。雖然，如心之事，亦有所用力焉。按傳專言恕者，其事有二：子曰：「己所不欲，勿施於人。」《大學》言：「上下前後左右，有絜矩之道。」此言如愛己之心而愛人者也。《大學》言：「有諸己，而后求諸人；無諸己，而后非諸人。」此言如治己之心而治人者也。然而如愛己之心而愛人，則先儒必歸之窮理正心；如治己之心而治人，則先儒必以强於自治爲本。蓋未能窮理正心，則吾之愛惡取舍，未必得正，而推己及物，亦必不得其當。然未能强於自治，則是以不正之身爲標的，將使天下之人皆如吾之不正，而淪胥以陷。則吾之爲恕者，豈不相遠？而吾夫子所謂終身可行者，豈若是哉？故夫《論語》一貫之恕，《中庸》違道不遠之恕，又必以忠並言。蓋惟忠，而後所如之心，無往非正。而凡窮理正心，强於自治，皆求以不悖乎忠而已也。抑予聞之，《論語》之忠恕，至誠無息，而萬物之各得其所也，聖人之事也。《中庸》之忠恕，盡己之心而推以及人也，學者之事也。吾儕小人，由前之所以用力者求之，以進於《中庸》之忠恕，則聖人忠恕之天，豈曰己之菲薄而無足以進諸曾子之「唯」哉！願與徐君講之。

勉耘説

百聖在天，六經行世，譬之五穀，皆美種也。錢鎛必庤，荼蓼必薅，既堅既好，實頴實栗。不然，略閩蜀之蹲鴟，拾燕趙之棗栗，而吾未嘗不飽也。嗚呼，此豈樂飢常法哉！彭君奇宗之爲學也，知所以種，而以勉耘顏其堂，其必自五穀始。是穮是蔉，必有豐年，奇宗俟之。

何晞程名説

予同年何君，時任廬陵縣尉。尉廳，洛人太中大夫程公珦嘗辱居之，後人爲建公祠，又建堂曰「晞程」，志遺迹也。何君生子吏舍。温公之父生於池，温公生於光，名之所起，率從其地。君之名子以吉，宜也。而官於吉者多也，顧瞻斯堂，取義甚大，其當名之以晞程。程本爲太中設，何君名其子，則以太中之子望之。徵説於予，予曰：大哉名乎！其何如而塞之哉！漢司馬慕藺相如，自名曰相如。本朝有錢希白之類，希樂天者也。功名文藝之士，事爲之粗迹，筆墨小技，抵掌馳志，刻心苦思，步驟之不難。若夫正心脩身，窮理盡性，通天地之化，達聖賢之藴，如程夫子者，其何以望於孩提哉？雖然，大中之在黄陂，二夫子生焉，其初固亦區區一尉之子耳。洎其來廬陵，二夫子年甚幼，則亦童蒙也，初何以自别於常兒？然其後受學於春陵，追繼孔孟，卒以其性命道德之説爲諸儒倡。聖賢豈别一等天人爲之？苟有六尺之軀，皆道之體，不可以其不可能，而遂自暴自棄也。且夫昔之爲程也難，今之爲程也易。《中庸》之學千數百歲不傳，二程獨發關鍵，直睹堂奥，此其事百倍其力而後能。今讀程之遺書，考程之行事，作聖塗轍，瞭然可尋，一日用力，事半而功倍。吾儕小人，獲生斯世，講聞私淑之緒餘，非如漢唐儒者之寡陋。蒙賴福澤，深自慶幸，不敢以不自勉。

況夫青原之山川不改，少府之堂宇如故。二程事親從兄於此，誦詩讀書於此，思其居處，思其笑語，思其志意，思其所樂，思其所嗜，百世之下居乎此者，猶聞風而起，況去之二百年之近乎！此何君義方之所爲汲汲也。至於晞程之工夫，當自主敬入，然此大學之事，今其爲赤子，何君養其氣質，莫重於習。古有胎教，況於襁褓，自其能言能行，以至於入小學，使之洒掃應對，進退周旋，先知所以爲敬，周匝而無欠，深穩而有本，然後可以語晞程之事。習於上則上，習於下則下，是一幾也，何君謹之哉！君字了翁，臨川人，晞程生己未三月。

王通孫名説

王君元剛生子，名曰通孫。初，元剛夢有通守來謁，排闥入堂闈，驚寤，已而左右遂有娠。既生名之，志所夢也。予謂元剛名子之義甚大，而其有意於斯夢也，殆不其然。人者，天地之德，陰陽之交，鬼神之會，五行之秀也。人以其血肉之軀，而合乎太虚之生氣，夫然後絪緼化育，人之質已成，而健順五常之理附而行焉。其聚也翕然，其散也霍然。天地之化，盈虚消息，往過來續，流行古今，如此而已。輪廻之説，佛者有之，苟自孔氏，不當以爲信然。且夫人有此身，即有此理。《詩》曰：「有物有則。」《孟子》曰：「形色，天性也。」聖賢之學，主乎踐形，而不願乎其外。元剛之教子，望之以通於性命之正，以無負乎天之所以與我者，其獨善也邪？其遂符所夢也邪？其復過之也邪？皆非所必計也。人之得形於父母，而毋忝爾所生，達不離道，窮不失令名。決性命之情，以饕富貴，富貴未必可得，而性命已失其正，此天下人子所以陷於失身者多矣。予也不敢不勉而有知也，不敢不告諸爲人子者。元剛爲人之父，亦爲人之子者也，其達此悉矣。予也言之，其子之長也，庶幾其有聞乎？因豫定其字曰「思」，爲其長子也，以「伯」冠之。濂溪著書曰：「通微生於思，不思則不能通微。」嗚呼！思則得之，人人有貴於己者，弗思耳，尚勉之哉！元剛名義端，豐城人。通孫生戊午，今四歲云。

陳逢春肖軒説

陳逢春景茂，介軒先生之子也。❶介軒名鳳，官至朝奉郎，監行在豐儲倉。其爲人，剛直有守，與趙東野齊名於玉虹翠浪間。平生游吴履齋、包宏齋、嚴華谷諸公之門，諸公器之不置也。未及用，不

---

❶「介」，鄢本、張元諭本作「芥」。下一「介」字同。

幸蚤世。景茂幼孤，長而有立，自號曰肖軒，有志乎其先人也。夫孝者，善繼人之志，善述人之事者也。世之所爲狼疾人、不肖子，豈其性然哉？志不存焉耳。志之所至，事亦至焉。夫肖之道，亦不一矣。奮、建，肖其性者也；談、遷，肖其業者也；彪、固，肖其文者也；羲、獻，肖其書者也；瓌、頲，肖其位者也。凡爲人子者，苟有一節不忝乎其前，其亦無愧於名父之子哉！《蠱》初九之《象》曰：「幹父之蠱，意承考也。」《易》之所謂意，景茂有之矣。《書》曰：「若考作室，厥子乃弗肯堂。」景茂必無是也。尚勉旃哉！

送呂元吉麥舟説

呂元吉，廬陵之名族，東萊之近裔也。皇皇充充，以母喪淺土，未畢大事，將以石曼卿自命，而求以忠宣麥舟之事望於人。自薄者而觀，今世可復得麥舟乎？以愚論之，麥舟固可復得，借令不得，聚麥成舟，猶可及也。《傳》曰「凡民有喪，匍匐救之」，又曰「孝子不匱，永錫爾類」。中原文獻，前輩典刑，遐乎邈哉，不可尚已。然親親以及物，愛其父母以愛人，人心天理油然於不忍人之際者，豈以宇宙隔而古今間哉？❶ 呂君行矣，昔人有言：「子毋謂秦無人。」

❶「而」，鄢本、張元諭本無。

龍泉縣上宏修橋説

修橋闢路，佛家以爲因果。世之求福田利益者，所以樂爲之趨，而佛家者流所以積心竭力，勤苦奉承而不之厭也。予過泉江，道上宏，聞有郭公者，主石橋之役，蓋毁家以成之，而僧曇發則朝夕爲之督其事，頗難其力，不倦其心，蓋可取焉。邀予爲之疏，惟予不得以與斯舉也。❶郭老矣，迫於其請，則念儒書中是亦爲溱洧濟人之事。雖其事之偏，而視夫拔一毛不以利人，而且朘人以肥己者，❷爲有間矣。郭公之所爲若此，是邦之人若士觀感動悟，其能以自已於心乎？夫善者，性之所自然，爲善者，人之所同欲。罔俾郭公專美是邦可也，而豈必曰福田利益之故哉？因書以畀曇發，使持示邦之可語者。

葉校勘社倉説

社倉之法，阜陵下之四方，而周人委積之意復續於二千歲之後，文公請也。公畏天命，悲人窮，汲汲焉於當世。天之所以予之者不輕，而得於其時者復厚，天其有以行之也。校勘葉君重開，無一命爲

❶「與」，鄢本、張元諭本作「預」。
❷「且」，鄢本、張元諭本作「但」。

之階，而倡率同志，嘉惠閭封，已能鑿鑿精實，使君得志於世，文公之議將次第而充之。昔劉煇僉判時，得俸不以自贏，輒買田贍族。或謂范文正公此志三十年，非參大政，則有不愜焉者矣。煇爲小官，乃能隨力爲義，可不謂賢乎？煇之於文正，君之於文公，事有大小，世有難易，心之所推，則吾無間然矣。君雖布衣，尚何不滿乎哉？

與濟和尚西極說

天有南極北極，北極天帝所居，南極惟南海上髣髴可見，非天之南北也。自中土而論，爲人世南北之極耳，天之所極，實不可知。《淮南子》言：「禹使大章，步自東極，至於西極，竪亥步自北極，至于南極。」此亦姑舉地之極而言。觀《禹貢》所載，禹跡不爲甚遠，《淮南子》之説，信有之乎？惟漢張騫，曾窮西方幾萬里而還。不知是時，騫何以未嘗及佛土，後佛自西域來，又不知佛生處與騫所經歷相隔幾何？敢問濟和尚：「西方有極處無極處作麽生？」和尚未對。旁有童子謂予曰：「日入處不知去人幾千萬里，吾舉目即見。吾不學佛，佛何必西方。」和尚合掌作禮而退。

慧和尚說

予里南禪寺上座曰慧。慧早爲通人，得晝法於里之名手，挾是出四方。會留京師，復得相與傳神法於異人。自此覽觀山川之勝，游歷人物之會，足目高遠，迥長數格。既數年，厭薄世俗，謂天下事止如是觀，不如削髮，遂爲僧。蓋收湖海豪氣，一歸山林者也。然技癢卒不能自禁，歲爲星源神像軸若干，春夏輒有遠役。初鬻本祠下，神與慧若相宜者。大家豪人，見輒動心，亹亹不愛金繒以致之，得之者咸指目以爲川僧所爲。自是四方游山上者，無畫以歸，謂爲徒行。争致饋橐中，約隔歲取償。慧輒如期往，讙曰：「川僧來矣。」取畫者填門，慧徐開篋笥，如約分付，不半日，畫盡矣。若是者年久，遂爲例。今人親戚交友之間，才有一錢利害寄諸其手，皇皇然惟恐人負之。以數千里不相知之僧，相期於一歲之外，求之也若懇，寄之也如棄，人情豈大相遠哉？藝之動人，一至於此。慧之畫，其流傳多矣，獨相與傳神，秘其術不輕售。間與予言相，頗肯傾臆，事多如其言。然每會聚，輒睥睨不已，予知其欲傳神也。

越數年，竟不下一筆。予今春偕弟過山中，❶坐定，慧忽躍然起，倉皇索筆，不再注視，描畫不踰刻，而予兄弟二人嵚嵚之狀已宛宛如活，一坐烘堂。一日，用繒一幅，置予於前，予弟於後，冠八角巾，著道服，前者垂臂以執袂，後者斂手以銜袪。又作幼弟背像，手持《孝經》一卷，上紀「移忠孝」一章，若將獻諸二兄。左爲海潮，洶湧澎湃，濤頭有數丈之勢，一金黿隱見出没於沆漭之間，題曰「忠孝歸朝」。若慧之用意亦勤矣。因聚觀者與慧共評之，爲之大噱。廼指潮而言曰：「予寧駕絶海之飆，以突魚龍之變怪乎？將極目於南龕北赭，望洋而不濟乎？寧揚清激濁，以吊鴟夷子之遺乎？將波流瀾趨，以

❶「春」，張元諭本作「年」。

嬉戲於杭人之旗鼓乎？ 寧依乘於鰲遊鯤化之會乎？ 將有醎有腥，有滑有脂，姑苟膳羞以自活乎？ 寧泅不已，以取銜擊乎？ 將知止知足，與汐水俱爲縮乎？ 寧與波上下，屑屑於朝夕之往來乎？ 將觀陰陽之進退，察日月之盈虚，翺遊於六極之表乎？」質之予弟，予弟笑而不言。問之慧，慧曰：「區區何足以知之。」予於是服慧之得予貌，而知慧之猶未得予心也。因爲紀其能事之本末，以謝其勤，并具予之所以言者。 噫！ 亦安得知心之士而與之語哉。

深衣吉凶通服説

《深衣》篇大概三節，第一節言其制，「短無見膚，長無被土」以下是也；第二節言其義，「規者行舉手以爲容」以下是也；第三節言其用，「可以爲文，可以爲武」以下是也。此雖三節，然畢竟義爲之主。故篇首曰：「以應規矩，繩權衡。」其文坦易明白，前輩解之悉矣。獨吉凶通服，猶有可疑。或謂考之本篇曰「可以爲文，可以爲武，可以擯相，可以治軍旅」，而不曰「可以吊喪，可以受吊」；曰「善衣之次」，而不曰「喪服之次」。雖其間有「孤子則純以素」一語近於喪服，則又曰鄭氏注「年三十以下無父稱孤」，則是無父而服此衣當用素純耳，非孤子於居喪之中可以此代喪服也。其必以爲吉服之説如此。然愚嘗參互經傳，博采旁證，則此雖吉服，未見其不可通於凶事也。

按《檀弓》：「將軍文子之喪，既除喪而後越人來吊。主人深衣、練冠待于廟，垂涕洟。」注云：「深衣練冠，凶服變也。」蓋既除喪，則不當復衣喪服，故以深衣受吊。以喪服一變，而即用深衣，則深衣雖謂之喪服之次可也。雖與善衣之次之説相反，正足以見其互相發明耳。按《曾子問》：「『親迎女在塗，而壻之父母死，如之何？』孔子曰：『女改服，布深衣，縞總，以趨喪。』」注云：「婦人始喪未成服之服。」蓋成乎婦，則成乎婦服，惟其未成婦也，不可以衰，故趨喪以深衣。然則此亦凶服之變也。今世女子，未聞有服深衣者。然以此事考之，凶事而可服，其服於吉事可知也。注云：「禮教久廢，故女遂廢此衣耳。」按《雜記》：「大夫卜宅與葬日，有司麻衣布衰。」注曰：「麻衣，白布深衣而著衰焉，此服非純吉，亦非純凶也。」夫衰，凶服也；深衣，吉服也。衰之下有深衣焉，故非純凶；深衣之上有衰焉，故非純吉。由此論之，深衣不專用於吉事，又可見也。按《間傳》：「大祥，素縞麻衣。」注云：「麻衣十五升布，深衣謂之麻者，純用布，無采飾也。」蓋大祥已除衰杖，本須服吉，然使便用采飾之服，則孝子之餘哀未忘，必不安於此。故魯人朝祥而暮歌，子路笑之；有子既祥而絲屨組纓，記禮者譏之。此所以用深衣者，蓋在不衰不采飾之間也。按《喪服記》：「公子爲其母，麻衣縓緣。」注云：「麻衣，小功布深衣。」以麻爲小功布者，以大功降云。公子之庶昆弟爲其母，若父卒，爲母大功；父在，降大功一等，用小功布深衣。以此證之，深衣固爲大祥之服，而亦爲小功之服，但大祥緣以布，小功緣以縓耳。夫以《深衣》正篇，本專爲吉服而言。然略以此數節推之，其於凶服，亦自可通。大概喪服皆用布，而以精粗爲輕重之等。鄭氏云：「深衣用十五升布，鍛濯灰治。」升八十縷，則是千二百縷爲經，此今世極細之布也。然則深衣之所以爲吉服者，以其布之精密，又布易得而難損，取其貴賤可以通服。經所謂「完且弗費」，注所謂「可苦衣而易有」者也。而揆之喪服，則用布適同，而爲色又相似，且經鍛濯灰治，故止可用於服之輕者耳。非如他衣服，用繒帛綵色，則專當施於吉，而不可通於凶也。此正如近世涼衫耳，阜陵以前，士大夫皆以爲會聚之常服，其後遂於吊喪用之，則亦以其顔色可通之故，正此類也。但是深衣之制，領緣不同，其間純以績者，乃是以盡飾爲美，此恐專爲吉服，而不當與凶服通。至於用素用縹，自是喪服本色，獨用青者，則通於吉凶之間，皆無舛耳。

若夫冠屨一節，卻欠商議，今人謂服深衣，必須用某冠某屨，此恐未明。蓋冠屨之制，《深衣》正篇既不曾見明言，而其散見於他傳者，其冠亦各有變。如將軍文子之喪，主人深衣練冠，是受吊之時，方用練冠也，其施之吉，則固有他冠矣。如女用深衣之縞總，則趨喪而後變用縞總也，其在平時，必他有以爲之總者矣。又如漢制，乘輿服深衣，則用通天冠，高九寸，是天子而後有此冠也。推而下之，諸侯、大夫、士以至庶人，豈當拘於一冠矣乎？切意深衣有一定不易之制，而本篇所以不載冠屨者，恐冠屨當是從時耳。何以辨之？夏之冠曰毋追，殷之冠曰章甫，周之冠曰委貌，又曰玄冠。三代之冠，其制已各不同。有虞氏深衣而養老，則深衣自虞氏已有之。此時自須用虞氏之冠，尚不及有三代之冠也，又安得所謂某冠者？以是推之，深衣則古矣，而冠屨當無定制也。❶孔子少居魯，衣逢掖之衣，長居宋，冠章甫之冠。衣少所居之服，冠長所居之冠，二者參用，各隨其宜。初不必曰魯服則魯冠，宋冠則必宋服也。以聖人之於時且然，况今世而服深衣者，其爲冠屨也，既不載於經，則其隨時也爲得

❶「當」，張元諭本作「則」。

矣。必欲用某冠某屨，則恐又失之泥也。然則所謂隨時者宜何如？其以深衣爲吉服，則今之緇冠爲不必易也。如其以爲凶服，則受吊者固當以《檀弓》練冠爲法，而往吊者亦須如之，「玄冠不以吊」故也。

嗚呼，禮之時義大矣哉！器數之精微，制度之詳密，雖以夫子之聖，不敢自謂生知，而屈意於一問。區區何人，乃敢率其胸臆，評論千載之上，多見其不知量也。雖然，亦識其所見云爾，尚以俟有考者。

講　義

西澗書院釋菜講義　知瑞州日

孟子曰：「人之患，在好爲人師。」韓子犯之，而世怪且罵。柳子厚所爲惴惴然而不敢也。某承乏此邦，其於教化，號爲有一日之責。蓋嘗告朔而履乎學宮，得聞諸君之所以授受者，而親陟皐比，與逢掖講師弟子禮，則僭之爲尤。書堂有事乎先賢，諸君不鄙，而固以請，則雖寡陋，夫焉得辭？某初被命來守，嘗啓政路曰：古之爲諸侯，先政化而後簿書期會。世之不淑，乃倒置此，則相與病夫風俗之弊，而士行不立，且傷夫教道之久廢，而未有以救之也。❶固嘗有及於君子德業之義，而重反覆焉，輒誦所聞，并繹其旨，與諸君茂明之。

《易》曰：「君子進德脩業。忠信，所以進德也；脩辭立其誠，所以居業也。」中心之謂忠，以實之謂信，無妄之謂誠，三者一道也。夫所謂德者，忠信而已矣。辭者，德之表，則立此忠信者，脩辭而已矣。德是就心上説，業是就事上説。德者統言，一善固德也，自其一善以至於無一之不善，亦德也。德有等級，故曰進。忠信者，實心之謂。一念之實，固忠信也，自一念之實，以至於無一念之不實，亦忠信也。忠信之心，愈持養則愈充實，故曰：「忠信所以進德。」脩辭者，謹飾其辭也。辭之不可以妄發，則謹飭之，故脩辭所以立其誠。誠即上面忠信字，居有守之之意。蓋一辭之誠，固是忠信，以一辭之妄間之，則吾之業頓隳，而德亦隨之矣。故自其一辭之脩，以至於無一辭之不脩，則守之如一，而無所作輟，乃居業之義。德業如形影，德是存諸中者，業是德之著於外者。上言進，下言脩，業之脩，所以爲德之表也；上言脩業，下言脩辭，辭之脩，即業之脩也。以進德對脩業，則脩是用力，進是自然之進；以進德對居業，則進是未見其止，居是守之不變，惟其守之不變，所以未見其止也。辭之義有二：發於言則爲言辭，發於文則爲文辭。「子以四教，文、行、忠、信。」雖若岐爲四者，然文行安有離乎忠信？

❶ 「以」，鄢本、張元諭本作「一」。

有忠信之行，自然有忠信之文；能爲忠信之文，方是不失忠信之行。子曰：「言忠信，行篤敬。」行篤敬，❶則忠信，進德之謂也；言忠信，則脩辭立誠之謂也。未有行篤敬，而言不忠信者，亦未有言不忠信，而可以語行之篤敬者也。天地間只一箇誠字，更攧撲不碎。觀德者只觀人之辭，一句誠實，便是一德，句句誠實，便是德進而不可禦。人之於其辭也，其可不謹其口之所自出，❷而苟爲之哉？嗟乎！聖學浸遠，人僞交作，而言之無稽甚矣。誕謾而無當，謂之大言；悠揚而不根，謂之浮言；浸潤而膚受，謂之游言；遁天而倍情，謂之放言。此數種人，其言不本於其心而害於忠信，不足論也。最是號爲能言者，卒與之語，出入乎性命道德之奧，宜若忠信人也，夷考其私，則固有行如狗彘而不掩焉者。而其於文也亦然，滔滔然寫出來，無非貫串孔孟，引接伊洛，辭嚴義正，使人讀之肅容斂衽之不暇。然而外頭如此，中心不如此，其實只是脱空誑謾。❸先儒謂：「這樣無緣做得好人，爲其無爲善之地也。外面一幅當雖好，裏面卻踏空，永不足以爲善。」蓋由彼以聖賢法語止可借爲議論之助，而使之實體之於其身，則曰此迂闊也，而何以便吾私。是以心口相反，所言與所行如出二人。嗚呼！聖賢千言萬語，教人存心養性，所以存養此真實也，豈以資人之口體而已哉！俗學至此，遂使質實之道

❶「行篤敬」三字，鄢本、張元諭本無。
❷「口」，原作「曰」，今據鄢本、張元諭本、四庫本改。
❸「只」，鄢本、張元諭本作「則」。

衰，浮僞之意勝，而風俗之不競從之。其陷於惡而不知反者，既以妄終其身，而方來之秀習於其父兄之教，良心善性亦漸漬汩没，而墮於不忠不信之歸。昔人有言：「今天下溺矣。」吾黨之士，猶幸而不盡溺於波頽瀾倒之衝，纓冠束帶，相與於此求夫救溺之策，則如之何？噫！宜亦知所勉矣。

或曰：「至誠無息，不息則久，積之自然如此，豈卒然旦暮所及哉？今有人焉，平生無以議爲，而一日警省，欲於誠學旋生用工夫，則前妄猶可贖乎？」曰：無傷也。温公五六歲時，一婢子以湯脱胡桃皮，公紿其女兄曰自脱也，公父呵之曰：「小子何得謾語！」公自是不敢謾語。然則温公脚踏實地，做成九分人，蓋自五六歲時一覺基之，温公猶未免一語之疵也。元城事温公凡五年，得一語曰「誠」，請問其目，曰：「自不妄語入。」元城自謂：「予初甚易之，及退而自檃括日之所行，與凡所言自相掣肘矛盾者多矣。力行七年而後成。」然則元城選成一箇言行一致，❶表裏相應，蓋自五年從遊之久，七年持養之熟。前乎此，元城猶未免乎掣肘矛盾之媿也。人患不知方耳，有能一日涣然而悟，盡改心志，求爲不謾不妄，日積月累，守之而不懈，則凡所爲人僞者，出而無所施於外，入而無所藏於中，自將銷磨泯没，不得以爲吾之病，而縱横妙用，莫非此誠，乾之君子在是矣。

或曰：「誠者，道之極致，而子直以忠信訓之，反以爲入道之始，其語誠若未安。」曰：誠之爲言，各有所指，先儒論之詳矣。如周子所謂「誠者，聖人之本」，即《中庸》所謂「誠者，天之道」，蓋指實理而言

❶「選」，張元諭本作「造」。

也。如所謂「聖，誠而已矣」，即《中庸》所謂「天下至誠」，指人之實有此理而言也。温公、元城之所謂誠，其意主於不欺詐，無矯僞，正學者立心之初所當從事，非指誠之至者言之也。然學者其自温公、元城之所謂誠，則由乾之君子以至於《中庸》之聖人，若大路然，夫何遠之有？不敏何足以語誠，抑不自省察，則不覺而陷於人僞之惡，是安得不與同志極論其所終，以求自拔於流俗哉！愚也請事斯語，諸君其服之無斁。

熙明殿進講敬天圖　《周易》賁卦

《彖》曰：「賁亨，柔來而文剛，故亨。分剛上而文柔，故小利有攸往。天文也。文明以止，人文也。觀乎天文，以察時變；觀乎人文，以化成天下。」

臣聞賁，文飾也。色相間則成文，故柔來文剛，剛上文柔，❶剛柔相間，所以爲賁。賁離下艮上，離之體，中以一柔間兩剛，是柔來文剛；艮之體，上以一剛乘兩柔，是剛上文柔。使獨剛獨柔，不相爲用，則不成文矣，此言賁之卦義也。天之文，爲二曜五行，象緯交錯，故曰「觀乎天文」，此言天之賁也。人之文，爲三綱五常，倫理次序，故曰「觀乎人文」，此言人之賁也。以上係《易·彖》大意。臣謹案圖臣竊窺先皇帝作圖之旨，以「敬天」爲名，其於賁卦，實摘取「觀乎天文，以察時變」一條。

❶「剛」，原無，今據張元諭本補。

義而爲之辭。臣竊惟天一積氣耳，凡日月星辰，風雨霜露，皆氣之流行而發見者。流行發見處有光彩，便謂之文。然有順有逆，有休有咎，其爲證不一，莫不以人事爲主。時，時世也。象《易》聖人不曰天變，而曰時變，蓋常變雖麗於天，而所以常變，則係於時。人君一身，所以造化時世者也。故天文順其常，則可以知吾之無失政，一有變焉，咎即在我。是故天文者，人君之一鏡也。觀鏡可以察妍媸，觀天文可以察善否。且如曆家筭日食云某日當食幾分，固是定數，然君德足以消弭變異，則是日陰雲不見。天雖有變，而實制於其時。又如旱魃，災也，才側身修行，則爲之銷去；熒惑，妖也，才出一善言，則爲之退舍。天道人事，實不相遠。自古人君，凡知畏天者，其國未有不昌。先皇帝深識此理，故凡六經之言天文者，類聚而爲之圖，以便觀覽，且恐懼修省焉。聖明知敬嚴父之圖，即敬天在此矣。嗚呼！曷其柰何不敬？

此先生兼崇政殿説書日講篇也。講篇非一，如講《詩》之《定之方中》一篇，諷當時修繕事，今亡其辭云。道體堂謹書。

文山先生文集卷之十六

行　實

先君子革齋先生事實

先君子諱儀，字士表，生嘉定乙亥八月二十四日。寶祐丙辰五月二十八日，殁于京。次年九月九日，封于鄉之佛原。嗚呼！天乎！仁者壽，有德者禄，先君子乃止是邪！不肖孤，上累先君子久于旅，飲膳醫藥失節，用速禍，非天實不德。有惡子至此，釁戾丘淵，身百莫贖。柴骨欒心，不自意偷視息至今日，得黽勉畐大事，猶瀝血苦塊以字先德。嗚呼！尚忍言之？先君子嘗考次譜系，文氏繇成都徙吉，五世祖炳然，居永和鎮。❶高祖正中，繇永和徙富川。曾祖利民，妣郭氏。祖安世，妣劉氏。考時用，妣鄒氏，繼母劉氏。世有吉德，鄉以君子長者稱。一是方寸，留耕于子子孫孫。先君子嘗言：「滯學守固，化學來新。」以一「革」字志韋佩，人皆稱革齋。性愛竹，依竹闢一室，榜竹居，或稱

❶「和」，四庫本作「承」。

竹居。

不肖孤聞之諸父，先君子幼頴慧，器質端重，進止如有尺寸。書經目輒曉大義，越時舉全文，不一遺。見鄉曲前輩，必肅容請益。暨長，天才逸發，志聞道，嗜書如飴，終日忘飲飡。夜擎灯密室，至丙丁或達旦，黎明挾册簷立認蠅字，不敢抗聲愕寐者。人雖苦之，甘焉。蓄書山如，經史子集，皆手自標序無一紊；朱黄勘點，纖屑促密靡不到。至天文、地理、醫卜等書，游騖殆徧，手録積帙以百，揮汗呵凍弗斁。鈎引貫穿，舉大包小，各有條。間質難疑，剖析響應，某事出某書某卷，且指數以對。爲文發持滿，無不的中，機軸必己出。命意時，娓娓談他事，若莽於尋繹，一援筆，雲行水流無凝滯。中年，文氣益老，拾汗漫歸諸約，不峭峭刺目，有温醇渾厚之風焉。閒居侃侃，春意溢出顔面。蚤事祖盡敬，祖母優游暮齒，視藥膳，臥興扶持，華髪鍾愛，父嚴母慈。侍夙夜，省燠寒，一出忱意，不視顔色爲肅愉。事繼母篤至，始終無纖芥間，一家氣象，藹如和風，鄉黨稱孝。於宗族厚待，季父削藩町，悲忻同情。季父殁，不幸子病廢，經紀其家，撫幼姪等己子，疏從遺孤振翼之，俾蒙于成。闢居，居無居者，歲時衣粒，各有節度。嘗謂宗族一本，誼不得不恤。愛范文正《義田記》規模次第，曰：「吾得志，當放此行之。」親姻孤貧者，哀矜勞苦，撫字無遺力。喪不克理辦之棺，至己所服用捐以斂。雖在疏末次序，情文各惟其稱。與人交，好大體，不爲細家迫速。户外屨日滿，❶絶甘分少，無疏密皆被和氣，交誼天至。

❶「日」，四庫本作「皆」。

聞貧困患難，赴急如不及。忱意感人，有臨終握手欷歔流涕託之以孤者。歲大比，凡與大夫待博士選者，皆有約首，誼綿數科，間不能與，自捐貲籍其名。曁充賦，就奉爲助。約所不及，以意告，傾己有爲行資，至貸以應，誼聲錚然。對人氣語和易，鄙夫窶人，亦曲加體接，無一失聲氣。去里有蹈非彝，悉忠愛，援誼開陳，聞者感動。見後進片善，奬予不容口，孜孜誘掖如子弟。給纤數畝，畊者多不輸，寧令負己，不忍直于有司。莳園漁池相傚無一償，亦不較。間喝不武，則曰：「彼貧且殆，吾奈何攟之？」有竊負其貲去，既而困還，不惟不加責，恤其人終身。將作室，紊木齊垣，時癘死多露骼，惻然曰：「吾可無居，人不可無斂。」匠棺惠貧者。歲振飢，隨所有，不給，至市粟以應。顛連無告，過目輒怵惕，隨力爲誼。❶一日讀書至晏子敝車羸馬事，愀然曰：「使吾族、吾親、吾鄉人休休有餘，至願也。」惜嗟再三。家居門蔭茂木，暇日相羊芳陰間。雅嗜茶，❷煎瀹多手出。時邀朋遊文字，語移日。樂極浩歌縱奕，視世間融融沄沄，漠不介胸次。性凱樂，惟恐咈人，事經然諾，雖不利於己，不悔一言。話傾盡肺腑無留藏，應酬一切任真。事不可直濟，或道以詭御，寧事不濟，不爲耻己勝。語及不平，❸辭和氣舒，無忤色。有以欺心至，知其私，不發，且無章於人，欺者多愧悔感泣。人皆嘆爲有德君子，謂當於古人

❶「誼」，鄢本、張元諭本作「謀」。
❷「雅」，四庫本作「惟」。
❸「平」，四庫本作「卑」。

中求之。誄者曰：「我公之德，言矩行規。世智黄間，我心坦夷。市利血刃，我範驅馳。生平所爲事，皆可質鬼神而無疑。」嗚呼！是得其概矣。

始天祥兄弟幼且長，先君子不疾其不令，昭蘇蒙滯，納之義方。日授書，痛策砅，夜呼近灯，誦日課。誦竟，旁摘曲詰，不使早恬，❶以習于弗解。小失睡，即示顔色。雖盛寒暑，不縱檢束。天祥兄弟慄慄擎槃水，無敢色于偷。自此名師端友，招聘仍年。至粥先疇給費，❷久之室罄，力弗逮，廼率天祥兄弟藏脩于竹居。陳所哀籤軸，俾抉精剔華，鈎索遐奥，董綱要，竟日夕弗倦。❸雖貧，浩然自怡。有未見書，輒質衣以市，得書，注意鑚砅，又以授天祥，俾轉教諸弟。繇是程督益峻。書聲語徧窗壁，如三尺在目。見爲文章撥斸正氣，輒不懌，必維以法度。天祥兄弟奉嚴訓，蚤暮侍膝下，唯諾怡愉，不翅師友。或書聲吾伊，或斂襟各静坐潛諷，或掩卷相與戚嗟人情世道。此時氣象，父母俱存，兄弟無故，天下之樂莫加焉。歲乙卯，天祥、璧俱叨與計偕。時仲弟霆孫，年十有六，未試，墨于窗曰：「出師未捷身先死，長使英雄淚滿襟。」竟以疾先撤棘一月卒。先君子及是攬涕竚眙，悒悒痛悼。天祥、璧將進禮部，欲董于征，顧先君子哭子方新，天祥、璧復去左右，恐益重哀，出可寬襟抱，且旦夕定省得不缺，不

❶「不使」三字，鄢本、張元諭本作「使不」。

❷「粥」，鄢本、張元諭本作「時」。

❸「夕」，四庫本作「久」。

敢辭，以臘月望行。次年，天祥、璧俱僥倖奏名。夏五戊戌，廷對蹁挾。先君子病暑，投涼劑立甦，方徙一静室，規便攝理。甲寅，集英賜第，天祥以不肖冒首唱，歸拜寓館，移時，之期集所。越一日，聞疾復侵，告于朝，不俟命，亟去侍藥。省劄下玉音，給假三日。時先君子雖病，神色不改，視脉者聚伺變候，僉曰：「無虞。」戊午向申，忽病革，進藥卻弗服，曰：「度吾不能起此疾，汝兄弟勉之！」天祥、璧震怖號慟，請命于天，祈促齡壽親筭，不獲命，椎心禱呼，❶冀殞滅以代，又不獲命。入夜，寂然而逝。嗚呼痛哉！嗚呼痛哉！厥明，幾漕聞于朝，朝命官吏來治喪事。六月庚申朔，天祥、璧奉柩出國門。臬歸，❷鄉士庶人無不失聲痛嗟，路祭巷哭，以返于先廬，時七月癸丑也。

嗚呼！先君子一至此邪？不肖孤生二十有一載，弟方冠且髫，承顔菽水，歲月幾何，天乎！不使終養，而蹙之于中身邪！慘焉逆旅，睇親舍越在二千里外，天乎！不使終于正寢，而忍至於客斂邪！往時征衣拜堂上，舉觴飲餞，親賓祖道外，期嚮何許，天乎！遂以是爲永訣邪？天祥、璧奉貢剡時，先君子已哀仲弟不見，孰謂方階禄釜，先君子纔見而禍遄作。天乎！天祥、璧何以竊第爲邪？嗚呼！不肖孤事先君子不孝，奉起居無狀，有疾病而闇不知，不能積忱衷臆，倉卒無以動天聽。罪生不贖，眥血被面，摧決肝胸，顛頓躑躅，裁以必死。顧屬纊一語，忍痛受命，不敢不勉，恐無以祇訓于前

❶「椎」，原作「推」，今據張元諭本改。

❷「臬」，四庫本作「以」，屬上讀。

人，以忝盛德。廼相宅兆，筮曰吉，排土濡涕，壙以竣役，將奉體魄安焉。嗚呼！渺音容，隔幽陰，終天而止矣。

先君子妃，曾氏。今男三人，天祥、璧、璋，女三人，懿孫、淑孫、順孫。遺墨有《寶藏》三十卷，《隨意録》二十卷。痛惟先君子，利澤不施于人，名聲不昭于時，匪石遺德，恐久遂沈泯。天祥不撰不孝，哀録事實，沈痛刺骨，荒忽惝怳。世有大手筆，能表章幽潛，光昭于無窮，稽首百拜以請。

知潮州寺丞東巖先生洪公行狀

東巖先生洪公，蓋陽巖先生文毅公族諸弟也。文毅公以孤忠遺直著聞當世，其平生言論風旨，講切上下，公未嘗不在其間。文毅公屢召不赴，公浸嚮用，輒落落不合去，時論稱爲二洪。文毅公既殁，泉南文獻之望盡屬公。識者謂文毅公未爲者，將有爲也，而公又不及大用以死。天之生才，倏忽代謝，安得不深慨於此。敘次行事，諗諸方來，門人之責，奚以辭。

公諱天驥，字逸仲，自號東巖，世晉江縣人。嘉定戊辰七月庚戌公以生。生有異質，沈静專一，自少講求微言，通念曉析乃已。故於經史諸子百家之辭，無不串貫，❶文章自成一家。以紹定改元薦于鄉，名聲振一時，學子躋門願求模楷者日衆。公坦明夷粹，專以宿於道爲教。逮事王大母，一夕，疾甚

❶「串貫」二字，張元諭本、四庫本作「貫串」。

殆，公不解帶，不交睫，至剔股肉雜湯藥進。公一念之切，通于神明，然終身不以語人。登淳祐七年進士第，初筮邵武軍建寧縣尉，發擿姦伏，當官無所回撓。時有刦寇王若曾，嘯聚千餘人，騷動兩路，諸所委捕多畏沮。公奮不顧身，提兵擣其巢，一舉空之。僞造成風，爲楮幣蠹，公密設方略，動中肯綮，李若聶凡三大黨與，無不各就縛薙獮之。石壁胡公潁、秋崖方公岳交章以公善狀聞于朝。十二年，循從政郎，調連州推官，未上。寶祐改元，旨差監惠民南局。四年，較藝南宫，公考鏡詳密，精力不間晝夕，所賞拔士，多根柢理致，當時號明有司。公雖浸近周行，然無所附麗，恂恂侃侃，望之山立。徐公清叟、吴公燧、馬公光徂、顔公頤仲俱剡上其能。❶將用矣，會有言者，徒步西歸，泊如也。六年，淮閫擇士自從，首辟致公爲屬。景定二年，通班授宣教郎，知廣州香山縣。至之日，以教養人才爲第一義。修復大成殿，明倫有堂，主敬、美身、賓賢、登俊有齋，皆捐俸入爲之，斂不及民。其爲政，一裁於義。俗譁健，戢其尤桀黠者，曰：「此囚牙訟師去，則吾民妥矣。」邑以大治。洪公勳、趙公汝暨、雷公宜中及倉憲交以邑最上。咸淳元年，轉奉議郎。二年，差監行在榷貨務都都茶場。❷四年，吴公革、馮公夢得、趙公順孫、劉公黻皆以吏才爲薦，差監都進奏院，轉朝奉郎。馮公時爲刑侍，及户侍劉公應龍交委以書，擬本部文字，公皆樂爲知己盡。

---

❶「徂」，疑爲「祖」之訛。

❷「都都」二字，疑衍一「都」字。

于時上即位逾年，初政新美，公輪當陛對，宿齋豫戒，冀積忱意悟上心，取虞廷君臣時幾之説寓規焉。其一曰君心勤怠之幾，二曰人心離合之幾，三曰君子小人消長之幾，四曰中國外夷强弱之幾，及朱文公天理人欲之辨，首尾二千餘言。其辭諄複懇切，深刺腧髓，玉音嘆美。又言泉有屯戍左翼一軍乏興之害，米舟搜糴生變之虞，而朝廷籍没翁、林二氏之田，可歲得穀萬斛，以紓戍卒兩月廩食。或有不濟，寺院及單丁住持，令本州覈實區處，併撥爲軍餉之助。餉足則糴寬，糴寬則米通，民永無貴糴患矣。朝論翕然以爲論事有陽巖風，除大理寺簿。五年，轉朝散郎，知潮州。公之在潮也，視民事如家，視敝政如己疾。捐金以裕學廩，傾困以果飢氓，梁川以利病涉，知無不爲，爲無不盡。潮與漳、汀接壤，塩寇畬民郡聚剽劫，累政以州兵單弱，山徑多蹊不能討。公應變設奇，降者相屬。又欲於接境置屯，多者三百人，少者二百人，掎角爲援，郡爲創撙節庫以贍之。具有條畫，悉以言于朝，并下之漳、汀放此，且嚴保伍之令以澄其源。大抵公智慮深遠，如宿將持重，而規畫綿絡，不以鄰爲壑也。又潮有護田舊堤，多齧於水，貤俸與民，築石爲堤，民號之曰洪公堤，且刻賦頌其傍，曰：「此我公東巖生佛所爲也。」去之日，垂髫戴白者擁車下，不忍去。

公雅意林壑，至是則曰：「吾可優游樂吾真矣。」九年，得旨主管華州雲臺觀。公時益暢於詩，數與姻族觴詠從容。而學徒有志於考德問業者，多授以外聲利，及終身受用之要。暇日登臨徜徉，愛南安之間風氣明秀，取所謂小陂山者，曰：「樂哉斯丘，我死則葬焉。」預飭美櫝，治壽藏，澹然塵外蟬蜕之意。十年正月，公始屬微疾，即乞以本官生前致仕。八日，忽索水自浴，衣冠休于正寢，翛然而逝。嗚呼！若公者，可謂啓手足而不亂，其風流篤厚，真足以追配文毅公於九原而無作者矣。某於公之門，實丙辰省屋諸生。戊辰之春，待罪中朝，謚日拜公牀下矣。未及而去國，然於公之踐脩出處之概，蓋心識之。共惟穆陵豐芑菁莪之澤，涵育天下，天下士蝟然勃興。温陵邈在海隅，人物相望，陽巖之氣節焕發乎其前，東巖之抱負翼承乎其後。使二公誠得盡展拓，又未知孰後孰前也。嗚呼！今復見斯人哉！

曾祖遇，妣陳。祖德明，妣李。父伯通，贈宣教郎；妣陳，贈安人。元妃陳，先二十六年卒，贈安人。繼趙，封安人，先三年卒。子男應午、應申、應壽，俱業進士。女四，適胡登龍、丘公賜、王毓奇，一尚幼。應午力學克肖，收拾公遺藁若干卷，曰《東巖集》，藏于家。將以是年十月己未，奉治命以葬，趙安人附殯。應午千里貽書，俾某狀行，姑序其本末，以俟立言之君子。謹狀。

墓誌銘

知昭州劉容齋墓誌銘❶

咸淳四年四月十二日，容齋先生劉公元剛卒于家，年八十有二。先生官至郡守，死之日，幾無以

❶ 「昭」，張元諭本、四庫本作「韶」。

爲斂。附於身者，稱家之有無。鄉黨之士，莫不高先生之風而哀其志焉。其邑子文天祥與人言，欷歔慷慨，重懼前輩言行久遂沈泯，❶無以訓來者。會其子昌孫以先生狀來請銘，某雖不敏，其可以辭？

先生字南夫，一字南强，世爲吉州吉水縣人。治毛氏《詩》，早爲鄉校知名士。嘉定十年，入太學。後六年，登進士第，授迪功郎，信州永豐縣主簿，陞從政郎，調静江軍節度推官。丁外艱，服除，差江州教授，兼濂溪書院山長。自故丞相董公槐、今丞相江公萬里以下，舉親民五員，淳祐五年班見，以通直郎知撫州崇仁縣。縣政以理，民以「佛子」爲謡。先生奉母夫人在官，間日與其弟自提板輿，相羊爲娱，邑人化之。以憂去。十年，通判鄂州，以磨勘轉奉議郎、承議郎。董丞相當國，入爲左藏東庫。時將薦先生試館職，會董丞相去，不果。初，東庫日進會子紙若干，丁丞相以趣辦爲才，風有司頓增十萬。❷先生以職力争，忤其意，展磨勘兩年，出爲泰州添差通判。景定元年某月，差知昭州。❸皇上登極，轉朝奉郎，適郡當次，稱疾不果行，旨差主管建昌軍仙都觀。居二年，再任。自江上平，凡權奸用事所擯斥，朝廷獎拔殆盡，時論以先生爲屈。未幾，詔還磨勘月日，駸駸向用，而先生前一月逝矣。嗚呼！豈非命邪？

❶「遂」，張元諭本作「遠」。
❷「頓」，四庫本作「須」。
❸「昭」，四庫本作「韶」。

早刻意詞科，書無不讀，其於佛老精言，❶亦各深到。平生居官，所至清謹，家無餘貲，蕭然環堵。四方學者執經問字，相繼于門，先生誘掖懇懇，不啻父兄之遇子弟。尤工爲文章，雖游戲之筆，鮮不奇古。江湖之士，得品題一語，足自表於其徒。與人盡恭應接，終日無倦意。客至，雅言之外，談玄演空，聞者往往忘去。世人以聲利爲門户，先生惡之如惡惡臭。登第垂五十年，郡縣官吏知敬先生，不見其可畏。出入不設車徒，間步行井陌中，不以爲苦。甘心屢空，以至死而不悔。噫！此真所謂善人長者矣！

曾祖致道，妣周氏。祖圭，妣李氏。考次朔，累贈至奉直大夫，妣陳氏，熊氏，俱贈恭人。妃涂氏，先十六年卒，贈安人。子男三人，昌孫，其長也；次信孫、愚孫，皆蚤世。女三人，長夭，次適大學生陳應發，又次適進士胡淵。孫男一人，洵武；女一人，許適龍氏。以某年某月某日，葬某縣某鄉某里之原。遺墨有《詩》《書》《孝經》《論語》《孟子演義》若干卷，❷詞科類稿若干卷，《容齋雜著》若干卷，《家庭謾録》若干卷。任左藏日，以《孝經》《論語》《孟子演義》上進，有旨降付資善堂。銘曰：

文彪彪，德恂恂。貴如單門，死如齊民。約而家，豐而身。我作銘詩，永懷古人。

❶「於」，鄢本、張元諭本作「餘」。

❷「演」，四庫本作「衍」。

義陽逸叟曾公墓誌銘

公諱珏，字天錫，號義陽逸叟，天祥外王父也。天祥不肖，賴公教誨，由記事以來，周旋三十年，於公無所不知。蓋至於其處死生之變，然後知他日觀公者未盡，而公誠有大過人者焉。嗚呼，異哉！公性潁悟，志不樂凡近，讀書百家，雖涉獵，靡不通達。所自得，往往於佛老氏，其見之服行，敬恭神天，一言動，不輕口，不御肉，月常十四五。對人敷闡玄寂，四座輒悚然傾聽。最後遇異人與語，幾欲棄人間事，求長生之術。年踰六十，始聞正學，恍然自失。死生之説，鬼神之情狀，講探幽眇，頓改吾意。既臥疾，服藥外無所問，戒左右勿以巫祝從事。間祈禳厭勝，揜公不知，公覺輒撫牀怒呼。病且久，骨立如束，聲吐精爽不變，冀猶足支歲月。一日，召天祥至，公乃鈎稽卜筮指諸掌曰：「今日老夫當訣，故令爾來。」時聞命震愕，止公勿易言。公曰：「吾豈不省事哉？形神合則爲人，吾形憊久矣。今腰足如斷，心火益燥，神且游散，居常謂不識死，死則如是。」又曰：「始吾崇信異説，今且死，目中無怪見。」顧二子，令必不爲佛事。周身一切，雖絲縷亦公所處分。殯宫哭位與凡喪葬祭，具有成説。天祥弟璧，任京府户掾，公口授數十言，令爲書遺之。强起字紙尾，句讀筆畫，曾不顛錯。集諸孫各付謹飭語，令羅拜牀下辭去。衆泣澌揚，公曰：「死生如晝夜，不足多憾。」麾止之，索酒飲之三，連三言曰：「吾真去矣。」聲脱口而逝。嗚呼！陰陽魂魄，升降飛揚，氣之適至，雖夢寐莫適爲主。公幽明隔呼吸，而從容若此。世能言死者不少，此非嘗試事，臆度料想，靡所依據。公去來一息，實天祥所親見，道之粲然，莫此深切。嗚呼異哉！嗚呼異哉！

公事父母孝，待族姻以厚。與人交，久要不忘。倜儻尚義，不事生産作業，惻隱貧困，能推食解衣。議論剛正，好面折人，不藏怒宿怨，有古君子風焉。公有子有孫，早授家政。天祥既奉偏慈，迎公就養，居數年甚適。間出徐步，幅巾野服，人羡其優游。公亦論文賦詩，圍棋命酒，自謂天壤間陶陶人也。得疾於景定辛酉二月九日，始復正寢。殁之日，壬戌二月癸丑，得年七十有二。曾氏世家盱江，徙吉之太和梅溪，族號長者。曾祖邦寧，祖知和，考昌權。妃張氏，先公十九年卒。子二：棐、榘。女四：適錢光延、康師顔、于夭秩，其仲，天祥母也。孫男六：端孺、淳孺、文孺、俊孺、良孺、明孺。女一，適郭泳。曾孫男甫申。以次年九月丙午，葬吉水縣永昌鄉藥陂之原，成公志也。初，公先世重卜葬，葬師譸張爲幻，封鬛無定居，公憮然曰：「吾詎忍吾先至此，吾不可自求之乎？」乃從兄瑾載資越竟，旁參博扣，逾十年，得其説以歸。由是高、曾而下，一奠不再徙。公對葬師言，亹斷斷不可不售不傳，故秘莫得聞焉。公命未革，命天祥曰：「老夫一日不起，無潛德傳世，記歲月，非爾其誰屬？」臨終，申其詞再三，天祥泣不敢當。重念靖節作《孟長史傳》，東坡書《程公逸事》，往蹟漫滅，猶勤追述，矧公面命，惡得辭！顧方縶官于朝，不獲哭拜，填祖營，視丘窆，南望欷歔。輒紀家世行實，而表其死生大事爲誌，并爲銘。銘曰：

維二氏之蔽於死生兮，小其用於一身。一陷溺而忘返兮，鮮不惑於怪神。公日昃之離兮，羌出駁而入純。微臨絶之琅琅兮，公幾混於常人。朝聞而夕死兮，何憾乎幽冥。藥陂之鬱鬱兮，遺躅之所經。存而以爲志兮，歿將以爲寧。既固既安以利嗣人兮，萬古萬古如斯銘。

羅融齋墓誌銘

廬陵有隱君，曰融齋羅公。嗚呼！可謂有德人矣。予嘗詣公，入其門，肅肅如也，僮僕訢訢如也。公出，雍雍如也；坐，申申如也；語，愉愉如也。予聞公燕居之概，晨起盥櫛畢，正衣冠堂中，就胡牀坐，不惰不倚，儼然終日，雖盛寒暑以爲常。不好狎，不侵侮，無易由言。對賓客，賓客或不自持。左右置司馬公《家訓》一通，保家擇婦，常自以爲名言。閨中無敢疾呼，女隸無敢近几席，執事左右唯諾，無敢涕唾。諸子無敢晏起早臥，聞公攬衣謦欬，就學惟恐後。夜至公所，各以所業次第誦說，獎掖磨厲，交發互出，凛然義方之意。由是吾里之言家法與善教子者，皆曰羅公羅公云。

公生而穎發，五歲即篤志强記，容止如成人。既長，嗜書忘寢食，爲文不事銛巧，惟意所到，自然成章。學書入楷，得蔡氏風度。蚤有意埸屋，四詣京師試諸生。晚年，始以此事付兒輩。然公所爲强學者，雖老且病不衰也。公未弱冠而孤，經紀門户，即不爲細家迫速。先世積逋券如疊，一日悉畀炎火，曰：「是先人所親厚，其一切勿問。」聞者義其勇。宗族親黨孤子者、貧乏者，或給之田，或予之金終其身，恩意浹至，外内無間言。四方屨滿户外，設榻無虚日，推食解衣，至者無不得分願而去。歲青黄不接，會其閭里輟時直幾半，❶隆寒給散有差，環公之竟，無以飢告。鄉鄰有難，畢力排解，幾微不見顔面。不摘抉人過，有負公者，未嘗示以聲色，其人久之自愧悔，有愧悔且死，而恤其妻子益恩者。與人語，傾盡肺腑，已諾必誠，不以利害爲二三，其忠信如此。戒庖厨勿殺，凡登諸俎者，❷悉自外致，有生饋禽魚，必解放之，其仁厚如此。自奉不逮中人，衣服有十餘年不改，❸亦不煩澣濯，其儉素如此。里之稱公，❹無大小必曰君子長者，有不善，相戒勿爲公所知。嗚呼！真可謂有德人矣。❺

公之中身，諸子各拔潁而起，其一兩名薦書，登開慶元年第，調臨江軍清江縣主簿。公時敕簿君曰：「汝爲廉吏，即不辱吾子。」簿素脩謹，聞訓益厲，有名聲於時。生母蕭氏，以上壽錫封孺人。諸孫競秀，長幼五葉，人世樂事，畢赴一門。天之扶持信順不爽哉！予按《春秋》名卿賢大夫，視其國君諸侯容貌辭氣，❻吉凶悔吝，先定如蓍龜。以公平生，孰不可書？獨嚴重整肅，能使人鄙慢消去，福德莫盛於此。昔伊川見人静坐，輒嘆其善學。徐節孝因安定「頭容直」一語，自此不敢有邪心。使公得二

❶「直」，鄢本作「且」。
❷「登」，原漫漶不清，今據鄢本補。
❸「有十」二字，鄢本、張元諭本作「十有」。
❹「澣濯」至「之稱」十字，原漫漶不清，今據鄢本補。
❺「勿爲」至「真可」九字，原漫漶不清，今據鄢本補。
❻「信順」至「辭氣」二十四字，鄢本、張元諭本無。

先生爲之依歸，因其資以至於道，所成其可限量乎哉？公諱士友，字熹善，一字晉卿，融齋，所自號。景定元年，該明堂恩告，授承務郎致仕。咸淳二年二月十四日，終于正寢，年六十有八。遺文有《史編》十卷，《諸家詩體》十五卷。

羅氏由金陵徙吉之吉水，五世祖居盧陵之新安。曾祖暉，祖時英，考莘老，妣孫氏、趙氏。妃蕭氏，封孺人。子男五人：濬、煜、植、畊、垕。畊，簿君也，再調贛州濂溪書院山長。女一人，汝順，適今文林郎新廣南東路提點刑獄司幹辦公事周壽申，先公卒。孫男十人，女六人；曾孫男二人，女一人，俱幼。卜以四年某月某日歸于順化鄉三陂周家山之原。其孤前期請銘於予，予視公，丈人行也。公之子於予同充賦，於予弟璧同年進士。予之任江西臬事也，以公子上之公車，通家孰先焉。矧公行誼著於鄉，則所欲稱美而論撰之者，豈獨孝子慈孫之心哉！銘曰：

不言躬行萬石君，教子義方竇禹鈞。行其庭，不見其人。雖無老成人，尚有典刑。

封孺人羅母墓誌銘

廼咸淳九年，盧陵融齋居士羅氏生母滿百歲。融齋之夫人，時年七十六，白髮在堂，事百歲母如婦禮。❶子孫孫子，環侍起居，爲男女三十有奇。予鄉稱慶門，必曰新安羅氏。其年二月朔，予從里中

❶「婦」，原爲小圈，今據張元諭本、四庫本補。

士奉幣載酒，拜百歲母堂上，母答拜，諸孫皆拜。飲母，母醻酢賓，諸孫各執爵從。既成禮，夫人視予年家子，不聽去，爲之留三日。爲詩以歌其事，好事者或爲圖以傳。國家承平，休養生息，用康于人，眉壽無有害。《傳》曰：「『豐水有芑』，數世之仁也。」夏，予將指于湘，未數月，聞夫人訃，欷歔失聲，問百歲母安乎？曰：「安。母於今蓋百踰一矣。」夫人將葬，其孤以是母命來請銘。予後母生六十三年，得載筆承命銘夫人，自昔能言所未有，廼叙次其凡，繫之辭。

夫人姓蕭氏，吉水人。曾祖琢，祖曹。父異，鄉貢進士。妣廖氏，繼張氏、徐氏。歸承務郎致仕士友，是爲融齋居士，先七年卒。子男五：濬，先五年卒；煜；植；畊，脩職郎，前監行在奉口酒庫；垕。女一，適儒林郎侍班周壽申，❶先二十九年卒。孫男九：寀、寯、宦、寔、寓、宜、紹、顥、平。女十一，長適張棟。曾孫男七：舉孫、顕孫、元孫、滿孫、怡孫、真孫、復孫。女二。夫人以庚申明禋，恩封孺人，卒之年七月十日。次年十二月某日，封于所居里柘逕之原。銘曰：

昔唐夫人之爲崔母兮，逮事長孫皇姑兮。姑年高齒落以枯兮，升堂乳之劬劬兮。姑曰婦恩之不可孤兮，願世世子孫之不渝兮。夫人五世崔如兮，母年踰百崔所無兮，胡不與壽爲徒兮。爲此母憮兮，爲夫人吁兮。

❶「侍」，原作「待」，今據張元諭本、四庫本改。

鄒月近墓誌銘

廬陵南方之上游，支水自贛興國而下曰富川，鄒氏族焉。鄒故出范陽，五季始有籍斯土。有昶者，富而禮，瀘溪王公、平園周公、誠齋楊公、艮齋謝公皆與之游。川流在門，能不愛重貲；疊石爲屋，以脱往來於戹。周公記之，一時稱爲長者。其歿也，文敏洪公銘其墓。鄒氏福禄，方來而未艾，長者之所種植也。昶生將仕郎時飛，嘗伏闕上裕民十策。時飛生龠，龠生澹，是爲月近君。月近云者，君以名亭，而鄉人因之以爲號也。

君蚤孤，母張氏，勤儉自樹立。紹定辛卯，該東朝恩，以壽封安人。君於其時，奉親愉愉，無子弟之失。張氏歿，始經紀家事，循循如不勝衣，人不見其聲色，而充盈裕大之福，自然日進而不止。族黨之不自給者，親戚之無所歸者，友朋之遠役而不能行者，君意性所到，皆能隨事爲義。若夫修浮梁，甃通逵，歲發廩以倡賑荒，守望有警，則哀丁以耀于衆，皆義之凡也。俯仰三十年矣，君於其間，無鄉曲之過。君性最緩，或以佩弦進，曰：「吾豈不知出此，吾所見叫呼號呶，自取僨敗者衆，吾誠緩，不失事。」蓋老而益審焉。然君終身無惡名，變容動色之警，不及乎其門。優游和平，永保終吉。嗚呼！真可謂長者孫矣。

君字次清，登仕郎。生嘉定元年六月丁酉，歿咸淳元年九月己未。配吴氏，迪功郎江州司户參軍懋之女。子三：文孫、振孫，俱登仕郎，癸孫幼。卜以四年正月，葬于順化鄉新安社之原。其孤前期以奉議郎劉君惠祖狀來乞銘。劉，君戚也，聞而知之；予，君鄰也，見而知之。敢無以銘？銘曰：

長者之澤，子孫賴之。去之百年，有以似之。天於善人，曷不壽之？善人有後，天將與之。

鄒仲翔墓誌銘

景定五年，余奉親高安，除提點江西刑獄，謝弗拜。適寇起興國之東，廬陵犬牙相錯，所在騷動。余所居鄉，一閧千室，大家以去爲望。鄒君仲翔，中人之金也，率鄉人柵東門山爲備。山下阻衣帶水，君恐倉卒涉者，爲魚架浮梁以濟。❶明年春，寇一日蓐食行三百里，薄大和之王山，距余鄉半舍而近。鄉人扶攜老稚走險，微一不善脱。君經紀山寨，當是時，一鄉之命懸於君。訖寇去，君保護無有害。時余避節弗獲命，會樞密督以捕逐，文移旁午，余以鄉部嫌，將重以請，慨然曰：「柰何以我辭受，坐視龍蛇爲赤子困乎！」於是即日受印，下令會兵，諸山寨皆署長君與焉。未幾，寇平，余罷歸里。于溪之上游，斬荆莽，燔榴翳，得奇觀焉。君欣然從余山中，❷匹馬一童，朝至而暮忘歸，率以爲常。余每集賓從，君輒在其間，聞余語中理解，未嘗不解頤。間從余言：「人生何爲碌碌，棄家事從公游，可乎？」余謝非余所知。君曰：「吾意決矣。」乃盡以伏臘屬其子而頹然以休，訪余南北厓某水某丘，若將終身焉。

❶「架」，張元諭本作「梁」。

❷「君」，原作「尹」，今據鄢本、張元諭本、四庫本改。

癸酉夏四月，余行湘，君送余於香城。

後一月，君以疾死。余聞之，欷歔不自禁。湘之歸也，未及門，望見其子來，哽不能言。嗚呼！余豈私君？君與人必以情，聞義輒赴，見有不善，面折不少回，而不藏怒，不宿怨，曠如也。君雖赤手起家，而好施出其性，歲饑，發粟給其比鄰二百户，能捐殖以自損。道太和毿十里。道廬陵毿六十里，衣寒者，食餓者，❶病者饋藥，死者予棺，喪無歸者葬其土。度其能爲，輒不少炁。君之族，前有長者，以善植門爲益國周文忠公所知。去之百年，風流相接焉。余嘗謂君慈而樂舍，大率浮屠家所尚。至臨難急病，能禦灾捍患，以有德於鄉閭，大夫士或愧之。

君名鳳，仲翔其字，世爲富川人。曾祖大明，祖人傑。考世興，妣梁氏。娶蕭氏、梁氏，皆先卒。子男一人，曰成。女三人，適郭鏐、王鎔、劉鋒。孫男二人：夢龍、復生。君得年六十有四，以甲戌十一月某日，葬于其鄉沙洲平之原，治命也。君之先人，嘗卜地于東門山之下，曰：「吾父葬于是。」泝山而上爲龍頭，得一丘焉，曰：「吾藏骨焉，吾後其有興乎。」君晚而優游，有子治生，有孫業于學，咸以爲驗。銘曰：

東門之原，君之父兮。東門之麓，君之母兮。東門之巔，君所構兮。瞻彼東門，相爾後兮。

❶「餓」，張元諭本作「饑」。

樂庵老人劉氏墓誌銘

余讀《漢·陸賈傳》，甚羨余翁樂庵劉氏。❶賈擇田地，家好畤，出橐中千金，析其五男，安居過之，❷數擊鮮，十日而更，以壽終。余嘗謂人生晚福優游，宜莫如賈。當是時，韓、彭葅醢，酇侯、周勃猶不免械繫，求爲賈一日，得乎？翁生四子，皆有才智，四十年即棄家政，就養諸子，以次第循環，五日一更。其設饌務爲相高，惟恐不得其懽心。翁飢來得食，渴來得飲，早眠晏起，一切不顧人間事。惟時時接方外士，講鉛汞之術，間取松柏惟意咀啖。翁年過七十，而顔色如童，攝生有助焉。或謂陸生作《新語》，爲漢達官，非翁匹。余曰不然，賈艱難嬴、項間，❸從馬上公爲客，一再使越，崎嶇萬里。翁生於世，長於世，老於世，不出鄉，終其天年。有樂於其身，無憂於其心。設賈復生，校翁失得，未必以彼易此。

翁又有數事異甚，里傳鬼車鳴者，未夜相戒滅明，屏息户内。翁開樓大呼，願見鬼車，卒無有。有神以禍福驚人，翁過其祠，持牛炙如常，人莫不危恐，翁休休如也。嘗有所營造，忌某星直某方，翁

❶「翁」上，張元諭本有「鄰」字。

❷「居」，據《史記》《漢書》之《陸賈傳》，當作「車」。

❸「項」，原作「頊」，今據張元諭本改。

曰：「犯者殆乎？請身嘗之。」❶某星迄不驗。爲子納婦，或云婦不利於長，翁不爲奪。自是諸昏嫁，曆家説格不用。中年卧疾，家人私召女巫，謀爲厭勝，翁廉知之，强起逐之出門。未屬纊，翁默自念，作其像贊，若辭而遠遊者，顧左右曰：「吾死勿事緇黄，吾志也。」醫以藥進，麾使去。問日入乎，曰然，反面而逝。江南之俗尚鬼，其人畏死而信巫，翁能自不惑，非由耳傳口授，殆一至之性然也。

翁名邦美，字才卿，樂庵其自號也。始祖邽，長沙人，爲吉州刺史，家西昌九洲，後徙廬陵富川。三世曰德遠，文焕，子玉，妣曾氏。娶陳氏，先三十七年卒，繼祁氏。其子孫實蕃，濟生機，洪生桂、槐、植、模，深生朴、柚，鄉貢進士，浩生樞、楫，槐復生癸孫。女二，適于夢牛、曹雷應。孫女五，適鄒、曹，許曹、羅，一幼。翁八歲喪母，十六歲喪父，移其事父母事長兄終身。歲時上丘塚拜祖禰，率諸後生，尚有典刑。翁富壽安逸，推其一念孝友，殆命物所知。諸孫方將以詩書大其門，翁必爲人宗乎。翁生慶元戊午二月庚午，殁咸淳癸酉正月丙辰。後二年正月，葬于淳化鄉皂塘之原。余家距翁一垣，翁年吾祖之下，吾父之上，諗翁有年數矣。深與余游且厚，來請銘。銘曰：

其生也有涯，其死也有時。爾世其昌，匪我銘其誰。

❶「嘗」，鄢本、張元諭本、四庫本作「當」。

劉定伯墓誌銘

予東家詩人劉君定伯，類晉宋間曠達。自予辟山水南北厓，落然不可人意。君時從予招，或不約徑造。至則善爲言譚，名理蠭出，意所左右，辯者不可詰。江山朝暮四時之變，嘲詠賞嘯，興出物外，常使人諷念不可忘。嗜奕，最入幽眇，兔起鶻落，目不停瞬，解剥摧擊，其勢如風雨不可禦，勝敗不落一笑。飲酒可一二斗，酒酣浩歌，聲振林木，或投冠袒裼，旁若無人，或鼻息雷鳴，徑臥坐上，君豪縱沛然以爲自得。當其樂時，不知天之高，地之下，老之將至焉爾。予前在宣州，君以詩來，思致清邁，恨不即投印綬，從君烟霞之表。既歸，君好日以怡，詩日以張大，於是蓋年五十三矣。廼孟夏二日過予，極論當世事，抑揚不少挫。詰旦報曰：「君痰厥逝矣。」予駭亟視之，不復可爲。哭失聲，狂三日不能止。非予爲然，凡與君交者，談君輒揮涕。里之人不問倪旄，嘆傷如出一口。噫，可人在天地間，鬼神所忌邪？君長身五尺餘，堅壯耐寒暑，鬚髮如漆。性落魄，不問家事，家才三四口，粗了伏臘，不爲求贏。有錢輒不惜雞黍，送客無虚日。朋友有無相通，急難於我乎赴。平生於人無諸責，鄉人有爲芥蔕，君一語輒化。有不善，開譬之無以爲望，和氣薰浹，蒸然善鄰。一歲半爲四方客，主君者所至投轄，惟恐亟去。雖兒童僕厮，無不誠愛君者。君破崖岸，削邊幅，不爲拘拘孑孑；至道理所在，確然守之不變。其執喪爲孝子，按喪禮，門内不入緇黄。一子二姪，命以先疇，瓜分而三，無贏縮薄厚。子曰敢不共命，姪曰敢固辭，一家興仁興遜，鄉曲相傳爲盛門，非好德疇至是！

君始祖邦，長沙人，爲吉州長史，家于西昌之九洲。十世祖德遠，徙廬陵富川。君之三世曰文焕、子玉、邦賢，妣鄒氏。娶張氏，子男梓，女淑容，適彭天麟。卜以次年咸淳癸酉十一月壬辰，封于淳化鄉扶竹坑楓樹塘之原。君名澄，定伯字也，自號前村。有詩集，自編曰《前村初藁》。君詩不爲深苦，而清拔雄健，如其爲人。有子能力學，不隊義方，君死何憾！予所憾者，君死獨何蚤！泣而爲之銘。銘曰：

其堅也驟折，其勁也蚤摧。命之臧凶，匪繫其材。生也達，死也何怛。君墓我銘，我心則結。

王推官母仇氏墓誌銘

東廬王先生母垂葬，命其門人文某銘。噫！某何以銘先生之母之墓哉。廼景定三禩，進士策御前，某以覆校待罪殿廬。一日，初考官第一卷擬上乙覽，某稍細復之，傳觀同官，驚訝得人。會一字近廟中嫌名，某以才難，白詳定官請所以處。臨軒之日，賜出身，乃吾東廬先生也。嗚呼！使先生以名第取先天下，歸拜母堂上，斷機調熊，庶幾夙昔乃累先生以不釋乎！此某其何以銘先生之母之墓哉？雖然，「事孰爲大？事親爲大。守孰爲大？守身爲大」，使先生失身爲親憂，雖高科如之何？先生雖不得高科，爲臣忠，爲子孝，身在焉，親固榮也。諗先生曰然，銘無所辭。銘曰：

母姓仇氏，世居廬陵之白沙。考諱彦誠。生二十二年，歸于贈迪功郎致政君，諱化權。逮事姑兩世，左右無違。祭葬以禮，相夫子貞，調娛中和，靡失節度。子始就學，篝灯夜分，督厲吟諷。及負笈從師，端以上。❶手自紉綴，連寒暑彌不倦。以子入大學，甲寅明禋，封孺人，從子赴永州户曹禄養，壽康稱其命服。咸淳七年三月十九日終于家，❷年八十有三。子二：長大琮，先孺人一年卒；次國望，從政郎，前袁州軍事推官。四女：一夭，二適李穆之，三適蕭應祥，四適劉起巖，二與四先卒。孫六男：長囦，餘未名。五女：長適劉焕，次許彭麟，餘幼。九年三月壬申，厝于城西黄腴山之原，是爲銘。

贈承事郎徐溪莊墓誌銘

咸淳九年夏六月壬午朔，天子親擢徐君卿孫爲監察御史，旌縣最也。於是某不佞適叨一節，按部湖右，親見衡山之父老子弟歌思遺愛餘績於嶽雲湘波間，皆曰：「徐公字我民六年，我父母之，其敢忘？」及聞聖天子所以褒擢選表，又皆手額距踊，爲朝端賀，爲天下賀。某退以語客曰：「麟仲信才且賢，何以得此於邑之人，去而不忘如此哉？木則有本，水則有源。若靈芝俄現，醴泉滃出，居然瑞世，其鍾和孕秀，豈伊一夕之積。盍相與論其世，可乎？」客曰：「徐氏居清江，於盧陵東西家。御史君之考，曰溪莊公。溪莊公，厚德人也。」余聞而心識之。亡何，麟仲自京以書走湘抵某曰：「卿孫不天，生而二十有五年，而先妣即世。又五年，先人棄其孤。露濡霜降，於今二十有五年，禄養弗可及也。欲

❶「上」，四庫本作「正」。
❷「三」，四庫本作「二」。

報之德，罔極柰何！今不肖孤籍先人之教，有位于朝。乃去秋九月，天子有事於明堂，推錫類恩，我先考妣，實該初贈。惟先世之志行事治，未有以詔子孫，傳無窮，敢稽顙下拜以請。」某發書愴然，念所見聞不謬，因不果辭，乃摭御史君所撰行述而書之。

徐氏祖伯翳，宗偃王。偃王子孫散處徐、楊二州間。江右之徐，以南州高士重。其後泝豫章而上，今家清江縣崇學鄉之檀溪。溪莊公諱森，字壽叔。曾祖諱徹，祖諱源，皆隱而能詩。考諱大經，桂山謝公題其所居曰「溪雲小隱」，里人因稱爲溪雲先生。溪雲性嚴介，家人嗃嗃。然好客，車轍滿門。溪莊天分寬平，春和玉温，撰杖屨，侍琴瑟書册左右，色養無違。族居千指，融融怡怡，無一間言。少游鄉校，文聲籍甚。嘉定丙子，待試成均，繼以詞賦爲郡諸生第一，士論翕然。中年幹蠱用譽，晚謝場屋，益雅淡謙謹，疏戚一致，未嘗言人過失。其尊尊親親賢賢老老幼幼，無不得其歡。故鄉里遠近，一以吉德厚善歸之，而徐爲德門矣。淳祐壬子，得末疾，越五年歿，實寶祐丙辰十二月三日也，享年六十有七。妃熊氏，豊城著姓。既歸，奉尊章，相夫子，主饋治家，延師教子，賓嘉喪祭，常黽勉有亡間，必如禮乃止，有昔人剪髻斷機風。子男二，穉孫先七年卒；女二：適黄一鶚、鄭一夔。孫男三：㞸、震、必茂，震亦早卒；女二。曾孫男二。以開慶己未十二月，奉二柩合葬于所居之西園。

嗚呼！家之將興，非必其先世有奇節異事，足以聳動流俗耳目也。風流篤厚之意多，孝友睦婣之味長，君子長者之澤有餘而不盡。所謂有是父，有是子。或曰非此母不生此子者，非偶然也。徐氏之澤，始基於溪雲，浸大於溪莊。今御史君玉立山峙，川增日起，由邑最結主知，歲中三遷，遂陟臺端，爲國綱紀，駸駸且大任。少頃暇之，瀧岡之阡，❶何患不表。顧墓上之刻，❷不鄙以余屬，余其敢不銘諸，以昭徐氏德盛流光之懿，以對揚天子之休命。銘曰：

江西徐宗宗處士，介臨洪間蓋其徙。檀溪源委深且長，溪雲爲父溪莊子。溪莊恂恂允誠篤，温兮如玉天鍾美。融爲瑞芝溢爲醴，積慶綿綿開御史。朝爲卓魯暮汲魏，公朝旌擢清風起。西阡雖舊命則新，我銘宰上材可梓。立身揚顯殊未已，木杪龜趺此其始。

蕭明允墓誌銘

君初名堅，字子固，後改應新，字明允，廬陵珠川人。廬陵故多蕭氏，而珠川亦望族。君拔起其間，自幼岐嶷，長益嶄絶。種績文學，頷頷與逢掖争鳴。三赴天子學，鋭不少衰。氣岸孤聳，與人棘棘不阿。號其讀書室曰「介林」。嘗謂吾幸守先人廬，弗克規拓，是不肯堂構。樓其前曰「逼雲」，復出其旁，相我攸宇，通之爲園。花竹横從，朋賓嘯歌，翛然有物表之趣。會予釣遊荒閑，位置水石，君時一造，沛然若自得。予以是知君所自負翹如也。咸淳二年十二月九日，以疾終，年四十六。曾祖炳文，祖國老。父景伯，妣李氏，繼母曾氏。妃劉氏。男曰宋翁，女曰淑慧、淑慈、淑懿，皆幼。卜以四年正

❶「瀧」，原作「瀧」，今據張元諭本改。歐陽脩有《瀧岡阡表》。

❷「顧」，四庫本作「顯」。

月八日，歸于淳化鄉王田雙園之原。前期其弟至與其孤造門以銘請。銘曰：

嗟予介林兮，孑孑而無成。大輿之壯兮，羌中道而折衡。意衣冠之雖葬兮，不能葬其英英。瞻雲山之莽蒼兮，尚骯髒之如生。

觀察支使蕭從事墓誌銘

德安府觀察支使蕭君安中，中大夫江南西路安撫副使兼知吉州諱逢辰第二子。撫使公發聞顯庸，克開厥家，於時爲鉅人長德。自其宗族鄰里鄉黨，待公而舉火者，百數十家。咸淳四年六月，不幸公捐館，君於是年四十有五矣。持抱孤姪，臨喪如不勝。至經紀其家，上下調娛，是似是續，罔有越厥度。哭撫使公者繼于門，哭已，則私相語曰：「我公未遽亡乎！」迄服除，如其初。邦人士莫不嘉君之志，而嗟嘆感發，以爲撫使公之有子云。

君字和仲，號介軒，儼然端重人也。喜讀書，爲文辭，倜儻有才氣。在膝下幹蠱服勤，左右無違。及論世事，有奮然自樹立事功之意。咸淳十二年，領江西漕舉。寶祐二年，以恩授登仕郎。後三年，銓試第一，授修職郎，袁州宜春縣主簿。開慶元年，以撫使公兼鄉郡奏充書寫機宜文字。明年，改注壽昌軍武昌縣主簿。景定五年，取舉江西漕。咸淳改元，循從事郎，授支使。自吕武公以下，舉關陞三員，親民四員。六年十月，以疾卒于正寢，乃卜葬於永豐百蛟之原。朝奉郎文天祥，以其子元永哭請銘，爲之銘：

《語》曰：「三年無改於父之道，可謂孝矣。」嗚呼蕭君，克蹈聖言。雖不得禄，與不得年。見於先人，無忝爾生。有子有孫，以莫不承。❶

祭文

祭歐陽巽齋先生

維歲次癸酉，正月乙卯朔，越七日辛酉，學生具位文某，謹致祭於故先生殿講大著刑部巽齋歐陽公棺前。嗚呼！先生將安歸耶？先生之學，如布帛菽粟，求爲有益於世用，而不爲高談虚語，以自標榜於一時。先生之文，如水之有源，如木之有本。與人臣言，依於忠；與人子言，依於孝，不爲曼衍而支離。先生之心，其真如赤子，寧使人謂我迂，寧使人謂我可欺。先生之德，其慈如父母，常恐一人寒，常恐一人飢，而寧使我無卓錐。其與人也，如和風之著物，如醇醴之醉人；及其義形於色，如秋霜夏日，有不可犯之威。其爲性也，如槃水之静，如珮玉之徐；及其赴人之急，如雷電風雨，❷互發而交馳。其持身也，如履冰，如奉盈，如處子之自潔；及其爲人也，發於誠心，摧山岳，沮金石，雖謗興毁

❶「以」，四庫本作「亦」。
❷「電」，張元諭本作「霆」。

來，而不悔其所爲。天子以爲賢，搢紳以爲善類，海内以爲名儒，而學者以爲師。鳳翔千仞，遥增擊而去之，柰何一蹶而不復支？以先生仁人之心，而不及試一郡，以行其惠愛；以先生作者之文，而不及登兩制，以彷彿乎盤誥之遺；以先生之論議，而不及與聞國家之大政令；以先生之學術，而不及朝夕左右獻納而論思。抑「童而習之，白紛如也」，雖孔孟聖且賢，猶不免與世而差池。先生官二著不爲小，年六十五不爲殀，有子有孫，而又何憾於斯。死而死耳，所以不死者，其文在名山大川，詔百世而奚疑！

某弱冠登先生之門，先生愛某如子弟，某事先生如執經，蓋有年于兹。先生與他人言，或終日不當意，至某雖拂意逆志，莫不爲之解頤。世有從師於千里，尚友於異代，而同人于門，適相值而不違。其死也，哀斯文之不幸，吊生民之無禄。其葬也，隻雞斗飯，竊慕古人之義，匍匐奔走，泫然而哭吾私。嗚呼！已而已而，哀哉尚享！

祭都承胡石壁文

嗚呼！世婉孌以偷生，公指九天以爲正也。人卮蠟以自矜，公玉雪而不曜明也。俗鬼域以誑人於冥冥，公揭日月而撑雷霆也。石壁之鋒，神入天出，金鉄可摧，孰爲公直？石壁之藴，尊華賤質，泰華可移，孰爲公筆？四海一雲，我卷我舒。大川獨航，予紼予纚。萬微未燭，吾蓍吾龜。更幾千百載之祝融，而復爲此奇。嗟乎余乎，登門何晚，哭野何遽。操几杖兮焉從，持佩玦兮何所。紛雲委兮川流，化經綸兮爲土。羌蘭艾兮荃茨，蹇離騷兮宿莽。苟余情乎得當，質九京兮千古。余有言兮孰聞，寄浪浪兮離俎。

祭郭正言閶

維公拔起海隅，有志天下。處膩如冰，知德者寡。鳳音冥冥，朝光作之。烏臺峩峩，霜氣薄之。公遷諫坡，歲月幾何。白首丹心，之死靡他。吁嗟人生，死見真實。如公一節，天地可質。神畀東返，返于五羊。曲江吾師，菊老未亡。不愧二賢，公可千古。爲酌廉泉，一涕如雨。

祭道州徐守宗斗 温州人，文武兩科

嗚呼！龍虎變化兮，人物之英。風霆流行兮，宇宙之名。天下之畜兮，一州之羸。三年而一日兮，侯度是程。及召駟之垂駕兮，❶胡疢之嬰。没而可食於南邦兮，憂民憂國之誠。某交誼兮雲仍，王事兮弟兄。樂莫樂兮知心，悲莫悲兮余哭之煢煢。下神輿兮臨蒸，❷桂棹兮積雪斵冰。操弧矢兮上征，絶虎兕兮縱横。噫！至人兮無死，歆余奠兮如生。

❶「駟」，鄢本、張元諭本作「驛」。
❷「蒸」，四庫本作「東」。

祭鄒主簿寧孫

嗚呼德元，少吾三歲。自其應門，及我交際。德元之賢，服我以義。以我爲兄，我胡不弟。折節讀書，收科入仕。子簿臨武，語子初筮。時予赴宣，亦有行事。同日出户，舉觴祝子。自予汰歸，子告還里。雍容進趨，循循唯唯。士别三日，刮目相視。人十己千，其進未止。子之復往，得于吏師。幕謀邑事，勉焉孜孜。子替已久，子歸何遲。輿疾在寢，忽不自持。子方壯年，何質之衰。胥于鬼神，淫于禱祠。死不相聞，斂不與知。殯不及夕，棄禮如遺。哀哀德元，而至于斯。弱稚惸惸，青灯一嫠。吾甚憐子，亦復何爲。子尚有後，念無已而。吾欲匍匐，哭子墓垂。適有王事，載驅載馳。明發不寐，永懷吾私。寄情一奠，臨文涕洟。

祭秘書彭止所

嗚呼仲至，氣和色莊。如水之清，如玉之剛。出而瑞世，麒麟鳳凰。南宫第一，今世歐陽。方其退居，深自晦藏。蟬蜕衆濁，視世如忘。展如之人，衣錦絅裳。覽德斯下，吾道彌章。頃者刑臣，再玷天綱。❶善類相顧，驚疑徬徨。君首丐去，其氣昂昂。聞者爲奮，進言始昌。貽書司諫，陳義慨慷。表表

❶「綱」，原作「澗」，今據張元諭本、四庫本改。

愈偉，于歐有光。我年視君，匪鴈其行。第也同年，居也同鄉。仕也同館，志也同方。用折輩行，腹心腎腸。我之出守，君酌我觴。君亦有志，方外翺翔。王宫爲師，秘書爲郎。君雖欲去，志不果償。由此而升，紫微玉堂。道以光大，亦我所望。誰歟西來，遽報膏肓。旦旦引領，已剸其良。好音不嗣，我心皇皇。柰何哲人，竟罹于殃。嗚呼仲至，今也則亡。如瑳如磨，其孰我相。凡百君子，罔不盡傷。況我孔厚，如我淚滂。我有官守，我縶我繮。君疾云革，莫克造牀。君柩來歸，莫哭道傍。嗟我有心，遡風茫茫。嗚呼仲至，婉其清揚。其命也短，其存也長。生芻一束，我意其將。庶幾監兹，尚有洋洋。嗚呼哀哉！

祭安撫蕭檢詳　名逢辰，號平林

嗚呼！江右之望，偉哉我公。驅馳白首，惟孝惟忠。❶異時廊廟，謀選元戎。惟公老成，必在其中。開慶之警，四國交訌。吉爲樂邦，飄風其衝。拜公于家，麾節崇崇。公起倉卒，談笑從容。臣有一死，惟義之從。不敢震鄰，不敢震躬。事平上印，訖不言功。優游里居，惟以壽終。嗚呼，尚論公之平生兮，撫蒼莽而歔欷。命之通塞兮，毁譽隨久。❷議論之所從始兮，惟桑梓之不可欺。方淮漢之落

---

❶「忠」，原作「思」，今據鄢本、張元諭本、四庫本改。

❷「久」，張元諭本、四庫本作「之」。

落兮，猶曰風馬牛之不相追。亦既與我父兄同生死兮，寧不我知。天有萬分於人兮，而或猶有怨咨。自公之既殁兮，使人方感激而追思。曰何爲予室之不漂摇兮，予子之不流離。思而不可作兮，父老至於涕洟。豈非生而有定論兮，尚或接於愛憎之私。死而愛憎無所麗兮，忽天定其奚疑。

嗟乎！見危臨事而不苟兮，所以委質而爲臣。吾亦自盡乎吾心兮，固非欲求知於人。然自古固非抱屈於一世兮，俟百世而方伸。亦有百世不可俟兮，聽諸天地與鬼神。公死而有遺思兮，斯人豈不靈。是不爲無所遇於當世兮，尚何憾乎冥冥。議論定於其鄉兮，而傳之天下後世，無不本諸人心。禦大災捍大患而得祀兮，以不忘其德音。贈以嘉有功兮，謚以尊名。天下有道兮，天王聖明。吉山之陽，公魄所歸。素車盈盈，白馬纍纍。我思古人兮，斗酒隻雞。尚不憚於千里兮，何百里之辭。即公墓兮，酹酒以致哀。作文以諗地下兮，尚有信於方來。

祝　文

過家告廟文

昔忝荆臬，單車載馳。家祀孔嚴，曠歲弗治。靡室靡家，中心悵而。始告廟朝，是縶是維。畏此簡書，王事敢違。悃悃再疏，天高聽卑。解我湘組，易贛一麾。贛實近止，神人具宜。人豈及是，神之相之。載欣載奔，薄言還歸。千里息肩，于廟矢辭。

代富川酹魁星文

維極有斗兮，垂河漢以耀芒。耿衆星之環嚮兮，儼黄道之開張。瞻前杓之烜赫兮，東枕乎龍角之蒼。一水盈盈兮，咫尺相望。一舉手而高摘兮，搴萬丈之虹光。吐奇氣於六合兮，夕閬風而翊扶桑。宇宙之燄燄兮，其將見於吾水之涯，吾山之陽。擊雷鼓兮電煌煌，酌金罍兮斟天將。

代酹解星文

維庖人之中肯綮兮，奏刀騞然。若有物以默運其肘兮，故利器排割而彌堅。矧斯文之新發硎兮，淬磨乎仁義之淵。斫月桂兮高五百丈，剸蛟斷犀兮奚足言。視一朝解十二牛兮，直游刃乎吾前。於戲神哉，使我頭角露崢嶸，相我筆下生雲烟。靡靈旗兮風翩翩，舉天瓢兮酌天泉。

文山先生文集卷之十七

樂府

古樂府 壽人母

珊瑚香點臙脂雪，芙蓉帳壓春雲熱。明朝早弄燈前月，瀲灎九霞碧藕折。璇杓高聳婺女明，金波漾曉輝郎星。赤瓊曲裏長眉青，頭上更有瑶池君。六九五十四東風，西蟠桃花花未紅，鳴鸞敲玉聲玲瓏。❶緑毛蒙茸蓮水龜，媥斕五色人間稀，春多瑞葉不敢飛。冰壺光滿魚龍轉，笑中低舞玉釵燕。明年今日長秋殿，安輿入侍金桃宴。

❶「敲」，鄢本、張元諭本作「鼓」。

齊天樂 慶湖北漕知鄂州李樓峰

南樓月轉銀河曙，玉簫又吹梅早。鸚鵡沙晴，蒲萄水暖，一縷燕香清裊。❶瑶池春透，想桃露霏霞，菊波沁曉。袍錦風流，御仙花帶瑞虹繞。　玉關人正未老，喚磯頭黄鶴，岸巾談笑。劍拂淮青，槊横楚黛，雨洗一川烟草。印黄似斗，看半硯薔薇，滿鞍楊柳。沙路歸來，金貂蟬翼小。

齊天樂 甲戌湘憲種德堂灯屏

夜來早得東風信，瀟湘一川新緑。柳色含晴，梅心沁暖，春淺千花如束。銀蟾乍浴。正沙鴈將還，海鼇初矗。雲擁旌旗，笑聲人在畫闌曲。　星虹瑶樹縹渺，珮環鳴碧落，瑞籠華屋。露耿銅虬，冰翻鐵馬，簾幙光摇金粟。遲遲倚竹。更爲把瑶樽，滿斟醽醁。回首宫蓮，夜深歸院燭。

❶「燕」，四庫本作「爇」。

樂　語

宴交代寧國孟知府致語

粉省望郎，來向雙溪領牧；玉堂學士，將從五馬歸班。文章太守兩風流，新舊使君同意氣。三生結習，千里逢迎。差吉日以交龜，❶秩初筵而式燕。共惟某官，一中體段，萬卷工夫。風來湖面，月到天心。眼小衡峰，勘破是間造化；❷胸吞震澤，充開裏許規模。静觀時仁意無邊，自得處生香不斷。那許山房獨樂，便須朝步高騫。淡月踈星繞建章，步凌紫界；燕寢清香森畫戟，駕熟朱轓。東遊方喜於行春，西嚮又歌於來暮。好是當年孟夫子，肯爲今日謝宣城。況也江雲，鄰哉雩水。鳳函飛下，又傳岳牧得詞人；熊軾馳來，重見神仙遊碧落。少遲表選，即看中環。我判府報政趨朝，及時受代。子孫永好，非徒契結金蘭；賓主相歡，要是味同草木。説賣劒買牛故事，誦無襦有袴新謡。真成宫羽相宣，正好豆籩有踐。地衣綉毯，風袖瑶琴。海棠開後，燕子來時，猶自青春未減；楊柳舞低，桃花歌徹，莫令紅影空摇。且從容東野雲龍，更領會醉翁山水。陽坡瓜好，此番賸講齊盟；西掖花香，他日重尋

❶「差」，張元諭本作「筮」。

❷「眼小」至「造化」十字，原作「勘破是間造化，眼小衡峰」，今據張元諭本、四庫本改。

舊約。某等四工樂部，執藝台堦，上奉清歡，下陳俚語。

玉堂學士催班鷺，粉省潛郎趣佩麟。
來往神仙同碧落，後先岳牧總詞人。
陽坡共喜瓜時及，朝路相期柳色新。
握手論交判一醉，東風散作滿城春。

宴交代湖南提刑李運使致語

錦帳尚書郎，手持金節；綉衣直指使，面授銀龜。二十年虎榜同盟，第一段熊湘佳話。豆籩初秩，英蕩增輝。某官紫薇垣裏星辰，太華峰頭霜雪。黄簾緑幕閉朱户，天子門生；冰壺玉衡懸清秋，神仙人物。插天高雲霄閥，拔地起湖海樓。湧翠浪，流玉虹，璽書濕濕；拊翠濤，拍青壁，琴轡垂垂。依然彈壓舊江山，總是快活新條貫。綸巾羽扇，便追赤壁功名；流馬木牛，要做中原事業。了卻燕然山勒石，歸來文德殿宣麻。我提刑同看長安花，新聽衡陽鴈。茅舍竹籬，玉堂金馬，到處無心；青天白日，芝草鳳皇，舊時相識。自是平生管鮑，合成一會蕭曹。共讀禮樂字三千，好吞雲夢澤八九。瀟湘雨，煙寺鍾，洞庭月，遥看八面玲瓏；蓬萊盞，金蕉葉，海山螺，散作九州歡喜。某等叨居伶部，幸際華筵，欲助歡顔，敢陳韻語。

河漢雙星會使槎，分明徹夜照長沙。

轡絲曉轉金龜影，衣綉春隨錦鵲花。雲杏舊陰浮緑浄，野苹新韻度朱華。明年共侍蓬萊宴，回首丹墀日未斜。

宴朱衡守致語

粉省郎星，來坐朱陵堂上；綉衣公子，相逢紫蓋雲邊。麾節同春，豆籩永夕。某官寶劍雙峰意氣，錦機五色文章。北斗丹梯，我玉皇香案吏；西方雲界，公佛地位中人。旗蓋東南，❶雲龍上下。羅軒冕朝天闕，秉刀尺贊仙臺。荒政七州，秘閣常平再見；勝游三峽，吏部刺史重來。移太微垣二十五星，照祝融峰九千餘丈。朝樹夜濤入詠，汀蘭岸沚生香。❷桑麻深，燕雀成，須信陰崖轉暖；虎豹遠，蛟龍遁，從今後户無塵。袴襦歌春脚方新，絲綸閣天風又下。我提刑交情四海，王事一家。石鼓話頭，謾對芳洲杜若；玉堂何意，要歸茅屋梅花。一堂聚會天人，千里逢迎地主。細話巴山雨，共酌古酃春。好將席上歡聲，散作人間和氣。鮮鯽銀絲，香芹碧澗，小對歌筵；宫花玉仗，御水金溝，同催宣宴。敬陳吉語，聊贊歡顔。

❶「南」，鄢本作「方」，張元諭本作「西」。

❷「沚」，張元諭本、四庫本作「芷」。

翩翩紫馬絢銀潢，春入梅花新雨香。
牛斗劍芒浮翼軫，岷峨佩影度瀟湘。
東南麾節精神合，上下風雲意氣長。
且爲緑鄢拚一醉，傳呼聯轡覲明光。

宴湖南董提舉致語　前知瑞州

碧落使君，來坐皇華堂上；綉衣公子，相逢紫蓋雲邊。二十年虎榜同盟，第一段熊湘佳話。招呼風月，酬獻豆籩。共惟某官，精神緑水天河，節操丹崖鐵筆。一椿獨老，霜皮溜雨，黛色參天；雙萼齊芳，紅杏倚雲，碧桃和露。插天高雲霄閥，拔地起湖海樓。心白玉堂，肘黄金印。劒池丹井，提攜翠越風流；天柱祝融，脱活青雲標格。盡道常平老子，移來上界神仙。英簜照空，霜飛暑路；鋒車度曉，烟傍衮衣。我提刑同看長安花，共聽衡陽鴈。風雲一氣，朱結綬，貢彈冠；車馬同途，翰卜隣，邕識面。霄漢瞻佳士，瀟湘逢故人。共談禮樂字三千，好吞雲夢澤八九。度斗牛，跨麟鶴，襟期交注樽罍；縹鸞鳳，拏虎螭，勳業同刊彝鼎。某等叨居伶部，聊獻工歌。

西風八月楚江濱，争看星槎會漢津。
露濕紅綾旗影舊，雲連翠簜轡華新。
東西杜若洲邊月，先後瑞芝堂上春。

回首瓊林拚一醉，使還總是鳳池人。

宴交代權贛州孫提刑致語

太守奉親，歡迎綵鷁；使臣領牧，新收銀菟。班行兩度襟期，臺郡百年交好。豆籩酬獻，金石綢繆。某官一襟禹穴冰霜，萬丈剡溪玉雪。淡墨慈恩塔，光射斗牛；妙音蓬萊宫，清諧韶鳳。入領圜橋冠帶，出聽溢浦琵琶。捫左角，歷天田；記方流，疏玉水。旌旗日暖，下太微垣裏星辰；鼓角雲和，種干越亭前花木。襦袴方歌夜雨，幨帷又轉春風。白馬金盤陀，摩挲贛石三百里；玉節青絲纜，約束江城十一州。金池與玉節相輝，綉斧共朱轓出色。崆山絶處，移來琴鶴高寒；廉水光中，洗出劒刀清浄。巖開曉日，灘蟄晴雷。小駐英函，歌虹流，吟翠浪；快持荷槖，飛鳳尾，來虎頭。我判府勇撤楚車，新依冀部。白雲舍近，移來簾綉輿藤；先月臺高，記得朝花院柳。唤起十年膠漆，盡歸一日樽罍。麾節同春，笙歌永夕。海山螺，金蕉葉，散爲八境和風；禁苑鳳，青瑣闈，行共九天清露。某等叨居伶部，敢獻俚歌。

麾節東南會一堂，蘭亭昨日記流觴。
六絲星度銀潢影，五彩春浮玉翠香。
院柳舊雲懷燕語，野苹新雨挹虹光。
鳳池對秉他年事，佇看天街接佩璫。

又宴前人致語

粉省望郎，綉衣弭節；碧山學士，綵袖分符。好看翠浪垂虹，重酌廉泉飛雪。某官函關老子，姑射仙人。金鍾冰壺玉衡，精神流麗；青天鳳凰芝草，表裹光明。昔爲天子好門生，今是玉皇香案吏。移下半空水鏡，清照鄱湖；鎔成萬疊冰花，春浮贛石。澄江分一道，老氣橫九州。明弼堂中，快活條貫；籌思樓外，遠大規模。發揮清獻江山，張王濂溪風月。❶人行曉日，吏立秋霜。使節上青霄，有華冠蓋；吏部提英鑒，佇入鈞樞。我判府金石交情，塤篪王事。上堂拜家慶，方報行春；知府見監司，來依先月。更醉燈前花雨，共游雪外烟林。肯爲二千石徘徊，散作十一州歡喜。鮮鯽銀絲，香芹碧澗，小對歌筵；宫花玉杖，御水金溝，同催春宴。某等敢陳吉語，上贊台顔。

簾影晴絲落舞茵，崆峒雲晚聚星辰。
翠虹光度樓臺月，香燕先浮霄漢春。
一道清風華轡遠，雙江緑水綵衣新。
相逢屢有朝花約，又看貂蟬會紫宸。

❶「王」，鄢本、張元諭本作「主」。

上梁文

山中堂屋上梁文

戴符尋隱，久矣買山；潘岳奉親，昉兹築室。未説胸中之全屋，姑營面北之一堂。凡私計之綢繆，皆上恩之旁薄。自昔園林臺館之勝，難乎溪山泉石之全。瑯琊兩峰，似大行之盤谷；建陽九曲，類武夷之桃源。然而有窈而深者，無曠而夷；有清而厲者，無雄而峭。所在罕并於四美，其間各擅於一長。而況索之於杖屨之餘，❶去人遠甚；未有納之於户庭之近，奉親居之。主人白髮重闈，綵衣四世。出隨園鵠，付軒冕於何心；歸對林烏，覺簞瓢之有味。頃闢上游之叢翳，偶逢小隱之坡陀。江村八九家，得重洲小溪、澄潭淺渚之勝；山行六七里，有詭石怪木、奇卉美箭之饒。攀飛雪而窺空谾，度倏蕪而陟穹巘。雲奔虎鬭，根穴相呀；斗折蛇行，嵁巇差互。看輞川畫，如登南垞過華子岡；讀黄溪詩，如上西山至袁家渴。其遐詭足以騁懷而遊目，其深靚足以養道而棲真。自天作之，非人力也。未爲仙翁釋子之所物色，惟有樵童牧豎之相往來。偶然幻出種竹齋、見山堂，尚欲敞爲拂雲亭、澄虚閣。先生酒壺釣具，無日不來；夫人步輿輕軒，有時而至。乃若波濤洶欻，雪月紛披；烟雨吐吞，虹霞變現。將使

❶「屨」，原作「屨」，今據張元諭本、四庫本改。

山間四時之樂，盡爲堂上百歲之娱。啜菽水盡其歡，先廬固在；得諼草植之背，别墅何妨。乃相南隅，乃規中奧。有護田一水、排闥兩山之勢，得栽芋百區、種魚千里之基。問之陰陽，天與我時，地與我所；若有神物，水增而廣，山增而高。不管相如四壁之蕭條，且作樂天三間之瀟洒。窗中列岫，庭際俯林；❶舍北生雲，籬東出日。或積土室編蓬户，或通竹溜縛柴門。宛然林壑坻島之中，更有花木樓臺之意。眼前突兀見此屋，人生富貴須何時。苟美苟完，爰居爰處。謳吟月露，供燕喜之詩；判斷煙霞，博平反之笑。何必瑶池、崑崙、閬風、玄圃，方是神仙；不須終南、太華、天台、赤城，亦云山水。被褐而環堵，卻軌而杜門。彈琴以詠先王之風，高臥自謂羲皇之上。不知老將至，聊復得此生。今日幽居，便可號爲秘書外監；他年全宅，亦無華於昌黎先生。小住郢斤，齊聽巴唱：

東　紅日照我茅屋東。繞盡湖陰橋上看，世間無水不流東。

南　説與山人住水南。江上梅花都自好，莫分枝北與枝南。

西　隄東千頃到隄西。往來各任行人意，湖水東流江水西。

北　濁酒一杯北窗北。白雲去住總何心，或在山南或山北。

上　莫道青天在屋上。青山一疊又青山，有錢連屋青山上。

下　試看流水在屋下。他時戲綵畫堂前，福禄來崇更來下。

---

❶「林」，原作「秫」，今據張元諭本、四庫本改。

伏願上梁之後，千山歡喜，萬竹平安。舉壽觴，和慈顏，兒童稚齒，昆弟斑白；濯清泉，坐茂木，虎豹遠迹，蛟龍遁藏。陰陽調而風雨時，神祇安而祖考樂。一新門户，永鎮江山。

山中廳屋上梁文

舍一畝之白雲，已開别業；屋四圍之流水，更啓前榮。發揮已定之規模，展拓方來之閥閲。有相之道，廼績于成。主人未了書癡，頗有山癖。先人之敝廬在，苟安風雨之餘；慈母以輕軒來，亦愛園林之近。頃斸蒼苔之地，昉營諼草之堂。雖環堵之間，粗云具體；然闔廬之制，未畢全功。相協厥居，聿來胥宇。階戺所以行儐价，屏著所以肅賓嘉。不日成之，以時可矣。是用戒良梓，筮吉辰。茀蚴蟉於水端，架蜿蟺於雲表。然後翼之以廡，承之以門。移石而立庭臯，通泉而周户外。清湍峻嶺，爲不斷之藩垣；野草幽花，作自然之丹雘。老之將至，訖可小休。昔晦翁愛武夷而不能家，歐公卜潁水而非吾土。余何爲者，乃幸得之。未問君王，便比賜鑑湖之宅；何須將相，方謀歸緑野之堂。凡與同工，齊聽善頌：

東　日光穿竹翠玲瓏。坡　茅屋柴門在半峰。荆　風袂欲挹浮丘翁。谷

南　水面沙邊緑正涵。荆　道人爲作小蒲庵。坡　山上仙風舞檜杉。坡

西　雨過横塘水滿隄。豐　漁蓑背雨向前溪。荆　水聲秋碎入簾幃。豐

北　澄碧泓渟涵玉色。歐　夜深山月吐半壁。谷　誰來共枕溪中石。坡

上　亂峰深處開方丈。歐風雨户牖當塞向。谷五更曉色來書幌。坡

下　門前白練長江瀉。坡鼓吹卻入農桑社。坡翠浪舞翻紅羅秜。坡

伏願上梁之後，山輝川媚，神比天同。俾耆俾艾，俾熾俾昌，壽母多祉；爰居爰處，爰笑爰語，君子攸寧。自此定居，永爲安宅。

代曾衢教秀峰上梁文

居香城，初任衢教日，永新歐陽楚芳自其邑買見屋，除拆浮江而來

兒郎偉！香城拔地，爲廬陵之名山；大厦連雲，新廣文之甲第。結廬在人境，幽居近物情。竊以買宅買鄰，元號千百萬之價；有廬有屋，或待三十年之勤。未有不崇朝之間，而能使二美之具。誰爲之地，乃有此奇。一片乾坤，澹菴先生之里；隔墻鍾鼎，文昌兄弟之家。況方其何蕃之在齊，已有爲戴公而起宅。至今日歸之斯受，亦有數行乎其間。川浮陸運以無遺，水到渠成而甚易。移彼置此，換舊添新。疑半天之飛來，忽平地而卓起。尋引繩墨規矩，曰用舊人；丹雘塗塈垣墉，特其餘事。多助之至，不日而成。彼有室築而道謀，此則事半而功倍。我府博才高一柱，胸洞八窗。大學館中，飛黄騰去；大成殿下，釋褐歸來。安能鬱鬱居乎，是以汲汲如也。向時茶壘，曾寫千萬間之心；此日規模，便作十二樓之樣。由柯山而徑上，遡木天而横飛。何官不爲，餘地甚綽。青山如許，聊且號工部草堂；緑野後來，以此爲大祝廳事。輒陳韻語，共舉脩梁：

東　穹秀崢嶸華蓋峰。卓筆雲霄天下獨，曹劉班馬避詞鋒。❶

南　翡翠英中碧玉篸。一抹罘罳生畫色，府中氣象已潭潭。

西　鄰有文昌瑞色齊。乃徂紹興光價在，❷重噓真氣礫鯨鯢。

北　山腰帶曳清江曲。滄江歷歷現雙魚，彷彿黄金繫横玉。

上　一朵紅雲只尋丈。瓊樓高處不勝寒，轇轕乾坤凌萬象。

下　不是求田并問舍。要令突兀在眼前，俯拾八荒歸廣厦。

伏願上梁之後，閥閱增高，室家嚮用。堂前龜鶴，親見金桃；天上麒麟，聯輝玉樹。大耐官職，自立門庭。以無媿於前脩，用永傳於佳話。

公　牘

與湖南大帥江丞相論秦寇事宜劄子

某干犯師嚴，輒有申請。秦寇之在廣西，擾動二十五郡，爲梗累年。去年破賀之富川，官民荼毒

❶「詞」，張元諭本作「詩」。

❷「徂」，張元諭本、四庫本作「祖」。

不細，經司不問。今破我永明，殺死知縣，殺傷縣尉、主學，捲去縣印，屠居民，擄婦女，[1]掠去財物。繼而又破永明之下澤，又寇我江華。移其所以毒廣西者施之湖南，此而不討，失刑莫大。廣西以前獨力不能捕滅，今何幸湖南肯與會合宿兵，以待師期。朝廷之主張方新，言路之指陳甚力，此掃清巢穴之一機，爲兩路官民舒泄冤憤，不可失之時也。前經帥不足望，滿望新經帥之來，不料意見參差，施行矛盾。兹得經司牒報，補賊以官，授賊以職，犒賊以酒，賞賊以錢，凡懷忠憤無不彈指。自昔化賊爲民，固有稱爲盛德事者。蓋賊有出於田里之饑荒，激於官吏之貪黷，弄兵之情，出不獲已。故仁人處之，念其爲赤子，姑惟安之，勿庸勝之。今秦寇招募無徒，建置將校，横行兩路，嘯聚千群。戕天子之命吏，劫公府之鑄印，殺人盈野，罪如丘山。既非脅從，又非烏合，渠魁縱有求降之説，官司亦在不受之科。而況初無出首之真情，僅取改過之文狀，謾曰回鄉而安業，何曾束身以歸官！得之廣人所云，一面受招，一面劫殺，刑政無章，宜其至此。天下之大勢相維，所仗名義而已。若名義不著，大之不可以立國，小之不可以立家。

今觀廣西，成何宇宙？先生不忍斯人之塗炭，一再調兵，必欲罪人斯得然後已。此真扶持人極，綱維世變，盛心之所推也。但今來廣西，既作此可笑舉措，未必不以龔遂渤海之事自詭，上惑聖聽。本路冒然進兵，非惟蹊徑不熟，乏隅總鄉導之助，有悔吝之慮。亦恐隣閫反以本路爲張皇，壞其兒戲

[1]「擄」，鄒本、張元諭本、四庫本作「擄」。

之前功，或者陰設陷穽。今直須申審朝省，看指揮如何。若朝旨主招諭，本路只得撤兵，後有衝突，廣西當任其咎。朝旨如以招諭爲不然，自是督兩路會合，至時湖南不求廣西，而廣西自當約湖南共事，此利害自是坦然。謹具公申，欲望備申朝省。仍乞鈞翰與當揆商訂，必須計一例斷行下，曰招則招，曰捕則捕，使人無中立之疑，則亦無事後之悔。所有永明縣見駐劄，有使閫之兵，有本州之兵，有謝隅官之義丁，約近千人，日費春陵供億。比來徐守已費支吾，郡力凋薄，亦爲可念。今高節所部兵若到山前，不過又是坐食。愚意謂不若候朝旨行下，確許討捕，然後調往。今乞且喚回高節一行軍兵歸營，聽候朝命。某非敢違使閫約來，❶本司去山前頗近，的見利害如此，恃師門相與之真，故敢傾臆以請。拱聽處分，以憑遵守。

提刑節制司與安撫司平寇循環曆

某猥以迂踈，承乏湘臬，適值寇發，昭、賀兩路弗寧。茲承大使丞相與廣西經略都承選將調兵，各以重僚爲之督，是行賊不足平矣。某偶以職事獲忝與聞，奉令承教於兩閫間，自是無虚日。公移失幾密，私櫝近文貌，求其脉絡貫穿，報應迅速，莫若循環曆爲便。司存以紫袋，從郵置往來，去潭日有半，去桂可三日，從其中而禀命焉。庶幾昔人道二國之言，無私之義云耳。某謹書於曆首爲序。

❶「來」，張元諭本、四庫本作「束」。

十月十三日

某荐準牒報，大閫調兵一千人，以宇文帥參、王環衛任其事，甚盛舉也。自秦寇之作，廣西前此調兵，不過五百人以下。去年吕帥方調一千人，❶而皆委之小小將校，氣勢單薄，不能爲功。今南窗調三千人，以唐貳軍督之，以趙總制統之，而使閫與之掎角，大作規模，賊授首行有日矣。事關西户，國家之所嘉賴，豈直兩路之所蒙福而已。然聞之兵家利鈍，不能逆覩，蜂蠆有毒，困獸猶鬬。《語》曰：「臨事而懼，好謀而成。」某數月以來，職思其憂，亦頗采取衆議，薄有管見。及今山前之所當行者，因悉數之於前，乞賜鈞照。

一、秦孟四者，累據山前探報，其狡兔之窟，稱在賀州管下，地名下界，然實無一定可攻之巢穴，亦無一定可擊之隊伍。前此經司非不起兵臨之，然兵來則賊散，兵去則賊聚，見吾强則避之，知吾弱則乘之。方官軍之始至也，整齪精明，部分齊一，問寇則失之矣，無可蹤跡者。而秦之黨，或爲平民，買賣於軍市之間，甚者，秦孟四亦在焉。及淹旬越月之後，我軍氣竭意衰，闌珊零落，寇則忽以百十輩突出草莽，以掩我軍。從前往往僨軍蹶將，大率坐此。今兩閫會兵，鼓行而前，寇出故智，必且散去，及其久也，則有乘虚襲我之憂。此一不可不知也。

❶「帥」，鄒本、張元諭本作「師」。

一、秦孟四所出没巢穴處，其山重岡復嶠，連跨數州，林翳深密，薈蔚延袤，山傜木客，聚族其間。將四面而裹之，則山脚綿亘，無合圍之理；將赭山而燬之，則林木踈曠，無延燎之勢。我軍望之遥遥，空駐山下，而彼之軼出他境，猖獗自如。且如近年嘗遣二將，曰吴曰孫，屯駐屏山者年餘，僅能免静江境内之擾，而不能禁昭、賀諸州之剽掠是也。我軍若入其巢，搜原剔藪，豈不甚快。然彼又竄入大山，愈去愈遠，迄不可誰何。如近年蕭路分日張者，提兵徑擣其巢，而不獲一人是也。今兩閫兵力甚重，非前此千百人單弱之比。雖山勢連延，不可合圍，只是一步趲一步，可直造其所謂下界者。然吾極其辛苦得至其間，彼則又已遁散，且兵在山前，又無救於彼之横出。此二不可不知也。

一、所在平寇，專藉土人，惟今廣西則不然。方秦寇之起也，某村被害，訴於閫，閫爲之調兵。已而賊不可追，撤軍而去。未幾，則寇已復至，尋仇於所訴之家，曰：「汝敢訴我！」從而盡殺滅之。官不能爲之主，而適重其荼毒。自此，應有被劫者，皆不復告官。此一類是主人畏賊，而不敢與爲敵者也。又秦寇所至，攫剽財物之外，出其餘以散之貧者。善良被害，惡少蒙利，是以鄉井間略無被髮纓冠之義，常有幸災樂禍之心。此一類是土人喜賊，而不復與爲仇者也。今兩閫會兵而前，若無土人嚮導，是猶盲者索途，何往而可？然由前言之，則或平民畏寇後禍，而不欲爲我軍之用；或惡少以寇爲恩，而不樂爲我軍之役。縱强而驅之，未必不首鼠二三，陽順官而陰附賊，此處最是誤事。此三不可不知也。

一、今日之事，全在兩路督捕察前三者之弊，各作一策處之，必使有以避三者之病，然後一舉而得志。不然，必墮賊計中。南方用兵，如今日大舉者自有數。此行必須如狄武襄之於儂蠻，了事而後可已。君子作事謀始，則籌之也可不熟，而講之也可不精乎！

一、聞有張虎者，石壁嘗遣之將兵，幾擒秦孟四，常有「張大虫來我便怕」之語。若取賊之所怕者表而用之，亦破賊膽之一也。張虎者，近爲郭察所劾，押下邕管効用。今以鈞闔求之，以屬王環衛，使之以功補過。其人勇悍有餘，必能自効。此上計也。

一、今自湖南入昭、賀有兩塗。一曰全州灌陽，自灌陽入昭、賀，皆經縣鎮，即近日被擄去處，而去秦孟四下界巢頗遠。一曰道州永明，自永明入昭州界，曰平源，便是賊巢。自平源至下界，賊寨連珠相望，其去秦孟四巢甚近。今兩督捕先合商量打併附和諸賊，此卻宜以告諭爲先。告諭之説，以爲兩路之所誅者惟秦孟四，汝曹脅從，在不殺之科。若得一寨下，我軍直是不殺，則所謂連珠賊寨，必從風而靡。非惟可以離賊之黨，因而用之，則擒秦孟四或在此徒，未可知也。但一賊寨來降，其中有老幼，有財物，軍人不免殺戮攫拏。此須督捕總統，先明「秋毫無犯，不殺一人」之令，使降者以我爲信則可。此收捕之第一機也。

一、昨來使闔所調，不過戍寨二百人，又令本司擇將。當時頭勢稍輕，所以且差桂文政總統。桂雖淮將，體統不爲嚴重，故鈐束倍覺費力。向嘗以紊鈞聽，乞賜改差，未蒙垂許。今幸王環衛此來，即當抽回桂文政，盡以其兵付王環衛，伏乞鈞照。

一、高節二百人，今在全州灌陽駐劄，合係王環衛總統，伏乞鈞照。

一、聞諸軍取十六日戒嚴以行，二十後可到衡陽。應平寇之説，筆舌所不盡者，候宇文帥參、王環衛相會，又得對面較量，伏乞鈞照。

大使司回

萬里承示循環曆，讀之綱目備具。公而幾密之周防，私而文貌之簡約，甚徑便也。所當遵而守之。

十月十六日報十三日所批畫如後：❶

一、來示前四畫，備見臨事好謀，詳謹之至，已即語之帥參計議。其至明臺，必親從節下求商確也。

一、所論張虎者，使臺既聞其可用，必詳審之矣。但其人爲言路所劾，朝旨押下邕筦自效，本司若只求之桂閫，恐桂閫亦必以申取朝旨爲辭。且桂閫若知其人可用，彼必自取而用之，亦應未必肯以與我也。但得其能辨此賊，則州來在吴猶在楚，正不必付王環衛也。更惟高明裁之。

一、行師之道，亦須任事者擇利而行，當令就節下決所嚮。

一、抽併桂路，分一項軍人付王環衛。此具見使司欲使歸一之意，卻亦須王環衛至使司熟

❶「三」，原作「二」，今據張元諭本改。

議，然後聽使司處分。

一、高節一項三百人，前此係聽使司調用，亦合更俟王環衛議之，惟使司所處分。

右報如前，其詳已共帥參計議籌之，當以面控也。

萬里糊塗畫鴉，不宜載之於櫝，輒次第所爲對，口占以授替此筆者。膚率必在所恕也。萬里

十月二十二日

一、二十一日，宇文帥參、王環衛至衡。是日，留議軍事，至三鼓而别。二十二日早，軍已行。

一、前此奉大閫之命，調戍寨兵四項，共二百人，令本司擇將。本司遂差杜通判督捕、桂路分總統，此一時也。今則大閫調兵千人，輟元僚貴將以行，與廣兵大爲掎角，此又一時也。以事體論之，所合抽回桂路分，盡以其兵屬王環衛。又須令杜通判解督捕職事，盡以軍務屬之宇文帥參。庶幾事權盡屬大閫，司存不過奉行旨揮，每事無所專輒，此則尊大閫之體也。而宇文丈之來，傳諭鈞意，與其所以自處，一切欲使某與聞。某以職事而言，則盜賊正屬司存，固自無以諉其責，但當如廣西章憲之所以自處者。章憲但爲其憲司之所能爲，若軍事皆是經閫任之，章不與知也。今某自有章憲樣子，豈敢事事干與，犯僭越之誅？而宇文丈堅謂長沙去山前迢遞，報應不免遲緩，恐誤事機，必欲凡事從本司予決行，又謂鈞意所望正如此。某舊出門墻，先生待某如子弟，某事先生如父師。今不自意以一節趨走閫部之内，適門户間有酬應，以子弟自命，則所當爲父師

代勞，豈所敢辭者。然事固有輕重大小，難於概言。今已與宇文丈斷應，山前文字申到本司，在某可以予決，不犯專輒者，某徑自區處報山前，卻申大閫照會，其有非司存所得擅處者，則取鈞筆旨揮。如此，不失門墻奔走之誼，又不失大閫崇重之體。所有面與宇文丈講論數項，今一一乞鈞旨速作施行。

一、❶桂路分已牒報從王環衛調用，乞作批牌鈞判，更劄付桂路分照應，庶一切出於閫命，而後事體歸一。桂文政只是衡州路分，名位尚小，鈞判中或加一權攝名色，在路分向上者以寵之，蓋既減其實，姑華其名，鼓舞之術也。

一、宇文丈自謂以客軍深入，實不知地分賊情，苦不容本司解杜通判督捕職事。以爲杜文任事數月，講切諳熟，今日正要資其用，欲以同督捕處之。又道州錢粮，倍費支吾，山前若有不繼，立見利害，須得一人通融於其間，則杜通判其人也。此說亦甚有理，欲乞徑作批牌鈞判，令杜通判充同督捕職事，❷兼督發錢粮官。卻望鈞筆褒拂數句，庶其樂於趨事赴功，此一大節泰也。❸

一、近日道州只供億戍寨二百人錢粮，已自斷續可憂。今驟添千餘人劵食支遣，小郡氣力何

❶「一」，原脱，今據張元諭本補。
❷「同」，四庫本作「司」。
❸「泰」，張元諭本、四庫本作「奏」。

以堪之？若不念其痛痒，先與區處，將來必坐困乏，關係不細。昨得倉漕書，亦閔然及此，不知還可申明朝廷，於苗糴内作一道理否？先生寫與都堂，必無不從，乞鈞照。

一、山前事體重大，臨機喝犒，爲費不貲，恨司存寡薄，不能出氣力。問之宇文丈，所攜似少。宇文丈子細，應非妄費者。望更那融，發下若干，就山前準備。若無所於用，仍是庫中之物。宇文丈於此甚以爲憂，而不敢請。軍無財，士不來，軍無賞，士不往。勝負之微權所係，某不敢不備言之。取鈞旨。

一、應山前事宜，凡可以助臨事好謀之概，悉從大帥參、環衛亹亹道之。不必以瀆鈞聽者，皆不布於此。乞鈞照。

大使司回

十月二十九報二十二所批教者，畫一如後：

一、勦暴除兇，固在兵力之强，尤在心力之一。前此或招或捕，議論未一，故使此賊得延旦夕之命。今既一於討矣，所謂選將、調兵、餽糧，本司當思一一措置。但司存於山前遠，而使臺爲近，周匝體探，量度應酬，惟使司協一是望。來示以廣西經憲爲比，非所願聞。鄭丙爲廣西憲，激厲流人世堅立功贖罪，卒擒劇賊，章憲果以是爲心，前所謂張虎者，豈不能率以自效？往往南窗不以是勉章憲耳。萬里舊見胡致堂與張紫巖書云，永明之寇未平，桂、郴之盜方作，帥司兵力不支，憲司計無從出。未嘗不嘆當時，既不强於力，又不一於謀，致使鼠輩猖獗。今官軍氣勢已合，我輩心事素孚，崇臺可徑予決者，毋以迹嫌；本司所合施行者，却望賜報。庶不致久以賊貽中朝之憂。幸甚！

一、杜通判、桂路分，各以處之兼職，見之公移矣。師克在和，更望嚴賜勉勵，總統不總統，均是要立功；督捕同督捕，均是要敵愾。宇文參議及王環衛之行也，萬里嘗以是語之矣。

一、道州錢粮，前已申到，已劄令其於有係官錢内那融應副，卻與備申朝省出豁。又考之前比例，係是運司措辦，并告之公朝，其申撿亦已見之公移矣。

一、宇文總督所攜備用錢，特司存遺兵之舊比，政恐支遣未敷，見議措置樁管，俟其申到，便與科撥也。

一、山前事宜凡有可以運掉扶植者，切望徑自行下總督司。等是王事，等是僚屬，政不必以本司差官爲礙，餘有誨日，拱俟垂示。萬里

十一月初五日

一、當來廣西止有秦孟四一火賊，只因稽於勦捕，致上下相挺，於是遍昭、賀境皆寇。今據山前連日所申，則秦孟四已遁，杳不知其蹤跡。如近日廣西所報禽毛丫頭，唐督捕所約夾攻倪崇七，桂路分所申打扶靈源寨，皆枝葉去處，而渠魁則失之矣。某前嘗畫稟，以此寇必祖故智逃散，

今乃果然。重兵爲錢粮所牽，無持久之理，班師則禍本仍存，頓兵則吾力不繼，此事大欠結束。今宇文帥參、王環衛兵，此時方至山前，且看申來如何。

一、秦寇實未易驅除，若下得細密工夫，千百人亦可取。若只持堂堂之陣，則高飛遠舉，無如之何。今廣西既失了秦賊，看來諸軍逢一賊村便打，遇一賊寨便攻，此等相挺脅從，卻使得招諭。前日之所謂招諭，乃是姑息之政，若兵臨其境，告以禍福使降，宜有必下之理。此時若憤招安之非策，只一概殺去，卻又欠斟酌。主其事在廣西，本路又不得而專，大閫以爲如何？

一、本路所仇者，秦寇耳。今兵入廣之後，秦不可蹤跡，於是亦不免到一處攻一處，恐壞生靈過多，而失吾尋仇於秦賊之意。草間狐兔，無盡滅之理，大要只當去其渠。既失其渠所在，而專泛及於其他，心甚念之，大閫何以處此？

一、廣西備白劄子所陳牒報，本路全州有塩田峒，秦小九窟穴在其中，此事誠有之。陳巡撿者與賊通，此則未必可信。訪聞此峒形如葫蘆，前尖後闊，所以秦小九入而據之。蓋以其地形險巧，故寄迹於其間，而前後則不擾全州之境。賊不欲召兵，意將以自存也。今亦安知秦孟四不竄其間？但其地既有一夫當關萬夫莫前之勢，未容輕於進攻，須以術而後可破之。前日見王環衛申，將來乘破竹之勢，一掃空之，詞氣若容易。然凡言語輕率，便有取敗之道。當一面報山前，子細調用，仍與全州土人密議措置，若不甚煩兵力，尤爲上上策也。伏乞鈞照。

大使司回

十一月初七日領十一月初五日所批曆，備悉。本司去山前遠，不若使司去差近，所報當得其實。一行出師，皆難坐籌，隃制向已申諭帥參及王環衛，在行者遇機應變。先申使司，一聽行下，若一一從本司施行，則不貴巧遲矣。王事一家，政不必以形迹拘也。嗣有當從商確者即垂示，如前所批，則高明自了了矣。萬里冗不及親染。

十一月十八日

一、秦寇竟無蹤跡分曉，公文中或曰在大明村、小明村，或曰在大花山，或曰在螺溪源南上坪，或曰在南團平山、白石山脚，其説不一，已難信憑。今得王總統報，直謂二十餘日，秦孟四全無風路。則兩路用兵以來，此賊之出没可謂神矣。大概平賊，全要地脚土兵之謂也。今本路以客軍望望而前，固已失之。廣西爲地主，而全無地人間探，雖東兵甚多，要亦徒孟浪耳。某前嘗采之南士，皆謂秦賊狡猾詭秘之甚，見吾强則避之，知吾弱則乘之，固嘗畫一塵徹鈞聽矣。今果出避他所，則日下工夫，❶止當探實秦孟四所在，然後可言進討。❷不然，泛泛而往，果何所爲？廣

❶「日」，四庫本作「目」。
❷「討」，四庫本作「計」。

西牒報，謂湖南兵不當越界深入，止宜在兩界上伺候會合，殆有所激而云。今已報山前，且回兵駐泊湖廣界上，❶一面遣人關會唐督捕，探問秦孟四所閃着實。若秦賊有的所，唐倅有密約，方可鼓行而前。緣兵在昭、賀境内，則粮運在路，亦不無憂虞，偶或爲賊所梗，立見狼狽。是以回師界上，乃十分持重之舉，亦已語之僉舍，載之公文，當必先徹鈞覽。不免專輒，仰乞鈞察。

一、廣西昨報本路義丁生事可畏，遇人則殺，遇屋則燒，遇財則搶。此輩素不知紀律，所至殘賊可惡。已行下杜督捕、桂路分，嚴與禁戢。今續得廣牒，以義丁越界深入，肆行劫殺，大不可令衆庶見，只得抽回。緣昨來桂路分初遣之時，止有二百兵，故須義丁爲助。今使闔調兵既多，則亦不須此輩。吾運掉自有餘，故抽回義丁者，所以隨時取中也。伏乞鈞照。

一、扶靈源打寨之舉，頓覺泛泛。當來本路，止於問罪秦賊，朝廷旨揮所討，亦秦賊耳。諸軍在扶靈源，枉費辛苦一番，可謂失本旨。是役也，王總統申來是一説，桂路分申來是一説，見之宇文帥參點對，二將覺已微不和。又義丁乃桂路分所彈壓，而廣西累有云云。今既抽回義丁，則桂路分亦不當更任事。已别作稟議名色，喚桂路分赴司，而其本兵，則令成將高成統之。一則二將若果不和，末流必費處置，不若解於其微，一則以其不能鈐轄義丁，即奪其職，亦御諸將之微權也。伏乞鈞照。

❶「廣」，鄢本、張元諭本、四庫本作「南」。

一、道州供億，委有可憂。緣自七月以來，郡中已極其刻刷。至近日，覺運斡之術漸窮。雖曰於有管錢米内通融支遣，然苗糴亦自無多，此豈可動？不得已盡指準爲券米，亦無可繼之策。若券錢一項，一日須三百千，則十日三千緡，其何所措畫而可？徐守不幸末路當自重擔，秋冬間無日不病。此月十二日，忽至大故。雖有數行焉，而其困於憂勞，亦云至矣，甚可痛念！今幸而王守已來，數數過從，❶欲脱而去之，前日得其肯往，約二十四日可交事。忽得徐守訃，山前生券間斷，中間新守未到已前，有數日無官主張。於是亟差教授護印，而以十日軍券，責都副吏以私財應副，違從軍制，此從權甚不得已之行移也。今既抽回義丁約千人，既可爲道州解小半支吾，然尚有千四五百兵留竟上，軍券不可謂少，頃刻不容稽違，方來者亦不知所措。使闆雖申朝廷從運司應辦，然旨揮遲速未可必。今合有救急之策，不全仰於道州。若因循處之，則道州必有一日乏絶誤事。此時噬臍，何濟於難？此最關係，幸先生深入思慮，亟謀所以救此，某不勝拳拳。

一、全州塩田峒，爲秦小九所據，其峒地形險絶，未易以兵力取。昨王總統申來云，俟回軍掃清，言之甚易，某殊未以爲然。❷今得宇文帥參公文，果亦訝其輕發。山前得宇文丈以審重持之，亦大濟事。此峒中百姓，皆耕他人之田，田主皆在峒外。秦小九不過寄巢其間，峒民元不隨從之

❶ 下「數」字，四庫本作「日」。
❷ 「未以爲然」四字，四庫本作「以爲未然」。

爲寇，儘可從土人上作工夫。某近已得一全州土豪，與之計事，已畫爲三説，或誘或逐或擒，於中忽濟焉，則禍本拔矣。柯倅赴全州，迂道來訪，已悉計授之。若不動聲色而集事，又羅飛之於晏九五也。伏乞鈞照。

大使司回

十一月二十日答十八日所批畫于後：

一、秦賊蹤跡，兩路皆不得其的。大率擒賊無出地脚之説，此李愬用李祐取吴元濟之策也。以地分言之，廣西督捕司體探爲便。此中既出兵會合，亦不當專諉其責，須是重賞，購募土人，爲之嚮導間探，全在軍前審察其人而用之。又恐因此反落賊計，故不欲見之公移。今使司因廣中文移檄回竟上駐劄，固便於運餉，然若俟廣西的報而後遣兵，使其果知秦賊所在，則彼欲自取之以爲功，其肯先聞于我乎？回軍竟上，以示持重；厚募土人，以啚進取。二説並行，計之善者也。

一、廣西所報義丁越界生事，恐或有之。但此項義丁，元與桂路分所部軍參錯，在彼不應縱容如此。借使桂路分受欺於其黨，杜督捕亦豈得全然不知？本司頗疑其説，故只行下道州，密切契勘。或謂廣西以我兵既入彼界，連日攻打，頗獲賊徒，又無軍前申説。廣將陳明見賊不捕，遂爲此説，不欲本司兵在彼，特借義士騷擾之名，❶併欲退我師耳。蓋在彼則自欲養寇，於我則欲害成，或出于此。今義丁既已放散，固西人之所欲，但恐自此脱有緩急，再調又難，惟高明審之。

一、道州錢粮，切切在念。且如軍劵增支一項，本司已行下總督司，於隨軍錢内移支。但所憂者，朝廷科降之命，猝未得分曉，又撥一項錢赴軍前，恐本州或有不繼。今總督司與之暫時挨那支遣，近又從司存劃刷别項窠名，少應本州乏絶，以俟朝廷之命。方此降遣，已見之公移矣。兹承開論，敢詳以聞。

一、塩田峒近見軍前所申，欲乘破竹之勢，談何容易。同官唐書記説：「塩田雖號曰峒，而實非峒，其間多是富人所居。今秋亦有領舉者，只擒秦小九一人，政不須如此鄭重。」今台諭士豪三説，已得要領矣。

一、永明之寇，自廣閫易招安之説爲會兵之舉，其名甚正。且疊承諄諭，不容不發兵應之。桂去賊近，兵又先發，更不俟本軍之至，故秦賊得以逃散。今廣兵遇賊不捕，本司軍連日攻打，終未得其要領。使司檄回境上，又抽回桂路分，放散義士，❷而柯倅自徑回春陵，❸豈逆料此賊爲終

❶「士」，張元諭本、四庫本作「丁」。
❷「士」，張元諭本、四庫本作「丁」。
❸「柯」，原作「柱」，今據張元諭本改。

不可得，故示以班師之漸耶！重兵屯駐，不容越境，而問可否之幾，須要早決。若果不可以月日圖，當早議撤戍。只慮撤戍之後，賊復猖獗，則本司有諸處戍寨之例，斟酌留兵，亦可行也。使司去山前稍近，事體必所深悉，幸細籌之。萬里不克親染，乞恕。

十一月二十六日

一、數日前諸處報來事體覈積，一則道州以糧道爲苦，山前謂昭、賀路梗，宜寄粮於扶靈源口，殊覺未便。一則我軍連日或打扶靈源，或打伸家峒，❶於秦賊不相干，❷而陣亡石損者多。恐攻擊不已，或落賊姦，非細故也。一則義丁不依紀律，人衆難於加刑。廣西報得既可畏，而宇文督軍中來亦去，然恐末流猖獗難制。一則道州以供億爲病，覺已窘束不可當，如人數可減，亦是爲道州略省人數之一端。一則王總統與路分所申扶靈源事，言語參差，見之宇文丈點對，覺已有釁。昨與師參議以高成易之，宜及此時舉行。元説所以本司一番區處事宜，欲諸軍駐界上，欲義丁且抽回，欲桂路分來禀議，此一時也。累日不見山前報來，繼得曆中鈞批，則未以所行爲照。某退伏自念，殊坐專輒，方議所以禀承鈞命。今得宇文帥參申到，則已提兵越昭、賀，入静江之南

❶ 「伸」，鄢本、張元諭本作「申」。

❷ 「干」，原作「于」，今據鄢本、張元諭本改。

團，與督捕聲迹相聞矣。據備述陳忠所報云，南團十八村村老陳狀乞免洗蕩，自認捉出秦孟四。則是秦孟四已見端的所在，村老既認捉出，此即鈞諭所謂地脚者，卻有可望捕獲之期。目今我軍，❶如唐督捕之説，與廣軍同在南團，四路匝住，不容透漏，以待村老捉其渠魁。是機鋒相湊，漸有着落，此又一時也。即已飛報山前，既是唐督捕有明報，秦賊有實跡，一面乘機進取矣。❷

一、義丁昨者抽回，爲在昭、賀境生事。且前無秦賊可攻，故隨時施宜如此。今既同大軍深入静江，見匝住南團賊路，則此時亦無緣可以抽回矣。已飛報山前，盡從便宜調用，如仍前生事作過，則照元行放散，仍十分丁寧頭目，極意鈐束以自贖矣。

一、昨以秦賊無蹤跡，檄桂路分赴司稟議，面授方略。今高成暫總本軍，不曾明其有過。今覺鈞意，亦不欲抽回。亦已報桂路分，既是山前已見秦賊蹤跡，不妨乘機集事。如未離軍，不須稟議，如已在道，稟議復往。

一、以前言之，秦孟四杳無風路，我軍深入，真有未便。以今日言之，村老既認捉出秦孟四，我軍又已得廣回報，向前會合，獲賊有期，班師有漸，累月爲此憂窘，今才得伸眉耳。

一、杜通判聞徐守之訃，篤同官之誼，歸理其後事。申來云：「一見新太守，即復往山前。」此

❶「目」，張元諭本作「自」。
❷「面」，四庫本作「當」。

時想已離春陵矣。

一、準牒報，已借道州二萬芝楮、二千石米，中流一壺，爲濟不小。昨見道州申來，謂山前一日支錢二百貫，米百石。以此數準之，使闖所借之錢，可支七八日，所借之米，可支二十日。今覺歲前，此事須可結束，姑以歲前約之，尚有三十餘日。道州儘有米，特錢未有從出。使闖所申朝廷從運司應辦，若早晚便得回降，道州尚庶幾焉。

一、塩田峒之事，昨已面與柯權郡議，以土豪誘之，或誘、或逐、或擒，只消得如此措置。卻未見柯權郡申來，容更密叩之。

一、伏準使闖行下，議置寨留屯，此乃是湖南防制廣寇之第一策。聞全、道州邊廣去處，無歲不避寇。大抵兵來則去，兵去則來，極以爲苦。若建寨更戍，有數百人常在界上，則廣寇無敢復犯湖南，此一勞永定之規模，非但禦今日秦寇而已。是議也，王判官垚嘗與董倉漕言之。❶倉漕已見報，會王判官到司，已與面議，見歸道州，與王守條畫申來。今不待道州有請，而使闖計慮已及之。此事甚計緊切，不論秦寇已獲未獲，此一舉乃是爲湖南永久保障之計。公文申折甚詳，更在鈞意裁處。

❶ 「嘗」，鄢本、張元諭本作「當」。

大使司回

二十九日答二十六日所批，畫一于後：

一、承報軍前所申事，與前日規模又異。大率兵難隃度，只得隨機應變。使十八村村老果能任責，束縛渠賊以來，則撤戍可期，豈非深望？度此兩日，必有捷報，尚快聞之。亦須密諭山前，所認捉出秦寇者是真秦寇乃可。

一、留屯之議，本司固有舊比。今詳公移，尤爲縝密，不妨行下道州及宇文總督，一面商議。庶獲賊之後，便可摘留兵將，伺其回報，又從而審訂之。

一、科撥一事，已嘗三申公朝，至今未準回降。見議申催，更得使司備道州所申，與之申請，亦一助也。

一、餘説不殊前稟。高明區畫，❶已得其當矣。萬里別已專布。

後先生授將校以計，擒秦孟四，寇遂平。道體堂謹書。

❶「畫」，原作「晝」，今據張元諭本、四庫本改。

文　判

宣州勸農文

太守到郡踰月，被命造朝，辭允不免，且旦夕去矣。猶以職事得出郊，與爾農父老告語一次。因記李參政莊簡公名光，曾守此土，後有一帖云：「僕頃守宣州，今已二十八年。東望雙溪、疊嶂之勝，感嘆而已。因見諸父老，爲祝率勵子弟，爲士爲農，仰事俯育，爲忠爲孝，戮力以事田疇，先時而畢租税。立身揚名，以顯父母。是所望也！」李參政去郡已久，尚拳拳於宣人如此。今太守與爾父老方此相處，遽然去之，其拳拳又可知。因取李參政之意，衍爲《勸農》五詩，又别爲五詩以寓戒，酌酒與爾父老誦之。爾父老其以轉語鄉曲子弟，能從吾戒而不爲惡，即能從吾勸而爲善矣。他日太守在他所，遇宣人來，必問曰：「爾父老安否？爾農曾從吾勸戒否？」爾等尚勉旃！以副太守去後之思。

第一勸爾勤耕作，布種及時休落魄。惟有鋤頭不悞人，飽食暖衣良快樂。

第二勸爾行孝弟，敬重爺娘比天地。前人做樣後人看，滴滴相承簷溜水。

第三勸爾勤教子，有子讀書家道起。若還飽暖不知書，十萬莊田不禁使。

第四勸爾常脩善，糶米救荒極方便。但從心上做陰功，管取兒孫多貴顯。

第五勸爾了王租，莫教人喚作頑都。年年早納早收鈔，那有公人來叫呼。

第一戒爾莫妄狀，須知官府難欺誑。從來反坐有專條，重者徒流輕者杖。

第二戒爾莫避役，既有田園那避得。今朝經漕明朝倉，到底費錢又何益。

第三戒爾莫拒追，❶擔刀使棒欲何爲。有事到官猶可説，殺人償命悔時遲。

第四戒爾莫尤賴，故殺子孫罪名大。縱逃人禍有天刑，害人不得翻自害。

第五戒爾莫奪路，做賊不休終敗露。斬斫徒配此中來，能得幾錢受此苦。

湖南憲司咸淳九年隆冬踈決批牌判

本司照朝省指揮，見以隆冬，委官諸州縣踈決。凡情輕當放釋者，從所委官逐名點對，取判施行。其有情理重惡，累經踈決及恩赦不原，而手足未經槌折，膂力正自精强者，與其幽囚於牢柵之中，駸尋而死，不若驅於極邊，被堅執鋭，庶幾死中求生。此一種人，請所委官令項分劚，作一狀指實申來。以憑喚上赴司審視，發往荆蜀淮海。古之强兵猛將，得之於盜賊髡囚者，正自不少，此亦推明國家忠厚之一事也。取各官遵稟申。

❶「拒」，原作「拒」，今據張元諭本、四庫本改。

斷配典吏侯必隆判

近世以來，天下以吏奸爲病。士大夫臨事，惴惴然惟恐吏之欺己。馭之以束濕，事無大小，一切以法繩之。當職以爲不必立的，無罪不必尋，有罪不必恕，爲得之矣。本司諸吏，頗似謹畏，從前固有違慢者，當職諒其不及，每每止於薄懲。爾輩非但不敢欺，直不忍欺可也。侯必隆何爲者，輒敢於呈押之時，脱套花字；於行移之後，揍掇公文。顯然面謾，行其胸臆，此非先有無忌憚之心，而後動於惡乎？送之有司，自稱爲無他情弊。殊不思情莫惡於脱套，弊莫大於揍掇。豈必計囑取受，而後謂之情弊哉？看來此吏於諸吏中頗機警，而膽最大。以小人之小有才，不施之於奉公，而施之於罔上。若以姑息行之，留此人在案中，將來必爲司存無窮之蠹。矧所犯關係臺綱，雖欲恕之，不可得也。侯必隆決脊杖十五，刺配千里州軍。本當更槌碎右指，以爲箝紙尾作弊者之戒，姑以贓狀未明，特免。斷訖，長枷臺前，五日押發，仍牓。

委僉幕審問楊小三死事批牌判

使職一日斷一辟事。今日看楊小三身死一欵，看頗不入，不能無疑。一則當來無大緊要，驟有謀殺，似不近人情。二則殺人無證，只據三人自説取，安知不是捏合？三則捉發之初，乃因楊小三揣摩而訴三名，何爲三名恰皆是凶身？似不入官信。今文字已圓，只爭一行字，則死者配者，一成而不可變矣。今仰僉廳一看此欵，盡夜入獄，唤三名一問。若問得果無翻異，明日便斷；如因口有不然，只得又就此上平反。文字是密封來，忽然而往，人所不覺，則囚口得矣。

平反楊小三死事判

律：「諸謀殺人，已殺者斬，從而加功者絞。」又律：「故殺人者斬。」又律：「諸同謀共毆傷人者，各以下手重者爲重罪。元謀減一等，從者又減一等。至死者，隨所因爲重罪。」今楊小三之死也，施念一捽其胸，塞其口，顔小三斧其脅，羅小六擊其吭，其慘甚矣！再三差官審究，則三人者於楊小三元無深忿，特其積怨之深，欲伺其間而共捶打之，則謂之同謀共毆至死，宜不在謀殺之例。顔小三者，施斧於脅肋之間，爲致命，是下手重者也，然其不用斧之鋒，而止以斧腦行打，是殆非甚有殺心者。羅小六雖不加之以縊，楊小三亦必以肋斷致死，然始也謀毆之，終也遂縊之，是其心處以必死，非獨下手重而已。是故以下手論之，顔小三之先傷要害，當得重罪；以誅心論之，羅小六獨坐故殺，不止加功，准法皆當處死。以該咸淳八年明禋霈恩，特引貸命。顔小三、羅小六各決脊杖二十，刺配廣南遠惡州軍。施念一於同謀爲元謀，於下手爲從，合減一等，決脊杖十七，刺配千里州軍。牒州照斷訖申。

門示茶陵周上舍爲訴劉權縣事判

孟子曰：「有人於此，其待我以横逆，則君子必自反也，我必不仁也，必無禮也，此物奚宜至哉？」

此君子處己法度也。子曰：「居是邦也，事其大夫之賢者。」子貢曰：「禮居是邦，不非其大夫。」此君子居鄉法度也。今茶陵劉權縣申周監税父子爲豪强把持，且謂不法不可枚舉，必非無故而爲之辭者。使周監税父子果善人也，則曰：「我無是事，何恤人言？閉門遠嫌，人誰得以瞯我？」如此，則處己居鄉，皆得之矣。今因權縣所申，周上舍不勝其忿，訐其短以相攻擊，一則曰劉某，二則曰劉某。自反之君子，肯然乎？不非其大夫，當如是乎？抑《大學》曰：「有諸己而後求諸人，無諸己而後非諸人。」併備詞帖，劉權縣果如所訴，則宜盡與改更，布過失於境内，洗手以勤公，砥行以爲政，如此而盜賊不畏威，豪强不屏迹，吾不信也。仍門示周上舍，宜知自愛。

文山先生文集序

文山先生集者，宋丞相信國文公之所著也。公，吉之廬陵人，以廷對第一，歷仕要途。丁國家顛覆垂亡之秋，即捐軀赴難，集義兵，冒險阻，鋭意克復。與元兵屢戰屢北，而氣益厲；屢挫屢辱，而志益堅。後國亡身執，繫獄六年，以不屈死於燕市。悲哉！其生平觸物感懷，隨寓述事，發爲詩文，盈囊充篋。奈兩罹兵燹，存者無幾。景泰癸酉春，憲副西蜀陳公价按行至吉，觀省之餘，訪求遺藁，編次成帙，凡名公所述傳記哀挽，亦附録焉。請質於巡撫都憲姑蘇韓公永熙，鋟梓以廣其傳，復遣南昌郡庠生涂棐詣予徵爲序。竊嘆曰：忠節，萬世之大閑，綱常以之立；文章者，不朽之盛事，治化以之興。是二者皆爲世所崇重，求其兼備於一人焉，寥寥不多見。有志之士，未嘗不興去古既遠，世無全人之嘆。公以英豪蓋世之資，奮起於宋祚既移之際，孤忠大節，皎若青天白日，凡有目者所共覩。施諸述作，又皆憂國憫時之所存，忠肝義膽之呈露。讀之有以振發人心，激揚忠勇，增懦夫之氣，折奸臣賊子叛逆之謀。知死難爲忠，偷身全軀爲可薄；以不屈爲義，貪生苟活爲可羞，有補於風教爲甚大。嗚呼！乾坤正氣，在天爲三光，在地爲河岳，在人爲忠義，爲文章。公於在人者，兼而有焉，得非曠世而僅見乎！ 至今想像光烈，凛有生氣，偉矣哉！ 倚天拔地，巍然萬古之望。稽諸往代，忠臣烈士能以節義文章爲世崇重者，亦莫有出於公之右矣。或曰，文章特餘事耳，曷足繫公之重？ 予獨謂不然。文章乃忠節之英華，忠節非文章無自而著。斯集也，又所以發公幽潛之光。不特爲一時人臣勸，殆欲風厲天下後世。俾凡食君之禄者，人人以忠節自奮，其於民彝世道之扶植，得不有賴乎？ 南望廬陵，興千載悠悠無窮之嘆，弗敢以狂僭菲陋辭，謹述此，爲之序云。

景泰六年歲次乙亥三月一日中憲大夫贊治尹大理寺右少卿廣信李奎書。

文山先生别集卷之一

指南録

自序

予自吴門被命入衛，守獨松關。廼王正二日，除浙西大制撫，領神臯。予辭尹，引帳兵二千人詣行在，日夕贊陳樞使宜中，謀遷三宫，分二王於閩、廣。元夕後，予所部兵皆聚於富陽。朝廷擬除予江東西、廣東西制置大使，兼廣東經略、知廣州、湖南策應大使，未及出命，陳樞使已去國。十九日，大皇除予右丞相兼樞密使，都督諸路軍馬。時北兵駐高亭山，距脩門三十里。是日，虜帥即引董參政以兵屯榷木教場，城中兵將官紛紛自往納降。予欲召富陽兵入城，已不及事。三宫九廟，百萬生靈，立有魚肉之憂。會使轍交馳，北約當國相見。諸執政、侍從聚於吴左丞相府，不知計所從出，交贊予一行。國事至此，予不得愛身，且意北尚可以口舌動也。二十日，至高亭山，詰虜帥前後失信。虜帥辭屈，且謂決不動三宫九廟，決不擾京城百姓，留予營中。既而吕師孟來，予數駡其叔姪，愈不放還。賈餘慶者，逢迎賣國，乘風旨使代予位。於是北兵入城，所以誤吾國陷吾民者，講行無虚日。北知賣國非予所容也，相戒勿令文丞相知。未幾賈餘慶、吴堅、謝堂、家鉉翁、劉岊，皆以府第爲祈請使詣北方，蓋空我朝廷，北將甘心焉。

二月八日，諸使登舟，忽北虜遣館伴逼予同往。予被逼脅，欲即引決，又念未死以前，無非報國之日，姑隱忍就舡。方在京時，富陽兵已退趨婺、處等州。予俟間還軍，苦不自脱。❶至是欲從道途謀遁，亦不可得。至京口，留旬日，始得塩商小舟，於二月晦夜走真州。朔日，守苗再成相見，論時事，慷慨流涕。予致書兩淮間，合兵興復，苗贊之甚力。初三日早，制司人來，廼出文書，謂丞相爲賺城，欲不利於我。苗不以爲然，送予出門，勸奔淮西。予謂此北反間也，否則托辭以逐客也。李公仁人，使見予，必感動，遂之維楊，苗遣五十兵四騎從行。夜抵西門，欲待旦求見，呵衛嚴密，鼓角悲慘。杜架閣謂李公必不可見，徒爲矢石所陷，不如渡海歸從王室。予然之。自是日夜奔南，出入北衝，犯萬萬死，道途苦難，不可勝述。嗚呼！予之得至淮也，使予與兩淮合，北虜懸軍深入，犯兵家大忌，可以計擒，江南一舉而遂定也。天時不齊，人事好乖，一夫頓困不足道，而國事不競，哀哉！

予至通，聞二王建元帥府於永嘉，陳樞使與張少保世傑，方以李、郭之事爲己任。狼狽憔悴之餘，喜不自制，跋涉鯨波，將躡屩以從。意者，天之所以窮餓困乏而拂亂之者，其將有所俟乎！德祐二年閏月日廬陵文天祥自序。

---

❶「苦」，原作「若」，今據張元諭本改。

後　序

德祐二年二月十九日，[1]予除右丞相兼樞密使，都督諸路軍馬。時北兵已迫脩門外，戰守遷皆不及施。縉紳大夫士萃於左丞相府，莫知計所出。會使轍交馳，北邀當國者相見。衆謂予一行爲可以紓禍。國事至此，予不得愛身，意北亦尚可以口舌動也。初，奉使往來無留北者，予更欲一覘北，歸而求救國之策，於是辭相印不拜。翌日，以資政殿學士行。初至北營，抗辭慷慨，上下頗驚動，北亦未敢遽輕。吾國不幸，吕師孟構惡於前，賈餘慶獻諂於後，予羈縻不得還，國事遂不可收拾。予自度不得脱，則直前詬虜帥失信，數吕師孟叔姪爲逆，但欲求死，不復顧利害。北雖貌敬，實則憤怒，二貴酋名曰館伴，夜則以兵圍所寓舍，而予不得歸矣。

未幾，賈餘慶等以祈請使詣北，北驅予并往，而不在使者之目。予分當引決，然而隱忍以行，昔人云將以有爲也。至京口，得間奔真州，即具以北虛實告東西二閫，約以連兵大舉，中興機會，庶幾在此。留二日，維揚帥下逐客之令。不得已，變姓名，詭縱跡，草行露宿，日與北騎相出没於長淮間。窮餓無聊，追購又急，天高地迥，號呼靡及。已而得舟，避渚洲，出北海，然後渡揚子江入蘇州洋，展轉四明、天台，以至於永嘉。嗚呼！予之及於死者，不知其幾矣。詆大酋當死；罵逆賊當死；與貴酋處二

[1] 「二月」二字，據《别集》卷六《紀年録》及《宋史》卷四七《瀛國公本紀》，當作「正月」。

十日，争曲直，屢當死；去京口，挟匕首以備不測，❶幾自頸死；經北艦十餘里，爲巡船所物色，幾從魚腹死；真州逐之城門外，幾徬徨死；如楊州，過瓜洲楊子橋，竟使遇哨，無不死；楊州城下，進退不由，殆例送死；坐桂公塘土圍中，騎數千過其門，幾落賊手死；賈家莊幾爲巡徼所陵迫死；夜趨高郵，迷失道，幾陷死；質明，避哨竹林中，邏者數十騎，幾無所逃死；至高郵，制府檄下，幾以捕係死；行城子河，出入亂屍中，舟與哨相後先，幾邂逅死；至海陵，如高沙，常恐無辜死；道海安、如皋，凡三百里，北與寇往來其間，無日而非可死；至通州，幾以不納死；以小舟涉鯆波，❷出無可柰何，而死固付之度外矣。嗚呼！死生，晝夜事也。死而死矣，而境界危惡，層見錯出，非人世所堪。痛定思痛，痛何如哉！

予在患難中，間以詩記所遭，今存其本不忍廢，道中手自抄録。使北營，留北關外爲一卷；發北關外，歷吴門、毗陵，渡瓜洲，復還京口爲一卷；脱京口，趨真州、楊州、高郵、泰州、通州爲一卷；自海道至永嘉，來三山爲一卷。將藏之于家，使來者讀之，悲予志焉。嗚呼！予之生也幸，而幸生也何所爲？❸求乎爲臣，主辱，臣死有餘僇；所求乎爲子，以父母之遺體行殆，而死有餘責。將請罪於君，君

❶「抉」，張元諭本作「扶」，四庫本作「挾」。
❷「鯆」，張元諭本、四庫本作「鯨」。
❸「所爲」二字，四庫本作「爲所」。

不許；請罪於母，母不許；請罪於先人之墓，生無以救國難，死猶爲厲鬼以擊賊，義也。賴天之靈，宗廟之福，脩我戈矛，從王于師，以爲前驅。雪九廟之耻，復高祖之業，所謂誓不與賊俱生，所謂鞠躬盡力，死而後已，亦義也。嗟夫，若予者將無往而不得死所矣。向也使予委骨於草莽，予雖浩然無所愧怍，然微以自文於君親，君親其謂予何？誠不自意返吾衣冠，重見日月，使旦夕得正丘首，復何憾哉，復何憾哉！

是年夏五，改元景炎，廬陵文天祥自序其詩，名曰《指南録》。

赴闕

楚月穿春袖，吴霜透曉韉。壯心欲填海，苦膽爲憂天。役役慙金注，悠悠歎瓦全。丈夫竟何事，一日定千年。

所懷

予自高亭山爲北所留，深悔一出之誤。聞故人劉小村、陳蒲塘引兵而南，流涕不自堪。

只把初心看，休將近事論。誓爲天出力，疑有鬼迷魂。明月夜推枕，春風晝閉門。故人萬山外，俯仰向誰言。

自嘆

正月十三夜，予聞陳樞使將以十五日會伯顔於長堰。予力言不可，陳樞使爲尼此行。予自知非不明，後卒自蹈，殊不可曉也。

長安不可詣，何故會高亭。倦鳥非無翼，神龜弗自靈。乾坤增感慨，身世付飄零。回首西湖曉，雨餘山更青。

鐵錯

貔貅十萬衆，日夜望南轅。老馬翻迷路，羝羊竟觸藩。武夫傷鐵錯，達士笑金昏。單騎見回紇，汾陽豈易言。

和言字韻

予以議論大烈，北愈疑憚，不得歸闕。將校官屬日有叛去，世道可歎。

悠悠天地闊，世事與誰論。清夜爲揮涕，白雲空斷魂。死生蘇子節，貴賤翟公門。前輩如瓶戒，無言勝有言。

愧故人

九門一夜漲風塵，何事癡兒竟誤身。子産片言圖救鄭，仲連本志爲排秦。但知慷慨稱男子，不料蹉跎愧故人。玉勒雕鞍南上去，天高月冷泣孤臣。

求客

眼看銅駝燕雀羞，東風花柳自皇州。白雲萬里易成夢，明月一間都是愁。男子鐵心無地着，故人血淚向天流。雞鳴曾脱函關厄，還有當年此客不。

紀事

予詣北營，辭色慷慨，初見大酋伯顔，語之云：「講解一段乃前宰相首尾，非予所與知。今大皇以予爲相，予不敢拜，先來軍前商量。」伯顔云：「丞相來勾當大事，説得是。」予云：「本朝承帝王正統，衣冠禮樂之所在。北朝欲以爲國歟？欲毁其社稷歟？」大酋以虜詔爲解説，謂「社稷必不動，百姓必不殺」。予謂：「爾前後約吾使，多失信。今兩國丞相親定盟好，宜退兵平江或嘉興，俟講解之説達北朝，看區處如何，卻續議之。」時兵已臨京城，紓急之策惟有欵北以爲後圖，故云爾。予與之辨難甚至，云：「能如予説，兩國成好，幸甚。不然南北兵禍未已，非爾利也。」北辭漸不遜，予謂：「吾南朝狀元宰相，但欠一死報國，刀鋸鼎鑊非所懼也。」大酋爲之辭屈而不敢怒。諸酋相顧動色，稱爲丈夫。是晚，諸酋議良久，忽留予營中。當時覺北未敢大肆無狀，及予既縶維，❶賈餘慶以逢迎繼之，而國事遂不可收拾，痛哉，痛哉！

三宫九廟事方危，狼子心腸未可知。若使無人折狂虜，東南那箇是男兒。

春秋人物類能言，宗國常因口舌存。我亦瀕危專對出，北風滿野負乾坤。

單騎堂堂詣虜營，古今禍福了如陳。北方相顧稱男子，似謂江南尚有人。

百色無厭不可支，❷甘心賣國問爲誰。豺狼尚畏忠臣在，相戒勿令丞相知。

慷慨輕身墮蒺藜，羝羊生乳是歸期。豈無從吏私袁盎，❸恨我從前少侍兒。

英雄未肯死前休，風起雲飛不自由。殺我混同江外去，豈無曹翰守幽州。

紀　事

正月二十日晚，北留予營中，云：「北朝處分，皆面奉聖旨，南朝每傳聖旨，而使者實未曾得到簾

❶「維」，原作「惟」，今據張元諭本、四庫本改。
❷「色」，四庫本作「邑」。
❸「吏」，四庫本作「史」。

前。今程鵬飛面奏大皇，親聽處分。程回日，卻與丞相商量大事畢，歸闕。」既而失信。予直前責虜酋，辭色甚厲，不復顧死。譯者再四失辭。予迫之益急，大酋怒且愧，諸酋群起呵斥，予益自奮，文焕輩勸予去。虜之左右皆唶唶嗟嘆，稱男子心。

狼心那顧歃銅盤，舌在縱横擊可汗。自分身爲虀粉碎，虜中方作丈夫看。

紀　事

正月二十日至北營，適與文焕同坐，予不與語。越二日，予不得回闕，詬虜酋失信，盛氣不可止。文焕與諸酋勸予坐野中，以少遲一二日即入城，皆紿辭也。先是，予赴平江入疏，言叛逆遺孽不當待以姑息，乞舉《春秋》誅亂賊之法，意指吕師孟，朝廷不能行。至是，文焕云：「丞相何故駡焕以亂賊？」予謂：「國家不幸至今日，汝爲罪魁，汝非亂賊而誰？三尺童子皆駡汝，何獨我哉！」焕云：「襄守六年不救。」予謂：「力窮援絶，死以報國可也。汝愛身，惜妻子，既負國，又隤家聲，今合族爲逆，萬世之賊臣也。」孟在傍甚忿，直前云：「丞相上疏欲見殺，何爲不殺取師孟？」予謂：「汝叔姪皆降北，不族滅汝，是本朝之失刑也，更敢有面皮來做朝士。予實恨不殺汝叔姪。汝叔姪能殺我，我爲大宋忠臣，正是汝叔姪周全我，我又不怕。」孟語塞，諸酋皆失色動顔。唆都以告伯顔，伯顔吐舌云：「文丞相心直口快，男子心。」唆都閑云：「丞相駡得吕家好。」以此見諸酋亦不容之。

不拚一死報封疆，忍使湖山牧虎狼。當日本爲妻子計，而今何面見三光。

虎頭牌子織金裳，北面三年蟻夢長。借問一門朱與紫，江南幾世謝君王。

梟獍何堪共勸酬，衣冠塗炭可勝羞。袖中若有擊蛇笏，❶便使兇渠面血流。

麟筆嚴於首惡書，我將口舌擊奸諛。雖非周勃安劉手，不愧當年產禄誅。

信雲父

信世昌，字雲父，東平府人，公子無忌之後。嘗爲虜大常丞，北方之儒也。隸唆都，唆都使之來伴予。雲父知古今，識道理，可語。中原遺黎甚惓惓於本朝，頗輸情焉。作詩見贈，内兩句云：「宗廟有靈賢相出，黔黎無害大皇明。」京師爲之傳誦。雲父大意以爲高麗地方數千里，昨喪其半，遂稱藩。大元喜其不拒，并侵疆歸之，今傳國如故。❷大宋衣冠正統，非高麗比，北必不敢無禮於吾社稷也。雲父念本朝，亦願望之辭。

東魯遺黎老子孫，南方心事北方身。幾多江左腰金客，便把君王作路人。

信雲父好爲詩，而辭極俚近。一日問予詩法，予因舉宫詞數章，比興悠長，意在言外。雲父恍有

❶「蛇」，鄢本、張元諭本、四庫本作「賊」。

❷「國」，四庫本作「世」。

所得，明日，袖出一絶云：「東風吹落花，殘英猶戀枝。莫怨東風惡，花有再開時。」言予之不忘王室，而王室之必中興也。雲甫居近闕里，❶漸染孔氏之遺風，故其用意深厚，而超悟如此。肯從悟室課兒書，嚙雪風流卻減渠。我愛信陵冠帶意，任教句法問何如。

則　堂

北入京城，賈餘慶迎逢賣國。既令學士降詔，俾天下州郡歸附之，又各州付一省劄，惟樞密則堂家先生鉉翁於省劄上不肯押號。吴丞相堅號老儒，不能自持，一切惟賈餘慶之命，其愧則堂甚矣。程鵬飛見則堂不肯奉命，堂中作色，欲縛之去。則堂云中書省無縛執政之理，歸私廳以待執，北竟不敢誰何。予在北，以忠義孤立，聞其事以自壯云。

山河四塞舊甌金，藝祖高宗實鑒臨。一日盡將輸敵手，何人賣國獨甘心。

中書堂帖下諸城，摇首庭中號獨清。此後方知樞密事，從今北地轉相驚。

思蒲塘　陳

揚旌來冉冉，捲斾去堂堂。恨我飛無翼，思君濟有航。麒麟還共處，熊虎已何鄉。南國應無恙，中

---

❶「甫」，四庫本作「父」。

興事會長。

思方將軍

始興溪子下江淮，曾爲東南再造來。如虎如熊今固在，將軍何處上金臺。

唆都

唆都爲予言：「大元將興學校、立科舉，丞相在大宋爲狀元宰相，今爲大元宰相，無疑。丞相常説國存與存，國亡與亡，這是男子心。天下一統，做大元宰相，是甚次第，國亡與亡四箇字休道。」予哭而拒之。唆都常恐予之伏死節也。

虎牌氈笠號公卿，不直人間一唾輕。但願扶桑紅日上，江南匹士死猶榮。

二王

唆都、忙古歹一日問：❶「度宗幾子？」答曰：「三子。」問：「皇帝是第幾子？」答曰：「第二子，立嫡也。」問：「第一子、三子封王乎？」曰：「一吉王，一信王。」問：「今何在？」曰：「大臣護之去

❶ 「古」，原作「右」，今據《別集》卷六《紀年録》及《元史·伯顔傳》改。

矣。」駭云：「去何處？」曰：「非閩則廣，宋疆土萬里，儘有世界在。」云：「既是一家，何必遠去？」曰：「何爲恁地説？宗廟社稷所關，豈是細事？北朝若待皇帝好，則二王爲人臣；若待皇帝不是，即便别有皇帝出來。」二酋爲之愕眙不能對。

一馬渡江開晉土，五龍夾日復唐天。内家苗裔真隆準，虜運從來無百年。

氣　概

唆都一日問予何以去平江，予曰有詔趣入衛。問予兵若干，予對五萬人。喟然嘆曰：「天也，使丞相在平江，必不降。」予問何以知之，云：「相公氣概，如何肯降？但累城内百姓。」予謂：「果斷打，亦未見輸贏。」唆都大笑。

氣概如虹俺得知，留吴那肯豎降旗。北人不解欺心語，正恐南人作淺窺。

使　北

北兵入城，既劫詔書，布告天下州郡，各使歸附，又逼天子拜表獻土。左丞相吴堅、右丞相賈餘慶、樞密使謝堂、參政家鉉翁、同知劉岊五人捧表北庭，號祈請使。賈幸國難，自詭北人，氣燄不可向邇；謝無識附和；吴老儒，畏怯不能争；劉狎邪小人，方乘時取美官，揚揚自得；惟家公非願從者，猶以爲趙祈請，意北主或可語，冀一見陳説，爲國家有一綫，故引決所未忍也。五人之行，皆出北意。吴初以老病求免，且已許之，故表中所述，賈、謝、家、劉四人，吴不與焉。二月初八日，四人登舟，忽伯顔趣予與吴丞相俱入北。予不在使者列，是行何爲？蓋驅逐之使去耳。予陷在難中，無計自脱。初九日，與吴丞相同被逼脅，黽勉就舡。先一夕，予作家書，處置家事，擬翌日定行止，行則引決，不爲偷生。及見吴丞相、家參政，吴殊無徇國之意，家則以爲死傷勇，祈而不許，死未爲晚。予以是徘徊隱忍，猶冀一日有以報國。惟是賈餘慶兇狡殘忍，出於天性，密告伯顔，使啓北庭，拘予於沙漠。彼則賣國佞北，自謂使畢即歸，愚不可言也。謝堂已宿謝村，初九日忽駕舟而回。或謂唆都爲之地，伯顔得賄而免，堂曲意奉北，可鄙惡尤多。詩記其事。

自説家鄉古相州，白麻風旨出狂酋。中書盡出降元表，北渡黄河衣錦游。賈

至尊馳表獻燕城，肉食那知以死争。當代老儒居首揆，殿前陪拜率公卿。吴

江南浪子是何官，只當空廬雜劇看。撥取公卿如糞土，沐猴徒自辱衣冠。劉

公子方張奉使旗，行行且尼復何爲。似聞傾盡黄金塢，辛苦平生只爲誰。謝

廷争堂堂負直聲，飄零沙漠若爲情。程嬰存趙真公志，賴有忠良壯此行。家

初脩降表我無名，不是隨班拜發人。❶誰遣附庸祈請使，要教索虜識忠臣。

客子漂摇萬里程，北征情味似南征。小臣事主寧無罪，只作幽州謫吏行。

❶「發」，張元諭本作「舞」。

使旃盡道有回期，獨陷羈臣去牧羝。中爾含沙渾小事，白雲飛處楚天低。

杜架閣

天台杜滸，字貴卿，號梅壑。糾合四千人，欲救王室，當國者不知省。正月十三日，見予於西湖上，予嘉其有志，頗奬異之。十九日，客贊予使北，梅壑斷斷不可，客逐之去。予果爲北所留。後二十日，驅予北行，諸客皆散，梅壑憐予孤苦，慨然相從，天下義士也。朝旨特改宣教郎，除禮兵架閣文字。

仗節辭王室，悠悠萬里輳。諸君皆雨别，一士獨星言。啼鳥亂人意，落花銷客魂。東坡愛巢谷，頗恨晚登門。

昔趨魏公子，今事霍將軍。世態炎涼甚，交情貴賤分。黄沙揚暮靄，黑海起朝氛。獨與君攜手，行吟看白雲。

聞雞

自入北營，未嘗有雞唱，因泊謝村始有聞。是夜幾與梅壑逃去，二更，遣劉百户二三十人擁一舟來，逼下船，遂不果。

軍中二十日，此夕始聞雞。塵暗天街静，沙長海路迷。銅駞隨雨落，鐵騎向風嘶。曉起呼詹尹，何時脱蒺藜。

命裏

二月初十夜，爲劉百户者所迫，中原人尚可告語也。賈餘慶語鐵木兒曰：「文丞相心腸别。」翌日早，鐵木兒自駕一舟來，令命裏千户捽予上舡，凶燄嚇人，見者莫不流涕。命裏高鼻而深目，面毛而多鬚，回回人也。

熊羆十萬建行臺，單騎誰教免冑來。一日捉將沙漠去，遭逢碧眼老回回。

留遠亭

十一日，宿處岸上有留遠亭，北人然火亭前，聚諸公列坐行酒。賈餘慶有名風子，滿口駡坐，毁本朝人物無遺者，以此獻佞。北惟亹亹笑。劉岊數奉以淫褻，爲北所薄。文焕云：「國家將亡，生出此等人物。」予聞之悲憤不已。及是，諸酋專以爲笑具，於舟中取一村婦至亭中，使薦劉寢，據劉之交坐，諸酋又嗾婦抱劉以爲戲。衣冠掃地，殊不可忍，則堂尤憤疾云。

甘心賣國罪滔天，酒後猖狂詐作顛。把酒逢迎酋虜笑，從頭駡坐數時賢。賈

落得稱呼浪子劉，樽前百媚佞旖裘。當年鮑老不如此，留遠亭前犬也羞。劉

平江府

予過吴門，感念悽愴。向使朝命不令入衛嚴速，予以死守，不死於是，即至今存可也。予托病臥舟中，舊吏三五人來，遺民聞吾經過，無不垂涕者。舟到一時頃，即解纜，夜行九十里，北似防我云。

樓臺俯舟楫，城郭滿干戈。故吏歸心少，遺民出涕多。鳩居無鵲在，魚網有鴻過。使遂睢陽志，安危今若何。

無錫

己未，予攜弟璧赴廷對，嘗從長江入裏河，趨京口。回首十八年復由此路，是行驅之入北，感今懷昔，悲不自勝。

金山冉冉波濤雨，錫水泯泯草木春。二十年前曾去路，三千里外作行人。英雄未死心爲碎，父老相逢鼻欲辛。夜讀程嬰存趙事，一回惆悵一沾巾。

吊五木

予初以朝廷遣張全將淮兵二千救常州，以其爲淮將，必經歷老成，遂遣朱華將三千人從之。張全無統馭之材，自爲畦町。十月二十六日，提淮軍自往横林，設伏虞橋。北兵至，麻士龍死之，張全不救，走回五木。五木乃朱華軍所駐，如掘溝塹，設鹿角，張全皆不許朱華措置，殊不曉其意。二十七日，北兵薄朱華，自辰至未，朱華與廣軍與之對。北兵自路塘直來，死於水者不可勝計。至晚，北兵繞山後薄贛軍，尹玉當之。曾全、胡遇、謝雲、曾玉先遁走，尹玉死焉。張提軍隔岸，不發一矢，有利災樂禍之心。吾軍渡水，挽張全軍船，張全令諸軍斵挽舡者之指，於是溺死者甚衆。張全并宵遁，惟尹玉殘軍五百人與北兵角一夕，殺北兵及馬，委積田間。質明，止有四人得歸，今易崇尚有。❶嗚呼！使此戰張全稍施援手，可以大勝捷，一夫無意，而事遂關宗社。嗚呼天哉！余初欲先斬張全，然後取一時敗將並從軍法。以張全爲朝廷所遣，請於都督，乃宥張全使自贖，予遂不及行法。後詣餘杭，發京師，姑取曾全以徇衆，而噬臍多矣。過五木，弔戰場，爲之流涕不可禦。續聞張全者，淮東之僨將也，昨隨許文德復清河，兵已入城，張全鳴金散衆。許不敢以斬將自專，解赴制閫李公，以使過期之，得不死。予不知受其誤，其免罪又出於第二次僥倖，卒爲降北，可歎恨云。

首赴勤王役，成功事則天。富平名委地，好水淚成川。我作招魂想，誰爲掩骼緣。中興須再舉，寄語慰重泉。

---

❶「今易崇尚有」五字，張元諭本作「無一人降者」。「有」，四庫本作「存」。

哭尹玉

尹玉，江西憲司將官。五木之戰，手殺七八十人，其麾下與北兵戰，併死，無一降者。朝廷贈濠州團練使，立廟，與二子官承節郎，下江西安撫使，撥賜良田二百畝。其間以捕寇死者何限，惟玉得其死所，恤典非細，哀榮備焉。

團練濠州廟贛川，官其二子賜良田。西臺捕逐多亡將，還有焚黄到墓前。

常州

常州，宋睢陽郡也。北兵憤其堅守，殺戮無遺種。死者忠義之鬼，哀哉！

山河千里在，煙火一家無。壯甚睢陽守，冤哉馬邑屠。蒼天如可問，赤子果何辜。脣齒提封舊，撫膺三嘆吁。

鎮江

至京口，予以十八年曾自鎮江趨京，今自京趨鎮江，俯仰感嘆，爲之流涕。

鐵甕山河舊，金甌宇宙非。昔隨西日上，今見北軍飛。豪傑非無志，功名自有機。中流懷士稚，風雨濕雙扉。

渡瓜洲

諸祈請使十八日至鎮江府，阿术在瓜洲，即請十九日渡江。至則鮮腆倨傲，令人裂眦。諸公皆與之語，予始終無言。後得之監守者云：「阿术言文丞相不語，肚裏有僂儸。」彼知吾不心服也。

跨江半壁閲千帆，虎在深山龍在潭。當日本爲南制北，如今翻被北持南。

眼前風景異山河，無柰諸君笑語何。坐上有人正愁絶，胡兒便道是僂儸。

弔戰場

連年淮水上，死者亂如麻。魂魄丘中土，英雄糞上花。士知忠厥主，人亦念其家。夷德無厭甚，皇天定福華。

回京口

予回京口，幸得間問舟，爲脱去計。連日不如志，賦是詩。

早作田文去，終無蘇武留。偷生寧伏劍，忍死欲焚舟。逸驥思超乘，飛鷹志脱鞲。登樓望江上，日日數行艘。

思小村 劉

春雲慘慘兮春水漫漫，思我故人兮行路難。君轅以南兮我轅以北，去日以遠兮憂不可以終極。蹇予馬兮江皐，式燕兮以遊遨。念我平生兮思君鬱陶。在師中兮豈造次之可離，忠言不聞兮思君忸怩。毫厘之差兮天壤易位，駟不及舌兮臍不可噬。思我故人兮懷我親，懷我親兮思故人。懷哉懷哉，不可忍兮不如速死。慨百年之未半兮，胡中道而遄止。魯連子兮義不帝秦，負玄德兮羽不名爲人。❶委骨草莽兮時迺天命，自古孰無死兮首丘爲正。我行我行兮夢寐所思，故人望我兮胡不歸，胡不歸。

沈頤家

予回京口，北人欵之府中，予不得離。岸上得沈頤家坐臥，北不意予爲逃計也。

孤舟霜月迥，曉起入柴門。斷岸行簪影，荒畦落履痕。江山渾在眼，宇宙付無言。昨夜三更夢，春風滿故園。

❶「羽」，四庫本作「關」。

脱京口

二月二十九夜，❶予自京口城中間道出江滸，登舟，泝金山，走真州。其艱難萬狀，各以詩記之。

定計難

予在京城外，日夜謀脱，不得間者。謝村幾去，至平江欲逃又不果。至鎮江謀益急，議趨真州，杜架閣滸與帳前將官余元慶實與謀。元慶，真州人也。杜架閣與予云：「事集萬萬幸，不幸謀泄，皆當死，死有怨乎？」予指心自誓，云死靡悔。且辨匕首，挾以俱，事不濟自殺。杜架閣亦請以死自効，於計遂定。

南北人人苦泣岐，壯心萬折誓東歸。若非斫案判生死，夜半何人敢突圍。

謀人難

杜架閣如顛狂人，醉游於市。遇有言本朝而感憤追思者，即捐金與之，密告以欲遁之謀，無不願自効，以無舟而輟。前後毋慮十數，其不謀泄真幸耳。

❶「九」下，鄒本、張元諭本有「日」字。

一片歸心似亂雲，逢人時漏話三分。當時若也私謀泄，春夢悠悠郭璞墳。

踏路難

京口無城，通衢多隘，去江尚十里。偶得一老校馬，引間道出三數巷，即荒凉野，走至江岸，路頗近。若使不知間道，只行市井正路，無可出之理。

烟火連甍鐵甕關，要尋間道走江干。何人肯爲將軍地，北府老兵思漢官。

得舡難

北舡滿江，百姓無一舟可問。杜架閣與人爲謀，皆以無舡長嘆而止。是後，余元慶遇其故舊，爲北管舡，遂密叩之，許以承宣使，銀千兩，其人云：「吾爲宋救得一丞相回，建大功業，何以錢爲？但求批帖，爲他日趨承之證。」後授以一批帖，約除廉車，及强委之白金。義人哉！使吾無此一遭遇，已矣。

經營十日苦無舟，❶慘慘椎心淚血流。漁父疑爲神物遣，相逢楊子大江頭。

---

❶「苦」，原作「若」，今據張元諭本、四庫本改。

紿北難

自至鎮江即謀舡，不可得。至二月二十九日方得之，喜甚。是午，催過瓜洲，賈餘慶諸人皆渡矣，惟予與吴丞相在河次，得報最遲，於是托故，以來日同吴丞相渡江，幸而北不見疑，驅迫稍緩，是夕遂逃。若非得此一紿，從前經營皆枉用心，惟有死耳，豈不痛哉！

百計經營夜負舟，倉皇誰趣渡瓜洲。若非紿虜成宵遁，哭死界河天地愁。

定變難

老兵即踏路之人，杜架閣日與之飲，顔情甚狎。是夜逃者十二人，二人坐舟，猶有十人作一陣走，恐出門大冗，則事易知覺。路必過老兵之門，於是遣三人先就老兵家，伺過門同遁。忽老兵中變，醉不省，其妻詰問之，欲唤四鄰發覺。一人亟走報杜架閣，亟呼老兵出來，直至吾前，藏之帳中，三人者同時而回。老兵酒醒，以銀三百星係其腰，云事至與之。遂至二更，引路而行。是舉垂成，幾爲老兵老嫗所誤，全得杜閣機警，故狙詐之，將作敵者又隨作使耳。危哉，危哉！

老兵中變意差池，倉卒呼來朽索危。若使阿婆真一吼，目生隨後悔何追。

出門難

北始欵諸宰執於鎮江府，惟吴丞相以病不離舟，予爲遁計，宿府治。一夕即托故還裏河舟中，北亦不之疑。予遂於河近得沈頤家坐卧。初，北分遣諸酋監諸宰執，從予者曰王千户，狠突可惡，相隨上下，不離頃刻。予在沈頤家，彼亦同卧席前後。是夜，予醉居亭主人，復醉王千户者，伺其寢熟，啓門而出。使微有知覺，吾事殆哉！

羅刹盈庭夜色寒，人家燈火半闌珊。夢回跳出鐵門限，世上一重人鬼關。

出巷難

北遣兵齪巷禁夜，不得往來。先是，有一酋忽入沈頤家，予問何人，「劉百户」。問何職，「管夜禁」。問官勾當何如，曰：「官燈提照，往來從便。」杜架閣聞之，即隨劉百户出，强與之好。已而約爲兄弟，拉之飲于妓舍，杜强劉宿，劉俾杜歡，杜云：「我隨丞相在此，夜安置後方可出，怕禁夜耳。」「俺送爾燈，俺送小番隨着，不妨事。」杜遂約後一夕，果如約。予變服色，隨杜出，諸巷皆不呵問。杜至人家漸盡處，即以銀與小番，約之便歸，來日候于某所。小番方十五六歲，無知，於是得遁。

不時徇鋪路縱横，小隊戎衣自出城。天假漢兒燈一炬，旁人只道是官行。

出隘難

北於市井盡處設險，以十餘馬攔路。予等至隘所，馬驚，意甚恐。幸北軍皆睡，因得脱。袖攜匕首學銜枚，横度城關馬欲猜。夜静天昏人影散，北軍鼾睡正如雷。

候船難

予先遣二校坐舟中，密約待予甘露寺下。及至，船不知所在，意窘甚，交謂船已失約，柰何？予攜匕首，不忍自殘，甚不得已，有投水耳。余元慶褰裳涉水，尋一二里許，方得船至，各稽首以更生爲賀。

待船三五立江干，眼欲穿時夜漸闌。若使長年期不至，江流便作汨羅看。

上江難

予既登舟，意泝流直上，他無事矣。乃不知江岸皆北舡，迷亙數十里，❶鳴梆唱更，氣燄甚盛。吾船不得已，皆從北船邊經過，幸而無問者。至七里江，忽有巡者喝云：「是何船？」梢答以河魨舡。

❶「迷」，張元諭本作「連」。

巡者大呼云：「歹舡！」歹者，北以是名反側奸細之稱。巡者欲經舡前，適潮退閣淺不能至。是時舟中皆流汗，其不來僥倖耳。

蒙衝兩岸夾長川，鼠伏孤蓬棹向前。七里江邊驚一喝，天教潮退閣巡舡。

得風難

予方爲七里巡舡所驚，忽有聲如人哨，齒甚清麗。舡梢立舡頭拜，且禱曰：「神道來送。」問何神，曰：「江河田相公也。」即得順風送上。

空中哨響到孤蓬，盡道江河田相公。神物自來扶正直，中流半夜一帆風。

望城難

初得順風，意五更可達真州城下，風良久遂靜，天明尚隔真州二十餘里。深恐北舡自後追躡，又懼有哨騎在淮岸，一時憂迫不可言。在舟之人盡力摇槳撑篙，可牽處沿岸拽纜，然心急而力不逮。既望見城，又不克進。甚矣，脱虎口之難。

自來百里半九十，望見城頭路愈長。薄命只愁追者至，人人摇槳渡滄浪。

上岸難

真州濠與江通，然潮長舟方可到城。是日泊五里，遂上岸。城外荒凉，寂無人影，四平如掌，一無關防，幸而及城門，無他慮。當行路時，盻盻回首，惟恐有追騎之猝至。既入城門，聞昨日早晨哨馬正到五里頭，時三月朔云。

岸行五里入真州，城外荒荒鬼也愁。忽聽路人嗟嘆說，昨朝哨馬到江頭。

入城難

既至真州城下，問者群望，告以文丞相在鎮江走脱，徑來投奔。城子諸將校皆出，即延入城。苗守迎見，語國事移時，感憤流涕，即欵之州治中，住清邊堂。然後從者之始至也，引至直司，搜身上軍器，既知無他，然後見信。其關防之嚴密如此。向使恐疑横於胸中，閉門不受，天地茫茫何所歸。嘻，危哉！

輕身漂泊入鑾江，太守欣然爲避堂。若使閉城呼不應，人間生死路茫茫。

真州雜賦

予既脱虎口至真州，喜幸感嘆，靡所不有，各係之以七言。自正月二十羈縻北營，至二月二十九一夜京口得脱，首尾恰四十日。一入真州，忽見中國衣冠，如流浪人乍歸故鄉，不意重覩天日至此。

四十羲娥落虎狼，今朝騎馬入真陽。山川莫道非吾土，一見衣冠是故鄉。

予入真州，聚觀者夾道如堵。東坡云「被天津橋上人看殺」，久無此境界矣。

聚觀夾道捲紅樓，奪得南朝一狀頭。將謂燕人騎屋看，而今馬首向真州。

京口船與梢人，北人皆有籍。予所得舡，乃並緣北船販私塩者，船與二水手皆籍所不及，予是以得濟，豈非天哉！

賣卻私塩一舸回，天教壯士果安排。子胥流向江南去，我獨倉皇夜走淮。

予以夜遁，北人來早方覺，而吾已在汶上矣。

便把長江作界河，負舟半夜泝煙波。明朝方覺田文去，追騎如雲可柰何。

予逃之明日，北人大索民間，累南人甚多。然予逝矣，不可得矣。

十二男兒夜出關，曉來到處捉南冠。博浪力士猶難覓，要覓張良更是難。

三月朔旦，予在真州城内，賈餘慶在瓜洲。皆淮境也，而南北分焉，哀哉！

我作朱金沙上游，諸君冠蓋渡瓜洲。淮雲一片不相隔，南北死生分路頭。

諸宰執自京城陷後，無復遠略，北人之驅去，皆俯首從之，莫有謀自拔者。予犯死逃歸，萬一有及國事，志亦烈矣。

公卿北去共低眉，世事興亡付不知。不是謀歸全趙璧，東南那箇是男兒。

天　下　趙

予至真，苗守再成爲予言，近有樵人破一樹，樹中有生成三字曰「天下趙」。亟取木視之，果然。木一丈二尺圍，其字青而深，半樹解楊州，半樹留真州，三字瞭然不可磨也。以此知我朝中興，天必將全復故疆。真州號迎鑾，藝祖發迹于此，非在天之靈所爲乎？

皇王著姓復炎圖，此是中興受命符。獨向迎鑾呈瑞字，爲言藝祖有靈無。

議糾合兩淮復興

予至真州，守將苗再成不知朝信於是數月矣。問予京師事，慷慨激烈，不覺流涕。已而諸將校、諸幕皆來，俱憤北不自堪：「兩淮兵力足以復興，惜天使李公怯不敢進，而夏老與淮東薄有嫌隙，不得合從。得丞相來，通兩淮脉絡，不出一月，連兵大舉，先去北巢之在淮者，江南可傳檄定也。」予問苗守計安出，苗云：「先約夏老以兵出江邊，如向建康之狀，以牽制之。此則以通泰軍義打灣頭，❶以高郵、淮安、寶應軍義打楊子橋，以楊州大軍向瓜洲，某與趙刺史孟錦以舟師直擣鎮江，並

❶「灣」，原作「彎」，今據張元諭本、四庫本改。

同日舉，北不能相救。灣頭、楊子橋皆沿江脆兵守之，且怨北，王師至即下，聚而攻瓜洲之三面，再成則自江中一面薄之，雖有智者，不能爲之謀。此策既就，然後淮東軍至京口，淮西軍入金城，北在兩浙，無路得出，虜帥可生致也。」予喜不自制，不圖中興機會在此。即作李公書，次作夏老書，苗各以覆帖副之，及欲予致書戎帥及諸郡，并白此意。予已作朱涣、姜才、蒙亨等書，諸郡將以次發。時與議者皆勇躍，有謂李不能自拔者，又有謂朱涣、姜才各做起來，李不自由者，又有謂李恨不得脱重負，何幸有重臣輔之。予既遺書，盼盼焉望報。天之欲平治天下，則吾言庶幾不枘鑿乎！

清邊堂上老將軍，南望天家雨濕巾。爲道兩淮兵定出，相公同作歃盟人。

楊州兵了約盧州，某向瓜洲某鷺洲。直下南徐侯自管，皇親刺史統千舟。

南八空歸唐壘陷，包胥一出楚疆還。而今廟社存亡決，只看元戎進退間。

出真州

予既爲李制所逐，出真州，艱難萬狀，不可殫紀，痛哉！

予至真州第三日，苗守約云早食後看城子，予欣然諾之。有頃，陸都統來導予至小西門城上閑看。未幾，王都統至，迤逦出城外，王忽云：「有人在揚州供得丞相不好。」出制司小引，視之，乃脱回人供北中所見，云有一丞相差往真州賺城。王執右語，不使予見。予方歎惋間，二都統忽鞭馬入城，小西門閉矣，不復得入。彷徨城外，不知死所。
早約戎裝去看城，聯鑣壕上嘆風塵。誰知關出西門外，憔悴世間無告人。
制使遣一提舉官至真州，疑予爲北用，苗守貳於予，云：「決無宰相得脱之理，縱得脱亦無十二人得同來之理。何不以矢石擊之？」乃開城門放之使入，意使苗守殺予以自明。哀哉！
揚州昨夜有人來，誤把忠良按劒猜。怪道使君無見解，城門前日不應開。
制使欲殺我，苗守不能芘，將信將疑，而怜之之意多也。
瓊花堂上意茫然，志士忠臣淚徹泉。賴有使君知義者，人方欲殺我猶憐。
予幸脱身至真州，即議糾帥兩淮以圖恢復。制使乃疑予爲北用，欲見殺。江南與北中皆知予爲忠義，而兩淮不予信。予平生仕宦，聲迹比比，不曾至淮。天地茫茫，與誰語哉！
秦庭痛哭血成川，翻訝中行背可鞭。南北共知忠義苦，平生只少兩淮緣。
予少時曾遊真州，至是十八年矣。初望糾合復興，爲國家辦大事，乃不爲制臣所容。天乎哀哉！
一别迎鑾十八秋，重來意氣落旄頭。平山老子不收拾，南望端門淚雨流。
始見制臣小引，備脱回人朱七二等供云有一丞相住真州賺城。予頗疑北有智數，見予逃後，遣人詐入揚州供吐，以行反間。既而思之，揚州遣提舉官來真州見害，乃三月初二日午前發。予以二月晦夕逃，朔旦北方覺，然不知走何處，是日使遣人詐入揚州，❶殆無此理。看來只是吾書與苗守覆帖初二日早到，制使不暇深省，一概以爲奸細，而欲殺之。哀哉，何不審之甚乎！

天地沉沉夜泝舟，鬼神未覺走何州。明朝遣問應無是，莫恐元戎遂客不。

予在門外久之，忽有二人來，曰義兵頭目張路分、徐路分也。予告以故，二人云：「安撫傳語，差某二人來送，看相公去那裏？」予云：「必不得已，惟有去揚州見李相公。」路分云：「安撫謂淮東不可往。」予謂：「夏老素不識，且淮西無歸路，予委命於天，只往揚州。」二路分云：「且行，且行。」良久，有五十人弓箭刀劍來隨。二路分騎馬，以二馬從予，予與杜架閣連轡而發。

人人争勸走淮西，莫犯翁翁按劍疑。我問平山堂下路，忠臣見詘有天知。

予在小西門外，皇皇無告。同行杜架閣仰天呼號，幾付壕死。❷從者皆無人色，莫知所爲。予進不得入城，城外不測有兵，露立荒迫，又乏飲食。予心自念：「豈予死於是乎？」爲之踟躕，心膂如割。後得二路分送行，苗守又遣衣被包複等來還。遂之揚州，是日上巳日也。

千金犯險脱旃裘，誰料南冠反見仇。記取小西門外事，年年上巳哭江頭。

❶「使」，四庫本作「便」。
❷「付」，鄢本、張元諭本、四庫本作「赴」。

二路分引予行數里，猶望見真州城。五十兵忽齪刀於野，駐足不行。予自後至，二路請下馬，❶云有事商量。景色可駭。予下馬問云：「商量何事？」云：「行幾步。」行稍遠，又云：「且坐，且坐。」予意其殺我於此矣，與之立談。二路分云：「今日之事，非苗安撫意，乃制使遣人欲殺丞相。安撫不忍加害，故遣某二人來送行，今欲何往？」予云：「只往楊州，更何往？」彼云：「楊州殺丞相，柰何？」曰：「莫管，信命去。」二路分云：「安撫今送往淮西。」予云：「淮西對建康、太平、池州、江州，皆北所在，無路可歸。只欲見李制使，若能信我，尚欲連兵以圖恢復，否則即從通州路道海還闕。」❷二路分云：「李制使已不容，不如只在諸山寨中少避。」予云：「做什麽？合煞生則生，死則死，決於楊州城下耳。」二路分云：「安撫見辦船在岸下，丞相從江行，或歸南歸北皆可。」予驚曰：「是何言歟？如此則安撫亦疑我矣。」二路分見予辭真確，乃云：「安撫亦疑信之間，今某二人便宜從事。❸某見相公一箇恁麽人，口口是忠臣，某如何敢殺相公。既真箇去楊州，則某等部送去。」❹乃知苗守亦主張不過，實使二路分覘予語言趨向，而後爲之處。使一時應酬不當，被害

---

❶「路」下，四庫本有「分」字。
❷「道」，張元諭本作「遵」。
❸「今」，四庫本作「令」。
❹「則」，原爲墨丁，今據四庫本補，鄢本、張元諭本無此字。

原野，誰復知之？痛哉，痛哉！時舉所攜銀一百五十兩與五十兵，且許以至揚州又以十兩，二路分則許以分賜金百兩，遂行。

荒郊下馬問何之，死活元來任便宜。不是白兵生眼孔，一團冤血有誰知。

二路分既信予忠義，與予中路言：「真州備判司行下有安民牓，云文相公已從小西門外押出州界去訖。」爲之嗟嘆不已。嗚呼，予之不幸乃至於斯，其不死於兵，豈非天哉！

戎衣嘖嘖嘆忠臣，爲説城頭不識人。押出相公州界去，真州城裏牓安民。

杜架閣幾赴壕，以救免。一行人皆謂當死於真州城下矣，後得二路分送行，惟恐有北哨追之。危哉，危哉！

有客倉皇欲赴壕，一行性命等鴻毛。白兵送我揚州去，惟恐北軍來捉逃。

二路分所引路，乃淮西路，既見予堅欲往揚州，遂復取揚州路。時天色漸晚，張弓挾矢，一路甚憂疑。指某處瓜洲也，❶又前某處揚子橋也，相距不遠。既暮，所行皆北境，惟恐北遣人伏路上，寂如銜枚。使所過北有數騎在焉，吾等不可逃矣。

瓜洲相望隔山椒，煙樹光中楊子橋。夜静銜枚莫輕語，草間惟恐有鴟鴞。

是日行至暮，二路分先辭，只留二十人送揚州。二十人者又行十數里，勒取白金，亦辭去不可挽。

❶「某」，張元諭本無。

楊州有販鬻者，以馬載物，夜竊行於途，曰馬垜子。二十人者，但令隨馬垜子，即至楊州西門。予一行如盲，悵悵然行。嗚呼！ 客路之危難如此。

真州送駿已回城，暗裏依隨馬垜行。一陣西州三十里，摘星樓下打初更。

至楊州

予至楊州城下，進退維谷，其徬徨狼狽之狀，以詩志其概。

予夜行銜枚至楊州西門，憊甚。有三十郎廟，僅存墻堦，屋無矣，一行人皆枕藉於地。時已三鼓，風寒露濕，悽苦不可道。

此廟何神三十郎，問郎行客忒琅璫。荒堦枕藉無人問，風露滿堂清夜長。

楊州城中打四更，一行人遂入近城西門，坐漫地上候啓門者，無慮百數。城上問何人，從他人應答。予等莫敢語，恐聲音不同，即眼生隨後。

譙鼓鼕鼕入四更，行行三五入西城。隔壕喝問無人應，怕恐人來捉眼生。

予出真州，實無所往，不得已趨楊州，猶冀制臣之或見諒也。既至城下，風露淒然，聞鼓角有殺伐聲，徬徨無以處。

悵悵乾坤靡所之，平山風露夜何其。翁翁豈有甘心事，何故高樓鼓角悲。

制臣之命真州也，欲見殺，若叩楊州門，恐以矢石相加。城外去楊子橋甚近，不測又有哨，進退不可。

城上兜鍪按劒看，四郊胡騎遶團團。平生不解楊朱泣，到此方知進退難。❶或見二杜架閣以爲制臣欲殺我，不如早尋一所，逃哨一日，卻夜趨高郵，求至通州，渡海歸江南。或見二王，❷伸報國之志，徒死城下無益。

吾戴吾頭向廣陵，仰天無告可憐生。爭如負命投東海，猶會乘風近玉京。

金路分謂出門便是哨，五六百里而後至通州，何以能達？與其爲此受苦而死，不如死於楊州城下，不失爲死於南，且猶意使臣之或者不殺也。

海雲渺渺楚天頭，滿路胡塵不自由。若使一朝俘上去，不如制命死楊州。

予方未知所進退，余元慶引一賣柴人至，云：「相公有福，相公有福。」問能導至高沙否？曰能。曰何處可暫避一日？曰儂家可。曰此去幾里？曰二三十里。曰有哨否？曰數日不一至。曰今日哨至如何？曰看福如何耳。

路傍邂逅賣柴人，爲説高沙可問津。此去儂家三十里，山坳聊可避風塵。

予從金之説，恐制臣見殺；從杜之説，恐北騎見捕：莫知所決。時曉色漸分，去數步則金一邊來

---

❶「此」，原作「北」，今據鄢本、張元諭本、四庫本改。

❷「王」，張元諭本作「主」。

牽住，回數步則杜一邊又來施行，❶事之難從違，未有如此之甚者。

且行且止正依違，髣髴長空曙影微。從者倉皇心緒急，各持議論泣牽衣。

同行通十二人，行止未決。余元慶、李茂、吴亮、蕭發遽生叛心，所懷白金各一百五十星上下，竟攜以走。

問誰攫去槖中金，僮僕雙雙不可尋。折節從今交國士，死生一片歲寒心。

予危急中隨行四人，背負而逃。❷外既顛隮，内又飢困，行數十步，喘甚不能進。倒荒草中，扶起又行，如此數十，而天曉矣。

顛崖一陷落千尋，奴僕偏生負主心。飢火相煎疲欲絶，滿山荒草曉沉沉。

予不得已，去楊州城下，隨賣柴人趨其家。而天色漸明，行不能進，至十五里頭半山，有土圍一所，舊是民居，毁蕩之餘，無椽瓦，其間馬糞堆積。時惟恐北有望高者見一隊人行，即來追逐，只得入此土圍中暫避。爲謀拙甚，聽死生於天矣。

戴星欲赴野人家，曙色紛紛路愈賒。倉卒只從山半住，頹垣上有白雲遮。

既入土圍中，四山闃然無一人影。時無米可飯，有米亦無煙火可炊，懷金無救也。哀哉！

❶「施」，鄢本、張元諭本、四庫本作「拖」。
❷「背」，張元諭本作「皆」。

路逢敗屋作鷄棲，白屋荒荒鬼哭悲。袖有金錢無米糴，假饒有米亦無炊。土圍糞穢不可避，但掃浄數尺地，以所攜衣服貼襯地面。睡起復坐，坐起復睡，日長難過，情緒奄奄。哀哉！

掃退蜣蜋枕敗墻，一朝何止九回腸。睡餘捫虱沉沉坐，偏覺人間白日長。❶

北法，惟午前出哨，午後各歸。若是日起，踸至午後，懽曰今日得命矣。忽聞人聲喧啾甚，自壁窺之，乃北騎數千自東而西，於是追咎不死於楊州城下，而被捉於此，苦矣，苦矣！時大風忽起，黑雲暴興，數點微雨下，山色昏冥，若有神功來救助也。

飄零無緒嘆途窮，搔首踟蹰日已中。何處大聲似潮泝，❷黑雲驟起滿山風。

數千騎隨山而行，正從土圍後過，一行人無復人色，傍壁深坐，恐門外得見。若一騎入來，即無噍類矣。時門前馬足與箭筒之聲歷落在耳，只隔一壁，幸而風雨大作，騎只徑去。危哉，危哉！哀哉，哀哉！

晝闌萬騎忽東行，鼠伏荒村命羽輕。隔壁但聞風雨過，人人顧影賀更生。

予與杜架閣及金應、張慶、夏仲、呂武、王青、鄒捷共八人在土圍中，時已過午，謂哨不來。山下一

---

❶「日」，鄒本、張元諭本作「晝」。

❷「大」，鄒本、張元諭本作「人」。

里有古廟，廟中有丐婦居之，廟前有井，遂遣呂武、鄒捷下山汲水，意或可以得米菜，少救飢餓。不料哨至，二人首被獲。二人解所腰白金近三百兩悉以與之，北受金得不殺，及哨過，二人方回。相向哀泣，又幸性命之苟全。

青衣山下汲荒泉，道遇腥風走不前。向晚歸來號且哭，胡兒只爲解腰纏。

早從賣柴人行不能前，遂至於土圍中，約賣柴人入城糴米救性命，云：「不柰何忍飢一日，城中衙晡後方開門，米至則黃昏矣。」是日北數百騎薄西城，於是門不開，賣柴人竟不得出。予等飢窘失措，又以土圍中露天不可睡臥，於是下山投古廟中，與丐婦人同居焉。

眼穿只候賣柴回，今日堡城門不開。糴米已無消息至，黃昏惆悵下山來。

既至廟中，坐未定，忽有人攜挺至，良久三四人陸續來，❶吾意不免矣。乃知其人自城中來，夜討柴，來早入城赴賣，無惡意也。數人煮糝羹，出其餘以遺我。有未冠者，一夕於庭中燒火照明，諸樵亦不睡。予等且困且睡。是不可言。

既投古廟覓藜羹，三五樵夫不識名。僮子似知予夢惡，生柴燒火到天明。

予等飢甚，樵者飲食，輒乞其餘。破廟何所，風露淒然，僅存身猶不自保，哀哉！

苦作江頭乞食翁，一層破廟五更風。眼前境界身何許，始悟人間萬法空。

❶「久」，原作「以」，今據鄢本、張元諭本、四庫本改。

予見諸樵夫幸而可與語，告以患難，厚許之，使導往高沙，賴其欣然見從。謂此處不是高沙路，方駐堡城北門賈家庄。少駐一日，却爲入城糴米買肉，以救兩日之飢，又顧馬、辦乾粮以備行役。於是五更隨諸樵夫往焉。時樵夫知予無聊，又有所攜，使萌不肖心，得財豈不多於所許？淮人依本分感激，豈亦有天意行其間乎？

樵夫偏念客途長，肯向城中爲裹糧。曉指高沙移處泊，司徒廟下賈家庄。

賈　家　庄

予初五日隨三樵夫黎明至賈家庄，止土圍中，臥近糞壤，風露淒然。時枵腹已經兩夕一日半，懇三樵夫入城糴米買肉，至午而得食。是夜顧馬趨高沙。

行邊無鳥雀，臥處有腥臊。露打鬚眉硬，風搜顴頰高。流離外顛沛，飢渴内煎熬。多少偷生者，孤臣嘆所遭。

楊州地分官

初五至晚，❶地分官五騎咆哮而來，揮刀欲擊人，凶燄甚於北。亟出濡沫，方免毒手，急令離地分

---

❶ 「至晚」二字，原作「五挽」，今據張元諭本、四庫本改。

去。告以入城，云入城必被殺。幸而脱北方之難，不意困折於我土地。天地雖大，無所容身，哀哉！

五騎馳來號徼巡，咆哮按劍一何嗔。金錢買命方無語，何必豺狼罵北人。

便當縞素駕戎車，畏賊何當畏虎如。看取摘星樓咫尺，可憐城下哭包胥。

思則堂先生

初四日，予在桂公塘，北騎數千東行，莫知其故。賈家庄有樵夫云：「昨夜北營甘泉西，去城四十里，有白鬚老子設青罣罳飯於救生寺竈前，稱南朝相公。」問其何如，曰面大而體肥。以意逆之，則堂家先生也。因知昨日北驅奉使北去，與其所掠老小輜重偕行。予雖不免顛踣道路，較諸先生，不以彼易此也。先生嘗云：「某四十規行矩步，今日乃有此厄。」流涕二十八字。

白鬚老子宿招提，香積厨邊供晚炊。借問魚羹何處少，北風安得似南枝。

高沙道中

予雇騎夜趨高沙，越四十里至板橋，迷失道。一夕行田畈中，不知東西，風露滿身，人馬飢乏。旦行霧中不相辨，須臾四山漸明，忽隱隱見北騎，道有竹林，亟入避。須臾，二十餘騎遶林呼噪，虞候張慶右眼内中一箭，項中二刀，割其髻，裸于地。帳兵王青縛去。杜架閣與金應林中被獲，出所攜黄金賂邏者，得免。予藏處距杜架閣不遠，北馬入林過吾傍三四，皆不見，不自意得全。僕夫鄒捷臥叢篠下，馬過踏其足流血，總轄吕武、親隨夏仲散避他所。是役也，予自分必死，當其急時，萬竅怒號，雜亂人聲。北倉卒不盡得，疑有神明相之。馬既去，聞其有焚林之謀，亟趨對山，復尋叢篁以自蔽。既不識路，又乏糧食，人生窮蹙，無以加此。未幾，吕武報北騎已還灣頭，又知路邊鮎魚垻，傳聞不盡信，然他無活策，黽勉趨去，僥倖萬一，倉皇匍匐不能行。先是自楊州來，有引路三人，牽馬三人，至是或執或逃，僅存其二。二人出於無聊，各操挺相隨，有無禮之志。逡巡行路，無可柰何。至晚西忽遇樵者數人，如佛下降。偶得一籮，以繩維之，坐於籮中，雇六夫更迭負送。❶ 馳至高郵城西，天已曉，不得渡，常恐追騎之奄至也。宿陳氏店，以茅覆地，忍飢而臥。黎明過渡，而心始安。痛定思痛，其涕如雨。

三月初五日，索馬平山邊。疾馳趨高沙，如走阪上圓。夜行二百里，望望無人煙。迷途呼不應，如在盤中旋。昏霧腥且濕，怒飇狂欲顛。流澌在鬚髮，塵沫滿橐鞬。紅日高十丈，方辨山與川。胡行疾如鬼，忽在林之巔。誰家苦竹園，其葉青戔戔。倉皇伏幽篠，生死信天緣。鐵騎俄四合，烏落無虛弦。遶林勢奔軼，動地聲喧闐。霜蹄破叢翳，出入相貫穿。既無遁形術，又非縮地仙。猛虎驅群羊，兔魚落蹄筌。一吏射中目，頸血僅可濺。一隸縛上馬，無路脱糾纏。一廝躪其足，吞聲以自全。一賓與一

❶ 「六夫」二字，四庫本作「夫六人」。

從，買命得金錢。一伻與一校，幸不逢戈鋋。嗟予何薄命，寄身空且懸。蕭蕭數竹側，往來度飛鸛。遊鋒幾及膚，怒興空握拳。跬步偶不見，殘息忽復延。當其蹙迫時，大風起四邊。意者相其間，神物來蜿蜒。更生不自意，如病乍得痊。須臾傳火攻，然眉復相煎。一行輒一跌，奔命度平田。幽篁便自托，仰天坐且眠。晴曦正當晝，焦腸火生咽。斷罌吸勺水，❶天降甘露鮮。青山爲我屋，白雲爲我椽。彼草何荒荒，彼水何潺潺。首陽既無食，陰陵不可前。便如失目魚，一似無足蚿。不見道傍骨，委積萬有千。❷魂魄親蠅蚋，膏脂飽烏鳶。使我先朝露，其事亦復然。丈夫竟如此，吁嗟彼蒼天。古人擇所安，肯蹈不測淵。柰何以遺體，糞土同棄捐。初學蘇子卿，終慕魯仲連。爲我王室故，持此金石堅。自古皆有死，義不污腥羶。求仁而得仁，寧怨溝壑填。秦客載張禄，吴人納伍員。季布走在魯，樊期托於燕。國士急人病，倜儻何拘攣。彼人莫我知，此恨付重泉。鵲聲從何來，忽有吉語傳。此去三五里，古道方平平。行人漸復出，胡馬覺已還。回首下山阿，七人相牽連。東野御已窮，而復加之鞭。跰足如移山，攜持姑勉旃。行行重狼顧，常恐追騎先。楊州二游手，面目輕且儇。自言同脱虜，波波口流涎。白日各持挺，其來何翩翩。奴輩殊無聊，似欲爲鷹鸇。逡巡不得避，默默同寒蟬。道逢採樵子，中流得舟船。竹畚當安車，六夫共赬肩。四肢與百骸，屈曲如桮棬。路人心爲惻，從者皆涕漣。

❶「吸」，鄒本、張元諭本作「汲」。
❷「萬有」二字，鄒本、張元諭本作「有萬」。

星奔不可止，暮達城西阡。飢臥野人廬，藉草爲針氈。詰朝從東渡，始覺安且便。人生豈無難，此難何迍邅。重險復重險，今年定何年。聖世基岱嶽，皇風煽垓埏。中興奮王業，日月光重宣。報國臣有志，悔往不可湔。臣苦不如死，一死尚可憐。堂上大夫人，鬢髮今猶玄。江南昔卜宅，嶺右今受廛。首丘義皇皇，倚門望惓惓。波濤避江介，風雨行淮堧。北海轉萬折，南洋泝孤騫。周游大夫蠡，放浪大史遷。倘復游吾盤，終當畊我綿。夫人生於世，致命各有權。慷慨爲烈士，從容爲聖賢。稽首望南拜，著此泣血篇。百年尚哀痛，敢謂事已遄。

北以高郵米檣濟維楊，❶故自灣頭夜遣騎截諸津，鮎魚壩其一。予是夜若非迷途，四更可達壩所，當一網無遺。乃知一夕倉皇失道，亦若有鬼神鼓動於其間。顛沛之餘，雖幸不死，何辜至此極也！

至高沙

予倉皇至高沙，驚魂靡定。回思初四土圍中，初二竹林裏，幾死於是。使果不免，委骨草莽，誰復知之？

江南自好築金臺，何事風花墮向淮。若使兩遭豺虎手，而今玉也有誰埋。

❶「檣」，四庫本作「贍」。

予至高沙，奸細之禁甚嚴。時予以籮爲轎，見者憐之。又張慶血流滿面，衣衫皆污，人皆知其爲遇北，不復以奸細疑。然聞制使有文字報諸郡，有以丞相來賺城，令覺察關防。於是不敢入城，急買舟去。

發 高 沙

曉發高沙臥一航，平沙漠漠水茫茫。舟人爲指荒烟岸，南北今年幾戰場。

平淮千里，莽爲丘墟。自出高沙，滿目空曠。高郵水與灣頭通，下海陵，入射陽，過漣水，皆其路也。二月六日，城子河一戰，我師大捷，人指某處是戰塲。

城子河邊委亂尸，河陰血肉更稀微。大行南北燕山外，多少遊魂逐馬蹄。

自至城子河，積尸盈野，水中流尸無數，臭穢不可當，上下幾二十里無間斷。乃北以二月六日，載奉使柳岳、洪雷震併輜重俱北。稽家莊擊其前，高郵擊其腰，北大喪敗。柳岳死焉，洪雷震今在高郵。見説北入江淮，惟此戰我師大勝。

一日經行白骨堆，中流失柂爲心摧。海陵棹子長狼顧，水有船來步馬來。

是日經行戰場，四顧闃然。棹人心恙，長恐灣頭有人出來，又恐岸上有馬來趕。正荒急間，偶然柂拆，整柂良久，危哉！險哉！

小泊稽莊月正弦，莊官驚問是何船。今朝哨馬灣頭出，正在青山大路邊。

自高郵至稽家莊，方有一團人家，以水爲寨。統制官稽聳，其子德潤，請鄉舉；❶其姪昌；其館客，莆田人林希驥，字千里，林孔時，字願學，皆鋭意於事功者。稽設醴甚至，云：「今早報灣頭馬出到城子河邊，不與之相遇，公福人也。」爲之嗟嘆不置。願學同德潤送予至泰州。

稽莊即事

乃心王室故，日夜奔南征。蹈險寧追悔，懷忠莫見明。鴈聲連水遠，山色與天平。枉作窮途哭，男兒付死生。

泰　州

予至海陵，問程趨通州。凡三百里河道，北與寇出没其間，真畏途也。

羈臣家萬里，天日鑒孤忠。心在坤維外，身游坎窞中。長淮行不斷，苦海望無窮。晚鵲傳佳好，通州路已通。

❶「請」，四庫本作「詣」。

卜神

通州三百里，茅葦也還無。胡騎虎出没，山鼯鬼嘯呼。王陽懷畏道，阮籍淚窮途。人物中興骨，神明爲國扶。

旅懷

北去通州號畏途，固應孝子爲回車。海陵若也容羈客，賸買菰蒲且寄居。

天地雖寬靡所容，長淮誰是主人翁。江南父老還相念，只欠一帆東海風。

昨夜分明夢到家，飄飖依舊客天涯。故園門掩東風老，無限杜鵑啼落花。

懷則堂實堂

二先生於予厚。予之惓惓於二先生，知二先生亦惓惓於予也。

白頭北使駕雙轓，沙闊天長淚曉煙。中夜想應發深省，故人南去地行仙。❶

❶「去」，張元諭本作「北」。

貴　卿

貴卿與予同患難，自二月晦至今日，無日不與死爲鄰。平生交游，舉目何在？貴卿真吾異姓兄弟也。

天高併地迥，與子獨牢愁。初作燕齊客，今爲淮海游。半生誰俯仰，一死共沉浮。我視君年長，相看此惠州。惠州，予弟璧也。

憶大夫人

三生命孤苦，萬里路酸辛。屢險不一險，無身復有身。不忘聖天子，幾負大夫人。定省今何處，新來夢寐頻。

即　事

痛哭辭京闕，微行訪海門。久無鷄可聽，新有虱堪捫。白髮應多長，蒼頭少有存。但令身未死，隨力報乾坤。

紀　閑

九十春光好，周流人鬼關。人情輕似土，世路險於山。俯仰經行處，死生談笑間。近時最難得，旬日海陵閑。

聲　苦

萬死奔波落一生，飄零淮海命何輕。近來學得趙清獻，叫苦時時數十聲。

即　事

船隻時間鎖，城孤日閉關。驚心常有馬，❶極目柰無山。去路相傳險，❷行囊愈覺慳。歸心風絮亂，無柰一身閑。

❶「常」，四庫本作「時」。

❷「去」，張元諭本作「出」。

發海陵

自二月十一日海陵登舟，❶連日候伴問占，苦不如意。會通州六校自維揚回，有弓箭可仗，遂以孤舟於二十一日早徑發十里，驚傳馬在塘灣，亟回，晚乃解纜，前途吉凶未可知也。

自海陵來向海安，分明如度鬼門關。若將九折回車看，倦鳥何年可得還。

聞馬

二十一夜，宿白蒲下十里。忽五更通州下文字，馳舟而過，報吾舟云：「馬來，來！」❷於是速張帆去，荒迫不可言。二十三日，幸達城西門鎖外。越一日，聞吾舟過海安未遠，即有馬至縣。使吾舟遲發一時，頃已爲囚虜矣。危哉！

過海安來柰若何，舟人去後馬臨河。若非神物扶忠直，世上未應僥倖多。

---

❶「二」，據上文及《紀年録》，當作「三」。
❷「來」上，四庫本有「馬」字。

如　皋

如皋縣隸有泰州，朱省二者受北命爲宰，❶率其民桔道路，予不知而過之，既有聞，爲之驚嘆。

雄狐假虎之林皋，河水腥風接海濤。行客不知身世險，一窗春夢送輕舠。

聞　諜

予既不爲制鉞所容，行至通州，得諜者云：「鎮江府走了文相公，許浦一路有馬來捉。」聞之悚然，爲賦此。

北來追騎滿江濱，那更元戎按劒嗔。不是神明扶正直，淮頭何處可安身。

哭金路分應

金應以筆札往來吾門二十年，性烈而知義，不爲下流。去年從予勤王，補兩武資。今春時授承信郎，❷東南第六正將，贛州駐劄。及予使北，轉三官，授江南西路兵馬都監，贛州駐劄。予之北行

❶ 「有泰州朱省二」六字，據《（乾隆）直隸通州志》卷二一，「有」字當在「朱」字上。

❷ 「時」，四庫本作「特」。

也，人情莫不觀望，僚從皆散，雖親僕亦逃去，惟應上下相隨，更歷險難，奔波數千里，以爲當然。蓋委身以從，死生休戚俱爲一人者。至通州，住十餘日矣。閏月五日，忽伏枕，命醫三四，熱病增劇，至十一日午，氣絶。予哭之痛，其斂也以隨身衣服，其棺如常，翌日葬西門雪窖邊。棺之上排七小釘，又以一小板片覆於七釘之上，以爲記。不敢求備者，邊城無主，恐貽身後之禍。異時遇便，取其骨歸葬廬陵，而後死者之目可閉也。傷哉，傷哉！爲賦二詩，焚其墓前。

我爲吾君役，而從乃主行。險夷寧異趣，休戚與同情。遇賊能無死，尋醫劇不生。通州一丘土，❶相望淚如傾。

明朝吾渡海，汝魄在它鄉。六七年華短，三千客路長。招魂情黯黯，歸骨事茫茫。有子應年長，平生不汝忘。

懷楊通州

江波無柰暮雲陰，一片朝宗只此心。今日海頭覓船去，始知百煉是精金。

唤渡江沙眼欲枯，羈臣中道落崎嶇。乘船不管千金購，漁父真成大丈夫。

范叔西來變姓名，綈袍曾感故人情。而今未識春風面，傾蓋江湖話一生。

❶「州」，原作「川」，今據鄢本、張元諭本改。

仲連義不帝西秦，拔宅逃來住海濱。我亦東尋煙霧去，扶桑影裏看金輪。

海　船

海船與江船不同，自狄難以來，從淮入浙者必由海，而通爲孔道也，由是海船發盡。適三月間，方有台州三薑船至，已爲曹大監鎮所雇。通州有下文字自定回，張少保恰予之以一船，亦是三月方到岸。而予適來，楊守遂以此舟送予，與曹大監俱南。向使有薑舡而無張少保一舟，予不能行；有張少保而無薑舡，予又無伴。不我先後適有邂逅，殆神施鬼設而至也。

海上多時斷去舟，公來容易渡南州。子胥江上逢漁父，莫是神明遣汝否。

發　通　州

予萬死一生得至通州，幸有海船以濟。閏月十七日發城下，十八日宿石港。同行有曹大監鎮兩舟，徐新班廣壽一舟，舟中之人有識予者。

孤舟漸漸脱長淮，星斗當空月照懷。今夜分明棲海角，未應便道是天涯。

白骨叢中過一春，東將入海避風塵。姓名變盡形容改，猶有天涯相識人。

淮水淮山阻且長，孤臣性命寄何鄉。只從海上尋歸路，便是當年不死方。

石　港

王陽真畏道，季路漸知津。山鳥喚醒客，海風吹黑人。乾坤萬里夢，烟雨一年春。起看扶桑曉，紅黄六六鱗。

賣 魚 灣

賣魚灣去石港十五里許。是日，曹大監膠舟，候潮方能退。

風起千灣浪，潮生萬頃沙。春紅堆蟹子，晚白結塩花。故國何時訊，扁舟到處家。狼山青兩點，極目是天涯。

即　事

宿賣魚灣，海潮至，漁人隨潮而上，買魚者邀而即之，魚甚平。

飄蓬一葉落天涯，潮濺青紗日未斜。好事官人無勾當，呼童上岸買青蝦。

北海口

淮海本東海，地於東中，云南洋、北洋。北洋入山東，南洋入江南。人趨江南而經北洋者，❶以楊子江中渚沙爲北所用，故經道於此，❷復轉而南，蓋遼繞數千里云。

滄海人間别一天，只容漁父釣蒼煙。而今蜃起樓臺處，亦有北來蕃漢船。

出海

二十一夜，宿宋家林，泰州界。二十二日，出海洋，極目皆水，水外惟天，大哉觀乎！

一團蕩漾水晶盤，四畔青天作護闌。著我扁舟了無礙，分明便作混淪看。

水天一色玉空明，便似乘槎上大清。我愛東坡南海句，兹游奇絶冠平生。

漁舟

二十八日，乘風行入通州海門界。午抛泊避潮，忽有十八舟上風冉冉而來，疑爲暴客，四船戒嚴。

❶「人」，原作「入」，今據張元諭本、四庫本改。
❷「此」，四庫本作「北」。

未幾，交語而退。是役也，非應對足以禦侮，即爲魚矣。危乎殆哉！

一陣飛帆破碧烟，兒郎驚餌理弓弦。舟中自信婁師德，海上誰知魯仲連。初謂悠揚真賊艦，後聞欵乃是漁舡。❶人生漂泊多磨折，何日山林清晝眠。

楊子江

自通州至楊子江口，兩潮可到。爲避渚沙及許浦，顧諸從行者，故繞去出北海，然後渡楊子江。

幾日隨風北海游，回從楊子大江頭。臣心一片鐵針石，不指南方不肯休。

使風

渺渺茫茫遠愈微，乘風日夜趁東歸。半醒半困模糊處，一似醉中騎馬飛。

蘇州洋

一葉漂摇楊子江，白雲盡處是蘇洋。便如伍子當年苦，只少行頭寶劒裝。

---

❶「欵」，原作「欸」，今據四庫本改。

過楊子江心

大海中一條，自楊子江直上，淡者是，此乃長江盡處，横約百二十里。吾舟乘風過之，一時即醎水。

渺渺乘風出海門，一行淡水帶潮渾。長江盡處還如此，何日岷山看發源。

入浙東

金鰲山在台州界，高宗皇帝曾艤舟于此，寺藏御書。四明既陷，不知天台存亡，憂心如擣，見於此詩。

厄運一百日，危機九十遭。孤蹤落虎口，薄命付鴻毛。漠漠長淮路，茫茫巨海濤。驚魂猶未定，消息問金鰲。

夜潮

雨惡風獰夜色濃，潮頭如屋打孤蓬。漂零行路丹心苦，夢裏一聲何處鴻。

亂礁洋

自北海渡楊子江，至蘇州洋，其間最難得山，僅得蛇山、洋山大小山數山而已。自入漸東，山漸多。入亂礁洋，青翠萬疊如畫畣中。在洋中者，或高或低，或大或小，與水相擊觸，奇怪不可名狀。其在兩傍者，如岸上山，叢山實則皆在海中，非有畔際。是日風小浪微，舟行石間，天巧捷出，令人應接不暇，殆神仙國也。孤憤愁絶中，爲之心廣目明，是行爲不虛云。

海山仙子國，邂逅寄孤蓬。萬象畫畣裏，千崖玉界中。風摇春浪軟，礁激暮潮雄。雲氣東南密，龍騰上碧空。

夜走

舟入東海，報者云前有賊船。行十數里，報如前。望見十餘舟，張帆噢口，❶意甚惡。梢人亟取靈山巖路避之，一夕摇船，極其荒迫，際曉幸得脱去。

鯨波萬里送歸舟，倏忽驚心欲白頭。何處赭衣操劒戟，同時黄帽理兜鍪。人間風雨真成夢，夜半江山總是愁。鴈蕩雙峰片雲隔，明朝躡屩作清游。

---

❶「噢」，四庫本作「嶼」。

緑漪堂

予自海舟登台岸，至城門張氏家，蓋國初名將永德之後。主人號哲齋，闢堂教子，扁「緑漪」，爲賦八句。

義方堂上看，窗户翠玲瓏。硯裹雲壇月，席間淇水風。清聲隨地到，直節與天通。庭玉森如笋，干霄雨露功。

過黄巖

予至淮，即變姓名。及天台境，哲齋張爲予覓《緑漪》詩，予既賦，題云清江劉洙書。此過黄巖，寄二十字。

魏睢變張禄，越蠡改陶朱。誰料文山氏，姓劉名是洙。

至温州

萬里風霜鬢已絲，飄零回首壯心悲。羅浮山下雪來未，楊子江心月照誰。秪謂虎頭非貴相，不圖羝乳有歸期。乘潮一到中川寺，暗讀中興第二碑。

長溪道中和張自山韻

潮風連地吼，江雨帶天流。宫殿扃春仗，衣冠鎖月遊。傷心今北府，遺恨古東州。王氣如川至，龍興海上州。東州，常州也。

夜静吴歌咽，春深蜀血流。向來蘇武節，今日子長遊。海角雲爲岸，江心石作洲。丈夫竟何事，底用泣神州。

和自山

去年予陷北，自山自京寄詩，時予已南歸，不及領。今聞成誦，追和作彼時語。痛定思痛，痛不可當。

春晚傷爲客，月明思見君。我方慕蘇武，誰復從田文。龍背夾紅日，鴈聲連白雲。琵琶漢宫曲，馬上不堪聞。

林附祖

林附祖，福州秀才。去年三月四日在無錫道中，忽爲數酋擒去，指爲文相公，云：「你門年四十，頭戴笠，身著袍，脚穿黑靴，文書上載了你門，如何不是？」縛至京口，辨驗然後得釋。附祖名元龍，至南劍爲予言。

晝影圖形正捕風，書生薄命入罝中。胡兒一似冬烘眼，錯認顔標作魯公。

呈小村

予自劒進汀，小村過清流來迎，不圖此生復相見。

萬里飄零命羽輕，歸來喜有故人迎。雷潛九地聲元在，月暗千山魄再明。疑是倉公回已死，恍如羊祜説前生。❶夜闌相對真成夢，清酒浩歌雙劍横。

二月晦

元年二月晦，予從鎮江脱北難，險阻艱難，于今再見。仲春下澣，追感墮淚八句。

塞上明妃馬，江頭漁父舡。新讎誰共雪，舊夢不堪圓。遺恨常千古，浮生又一年。何時暮春者，還我浴沂天。

❶「祜」，原作「祐」，今據張元諭本、四庫本改。

有感呈景山校書諸丈

北風吹春草，陽烏日已至。天時豈云爽，人事胡乃異。三月方皇皇，衣冠道如墜。棟撓榱桷折，木顛楨榦悴。大者懷端憂，燋頭求室燬。小者嗟行役，泥塗跋其尾。長平與新安，露胔如櫛比。賦分本爾殊，適與天時值。哲人處明夷，致命以遂志。但令守吾貞，死生浩無愧。

即　事

去年傷北使，今日嘆南馳。雲濕山如動，天低雨欲垂。征夫行未已，游子去何之。正好王師出，崆峒麥熟時。

所　懷

世途嗟孔棘，行役苦斯頻。❶ 良馬比君子，清風來故人。相看千里月，空負一年春。便有桃源路，吾當少避秦。

❶「斯」，張元諭本作「期」。

自　嘆

草宿披宵露，松餐立晚風。亂離嗟我在，艱苦有誰同。祖逖關河志，程嬰社稷功。身謀百年事，宇宙浩無窮。

補　遺

題蘇武忠節圖　有序

余在京口城外，日夜求脱不得間。謝村去平江，欲逃又不果。至鎮江，事益急，議趨真州。余、杜密謀，杜云：「事濟，萬幸；不幸謀泄，當死，死有怨乎？」余指心自誓云：「死靡悔。」且辦匕首，事懼不濟，挾以自殺。杜云：「亦請以死自效。」於是計遂定。既至真州城下，問者群至，告以余在鎮江走脱，城子諸校皆出。既延入城，苗守遂見，語國事移時，感慨流涕，即往住清邊堂。時從亡者始至也，引至直司，搜身上所藏軍器，既無他，然後見信，防閑嚴密如此。向使一疑字横於胸中，閉門不納，天地茫茫何所歸宿，嘻其危哉！苗守袖出李龍眠畫《漢蘇武忠節圖》，求余詠題。撫卷淒涼，浩氣憤發，使人慷慨激烈，有去國思君之念矣。遂賦三詩書于卷後。時丙子三月二日也。文天祥執筆于清邊堂之寓舍。

忽報忠圖紀歲華，東風吹淚落天涯。蘇卿更有歸時國，❶老相兼無去後家。烈士喪元心不易，達人知命事何嗟。生平愛覽忠臣傳，不爲吾身亦陷車。

獨伴羝羊海上遊，相逢血淚向天流。忠真已向生前定，老節須從死後休。不死未論生可喜，雖生何恨死堪憂。甘心賣國人何處，曾識蘇公義膽不。

漠漠愁雲海戍迷，十年何處望京師。❷李陵罪在偷生日，蘇武功成未死時。鐵石心存無鏡變，君臣義重與天期。縱饒夜久胡塵黑，百鍊丹心涅不緇。

---

❶「更」，四庫本作「尚」。

❷「處」，張元諭本作「事」。

文山先生別集卷之二

指南後録卷之一上

過零丁洋

辛苦遭逢起一經，干戈落落四周星。山河破碎風抛絮，身世飄揺雨打萍。皇恐灘頭記皇恐，❶零丁洋裏歎零丁。人生自古誰無死，留取丹心照汗青。

上巳日，張元帥令李元帥過船，請作書招諭張少保投拜，遂與之言：「我自救父母不得，乃教人背父母，可乎？」書此詩遺之。李不能强，持詩以達。張但稱好人好詩，竟不能逼。

元　夕

南海觀元夕，兹遊古未曾。人間大競渡，水上小燒燈。世事争强弱，人情尚廢興。孤臣腔血滿，死不愧廬陵。

---

❶「記」，張元諭本、四庫本作「説」。

懷趙清逸

匡海真何地，驅來坐戰場。家人半分合，國事決存亡。一死不足道，百憂何可當。故人髯似戟，起舞爲君傷。

二月六日海上大戰，國事不濟。孤臣某坐北舟中向南慟哭，爲之詩曰

長平一坑四十萬，秦人歡欣趙人怨。大風揚沙水不流，爲楚者樂爲漢愁。兵家勝負常不一，紛紛干戈何時畢。必有天吏將明威，不嗜殺人能一之。❶ 厥角稽首併二州，正氣掃地山川羞。❷ 身爲大臣義當死，城下師盟愧牛耳。開關歸國洗日光，白麻重宣不敢當。出師三年勞且苦，只尺長安不得覩。非無虓虎士如林，一日不戈爲人擒。❸ 樓船千艘下天角，兩雄相遭爭奮搏。古來何代無戰争，未有鋒鋭交滄溟。❹ 遊兵日來復日往，相持一月爲鷸蚌。南人志欲扶崑崙，北人志欲黄河吞。❺ 一朝天昏風雨惡，砲火雷飛箭星落。誰雌誰雄勝負分，❻流尸漂血洋水渾。昨朝南船滿厓海，今朝只有北船在。

❶「之」下，張元諭本有「我生之初尚無疚，我生之後遭陽九」十四字。
❷「川」，張元諭本作「河」。
❸「戈」，四庫本作「幸」。
❹「鋭」，張元諭本作「蝟」。
❺「志」，張元諭本作「氣」。
❻「勝負」二字，張元諭本作「頃刻」。

昨夜兩邊桴鼓鳴，今朝船船鼾睡聲。北軍去家八千里，❶椎牛釃酒人人喜。惟有孤臣雨淚垂，冥冥不敢向人啼。六龍杳靄知何處，大海茫茫隔烟霧。我欲借劍斬佞臣，黄金横帶爲何人。

又六噫

颷風起兮海水飛，噫！文武盡兮火德微，噫！鷹鸇欲擊兮靡所施，❷噫！鴻鵠欲舉兮將安歸，噫！櫂歌中流兮任所之，噫！獨抱春秋兮莫我知，噫！

言志

九垠化爲魅，億醜俘爲虜。既不能變姓名卒於吴，又不能髡鉗奴於魯。遠引不如四皓翁，高蹈不如仲連父。冥鴻墮矰繳，長鯨陷罔罟。鶡燕上下争誰何，螻蟻等閑相爾汝。狼藉山河歲云杪，飄零海角春重暮。百年落落生涯盡，萬里遥遥行役苦。我生不辰逢百罹，求仁得仁尚何語。一死鴻毛或泰山，之輕之重安所處。婦女低頭守巾幗，男兒嚼齒吞刀鋸。殺身慷慨猶易免，取義從容未輕許。仁人志士所植立，横絶地維屹天柱。以身徇道不苟生，道在光明照千古。素王不作《春秋》廢，獸蹄鳥跡交中土。閏位適在三七間，禮樂終當屬真主。李陵衛律罪通天，遺臭至今使人吐。種瓜東門不可得，暴骨匈奴固其所。平生讀書爲誰事，臨難何憂復何懼。已矣夫！易簀不必如曾參，結纓猶當效子路。

---

❶「軍」，張元諭本作「兵」。
❷「欲」，張元諭本作「相」。

南　海

朅來南海上，人死亂如麻。腥浪拍心碎，飆風吹鬢華。一山還一水，無國又無家。男子千年志，吾生未有涯。

有　感

海闊龍深蟄，山空鳥雜鳴。花隨春共去，雲與水俱行。壯士千年志，征夫萬里程。夜凉看星斗，何處是攙槍。

張元帥謂予：「國已亡矣，殺身以忠，誰復書之？」予謂：「商非不亡，夷、齊自不食周粟。人臣自盡其心，豈論書與不書？」張爲改容。因成一詩

高人名若浼，烈士死如歸。智滅猶吞炭，商亡正采薇。豈因徼後福，❶其肯蹈危機。萬古《春秋》義，悠悠雙淚揮。

登　樓

茫茫地老與天荒，如此男兒鐵石腸。七十日來浮海道，三千里外望江鄉。高鴻尚覺心期闊，蹇馬何堪脚跡長。獨自登樓時柱頰，山川在眼淚浪浪。

---

❶「徼」，原漫漶不清，今據張元諭本、四庫本補。

海　上

天邊青鳥逝，海上白鷗馴。王濟非癡叔，❶陶潛豈醉人。得常須報國，❷可隱即逃秦。身事棺蓋定，❸挑燈看劒頻。❹

贛　州

滿城風雨送淒涼，三四年前此戰場。遺老猶應愧蜂蟻，故交已久化豺狼。江山不改人心在，宇宙方來事會長。翠玉樓前天亦泣，南音半夜落滄浪。

指南後録卷之一下

出廣州第一宿

越王臺下路，搔首歎萍蹤。城古都招水，山高易得風。鼓聲殘雨後，塔影暮林中。一樣連營火，山同河不同。

---

❶「癡」，原作「疑」，今據張元諭本、四庫本改。
❷「常」，張元諭本作「官」，四庫本作「當」。
❸「棺蓋」二字，張元諭本、四庫本作「蓋棺」。
❹「頻」下，原衍「癡」字，今據張元諭本、四庫本删。

英德道中

海近山如沃，杼深屋半蕪。乾坤正風雨，軒冕摠泥途。自歎鳶肩薄，誰憐鶴影孤。少年狂不醒，夜夜夢伊吾。

晚　渡

青山圍萬疊，流落此何邦。雲静龍歸海，風清馬渡江。汲灘供茗椀，編竹當蓬窗。一井沙頭月，羈鴻共影雙。

珊瑚吟

南方有珍禽，鳴聲天下奇。毛羽黑如漆，兩臉凝璚脂。❶燕趙佳公子，籠檻以自隨。童子重丁寧，飲食必以時。將獻上林苑，來巢萬年枝。待之豈少恩，不免加縶維。珊瑚真珊瑚，碎琢良自悲。中原寒氣深，風土非所宜。

和中甫端午韻不依次

黄茅古道外，羸馬發南州。有客嗤齊虜，❷何人念楚囚。歲年付流水，風雨滿滄洲。手把菖蒲看，黑頭非所求。

---

❶「臉」，四庫本作「眼」。

❷「虜」，原作「魯」，今據四庫本改。

又呈中齋

風雨羊腸道，飄零萬死身。牛兒朝共載，木客夜爲隣。庚子江南夢，蘇郎海上貧。悠悠看晚渡，誰是濟川人。

又

萬里論心晚，相看慰亂離。丹成俄已化，璧碎尚無緇。禾黍西原夢，川原落日悲。斯文今已矣，來世以爲期。

竹　間

倦來聊歇馬，隨分此青山。流水竹千箇，清風沙一灣。乾坤醒醉裏，身世有無間。客路真希絶，浮生半日閑。

越王臺

登臨我向亂離來，落落千年一越臺。春事暗隨流水去，潮聲空逐莫天廻。烟横古道人行少，月墮荒村鬼哭哀。莫作楚囚愁絶看，舊家歌舞此銜盃。

南　華　山

北行近千里，迷復忘西東。行行至南華，忽忽如夢中。❶佛化知幾塵，患乃與我同。有形終歸滅，

❶「忽忽」二字，張元諭本、四庫本作「怱怱」。

不滅惟真空。笑看曹溪水，門前坐松風。六祖禪師真身，蓋數百年矣，爲亂兵刲其心肝。乃知有患難，佛不免，況人乎！

南安軍

梅花南北路，風雨濕征衣。出嶺誰同出，歸鄉如不歸。山河千古在，城郭一時非。餓死真吾志，❶夢中行採薇。

黄金市

閉篷絶粒始南州，❷我過青山欲首丘。巡遠應無兒女態，夷齊肯作稻粱謀。人間早見黄金市，天上猶遲白玉樓。先子神遊今二紀，夢中揮淚濺松楸。

萬安縣

青山曲折水天平，不是南征是北征。舉世更無巡遠死，當年誰道甫申生。遥知嶺外相思處，不見灘頭皇恐聲。傳語故園猿鶴好，夢回江路月風清。

泰和

書生曾擁碧油幢，耻與群兒共豎降。漢節幾回登快閣，楚囚今度過澄江。丹心不改君臣誼，清淚

❶「餓」，張元諭本作「饑」。
❷「閉」，原作「閑」，今據張元諭本、四庫本改。

難忘父母邦。惟有鄉人知我瘦，下帷絶粒坐蓬窗。

蒼然亭

風打舡頭繫夕陽，亭前老子舊胡牀。青牛過去關山動，白鶴歸來城郭荒。忠節風流落塵土，英雄遺恨滿滄浪。故園水月應無恙，江上新松幾許長。

別里中諸友

青山重回首，風雨暗啼猿。楊柳溪頭釣，梅花石上尊。故人無復見，烈士尚誰言。長有歸來夢，衣冠滿故園。

發吉州

己卯六月初一日，蒼然亭下楚囚立，山河顛倒紛雨泣，乙亥七夕此何夕。煌煌牛斗劒光濕，❶戈鋋彗雲雷電擊。三百餘年火爲德，須臾風雨天地黑。皇綱解紐地維折，妾婦偷生自爲賊。英雄扼腕怒鬚赤，貫日血忠死窮北。首陽風流落南國，正氣未亡人未息。青原萬丈光赫赫，大江東去日夜白。

---

❶「牛斗」二字，張元諭本作「斗牛」。

臨江軍❶

江岸今多嗇，城居昔屢焚。市人半傖父，❷豎子亦將軍。蛟哭金洲雨，猿啼玉觀雲。周郎墳土上，回首淚成痕。

予始至南安，即絶粒，爲告祖禰文，别諸友詩。遣孫禮取黄金市，登岸馳歸，約六月二日，復命於吉城下。予以心事白諸幽明，即瞑目長往，含笑入地矣。乃水盛風駛，前一日達廬陵，孫禮期不至，予且行，忍死以待。垂至豐城，忽有見孫禮於他舟，乃悟竟不曾往，爲之痛哭流涕。暮，始見主者取孫禮還舟，明早遂送之豐城縣，縱其自便，追之不可及矣。予至是不食已八日，若無事然。私念死廬陵，不失爲首丘，今使命不達，委身荒江，誰知之者？盍少須臾以就義乎，復飲食如初。昔讀《左傳》，申包胥哭秦庭七日，勺飲不入口，亦不聞有它。乃知餓踣西山，❸非一朝之積也。予嘗服腦子二兩，不死；絶食八日，又不死，竟不曉其何如。❹從者七人或逃或死或逐，今僅存一人曰劉榮。楚囚之況，宜哉！

❶「臨江軍」三字，四庫本作「祭羅開禮諸義士」。
❷「傖」，原作「愴」，今據張元諭本、四庫本改。
❸「餓」，張元諭本作「饑」。
❹「如」，四庫本作「故」。

隆　興　府

半生幾度此登臨，流落而今雪滿簪。南浦不知春已晚，西山但覺日初陰。誰憐甌鶴千年語，空負鵬鷗萬里心。❶無限故人簾雨外，夜深如有廣陵音。

湖　口

江湖一都會，宇宙幾興亡。走馬蘆林外，買魚茅舍傍。南人撑快槳，北客坐危檣。江水交岷水，東流日夜長。

安　慶　府

風雨宜城路，重來白髮新。長江還有險，中國自無人。梟獍蕃遺育，鱣鯨蟄怒鱗。泊舡休上岸，不忍見遺民。

池　州

五老湖光遠，九華山色昏。南冠前進士，北部故將軍。芳草江頭路，斜陽郭外村。匆匆十年夢，故國黯銷魂。

魯　港

方誇金塢築，豈料玉牀摇。國體真三代，江流舊六朝。鞭投能幾日，瓦解不崇朝。千古燕山恨，西

---

❶「鵬鷗」三字，鄢本、張元諭本作「鵬鵾」，四庫本作「鵾鵬」。

風捲怒潮。

采　石

不上峨眉二十歲，重來爲墮山河淚。今人不見虞允文，古人曾有樊若水。長江闊處平如驛，況此介然衣帶窄。欲從謫仙捉月去，安得然犀照神物。

建　康

金陵古會府，南渡舊陪京。山勢猶盤礴，江流已變更。健兒徙幽土，新鬼哭臺城。一片清溪月，偏於客有情。

金陵驛

草合離宫轉夕暉，孤雲飄泊復何依。山河風景元無異，城郭人民半已非。滿地蘆花和我老，舊家燕子傍誰飛。從今别却江南日，化作啼鵑帶血歸。

萬里金甌失壯圖，衮衣顛倒落泥塗。空流杜宇聲中血，半脱驪龍頷下鬚。老去秋風吹我惡，夢回寒月照人孤。千年成敗俱塵土，消得人間説丈夫。

懷　忠　襄

平生王佐心，世運蹈衰末。齊虜誰復封，楚囚詎當脱。金陵雖懷古，尚友在風烈。褒忠侈遺廟，夫子我先達。

早　秋

隻影飄零天一涯，千秋摇落欲何之。朝看帶緩方嫌瘦，夜怯衾單始覺衰。眼裏游從驚死别，夢中兒女慰生離。六朝無限江山在，搔首斜陽獨立時。

睡　起

空堂孤影起聞鷄，風起高樓鼓角悲。江海無情遊子倦，歲年如夢美人遲。平生管鮑成何事，❶千古夷齊在一時。坐久日斜庭木落，浮雲滅没漏朝曦。

中　秋

不教收骨瘴江邊，驅向胡沙着去鞭。舊奪宫袍空獨步，新湌官飯飽孤眠。客程恰與秋天半，人影何如月倍圓。猶是江南佳麗地，徘徊把酒看蒼天。

南康軍和東坡酹江月

廬山依舊，凄凉處、無限江南風物。空翠晴嵐浮汗漫，還障天東半壁。鴈過孤峰，猿歸老嶂，風急波翻雪。乾坤未歇，地靈尚有人傑。　堪嗟飄泊孤舟，河傾斗落，客夢催明發。南浦間雲連草樹，回首旌旗明滅。三十年來，十年一過，空有星星髮。夜深愁聽，胡笳吹徹寒月。

❶「鮑」，原作「局」，今據張元諭本、四庫本改。

和中齋韻　過吉作

功業飄零五丈原，如今局促傍誰轅。俛眉北去明妃淚，❶啼血南飛望帝魂。骨肉凋殘唯我在，形容變盡只聲存。江流千古英雄恨，蘭作行舟柳作樊。

再　和

見説黄沙接五原，飄零隻影向南轅。江山有恨銷人骨，風雨無情斷客魂。淚似空花千點落，鬢如碩果數根存。肉飛不起真堪歎，江水爲籠海作樊。

和友人

落落南冠過故都，近來我意亦忘吾。騎來驛馬身如寄，遣去家書字亦無。景伯未囚先立後，嵇康縱死不爲孤。江南只有歸來夢，休問田園蕪不蕪。

驛中言别友人

水天空闊，恨東風、不借世間英物。蜀鳥吴花殘照裏，忍見荒城頹壁。銅雀春情，金人秋淚，此恨憑誰説。❷堂堂劍氣，斗牛空認奇傑。　那信江海餘生，南行萬里，扁舟齊發。❸正爲鷗盟留醉眼，

---

❶「眉」，張元諭本作「首」。

❷「説」，張元諭本作「雪」。

❸「扁」上，張元諭本有「屬」字。

細看濤生雲滅。睨杜吞嬴，回旗走懿，千古衝冠髮。伴人無寐，秦淮應是孤月。

和

乾坤能大，算蛟龍、元不是池中物。風雨牢愁無着處，那更寒虫四壁。横槊題詩，登樓作賦，萬事空中雪。江流如此，方來還有英傑。　堪笑一葉飄零，重來淮水，正凉風新發。鏡裏朱顔都變盡，只有丹心難滅。去去龍沙，向江山回首，青山如髮。故人應念，杜鵑枝上殘月。

懷中甫　時中甫以病留金陵天慶觀

久要何落落，末路重依依。風雨連兵幕，泥塗滿客衣。人間龍虎變，天外燕鴻違。死矣煩公傳，北方人是非。

行宫　中齋❶

十里宫墻一聚塵，天津晚過客愁新。花啼杜宇歸來血，樹掛蒼龍脱去鱗。福德倘存終有晉，秣陵未改已無秦。秋風禾黍空南北，見説銅駝會笑人。

怪底秦淮一水長，幾多客淚洒斜陽。江流本是限南北，地氣何曾滅帝王。臺沼漸荒基歷落，鶯花猶在意凄凉。青天畢竟有情否，舊月東來失女墻。

❶「齋」下，似有字漫漶不清，鄢本、張元諭本、四庫本有「日」字。

廣齋謂柳和王昭儀滿江紅韻，惜末之見，爲賦一闋 中齋作

王母仙桃，親曾醉、九重春色。誰信道、鹿銜花去，浪翻鰲闕。眉鎖嬌娥山宛轉，髻梳墮烏雲欹側。恨風沙、吹透漢宮衣，餘香歇。　霓裳散，庭花滅。斜陽燕，應難説。想春深銅雀，夢殘啼血。空有琵琶傳出塞，更無環佩鳴歸月。又争知、有客夜悲歌，壺敲缺。

和王夫人滿江紅韻，以庶幾后山妾薄命之意

燕子樓中，又睚過、幾番秋色。相思處、青年如夢，乘鸞仙闕。肌玉暗銷衣帶緩，淚珠斜透花鈿側。最無端、蕉影上窗紗，青燈歇。　曲池合，高臺滅。人間事，何堪説。向南陽阡上，滿襟清血。世態便如翻覆雨，妾身元是分明月。笑樂昌、一段好風流，菱花缺。

代王夫人作

試問琵琶，胡沙外、怎生風色。最苦是、姚黄一朵，移根仙闕。王母懽闌瑤宴罷，仙人淚滿金盤側。聽行宮、半夜雨淋鈴，聲聲歇。　彩雲散，香塵滅。銅駞恨，那堪説。想男兒慷慨，嚼穿齦血。回首昭陽離落日，傷心銅雀迎新月。算妾身、不願似天家，金甌缺。

王夫人詞

大液芙蓉，全不是、舊時顔色。嘗記得、恩承雨露，玉堦金闕。名播蘭簪妃后裏，暈潮蓮臉君王側。忽一朝、鼙鼓揭天來，繁華歇。　龍虎散，風雲滅。今古恨，憑誰説。顧山河百二，淚流襟血。驛館夜驚塵土夢，宫車曉轉關山月。若嫦娥、於我肯相容，從圓缺。王夫人至燕，題驛中云云，中原傳誦，惜末

句少商量。

浪陶沙 中齋

踈雨洗天晴，枕簟凉生。井梧一葉做秋聲。誰念客身輕似葉，千里飄零。　夢斷古臺城，月淡潮平。便攜酒訪新亭。不見當時王謝宅，烟草青青。

東海集序

《東海集》者，友人客海南以來詩也。海南詩而曰《東海集》者何？魯仲連天下士，友人之志也。友人自爲舉子時，已大肆力於詩，於諸大家，皆嘗登其門而涉其流。其本贍，其養鋭，故所詣特深到。余嘗評其詩，渾涵有英氣，鍛鍊如自然。美則美矣，猶未免有意於爲詩也。自喪亂後，友人挈其家避地，遊官嶺海，而全家燬於盜。孤窮流落，困頓萬狀。然後崖山除禮部侍郎中，且權直學士矣。會南風不競，御舟漂散。友人倉卒蹈海者再，爲北軍所鉤致，遂不獲死，以至于今。凡十數年間，可驚、可愕、可悲、可憤、可痛、可悶之事，友人備嘗，無所不至。其慘戚感慨之氣，結而不信，皆於詩乎發之。蓋至是動乎情性，自不能不詩，杜子美夔門、柳子厚柳州以後文字也。余與友人年相若，又同里閈，以斯文相好，然平生落落不相及。及居楚囚中，而友人在行，同患難者數月。其自五羊至金陵所賦，皆予目擊，或相唱和詩。❶余坐金陵驛，無所作爲，乃取友人諸詩，筆之於書，與相關者并附，爲後之覽

❶「詩」，張元諭本作「時」，屬下讀。

者，因詩以見吾二人之志。其必有感慨於斯。己卯七月壬申文某敘。

送行中齋三首

秋氣晚正烈，❶客衣早知寒。把衣不能别，更盡此日歡。出門一萬里，風沙浩漫漫。豈無兒女情，爲君思汍瀾。百年有時盡，千載無餘觀。明明君臣義，公獨爲其難。願持丹一寸，寫入青琅玕。會有撫卷人，孤灯起長歎。

神龍蕩失水，馴擾終未得。威鳳雖在藪，肯顧鷄鶩食。所以古之人，受變心不易。亳鼎已遷周，西山竟肌瘠。豫子身自漆，萇弘血成碧。何嘗怨廢興，而或貳心跡。堅白不在緇，羔褏良自惜。❷此誼公素明，俗見或未識。

嗟予抱區區，疇昔同里閈。過從三十年，知心不知面。零落忽重逢，家亡市朝變。愕愕蹈海餘，踽踽南冠殿。劇談泥塗際，握手鞍馬倦。依依斯文意，苦恨十年晚。魯仲偶不逢，隨世本非願。靈胥目未抉，端欲詣所見。及兹萬里别，一夕腸百轉。余生諒須臾，孤感横九縣。庶幾大尉事，萬一中丞傳。

此册爲《指南後録》第一卷下。第二卷起八月二十四日《發建康》，終《歲除有感》。尚有《零丁洋》

❶「氣」，張元諭本作「風」。
❷「褏」，鄢本、張元諭本、四庫本作「袠」。

諸詩及《後録》本在惠州，合隸爲一卷。而所恨者，《指南前録》敘號存而詩已不完，侍郎第姑據所存本，使不泯於世。一聯半句，使天下見之，識其爲人，即吾死無憾矣，况篇帙之多乎！歲在庚辰正月二十日，文山履善甫書。

指南後録卷之二[1]

予《後録》詩，以廣州至金陵爲第一卷，今入淮以後爲第二卷云。

發　建　康　八月二十四日

賞心亭下路，拍手唱吾歌。樓外梁時塔，城中秦氏河。江山如夢耳，天地柰愁何。回首青溪雨，[2]長江一鴈過。

江行有感　二十五日

蒲萄肥汗馬，荆棘冷銅駞。巫峽朝雲濕，洞庭秋水波。窮愁空突兀，暗淚自滂沱。莫恨吾生悮，江東才俊多。

[1]「二」，原作「一」，今據文例及張元諭本、四庫本改。

[2]「雨」，張元諭本作「曲」。

真州驛 二十七日

山川如識我，故舊更無人。俯仰干戈跡，往來車馬塵。英雄遺筭晚，天地暗愁新。北首燕山路，淒涼夜向晨。

望揚州

阮籍臨廣武，杜甫登吹臺。高情發慷慨，前人後人哀。江左遘陽運，銅駞化飛灰。二十四橋月，楚囚今日來。

維揚驛

三年別淮水，一夕宿揚州。南極山川古，北風江海秋。昭君愁出塞，王粲怕登樓。千載英雄淚，如今況楚囚。

過邵伯鎮 二十八日

今朝車馬地，昔日戰争場。我有楊州鶴，誰存邵伯棠。一灣流水小，數畝故城荒。回首江南路，青山斷夕陽。

高郵懷舊 二十九日

借問曾遊處，高沙第幾山。潛行鷹攫道，直上虎當關。一命虛空裏，三年瞬息間。自憐今死晚，何復望生還。

發高郵 三十日

初出高沙門，輕舫遶城樓。一水何曲折，百年此綢繆。北望渺無際，飛鳥翔平疇。寒蕪入荒落，日薄行人愁。行行行湖曲，萬頃涵清秋。大風吹檣倒，如盪彭蠡舟。欲寄故鄉淚，使入長江流。❶篙人爲我言，此水通淮頭。前與黄河合，同作滄海漚。踟躕忽失意，拭淚淚不收。吴會日已遠，回首重悠悠。馳驅梁趙郊，壯士何離憂。吾道久已東，❷陸沈古神州。我今戴南冠，何異有北投。不能裂肝腦，直氣摩斗牛。但願光岳合，休明復商周。不使殊方魄，終爲異物羞。

寶應道中

天闊搏南鴈，淮途長北驅。❸甘棠成傳舍，細柳作康衢。田海隨時變，山河往日殊。征袍共衰繡，夜壁一燈孤。

淮安軍 九月一日

楚州城門外，白楊吹悲風。纍纍死人塚，死向鋒鏑中。豈無匹婦冤，定無萬夫雄。中原在其北，登城望何窮。

❶「入」，原作「人」，今據鄢本、張元諭本、四庫本改。
❷「已」，張元諭本作「矣」。
❸「途」，原爲空格，今據鄢本、張元諭本、四庫本補。

過淮河宿闞石有感

北征垂半年，依依只南土。今晨渡淮河，始覺非故宇。江鄉已無家，三年一羈旅。龍翔在何方，乃我妻子所。昔也無柰何，忽已置念慮。今行日已近，使我淚如雨。我爲綱常謀，有身不得顧。妻兮莫望夫，子兮莫望父。天長與地久，此恨極千古。來生業緣在，骨肉當如故。

發淮安 九月二日

九月初二日，車馬發淮安。行行重行行，天地何不寬。烟火無一家，荒草青漫漫。恍如泛滄海，身坐玻瓈盤。時時逢北人，什伍扶征鞍。云我戍江南，❶當軍身屬官。北人適吴楚，所憂地少寒。江南有遊子，風雪上燕山。

小清口❷ 初三日

乍見鷩胡婦，相嗟遇楚兵。❸北來鴻鴈密，南去駱駞輕。芳草中原路，斜陽故國情。明朝五十里，錯做武陵行。

---

❶「戍」，原作「成」，今據張元諭本、四庫本改。
❷「口」，四庫本作「江」。
❸「嗟」，原爲墨丁，今據鄢本、張元諭本、四庫本補。

桃源道中 初四日

漠漠地千里，垂垂天四圍。隔溪胡騎過，傍草野鷄飛。風露吹青笠，塵沙薄素衣。❶吾家白雲下，都伴北人歸。

桃源縣

清野百年久，中原千里賒。火烟新聚落，山水舊生涯。種麥十數畝，誅茅千百家。我來行正倦，何處覓桃花。

崔鎮驛

萬里中原役，北風天正涼。黄沙漫道路，蒼耳滿衣裳。野闊人聲小，日斜駒影長。解鞍身似夢，游子意茫茫。

發崔鎮 初五日

高鴈空秋興，寒蛩破曉眠。淡烟白似海，野水碧於天。興廢嗟何及，行藏信自然。南人乍騎馬，北客半乘舡。

發宿遷縣

夜夢入星槎，曉行隨斗柄。衣暖露自乾，鬢寒冰欲凝。將軍載鉄笠，壯士敲金鐙。白眼睨青天，我

---

❶「薄」，原作「簿」，今據鄢本、張元諭本、四庫本改。

生不有命。

中　原

中原方萬里，明日是重陽。桑棗人家近，蓬蒿客路長。引弓虛射鴈，失馬爲尋羊。見説今年旱，青青麥又秧。

望　邳　州　初六日

中原行幾日，今日才見山。問山在何處，云在徐邳間。邳州山，徐州水，項籍不還韓信死。龍争虎鬭不肯止，烟草漫漫青萬里。古來劉季號英雄，樊崇至今已千歲。

徐州道中　初七日

彭城古官道，日中十馬馳。咫尺不見人，撲面黄塵飛。向來漢王縞素師，美人燕罷項羽啼。一時混戰四十萬，天昏地黑睢水湄。乃知大風揚沙失白晝，自是地利非天時。漢王倉皇問道西，一兒一女嘻其危。大公吕后去不歸，俎上寧有生還時。未央稱壽大上皇，巍然女媧帝中闈。終然富貴自有命，造物顛倒真小兒。

彭　城　行　徐州彭城縣

連山四圍合，吕梁貫其中。河南大都會，故有項王宫。晉牧連楊豫，虎視北方雄。唐時燕子樓，風流張建封。西望睢陽城，只與汴水通。大平《黄樓賦》，尚能想遺風。爾來百餘年，正朔歸江東。遺民死欲盡，莽然狐兔叢。我從南方來，停驂撫遺蹤。故河蓄潢潦，荒城翳秋蓬。淒凉戲馬臺，憔悴巨佛峰。滄海變蒼白，❶陵谷代不同。朝爲朱門貴，莫作行旅窮。乘除信物理，感慨繫所逢。古來賢達人，一醉萬慮空。如此獨醒何，悲風逐征鴻。

燕子樓

自别張公子，嬋娟不下樓。遂令樓上燕，百歲稱風流。我遊彭城門，來吊楚王闕。問樓在何處，城東草如雪。蛾眉代不乏，埋没安足論。因何張家妾，名與山川存。自古皆有死，忠義長不没。但傳美人心，不説美人色。

戲馬臺

九月初九日，客遊戲馬臺。黄花弄朝露，古人花飛埃。❷今人哀後人，後人復今哀。世事那可及，淚落茱萸杯。

發彭城

今朝正重九，行人意遲遲。回首戲馬臺，野花發葳蕤。草埋范增冢，雲見樊噲旗。時節正如此，道路將何之。我愛陶淵明，甲子題新詩。白衣送酒來，把菊臥東籬。

---

❶「蒼白」二字，張元諭本、四庫本作「桑田」。

❷「花」，四庫本作「化」。

沛歌　山東藤山沛縣，初十日

秦世失其鹿，豐沛發龍顏。王侯與將相，不出徐濟間。當時數公起，四海王氣閑。至今尚想見，虹光照人寰。我來千載下，吊古淚如潸。白雲落荒草，隱隱芒碭山。黄河天下雄，南去不復還。乃知盈虚故，天道如循環。盧王舊封地，今日殺函關。

歌風臺

長陵有神氣，萬歲光如虹。有時風雪變，魂魄來沛宫。壯哉游子鄉，一覽萬宇空。擊築戒復隍，帝業慎所終。重瞳愛梁父，此情豈不同。錦衣絢行晝，丈夫何淺中。緬懷首丘意，自足分雌雄。尚惜霸心存，慷慨懷勇功。不見往來事，烹狗與藏弓。早知致兩生，禮樂三代隆。匹夫事已往，安用責乃翁。我來湯沐邑，白楊吹悲風。永言三侯章，隱隱聞兒童。葉落皆歸根，飄零獨秋蓬。登臺共悽惻，目送南飛鴻。

固陵道中

九天雲下垂，一雨作秋色。塵埃化泥塗，原野轉蕭瑟。十里一雙堠，狐兔臥荆棘。見説數年來，中州乍蘇息。

又

茅舍荒涼舊固陵，漢王城對楚王城。徐州烟火連豐沛，天下還來屋角争。

固陵城下兩龍争，不見齊王來會兵。勒取河山新分地，項王之後到韓彭。

發魚臺　十二日

晨炊發魚臺，碎雨飛擊面。團團四野周，冥冥萬象變。疑是江南山，烟霧昏不見。豈知此中原，今古經百戰。英雄化爲土，飛霧洒郊甸。天寒日欲短，游子淚如霰。

自歎

瑟瑟秋風悲，烈烈寒氣驕。蒲柳先已零，松柏何後凋。天意重肅殺，造物無不銷。强弱有異稟，憂患同一朝。惟有南山石，千歲一岧嶤。❶人苦不自足，空羡王子喬。

遠遊

黄河流活活，太行高巍巍。王屋山以東，❷百泉山以西。❸鄒魯盛文獻，燕趙多雄姿。右摩泰山碑，左躡函谷泥。郲鄏吊周公，曲阜拜宣尼。或登廣武歎，或上北邙悲。❹平生幾兩屐，汗漫以爲期。絶交天下士，要爲男子奇。吴會偏王業，中原隔遺黎。安得與黄鶴，比翼天上飛。江河異風景，擊楫感且欷。陽運遘百六，興否俄推移。桑田變滄海，楚囚發孔悲。我本檻車客，爲我解縶維。青蠅附天

---

❶「歲」，張元諭本作「載」。
❷「王屋」二字，原爲墨丁，今據四庫本補。
❸「泉」，原爲墨丁，今據四庫本補。
❹「悲」，原爲墨丁，今據張元諭本補。四庫本作「啼」。

驥，萬里相追隨。人生尚行樂，矧復新相知。周道思下泉，王風懷黍離。富貴豈不願，憂患那自持。人命危且淺，忽若朝露晞。長恐折我軸，中道欲差池。去我父母邦，我行且遲遲。聽我遠遊曲，寄我長相思。

六　歌

有妻有妻出糟糠，自少結髮不下堂。亂離中道逢虎狼，鳳飛翩翩失其凰。將雛一二去何方，豈料國破家亦亡，不忍舍君羅襦裳。天長地久終茫茫，牛女夜夜遥相望。嗚呼一歌兮歌正長，悲風北來起彷徨。

有妹有妹家流離，良人去後攜諸兒。北風吹沙塞草凄，窮猿慘淡將安歸。去年哭母南海湄，三男一女同歔欷，惟汝不在割我肌。汝家零落母不知，母知豈有瞑目時。嗚呼再歌兮歌孔悲，鶺鴒在原我何爲。

有女有女婉清揚，大者學帖臨鍾王，小者讀字聲琅琅。朔風吹衣白日黄，一雙白璧委道傍。鴈兒啄啄秋無粱，隨母北首誰人將。嗚呼三歌兮歌愈傷，非爲兒女淚淋浪。

有子有子風骨殊，釋氏抱送徐卿雛。四月八日摩尼珠，榴花犀錢絡繡襦。蘭湯百沸香似酥，欻隨飛電飄泥塗。汝兄十三騎鯨魚，汝今知在三歲無。嗚呼四歌兮歌以吁，燈前老我明月孤。

有妾有妾今何如，大者手將玉蟾蜍，次者親抱汗血駒。晨粧靚服臨西湖，英英鴈落飄璚琚。風花飛墜鳥嗚呼，金莖沆瀣浮汙渠。天摧地裂龍鳳殂，美人塵土何代無。嗚呼五歌兮歌鬱紆，爲爾遡風立斯須。

我生我生何不辰，孤根不識桃李春。天寒日短重愁人，北風隨我鐵馬塵。初憐骨肉鍾奇禍，而今骨肉相憐我。汝在北兮嬰我懷，我死誰當收我骸。人生百年何醜好，黄粱得喪俱草草。❶ 嗚呼六歌兮勿復道，出門一笑天地老。

發 潭 口 十三日

吹面北風來，拂鬢堅冰至。軒冕委道途，袞繡易氈毳。百年雜醜好，始酹四方志。浩歌激浮雲，亭亭復攬轡。羲馭幾曾停，誰當掃幽翳。

新 濟 州

借問新濟州，徐鄆兄弟國。昔爲大河南，今爲大河北。垂雲陰萬里，平原望不極。百草盡枯死，黄花自秋色。時時見桑樹，青青雜阡陌。路上無人行，烟火渺蕭瑟。車轍分縱横，過者臨岐泣。積潦流交衢，霜蹄破叢棘。江南寒未深，銅爐獸花赤。爲知行路人，鐵冷衣裳濕。

汶陽道中 東平路汶陽縣，十四日

積雨不肯霽，行陸如涉川。青氈纊我後，白氈覆我前。我欲正衣冠，兩手如糾纏。飛沫流被面，代

❶ 「粱」，原作「梁」，今據張元諭本、四庫本改。下同，不再出校。

我泣涕漣。鴻鴈紛南朔，❶遊子北入燕。平楚渺四極，雪風迷遠天。昔聞濟上軍，又説汶陽田。我今履其地，吊古愴蒼烟。男兒欲了事，長虹射寒泉。

汶　陽　館

去歲營舡隩，今朝館汶陽。海空沙漠漠，河廣草茫茫。家國哀千古，男兒慨四方。老槐秋雨暗，孤影照淋浪。

自汶陽至鄆　十五日

渺渺中原道，勞生歎百非。風雨吹打人，泥濘飛上衣。目力去天短，心事與時違。夫子昔相魯，侵疆自齊歸。

來　平　館

憔悴江南客，蕭條古鄆州。雨聲連五日，月色徹中流。萬里山河夢，千年宇宙愁。欲鞭劉豫骨，烟草暗荒丘。

發鄆州喜晴

烈風西北來，萬竅號高秋。宿雲蔽層空，浮潦迷中州。行人苦沮洳，道阻路且脩。流澌被鞍鐙，飛沫綴衣裘。昏鴉接翅落，原野慘以愁。城郭何蕭條，閉户寒颼颼。中宵月色滿，餘光散衾裯。余子戒

❶「朔」，張元諭本作「翔」。

明發，飛霧靄郊丘。微見扶桑紅，隱隱如沉浮。身遊大荒野，海氣吹蜃樓。須臾劃當空，六合開沉幽。千年厭顔色，蒼翠光欲流。大陽經天行，大化不暫留。輝光何曾滅，晻靄終當收。嚴霜下豐草，長歌夜悠悠。明日東阿道，方軌驟驊騮。

發東阿　十七日

東原深處所，時或見人烟。秋雨桑麻地，春風桃李天。貪程頻問堠，快馬緩加鞭。多少飛檣過，噫吁是北舡。

宿高唐州　博州

早發東阿縣，暮宿高唐州。哲人達幾微，志士懷隱憂。山河已歷歷，天地空悠悠。孤館一夜宿，北風吹白頭。

平原　十八日

平原太守顔真卿，長安天子不知名。一朝漁陽動鼙鼓，大江以北無堅城。❶公家兄弟奮戈起，一十七郡連夏盟。賊聞失色分兵還，不敢長驅入咸京。明皇父子將西狩，由是靈武起義兵。唐家再造李郭力，若論牽制公威靈。哀哉常山慘鉤舌，心歸朝廷氣不懾。崎嶇坎坷不得志，出入四朝老忠節。當年幸脱安禄山，白首竟陷李希烈。希烈安能遽殺公，宰相盧杞欺日月。亂臣賊子歸何處，茫茫烟草

❶「江」，張元諭本作「河」。

中原土。公死于今六百年，忠精赫赫雷當天。❶

發陵州

中原似滄海，萬頃與雲連。大明朝東出，皎月正在天。遠樹亂如點，桑麻鬱蒼烟。一鴈入高空，千鴉落平田。我行天地中，如蟻磨上旋。雨痕留故衣，霜氣襲重氈。健馬嘶北風，潛魚樂深淵。噫哉南方人，回首空自憐。

獻州道中

三年戎服行，五嶺文玉會。❷躋攀上崖磴，厲揭涉灘瀨。十步九崎嶇，山水何破碎。坐令管仲小，自覺伯夷隘。乃今來中州，萬里如一概。四望登原隰，桑麻蔚旆旆。驊騮出清廟，❸過都真歷塊。歷歷古戰場，俯仰生感慨。吾常涉重湖，東海際南海。玆遊冠平生，天宇更宏大。心與大虛際，目空九圍内。❹男兒不出居，婦人坐帷蓋。反身以自觀，須彌納一芥。以此處死生，超然萬形内。

滹沱河二首

過了長江與大河，横流數仞絶滹沱。蕭王麥飯曾倉卒，回首中天感慨多。

❶「當」，張元諭本作「行」。
❷「玉」，原作「王」，今據張元諭本、四庫本改。
❸「出」，原漫漶不清，今據鄢本、張元諭本、四庫本補。
❹「目」，原作「日」，今據張元諭本、四庫本改。

風沙睢水終亡楚，草木公山竟蹙秦。始信滹沱冰合事，世間興廢不由人。

河　間

夜宿河間，恰家則翁寓焉，因成三絶。

空有丹心貫碧霄，泮冰亡國不崇朝。小臣萬死無遺慨，曾見天家十八朝。

南歸鴈蕩報郎君，老子精神健十分。不爲瀛洲復相見，阿戎翻隔萬山雲。

江南車蓋走燕山，老子旁觀袖手間。見説新詩題甲子，桃源元只在人間。

保州道中　二十一日

昨夜渡滹沱，❶今日望太行。白雲何渺渺，天地何茫茫。落葉混西風，黄塵昏夕陽。牛車過不住，氊屋行相望。小兒騎蹇驢，壯士駕乘黄。高低葉萬頃，黑白草千行。村落有古風，人間無時粧。宋遼舊分界，燕趙古戰塲。蚩尤亂涿野，共工謫幽邦。郭隗致樂毅，荆軻攜舞陽。臧盧互反覆，安史迭披猖。山川一今古，人物幾興亡。江南佔畢生，往來習羊腸。天馬戴青蠅，雹秣馳康莊。適從何有來，如此醉夢鄉。感時意踟蹰，惜往淚淋浪。厲階起玉環，左計由石郎。❷天地行日月，萬代乘景光。晝夜果可廢，春秋誠荒唐。吾生直須臾，俯仰際八荒。來者不可見，遠遊賦彷徨。

---

❶「夜」，鄢本、張元諭本作「日」。

❷「計」，原作「許」，今據張元諭本改。「由」，四庫本作「右」。

保涿州三詩

趙太祖墓　在保州，二十九日起，三十日到

我行保州塞，御河直其東。山川猶有靈，佳氣何鬱葱。顧我巾車囚，厲氣轉秋蓬。瓣香欲往拜，❶惆悵臨長空。

樓桑　故宅近涿縣三十里

我過梁門城，樓桑在其北。元德已千年，青烟遶故宅。道傍爲揮淚，徘徊秋風客。天下卧龍人，多少空抱膝。

涿鹿

我瞻涿鹿野，古來戰蚩尤。軒轅此立極，玉帛朝諸侯。歷歷關河鴈，隨風鳴寒秋。爾來三千年，王氣行幽州。

過梁門

一一金甌在，雙雙鎮璧全。土花開舊國，風絮渡江船。南北分新統，江淮號極邊。更和天塹失，回首慘啼鵑。

---

❶「瓣」，原作「辦」，今據四庫本改。

白溝河

昔時張叔夜，統兵赴勤王。東都一不守，羸馬遷龍荒。適過白溝河，裂眥鬚欲張。絶粒不遄死，仰天扼其吭。群臣總奄奄，一士垂天光。讀史識其地，撫卷爲淒涼。我生何不辰，異世忽相望。皇圖遘陽九，天塹滿飛埕。引兵詣闕下，捧土障瀾狂。出使義不屈，持節還中郎。六飛獨南海，金鉞將煌煌。武侯空威心，出狩驚四方。吾屬竟爲虜，世事吁彼蒼。思公有奇節，一死何慨慷。江淮我分地，我欲投滄浪。滄浪卻不受，中原行路長。初登項籍宫，次覽劉季邦。涉足河與濟，回首嵩與恒。下車撫梁門，上馬指樓桑。戴星渡一水，慘淡天微茫。行人爲我言，宋遼此分疆。懸知公死處，爲公出涕滂。恨不持東蒭，徘徊官道傍。我死還在燕，烈烈同肝腸。今我爲公哀，後來誰我傷。天地垂日月，斯人未云亡。文武道不墜，我輩終堂堂。

懷孔明

斜谷事不濟，將星殞營中。至今《出師表》，讀之淚沾胸。漢賊明大義，赤心貫蒼穹。世以成敗論，操懿真英雄。

劉琨

中原蕩分崩，壯哉劉越石。連踪起幽并，隻手扶晉室。福華天意乖，匹磾生鬼蜮。公死百世名，天下分南北。

祖　逖

平生祖豫州，白首起大事。東門長嘯兒，爲遜一頭地。何哉戴若思，中道奮螳臂。豪傑事垂成，今古爲短氣。

顔杲卿

常山義旗奮，范陽哽喉咽。胡雛一狼狽，六飛入西川。哥舒降且拜，公舌膏戈鋋。人世誰不死，公死千萬年。

許　遠

起師哭玄元，義氣震天地。百戰奮雄姿，臠妾士揮淚。睢陽水東流，雙廟垂百世。當時令狐潮，乃爲賊遊説。

過雪橋琉璃橋

小橋度雪度琉璃，更有清霜滑馬蹄。遊子衣裳和鐵冷，❶殘星荒店野鷄啼。一作「亂鳴鷄」。

指南後録卷之三

予《指南後録》第一卷起正月十二日《賦零丁洋》，第二卷起八月二十四日《發建康》。今第三卷，

❶「和」，張元諭本作「如」。

蓋自庚辰元日爲始。文山履善甫序。

五月二日生朝

北風吹滿楚冠塵，笑捧蟠桃夢裏春。幾歲已無籠鴿客，去年猶有送羊人。江山如許非吾土，宇宙奈何多此身。不滅不生在何許，静中聊且養吾真。

胡笳曲

庚辰中秋日，水雲慰予囚所，援琴作《胡笳十八拍》，取予疾徐，指法良可觀也。琴罷，索予賦胡笳詩，而倉卒中未能成就。水雲別去，是歲十月復來，予因集老杜句成拍，與水雲共商略之。蓋囹圄中不能得死，聊自遣耳，亦不必一一學琰語也。水雲索予書之，欲藏於家，故書以遺之。浮休道人文山。

風塵澒洞昏王室，天地慘慘無顏色。而今西北自反胡，西望千山萬山赤。歎息人間萬事非，被驅不異犬與鷄。不知明月爲誰好，來歲如今歸未歸。

右一拍

獨立縹緲之飛樓，高視乾坤又可愁。❶江風蕭蕭雲拂地，笛聲憤怒哀中流。鄰鷄野哭如昨日，昨

❶「可」，四庫本作「何」。

日晚晴今日黑。倉皇已就長途往，欲往城南忘南北。❶

右　二　拍

三年奔走空皮骨，三年笛裏關山月。中天月色好誰看，豺狼塞路人烟絶。寒刮肌膚北風利，牛馬毛零縮如蝟。塞上風雲接地陰，咫尺但愁雷雨至。

右　三　拍

黄河北岸海西軍，翻身向天仰射雲。胡馬長鳴不知數，衣冠南渡多崩奔。山木慘慘天欲雨，前有毒蛇後猛虎。欲問長安無使來，終日戚戚忍羈旅。

右　四　拍

北庭數有關中使，飄飄遠自流沙至。胡人高鼻動成群，仍唱胡歌飲都市。中原無書歸不得，道路只今多擁隔。身欲奮飛病在牀，時獨看雲淚沾臆。

右　五　拍

胡人歸來血滿箭，白馬將軍若雷電。蠻夷雜種錯相干，洛陽宫殿燒焚盡。干戈兵革鬬未已，魑魅魍魎徒爲爾。慟哭秋原何處村，千村萬落生荆杞。

❶「往」，原作「生」，今據張元諭本、四庫本改。

右六拍

憶昔十五心尚孩，莫怪頻頻勸酒杯。孤城此日腸堪斷，如何不飲令人哀。一去紫臺連朔漠，月出雲通雪山白。九度附書歸洛陽，故國三年一消息。

右七拍

只今年纔十六七，風塵荏苒音書絶。胡騎長驅五六年，弊裘何啻連百結。愁對寒雲雪滿山，愁看冀北是長安。此身未知歸定處，漂泊西南天地間。

右八拍

午夜漏聲催曉箭，寒盡春生洛陽殿。漢主山河錦繡中，可惜春光不相見。自胡之反持干戈，一生抱恨空咨嗟。我已無家尋弟妹，此身那得更無家。南極一星朝北斗，每依南斗望京華。

右九拍

今年臘月凍全消，天涯涕淚一身遥。諸將亦自軍中至，行人弓箭各在腰。白馬嚼嚙黄金勒，三尺角弓兩斛力。胡鴈翅濕高飛難，一箭正墜雙飛翼。

右十拍

冬至陽生春又來，口雖吟咏心中哀。長笛誰能亂愁思，呼兒且覆掌中杯。雲白山青萬餘里，壁立石城横塞起。元戎小隊出郊坰，❶天寒日暮山谷裏。

右十一拍

洛陽一别四千里，邊庭流血成海水。自經喪亂少睡眠，手脚凍皴皮肉死。反鏁衡門守環堵，稚子無憂走風雨。此時與子空歸來，喜得與子長夜語。

右十二拍

大兒九齡色清徹，驊騮作駒已汗血。小兒五歲氣食牛，冰壺玉衡懸清秋。❷罷琴惆悵月照席，人生有情淚沾臆。離别不堪無限意，更爲後會知何地。酒肉如山又一時，只今未醉已先悲。

右十三拍

北歸秦川多鼓鼙，禾生隴畝無東西。三步回頭五步坐，誰家搗練風淒淒。已近苦寒月，慘慘中腸悲。自恐二男兒，不得相追隨。去留俱失意，徘徊感生離。十年蹴蹋將雛遠，目極傷神誰爲攜。此别還須各努力，無使霜露沾人衣。

右十四拍

寒雨颯颯枯樹濕，坐卧只多少行立。青春欲暮急還鄉，非關使者徵求急。欲别上馬身無力，去住

---

❶ 「坰」，四庫本作「垌」。

❷ 「衡」，張元諭本作「鑑」。

彼此無消息。關塞蕭條行路難，行路難行澀如棘。男兒性命絶可憐，十日不一見顔色。

右十五拍

乃知貧賤别更苦，況我飄轉無定所。心懷百憂復千慮，世人那得知其故。嬌兒不離膝，哀哉兩決絶。也復可憐人，里巷盡嗚咽。斷腸分手各風烟，中間消息兩茫然。自斷此生休問天，❶看射猛虎終殘年。

右十六拍

江頭宫殿鎖千門，千家今有百家存。面粧首飾雜啼痕，❷教我歎恨傷精魂。自有兩兒郎，忽在天一方。胡塵暗天道路長，安得送我置汝傍。

右十七拍

事殊興極憂思集，足繭荒山轉愁疾。漢家山東二百州，青是烽烟白人骨。入門依舊四壁空，一斛舊水藏蛟龍。年過半百不稱意，此曲哀怨何時終。

❶「生」，四庫本作「身」。
❷「粧」，四庫本作「脂」。

右十八拍

上巳

予自丙子上巳日真州屏之城門外，于今憂患通六年。俯仰時節，爲之慨然。

昔自長淮樹去帆，今從燕薊眺東南。泥沙一命九分九，風雨六年三月三。地下故人那可作，天涯遊子竟何堪。便從餓死傷遲暮，面對西山已發慚。

寒食

予不登丘隴拜清明寒食八年矣。癸酉湖南，甲戌、乙亥章貢，丙子淮東，丁丑梅州，戊寅麗江浦，庚辰燕山獄中。❶今辛巳，猶未得死。和上巳韻寫懷。

苦海周遭斷去帆，東風吹淚向天南。龍蛇澤裏清明五，燕雀籠中寒食三。撲面風沙驚我在，滿襟霜露痛誰堪。何當歸骨先人墓，千古不爲丘首慚。

覽鏡見鬚髯消落，爲之流涕

萬里飄零等一毫，滿前風景恨滔滔。淚如杜宇喉中血，鬚似蘇郎節上旄。今日形骸遲一死，向來事業竟徒勞。青山是我安魂處，清夢時時賦大刀。

---

❶「辰」，原作「寅」，今據鄒本、張元諭本改。

讀赤壁賦前後二首

昔年仙子謫黄州，赤壁磯頭汗漫遊。今古興亡真過影，乾坤俯仰一虚舟。人間憂患何曾少，天上風流更有不。我亦洞簫吹一曲，不知身世是蜉蝣。

一笑滄波浩浩流，隻鷄斗酒更扁舟。八龍寫作詩中案，孤鶴來爲夢裏遊。楊柳遠烟連北府，蘆花新月對南樓。玉仙來往清風夜，還識江山似舊不。

自歎

門掩牢愁白日過，不應老子坐婆娑。雖生得似無生好，欲死其如不死何。王蠋高風真可挹，魯連大節豈容磨。東流不盡銅駞恨，❶四海悠悠揔一波。

端午初度

死所初何怨，生朝只自知。頗懷常杕意，忍誦《蓼莪》詩。浮世百年夢，高人千載期。楚囚一杯水，勝似九霞巵。

向來松下鶴，今日傍誰門。夢見瑶池沸，愁看玉壘昏。所思多死所，焉用獨生存。可惜菖蒲老，風烟滿故園。

---

❶「駞」，原作「鍦」，今據張元諭本改。四庫本作「駝」。

端午即事

五月五日午，贈我一枝艾。故人不可見，新知萬里外。丹心照夙昔，鬢髮日已改。我欲從靈均，三湘隔遼海。

自述二首

當年嚼血灑銅駝，❶風氣悠悠柰若何。漢賊已成千古恨，楚囚不覺二年過。古今咸道天驕子，❷老去忽如春夢婆。試把睢陽雙廟看，只今事業愧蹉跎。❸

江南啼血送殘春，漂泊風沙萬里身。漢末固應多死士，周餘乃止一遺民。乍看鬚少疑非我，只要心存尚是人。坐擁牢愁書眼倦，土牀伸脚任吾真。

五月十七夜大雨歌

去年五月望，流水滿一房。今年後三夕，大雨復没牀。我辭江海來，中原路茫茫。舟楫不復見，車馬馳康莊。矧居圜土中，得水猶得漿。忽如避巨浸，❹倉卒殊徬徨。明星尚未啓，大風方發狂。叫呼

---

❶「銅駝」二字，原漫漶不清，今據鄢本、張元諭本、四庫本補。

❷「古今咸」三字，原漫漶不清，今據鄢本、張元諭本補。「古今咸道天驕子」七字，四庫本作「聞來誰似天隨子」。

❸「業愧蹉」三字，原漫漶不清，今據鄢本、張元諭本、四庫本補。

❹「避巨」二字，張元諭本作「巨石」。

人不膺，宛轉水中央。壁下有水穴，群鼠走踉蹡。或如魚潑剌，蟄溺無所藏。周身莫如物，患至不得防。業爲世間人，何處逃禍殃。朝來闢溝道，宛如決陂塘。盡室泥濘塗，❶化爲糜爛塲。炎蒸迫其上，臭腐薰其傍。惡氣所侵薄，疫癘何可當。楚囚欲何之，寢食此一方。羈棲無復望，❷坐待仆且僵。乾坤莽空闊，何爲此凉凉。達人識義命，此事關綱常。萬物方焦枯，皇皇禱穹蒼。上帝實好生，夜半下龍章。但願天下人，家家足稻粱。我命渾小事，我死庸何傷。

先太師忌日 二月二十八日❸

萬里先人忌，呼號痛不天。遺孤餘二紀，曠祀忽三年。永恨丘園隔，遥憐弟妹圓。義方如昨日，地下想興然。❹

築房子歌

自予居狴犴，一室以自治。二年二大雨，地汙實成池。圄人爲我惻，畚土以築之。築之可二尺，宛然水中坻。初運朽壤來，臭穢恨莫追。掩鼻不可近，牛皂鷄于塒。須臾傳黑墳，千杵鳴參差。但見如

---

❶「濘」，原爲空格，今據鄢本、張元諭本、四庫本補。

❷「羈棲無復望」五字，原漫漶並空四字格，今據四庫本補。

❸「二月」二字，據本書卷十六《先君子革齋先生事實》，疑當作「五月」。

❹「興」，四庫本作「欣」。

坻平，糞土不復疑。乃知天下事，不在論鎡基。苟可掩耳目，臭腐誇神奇。世人所不辨，羊質而虎皮。大者莫不然，小者又何知。深居守我玄，默觀道推移。何時蟬蛻去，忽與濁世違。

有　感

已矣勿復道，安之如自然。閑陪黄妳坐，倦退白衣眠。一死知何地，此生休問天。怪哉茨野客，宿果墮幽燕。

正　氣　歌

予因北庭，坐一土室，室廣八尺，深可四尋，單扉低小，白間短窄，汙下而幽暗。當此夏日，諸氣萃然。雨潦四集，浮動牀几，時則爲水氣。塗泥半朝，烝漚歷瀾，時則爲土氣。乍晴暴熱，風道四塞，時則爲日氣。簷陰薪爨，助長炎虐，時則爲火氣。倉腐寄頓，陳陳逼人，時則爲米氣。駢肩雜遝，腥臊汙垢，時則爲人氣。或圊溷，或毁屍，❶或腐鼠，惡氣雜出，時則爲穢氣。疊是數氣，當之者鮮不爲厲。❷而予以孱弱俯仰其間，于兹二年矣。審如是，❸殆有養致然。然爾亦安知所養何哉？孟子曰：「我善養吾浩然之氣。」彼氣有七，吾氣有一，以一敵七，吾何患焉。况浩然者，乃天

❶「或毁」二字，原爲空格，今據四庫本補。
❷「之者」二字，原爲空格，今據四庫本補。
❸「審如」二字，原爲空格，今據四庫本補。

地之正氣也。作《正氣歌》一首。

天地有正氣，雜然賦流形。下則爲河嶽，上則爲日星。於人曰浩然，沛乎塞蒼冥。皇路當清夷，含和吐明庭。時窮節乃見，一一垂丹青。在齊太史簡，在晉董狐筆。在秦張良椎，在漢蘇武節。爲嚴將軍頭，爲嵇侍中血。爲張睢陽齒，❶爲顔常山舌。或爲遼東帽，清操厲冰雪。或爲《出師表》，鬼神泣壯烈。或爲渡江楫，慷慨吞胡羯。或爲擊賊笏，逆竪頭破裂。是氣所旁薄，凛烈萬古存。當其貫日月，生死安足論。地維賴以立，天柱賴以尊。三綱實係命，道義爲之根。嗟予遘陽九，隸也實不力。楚囚纓其冠，傳車送窮北。鼎鑊甘如飴，求之不可得。陰房闃鬼火，春院閟天黑。牛驥同一皂，鷄棲鳳凰食。一朝濛霧露，❷分作溝中瘠。如此再寒暑，百沴自辟易。嗟哉沮洳場，爲我安樂國。豈有他繆巧，陰陽不能賊。顧此耿耿在，仰視浮雲白。悠悠我心悲，蒼天曷有極。哲人日已遠，典刑在夙昔。風簷展書讀，古道照顔色。

七月二日大雨歌

燕山五六月，氣候苦不常。積陰緜五旬，畏景淡無光。天漏比西極，地濕等南方。今何苦常雨，昔何苦常暘。七月二日夜，天工爲誰忙。浮雲黑如墨，飄風怒如狂。滂沱至夜半，天地爲低昂。勢如蛟

❶「齒」，張元諭本作「齒」。

❷「濛」，原爲空格，今據鄒本、張元諭本、四庫本補。

龍出，平陸俄懷襄。初疑倒巫峽，又似翻瀟湘。千門各已閉，仰視天茫茫。但聞屋側聲，人力無支當。嗟哉此圜土，占勝非高岡。赭衣無容足，南房并北房。北房水二尺，聚立唯東廂。桎梏猶自可，凜然覆窮墻。❶嘈嘈復雜雜，烝汗流成漿。張目以待旦，沈沈漏何長。南冠者爲誰，獨居沮洳場。此夕水瀰滿，浮動八尺牀。壁老如欲壓，守者殊皇皇。我方鼾鼻睡，逍遥遊帝鄉。百年一大夢，所歷皆黄粱。死生已勘破，身世如遺忘。雄雞叫東白，漸聞語聲揚。論言苦飄揚，❷形勢猶倉黄。起來立泥塗，一笑褰衣裳。遺書宛在架，吾道終未亡。

詠　懷

陰陽相烹煎，天地一釜鬵。人生居其間，便同肉在砧。熱猶以火燎，濕猶以湯燖。一歲一煅煉，老形忽駸駸。吾生四十六，弱質本不任。❸矧當五六年，患難長侵尋。子卿羝羊節，少陵杜鵑心。酷罰毒我膚，深憂煩我襟。❹嗟嗟夏涉秋，天道何其淫。或時日杲杲，或時雨淋淋。方如坐烝甑，又似立烘煁。水火交相禪，益熱與益深。❺宛轉兒戲中，日夜空呻吟。何如真鼎鑊，殊我一寸金。脱此寒暑殼，

❶「窮」，張元諭本作「穹」。
❷「揚」，四庫本作「蕩」。
❸「本」，原作「木」，今據鄢本、張元諭本、四庫本改。
❹「深」，原爲空格，今據鄢本、張元諭本、四庫本補。
❺「深」，原爲空格，今據鄢本、張元諭本、四庫本補。

誰能復嶇嶔。

偶　成

昨朝門前地寸裂，今朝牀下泥尺深。人生世間一蒲柳，豈堪日炙復雨淋。起來高歌《離騷》賦，睡去細和《梁父吟》。已矣已矣尚何道，猶有天地知吾心。

移司即事

自大雨後，兵馬司墻壁頹落，地皆沮洳，囚不可居。七月五日，移司宫籍監。予以詰朝行，詩以記之。

燕山積雨泥塞道，大屋欹傾小屋倒。赭衣棘下無容色，❶倉卒移司避流潦。行行桎梏如貫魚，憐我龍鍾遲明早。我來二十有一月，若書下下幾二考。夢回恍憶入新衙，不知傳舍何時了。寄書癡兒了家事，❷九牛一毛亦云小。天門皇皇虎豹立，下土孤臣泣雲表。莫令赤子盡爲魚，早願當空日杲杲。

不　睡

頻搔白首强憂煎，細雨青燈思欲顛。南北東西三萬里，古今上下幾千年。只因知事翻成惱，未到放心那得眠。眼不識丁馬前卒，隔牀鼾鼻正陶然。

---

❶「容」，張元諭本作「顔」。

❷「寄書」二字，原爲空格，今據叢刊本補。四庫本作「幸有」。

宫籍監

兵馬司移寓宫籍監，予監一室，頗瀟洒，明窗浄壁，樹影横斜，可愛也。賦五絶。

塵滿南冠歲月深，暫移一室倚旃林。天憐元是青山客，分與窗根兩樹陰。

壁間頗自有龍蛇，元是誰人小住家。不似爲囚似爲客，倚窗望斷暮天涯。

曾過盧溝望塔尖，今朝塔影接虚簷。道人心事真方丈，静坐日長雲滿簾。

軍衙馬足起黄埃，門掩西風夢正回。自入燕關人世隔，隔墻忽送市聲來。

新來窗左頗玲瓏，❶盡把前時臭腐空。好醜元來都是幻，蘧廬一付夢魂中。

還司即事

兵馬司苦於地窄，其東偏有大宅，官買之以廣治所，舊廳事遂爲空閑。七月十一日，因自宫籍監悉歸獄，舊廳事之西有一室，處予其間。其地高燥而空凉，蕭然獨往，寂無來人，又一境界也。五言八句二首。

幙燕方如寄，屠羊忽復旋。霜枝空獨立，雪窖已三遷。漂泊知何所，逍遥付自然。庭空誰共語，拄頰望青天。

秋聲滿南國，一葉此飄蓬。墻外千門迥，庭臯四壁空。誰家驢吼月，隔巷犬嘷風。燈暗人無寐，沉

❶ 「左」，張元諭本作「壁」。

沉夜正中。

夜起二絶

惆悵高歌入睡鄉，夢中魂魄尚飛揚。起來露立頻搔首，夜静無風自在凉。

三年獨立已成僧，欲與何人説葛藤。夜夜隔墻囚叫佛，三生因果伴孤燈。

還獄

予自宫籍監還兵馬司，止予舊廳事西偏之室。獄户既葺，以八月七日復返故處，向之所謂臭腐濕蒸依然故在，回視吾所挾，亦浩然而獨存。作古風一首。

人情感故物，百年多離憂。桑下住三宿，應者猶遲留。矧兹方丈室，屏居二春秋。夜眠與晝坐，隤乎安楚囚。自罹大雨水，圜土俱盪舟。此身委傳舍，遷徙無定謀。去之已旬月，宫室重綢繆。今夕果何夕，復此搔白頭。恍如流浪人，一旦歸舊游。故家不可復，故國已成丘。對此重回首，汪然涕泗流。人生如空花，隨風任飄浮。哲人貴知命，樂天復何求。

偶賦

蒼蒼已如此，《梁父》共誰吟。袖有忠臣傳，❶牀無壯士金。收心歸寂滅，隨性過光陰。一笑西山晚，門前秋雨深。

---

❶「袖」，原作「神」，今據四庫本改。

送武夷趙王賓道士❶

風流不比賀家狂，蕭洒黄冠意自長。❷自有武夷溪九曲，鑑湖何必問君王。

蕭然被褐不求知，歸傍仙舡理釣絲。❸卻笑荆山空自售，未應有智不如葵。

懶從原上訪桃花，又不青門去種瓜。傳得神仙蟬蜕法，君如欲覓問烟霞。❹

琴棋書畫四首送趙道士❺

不知甲子定何年，題滿柴桑日醉眠。意在不言君解否，❻壁間琴本是無絃。

我愛商仙茹紫芝，❼逍遥勝似橘中時。紛紛赤白方龍戰，❽世事從來一局棋。❾

---

❶ 此詩重出，卷一題作「送趙王賓三首」。

❷ 「自」，卷一作「更」。

❸ 「傍仙」二字，卷一作「倚溪」。

❹ 「欲覓」二字，卷一作「覓我」。

❺ 此詩重出，卷一題作「又送前人琴棋書畫四首」。

❻ 「在不」二字，卷一作「不在」。

❼ 「仙」，卷一作「山」。

❽ 「赤」，卷一作「玄」。

❾ 「從」，四庫本作「笑」。「來」，卷一作「他」。

蔡邕去後右軍死，誰是風流入品題。只有蛟龍大師字，至今風骨在浯溪。
欲覓龍眠舊時筆，❶相傳此手世間無。❷黄金不買昭君本，只買嚴陵歸釣圖。

讀杜詩

平生蹤跡只奔波，偏是文章被折磨。耳想杜鵑心事苦，眼看胡馬淚痕多。千年夔峽有詩在，一夜耒江如酒何。❸黄土一丘隨處是，故鄉歸骨任蹉跎。

感懷二首

交游兵後似蓬飛，流落天涯鵲遶枝。唐室老臣唯我在，柳州先友託誰碑。泥塗猶幸瞻佳士，甘雨何如遇故知。一死一生情義重，莫嫌收拾老牛屍。
伏龍欲夾太陽飛，獨拄擎天力弗支。北海風沙漫漢節，浯溪烟雨暗唐碑。書空已恨天時去，惜往徒懷國士知。抱膝對人復何語，紛紛坐冢臥爲尸。

先兩國初忌 九月七日❹

北風吹黄花，落木寒蕭颼。哀哀我慈母，玉化炎海秋。日月水東流，音容隔悠悠。小祥哭下邳，大

---

❶「筆」，卷一作「事」。
❷「手」，卷一作「本」。
❸「耒」，原作「來」，今據張元諭本改。
❹「七」上，張元諭本有「初」字。

祥哭幽州。今此復何夕，荏苒三星周。嗟哉不肖孤，宗職曠不脩。昔母肉未寒，委身墮寇讎。仰藥早云遂，庶從地下遊。大阿落人手，死生不自由。南冠坐絶域，大期落淹留。白華下玄髮，碧蘚生緇裘。心口自相語，形影旁無儔。空庭鬼火閴，天黑對牢愁。魚軒在何處，魂魄今安否。兒女各北歸，墳墓委南陬。寒食雨淒淒，盂飯誰與投。荆棘纏蔓草，狐兔緣荒丘。長夜良寂寞，與我同幽幽。我心亦勞止，我命實不猶。昨夕夢堂上，樂昔歡綢繆。覺來尚恍惚，血涕連衾裯。晨興一瓣香，痛如螯在頭。吾家白雲下，萬里同關憂。遥憐弟與妹，几筵羅庶羞。既傷母在殯，又念兄在囚。兄囚不足念，毋亦爲母謀。三聖去已遠，穹垠莽洪流。緬懷百世慮，白骨甘填溝。冥冥先大夫，鬱鬱蒼松楸。防山迄合葬，瞑目復何求。

重　陽

萬里飄零兩鬢蓬，故鄉秋色老梧桐。鴈棲新月江湖滿，燕別斜陽巷陌空。落葉何心定流水，黄花無主更西風。乾坤遺恨知多少，前日龍山如夢中。

又三絶

世事濛濛醉不知，南山秋意滿東籬。黄花何故無顔色，應爲元嘉以後詩。

人間萬事轉頭空，皂帽飄蕭一病翁。不學孟嘉狂落魄，故將白髮向西風。

老來憂患易淒凉，説到悲秋更斷腸。世事不堪逢九九，休言今日是重陽。

夜

秋光連夜色，萬里客凄凄。落木空山杳，孤雲故國迷。衾寒霜正下，燈晚月平西。夢過重城夢，千門雞亂啼。

雨雪

秋色金臺路，殷勤半馬蹄。❶因風隨作雪，有雨便成泥。過眼驚新夢，傷心憶舊題。江雲愁萬疊，遺恨鷓鴣啼。

偶成

燈影沉沉夜氣清，朔風吹夢度江城。覺來知打明鍾未，忽聽隣家叫佛聲。

烏兔東西不住天，人生奔走亦茫然。❷向來鞅掌真堪笑，爛熳如今獨自眠。❸

得兒女消息

故國斜陽草自春，争元作相摠成塵。孔明已負金刀志，元亮猶憐典午身。骯髒到頭方是漢，娉婷更欲向何人。癡兒莫問今生計，還種來生未了因。

---

❶「勤」，張元諭本作「殷」。

❷「人」，張元諭本、四庫本作「平」。

❸「今」，原作「金」，今據張元諭本、四庫本改。

爲或人賦

悠悠成敗百年中，笑看柯山局未終。金馬勝遊成舊雨，銅駞遺恨付西風。黑頭爾自誇江總，冷齒人能説褚公。龍首黄扉真一夢，夢回何面見江東。

世　事

世事孤鴻外，人生落日西。棋淫詩興薄，❶書倦夢魂迷。汩汩馳還坐，悠悠笑即啼。一真吾自得，開眼總筌蹄。

斷　鴈

斷鴈西江遠，無家寄萬金。乾坤風月老，沙漠歲年深。白日去如夢，青天知此心。素琴絃已絶，不絶是南音。

小　年

燕朔逢窮臘，江南拜小年。歲時生處樂，身世死爲緣。鴉噪千山雪，鴻飛萬里天。出門意寥廓，❷四顧但茫然。

---

❶「薄」，原作「簿」，今據鄢本、張元諭本、四庫本改。
❷「寥」，原作「瘳」，今據張元諭本、四庫本改。鄢本作「廖」。

除　夜

乾坤空落落，歲月去堂堂。末路驚風雨，窮邊飽雪霜。命隨年欲盡，身與世俱忘。無復屠蘇夢，挑燈夜未央。

壬　午

丙子上巳前二日，予至真州，今俯仰六周星矣。撫時念事，爲之流涕。聊寫我心，質諸鬼神爾。

憶昔三月朔，歲在火鼠鄉。朝登迎鑾鎮，❶夜宿清邊堂。于時坌飈霧，陽精黯無芒。胡羯犯彤宫，犬戎升御牀。慘淡銅駞泣，威垂朱鳥翔。我欲疏河嶽，借助金與湯。吾道率曠野，繞樹空徬徨。慷慨撫鰲背，艱關出羊腸。扶日上天門，隨雲拜東皇。祖逖誓興晉，鄭畋義扶唐。人謀豈云及，天命不于常。泗水沉洛鼎，薊丘植汶篁。❷瑶宫可敦后，玉陛單于王。革命曠千古，被髮繇八荒。海流忽西注，天旋俄右方。❸嗟予俘爲馘，萬里勞梯航。秋風上甌脱，夜雪臥桁楊。南冠鄭大夫，北窖蘇中郎。龍蛇共窟穴，蟻蝨連衣裳。周旋溲渤間，宛轉沮洳塲。漠漠蒼天黑，悠悠白日黄。風埃滿沙漠，歲月稔星霜。地下雙氣烈，獄中孤憤長。唯存葵藿心，不改鐵石腸。斷舌奮常山，抉齒厲睢陽。此志已溝

❶「鸞」，鄒本、張元諭本、四庫本作「鑾」。
❷「薊」，原作「蘇」，今據四庫本改。
❸「俄」，原作「我」，今據張元諭本、四庫本改。

壑，餘命終巖墻。夷吾不可作，仲連久云亡。❶王衍勸石勒，馮道朝德光。末俗正靡靡，横流已湯湯。餘子不足言，丈夫何可當。出門仰天笑，雲山浩蒼蒼。

生　日

憶昔閑居日，端二逢始生。升堂拜親壽，摳衣接賓榮。載酒出郊去，江花相送迎。詩歌和盈軸，鏗戛金石聲。于時果何時，朝野方休明。人生足自樂，帝力無能名。譬如江海魚，與水俱忘情。詎知君父恩，天地同生成。旄頭忽墮地，氛霧迷三精。黄屋朔風捲，園林殺氣平。四海靡所騁，三年老于行。賓僚半蕩覆，妻子同飄零。無幾哭慈母，有頃遭潰兵。束兵獻穹帳，囚首送空囹。痛甚衣冠烈，甘於鼎鑊烹。死生久已定，寵辱安足驚。不圖坐羅網，四見槐雲青。朱顔日復少，玄髪益以星。往事真蕉鹿，浮名一草螢。牢愁寫玄語，初度感騷經。朝登蓬萊門，暮涉芙蓉城。忽復臨故國，摇摇我心旌。想見家下人，念我涕爲傾。交朋説疇昔，惆悵雞豚盟。空花從何來，爲吾舞娉婷。莫道無人歌，時鳥不可聽。達人貴知命，俗士空勞形。吾生復安適，拄頰觀蒼冥。

端　午

五月五日午，薰風自南至。試爲問大鈞，舉杯三酹地。❷田文當日生，屈原當日死。生爲薛城君，

❶「仲」，原作「仳」，今據四庫本改。
❷「酹」，鄢本、張元諭本作「酧」。

死作汨羅鬼。高堂狐兔遊，雍門發悲涕。人命草頭露，榮華風過爾。唯有烈士心，不隨水俱逝。至今荆楚人，江上年年祭。不知生者榮，但知死者貴。勿謂死可憎，勿謂生可喜。萬物皆有盡，不滅唯天理。百年如一日，一日或千歲。秋風汾水辭，春暮蘭亭記。莫作留連悲，高歌舞槐翠。

自歎三首

猛思身世事，四十七年無。鶴髮俄然在，鸞飛久已殂。二兒化成土，六女掠爲奴。只有南冠在，何妨是丈夫。

北轍更寒暑，南冠幾晦冥。家山時入夢，妻子亦關情。惆悵心如失，崎嶇命復輕。遭時命如此，薄分笑三生。

疾病連三次，形容落九分。幾成白宰相，誰識故將軍。暗坐羞紅日，閑眠想白雲。蒼蒼竟何意，未肯喪斯文。

病目

近來煩惱障，左目忽茫茫。聶政心雖碎，劉伶醉未忘。❶問天天不應，食日日何傷。萬想由來假，收拾太乙光。

❶「伶」，原作「怜」，今據張元諭本、四庫本改。

向來巖下電，無故眩生花。達磨面向壁，盧仝一塌沙。❶燈前心欲碎，鏡裏鬢空華。何日看明月，沈沈斗柄斜。

有　感

心在六虛外，不知身網羅。病中長日過，夢裏好時多。夜夜頻能坐，時時亦自歌。平生此光景，回首笑呵呵。

拾　遺

早　起

曉日半窗紅，隣雞振翼雄。餘子貪慵睡，佳人理髮蓬。未忘塵俗慮，那免是非攻。前山渾不見，籠翠霧烟中。

贈許柏溪惟一

長風吹飛藿，清蚵吟野草。流光速代謝，興懷令人老。遊子中夜起，悠悠酣且歌。明月委清照，江湖秋涉多。豈無臨淄魚，亦有邯鄲酒。懷古招王孫，登高重回首。

❶「一」，原爲空格，今據四庫本補。

文山先生別集卷之三

吟嘯集

生朝 五月二日❶

客中端二日，風雨送牢愁。昨歲猶潘母，今年更楚囚。田園荒吉水，妻子老幽州。莫作長生祝，吾心在首丘。

西瓜吟

拔出金佩刀，斫破蒼玉瓶。千點紅櫻桃，一團黄水晶。下咽頓除煙火氣，入齒便作冰雪聲。長安清富説邵平，争如漢朝作公卿。

❶ 「二」上，張元諭本有「初」字。

中　原

中原方萬里，明日是重陽。桑棗人家近，蓬蒿客路長。引弓虚射鴈，失馬爲尋獐。❶ 見説今年旱，❷青青麥又秧。

石三峰爲示十字，云「昔日乘龍貴，今朝汗馬勞」，爲足六句

雲低昏海日，風急沸江濤。❸ 昔日乘龍貴，今朝汗馬勞。紈綺汙塵土，珠玉委蓬蒿。若作淒然賦，吾將僕命騷。

蚤　秋

寒魄澹玄河，商飈慓明發。羈人坐環堵，壯士衣穿褐。晉陵誰復新，秦陵尚云秣。夫君百世心，患不在飢渴。

懷友人　二首❹

久要何落落，末路重依依。風雨連兵幕，泥途滿客衣。人間龍虎變，天外燕鴻違。死矣煩公傳，北

---

❶「獐」，張元諭本作「羊」。
❷「早」，張元諭本、四庫本作「旱」。
❸「江」，張元諭本作「洪」。
❹ 此二詩重出，見《别集》卷之二。第一首題作「懷中甫」，第二首題作「懷趙清逸」。

方人是非。

涯海真何地，驅來坐戰場。家人半分合，國事決存亡。一死不足道，百憂何可當。故人髯似戟，起舞爲君傷。

寄惠州弟

五十年兄弟，一朝生别離。鴈行長已矣，馬足遠何之。葬骨知無地，論心更有誰。親喪君自盡，猶子是吾兒。

感　傷

地維傾渤澥，天柱折崑崙。清夜爲揮淚，白雲空斷魂。死生蘇子節，貴賤翟公門。高廟神靈在，乾坤付不言。

自　歎

海闊南風慢，天昏北斗斜。孤臣傷失國，遊子歎無家。官飯身如寄，征衣鬢欲華。越王臺上望，家國在天涯。

虎　頭　山

蚤不逃秦帝，終然陷楚囚。故園春草夢，舊國夕陽愁。妾婦生何益，男兒死未休。虎頭山下路，揮淚憶虔州。

高沙道中

道逢死人骨，委積萬有千。魂魄侵蠅蚋，膏脂飽烏鳶。使我先朝露，其事亦復然。丈夫竟如此，吁嗟彼蒼天。古人擇所趨，肯蹈不測淵。奈何以遺體，糞土同棄捐。初學蘇子卿，終慕魯仲連。求仁而得仁，寧怨溝壑填。❶自古皆有死，死不污腥羶。秦客載張禄，吴人納伍員。季布疑在魯，樊期托於燕。國士急人病，倜儻何拘攣。伊人莫知我，此恨付重泉。

戰　場

三年海嶠擁貔貅，一日蹉跎白盡頭。垓下雌雄羞故老，長安只尺泣孤囚。魚龍沸海地爲泣，烟雨滿山天也愁。萬死小臣無足憾，蕩陰誰共侍中遊。

哭　崖　山

寶藏如山席六宗，樓舡千疊水晶宫。吴兒進退尋常事，漢氏存亡頃刻中。諸老丹心付流水，孤臣血淚洒南風。早來朝市今何處，始悟人間萬法空。

元帥謂余曰：「國亡矣，殺身以爲忠，誰復書之？」余謂：「商雖亡，夷齊不食周粟。人臣自盡其心，豈論書與不書？」元帥爲之改容❷

高人名若浼，烈士死如歸。智滅猶吞炭，商亡正采薇。豈因徼後福，方肯蹈危機。萬古春秋義，

---

❶「怨」，張元諭本作「死」。

❷此詩重出，見《别集》卷之二。詩題之文字有異。

悠悠雙淚揮。

上冢吟

湘人有登科者，初授武岡尉，單車赴官守。名家正擇婿，尉本有室，隱其實而取焉。官滿，隨婦翁入京。自是捨桑梓，去墳墓，終身不歸，後官至侍從。其糟糠妻居母家，不復嫁，歲時爲夫家上冢，婦禮不廢。友人作古詩一首，曰《上冢吟》，某讀之，爲之感慨。因更廣其意，賦五言一篇。

余昔從君時，堂上拜姑嫜。❶相攜上祖冢，歲時持酒漿。姑嫜相繼没，馬鬣不在鄉。共君甌盂飯，清涕流襦裳。君貧初赴官，有家不得將。妾無應書兒，松櫝自成行。君别不復歸，歲月何茫茫。長安擁朱綬，執鴈事侯王。豈無一紙書，道路阻且長。年年酹寒食，❷妾心良自傷。君家舊巾櫛，至今襲且藏。諒君霜露心，白首遥相望。

葬無主墓碑

風雨中見道傍一碑，題云葬無主墓之記，乃大定戊申所立。❸雨衣淋漓，字畫漫滅，惜不得下馬讀之。

❶「堂上」二字，張元諭本作「上堂」。

❷「酹」，鄢本、張元諭本作「酹」。

❸「定」，原脱，今據張元諭本、四庫本補。

路逢一石碑，亭亭傲風雨。停驂髣髴看，云是無主墓。末書戊申歲，屈指九十秋。是時龍渡江，甲子恍一周。借問葬者誰，承平百世祖。亦有周餘民，戰骨委黄土。大祖下江南，誓不戮一人。神孫再立國，天以報至仁。大河流血丹，屠毒誰之罪。潼關忽不守，皇皇依汴蔡。螗蜋知捕蟬，不知黄雀來。今古有興廢，重爲生人哀。

邳州哭母小祥

我有母聖善，鸞飛星一周。去年哭海上，今年哭邳州。遥想仲季間，木主布筵几。我躬已不閲，祀事付支子。使我早淪落，如此終天何。及今畢親喪，於分亦已多。母嘗教我忠，我不違母志。及泉會相見，鬼神共歡喜。

哭母大祥

九月七日，先母夫人大祥之辰。某爲子不孝，南望嗚咽，爲哀章一首。

前年惠州哭母斂，去年邳州哭母期。今年飄泊在何處，燕山獄裏菊花時。哀哀王化如昨日，❶兩度星周俄箭疾。人間送死一大事，生兒富貴不得力。秪今誰人守墳墓，零落瘴鄉一堆土。大兒狼狽勿復道，下有二兒併二女。一兒一女亦在燕，佛廬設供捐金錢。一兒一女家下祭，病脱麻衣日晏眠。

❶「王化」二字，張元諭本作「黄花」。

夜來我夢歸故國，❶忽然海上見顔色。一聲雞吅淚滿牀，化爲清血衣裳濕。當年嫠緯意謂何，親曾撫我夜枕戈。古來全忠不全孝，世事至此甘滂沱。夫人開國分齊魏，生榮死哀送天地。悠悠國破與家亡，平生無憾惟此事。二郎已作門户謀，江南葬母麥滿舟。不知何日歸兄骨，狐死猶應正首丘。

哭妻文

烈女不嫁二夫，忠臣不事二主。天上地下，惟我與汝。嗚呼哀哉！

先太師忌日

太師忌汗漫，二紀似跳丸。弟妹俱成立，家鄉忍破殘。衣冠晨月暗，墳墓夜風寒。萬里逢先忌，無言把淚彈。

告先太師墓文

維己卯五月朔，越二十有六日，孝子某，自嶺被執，至南安軍，謹具香幣，遣人馳告于先太師革齋先生墓下。嗚呼！人誰不爲臣，而我欲盡忠不得爲忠；人誰不爲子，而我欲盡孝不得爲孝。天乎，使我至此極邪！始我起兵赴難勤王，仲弟將家，遁于南荒。宗廟不守，遷我異疆。大臣之誼，國亡家亡。靈武師興，解后歸國。再相出督，身荷憂責。江南之役，義聲四克。爲親拜墓，以剪荊棘。大勳垂集，一跌崎嶇。妻妾子女，六人爲俘。收拾散亡，息于海隅。庶幾奮厲，以爲後啚。惡運推遷，天所

❶「我」，張元諭本作「好」。

仰廢棄。有母之喪，尋失嫡子。哭泣未乾，兵臨其壘。倉皇之間，二女夭逝。剪爲囚虜，形影獨存。實藥不濟，竟北其轅。係頸縶足，過我里門。望墓相從，恨不九原。爰指松楸，有言若誓。繼令支子，孫，典祀事。有姪曰昇，我身是嗣。興言及此，血淚如雨。嗚呼！自古危亂之世，忠臣義士，孝子慈孫，其事之不能兩全也久矣。我生不辰，罹此百凶。求仁得仁，抑又何怨。幽明死生，一理也；父子祖孫，一氣也。冥漠有知，尚哀鑒之。

余始至南安軍，即絶粒，爲告墓文，遣人馳歸，白之祖禰，瞑目長往，含笑入地矣。乃水盛風駛，五日過廬陵，又二日，至豐城。知所遣人竟不得行，余至是不食垂八日，若無事然。私念死廬陵，不失爲首丘。今心事不達，委命荒江，誰知之者，盍少從容以就義乎！復飲食如初，因記《左傳》申包胥哭秦庭，七日勺飲不入口，不聞有它。廼知餓踣西山，非一朝夕之積也。余嘗服腦子二兩不死，絶食八日又不死，未知死何日，死何所？哀哉！

己卯十月一日至燕，越五日，罹狴犴，有感而賦　一十七首

一

直絃不似曲如鉤，自古聖賢多被囚。命有死時名不死，身無憂處道還憂。可憐杜宇空流血，惟願嚴顔便斫頭。結束長編猶在此，竄問婢子見人羞。

二

落落南冠自結纓，桁陽臥起影縱横。❶坐移白日知何世，❷夢斷青燈問幾更。國破家亡雙淚暗，天荒地老一身輕。黄粱得失俱成幻，五十年前元未生。范曄在獄中，爲士題扇云：「去白日之皎皎，即長夜之悠悠。」

三

心期耿耿浮雲上，身事悠悠落日西。千古興亡何限錯，百年生死本來齊。沙邊莫待哀黄鵠，雪裏何須問牧羝。此處曾埋雙寶劒，虹光夜指楚天低。

四

寥陽殿上步黄金，一落顛崖地獄深。蘇武窖中偏喜臥，劉琨囚裏不妨吟。生前已見夜叉面，死去只因菩薩心。萬里風沙知己盡，誰人會得廣陵音。

五

亦知戛戛楚囚難，無柰天生一寸丹。鐵馬行鏖南地熱，赭衣坐擁北庭寒。朝飡淡薄神還爽，夜睡崎嶇夢自安。亡國大夫誰爲傳，秖饒野史與人看。

❶「桁」，原作「術」，今據鄢本、張元諭本、四庫本改。
❷「日」，張元諭本作「石」。

六

風雪重門老楚囚，夢回長夜意悠悠。熊魚自古無雙得，鵠雀如何可共謀。萬里山河真墮甑，一家妻子枉填溝。兒時愛讀忠臣傳，不謂身當百六秋。

七

聽着鵑啼淚滿襟，❶國亡家破見忠臣。關河歷落三生夢，風雪飄零萬死身。丞相豈能堪獄吏，故侯安得作園人。神農虞夏吾誰適，回首西山繼絶塵。

八

風前泣燈影，日下泣霜花。鍾信忽然動，屋陰俄又斜。悶中聊度歲，夢裏尚還家。地獄何須問，人間見夜叉。

九

風霜陰忽忽，天地澹悠悠。我自操吳語，誰來問楚囚。寂中惟滅想，達處盡忘憂。手有韋編在，朝聞夕死休。

十

環堵塵如屋，纍然一故吾。解衣烘稚蝨，匀鑷救殘鬚。坐處心如忘，吟餘眼已枯。不應留滯久，何

---

❶「鵑啼」二字，張元諭本作「啼鵑」。

日裹籧篨。吴殺諸葛恪，❶以籧篨裹而棄之。

十一

浩劫風塵暗，衣冠痛百罹。静傳方外學，晴寫獄中詩。烈士惟名殉，真人與物違。世間忙會錯，認取去來時。

十二

儼然楚君子，一日造王庭。議論探堅白，精神入汗青。無書求出獄，有舌到臨刑。宋故忠臣墓，真吾五字銘。

十三

兩月縲囚裹，一年憂患餘。踈因隨事直，忠故有時愚。道在身何拙，心安體自舒。近來都勘破，人世只蘧廬。

十四

衮衣坐縲絏，世事亦堪哀。枕外親炊黍，爐邊細畫灰。無人淚垂血，何地骨生苔。風雪江南路，夢中行探梅。

❶「恪」，原作「謹」，今據四庫本及《三國志·吴書》改。

十五

我自憐人醜，人方笑我愚。身生豫讓癩，背發范增疽。已愧功臣傳，猶堪烈士書。衣冠事至此，命也欲何如。

十六

久矣忘榮辱，今兹一死生。理明心自裕，神定氣還清。欲了男兒事，幾無妻子情。出門天宇闊，一笑暮雲横。

十七

拱璧衣冠十六傳，更無一士死君前。自慚重趙非九鼎，猶幸延韓更數年。孟博囊頭真自愛，杲卿鈎舌要誰憐。人間信有綱常在，萬古西山皎月懸。

和夷齊西山詞

詞曰：「登彼西山兮，採其薇矣。以仁易暴兮，❶不知其非矣。神農虞夏忽然没兮，我安適歸矣。吁嗟徂兮，命之衰矣。」後二千餘年，某人廼倚歌而和之曰：❷

《小雅》盡廢兮，《出車》《采薇》矣。戎有中國兮，人類熄矣。明王不興兮，吾誰與歸矣。抱《春秋》

❶「仁」，四庫本作「暴」。

❷「人」，張元諭本無此字。

以没世兮，甚矣吾衰矣。

又從而歌之曰

彼美人兮，西山之薇矣。北方之人兮，爲吾是非矣。異域長絶兮，不復歸矣。鳳不至兮，德之衰矣。

十二月二十日作

家國哀千古，星霜忽一周。黄沙漫故道，白骨委荒丘。許遠死何晚，李陵生自羞。南來冠不改，吾且任吾囚。

二十四日 俗云小年夜

壯心負光岳，病質落幽燕。春節前三日，江鄉正小年。歲時有如水，❶風俗不同天。家廟荒苔滑，誰人燒紙錢。

立　春 己卯十二月二十六日

無限斜陽故國愁，朔風吹馬上幽州。天翻地覆三生劫，歲晚江空萬里囚。烈士喪元端不惜，達人知命復何憂。秖應四十三年死，兩度無端見土牛。

---

❶「有如」二字，張元諭本作「如有」。

遇靈陽子談道贈以詩

昔我愛泉石，長揖離公卿。結屋青山下，咫尺蓬與瀛。至人不可見，世塵忽相縈。業風吹浩劫，蝸角争浮名。偶逢大呂翁，如有宿世盟。相從語寥廓，俯仰萬念輕。天地不知老，日月交其精。人一陰陽性，本來自長生。指點虛無間，引我歸員明。一針透頂門，道骨由天成。我如一逆旅，久欲蹋屩行。聞師此妙訣，蘧廬復何情。

歲祝犂單閼，月赤奮若，日焉逢涒灘，遇異人指示以大光明正法，於是死生脱然若遺矣，作五言八句

誰知真患難，忽悟大光明。日出雲俱静，風消水自平。功名幾滅性，忠孝大勞生。天下惟豪傑，神仙立地成。

己卯歲除

歲除破衣裳，夜半刺針線。游子長夜思，佳人不可見。草枯稚𪖙吼，燈暗飢鼠現。深室閉星斗，輕裘卧風霰。大化忽流斡，浩劫蕩回轉。冠屨失其位，侯王化畸賤。弓戈叱奇字，刀鋸摧頒弁。至性詎可遷，微軀不足戀。真人坐冲漠，死生一乘傳。日月行萬古，神光索九縣。

右自己卯十月一日至歲除所賦。當時望旦夕死，不自意蹉跎至今。詩凡二十餘首。明日爲商横執徐歲，不知又當賦若干首而後絶筆云。己卯除日，姓某題。

元　日　庚辰歲

鐵馬風塵暗，金龍日月新。衣冠懷故國，鼓角泣離人。自分流年晚，不妨吾道春。方來有千載，兒女枉悲辛。

庚辰四十五歲

東風昨夜忽相過，天地無情柰老何。千感方來那有盡，❶百年未半已爲多。君傳南海長生藥，我愛西山餓死謌。泡影生來隨自在，悠悠不管世間魔。

感　興

萬里雲山斷客魂，浮雲心事向誰言。月侵鄉夢夜推枕，風送牢愁晝掩門。蘇子窖中閑日月，石郎家裏舊乾坤。朝聞夕死吾何恨，坐把《春秋》子細論。

正月十三日

去年今日遁崖山，望見龍舟咫尺間。海上樓臺俄已變，河陽車駕不須還。可憐羝乳煙横塞，空想鵑啼月掩關。人世流光忽如此，東風吹雪鬢毛班。

上元懷舊

禁門三五金吾夜，回首青春忽二毛。池上昔陪王母宴，斗中今直貴人牢。風生江海龍遊遠，月滿關山鶴唳高。夢到鈞天燈火鬧，依然彩筆照宫袍。

---

❶「感」，鄢本、張元諭本、四庫本作「載」。

讀　史

自古英雄士，還爲薄命人。孔明登四十，韓信過三旬。壯志摧龍虎，高詞泣鬼神。一朝事千古，何用怨青春。

感　傷

家國傷冰泮，妻孥歎陸沉。半生遭萬劫，一落下千尋。各任汝曹命，那知吾輩心。人誰無骨肉，恨與海俱深。

遣　興

一落顛崖不自由，春風相對説牢愁。稚驢黑月光中吼，飢鼠青燈影下遊。豈料乾坤成墮甑，始知身世是虛舟。遥憐海上今塵土，前代風流不肯休。

又

東風吹草日高眠，試把平生細問天。燕子愁迷江右月，杜鵑聲破洛陽煙。何從林下尋元亮，只向塵中作魯連。莫笑道人空打坐，英雄收斂便神仙。

四月八日

今朝浴佛舊風流，身落山前第一州。贛上瑶桃俄五稔，海中玉果已三周。人生聚散真成夢，世事悲懽一轉頭。坐對薰風開口笑，滿懷耿耿復何求。

夜　起

夢破東窗月半明，此身雖在只堪驚。一春花裏離人淚，萬里燈前故國情。龍去想應回海島，鴈飛猶未出江城。客愁多似西山雨，一任蕭條白髮生。

端午感興

千金鑄鏡百神愁，功與當年禹服侔。荆棘故宫魑魅走，空餘楊子水東流。

又

當年忠血墮讒波，千古荆人祭汨羅。風雨天涯芳草夢，江山如此故都何。

又

流棹西來恨未銷，魚龍寂寞暗風潮。楚人猶自貪兒戲，江上年年奪錦標。

見艾有感

過眼驚初夏，回頭憶晚春。❶已憐花結子，又見艾爲人。故國丹心老，中原白髮新。靈脩那解化，清夢楚江濱。

自　嘆

緑槐雲影弄黄昏，月照牢愁半掩門。一片心如千片碎，十分鬢有二分存。沙邊黄鵠長回首，江上

❶「憶」，原作「億」，今據張元諭本、四庫本改。

杜鵑空斷魂。豎子溷人漫不省，紅纓白馬意軒軒。

自遣

詩餘眠白日，飲後坐清風。萬事乘除裏，平生寵辱中。心無隨境變，意自與天通。莫笑邯鄲夢，惺惺更是空。

自述

赤舃登黃道，朱旗上紫垣。有心扶日月，無力報乾坤。往事飛鴻渺，新愁落照昏。千年滄海上，精衛是吾魂。

不睡

終夕起推枕，五更聞打鍾。精神入朱鳥，形影落盧龍。弭節蓬萊島，揚旗大華峰。奔馳竟何事，回首謝喬松。

七夕

大地風塵惡，長天歲月奔。憂來渾是感，夢破與誰言。緱鶴空回首，河牛暗斷魂。吾今拙又拙，無復問天孫。

有感

石郎草草割山川，一落人手三百年。八州風雨愔連天，❶三皇五帝如飛烟。人人野祭伊水邊，《春秋》斷爛不復傳。白頭潦倒今魯連，夜深危坐日晏眠。

聞季萬至

去年我別旋出嶺，今年汝來亦至燕。弟兄一囚一乘馬，同父同母不同天。可憐骨肉相聚散，人間不滿五十年。三仁生死各有意，悠悠白日横蒼煙。

有感

丁丑歲八月十七日，家人陷，今恰三周，而予在行既十閲月矣，有感而賦。

平生心事付悠悠，風雨燕南老楚囚。故舊相思空萬里，妻孥不見滿三秋。絶憐諸葛隆中意，贏得子長天下遊。一死皎然無復恨，忠魂多少暗荒丘。

感懷

己卯八月二十四日，予以楚囚發金陵。十月一日至燕，越五日罹狴犴。今爲庚辰中秋後九日，感懷四十字。

去歲趨燕路，今晨發楚津。浪名千里客，剩作一年人。鏡裏秋容別，燈前暮影親。魯連疑未死，聊

---

❶ 「愔」，鄢本、張元諭本、四庫本作「暗」。

用托芳塵。

重陽 庚辰

飄零萬里若爲家，一夜西風吹鬢華。秖有新詩題甲子，更無故舊對黄花。

又

江南秋色滿梧桐，回首青山萬事空。❶怕見鏡中新白髮，長將破帽裹西風。

又

風捲車塵弄曉寒，天涯流落寸心丹。去年醉與茱萸别，不把今年作健看。

己卯十月一日予入燕城，歲月冉冉，忽復周星，而予猶未得死也，因賦八句

去冬陽月朔，吾始至幽燕。浩劫真千載，浮生又一年。天南照天北，山後接山前。夢裹乾坤老，孤臣雪咽氊。

己卯十月五日予入燕獄，今三十有六旬，感興一首

石晉舊燕道，❷鍾儀新楚囚。山河千古痛，風雨一年周。過鴈催人老，寒花送客愁。捲簾雲滿坐，抱膝意悠悠。

---

❶「事」，四庫本作「里」。

❷「道」，張元諭本作「趙」。

去年十月九日余至燕城，今周星不報，爲賦長句

君不見常山太守駡羯奴，天津橋上舌盡刳。又不見睢陽將軍怒切齒，三十六人同日死。去冬長至前一日，朔庭呼我弗爲屈。丈夫開口即見膽，意謂生死在頃刻。赭衣冉冉生蒼苔，書雲時節忽復來。鬼影青燈照孤坐，夢啼死血丹心破。只今便作渭水囚，食粟已是西山羞。悔不當年跳東海，空有魯連心獨在。

冬　至

書雲今日事，夢破曉鳴鍾。家禍三生劫，年愁兩度冬。江山乏小草，霜雪見孤松。春色蒙泉裏，煙蕪幾萬重。

冬　晴

北國天寒少，南方地氣來。年光如箭去，世事正輪廻。可怪新祈雪，相思久别梅。夜闌燈坐暗，獨自撥殘灰。

自　嘆

可憐大流落，白髪魯連翁。每夜瞻南斗，連年坐北風。三生遭際處，一死笑談中。贏得千年在，丹心射碧空。

戊寅臈月二十日空坑敗被執，于今二周年矣，感懷八句

横磨十萬坐無謀，回首蹉跎海上州。大傅祇圖和藥了，將軍便謂斫頭休。乾坤顛倒真千劫，身世留連復一周。一死到今如送佛，空牕淡月夜悠悠。

所　懷

萬里青山兩鬢華，老臣無國又無家。乾坤局促籠中鳥，風雪飄零糞上花。歲晚江空人已逝，天寒日短路何賒。書生不作綱常計，聞是東門已種瓜。

除　夜 庚辰

門掩千山黑，孤燈伴不眠。故鄉在何處，今夕是窮年。住世真無係，爲囚已自然。勞勞空歲月，得死似登仙。

又

歲暮難爲客，天涯況是囚。乾坤還許大，歲月忽如流。夢過元無夢，憂多更不憂。屠蘇兒女態，肯作百年謀。

元　日 辛巳

金虬銜日出，鐵騎勒春回。天上青門隔，人間白髮催。霜寒欺舊草，山晚放新梅。環堵甘牢落，東風枉卻來。

又

慙愧雲臺客，飄零雪滿氈。不圖朱鳥影，猶見白蛇年。宮殿荒烟隔，門庭宿草連。乾坤自春色，回首一潸然。

初六日即事

車馬燕山鬧，誰家早管絃。開門忽見雪，擁被不知年。篋破書猶在，爐殘火復燃。偷桃昨日事，回首哭堯天。

人　日

今年爲蛇年，此日是人日。江右一龍鍾，山中舊佔畢。獨坐守大玄，一笑發狂疾。悠悠王正意，衰涕感麟筆。❶

自　嘆

功業羞前輩，形骸感故吾。屢判嵇紹血，幾無慶公鬚。❷落落惟心在，蒼蒼有意無。江流總遺淚，何止失吞吳。

元　夕

燈火喧三市，衣冠宴九宸。金吾不禁夜，公子早行春。夢斷青山遠，愁侵白髮新。燕山今夕月，清影伴孤臣。

❶「衰」，四庫本作「哀」。

❷「無」，四庫本作「誤」。

又

飄零竟如此，元夕幾堪憐。南國張燈火，燕山沸管絃。相思雲萬里，剩看月三年。笑與東風道，浮生信偶然。

文山先生别集卷之四

集杜詩

余坐幽燕獄中，無所爲，誦杜詩，稍習諸所感興，因其五言集爲絶句，久之，得二百首。凡吾意所欲言者，子美先爲代言之。日玩之不置，但覺爲吾詩，忘其爲子美詩也。乃知子美非能自爲詩，詩句自是人情性中語，煩子美道耳。子美於吾隔數百年，而其言語爲吾用，非情性同哉！昔人評杜詩爲詩史，蓋其以詠歌之辭寓紀載之實，而抑揚褒貶之意燦然於其中，雖謂之史可也。予所集杜詩，自余顛沛以來，世變人事概見於此矣，是非有意於爲詩者也。後之良史尚庶幾有攷焉。歲上章執徐，月祝犂單閼，日上章協洽，文天祥履善甫敘。

是編作於前年，不自意流落餘生，至今不得死也。斯文固存，天將誰屬？嗚呼！非千載心不足以語此。壬午正月元日文天祥書。

集杜詩前卷

社稷第一

三百年宗廟社稷，爲賈似道一人所破壞，哀哉！

南極連銅柱，《送李晉肅入蜀》煌煌太宗業。《北征》

始謀誰其間，《苦熱呈陽中丞》風雨秋一葉。《故李光弼司徒》

理宗度宗第二

先帝弓劍遠，《送譚二判官》❶永懷侍芳茵。《送汝陽郡王璡》

今朝漢社稷，《喜達行在所》爲話涕沾巾。《送司馬入京》

誤國權臣第三

似道喪邦之政，不一而足，其羈虜使開邊釁，則兵連禍結之始也。哀哉！

蒼生倚大臣，《送韋中丞之晉》北風破南極。《北風》

開邊一何多，《前出塞》至死難塞責。《吴侍御江上宅》

---

❶「譚」，景印文淵閣《四庫全書》本《文信國集杜詩》及通行本杜集皆作「覃」。

瀘州大將第四

西南失大將，《客居》帶甲滿天地。《送遠》

高人憂禍胎，《山寺》感歎亦歔欷。《羌村》

襄陽第五

十年殺氣盛，《北風》百萬攻一城。《遣懷》

賊臣表逆節，《往在》胡騎忽縱横。《嚴公武》

荆湖諸戍第六

長嘯下荆門，《春日梓州登樓》胡行速如鬼。《塞蘆子》

門户無人持，《水檻》社稷堪流涕。《西閣呈元二十一》

黄州第七

始謂虜以襄陽船自漢入江。後乃知虜之未渡，蘄黄已先降。故其渡也，襄漢、蘄黄之船皆在焉。

桓桓陳將軍，《北征》東屯大江北。《行官張望》

化作虎與豺，《夏日歎》楚星南天黑。《晚登瀼上堂》

陽羅堡第八

夏貴自陽羅堡之敗，順流而下，沿江南岸縱兵放火，歸廬州解甲。當是時，其心已無國矣。似道建督，至江上，夏貴不得已出見，斬以釁鼓，東南再造之機也。失此不圖，社稷爲墟。哀哉！

日色隱孤戍，《發秦州》大江聲怒號。《大雨》
朝廷任猛將，《又上後園》宿昔恨滔滔。《送王砅使南海》

京湖宣閫第九

開慶己未，江陵閫帥自上而下奔救鄂渚。令朱禩孫任宣閫，乃自鄂渚走還岳陽。朱與夏通任長江之責。一上而一下，使中流蕩然。虜安行入無人之境，國安得不亡？嗚呼痛哉！

正當艱難時，《送樊侍御漢中》豈無濟時策。《遣興》
連檣荆州船，《雨》悠悠回赤壁。《過南岳入洞庭》

渡江第十

常時江水風波不可狎視，虜渡江時，水乃鏡平，豈非天哉！

濟江元自闊，《行次古城泛江》輕舟下吴會。《逢劉簿弟》
南紀收波瀾，《衡州縣呈陸宰》吾將罪真宰。《劍門》

鄂州第十一

先時，李雷奮爲郡守，十月以臺論罷，至是無正官，張晏然以城降。❶金湯重鎮，正風寒中而去正守，當國者獨何心哉。

❶「晏」，鄢本、張元諭本及《文信國集杜詩》作「宴」。

鄂渚分雲樹，《過南岳入洞庭》春城帶雨長。《入行軍六弟宅》

惜哉形勝地，《懷鎮水居》❶河岳空金湯。《入衡州》

江州第十二

戎馬暗天宇，《送魏六丈交廣》落日九江流。《送李功曹荆州》

元惡迷是似，《入衡州》化作長黄虬。《奉同郭給事》

安慶府第十三

岸轉異江湖，《過南岳入洞庭》江水流城郭。《春日梓州登樓》

鴟鴞志意滿，《病柏》山鬼獨一脚。《懷台州鄭户》

魯港之遁第十四

己未，鄂渚之戰，何勇也！ 魯港之遁，何衰也！ 人心已去，國事瓦解。當是時，惟豪傑拔起，首禍之權奸無救禍之理。哀哉！

出師亦多門，《後出塞》水陸迷畏途。《贈鄭十八賁》

蹭蹬麒麟老，《贈射洪李四丈》危檣逐夜烏。《過南岳入洞庭》

❶「懷鎮水居」四字，杜集作「懷錦水居止」。

建康府第十五

亭亭鳳凰臺，《鳳凰臺》江城孤照日。《登牛頭山亭》

胡來滿彤宮，《往在》驅馬一萬匹。《北征》

相陳宜中第十六

魯港敗後，陳宜中當國，首斬殿帥韓震脅遷之議，差强人意。宜中實無經綸，至秋託故遁歸，及不得已，十月再來，則國事去矣。哀哉！

蒼生起謝安，《宴王使君宅》翠華擁吴岳。《壯遊》

可以一木支，《水檻》俯恐坤軸弱。《青陽峽》

召張世傑第十七

京師内空，賴張世傑一軍自荆湖至。

詔發西山將，《送郭中丞》熊虎亘阡陌。《贈王思禮司空》

笳鼓凝皇情，《贈左僕射嚴武》佳氣向金闕。《北征》

鎮江之戰第十八

張世傑率舟師趨金山，約殿帥張彦自常州陸出京口，楊州兵出瓜洲，三路交進，同日用事。既而，楊州失期先出，取敗；常州竟不出。世傑多海舟，無風不能動，江水平，虜以水哨馬往來如飛，遂以潰敗。嗚呼，豈非天哉！

海胡舶千艘，《送王砅使南海》肉食三十萬。《昔遊》

江平不肯流，《陪王使君泛江》到今有遺恨。《壯遊》

將相棄國第十九

丙子正月十八日，虜至高亭山。是夜四鼓，宜中逃。翌日，世傑逃。

扈聖登黄閣，《贈嚴八閣老》大將赴朝廷。《草堂》

胡爲入雲霧，《送高司直閬州》浩蕩乘滄溟。《橋陵韻呈縣官》

京城第二十

當宁陷玉座，《往在》❶兩宫棄紫薇。《詠懷》

北城悲笳發，《夏夜歎》失涕萬人揮。《送盧十四弟》

京城第二十一

黄屋朔風卷，《故祕監蘇源明》園林殺氣平。《送郭中丞太僕》

宫殿青門隔，《送賈閣老出汝》永懷丹鳳城。《送覃二判官》

陵寢第二十二

五陵花滿眼，《别何邕》霜露在草根。《閬州東樓》

---

❶ 「往」，原作「住」，今據鄢本、張元諭本及《文信國集杜詩》改。

冥冥子規叫，《法鏡寺》重是古帝魂。《杜鵑》

陵寢第二十三

旄頭彗紫微，《衡州縣呈陸宰》蚩尤塞寒空。《奉先縣永懷》愚智心盡死，《聽何氏歌》漂蕩隨高風。《遣興》

江陵第二十四

高達，京湖名將，己未解圍鄂州。賈似道許以建節，竟不與，而移以與呂文德。達怨望久矣，至是爲京湖制置，以城降，宣閫不能制。城初陷，朱禩孫仰藥不得死，既而亦降焉。

聞説江陵府，《峽隘》今又降元戎。《客居》甲外控鳴鏑，《贈王司空思禮》肩輿强老翁。《王十五前閣會》

淮西帥第二十五

夏貴既失長江，惟恐督府有成，無所逃罪；又恐孫虎臣以後進爲將有功，總統出己上，日夜幸其敗覆。督府既潰，歸廬州竟不出。朝廷屢詔勤王，若罔聞知。國亡，乃以淮西全境獻北爲己功焉。於是，貴年八十餘矣，「老而不死是爲賊」，其貴之謂歟！

借問大將誰，《後出塞》戰骨當速朽。《前出塞》逆節同所歸，《詠懷》水花笑白首。《送王砅使南海》

楊州第二十六

李庭芝在楊州十餘年，畏怯無遠謀，惟閉門自守，無救於國。及景炎登極，以爲首相，乃引兵輕出，渡海南歸。朱焕尋以城獻虜。哀哉！

城峻隨天壁，《白帝城》胡來但自守。《潼關吏》

士卒終倒戟，《贈王司空思禮》仰望嗟嘆久。《九成宫》

京湖兩淮第二十七

東南兵力，盡在江北，金城湯池，國之根本。高以荆州降，夏以淮西降。李死，淮東盡失，無復中原之望矣。哀哉！

荆楊風土暖，《秋行官張望》大城鐵不如。《潼關吏》

泰山忽破碎，❶《登慈恩塔》流落隨丘墟。《五盤》

景炎擁立第二十八

予自蘇州歸闕，建議出二王於閩廣。及虜至，二王方出宫。蘇劉義、陸秀夫遇二王於温。時陳宜中海船泊清嶼門，諸人往邀之，共圖興復。益王始建元帥，❷及張世傑自定海至，同趨三山，以五月一

❶ 「泰」，《文信國集杜詩》作「秦」。

❷ 「帥」下，《文信國集杜詩》有「府」字。

日益王登極，改元景炎。

漢運初中興，《述懷》扶顛待柱石。《入衡州》

疇能補天漏，《寄岑參》登階捧玉册。《往在》

福安府第二十九

崔嵬扶桑日，《幽人》闊會滄海潮。《桔柏渡》

傾都看黄屋，《送班司馬入京》此意竟蕭條。《贈韋左丞》

幸海道第三十

自三山登極，世傑遣兵戰邵武，大捷，人心翕然。世傑不爲守國計，即治海船，識者於是知其陋矣。至冬聞警，即浮海南去，天下事是以不可復爲。哀哉！

天王守大白，《九成宫》立國自有疆。《前出塞》

舍此復何之，《後遊脩覺寺》已具浮海航。《壯遊》

景炎賓天第三十一

御舟離三山，至惠州之甲子門駐焉。已而遷官富場。❶丁丑冬虜舟來，移次仙澳，與戰得利，尋望南去，止碙川。景炎賓天，蓋戊寅四月望日也。嗚呼痛哉！

---

❶「官」，原作「宫」，今據《别集》卷六《紀年録》、《附録》卷二《忠義傳》改。

陰風西北來，《北征》青海天軒輊。《送從弟亞》
白水暮東流，《新安吏》魂斷蒼梧帝。《贈秘書監李邕》

祥興登極第三十二

戊寅四月十七日，衛王登極於碙川。
浮龍倚長津，《别蔡十四著作》參錯走洲渚。《入衡州》
蒼梧雲正愁，《登慈恩塔》初日翳復吐。《法鏡寺》

祥興第三十三

六月，世傑自碙川北還至厓山，止焉。厓山乃海中之山，兩山相對延袤，中一衣帶水，山口如門。世傑以爲形勝，安之。
南遊炎海甸，《送魏六丈》沃野開天庭。《橋陵韻呈縣官》
真龍竟寂寞，《雷》乾坤水上萍。《衡州送李大夫》

祥興第三十四

己卯正月十三日，虜舟直造厓山，世傑不守山門，作一字陣以待之。虜入山門，作長蛇陣對之。二月六日，虜乘潮進攻，半日而破，死溺者數萬人。哀哉！
弧矢暗江海，《草堂》百萬化爲魚。《潼關吏》

帝子留遺恨，《過南岳入洞庭》故國莽丘墟。❶《逃難》

世傑於戰敗後，乘霧雨晦冥，以數舟遁去。

祥興第三十五

朱厓雲日高，《遣過》❷風浪無晨暮。《懷台州鄭司户》

冥冥翠龍駕，《雨》今復在何許。《宿清溪驛》

祥興第三十六

初，行朝有船千餘艘，内大船極多。張元帥大小船五百，而二百舟失道，久而不至。北人乍登舟，嘔暈，執弓矢不支持。又水道生踈，舟工進退失據。使虜初至，行朝乘其未集擊之，蔑不勝矣。行朝依山作一字陣，幫縛不可復動，於是不可以攻人而專受攻矣。先是，行朝以游舟數出，得小捷。他船皆閩浙水手，❸其心莫不欲南向，若南船推鋒直前，❹閩浙水手在北舟中必爲變，則有盡殲之理。惜世

---

❶「國」，張元諭本及《文信國集杜詩》作「園」。

❷「過」，《文信國集杜詩》、杜集作「遇」。

❸「他」，《文信國集杜詩》作「北」。

❹「推」，張元諭本及《文信國集杜詩》作「摧」。

傑不知合變，專守法。❶嗚呼，豈非天乎！❷

六龍忽蹉跎，《别唐十五誡》川廣不可泝。《送汝陽王璡》

東風吹春水，《送程録事》乾坤莽回互。《懷台州鄭司户》

祥興第三十七

幽燕盛用武，《昔遊》六合已一家。《後出塞》

眼穿當落日，《喜達行在》滄海有靈查。《喜晴》

祥興第三十八

客從南溟來，《客從》❸黄屋今在否。❹《留别張使君》❺

天高無消息，《幽人》未忍即開口。《述懷》

---

❶「守」下，《文信國集杜詩》有「常」字。

❷「乎」，鄢本、張元諭本及《文信國集杜詩》作「哉」。

❸「客」，原作「落」，今據鄢本、張元諭本及《文信國集杜詩》改。

❹「今」，杜集作「安」。

❺「張」，《文信國集杜詩》、杜集作「章」。

祥興第三十九

南嶽配朱烏，❶《望岳》地軸爲之翻。《晦日尋崔戢》

皇綱未爲絶，《北征》雲臺誰再論。《覽柏中丞官制》

陳宜中第四十

丁丑冬，御舟自謝女峽歸碙川。陳宜中船相失，莫知所之。

管葛本時須，《别張十三建封》經綸中興業。《述古》

有志乘鯨鰲，《送王砅使南海》南紀阻歸檝。《贈李光弼》

張世傑第四十一

世傑得士卒云，每言北方不可信，故無降志。閩之再造，實賴其力。然其人無遠志，擁重兵厚貲，惟務遠遁，卒以喪敗。哀哉！

南國卷雲水，《舟中苦熱》黄金傾有無。《遣懷》

蛟龍亦狼狽，《溪漲》反復乃須臾。《草堂》

張世傑第四十二

長風駕高浪，《龍門》偃蹇龍虎姿。《病柏》

---

❶「烏」，杜集作「鳥」。

蕭條猶在否，《上水遣懷》寒日出霧遲。《早發射洪》

蘇劉義第四十三

蘇，京湖老將，雖出吕氏，乃心專在王室，永嘉推戴，實建大功。後世傑用事，志鬱鬱不得展。其人剛躁不可近，然能服義，終始不失大節。厓山與其子俱得脱，亦不知所終。

驊騮事天子，《送高司直》龍怒拔老湫。《送韋十六評事》

鼓柮視青旻，《寄薛三郎中》烈風無時休。《登慈恩塔》

曾淵子第四十四

曾淵子，元貶雷州，御舟南巡，復與政事。厓山之敗，曾欲赴水，爲蘇父子所留，同得脱。其家竟没虜，後還五羊，有人見其子雷郎者焉。哀哉！

子負經濟才，《别唐十五》鬱陶抱長策。《貽華陽吕少府》❶

安得萬里風，《夏夜歎》南圖回羽翮。《送嚴公入朝》

江丞相萬里第四十五

先生居饒州，虜入城，先生投府第中池水死。其弟萬頃，於廳事上被執殺死。哀哉！

---

❶ 「吕」，《文信國集杜詩》、杜集作「柳」。

星坼台衡地，❶《送蘇州李長史》斯文去矣休。《送王信州厓北》❷

湖光與天遠，《過洞庭》屈注滄江流。《奉同郭給事》

趙倅昂發第四十六

虜至池州，倅昂發，蜀人，夫婦自經死。

風雷颯萬里，《大雨》大江動我前。《水會渡》

青衿一憔悴，《衡山縣學》名與日月懸。《陳拾遺故宅》

將軍王安節第四十七

常州敗，虜生獲王安節，不屈而死。虜謂過江以來，武人忠義者，惟王安節一人。安節乃節度使王堅子也。

激烈傷雄才，《金華山觀》直氣横乾坤。《別李義》

惆悵汗血駒，❸《別張建封》見此忠孝門。《柏中丞降官制》❹

---

❶「坼」，張元諭本作「折」，《文信國集杜詩》作「拆」。

❷「厓北」二字，杜集作「崟北歸」。

❸「惆悵」二字，《文信國集杜詩》、杜集作「倜儻」。

❹「降」，《文信國集杜詩》、杜集作「除」。

李安撫芾第四十八

肯齋先生，蜀人，寓居衡陽。乙亥，留夢炎爲潭帥，夢炎歸相，始起先生爲代。先生倉卒運掉，城守甚備。及城陷，先生殺其家人，乃自焚死。哀哉！

殺氣吹沅湘，《入衡州》高興激荆衡。《李八判官》

城中賢府主，《課伐木》千秋萬歲名。《夢李白》

李制置庭芝第四十九

庭芝得爰立之命，引兵至泰州，爲虜所困。泰州孫九賣城，庭芝被執，誅於楊州市。雖無功於國，一死爲不負國矣。

空留玉帳衛，❶《送嚴公》那免白頭翁。《陪章留後》

死者長已矣，《石壕吏》淮海生清風。《送高司直》

姜都統才第五十

淮東猛將，楊州前後主戰，皆其人也。及泰州破，被執。虜愛其才勇，啖以官爵，不肯降，罵諸負國者。臨刑含血以噴，罵虜不絕口。其英風義烈，淮人言之，無不傷歎。惜哉！

---

❶「衛」，《文信國集杜詩》、杜集作「術」。

屹然强冠敵，❶《贈王司空》古人重守邊。《後出塞》

惜哉功名忤，《薛大保》❷死亦垂千年。《義鶻》

張制置珏第五十一

蜀之健將，元與昝萬壽齊名。昝降，張獨不降，行朝擢授制閫，未知得拜命否。蜀雖糜碎，珏竟不降，爲左右所賣。珏覺而逃遁，被囚鎖入北，不肯屈，後不知如何。

氣敵萬人將，《楊監畫鷹》獨在天一隅。《遣懷》

向使國不亡，《九成宫》功業竟何如。《别張建封》

陸樞密秀夫第五十二

字君實，文筆英妙，自維楊幕入朝。京師陷，永嘉推戴有力。及駐厓山，兼宰相，凡朝廷事皆秀夫潤色綱紀之。厓山陷，與全家赴水死。哀哉！

文彩珊瑚鈎，《奉同郭給事》淑氣含公鼎。《張九齡》

炯炯一心在，《嚴武》天水相與永。《渼陂西南臺》

---

❶ 「冠」，《文信國集杜詩》、杜集作「寇」。

❷ 「大」，《文信國集杜詩》、杜集作「少」。

勤王第五十三

甲戌冬，詔天下勤王。予守章貢，首應詔，意同志者當接踵而奮。已而竟無應者，予遂以孤軍赴闕，世事不濟，殆由於此。哀哉！

出師亘長雲，《後出塞》盡驅詣闕下。《往在》

首唱恢大義，《衡州縣學》❶垂之俟來者。《蘇源明》

蘇州第五十四

予領兵赴闕，時陳宜中歸永嘉，留丞相夢炎當國。夢炎意不相樂，出予以制閫，守吴門。尋以獨松事急，陳丞相、留丞相、陳樞密文龍連書趣還宿衛。予不得已行，未幾，姑蘇陷。哀哉！

嵯峨閶門北，《北遊》❷朱旗散廣川。《餞裴二端公》

控帶莽悠悠，《送章十六評事》慘淡陵風煙。《草堂》

拜相第五十五

予自吴門還，遣守獨松，戍餘杭。丙子正月初二日除知臨安府，辭不拜。引輕兵至闕，陳大義，不得見。十八夜，宜中逃。次日早，予除樞密使，午，拜丞相、樞密使，都督諸路軍馬。然事已無及，無可

---

❶ 「州」，《文信國集杜詩》、杜集作「山」。

❷ 「北」，《文信國集杜詩》、杜集作「壯」。

柰何矣。予不敢當亡國之名，請有危難捐軀而已。❶

我來屬時危，《九成宫》朝野色枯槁。《送長孫侍御》

倚君金華省，《張九齡》不在相逢早。《贈射洪李四丈》

出使第五十六

初，宜中蒙蔽外庭，如遣使北軍之議和，❷約見伯顔於長安堰。已而不如約，故虜徑至高亭山，要以相見。宜中遂逃，上下皆莫知其詳。予既辭相印不拜，遂奉上命以議和爲名，在虜營，虜强以降，余見伯顔，開陳大義，詞氣慷慨，虜頗傾動。尋留不遣，而丞相吴堅、右丞賈餘慶、同知樞密院謝堂以下，竟自納欵。余責伯顔留使失信，及數虜罪惡，以死自誓，而一無所及矣。痛哉！

隔河見胡騎，《前出塞》朝進東門營。《後出塞》

皇皇使臣體，《寄崔部事》❸詞氣浩縱横。《春陵行》

發京師第五十七

自國都失守，應降表及行下省札播告歸附，皆不敢使余聞知。予居虜中，欲求速死，虜衛守甚嚴，

---

❶「請」，《文信國集杜詩》作「惟」。

❷「如」，《文信國集杜詩》作「乃」。「之」，張元諭本及《文信國集杜詩》作「求」。

❸「部」，杜集作「評」。

務爲塗塞耳目。二月八日，大臣吴堅、賈餘慶、家鉉翁、劉岊皆以祈請使爲名，下船詣北庭。虜忽驅余並行。余不肯往，被其捽迫，不得已行。至謝村，幾逃去。

東下姑蘇臺，《壯遊》揮涕戀行在。《北征》

蒼茫雲霧浮，《發秦州》風帆倚翠蓋。《幽人》

去鎮江第五十八

余至京口，北行有日矣。余欲引決，同行士杜滸曰：「且逃，逃不獲，死未晚也。」遂謀走真州。時江中皆北船，偶物色一空船，在虜籍外，捐重貲約之。二月晦日夕一更後，予約同行十一人潛出邸，挾刃自隨，不濟則自殺，幸而安行無虞。遂泝流而上，虜船綿亘江上，幾不得出。三月朔抵真州，今而後喜可知也。

京口渡江航，《送許八十遺》❶窮途仗神道。《送魏六丈》

蕭條向水陸，《入衡州》雲雨白浩浩。《送長孫侍御》

至真州第五十九

余至真州，登城四望，徘徊感歎。守苗再成慷慨有志略，聞余言，踊躍思奮。余即作書，報制閫李庭芝及約淮西夏貴。又作諸州太守書，約以興復。苗守遣人四出導意，兩日久與余講進取方略。使

❶「十」，《文信國集杜詩》、杜集作「拾」。

天命再宋，❶是行也，中興之機也。一人狐疑，事乃大繆。惜哉！

萬里長江邊，《送高司直》去國同王粲。《通泉驛》

青山意不盡，《上牛頭寺》皇天照嗟嘆。《舟中苦熱》

行淮東第六十

李庭芝聞余至真州，以爲來説城，遣使數十輩來泣殺予。苗再成不肯，然不得不出予以自白。以上巳日給余出城門，閉城不答。余欲赴濠死，未幾，苗遣五十人送行，行五十里，布刃於野，詰問甚久。使一語可疑，即爲草間血矣。其人信余言，爲之歎惋，送至州境。夜至揚州西門，欲扣城入，前卻數四。四人逃去，余與七人走荒野空屋中。是日，虜萬騎自屋後過，幸而苟免。自是變姓名趨高郵。初五夜行，屢迷失道。旦虜哨，各鳥獸竄伏，縛去一人，殺傷一人，又幸喜脱。余時日夜在死亡中，驚惴危懼，飢餓無聊，人生逆境有如此者。哀哉！

客子中夜發，《赴奉先縣》月照白水山。《彭衙行》

悲辛但狂顧，《懷鄭十八户虔》浩蕩前後間。《清溪》

自淮歸浙東第六十一

余高郵道中遇哨得脱，行數十里，匍匐不能行。幸遇村夫，雇倩籮擡入郡。又有被傷者，扶持强

❶「再」，《文信國集杜詩》作「在」。

行，血衣淋漓，見者傷惜。初七日至郡，地分官盤詰甚至，稱制置司有報文丞相來説城，合一路覺察，不納南來人。余等既變姓名，地分官見有傷者，不疑，聽下船去。沿途歷盡艱險，得至泰州城下，伏十餘日，趨通州。自下船後，哨騎或隔五里，或隔十里，驚惶連日。達通州城，反覆詰問，數日不納。不得已，從地分官吐實語。太守楊思復遂得覆護，主圃子内大舟中，然後以海舟送歸浙東。船中遇風波，屢覆。又遇賊，追逼數四。是行寄一生於萬死，不復望見天日。至永嘉，惟存六人。

北走驚險難，《彭衙行》十步一回首。《相從歌》

碧海吹衣裳，《又上後園山脚》掛席上南斗。《别張使君》❶

至福安第六十二

益王以天下兵馬都元帥，衛王以副元帥，建號於永嘉。隨趨三山開府。予四月八日到永嘉，則元帥舟去已一月矣。亟使副守李珏驛報行府，陳丞相即遣人來議擁立事，余深贊大議。五月一日登極，予以觀文殿學士侍讀召赴行在。二十六日至行都，即再相。然國方草創，陳宜中尸其事，專制於張世傑。余名宰相，徒取充位，遂不敢拜。議出督。

握節漢臣回，《鄭駙馬》麻鞋見天子。《述懷》

感激動四極，《嚴武》壯士淚如水。《聽楊氏歌》

❶ 「張」，《文信國集杜詩》、杜集作「章」。

福安宰相第六十三

余至通州，地分官以制置司文移爲説，甚作艱阻。❶余不得已吐實，以通楊帥守思復。乃云諜報許浦有馬根尋文丞相，甚信余言，不直制司。予然後得楊守存恤，遂遵南歸。及過明州東門，有列岸數百艘，初不知爲虜把隘船也。後聞之東門道士，云是日虜頭目見船過，問左右曰此何船？皆以漁舟對，遂得善去。嗚呼危哉！楊守爲余言，欲得海船數百艘，當約許帥文德擁兵勤王，慨然有誓清之志。予至永嘉，即詳報陳丞相，不以爲信，乃遣毛浚之通州，而不以告余。浚至通州，守問予何以無書，遂發怒，浚幾不免。浚出，而通遂降虜矣。惜哉！

紛然喪亂際，《柏中允制》反覆歸聖朝。《鄭虔》

秉鈞孰爲偶，《贈李八判官》扶顛永蕭條。《李光弼》

南劒州督第六十四

始余至永嘉，留一月候命。永嘉及台、處豪傑皆來自獻，願從海道作戰守規模。予至福安，欲還永嘉謀進取，廟謨不以爲然，遂議開督于廣，廣陷，乃出南劒開府，聚兵財爲收復江西計。于時幕府選辟，皆一時名士。宜中既棄臨安，及三山登極，欲倚世傑復浙東西以自洗濯，所以阻予永嘉之行。後取定海兵敗，李珏爲制閫，衆方思用予，悔已不及。惜哉！

---

❶「阻」，張元諭本作「難」。

劍外春天遠，《送班司馬入京》江閣鄰石面。《簡嚴雲安》

幕府盛才賢，《次古城店》意氣今誰見。《白馬》

汀州第六十五

予在劍，朝廷嚴趣之汀。十月行，十一月至汀州，而福安隨陷，車駕幸海道矣。事會之不齊如此。哀哉！

雷霆走精鋭，《送樊侍御》斧鉞下青冥。《送李大夫》

江城今夜客，《出郭》慘淡飛雲汀。《薛判官》

梅州第六十六

余至汀，汀守可疑，汀兵非素所拊循。寇兵自贛自劍交至。丁丑正月，行府遂引兵趨漳州龍巖，謀入衛漳、潮，道阻，三月入梅州。時麾下碩不循法，❶斬二都統，軍政一新焉。

樓角凌風迴，《東樓》孤城隱霧深。《野望》

萬事隨轉燭，《佳人》秋光近青岑。《伐木》

❶ 「碩」，張元諭本及《文信國集杜詩》作「頗」。

贛州第六十七

五月，引兵自梅出嶺，時贛、吉兵皆來會。六月，大捷於雩都，進攻興國縣，縣返正，於是駐屯。遣大兵攻贛州，又以偏師出吉州，贛諸縣皆復，虜號令惟行於城中。吉水、永豐、萬安、永新、龍泉以次皆復，臨、洪、袁、瑞莫不響應，詣軍門請約束者相繼。興國、黄州新復，皆來請命。汀州有僞天子黄從，斬首至府。上下翕合，氣勢甚盛。天若祚宋，則是舉也幸而一捷，國事垂成之候也。

崆峒殺氣黑，《壯遊》灑血暗郊坰。《薛判官》

哀笳曉幽咽，《留花門》石壁斷空青。《西閣》

江西第六十八

行府偏師出吉州者，戰于鍾步，不利，攻贛兵不幸相繼而敗，行府孤立。時處置安撫鄒渢聚兵數萬，❶在永豐境，行府引兵就之。會其軍亦潰，而虜自後追及，不可支。雖人謀之不臧，殆天意之未順。每一念此，氣殪欲絶。哀哉！

東望西江水，《弟觀》高義在雲臺。《建封》

到今用鉞地，《草堂》霜鴻有餘哀。《金華山》

---

❶ 「渢」，原作「鳳」，今據張元諭本及《文信國集杜詩》改。

江西第六十九

旄頭初俶擾，《將適江陵》義士皆痛憤。《草堂》

乾坤空崢嶸，《畫鶻》嚮者留遺恨。《空靈岸》

復入廣第七十

行府敗於江西，收散兵復入汀。尋出會昌，入安遠，趨循州，是冬屯南嶺。戊寅二月，出惠州海豐縣，駐於麗江涌，❶徧遣間使沿海訪問車駕。六月翠華至厓山，行府移船澳。❷八月，進少保、信國公，職任依舊。行府欲赴闕，張世傑阻隔於中，不果行。

東浮滄海濆，《薛郎中》南爲祝融客。《詠懷》

漂轉混泥沙，《柴門》迫此短景急。《龍門》

駐惠境第七十一

朱鳳日威垂，《北風》羅衣展衰步。❸《詠懷》

北風吹蒹葭，《秋行官張望》送此齒髮暮。《雨》

---

❶「涌」，《文信國集杜詩》作「浦」。

❷「船」下，《文信國集杜詩》有「入」字。

❸「衣」，張元諭本及《文信國集杜詩》、杜集作「浮」。

駐潮陽第七十二

十月，引兵趨潮陽，稍平群盜，人心翕然。

寒城朝煙淡，《吴侍御宅》江抹擁春沙。❶《遠遊》

群盜亂豺虎，《雷》回首白日斜。《喜晴》

同府之敗第七十三❷

十一月，諜報虜大衆至漳、泉。度勢不敵，移屯將趨海豐，爲虜騎追及於中道。時行已數日，不爲備，倉卒潰散，遂被執。

送兵五千人，《北征》散足盡雨靡。❸《種萵苣》

留滯一老翁，《雨》蓋棺事則已。《奉先縣》

行府之敗第七十四

自國難後，行府白手起兵，展轉患難，東南跋涉萬餘里，事不幸不濟。然臣子盡心焉爾矣，成敗天也，獨柰何哉！

---

❶「抹」，張元諭本及《文信國集杜詩》、杜集作「沫」。

❷「同」，《文信國集杜詩》作「行」。

❸「雨」，鄢本、張元諭本作「兩」，《文信國集杜詩》、杜集作「西」。

翠蓋蒙塵飛，《詠懷》仗鉞奮忠烈。《北征》

千秋滄海南，《張九齡》事與雲水白。《王思禮》

南海第七十五

余被執後，❶即服腦子約二兩，昏眩久之，竟不能死。及至張元帥所，衆脅之跪拜，誓死不屈，張遂以客禮見。尋置海船中，守護甚謹。至厓山，令作書招張世傑。手寫詩一首復命，末句云：「人生自古誰無死，留取聲名照汗青。」❷張不强而止。厓山之敗，親所目擊，痛苦酷罰，無以勝堪。時日夕謀蹈海，而防閑不可出矣。失此一死，困苦至於今日，可勝恨哉！

開帆駕洪濤，《遣遇》血戰乾坤赤。《送李判官》

風雨聞號呼，《草堂》流涕灑丹極。《別蔡著作》

南海第七十六

南海春天外，《送段功曹》秖應學水仙。《舟中》

自傷遲暮眼，《寓目》爲我一潸然。《李使君》

---

❶ 「余」，鄒本、張元諭本作「今」，《文信國集杜詩》作「予」。

❷ 「聲名」二字，《文信國集杜詩》作「丹心」。

至廣州第七十七

自厓山至五羊，壯哉郡，真形勝之國也！往年虜平其城，收復後不能完整爲守國計。哀哉，吾國之無人乎！

南方瘴癘地，《雷》白馬東北來。《白馬》

長城掃遺堞，《李光弼》淚落强徘徊。《鄭駙馬樓臺》

至南安軍第七十八

予四月二十二日離五羊，五月四日出梅嶺，至南安軍。鑰置舟中，予不食，擬至廬陵得瞑目，庶幾首丘之義云。

短日行梅嶺，《哭李常侍》天門鬱嵯峨。《别唐誠》

江西萬里船，《春夜留宴》歸期無柰何。《何將軍山林》

過章貢第七十九

崆峒地無軸，《送從弟亞》江山雲霧昏。《别李義》

萍漂忍流涕，《入行軍六弟宅》故里但空存。《後出塞》

至吉州第八十

掛帆遠色外，《雨》緬邈懷舊丘。《破船》

江水風蕭蕭，《桔柏渡》烏啼滿城頭。《發秦州》

吉州第八十一

泊舟滄江岸，《課伐木》身輕一鳥過。《送蔡師魯》
請爲父老歌，《羌村》歌長擊樽破。《屏跡》

吉州第八十二

戚戚去故里，《前出塞》我生苦飄零。《通泉驛》
回身視緑野，《送李校書》但見西嶺青。《揚旗》

過臨江第八十三

自離南安軍，五日而至廬陵，七日過臨江，八日至豐城。余雖不食，未見其殆。衆以飲食交相逼迫，予念既過鄉州，已失初望，委命荒濱，立節不白。且聞暫止金陵郡，出坎之會，或者有隕自天，未可知也。遂復飲食，勉狥衆情。初衆議以予漸殆，欲行無禮，掩鼻以灌粥酪，至是遂止。乃知夷齊之心事，由其獨處荒山，故得行其志耳。

獨帆如飛鴻，《贈蘇傒》清江轉山急。《早發射洪》
回首白雲多，《何將軍山林》山寒夜中泣。《龍門鎮》

過隆興第八十四

隆興自陷没後，忠義奮起，幾於返正，屠滅殆盡，過而傷之。

臨江久徘徊，《山寺》再讀徐孺碑。《張九齡》

交游颯向盡，《餞裴二端公》到今耆舊悲。《病橘》

江行第八十五

畏途隨長江，《白沙渡》萬里滄茫水。《憶鄭南玭》

遊子去日長，《成都》壯心不肯已。《戲贈友》

江行第八十六

江水東流去，《陪王侍御宴》浮雲終日行。《夢李白》

別離經死地，《鄭駙馬池》飲啄愧殘生。《草堂》

江行第八十七

蕭蕭白楊路，《李邕》死人積如丘。《遣興》

大江東流去，《成都》蒼山旌旆愁。《韋評事》

江行第八十八

連山暗烽燧，《送從弟亞》川谷血横流。《送樊侍御》

揮淚臨大江，《送韋諷》上有行雲愁。《遣興》

江行第八十九

六月六日過隆興。十二日至金陵囚邸。八月二十三日渡江北行。❶事會多有可慨，尚何言哉！

朔風飄胡鴈，《遺興》江城帶素月。《聽楊氏歌》

安得覆八溟，《客居》滂沱洗吴越。《喜雨》

北行第九十

八月二十六日至楊州。九月初一日哭母小祥於邳門外。❷初九日至徐州，弔項羽故宫地，登黄樓臺，讀子由賦。十一日至沛縣，❸縣有歌風臺。十五日至東平府。十七日至高唐州。十八日過平原。二十日至河間府。二十一日至保定府。

浮雲暮南征，《前出塞》我馬向北嘶。《白沙渡》

荆棘暗長原，《園官送菜》子規晝夜啼。《客居》

北行第九十一

清秋望不極，《野望》中原杳茫茫。《成都》

---

❶「三」，《别集》卷六《紀年録》作「四」。

❷「一」，《别集》卷六《紀年録》作「七」。

❸「一」，鄢本、張元諭本及《文信國集杜詩》作「二」。

游子悵寂寥，《桔柏渡》下馬古戰場。《遣興》

北行第九十二

浮雲連海岱，《兗州城樓》寒蕪際碣石。《昔遊》
落景惜登臨，《杜侍御江樓》人煙渺蕭瑟。《北征》

北行第九十三

平野入青徐，《兗州城樓》桑柘葉如雨。《昔遊》
信美無所適，❶《成都》沉思情延佇。《雨》

北行第九十四

乾坤幾反覆，《蘇侍御渙》乘凌惜俄頃。《渼陂西南臺》
懷古視平蕪，《遣懷》令人發深省。《奉先寺》

北行第九十五

游子無根株，《贈李四丈》世梗悲路澀。《送程録事》
關山雪邊看，《秋行官張望》愁思胡笳夕。《喜達行在所》

❶ 「所」，《文信國集杜詩》、杜集作「與」。

文山先生別集卷之五

集杜詩後卷

至燕城第九十六

十月一日至燕城，越五日，送千户所枷禁。十一月初一日蘇枷。初九日領赴北庭引問，余不跪，抗詞不屈。尋復還獄待死，以至今日云。

往在西京時，《往在》胡星墜燕地。《別唐誡》
登臨意惘然，《登惠義》千秋一拭淚。《酧薛判官》❶

至燕城第九十七

浩蕩想幽冀，《夏日歎》行行郡國遥。《野望》
天寒落萬里，《遣興》回首向風飇。❷

❶ 「薛」，原作「薜」，今據張元諭本及《文信國集杜詩》改。
❷ 「飇」下，《文信國集杜詩》有「遣遇」二字注。此句杜集屬《官定後戲贈》詩。

至燕城第九十八

百年不敢料，《龍門閣》先後無醜好。《遣興》
絶境與誰同，《送裴二》飄泊南庭老。《舟中》

入獄第九十九

陰房鬼火青，《玉華宫》白日亦寂寞。《昔遊》
自非曠士懷，《登慈恩塔》居人莽牢落。《送樊侍御》

入獄第一百

天黑閉春院，《大雲寺》今如罝中兔。《懷鄭司户》
人間夜寥闃，《夜聽許十誦詩》❶永日不可暮。《夏夜歎》

入獄第一百一❷

行行見羈束，《寫懷》斯人獨憔悴。《夢李白》
欲覺聞晨鍾，《遊奉先寺》青燈死分翳。《宿鑿石浦》

---

❶ 「詩」，原作「許」，今據《文信國集杜詩》、杜集改。
❷ 下「一」字，原脱，今據鄢本、張元諭本及《文信國集杜詩》補。

入獄第一百二

勞生共乾坤，《寫懷》何時有終極。《別贊上人》

燈影照無睡，《大雲寺》今夕復何夕。《贈衛公處士》❶

入獄第一百三

眼前列杻械，《草堂》熊掛玄蛇吼。《上水遣懷》

夜看豐城氣，《詠懷》朝光入甕牖。《晦月》❷

入獄第一百四

徘徊虎穴上，《寄贊上人》吾道正羈束。《觀水漲》

落日將何如，《宴歷下亭》清文動哀玉。《別薛判官》

懷舊第一百五

自百五至百九，皆懷念故人，爲王事而没者固多，不能盡紀。嗚呼哀哉！自百三十六至百三十八，❸皆師友之際，同列之情，死生契闊，不能自已也。

❶「公」，《文信國集杜詩》、杜集作「八」。

❷「月」，《文信國集杜詩》、杜集作「日」。

❸「三十六」三字，張元諭本及《文信國集杜詩》作「二十六」。

風塵淹白日，《寄第五弟》乾坤霾漲海。《將適江陵》
爲我問故人，《送高司直》離別今誰在。《懷灞上遊》

懷舊第一百六

天寒昏無日，《石龕》故鄉不可思。《赤思》❶
訪舊半爲鬼，《贈衛處士》慘慘中腸悲。《送方書記》❷

懷舊第一百七

故園花自發，《憶弟》無復故人來。《昔遊》
亂離朋友盡，《遣懷》幽珮爲誰哀。《雨》

懷舊第一百八

故人入我夢，《夢李白》相視涕闌干。《彭衙行》
四海一塗炭，《逃難》焉用身獨完。《垂老別》

懷舊第一百九

中夜懷友朋，《宿清溪驛》百年見存没。《鄭公虔》

---

❶「思」，《文信國集杜詩》、杜集作「谷」。

❷「方」，《文信國集杜詩》、杜集作「高」。

風吹蒼江樹，《雨》寒月照白骨。《北征》

金應第一百一十

承信郎路分金應，元備筆扎使令，性剛知義，隨勤王入京。余陷虜，左右星散，惟應無叛去志。在鎮江，得同脱，狼狽淮東，備嘗艱苦。至通州，以憂鬱病死，葬城下。哀哉！

追隨三十載，《送顧文學》艱難愧深情。《羌村》

何處埋爾骨，《鹿頭山》呼號傍孤城。《懷鄭司户》

張雲第一百一十一

路鈐張雲，元吉州敢勇將官，隨閫勤王。余既陷，❶張雲引兵自婺、建、劍、汀歸里。虜已據吉城，雲不勝憤，七月引所部襲虜於南栅門，擊殺甚衆。本爲潰散之計，❷會天明戰渴，赴江飲水，尋被衝溺死。使能少忍，當爲吾用。哀哉！

痛憤寄所宣，《義鶻》四方服勇決。《北征》

壯士斂精魂，《客居》里巷猶嗚咽。《赴奉先縣》

---

❶「陷」下，張元諭本有「虜」字。

❷「潰散」二字，張元諭本及《文信國集杜詩》作「散退」。

劉欽貢元第一百一十二

字敬德，吉州貢士。素有志氣，好功名，上下今古，健於議論。余開府汀城，敬德來寧都，就招諭使鄒𣻉。會虜暴至，竟死亂兵中。同時死者鞠華叔、顏斯立、顏起巖，皆郡之英俊，能爲時立事功者。天生人才若此，曾未施一技，速折乃爾。哀哉！

文章日自負，《蘇公源明》去家死路傍。《上後園山脚》

高視見霸王，《劍門》感子故意長。《贈衛處士》

呂武第一百一十三

環衛官呂武，太平人，面旗爲軍。余陷虜，應募隨從北行。其人勁烈，面折人，觸忌諱不避。然忠鯁，人皆服之。予與同脱鎮江，行淮東，患難中賴以自壯。及開府南劍，遣其結約江淮，道尋阻，武間關數千里，即余於汀、梅，挺身寇寨，化賊爲兵。方將將數千人出江西，以無禮於士大夫，遭横逆死。死之日，一軍爲流涕。哀哉！

疾惡懷剛腸，《壯遊》世人皆欲殺。《不見》

魂魄猶正直，《南池》回首肺肝熱。《鐵堂峽》

鞏宣使信第一百一十四

團練使、都統、招諭使鞏信，荆湖老將，沉勇有謀，奉朝命引所部隨府。予自興國趨永豐，虜追在後，於東固方石嶺下大戰。信據險堅立不動，中數箭死。土人葬之如生，尋奏贈清遠軍承宣使，立廟戰所，而迄未有以慰忠魂也。哀哉！

壯士血相視，《嚴公武》斯人已云亡。《楊監草書圖》

哀哀失木狖，《吴侍郎江上宅》❶夜深經戰場。《北征》

張秘撰汴第一百一十五

秘閣脩撰、廣東提舉、督府參謀張汴，蜀人，嘗爲二吴客，佐荆湖幕，習兵事。予自贛勤王，汴即入幕。開督後，領袖一府，知無不爲。空坑之敗，秘撰易軍士皂衣伏草中，死亂兵。後鄒處置得其尸，棺斂焉。哀哉！

入幕旌旗動，《别魏侍郎》❷揮翰綺繡揚。《汝陽王璡》

煙霧蒙玉質，《赴奉先縣》斯人今則亡。《遣興》

繆朝宗第一百一十六

環衛官、知梅州繆朝宗，淮人，有意氣，嘗爲常熟邠氏客。從余於平江，予歸福安，自婺間道來相從。精練幹實，孜孜奉公，軍府器械悉出其手。空坑之敗，自經於山間。哀哉！

空荒咆熊羆，《課伐木》摧殘没藜莠。《枯椶》

---

❶ 「郎」，《文信國集杜詩》、杜集作「御」。

❷ 「郎」，《文信國集杜詩》、杜集作「御」。

平生江海心，《破船》其人骨已朽。《喜晴》

閩三士第一百一十七

督機秘書謝杞、督幹架閣許由、督幹架閣李幼節，閩士之秀，皆登科。杞，太學名士。空坑之敗，不知所終。哀哉！

俊逸鮑參軍，《憶李白》優游謝康樂。《石櫃閣》

豺虎正縱橫，《久客》南行道彌惡。《青陽峽》

諸幕客第一百一十八

督府架閣吴文炳、督遣林棟等，皆閩士。有幹實，宣勞幕府。空坑之敗，被執，尋遇害。哀哉！

入幕未展才，《贈李八判官》辛苦在道路。《送高司直》

回首一茫茫，《送李判官》風悲浮雲去。《遣興》

趙大監時賞第一百一十九

直寶章閣、軍器大監、督府參議官、江西招討副使趙時賞，宗室，有志氣。首宰旌德，以一縣抗虜，數有功。京師陷，入閩。行朝擢知邵武軍，以棄城罪去。自余開督，隨府典兵，數將偏師，以當一面。神采明雋，議論慷慨。空坑之敗，走之吴溪，尋被執，於隆興遇害。哀哉！

豪傑貴勳業，《送殿中楊豐》宗支神堯後。《贈李八判官》

平生白羽扇，《嚴公武》❶鬱結回我首。《述懷》

劉沐第一百二十

宣教郎、督府機宜、帶行大府寺簿劉沐，字淵伯。予隣曲朋友，從勤王補官。予陷，淵伯領諸軍還。及予歸國，淵伯收部曲赴府，會於汀。專將一軍，爲督帳親衛。沉實有謀，圓機應物，凡江西忠義，皆淵伯所號召，晝夜酬應，精力不倦。會病劇乍起，空坑之敗，不得脱，遇害於隆興。長子同日刑，次子貢元死空坑亂兵。余收其第三幼子，亦没於廣。哀哉！

王翰頗卜隣，《贈韋左丞》嵇康不得死。《遣興》

落月滿屋梁，《夢李白》悲風爲我起。《金華山觀》

孫㮚第一百二十一

宣教郎、帶行監官告院、知吉州龍泉縣孫㮚，予長妹夫也。予引兵出贛，其邑人奉㮚以邑返正。尋爲親黨所陷，遇害於隆興。哀哉！

故人有孫宰，《彭衙行》義均骨肉地。《餞裴二端公》

連爲糞土叢，《往在》揮手灑衰淚。《別建封》

❶ 「嚴公武」三字，據杜集，當作「李公光弼」。

彭司令震龍第一百二十二

宣教郎、帶行大社令、知吉州永新縣彭震龍，予次妹夫也。性跌宕，喜功名。起兵隨勤王，及歸，郡邑已陷，乃結湖南諸峒豪傑謀興復。余出江西，即以縣返正。虜遣軍攻之，其親黨内應，被執，遇害於郡城。哀哉！

堂上會親戚，《送李校書》可憐馬上郎。《白馬》

呻吟更流血，《北征》干戈浩茫茫。《南池》

蕭從事燾夫第一百二十三

從事郎蕭燾夫，永新人。工詩與字，從余山中久。其兄敬夫，詩尤豪俊，亦嘗客吾門。燾夫從勤王得官，及歸，贊彭司令收復鄉邑，規以正道。予至興國，詣府白事，意氣忼慨。邑城陷，兄弟俱不免。哀哉！

灑翰銀鉤連，《陳拾遺故宅》翩躚山顛鶴。《西閣曝日》

慘淡鬬龍蛇，《喜晴》及兹歎冥漠。《青陽峽》

蕭架閣第一百二十四

督幹架閣、監軍蕭明哲，字元甫，吉州貢士。性剛毅，遇事有膽氣，明於大節。予至汀、梅，來從督府幕。及出江西，而監贛縣義兵，收復萬安縣，尋復龍泉。行府敗，元甫入野陂，連結諸寨拒虜，被執，死於洪。哀哉！

諸生舊短褐，《橋陵》張目視寇讎。《送韋評事》

高義終焉在，《送王信州》白骨更何憂。《得弟觀書》

陳督幹第一百二十五

督幹監軍陳子敬，贛人，以貲力雄鄉里。舊從余遊，行府至汀，子敬招集義兵，置屯皂口，以據贛下流，以遏虜船往來。及行府攻贛，子敬行其謀，功效甚著。行府敗，舉兵黄塘，連結山寨，不降。重兵襲潰，不聞所終。哀哉！

挺身艱難際，《送韋評事》虎穴連里閭。《課伐木》

高天意悽惻，《送韋諷》同盡隨丘墟。《謁文公上方》❶

陳少卿第一百二十六

帶行太府少卿、福建提刑、督府參議官陳龍復，泉州老儒，號清陂先生，丙辰登科。沈厚朴茂，有前輩風流。平生所歷州縣，皆以清儉著名。余開府南劒，辟入幕，老成重一府。尋遣往漳、潮計事。行府自江南再入廣，先生聚兵循、梅來會。後分司潮陽，應接諸路，四方豪傑翕然響應，積粮治兵，行府由是趨潮陽。及移屯，爲虜所追襲，先生遂不免，時年七十三。哀哉！

---

❶ 「謁」，原作「謂」，今據張元諭本及《文信國集杜詩》、杜集改。

卿月昇金掌，《江陵送高大卿》❶老氣橫九州。《送韋評事》

前輩復誰紀，《李公邕》吾道長悠悠。《發秦州》

鄒處置第一百二十七

兵部侍郎、江東西處置副使、督府參贊軍事鄒渢，❷字鳳叔，吉水人。慷慨有大志，以豪俠行臺郡間。❸從予勤王，補武資至將軍。景炎換文，以寺丞領江西招諭副使，聚兵寧都，氣勢甚盛。寧都被執，變姓名爲卜者，虜不知其爲招諭使也。入贛城，得脱，尋聚兵永豐、興國間。行府奏授江西安撫副使，統兵數萬，攻興國縣。尋會行府，至縣返正。別軍復永豐，進授江東西處置副使，屯兵永豐境上。以烏合，一日而潰。行府失助，於是有空坑之敗。哀哉！

東郊暗長戰，❹《吴侍御江上宅》死地脱斯須。《將適江陵》

庾公興不淺，《張九齡》居然屈壯圖。《別蘇傒》

---

❶「高」，《文信國集杜詩》、杜集作「馬」。

❷「渢」，原作「鳳」，今據張元諭本及《文信國集杜詩》改。

❸「郡」，原脱，今據張元諭本及《文信國集杜詩》補。

❹「戰」，《文信國集杜詩》、杜集作「戟」。

鄒處置一百二十八

行府再入廣，奏以公充都督府分司，置司永豐、興國間，接應江淮。虜自隆興遣大兵攻襲，公萬死一生，備經艱難，竟得脱，引江西兵入廣，會行府於潮陽。及移屯，公爲殿。事出不虞，虜至麾下，火急自到，扶入南嶺，踰十日死。是行，公所將皆江西頭目，以取行府爲名。使行府入江西，十萬衆立辦。天之未啓中興也，柰何！公有子甚俊，先卒，家人散失無餘。公嘗謂予欲立富田鄒氏子爲嗣，不果，至是絶。哀哉！

方當用節鉞，❶《柏中允》❷不返舊征魂。《東樓》

淒涼餘部曲，《送郭中丞》發聲爲爾吞。《别李義》

劉監簿第一百二十九

宣教郎、帶行軍器監簿、督府幾宜劉子俊，字民章，吾鄉之傑也，嘗領漕貢。余開督興國，民章來計事。行府敗，民章收散兵於洞源，接應諸郡縣。尋引軍入廣，道遇虜，潰亡。未幾，再招集，與鄒處置同詣行府，會於潮陽。越二十日而行府敗，民章被執，莫知所終。哀哉！

---

❶ 「用節鉞」三字，《文信國集杜詩》、杜集作「節鉞用」。

❷ 「允」，《文信國集杜詩》作「丞」。

艱難奮長戰，❶《潼關吏》高義薄行雲。❷《彭衙行》

死爲殊方鬼，《客堂》三夜頻夢君。《夢李白》

劉監簿第一百三十

秀氣衝星斗，《贈李八丈》壯筆過飛泉。《李十五丈》

舊遊易磨滅，《汝陽王璡》魂傷山寂然。《妻子入蜀》

蕭資第一百三十一

閤門路鈐肖資，❸本書吏也。小年給使令，稍長通文墨，圓機善處事，性和厚，上下信愛。予家先避地入廣，資於患難中扶持盡力。及行府江西之敗，衛護大夫人、全督府印有功。後在兵間，調和諸將，應府中碎務，皆其領攝，腹心之良也。潮陽移屯，道遇虜，資以病体被害。哀哉！

主當風雲會，《病柏》謝爾從者勞。《遺興》

感恩義不小，《送盧侍郎》❹塊獨委蓬蒿。❺《送王砅》

❶「戰」，《文信國集杜詩》、杜集作「戟」。

❷「行」，《文信國集杜詩》作「層」，杜集作「曾」。

❸「鈐」，原作「鈐」，今據《文信國集杜詩》改。

❹「郎」，《文信國集杜詩》、杜集作「御」。

❺「塊」，張元諭本作「魂」。

杜大卿滸第一百三十二

司農卿、廣東提舉、招討副使、督府參謀官杜滸，字貴卿，丞相立齋之姪也。性剛猛，爲游俠京師。予北行，滸願從。鎮江之脱，滸之力也。匍匐淮甸，衛護艱虞，忠勞備盡。嗚呼！可謂義士。

昔没賊中時，《送韋評事》中夜間道歸。《後出塞》

辛苦救衰朽，《遭田父泥飲》微爾人盡非。《北征》

杜大卿滸第一百三十三

滸從予南還，佐府南劍。尋遣往台、温招集兵財。福安陷，相失。滸趨行朝，久之，奉朝命至行府。值江西之敗，又與跋涉艱難者年餘。及行府移屯潮陽，滸護海舟。尋趨厓山，與行府遂隔。及厓山潰，滸并陷焉。余至五羊，滸來見，病無復人形。在虜網羅中，無所容力，尋聞死焉。哀哉！

高隨海上查，《夜宴》子豈無扁舟。《寄薛郎中》

白日照執袂，《送樊侍御》埋骨已經秋。❶《破船》

徐榛第一百三十四 詩闕

正將徐榛，温州人。其父官湖北，榛往省，迷失道，歸行府。後生精練，以筆札典機密，小心可信。予被執，榛得脱，自惠州來五羊，願從北行。扶持患難，備殫忠欵。道病，至豐城死焉。

❶ 「骨」，杜集作「没」。

林檢院琦第一百三十五

宣教郎、督機檢院林琦，閩士。余屯餘杭時，琦結集赭山忠義，捍禦海道得官。及南劒開府，琦來。外有文采，内甚忠實，數隨患難，勞而不怨。及行府潮陽之敗，琦不能脱，虜屯惠境，逃去，尋又被獲。虜遇之不以禮，至建康病死。虜自謂琦不肯自愛，如於沿道浸水，務自殘滅之類。琦可謂不降其志者矣。哀哉！

時危挹佳士，《貽柳少府》慘淡隨回鶻。《北征》

佯狂真可哀，《不見》死淚終映睫。《李光弼》

曾先生第一百三十六

秀峰曾先生鳳，予師也。大學釋褐，累遷監丞。會京師亂，走衢，衢尋陷。及景炎登極，衢添倅蕭雷龍首倡返正。先生自衢來劒，隨行府之汀。丁丑春，以梅州添差通判將行，會行府移屯，先生挈家避地於汀之鄉落。六月，以病死。其子三貴，自吉來奔喪，不能返喪，幸其一家歸。至瑞金，三貴復病，死於道。先生妻亦卒，惟女在，不知所之。先生遭值虜難，以清文粹德，一不施於世，流落以死，家乃俱喪。哀哉！

江海日淒涼，《遺興》賢聖盡蕭索。《西閣》❶

---

❶「閣」，原作「関」，今據《文信國集杜詩》、杜集改。

西河共風味，《衡山縣學》顧步涕横落。《郭代公故宅》

鄧禮部第一百三十七

光薦，字中甫，予郡人。自虜度嶺及廣陷，避地深山。適强寇至，妻子兒女等匿暗室，寇無所睹，焚其居，十二口同時死。中甫隨駕至厓山，除禮部侍郎。己卯春，除學士院權直。未數日，虜至，厓山潰，中甫赴海，虜舟拔出之。張元帥待以客禮，與余俱出嶺，别於建康。嗚呼，中甫禍難之慘不减予，而獨免北行，幸而脱歸，爲管寧，爲陶潛，不亦善乎！

南宫吾故人，❶才名三十年。《問鄭景文》❷

江城秋日落，《贈侍郎四舅》此别意蒼然。《送韋書記》

家樞密鉉翁第一百三十八

則堂先生家鉉翁，蜀名家，有學問，舉動必以禮，朝中老成典刑也。當國都不守，先生簽書樞密，見虜，持正議。左丞相吴堅、右丞相賈餘慶以省札遍告天下，❸令以城歸附，先生不押字。虜自省中脅以無禮，公不爲動，竟末如之何。後以祈請使爲名，群詣北庭，既至，上書申祈請之議，忤北庭意，留燕

---

❶ 「人」下，《文信國集杜詩》有「别唐誠」三字注。

❷ 「問鄭景文」四字，《文信國集杜詩》、杜集作「簡鄭廣文」。

❸ 「札」，原作「礼」，今據張元諭本及《文信國集杜詩》改。

邸。已而移漁陽，又移河間，如我朝羈置特官，給飲食而已。余過河間，得一二相見。先生風采非復宿昔，而忠貞儼然，使人望而知敬。嗚呼，其可謂正人矣。

出處同世網，《鄭公虔》高誼邁等倫。《別蔡著作》
異方驚會面，《送韋別駕》慰此貞良臣。《寄唐使君》

墳墓第一百三十九

予甲戌春自衡陽憲節歸，赴贛州省拜墳墓。及乙亥五月，奔祖母喪至門。以起復，六月望日出從戎事，與宗族鄉黨永訣云。

別離已五年，《贈蘇四》不及祖父塋。《後園山脚》
霜露晚淒淒，《出郭》痛哭松風迴。❶《北征》

宗族第一百四十

西江接錦城，《送李肅》山陰一茅宇。《遣興》
宗族忍相遺，《送崔都水》乾坤此深阻。《宿清溪驛》

---

❶ 「風」，杜集作「聲」。「迴」，鄢本、張元諭本作「廻」。

母第一百四十一

先母，齊魏國大夫人。蓋自虜難後，弟璧奉侍赴惠州，❶弟璋從焉。已而之廣、之循、之梅。余來梅州，母子兄弟始相見。既而魚軒出江西，尋復入廣，夫人遊二子間，無適無莫，雖兵革紛擾，處之怡然。戊寅，行府駐船澳，弟璧仍知惠州，弟璋復在侍夫人藥。八月，「兩國」之命下，時已得疾。九月七日寅時薨逝。弟璧卜地於惠、循之深山間。不肖孤已矣，未有返葬夫人期，不知二弟何時畢此大事。身陷萬里縲絏中，歲時南望嗚咽云。

何時太夫人，《送李校書》上天回哀眷。《大雨》

墓久狐兔隣，《汝陽王璡》嗚呼淚如霰。《白馬》

舅第一百四十二❷

予以楚囚過西昌，聞舅家杌棿。自是南望孤雲，每念我母，不勝渭陽之情。

萱草秋已死，《從孫濟》歲暮有嚴霜。《壯遊》

落日渭陽情，《送翁統軍》涕淚濺我裳。《貽華陽柳少府》❸

---

❶「璧」，原作「壁」，今據張元諭本及《文信國集杜詩》改。下一「璧」字同。

❷「第」，原脱，今據文例及《文信國集杜詩》補。

❸「貽」，原作「貼」，今據《文信國集杜詩》、杜集改。

妻第一百四十三

丁丑八月十七日，空坑之敗，夫人歐陽氏，女柳娘、環娘，子佛生，環之生母顔，佛之生母黄並陷失。尋聞自隆興北行，惟佛生已死。人世禍難有如此者，哀哉！

結髪爲妻子，《新婚别》倉皇避亂兵。《破舡》生離與死别，《别賀蘭銛》回首淚縱横。《示宗文宗武》

二女第一百四十四

牀前兩小女，《北征》各在天一涯。《送高書記》所愧爲人父，《赴奉先縣》風物長年悲。《送楊監入蜀》

次子第一百四十五

渥洼騏驥兒，《送李校書》衆中見毛骨。《送魏六丈》别來忽三載，《四松》殘害爲異物。《北征》

妻子第一百四十六

妻子隔絶久，《述懷》飄飄若埃塵。《寄薛郎中》漠漠世間黑，《贈蜀僧》性命由他人。《懷鄭司户》

妻子第一百四十七

世亂遭飄蕩，《羌村》飛藿共徘徊。《昔遊》

十口隔風雪，《赴奉先縣》反畏消息來。《述懷》

長妹第一百四十八

余長妹適孫氏，不幸孫氏傾覆，家没入燕。妹奉孫氏生母，攜子肖翁、約翁及一女，零丁孤苦，客食萬里。❶ 妹雖患難中，侍養撫教各盡其所，可謂賢矣。哀哉！

近聞韋氏妹，《元日》零落依草木。《佳人》

深負鶺鴒詩，《得舍弟消息》臨風欲慟哭。《閬州東樓》

長子第一百四十九

予二子，長曰道生，姿性可教，不幸亂離，隨家飄泊。空坑之敗，能脱身自全，鍾愛於大夫人。以疾，後大夫人六十日死於惠陽郡治中，生十三年矣。哀哉！

大兒聰明到，《劉少府山水障》青歲已摧頹。《昔遊》

回風吹獨樹，《樊侍御》吾寧舍一哀。《赴奉先縣》

二女第一百五十

予六女，長定娘，次柳娘，次環娘，次監娘，次奉娘，次壽娘。丙子，定娘、壽娘以病死於河源之三角。丁丑，柳娘、環娘陷，惟監娘、奉娘得存，戊寅潮陽之敗，復死亂兵中。哀哉！

---

❶ 「客」，原作「密」，今據張元諭本及《文信國集杜詩》改。

癡女飢咬我，《彭衙行》鬱没一悲魂。《遣懷》

不得收骨肉，《佳人》痛哭蒼烟根。《送樊侍御》

弟第一百五十一

余二弟，長璧，次璋。璋自船澳奉母喪趨惠州别，璧來五羊别。自是骨肉因緣墮廖廓矣。哀哉！

兄弟分離苦，《送弟頻》❶淒凉憶去年。《倚杖》

何以有羽翼，《夢李白》飛去墮爾前。《彭衙行》

弟第一百五十二

棣華晴雨好，《和宋大少府》風急手足寒。《水會渡》

百戰今誰在，《憶弟》羈棲見汝難。《寄弟》

弟第一百五十三

沙晚鶺鴒寒，《寄弟豐》風吹紫荆樹。《得弟消息》

忍淚獨含情，《郭中丞》江湖春欲暮。《宴胡侍郎》❷

---

❶ 「頻」，《文信國集杜詩》作「潁」。

❷ 「郎」，《文信國集杜詩》、杜集作「御」。

弟第一百五十四

不見江東弟，《元日示宗武》急難心惘然。《義鶻》❶

念君經世亂，《送班司馬入京》臥病海雲邊。《所思》

次妹第一百五十五

予次妹自永新歸寧，不與彭氏之難。亂離中隨母兩夫人上下，❷下自船澳奉喪趨惠陽，兄妹不復見矣。哀哉！

天際傷愁別，《出郊》❸江山憔悴人。《送孟倉曹》

團圓思弟妹，《又示兩兒》傳語故鄉春。《贈别何邕》

思故鄉第一百五十六

自一百五十六至一百六十二，共七首，皆思故鄉、懷故山之情。❹余始創文山，其間水石竹木蕭然，有輞川、盤谷之趣，蓋將終焉。承平時，鄉曲賓朋日夕宴聚，樂以忘憂，真人世之清福。今思之，非

---

❶「鶻」，原漫漶不清，今據《文信國集杜詩》、杜集補。鄢本、張元諭本作「鴣」。

❷「兩夫人上下」五字，原缺，今據鄢本補。「兩」下，張元諭本及《文信國集杜詩》有「國」字。

❸「出郊」二字，杜集該詩題作「鄭城西原送李判官兄武判官弟赴成都府」。

❹「懷故山」三字，原缺，今據鄢本、張元諭本及《文信國集杜詩》補。下「谷之趣」、「真人世」、「萬里并」同。

惟平生故人半爲塵土，而故鄉萬里，并隔世外，惟死則魂識歸吾故鄉耳。哀哉！

天地西江遠，《送崔侍郎》❶無家問死生。《憶舍弟》

凉風起天末，《憶李白》萬里故鄉情。《江樓宴》

第一百五十七

江漢故人少，《贈弟贇善》❷東西消息稀。《憶弟》

異花開絶域，《遊何將軍山林》野風吹征衣。《别贊上人》

第一百五十八

老夫悲華年，❸《聽楊氏歌》天涯故人少。《送弟》❹

每望東南雲，《遣興》決眥入飛鳥。《望岳》

第一百五十九

人生無家别，《無家别》親故傷老醜。《述懷》

---

❶「郎」，《文信國集杜詩》、杜集作「御」。

❷「弟」，《文信國集杜詩》、杜集作「韋」，「善」下，《文信國集杜詩》、杜集有「别」字。

❸「華」，《文信國集杜詩》、杜集作「暮」。

❹「送弟」二字，杜集該詩題作「涪江泛舟送韋班歸京」。

剪紙招我魂，《彭衙行》何時一樽酒。《憶李白》

第一百六十

春水滿南國，《遣寓》❶慘淡故園烟。《陳拾遺》

三年門巷空，《遣興》永爲隣里憐。《草》❷

第一百六十一

迢迢萬里餘，《前出塞》絶域誰慰懷。《贈李五丈》❸

我圃日蒼翠，《雨》回首望兩厓。《柴門》

第一百六十二

春日漲雲岑，《過津口》故園當北斗。《月》

窈窕桃李花，《喜晴》紛披爲誰秀。《九日》

第一百六十三

自一百六十三至一百九十一，共二十九首，雜然寫其本心。

---

❶ 「寓」，《文信國集杜詩》、杜集作「遇」。

❷ 「草」，《文信國集杜詩》作「題江外草堂」，杜集作「寄題江外草堂」。

❸ 「五」，《文信國集杜詩》、杜集作「十五」。

陶潛避俗翁，《遣興》龐公竟獨往。《雨》

明明君臣契，《牽牛織女》牢落吾安放。《鄭公虔》

第一百六十四

吴楚東南坼，《登岳陽樓》風雲地一隅。《地隅》❶

蹉跎暮容色，《重過何氏》不敢恨危途。《北風》

第一百六十五

風烟渺吴蜀，《柴門》雲帆轉遼海。《後出塞》

喪亂紛嗷嗷，《遣寓》❷尚愧微軀在。《與嚴二奉禮别》

第一百六十六

驚風翻河漢，《有懷》鶉首麗泥塗。《將適江陵》

吾衰將焉託，《遣懷》愁絶付摧枯。《北征》

第一百六十七

陰風千里來，《吴侍御江上宅》驚浪滿吴楚。《雨》

---

❶「隅」，原作「隔」，今據《文信國集杜詩》、杜集改。

❷「寓」，《文信國集杜詩》、杜集作「遇」。

世事兩茫茫，《贈衛處士》❶飄泊欲誰訴。《又雨》

第一百六十八

平生方寸心，《舟中苦熱》誓開玄冥北。《後出塞》
歲暮日月疾，《寫懷》我嘆黑頭白。《酧薛判官》

第一百六十九

今吾抱何恨，《贈別》恨無匡復姿。❷《送樊侍郎》
含笑看吴鈎，❸《後出塞》回首蛟龍池。《詠懷》

第一百七十

天長眺東南，《鄭公虔》衰謝多酸辛。《汝陽王璡》
丈夫誓許國，《前出塞》直筆在史臣。《李公光弼》

第一百七十一

天衢陰崢嶸，《赴奉先縣》歲寒心匪他。《送嚴使君》❹

---

❶「衛處士」三字，《文信國集杜詩》、杜集作「衛八處士」。
❷「恨」，《文信國集杜詩》作「我」。
❸「吴」，原作「吾」，今據張元諭本及《文信國集杜詩》、杜集改。
❹「嚴」，據杜集，當作「敬十」。

平生獨往願，《立秋後題》零落首陽阿。《過宋之問舊莊》

第一百七十二

濟時肯殺身，《寄唐使君》慘淡苦士志。《送李大夫》❶

百年能幾何，《別唐誠》終古立忠義。《陳拾遺故宅》

第一百七十三

絶域三冬暮，《送十七舅》垂老見飄零。《送李大夫》

林氣森噴薄，《過郭代公故宅》意鍾老柏青。《送程録事還鄉》

第一百七十四

仰看八尺軀，《別張建封》不要懸黃金。《蘇公源明》

青青歲寒柏，❷《枯椶》乃知君子心。《張九齡》

第一百七十五

小人困馳驟，《九日》後生血氣豪。《遺懷》

世事固堪論，《園官送菜》我何隨爾曹。《飛仙閣》

---

❶「送李大夫」四字，《文信國集杜詩》作「送樊侍御」，杜集作「送從弟亞」。

❷「柏」，《文信國集杜詩》、杜集作「後」。

第一百七十六

天地日蛙黽，❶《張九齡》勞生苦柰何。《餞嘉州程都督》聊欲從此逝，《送樊侍御》人少豺虎多。《别唐誠》

第一百七十七

男兒生世間，《後出塞》居然成濩落。《赴奉先縣》鸞鳳有鎩翮，《寄唐使君》虹蜺就掌握。《揚旗》

第一百七十八

鸞皇不相待，❷《暇日小園》白魚困密網。《過津口》但訝鹿皮翁，《遣興》冥冥任所往。《蘇少保》❸

第一百七十九

威鳳高其翔，《尋崔戢》老鶴萬里心。《遣興》脱略誰能馴，《薛少保》兀兀遂至今。《赴奉先縣》

---

❶「地」，《文信國集杜詩》作「池」。

❷「皇」，鄢本作「鳳」，張元諭本及《文信國集杜詩》作「凰」。

❸「蘇」，《文信國集杜詩》、杜集作「薛」。

第一百八十

天寒霜雪繁，《赤谷》蕭蕭北風勁。《羌村》

高鳥黄雲暮，《送殷參軍》斗上捩孤影。《義鶻》

第一百八十一

乾坤沸嗷嗷，《送王砅》名繫朱鳥影。《張九齡》

寥落寸心違，《送何侍御》斯文亦吾病。《早發》

第一百八十二

儒冠多誤身，《贈韋右丞》識字用心苦。《阮隱居》

斯文憂患餘，《宿鑿石浦》鬱鬱流年度。《雨》

第一百八十三

名賢慎出處，《自施州歸》志士懷感傷。《贈李四丈》

猶殘數行淚，《登牛頭山》引古惜興亡。《壯遊》

第一百八十四

讀書破萬卷，《贈韋右丞》許身亦何愚。❶《赴奉先縣》

❶「右」，《文信國集杜詩》、杜集作「左」。「亦」，《文信國集杜詩》、杜集作「一」。

赤驥頓長纓，《述古》健兒勝腐儒。《草堂》

第一百八十五

蕭條四海内，《别唐誠》慷慨有餘悲。《水檻》
路逢相識人，《前出塞》開懷無愧辭。《詠懷》❶

第一百八十六

高歌激宇宙，《衡山縣學》歲晚寸心違。《贈韋贊善》
忠貞負冤恨，《李公邕》姦雄多是非。《詠懷》

第一百八十七

丈夫四方志，《前出塞》喪亂飽經過。《寓目》
清心聽鳴鏑，《聽許十誦詩》❷衰老强高歌。《别唐誠》

第一百八十八

茫然阮籍途，《早發射洪》益歎身世拙。《北征》
零落蛟龍匣，《李公光弼》開視化爲血。《客從》

---

❶ 「詠懷」二字，杜集該詩題作「大雲寺贊公房」。
❷ 「十」下，《文信國集杜詩》有「一」字。

第一百八十九

天地有逆順，《崔少府》惘然難久留。《發秦州》

當歌欲一放，《尋崔戢》河漢聲西流。《登慈恩塔》

第一百九十

萬古一死生，《詠懷》誰是長年者。《玉華宮》

我何良歎嗟，《塩井》短褐即長夜。《遣興》

第一百九十一

高官何足論，《佳人》寂寞身後事。《夢李白》

物理固自然，《塩井》願聞第一義。《謁文公上方》

歎世道第一百九十二

自百九十二起至二百，❶泛然爲世道感歎。

古來遭喪亂，《西閣曝日》丈夫多英雄。《牽牛織女》

悠悠委薄俗，《入衡州》豈非吾道東。《贈蘇四》

---

❶ 「自」下，張元諭本及《文信國集杜詩》有「一」字。

第一百九十三

蝮蛇暮偃蹇，《簡崔評事》猛虎憑其威。《遣興》

真宰意茫茫，《遣興》六合人煙稀。《北風》

第一百九十四

黎民困逆節，《登瀼上堂》殘孽駐艱虞。《過南岳》

孰云網恢恢，《夢李白》自及梟獍徒。《草堂》

第一百九十五

眼中萬少年，《别張建封》得志行所爲。《詠懷》

白馬蹴微雪，《遣興》追隨燕薊兒。《王公思禮》

第一百九十六

客從何鄉來，《病柏》挾矢射漢月。《留花門》

殺身傍權要，《三歌》❶門户有旌節。《遣興》

第一百九十七

關河霜雪清，《送遠》故人亦流落。《送裴五赴東川》

❶ 「歌」，《文信國集杜詩》、杜集作「韻」。

夷歌奉玉盤，《楊六判官》悲君隨燕雀。《贈何邕》

第一百九十八

漁陽豪俠地，《後出塞》北里富熏天。《遣興》

快馬金纏轡，《送從弟亞》但遇新少年。《遣懷》

第一百九十九

南北逃世難，《逃難》始聞蕃漢殊。《草堂》

天下今一家，《鹿頭山》中原有驅除。《留花門》

第二百

茫茫天造間，《宿花石戍》高岸尚爲谷。《水檻》

百川日東流，《別贊上人》勢閱人代速。《觀山川水漲》❶

❶「觀山川水漲」五字，《文信國集杜詩》、杜集作「三川觀水漲」。

文山先生别集卷之六

宋少保右丞相兼樞密使信國公文山先生紀年録

正文乃公獄中手書。附歸全文集註，雜取宋禮部侍郎鄧光薦中甫所撰《丞相傳》、附傳、《海上録》《宋太史氏管發國實》《至元間經進甲戌乙亥丙子丁丑四年野史》，平慶安刊行《伯顔丞相平宋録》，參之公所著《指南》前後《録》《集杜句詩》前後卷，旁采先友遺老話舊事蹟，列疏各年之下。

丙申。宋理宗端平三年。

予以五月二日子時生。大父夢予騰紫雲而上，命名雲孫。既長，朋友字曰天祥。後以字貢于鄉，字之者改曰履善。理宗覽對策，見其名，曰：「此天之祥，乃宋之瑞也！」朋友遂又字之曰宋瑞，而通稱之。

廬陵文氏，來自成都。公六世祖炳然，居永和鎮。五世祖正中，徙富田。曾祖安世，贈太保邢國公。大父時用，贈太傅永國公。父儀，字士表，人稱爲革齋先生，贈太師惠國公。母曾氏，齊魏國夫人。

丁酉。宋理宗嘉熙元年。庚子。嘉熙四年。

辛丑。宋理宗淳祐元年。壬子。淳祐十二年。

癸丑。宋理宗寶祐元年。

甲寅。寶祐二年。

是歲，公夢召至帝所。帝震怒，責其不孝，公哀訴以臣實孝。帝曰：「人言卿不孝，卿言卿孝。」賜以金錢四，遣去。公出門而震雷欲擊之，自嘆曰：「幸免不孝之罪，而又不免雷擊。」驚覺汗如雨。後一舉登第，而有父喪。但未解四金錢爲何義。

乙卯。寶祐三年。

是歲，大比。以字舉郡貢士，弟璧同舉。冬，俱赴省，侍父革齋先生行。予既以字爲名，字之者改曰履善，提舉知郡李迪舉送。革齋先生與弟書曰：「道由玉山，遇異僧，指長男曰：『此郎必爲一代之偉人，然非一家之福也。』」

丙辰。寶祐四年。

二月朔，禮部開榜，中正奏名，弟璧同登。及大庭試策，有司寘予第五，理宗皇帝覽予對，親擢爲第一。臨軒唱名，蓋五月二十四日也。時革齋先生臥病客邸，予自期集所請朝假，侍湯藥。二十八日，革齋先生棄世。天府治喪，榜下士資送，道路費粗給。兄弟即日扶護還里，以君子不家於喪，沿途餽送並不受。

丁巳。寶祐五年。

九月，葬革齋先生。

戊午。寶祐六年。

八月從吉，時丞相丁大全用事，或勸通書者。予曰：「仕如是其汲汲耶！」郡侯欲爲言于朝除初官，力辭謝，得止。

己未。宋理宗開慶元年。

五月，臨軒策士，旨差簽書寧海軍節度判官廳公事，朝廷撿會照格授承事郎。予聞命辭免，乞行進士門謝禮，旨令朝謝訖之任。九月入京，時江上有變，吴丞相潛再相。初入都，知董宋臣主遷幸議，京師洶洶。予門謝訖，即上疏乞斬董宋臣以一人心，以安社稷，建明做方鎮建守，就團結抽兵，破資格用人數事。書奏，不報，還里。

舊例：三魁唱名罷，賜袍笏，謝恩。入幕，賜御饌，進謝恩詩。出，賜席帽，於闕門上馬。迎入期集所，又名狀元局，官給錢物、供張、皂隸等。於此聚同年，待賓客，刊題名小録，賜聞喜宴，進謝宴詩。如此者一月。然後率榜下士詣闕謝恩，謂之門謝。門謝後，授初階，内狀元授承事郎，簽書某軍節度判官廳公事。至後一科放進士榜，則前一科狀元召入爲秘書省正字，名曰對花召。

庚申。宋理宗景定元年。

二月，差簽書鎮南軍節度判官廳公事，辭免，乞祠禄，旨差主管建昌軍仙都觀。

辛酉。景定二年。

十月，除秘書省正字。時賈丞相似道當國年餘，頗訝不通名。及除入館，得予書，舉張師德兩及吾門故事，始重嘉歎。誥詞曰：「倫魁登瀛，故事也。然始進大率以虛名，既久乃知其實踐。爾則異於是，初以遠士奉董生之對，繼以卑官上梅福之書。天下誦其言，高其風，知爾素志不在温飽。麟臺之召，其來何遲。語有云：『居大名難。』又云：『保晚節難。』爾其厚養而審發之，使輿論翕然曰，朕所親擢敢言之士，可。」劉克莊行。

壬戌。景定三年。

四月，供正字職，尋兼景獻府教授。五月，充殿試考官，進校書郎。誥詞曰：「新進士唱第前，舉首必召，故事也。爾以陟岵之故，稽登瀛之擢。一旦來歸，如麟獲泰畤，鳳集阿閣。甫繙黄本，俄映青藜，在他人爲速，在爾爲晚矣。人之不可及者，年也；不磨者，名也。至哉，天下樂者，書也。朕將老汝之才，而極其用焉耳。」

癸亥。景定四年。

正月，除著作佐郎。二月，兼權刑部郎官。刑部事最繁重，居官者率受成於吏，號清流者尤所不屑。爲之鈎考裁決，晝夜精力不倦，吏不能欺，慴服焉。八月，以董宋臣覆出爲都知，上疏論其惡，不報。束擔將出關，丞相遣人謂公不可，差知瑞州。十一月，赴郡。十二月，迎親就養。郡兵火後，瘡痍乍復，公撫以寬惠，鎮以廉静。郡兵素驕，取其桀黠寘之法，張布綱紀，上下肅然。於交承外，積緡錢萬，創便民庫。去之日，填兵出前窠名，爲楮百萬有奇。遺愛在民，久益不忘。

甲子。景定五年。

十月，召赴行在，尋除禮部郎官。十一月，除江西提刑，辭免不允。

乙丑，宋度宗咸淳元年。

二月，就瑞州交割提刑職事。時大赦後，推廣德意，全宥居多。惟平寇扶楮，稍振風采。四月，行部至吉州太和縣，伯祖母梁夫人歿，予父所生母也。申解官承心制。間臺臣黄萬石以不職論罷。

是歲闢文山。

臨江城中金地坊銀匠陳，見負闢會過于市者，歎曰：「我等困苦，止欠此駄耳。」翼早，盜殺負闢會人慧力寺後山中。捕司跡盜急，市荷擔行鬻餽餌者，以所聞陳語告捕司，鞠陳箠楚，誣服。將受刑，辭其母曰：「爲子不能終養，必宿冤債，無可説者。望吾母焚紙錢於吾死處，告土神，乞指引我到盜殺人處。又焚紙錢於盜殺人處，告土神，乞指引我到殺人正賊之家。」母如其言。後月餘，母夢子告曰：「謝母，已得正賊，乃府衙後李某家。所得闢會，具在暗閣上竹籠内。於吾死後，止用訖闢會買牲酒賽謝神福，内覆紙單，籠上用草爲遮蓋，塵灰積滿。」二日，文提刑到，請母爲陳訴。」越數日，公到，陳母乞屏左右，持素紙，以所夢訴。公即命有司同陳母詣李閣，悉如夢，遂以李償負闢會人死，推司及元捕人償陳死，官贍養陳母終身。此趙君厚言也。

丙寅。咸淳二年。

丙寅戊戌庚戌丙子，長男道生生。

丁卯。咸淳三年。

丁卯壬寅甲午丙寅，次男佛生生。二月，女柳生。三月，女環生。九月，除尚左郎官，辭免，不允。十二月，赴闕供職。誥詞曰：「蘇軾有云：『仁宗皇帝，在位最久，得人最盛。進士高科，類至顯位。』我理宗享國，庶幾仁祖。取士之數，却又夥焉。當時裒然之選，今其存者，無不登進。獨爾以陳情之表，讀禮之文，淹恤在外，尚遲嚮用。夫風之積不厚，則其負大翼無力。若爾之植立不凡，非特以高科也，而又益培厥栽，則其滋長也孰禦？尚左高於郎位，其以是起家。方天之休，敬之哉！可。」馮夢得行。

戊辰。咸淳四年。

正月，兼學士院權直，兼國史院編脩官，實録院檢討官。是月，臺臣黄鏞奏免所居官。冬至，除福建提刑。臺臣陳懋欽奏寢新命。

己巳。咸淳五年。

四月，差知寧國府，辭免不允。十一月，領府事。府極彫弊，始至，爬梳條理，曠然無事。寧國爲郡，居上流斗絶，税務無所取，辦則椎剥爲民害。予奏罷之，别取郡計以補課額，百姓歡舞。去後，争醵錢立祠。

先是，乙卯春，公家趨城三十里，曰冷水坑。旅店胡翁夜夢門外巨石，有龍蜕爪其上。夢甚著，覺而異之。昧爽，即擁帚掃除石，驗所夢。已而公至，則坐于石更屨。翁言早寒，願飯而去，詞意甚勤。公問故，以夢告，且曰：「他日必富貴，願垂憐我家。」公諾焉。由是公家人往還經從，必飯其家。歲時，翁嫗至公家，必優贈與。至是，公載家寧國弭任歸，午飯胡店，胡以宿諾請。公笑曰：「諸擔中任擇取其一。」胡屢謝不敢，則擇取一擔以告。公令衆啓擔視之，則扇也。公曰：「此遠方土宜，爲鄉里親友餽者，汝無用焉。」命衆估時值，以其直與之。蓋胡以公五馬貴，如他人皆輜重充溢，不知公行橐固枵然，是以任其自擇無嫌也。公之子孫過之，胡之子孫仍奔走迎送不倦。公家亦時優恤之。一夢之吉，乃纏綿受實惠。異哉！此胡老之言也。

庚午。咸淳六年。

正月朔，除軍器監，兼右司，辭免不允。四月，供監職，免兼右司。尋兼崇政殿説書，兼學士院權直，兼玉牒所檢討官。會平章賈似道託疾歸紹興，乞致仕，旨令學士院降詔不允。賈有要君之志，予當制裁之以正義。時内制相承，皆呈藁當國，改竄惟命，重失王言之体。予直道而行，遂忤賈意。七月，除秘書少監，兼職依舊。臺臣張志立奏免所居官。

辛未。咸淳七年。

冬至，除湖南運判。臺臣陳堅表寢新命。是年，起宅文山。山在廬陵南百里，居予家上游。兩山夾一溪，溪中石林立，水曲折其間。從高注下，姿態横出。山下石尤奇怪，跨溪綿谷，低昂卧立，各有天趣。山上下流泉四出，隨意灌注，無所不之。其高處，面勢數百里，俯視萬壑，雲烟芊綿，真廣大之觀也。其南曰南涯，可五里，主人日領客其間，窮幽極勝，樂而忘疲。其北曰北涯，以南長潭爲止，清遠深絶，蓋以時至焉。宅基在南涯，其地平曠，長可百丈餘，深可三十丈。溪水至其前，泓渟演迤。山勢盤礴，如拱如趨，蓋融結非偶然者。宅當其會，青山屋上，流水屋下，誠隱者之居也。予於山水之外，別無嗜好。衣服飲食，但取粗適，不求鮮美。於財利至輕，每有所入，隨至隨散，不令有餘。常歎世人乍有權望，即外興獄訟，務爲兼并。登第之日，自矢之天，以爲至戒。故平生無官府之交，無鄉鄰之怨，閑居獨坐，意常超然。雖凝塵滿室，若無所睹，其天性澹如也。於宦情亦然，自以爲起身白屋，解逅早達，欲俟四十三歲，即請老致仕，如錢若水故事。使國家無虞，明良在上，退爲潛夫，自求其志，不知老之將至矣。時之不淑，命也何尤！山中新宅，後聞江上有變，即罷匠事，惟廳堂僅成。

癸酉。咸淳九年。

正月，除湖南提刑，辭免不允。三月，領事。疏決滯淹，一路無留獄。連平巨寇，道路肅清。冬乞便郡侍親，差知贛州。是年夏，見古心先生江公萬里於長沙。公從容語及國事，憫然曰：「吾老矣！觀天時人事，當有變。吾閲人多矣，世道之責，其在君乎！」居一年而難作。公家番易，城陷，義不辱，自沉而死。予灑血攘袂，顛沛驅馳，卒以孤軍陷没，無益於天下。追念公言，輒爲流涕。

甲戌。咸淳十年。

三月，赴贛州。平易近民，與民相安無事。十縣素服威信，人自相戒，無有出甲。廣人以按堵，故具官設位，家置香火以報恩。六月，慶祖母劉夫人年八十七。郡民自七十以上，與錢酒米帛有差，有婦人百三歲者。十一月二十一日，哀痛詔勑門下：「先帝傾崩，嗣君冲幼，吾至衰耄，勉御簾帷。曾日月之幾何，凜淵冰之是懼。憤茲醜虜，闖我長江，乘隙抵巇，誘逆犯順。古未有純是夷虜之世，今何至泯然天地之經。慨國步之阽危，皆吾德之淺薄。天心仁愛，示以星文而不悟；地道變盈，警以水患而不思。田里有愁嘆之聲，而莫之省憂；介胄有飢寒之色，而莫之撫慰。非不受言也，而玩爲文具；非不恤下也，而壅於上聞。靖言思之，出涕滂若。三百餘年之德澤，入人也深；百千萬姓之生靈，祈天之祐。亟下哀痛之詔，庶回危急之機。尚賴文經武緯之臣，食君之禄，不避其難；忠肝義膽之士，敵王所愾，以獻其功。有國而後有家，胥保而相胥告。体上天福華之意，起諸路勤王之師。勉策勳名，不吝爵賞。故茲詔諭，想宜知悉。」

乙亥。宋幼主德祐元年。

正月朔日，得報，虜渡江。尋詔下，召諸路勤王，奉詔起兵。二月，除右文殿修撰、樞密副都承旨、江西安撫副使，兼知贛州。尋兼江西提刑，進集英殿修撰，江西安撫使。四月，領兵下吉州，除權兵部侍郎，職任依舊。五月，丁祖母劉夫人憂，解官承重。六月，葬劉夫人，起復命下。七月七日，大軍發吉州。至衢州，除權工部尚書，職任依舊。八月，至闕下，駐兵西湖上。九月，除浙西江東制置使，兼江西安撫大使，知平江府事。陛辭，乞斬吕師孟釁鼓，不報。十月十五日，入府，尋除端明殿學士，職任依舊。遣軍解圍常州，敗於五木。正城守間，准朝命以獨松關急，趣師入衛。辭以吴門空虛，願分兵戍守。命再下，還師，進資政殿學士，浙西江東制置大使，兼江西安撫大使，置司餘杭，守獨松關。

管史云：正月十三日，有旨：「文天祥江西提刑，照已降旨揮，疾速起發勤王義士，前赴行在。」十六日，公移檄諸路，聚兵積粮。二月，賈似道駐師魯港，復公書，勉以宗忠愍功名。二十二日，賈似道師潰，章鑑乃啓除公右文殿修撰等職。四月，用老將王輔佐爲總統，領兵下吉州。王尋卒，以廣東統制方興代之。江西副使黄萬石有舊嫌，又忌公聲望出己右，以公軍「烏合兒戲，無益」言於朝，近臣與厚者佐之，遂有留屯隆興府之命。

大史氏管發曰：人心天理，誰獨無之。文魁義聲一倡，而士豪蠻蜑，裹粮景從，斯亦壯矣。而或者猶以猖狂議之，時士友爲之歌曰：「出師自古尚張皇，何況長江恣擾攘。聞道義旗離漕口，已驅北騎走池陽。先將十萬來迎敵，最好諸軍自裹粮。説與無知饒舌者，文魁元不是猖狂。」有旨：「文都承將所部人兵留屯隆興，非但爲隆興守禦計，異時隨機用事，其爲效與勤王等。今據文都承申，所部之兵，皆士豪忠義，鋭氣方新，戰鬭可望勝捷，不可閉之城郭。詞氣甚壯，此朝廷之所樂聞。劄江西安撫副使、提刑、知贛州、殿撰文都承，且照累劄，時暫駐隆興府。續聽行下，以畐雋功。奉寶批知。」

察院孫嶸叟奏言，江西安撫使文天祥申：「准省劄，令江西副使黄萬石星馳入衛，文天祥將所部勤王義兵，留隆興府事。天祥以身許國，義不辭難，上下東西，惟命奔走。伏念天祥，猥起書生，豈諳兵事。昨者恭承太皇太后詔書，召天下勤王，天祥待罪一州，忠憤激發，不能坐視，移檄諸路，冀有盟主，願率兵以從。人心未易作興，世事率多沮撓。北兵日迫，血淚橫流。伏蒙公朝除天祥右文殿修撰、樞密都承旨、江西安撫使，續准除江西提刑。天祥極知該恩過當，所當辭免。痛心時危，無暇爲平時揖遜，亟憑使名，召號所部。惟是帥司無兵無將，無官無吏，無錢無米，徒手自奮，立爲司存。今已結約贛州諸豪，凡溪峒剽悍輕生之徒，悉已糾集。取四月初一日，提兵下吉州，會合諸郡民丁，結爲大屯，來赴闕下。忽得留屯隆興指揮，觀聽之間，便生疑惑。緣天祥所統，純是百姓，率之勤王，正以忠義感激使行。又有官資在前，爲之勸勵。此曹鋭氣方新，戰鬬可望勝捷。若閉之城郭，責以守禦，日月淹久，烏合之衆，不堪安坐，必至潰逃。此勤王與留屯較然利害之不同也。謹瀝忠忱，告鈞慈，特與收回留屯隆興之命。容天祥照累降旨揮，將所部義兵來赴闕下。」迫至衢州時，❶以公軍伉健有紀，所過秋毫無犯，近臣大驚，遂除權工部尚書。八月十七日，内批文天祥除權工部尚書，兼都督府參贊軍事，職任依舊。十九日，奉詔入衛，墨經從戎。仰藉朝廷威命，獎率江右、湖南、淮、廣諸項軍馬，見抵京畿。除已具狀申省，乞判命重臣交管，放令終喪外，謹具兵籍六册繳申。詔敕：「三省進呈卿狀，辭免工書兼督贊事，具悉。自吾有敵難，羽檄召天下兵，惟卿首倡大義，糾合熊羆之士，誓不與虜俱生。文而有武，儒而知兵，精忠勁節，貫日月，質神明，惟寵嘉之。投袂纓冠，提兵入衛，師律嚴肅，勝氣先見，宗社生靈，恃以爲安。繇

❶「迫」，原爲空格，今據四庫本補。

少常伯進長冬卿，未足以酧賢勞。相臣督師于外，命卿參佐，庶幾集允文采石之功。夫移孝爲忠，以國爲家，古有明訓。矧急危之秋，其往求朕攸濟，理考親擢魁彦，以貽孫謀，意其在此，又何遜乎？故兹詔示，想宜知悉。」二十六日，起復朝奉大夫江西安撫使，辭免不允。內批文天祥依舊工部尚書，兼督贊，除浙西江東制置使，兼江西安撫大使，知平江府事。二十八日，勑：「三省進呈卿狀，辭免權工部尚書、江東制置使、兼知平江府恩命事，具悉。朕未堪多難，疆圉孔棘，御事罔不曰艱大，天毖我成功所。惟時魁儒，秉忠倡義，獎率三軍，入衛社稷。國勢爲之增重，人心恃以爲安，精神折衝，文武是憲。若稽高廟，命臣頤浩，開制閫于江浙，宏濟中興之業，耆定敉功。卿器度才猷，克邁前哲。惟長江之險要未復，畿甸之備守當嚴。命卿以大常伯兼領二使，表裏撐拓，以固吾圉；東西運掉，以清虜氛。儒帥一臨，士勇百倍。用保乂我文祖受命民，兹惟豐芑貽謀之意。亟其禡牙，紓服宵旰之憂，所辭宜不允。」正言曾唯奏：「吴門奥區，今爲邊地。倫魁雋望，忠孝勤王。軍中喧騰小范甲兵之謡，河上尚稽光世節制之命。」九月初七日，勘會文尚書「獎率義兵，入衛王室。忠忱義概，深可嘉尚！除已頒三路制帥之命，仍兼督府參贊，知平江府。今已日久，秋風浸致，事不可緩，合行催促，須議旨揮」。旨令文天祥不候辭朝，疾速前去之任。所有一行軍兵，除已別議支犒外，其餘諸項管軍頭目人，合與優加推賞。及辟置官屬，科降錢粮，一應合行事件，並仰逐項條具開申，以憑施行。史云：文尚書開閫，招軍備禦。朝廷科降十八界二千萬貫，金一千兩，銀五千兩。迪功、從事、承信、崇義郎官誥各五十道，校、副尉資帖各一百道，鹽萬五千袋。節次支犒錢，十八界四百七十九萬七千五百貫。口券錢米，十八界一百二十六萬三千九百五十貫，米二萬四千二百五十餘石。貼助軍士使用錢，十八界一十萬貫。截撥錢銀米，十八界二十八萬八千三百貫，銀五千五百五十一兩，米四萬九千五百二十餘石。起發特支犒錢，十八界二百萬貫。已上總計金一千兩，銀六千五百五十兩，鹽一萬五千袋，十八界二千八百三十四萬六千餘貫，官告二百道，❶資帖二百道，米七萬三千七百七十餘石。十六日，除端明殿學士。制詞曰：「勑元戎十乘先行，式倚真儒之望；師中三命承寵，遹隆方面之權。朕若稽先朝之舊章，最重承明之邃職。内以傳畿廷之彦，外亦褒帥閫之賢。王素之牧平凉，程勘之莅益部，皆膺兹選，今得其人。某官實學濟時，英猷緯國。文有武備，義概質于神明；儒知軍情，忠忱貫于霜日。傳檄召兵而志士奮，纓冠赴難而國勢張。不負素定之榮，允謂寡二之略。予欲復江表之疆宇，命爾攘除；予欲壯浙西之翰藩，咨爾修扞。威稜聳前茅之令，夷虜折破竹之威。惟任之專者位必崇，惟名之至者功必集。乃躋班規殿之峻，以增華帥闑之嚴。噫！邦咸喜，戎有良翰，茂對陟明之渥；身雖外，心在王室，趣成敵愾之勳。」二十七日，文制使辟周天驥帶告院，添差江西撫參。留司隆興府楊仔帶行吏架，添差江西撫機。何時帶工轄，添差江西撫參，並分司吉州。文天祐帶史館檢閲，添差江東制幹，分司徽州。林棟帶禮兵架閣，添差浙西制幹，分司常州。十月，弟璧旨除直秘閣，

❶「告」，張元諭本作「誥」。

主管崇道觀。誥詞曰：「敕具官某，惟爾哲兄。以鴻儒魁望，倡義勤王，忠於爲國，而不謀家。乃命閫制，修扞我難。爾競爽有令譽，虞侍陔養，叔出季處，恩義兩盡。寓直木天之峻，賦禄桐栢之祠。清且佚矣，孝友是亦爲政。往其祇若。季弟璋，特與免銓，充浙西制司内機。」十一日賜詔曰：「卿秉忠忱，以濟時艱。倡義旅，以衛王室。經營四方如召虎，奬率三軍如武侯。爰咨常伯之英，趣奮制閫之寄。❶將士用命，遂汛掃於虜氛；精神折衝，益振揚於勝氣。有加体國之志，❷亟奏攘夷之勳。元戎啓行，周邦咸喜，載加錫賚，式示眷懷。今賜卿金二十兩，注盌一副，金十五兩，盤盞一副，細色二十匹，纈羅二十匹，龍涎香三十餅，度金香合一具十兩，清馥香三十帖，龍茶十斤，至可領也。故兹扎示，其体吾注倚之意。」十八日，常州破。公在平江四十日，去三日，而通判王矩之、環衛王邦傑以城迎降。二十三日，北兵破獨松關，留夢炎遁。十二月，内批文天祥簽書樞密院事。十六日，隆興府劉槃以城降。制置黄萬石移閫撫州，聞北兵至而遁。都統密宥迎敵，就擒，通判施至道以城降。

丙子。宋德祐二年。五月改景炎元年。

正月二日，除知臨安府，辭不拜。詣闕陳大計，不得見。日贊廟謨，救宗社危亡。十八日，伯顔

❶「趣」，張元諭本作「赴」。

❷「加」，張元諭本作「嘉」。

至皋亭山。是夕，宰相陳宜中遁。十九日早，除樞密使。午，除右丞相，兼樞密使，都督諸路軍馬。懇辭間，奉旨詣北軍講解。二十日，以資政殿舊職詣北營，見伯顔，陳大誼，詞旨慨慷，虜頗傾動，留營中不遣。明日，宰相吴堅、賈餘慶以下以國降。予責伯顔留使失信，罵吕文焕逆賊引虜陷國，并數吕師孟叔姪罪惡，求死北營。虜置兵衛守，遂不復還。其勤王兵，朝廷放散西歸。二月八日，虜驅予隨祈請使吴堅、賈餘慶等入北。十八日，至鎮江。二十九日，予與杜滸以下十一人夜走真州。三月初一日，入真州城。初三日，真州紿出西城門，閉弗納，尋遣兵護送出境。是夕三更，抵揚州西門，不敢入。從者四人逃。初四日，伏城西荒山空屋中，虜騎萬計過屋後，幾不免。初五日，移止賈家莊，卧敗墻糞穢中。是夜趨高郵，迷失道。初六日早，遇哨，縛去一人，殺傷一人，餘幸完。初七日，匍匐至高郵，亟下舡，歷七水寨。十一日，至泰州，伏城下。二十二日，發舟，與虜騎相先後。二十四日，至通州。閏三月十七日，遵海而南。三十日，至台州境，地名城門鎮。自城門陸行。四月八日，至温州。五月朔，景炎皇帝於福安登極，改元，以觀文殿學士侍讀，召赴行在。是月二十六日，至行都門，授通議大夫、右丞相、樞密使，都督諸路軍馬。連上章辭，改樞密使同都督諸路軍馬。七月四日，發行都。十三日，至南劒聚兵。十一月，入汀州。

正月初八日乙亥，劉察院廷瑞進稱臣表。公請以福王、沂王判臨安，係民望，身爲少尹，以死衛宗廟，不許。張世傑宿重兵六和塔，公又請於世傑。京師義士，可二十萬，背城借一戰爲守。❶世傑勉公歸據江西，已歸淮堧，以爲後圖。十五日壬午，在朝臣一時俱逸。十七日，伯顔至高亭山，距臨安三十里。趙吉甫、賈餘慶，獻傳國玉璽、降表。是夕，宰相陳宜中遁，世傑遁。十八日乙酉，北兵至臨安北五十里。益王、廣王乃從母家出關渡江，大將蘇劉義以兵衛，間走永嘉。公實陳此議也。十九日早，除公樞密使。時北兵已迫修門内，戰、守、遷皆不及施。搢紳大夫士，萃於吴堅左丞相府。會伯顔邀當國者相見，旨令公詣北軍講解。衆謂公一行，爲可以紓國難。國事至此，公不得愛身，意虜尚可以口舌動也。初奉使往來，無留北中者。公亦欲覘之，歸而求救國之策。於是二十日詣北營。至則留營中，唆都、忙古歹館伴。深悔一出之誤，從臾者有意推陷，公不覺也。二十一日，宰相吴堅、賈餘慶等以國降，且降詔副以省札，俾各州縣歸附。左丞相吴堅等五人，捧表獻土北庭，號祈請使。二十四日辛卯，伯顔遣鎮撫唐兀兒、宋趙興祖等，先罷散文天祥所招義兵一萬餘衆，令各歸鄉里，給與文撈。公聞之，流涕不自堪。

二月初八日，驅公隨祈請使入北，公不在使列。蓋驅逐之使去耳，盡出賈餘慶計陷。先一夕，公作家書，已處置家事，擬翼日行，則引決。家參政則謂：「公死傷勇，祈而不許，死未爲晚。」公亦以是隱忍，猶冀一日有以報國。先是，正月十九日，客贊公使北，天台杜滸梅壑，議斷斷不

❶「戰」上，張元諭本有「以」字。

可，客逐之去。後二十日，公北行，諸客皆散，梅壑憐公孤苦，慨然相從。朝旨改宣教郎，除禮兵部架閣文字。十八日，至鎮江，請十九日渡江。公自入京城外北兵營，日夜謀脱不得間。至是益急，謀舟夜渡。杜遂醉遊於市，銀三百兩賄老校引間道，走十里，至江岸，以三人寄老校家。余元慶真州故舊，❶銀千二百兩得舡。❷公河岸上沈頤家坐卧，❸從公者曰王千户，狼突相隨，不頃刻離。是夕，公以明日行，買酒辭別鄉土。因以醉王千户，諸人伺其寢熟啓門出。杜狎飲妓家者小卒提官灯，公變服從杜出，至人家盡處，杜以銀與小卒，給使來日候某所。遂至甘露寺下，李成、吕武以舡至。北舡連亘十數里，至七里港，有喝問歹舡，賴巡舡潮退閣淺，聞哨齒聲甚清厲。舟子拜且禱云：「江南田相公。」即得順風，各稽首以更生賀。二月二十三日，阿术平章令諸祈請使手扎勉李庭芝歸附，獨公不署名。阿答海左丞入宫，召宋太后、幼主即日出宫，封府庫，以全太后，幼主及福王與芮、沂王乃裕、樞密使謝堂、隆國夫人、度宗生母也。王昭儀等行。

三月朔旦，至真州，守將苗再成迎見，語國事，感慨流涕，越日，約觀城，王都統導至城外。出制司小引，脱回人朱七三等供云：「軍前見一丞相，差往真州賺城。」制使遣提舉官來殺丞相，安撫

❶「余」上，張元諭本、四庫本有「老校」二字。「舊」下，張元諭本、四庫本有「也」字。
❷「銀」上，張元諭本、四庫本有「許」字。
❸「公」下，張元諭本有「於」字，四庫本有「于」字。

不忍加害，張路分、徐路分來歸行槖衣物，五十卒弓劒送行。海陵唐杜密謂張、徐曰：「朝廷事未可知，文公宰相也。今雖奉制司命，他日必將移過於下以説，汝其審之。」張、徐然之。行久之，云：「安撫令某二人便宜從事。某見相公口口是忠義，如何敢殺？」相公遂與張、徐以賜金百兩，與五十兵以銀百五十兩，乃相繼辭去。明日，至楊州。杜架閣謂：「制臣欲殺我，不如趨高郵、通州，渡海歸江南，見二王，伸報國之志，徒死城下無益。」初四日，李茂、吴亮、蕭發、余元慶見行止未決，攜所腰金各百五十兩逃去。外既顛躋，内飢渴，❶至半山土圍糞堆中，掃净數尺地，以衣貼地睡。午，北騎數千自土圍東至，忽大風雲雨昏暝，騎馳西去，遂得免。古廟樵出糝羹，乞其餘。又迷失道，通夕行田間。後乃聞北以高郵米擔濟楊州，夜遣騎截諸津。若非迷途，當一網無遺，若有鬼神鼓動其間者。旦霧，隱隱見哨騎，趨避竹林。騎遶林呼噪，予藏處，馬過傍三四不之見。時萬竅怒號，雜亂人聲，疑有神明相之。初七日，遇樵夫以簣舁至高郵，買舟。二十四日，至通州，得之諜者云：「上下常與北騎隔三四十里。」又云：「鎮江走了文丞相，大索數日。許浦一路馳騎追捉。」聞之駭汗，何僥倖甚也！通州守楊練使師亮出郊，聞而館公於郡。衣服飲食舟楫，皆其爲料理。閏月十七日，發城下。四月八日，至温州。聞端宗皇帝於福安建大元帥府，公奉書勸進，議遂決。舊客張汴、鄒渢，部曲朱華等，皆自閩來迎。

❶「内」下，張元諭本有「又」字。

景炎元年五月朔，福安登極。以觀文殿學士侍講，召赴行在。二十六日，授通議大夫、右丞相、樞密使，都督諸路軍馬。制詞曰：「帝王之立中國，惟修政所以攘夷；輔相之重朝廷，惟用儒所以無敵。朕作其即位，畐厥敉功。介臣不二心，歷險夷而一致；咨汝宅百揆，賴文武之全才。亟歸右揆之班，并授元戎之柄，肆敭大號，專告群工。具官某，骨鯁魁落之英，股肱忠力之佐。仁不憂，勇不懼，坎維心之亨；國忘家，公忘私，蹇匪躬之故。適裔虜之猾夏，率義旅以勤王。慷慨施給鎧之資，豪傑雷動；感激洒登舟之淚，忠赤天知。雖成敗利鈍逆覩之未能，然險阻艱難備嘗之已熟。獨簡慈元之愛，爰升次輔之聯。方單騎以行，驚破夷虜之膽；及免胄而入，大慰國人之心。天地之所扶持，鬼神亦爲感泣。今職方雖非周邦之舊，而關輔未忘漢室之思。伊欲闖輦轂而追三宮，復鍾簴而妥九廟。非内治飭，何以實元氣；非國威振，何以折遐衝。披荆棘於靈武之初，予未知濟；收桑榆於澠池之後，事尚可爲。思昔元勳，有如臣浚。在思陵已登於亞相，更孝廟乃復於舊班。式同今日之中興，罔俾前修之專美。況同列崇皋陶之遜，而初政俟公旦之來。庸再秉於國鈞，仍惠長於樞宥。優督府琱戈之錫，峻文階黄繖之除。申拓賦畬，❶式隆寵數。於戲！春秋以歸季子爲喜，朕方徇於私情；晉人謂見夷吾何憂，爾共扶於興運。尚堅忠孝，大布公忱。迄畐社稷之安，茂紀山河之績。其祇予命，永弼于彝。」連上章辭，改樞密使，同都督諸路軍馬。十一

❶ 「畬」，鄢本、張元諭本作「會」。

月，入汀州，公遣督參趙時賞、督諮趙孟濼，以一軍取道石城，復寧都。遣督贊吴浚，以一軍屯瑞金，復雩都。時北軍逼福安，車駕航海，福安遂陷。

丁丑。宋景炎二年。

正月，移屯漳州龍巖縣。三月，至梅州，始與一家相見。旨授銀青光禄大夫，職任依舊。時經略江西，五月，入贛州會昌縣。六月三日，戰雩都，大捷。二十一日，入興國縣，遣兵攻贛、吉，斬汀州僞天子黄從。臨、洪、袁、瑞豪傑響應。興國軍黄州新復，號令通於江淮。不幸攻贛、吉兵敗，行府趨永豐，就處置司會兵。尋爲追騎所及，至空坑，失歐陽夫人、一子二女。行府收合散兵，十月，入汀州。十一月，至循州，屯南嶺。

正月，北兵大入，汀關不守。公欲據城拒敵，汀守黄去疾聞車駕航海，擁郡兵有異志。公移次漳州龍巖縣。時賞、孟濼還軍，追及於中途。吴浚以虜命來招降，人情洶洶，殛浚乃定。時唆都右丞、阿剌罕左丞、董參政入閩。李珏、王積翁等已降，仍爲福建宣慰、招撫等使，乃使淮軍羅輝持書來。二月，復梅州。四月，斬二大將之跋扈者，曰都統錢漢英、王福以釁鼓。出江西，開府興國縣。淮西野人原寨劉源等兵，復黄州壽昌軍，用景炎正朔者四十日。潭州衡山縣趙璠等，起兵岳下。張琥起兵邵、永間，跨數縣。撫州何時起兵，應同都督府。分寧、武寧、建昌三縣豪傑，皆遣使詣軍門受要束。七月，督謀張汴監軍，率趙時賞、趙孟濼等盛兵薄贛城。招諭鄒㵯率贛諸縣兵擣永豐、吉水。招撫副使黎貴達率吉諸縣兵攻太和。時贛惟存孤城。吉八縣復其半，半垂下。

臨、洪諸郡豪傑，送欵無虚日。大江以西，有席卷包舉之勢。福建斬汀州僞天子黄從，淮西兵復興國軍，黄州復壽昌軍，湖南所在起義兵不可數計，四方響應。孔明有云：「漢事將成也，天未悔禍。」相望旬日間，贛、吉州皆以驚潰。北兵自隆興來，適乘其弊，戰於廬陵方石嶺下，我師不利。及永豐空坑，軍士解散，妻子爲虜。公收拾餘衆，奉老母入汀州，轉移循州。將請命行朝，請益兵再舉。會北帥劉深自海至，唆都自陸至，道路梗塞，朝訊斷絶。公駐循之南嶺，柵險以自全。黎貴達觀望有陰謀，事覺伏誅。

八月，黎貴達以正軍千人，民兵數千，次鍾步。遇北軍，民兵驚潰。未旬日，汴、賞、灤率民兵數萬逼贛城，北軍以百餘騎衝之，衆奔潰。灦聚兵數萬在永豐境，亦潰。北元帥李恒等以大軍乘其弊，追及於東固方石嶺下。都統鞏信率數十卒短兵接戰，北帥駭其以寡拒衆，疑山中有伏，斂兵不進。信坐巨石，餘卒侍左右，箭雨集，屹不動。北愈疑，獲村夫引間道，踰嶺至山後，闃無人焉。就視信等創遍体，死未仆耳。以此北騎稽滯，公遂得遠去。

空坑陳師韓曰：二十七日，公至空坑，潰卒困憊，藉地睡。公宿山前師韓家。夜得報，追騎已逼。陳送公由間道去，諸卒不之知也。追騎至，詰公所在，無知之者。遂攻破其寨，屠之。公行山逕逼窄，民老幼負荷奔走填塞，公窘迫不能前。既而山墜巨石，横壅于路。追騎至，迂迴扳緣，則公去遠矣。❶至今居民指爲相公石。

鄒古庭主簿曰：公既遁，追騎將及。是早重霧，尋丈遠不相覩，公猶聞後喧閧聲。乃騎見轎中人風姿偉然，❷問：「爲誰？」曰：「姓文。」騎以爲丞相也，群擁至帥所。問之，必曰：「姓文。」問轎夫，咸不知也。遍求俘虜人識認，乃有曰：「此趙通判時賞也。」以此追騎逗留，公又得遠去。趙至隆興帥府，罵不絕口，遂受害。

歐陽夫人曰：空坑敗，潰卒意公所向，疾至隨護。公命五百弩手斫山樹爲鹿角，扼隘道。頃之，數人負傷至，則五百弩手已摧踣不支。公即去，夫人驚問故，則追騎已林立于前。夫人與佛生、柳小娘、環小娘、顏孺人、黄孺人等皆爲俘虜。夫人沿路意有深水險崖，即投死，而一路坦平。至元帥所，已失佛生，必有愛其俊秀，養爲己子矣。

戊寅。宋景炎三年。

二月，進兵惠州海豐縣。三月，屯麗江浦衝，遣間使沿海訪問車駕。六月，行朝至厓山，行府移舡澳，規入覲。八月，授少保信國公，職任依舊，封母曾氏齊魏國夫人。九月，齊魏國夫人薨，旨起復。十一月，進屯潮州潮陽縣。十二月十五日，移屯趨海豐。二十日，爲虜騎追及於道，軍潰被執，

❶「則」，鄒本、張元諭本作「前」。

❷「乃」，四庫本作「追」。

服腦子不死。見張元帥，抗節不屈，張待以客禮。

四月十六日，大行皇帝遺詔曰：「朕以幼冲之資，當艱厄之會。方大皇命之南服，黽勉于行；及三宮胥而北遷，悲憂欲死。卧薪之憤，飯麥不忘，柰何乎人，猶托於我。涉甌而肇霸府，次閩而擬行都。吾無樂乎爲君，天未釋于有宋。强膺推戴，深抱懼慚。而夷虜無厭，氛祲甚惡，海桴浮避，澳岸棲存。雖國步之如斯，意時機之有待。乃季冬之月，忽大霧以風，舟楫爲之一摧，神明拔於既溺。事而至此，夫復何言！矧驚魂之未安，奄北哨其已及。賴師之武，荷天之靈，連濱於危，以相所往。沙洲何所，垂閱十旬，氣候不齊，積成今疾。念衆心之鞏固，忍萬古以違離。藥非不良，數不可逭。惟此一髮千鈞之託，幸哉連枝同氣之依。衛王某，聰明夙成，仁孝天賦，相從險阻，久繫本根，可於柩前即皇帝位，傳璽綬。喪制以日易月，内庭不用過哀。梓宫毋得輒置金玉，一切務從簡約。安便州郡，權暫奉陵寢。嗚呼！窮山極川，古所未嘗之患難；凉德薄祚，我乃有負於臣民。尚竭至忠，共扶新運。❶故兹詔示，想宜知悉。」十七日，祥興皇帝登寶位。詔曰：「朕勉承丕緒，祗若令猷。皇天付中國民，既勤用德；聖人居大寶位，曰守以仁。藐兹渺冲，適際危急。惟我朝之聖神繼統，而家法以忠厚傳心。滲漉在人，億萬年其未泯；遭逢多事，百六數之相乘。先皇帝聰明出乎群倫，孝友根於天性，痛憤三宮之北，未嘗一日而忘。遺大投艱，丕應徯

❶「扶」，鄢本、張元諭本作「持」。

志；除凶刷耻，惟懷永畐。托於神明，辱在草莽。上霧下潦之所匽薄，洪濤巨浪之所震驚。謂多難以殷憂，宜祈天而永命。胡寧予忍，而不其延。日月爲之無光，社稷凛乎如髮，攀髯何及，繼志其誰？以趙孤猶幸僅存，盍使爲宗祧之主；以漢賊不容兩立，庶將復君父之讎。大義攸關，輿情交迫。閔予小子，遭家不造。而況斯今，于前寧人，圖功攸終，其難莫甚。尚賴元勳宿將，義士忠臣，合志而并謀，協心而畢力。敵王所愾，扞我于艱。❶兹用大布寬恩，率循彝典。于以導迎和氣，于以迓續洪休，可大赦天下。於戲！人心有感則必通，世運無往而不復。成誦雖幼，有周寧後於四征；少康之興，祀夏實基於一旅。往求攸濟，咸與維新。」十七、十八、十九日，文武百官詣大行皇帝几筵殿，早晚臨。二十日，卒哭，行香。二十一日，以登極差官奏告天地，初獻張世傑，亞獻趙溍，終獻林永年，奉禮郎潘岳、丁應張，太祝陶士遜，太官令辛大濟。宗廟初獻曾淵子、陸秀夫，亞獻蘇景瞻、辛巖，終獻賈純孝、茅相，奉禮郎王子宜、張祺孫，太祝朱拱戊、趙時侉。社稷初獻蘇劉義，亞獻劉鼎孫，終獻趙稾，❷奉禮郎傅半千、曹郜，太祝徐天麟。二十二日，内批百官議謚號「孝恭仁裕懿聖濬文英武勤政皇帝」；廟號「端宗」。二十三日，太皇太后加上尊號。

鄧傳云：五月，公始聞端宗皇帝晏駕于化州之碙川。今上即位，以明年爲祥興。初三日，碙

❶「艱」，張元諭本作「難」。
❷「稾」，鄢本、張元諭本作「槀」。

川神龍見祥，臣庶咸覩，合議優異，礀川可升爲祥龍縣。置令、丞、簿、尉，隸化州，免租税、諸色科糴。五年五月二十五日，内批文璧除權户部侍郎、廣東總領，兼知惠州。六月，公規入覲，爲張世傑所格，不得進。遣使奉表起居，仍自劾督師罔功。降詔獎諭。詔曰：「勑天祥：才非盤錯，不足以别利器；時非板蕩，不足以識忱臣。昔聞斯言，乃見今日。卿早以魁彦受知穆陵，歷事四朝，始終一節。虜氛正惡，鞠旅勤王；皇路已傾，捐軀徇國。脱危機於虎口，涉遠道於鯨波。去桀就湯，可觀伊尹之任；歸周辟紂，咸喜伯夷之來。方先皇側席以需賢，乃累疏請身而督戰。精神鼓動，意氣慨慷。以匈奴未滅爲心，棄家弗顧；當王事靡盬之日，將母承行。忠孝兩全，神明對越。雖成敗利鈍，非能逆睹；而險阻艱難，亦既備嘗。如精鋼之金，百鍊而彌勁；如朝宗之水，萬折而必東。尚遲赤舄之歸，已抱烏號之痛。朕勉當繼紹，未有知思。政兹畐任舊人，克戡多難；倏來候吏疊覽，封章歸然。靈光之固存，此殆造物者陰相。胡然引咎，蓋見勞謙。❶至如諗問之勤，備悉忱悃之至。朕今吉日既戒，六月于征，倚卿愛君憂國之忠，成我刷耻除凶之志。緬懷耆俊，深切嘆嘉。」公又奏：「乞除鄒渢右文殿修撰、樞密都承旨、江西安撫副使，兼同都督府參謀官；趙孟濼遥縣郡團練使、左驍衛將軍、江西招捕使，兼同提刑、都督府諮議官；杜滸帶行軍器監、廣東招諭副使，兼同都督府參謀官；鄒臻帶大府寺丞、同都督府參議官；陳龍復帶行兵郎、廣東招諭司使，

❶ 「蓋」，鄒本、張元諭本作「益」。

兼同都督府參議官；章從範帶行閤門祗候、同都督府計議官；丘夢雷、林琦、葛鍾各帶行架閣、同都督府幹辦公事；朱文翁同都督府准備差遣。」旨特依奏除。公又奏：「潮、循、梅三郡，並已取到返正狀。乞將陳懿除右驍衛將軍，知潮州兼管内安撫使。張順帶行環衛官，權知循州。李英俊帶行閤門祗候，差梅州通判，暫權州事。」旨特依奏。文璋帶行大理寺丞，知寧武州。公欲移軍入朝，優詔不許。公欲入廣州，凌震、王道夫始復廣，自恣，憚公威重，❶陽遣舟迎，中道散回，遂不果。自去冬宜中遁占城，世傑以樞副柄國，日以迎候宜中還朝爲辭。蓋諸大將嘗受宜中超擢，樂其寬縱，忌公英氣，或以副貳受節制，意不便其至。八月，授少保信國公，封母曾氏齊魏國夫人。同都督府官屬各轉五官，金三百兩犒軍。公以書抵秀夫：「天子冲幼，宰相遁荒，制詔勑令，出諸公之口，豈得不恤軍士，以游詞相拒？」秀夫大息不能答。時同督府疫死者數百，公亦數病。九月六日，母曾夫人薨，旨遣使宣祭。十月，長子道生卒。陳懿兄弟五人，號五虎，本劇盗，據潮州數叛附，人苦其虐。又不聽同督府節制，公聲其罪討之，懿走山寨。潮士民請移行府于潮。十一月，進屯潮州潮陽縣。殪凶攻逆，稍正天討。假以歲月，因潮之民，阻山海之險，增兵峙粮，以立中興根本，亦吾國之莒、即墨也。劉興爲潮宿寇，叛服不常，據數郡跋扈，殺掠尤慘，遂誅之。十二月十五日，聞北帥張弘範自明秀步騎水陸並進，乃入南嶺柵險自固。二十日，弘範以水陸兵奄

❶「威」，張元諭本作「望」。

至，公引避山谷。行且數日，虜輕騎疾馳，追及於道，軍潰被執。求死於鋒鏑不可得，服腦子，以必得冷水乃死，告監者以渴甚，於田間蹄涔中掬水飲之。時公病目旬餘，遂泄瀉，而目愈，竟不得死。越七日，至虜營，踊躍請劍。弘範知不能屈，乃曰：「殺之名在彼，容之名在我。❶且天祥見伯顏高亭山，❷吾實在傍。」遂以平揖相見，叙間闊如客禮，蓋歲除前三日也。先是，適鄒㵯等自江西以民兵數千至，公少留勞之。又駐和平市，攻陳懿黨，與駐軍造粮，亦意後隔海港，步騎未能遽前。陳懿以問罪窘迫，百計不能救解，乃挾重賄，迎導北帥張弘正。潛具舟海岸，濟輕騎，直指督帳。公坐虎皮胡牀，與客飯五坡嶺，不意虜至，遂被執。

己卯。宋祥興元年。

正月二日，張元帥下海，置予舟中。初六日，發潮陽。初八日，過官富場。十三日，至厓山。二月六日，厓山行朝潰。三月十三日，虜舟還至廣州。張元帥遣都鎮撫石嵩護予北去。以四月二十二日行，五月二十五日至南安軍。明日東下，鑰予於舡。二十八日，至贛州。六月一日，至吉州。初五日，過隆興。十二日，至建康，囚邸中。八月二十四日，北行渡江，頗有事，會不濟。二十六日，至揚州。九月七日，哭母小祥於邳州。初九日，至徐州。十五日，至東平府。二十日，至河間。二

❶「容」，鄢本、張元諭本作「客」。

❷「高」，張元諭本、四庫本作「臯」。

十一日，至保定府。十月一日，至燕。初至，立馬會同館前，館人不受，蓋謂館以受投拜人，不受罪人也。久之，引去一小館，置予於偏室，館人不之顧。次日晚，供帳飲食如上賓。館人云：「稟博羅丞相，得語云然。」初四日，張元帥者始至。初五日，見其用事大臣，具言予不屈狀。至午，送予於兵馬司，枷項縛手，坐一空室，衛防甚嚴。所攜衣物錢銀，官爲封識，日給鈔一錢五分爲飲食。坐十餘日，然後解手縛。又坐十餘日，得疾。十一月二日，疏枷，惟繫頸以鍊，得出户負暄。初五日，赴樞密院，院官不及見。自是日赴院，輒空歸。至初九日，院官始引問。院官者，博羅丞相、張平章。有所謂院判、簽院等，不能識也。倨坐召見，予入，長揖。通事曰：「跪。」予曰：「南之揖，即北之跪。吾南人行南禮畢，可贅跪乎？」博羅叱左右曳予於地，予坐不起。數人者或牽頸，或拏手，或按足，或以膝倚予背，强予作跪狀，予動不自由。通事曰：「汝有何言？」予曰：「天下事有興有廢，自古帝王以及將相，滅亡誅戮，何代無之？天祥今日忠於宋氏社稷，以至於此，幸早施行。」通事曰：「更有何語，止此乎？」予曰：「我爲宋宰相，國亡，職當死。今日拏來，法當死，復何言。」博羅曰：「你道有興有廢，且道盤古王到今日，是幾帝幾王？我不理會得，爲我逐一説來。」予怒甚，曰：「一部十七史，從何處説起？我今日非赴博學宏詞科，不暇泛言。」博羅愧，乃云：「我因興廢，故問及古今帝王。你既不肯説，且道古時曾有人臣將宗廟城郭土地，分付與别國人了，又逃走去，有此人否？」予曰：「謂予前日爲宰相，奉國與人，而後去之耶？奉國與人，是賣國之臣也。賣國者，有所利而爲之，必不去。去者，必非賣國者也。我前日除宰相不拜，奉使伯顔軍前，尋被拘執。已而有賊臣者獻國，國亡，我本當死。所以不死者，以度宗皇帝二子在浙東，老母在廣，故爲去之之畐耳。」博羅曰：「德祐嗣君，非爾君耶？」曰：「吾君也。」曰：「棄嗣君别立二王，如何是忠臣？」予曰：「德祐，吾君也，不幸而失國。當此之時，社稷爲重，君爲輕。吾别立君，爲宗廟社稷計，所以爲忠臣也。從懷、愍而北者非忠，從元帝爲忠。從徽、欽而北者非忠，從高宗爲忠。」博羅語塞，平章皆笑。一人忽出來曰：「晉元帝、宋高宗皆有來歷，二王何所受命？」張平章曰：「二王是逃走底人，立得不正，是篡也。」予曰：「景炎皇帝乃度宗皇帝長子，德祐皇帝之親兄，如何是不正？登極於德祐已去天位之後，如何是篡？陳丞相奉二王出宫，具有太皇太后分付言語，如何是無所受命？」諸人無辭，堅以無受命爲解。予曰：「天與之，人與之，雖無傳授之命，推戴擁立，亦何不可？」諸人但支離不伏。予曰：「仁者見之謂之仁，知者見之謂之知，各是其是可也。」博羅云：「你既爲丞相，若將三宫走，方是忠臣。不然，引兵出城，與伯顔丞相決勝負，方是忠臣。」予曰：「此説可以責陳丞相，不可以責我。我不曾當國故也。」又曰：「你立二王，做得甚功勞？」予曰：「國家不幸喪亡，予立君以存宗廟。存一日，則臣子盡一日之責，何功勞之有！」曰：「既知做不得，何必做？」曰：「人臣事君，如子事父。父不幸有疾，雖明知不可爲，豈有不下藥之理？盡吾心焉，不可救，則天命也。今日文天祥至此，有死而已，何必多言！」博羅於是怒見之辭色云：「你要死，我不教你便死，禁持你。」予曰：「我以義死，禁持何害也。」博羅愈怒云云，通事亦不以轉告。予不答，遂呼獄令史云：「將下去，别聽言語。」初十日，冬至，入假。予意假滿，即見殺。乃囚在獄中，久無消息。十二月半後，一令史報云：「丞相語獄官宣差烏馬兒云：『文丞相性猶硬不硬？』」又一日，❶令史報云：「博羅語烏馬兒：『遲數日，更與文丞相説話。』」會歲終釋放諸囚，烏馬兒語博羅：「獄囚皆已寬放，惟文丞相一人在獄。」博羅云：「我奏卻來喚你。」博羅至今重於一喚者，憂予之硬也。予誓死決矣！此行決死在於再説話之頃。昔人云：「薑桂之性，至老愈辣。」予亦云：「金石之性，要終愈硬。性可改耶？」予自記一宗入獄本末於此，曰：「予死矣，庶幾有知予心者。」

所記言語，大略如此，當時泛應尚多，不能盡記。己卯除日書。自古中興之君，如少康以遺腹子，起於一旅一成。宣王承厲王之難，匿於召公之家，周、召二相，立以爲王。幽王廢宜臼，立伯服爲太子。犬戎之亂，諸侯迎立宜臼，是爲平王。漢光武起南陽爲帝，蜀先主帝巴蜀。皆是出於推戴，何論有無傳授之命？如唐肅宗即位靈武，不稟命於明皇，却類於篡，然功在社稷，天下後世，猶無甚貶焉。禹傳益不傳啓，天下之人曰：「啓，吾君之子。」謳歌朝覲訟獄者歸之焉。漢文帝只是平、勃諸臣所立，豈有高祖、惠帝、呂后之命耶？春秋亡公子入爲君者何限，齊桓、晉文其大者也，何謂逃走不當立？羿之於夏，莽、丕之於漢，方是篡。德祐亡而景炎立，謂之篡，何居？可惜當時不曾將此一段言語敷陳，頗有餘憾耳。

鄧傳云：正月十三日，至厓山，張元帥索公書諭張世傑降。公曰：「我不能救父母，乃教人背

❶「一」，鄒本、張元諭本作「二」。

父母，可乎？」强之急，乃書《過零丁洋》詩與之，弘範笑而置之。二月六日，厓山潰，公不勝悲憤，作長歌哀之，南北傳誦。三月十三日，還至廣州。公日俟北方生殺之命。弘範於公禮貌日隆，盡取公所亡妾婢僕役以奉之。十四日，弘範置酒海上，會諸將，因舉酒從容謂公曰：「國亡矣，忠孝之事盡矣！正使殺身爲忠孝，誰復書之？丞相其改心易慮，以事大宋者事大元，大元賢相，非丞相而誰？」公流涕曰：「國亡不能救，爲人臣者，死有餘罪，況敢逃其死而貳其心乎？殷之亡也，夷齊不食周粟，亦自盡其義耳，未聞以存亡易心也。」弘範爲之改容。是日，弘範具公不屈與所以不殺狀，奏於朝。四月十一日，使臣還言，上有「誰家無忠臣」之歎，旨令善視公以來。公曰：「使予死於兵，死於刑，則已矣。而萬里行役不得逃焉，命也。」或曰：「明知其不可而爲之，柰何！」曰：「吾所謂盡心者，人人諉天下之責，古今世道不屬之人乎？是烏可以成敗爲是非哉！」二十二日，北行，與厓山朝士鄧光薦俱發廣州。五月二十五日，至南安軍。石嵩與囊家歹議，出江西慮篡奪，遂鑰公於舡。公即絶粒，爲告祖禰文，别諸友詩。遣孫禮取黄金市，登岸馳歸。約六月二日，復命於吉城下，公將以心事白諸幽明，即瞑目長往，含笑入地矣。乃水盛風駛，前一日達廬陵，孫禮期不至。公且行，忍死以待。垂至豐城，忽有見孫禮在他舟，乃悟竟不曾往，爲之痛哭流涕。暮始見主者取孫禮還舟。明早，飯已，送之豐城岸，從其自便，追之不可及矣。公不食已八日，若無事然。公私念死廬陵，不失爲首丘，今使命不達，委身荒江，盍從容以就義乎。遂復飲食如初。從者七人，或逃，或死，或逐，僅存一人曰劉榮。六月初五日，至隆興，觀者如堵。北人有駭其英毅者，曰：「諸葛軍師也！」十二日，至建康。十三日，鄧光薦以病遷寓天慶觀就醫，留不行。八月二十四日，石嵩等以公自東陽渡。江淮士有謀奪公江岸者，不果，以弘範命兵衛夾舟，陸至揚州故也。十月一日，公至燕，供帳飲饌如上賓。公義不寢食，乃坐達旦，雖示以骨肉而不顧，許以穹職而不從。南冠而囚，坐未嘗面北。留夢炎説之，被其唾罵。瀛國公往説之，一見，北面拜號，乞回聖駕。平章阿合馬入館驛，坐召公，公至，則長揖就坐。馬云：❶「以我爲誰？」公云：「適聞人云宰相來。」馬云：「知爲宰相，何以不跪？」公云：「南朝宰相見北朝宰相，何跪？」馬云：「你何以至此？」公曰：「南朝早用我爲相，北可不至南，南可不至北。」馬顧左右曰：「此人生死尚由我。」公曰：「亡國之人，要殺便殺，道甚由你不由你！」馬默然去。博羅欲殺公，而上意及諸大臣不可。張弘範病中，亦表奏天祥忠於所事，願釋勿殺，故因之連年。冬，於獄中遇靈陽子，指示大光明正法。公自謂於死生之際，脱然若遺，自是詩文時有超洒忘世之意。公獄中與弟書曰：「廣州不死者，意江西可以去之。及出南安，繫吾頸，縶吾足，於是不食，將謂及吉州則死，首丘之義也。乃五日過吉，又三日過豐城，無飯八日，不知飢。既過吉，思之無義，且尚在江南，或尚有生意，遂入建康。居七十餘日，果有忠義人約奪我於江上，蓋真州境也。及期失約，惘然北行，道中求死，無其間矣。入幽州，下之狴犴，枷頸鎖手，節其飲食，今已二十日。吾舍生取義，

❶「馬」，四庫本作「平章」。下同。

無可言者，今千萬寄此及詩達吾弟。蓋絶筆也。」

庚辰。

是歲囚。

五月，弟璧自惠州入覲，右丞相帖木兒不花奏，其略曰：「此人是文天祥弟。」上曰：「那箇是文天祥？」博羅對曰：「即文丞相。」上嘆嗟久之曰：「是好人也！」次問璧，右丞相奏：「是將惠州城子歸附底。」上曰：「是孝順我底。」

辛巳。

是歲囚。

正月元日，公爲書付男陞。公在縲絏中，放意文墨，北人争傳之。公手編其詩，盡辛巳歲爲五卷；自譜其平生行事一卷；集杜甫五言句，爲絶句二百首，且爲之叙。其詩自五羊至金陵爲一卷，自吴門歸臨安，走淮至閩，詩三卷，號《指南録》，以付弟璧歸。夏，璧與孫氏妹歸，公剪髮以寄永訣。與弟書曰：「潭盧之西坑有一地，已印元渭陽所獻月形。下角穴第淺露非其正，其右山上有穴，可買以藏我。如骨不可歸，招魂以封之。陞子嗣續，吾死奚憾！女弟一家，流落在此，可爲悲痛！吾弟同氣，取之，名正言順，宜極力出之。自廣達建康，日與中甫鄧先生居，具知吾心事，吾銘當以屬之。若時未可出，則姑藏之將來。文山宜作一寺，我廟於其中。」七月，大雨，兵馬司墻壁頽落，移司宫籍監，得一室，頗瀟洒。十一日，回舊兵馬司，得一室，地高燥空凉。八月，返故處，依然臭穢蒸濕。

壬午。

是歲春，作贊，擬終時書之衣帶間。敘云：「吾位居將相，不能救社稷，正天下，軍敗國辱，爲囚虜，其當死久矣。頃被執以來欲引決而無間。今天與之機，謹南向再拜以死。」其贊曰：「孔曰成仁，孟云取義。惟其義盡，所以仁至。讀聖賢書，所學何事？而今而後，庶幾無媿！宋丞相文天祥絕筆。」

鄧傳云：正月二十後，公卧病發熱，右臀𣪍道傍患癰。二月四日，流膿，平生痛苦未嘗有此。是時南人仕于朝者，謝昌元、王積翁、程飛卿、青陽夢炎等十人，謀合奏，請以公爲黄冠師，冀得自便。青陽夢炎私語積翁曰：「文公贛州移檄之志，鎮江脱身之心，固在也。忽有妄作，我輩何以自解？」遂不果。八月，王積翁奏，其略曰：「南方宰相，無如文天祥。」上遣諭旨，謀授以大任。昌元、積翁等以書諭上意。公復書：「數年于茲，一死自分。舉其平生而盡棄之，將焉用我？」事遂寢。後積翁又奏，其略曰：「文天祥，宋狀元宰相，忠於所事。若釋不殺，因而禮待之，亦可爲人臣好樣子。」上默然久之，曰：「且令千户所好好與茶飯者。」公聞之，使人語積翁：「吾義不食官廩數年矣，今一旦飯於官，果然，吾且不食。」積翁乃不敢言。公死後，有以危言憾積翁者。積翁曰：「我「得從龍逄、比干遊地下，足矣。」言者遂止。積翁累以銀物餉公。福王與芮聞其不屈，嘆曰：「我家有此人耶！」餉以銀百兩，屬積翁轉致之。公囚縶久，❶翰墨滿燕市。時與吏士講前史忠義傳，無不傾聽感動。其長李指揮、魏千户，奉事之尤至。麥术丁參政，❷嘗開省江西，見公出師震動，每昌言殺之便，又以公罪人下千户所，收其棋奕筆墨書册。初，閩僧妙曦，號琴堂，以談星見。是春，進言：「十一月，土星犯帝座，疑有變。」群臣有言瀛國公族在京不便者。而中山府薛寶住，聚數千人，聲言是真宋幼主，要來取文丞相。又有書于櫝者曰：「兩衛軍儘足辦事，丞相可以無慮。」又曰：「先焚城上葦子，城外舉火爲應。」大臣議所謂丞相疑爲天祥。太子得櫝以奏，京師戒嚴，遷趙氏宗族往開平北。十二月初七日，司天臺奏：「三台拆。」初八日，上召天祥入殿中，長揖不拜。左右强之拜跪，或以金撾摘其膝傷，公堅立不爲動。上使諭之，其略曰：「汝在此久，如能改心易慮，以事亡宋者事我，當令汝中書省一處坐者。」天祥對曰：「天祥受宋朝三帝厚恩，號稱狀元宰相，今事二姓，非所願也！」上曰：「汝何所願？」天祥曰：「願與一死足矣！」遂麾之退。是夜，回宿千户所。初九日，宰執奏：「文天祥既不願附，不若如其請，賜之死。」麥术丁力勸之，上遂可其奏。是日，宣使以金鼓迎詣市。公欣然曰：「吾事了矣！」及行，顔色不少變。至刑所，問左右孰南向。於是南向再拜曰：「臣報國至此矣！」遂受刑，得年四十有七。時連日大風埃霧，日色無

---

❶「囚」，鄒本、張元諭本作「因」。

❷「术」，原作「述」，今據上下文改，後同。

光。都城門閉，甲卒登城，街對隣不得往來，行不得偶語。時翰林學士趙與票，❶以宋宗室亦被監閉一室，諸衛士弓刀環席地坐。聞門外弓馬馳驟聲者久之，人競穴窗窺，乃是出丞相。頃之，又聞馳騎過者，及回，乃聞有旨，教再聽聖旨，至則已受刑。明日，歐陽夫人從東宫得令旨收屍。江南十義士，奉柩葬于都城小南門外五里道傍，爲他日歸骨便路。後大德二年戊戌，男陞至都城，見公舊婢緑荷，已嫁順承門内石橋織綾人。及見劉牢子，引到墓所，自後留都城，春秋必往酹奠望拜。❷時已有二僧塔，其大塔小石碑刻有「信公」二字，舊殯在大塔南右址。又右畔塹外有墓林，聚塚在大路傍。

至元二十年癸未歲，公柩歸至故里。時弟璧任臨江路總管兼府尹，辦喪葬，男陞祗奉几筵。舊歲，璧遣家人至廣，遷奉母曾夫人靈柩。是日，適與公柩舟會于江滸，人咸驚嘆，以爲孝念所感，不期而會。二十一年甲申，葬公富田東南二十里木湖之原，葬師則吉水王仁山也。陞廬墓三年。

世傳吉州太和縣贛江濱黄土潭，有神物棲其間。歲亢旱，邑民禱雨澤焉。自公之生，潭沙清淺；公没之歲，潭近居民夢神物歸，騶從甚盛，即而覩之，乃公也。既而聞公死，諸老驚相語曰：

❶「票」，張元諭本、四庫本作「稟」，明弘治刻本《赤城新志》、明天啟刻本《兩浙名賢録》作「票」。
❷「酹」，張元諭本作「酧」。

「公兩任贛州提刑，去往輒江水泛溢。其勤王召募，江泛溢尤甚，師行而水同去。」又公家居，當暑日喜溪浴。與奕者周子善於水面以意爲枰，行奕決勝負。他人久浸不自堪，皆走，惟公逾久逾樂，忘日早暮，或取酒炙就飲啖。是應神物出世，没而爲神，自其常也。潭是後又深黑不可測矣。公平生嗜象奕，以其危險制勝奇絶者，命名曰玉壺金鼎。❶至單騎見虜，爲四十局勢圖，悉識其出處始末。玉壺，蓋公所居山名也。又傳公方爲童子時，游鄉校，見所祀鄉先生歐陽修、楊邦乂而下，咸謚忠節，祠祝像設甚嚴，意欣然慕之。竊嘆曰：「没不俎豆是間，非夫也！」故出而舉事，志氣素定，雖崎嶇萬折，終不撓屈。後至治三年癸亥，吉安郡庠奉公貂蟬冠、法服像，與歐陽文忠公修、楊忠襄公邦乂、胡忠簡公銓、周文忠公必大、楊文節公萬里、胡剛簡公夢昱，序列祠于先賢堂。士民復於城南忠節祠增設公像，以肯齋李芾配。廬陵舊有四忠一節之稱，今爲五忠一節云。

歐陽夫人被虜後，即到燕都，與二女皆留東宫，服道冠褎，日誦道經。後隨公主下嫁駙馬高唐王，居大同路豊州栖真觀，日請一正一從分例。其女婢曰翠哥。大德二年戊戌冬，以年老不禁寒凍，得請向南去，至都城，男陞迎養。遇時節，夫人輒嗟嘆舊家典故，陞亦爲辦南食品，邀隣嫗伴坐。諸士大夫謁拜，所餽遺，命女侍專收貯，不他用。大德七年癸卯臘，至寧州。時從子隆子任寧州判官。寧州党知事以夫人歸爲不應，赴陳草庵宣撫陳狀，委南康李清之推官臨問。隆子以夫人

❶「曰」，原作「自」，今據鄢本改。

所受公主懿旨、高唐王鈞旨、所與路引及支給口食文憑呈之，李爲惻然，事遂消釋。明年，歸故里。凡親友餽遺，仍專收貯之。又明年正月，夫人曰：「吾海上禍亂中，叩之神祇乞保庇，擬建靈寶醮筵以謝。又叩佛氏乞保庇，擬建水陸齋供以謝。寓豊州，累申前請，今得生還，拜神佛之賜。合以己所得餽遺，正月元夕酧道醮，二月八日酧佛供。畢此心願，即死瞑目矣。」二月望，得痰疾。越四日，家人諸婦侍疾，亹亹語平昔事如常。時問浣婢，索衣上舊香囊。浣婢見損污甚，已棄之矣，急拾至。夫人持示諸人曰：「此件吾未嘗須臾離也。❶落齒時，得之父母。祭文云『烈女不更二夫，忠臣不事二主，天上地下，惟吾與汝』，得之丞相，吾死必仍懸吾心前。將以見吾父母，見吾夫於地下，爲無媿也！」頃之，命諸人退，「俟吾少休」。諸人候窗外，聞伏枕痰響，就視，則氣已絕。實大德九年乙巳歲二月十九日也。葬富田南二十里洞源。

柳小娘，從公主下嫁趙王沙靖州，大德年間歿。

環小娘，從公主下嫁岐王西寧州。弟姪輩間得會于都城。至正元年辛巳歲，猶傳聞其居河州養老。皆無所生。

❶「件」，鄢本、張元諭本作「伴」。

文山先生文集附録卷之一

文丞相傳序

相臺許有壬撰

宋養士三百年，得人之盛，軼唐漢而過之遠矣。盛時忠賢雜遝，人有餘力。及天命已去，人心已離，有挺然獨出於百萬億生民之上，而欲舉其已墜，續其已絶。使一時天下之人，後乎百世之下，洞知君臣大義之不可廢，人心天理之未嘗泯，其有功於名教爲何如哉！

丞相文公，少年趠厲，有經濟之志，中爲賈沮，徊翔外僚。其以兵入援也，大事去矣；其付以鈞軸也，降表具矣；其往而議和也，冀萬一有濟耳。平生定力，萬變不渝。「父母有疾，雖不可爲，無不用藥之理」，公之語，公之心也。是以當死不死，可爲即爲。逸于淮，振于海，真不可爲矣，則惟死爾。可死矣，而又不死，非有他也，等一死爾。昔則在己，今則在天。一旦就義，視如歸焉。光明俊偉，俯視一世。顧膚敏祼將之士，不知爲何物也。❶推此志也，雖與嵩、華争高，可也。宋之亡，守節不屈者有之，而未有有爲若公者。事固不可以成敗論也，然則收宋三百年養士之功者，公一人耳。孫富爲湖廣省

❶「物」，鄜本、張元諭本作「如」。

檢校官，始出遼陽儒學副提舉廬陵劉岳申所爲傳，將刻之梓，俾有壬序之。有壬早讀《指南録》《吟笑集》，❶見公自述甚明。三十年前游京師，故老能言公者尚多，而訝其傳之未見于世也。伏讀慷慨，惜京師故老之不及見也。❷公之事業在天地間，炳如日星，自不容泯。而史之取信，世之取法，則有待于是焉。若富也，可謂能後者也。元統改元十二月朔，參議中書省相臺許有壬序。

文丞相傳

廬陵劉岳申譔

文丞相天祥，字履善，吉州廬陵人也。父儀，鄉稱長者。大父時用夢兒乘紫雲下，已復上，而丞相生，故名雲孫，字天祥。英姿雋爽，目光如電。稍長，遊鄉校，見歐陽文忠公、楊忠襄公、胡忠簡公、周文忠公、楊文節公祠像，慨然曰：「没不俎豆其間，非夫也。」寶祐乙卯，年二十，以字貢，廷對寘第五，理宗親擢第一。尋丁父憂，服除，授承事郎簽書寧海軍節度判官廳公事。時江上有警，吴潛再相，内都知董宋臣主遷幸議。天祥上書，乞斬董宋臣以一人心，安社稷。請效方鎮建守，就團結抽兵，破資格用人。書奏，不報，自免歸。以前職改鎮南軍，不拜，乞祠，得主管建昌軍仙都觀，除秘書省正字，兼景獻府教授，進校書郎、著作郎，兼權刑部郎官。董宋臣復爲都知，上疏極論，不報。出守瑞州，召爲

---

❶ 「笑」，張元諭本作「嘯」。
❷ 「及見」二字，鄢本、張元諭本作「見及」。

禮部郎官,尋除江西提刑。伯祖母梁夫人卒,夫人,其父本生母也,即日解官。終喪,除尚左郎官,兼學士院權直,兼國史院編脩官,實録院檢討官,臺臣奏免。尋除福建提刑,臺臣復奏,寢。改知寧國府,民歌舞之,爲立生祠。除軍器監,兼右司,尋兼崇政殿説書,兼學士院權直,兼玉牒所檢討官。❶平章賈似道乞致仕,有要君意。學士院降詔,裁責以義,賈意不滿。除秘書監,臺臣迎合賈意,奏免。除湖南運判,臺臣復奏寢。始闢文山於其鄉,窮山水之樂。除湖南提刑,平邵、永巨寇,道路肅清。見故相江公萬里於長沙,公曰:「吾老矣。觀天時人事,必當有變。世道之責,其在君乎?君必勉之!」是冬,乞便郡養親,移知贛州。

明年,爲德祐元年乙亥,至元十二年也。正月朔,牒報元師渡江。詔諸路勤王,奉詔起兵。二月,似道魯港師潰。除右文殿脩撰,樞密副都承旨,江西安撫副使,兼知贛州。尋兼江西提刑,進集英殿脩撰,江西安撫使,加權兵部侍郎。丁祖母劉氏夫人憂,葬夫人,而起復命下,累疏乞終制,不許,仍趣兵移洪。初,左相王爚主天祥遷擢,屢趣天祥入衛,與右相陳宜中不合,爚引嫌去國。京學生上書訟宜中沮天祥事,宜中出關,留夢炎代相。夢炎素厚宜中,又黨江西制置黄萬石。至是,夢炎奏萬石入衛,以天祥移屯于洪,經略九江。萬石陰與吕師夔通,自洪退屯,置司撫州。有旨,趣天祥入衛。天祥以兵二萬至衢州,除權工部尚書,兼都督府參贊軍事。至臨安,兩月累奏乞終喪。又奏:古有墨衰從

❶「玉」,原作「王」,今據鄢本、張元諭本改。

戎，無墨衰登要津者，乞仍樞密副都承旨，江西安撫使，領兵國門，皆不許。除浙西江東制置使，兼江西安撫大使，兼知平江府，留不遣。

天祥請分東南爲四鎮，而以都督統御其中。時朝廷方遣呂師孟奉使，師孟偃蹇傲朝廷，天祥乞斬師孟釁鼓，不報。常州已急，始遣天祥就戍，尋除端明殿學士。宜中遣張全將淮兵二千援常州，天祥遣朱華將廣、贛兵三千從之。全自提兵設伏於虞橋，麻士龍死之，而全不援。元師薄華軍，廣軍多死於水。又薄贛軍，尹玉獨當其鋒，曾全等皆遁。張全擁軍，隔河不發一矢。華軍渡水者，争挽全軍船，全令諸軍盡斷其指，軍多溺死。全宵遁，尹玉孤軍五百人，皆殊死戰，玉死之。及明，得脱者四人，無一人降者。天祥欲斬張全，督府竟宥之，獨斬曾全以徇。奏贈尹玉團練使，立廟死所，官其二子。

常州破，攻獨松關急。夢炎、宜中、陳文龍議棄平江，趣天祥移守餘杭。天祥未決，兩府劄再至，遣環衛王邦傑留平江。天祥去平江三日，通判王舉之與邦傑開門迎降。天祥進資政殿學士，淛西江東制置大使，兼江西安撫大使，置屯餘杭，守獨松關。未幾，夢炎遁。明年正月，除知臨安府，不拜。以輕兵赴闕，始從天祥初議，送吉王、信王閩廣。大臣日請三宫渡江，太皇太后不允。天祥請以福王或沂王判臨安，以繫人望，身爲少尹以輔之；有急密移三宫，當以死衛社稷，議不合。少保張世傑宿重兵於六和塔，又請自將京師義士二十萬，與城内外軍數萬人，背城借一，以戰爲守，世傑不許。

十八日，伯顔至高亭山，距臨安三十里。宜中遣使絡繹講解，伯顔邀宜中相見，宜中許之而遁。明日，世傑亦遁。

除天祥樞密使，又除右丞相兼樞密，不拜。使者至，上下震恐，莫知所爲。有旨令天祥詣軍前，遂以資政殿學士行。因説伯顔曰：「宋承帝王正統，非遼金比。今北朝將欲爲與國乎，將毁其宗社乎？若以爲與國，則宜退兵平江或嘉興，然後議歲幣與金帛犒師。天祥躬督所議，悉輸軍前，北朝完師以還，此爲不戰而全勝，策之上也。若欲毁其宗社，則兩淮兩浙閩廣，尚多未下，窮兵取之，利鈍未可知。假能盡取，豪傑並起，兵連禍結，必自此始。」伯顔初以危言析之。❶天祥謂：「宋狀元宰相，所欠一死報國耳。宋存與存，宋亡與亡。刀鋸在前，鼎鑊在後，非所懼也，何怖我爲？」伯顔改容，因謝曰：「前日已遣程鵬飛詣宋太皇太后簾前，親聽處分。候鵬飛至，即與丞相定議。」

明日左丞相吴堅、右丞相賈餘慶、同知樞密院事謝堂、簽書樞密院事家鉉翁、同簽書樞密院事劉岊，與吕師孟奉降表至。伯顔引天祥同坐，堅等各就車歸，獨留天祥不遣。天祥大罵賈餘慶賣國，且責伯顔失信，吕文煥從旁慰解之。❷天祥斥言：「叛逆遺孽，當用《春秋》誅亂賊法！」文煥謂：「丞相何故以逆賊見罵？」天祥曰：「國家不幸至今日，汝爲罪魁，非逆賊而何？三尺童子猶斥罵汝，獨我乎？」文焕曰：「守襄陽七年不救，是以至此。」天祥曰：「吕氏一門，父子兄弟受國厚恩，不幸勢窮援絶，以死報國可也，豈有降理？汝自愛身惜妻子，壞家聲。今汝合族爲逆矣，尚何言？」文焕慚恚。

❶ 「析」，張元諭本作「折」。
❷ 「旁」，原作「㫄」，今據鄒本、張元諭本改。

師孟忿怒云：「丞相今日何不殺師孟？」天祥謂：「汝叔姪賣降，恨朝廷失刑，不族滅汝。汝今日能殺我，得爲大宋忠臣，足矣！豈懼死哉？」師孟語塞。伯顏聞之，吐舌云：「男子！男子！」然自是益留之，不復遣還矣。賈餘慶歸，令學士院詔天下州郡歸附，放還天祥所部勤王義士西歸。其渡淛歸閩者，惟方興、朱華、鄒渢、張抃數人耳。

二月八日，伯顏趣天祥隨祈請使吴堅、賈餘慶北行。天台杜滸從，至京口留十日。杜滸與余元慶定計，謀趨真州，不可得舟。元慶遇故舊，許以白金千兩求之。其人云：「吾爲大宋脱一丞相，事成豈止白金千兩哉！」竟得舟。二月二十九日也，是午，促過瓜州。賈餘慶等已渡，天祥辭以明日同吴丞相渡。以是夕逃，幸得至真州城下，三月朔日也，守將苗再成迎宿。時真州不知京城消息已數月，聞天祥至，無不感憤流涕者。諸將皆謂兩淮兵力足以興復，恨李制置與淮西夏老不能合從，得丞相通兩閫脉絡，不出一月，連兵大舉，江南可傳檄定也。天祥問再成：「計將安出？」再成爲言：「灣頭、楊子橋守者，皆沿江脆兵。今以通泰軍攻灣頭，以高郵、寶應、淮安軍攻楊子橋，以楊州兵向瓜州，再成與刺史趙孟錦以舟師直擣鎮江，同日大舉，彼軍勢不能相救護。以灣頭、楊子橋兵合攻瓜洲之三面，❶再成自江中一面薄之，雖有智者，不能爲之謀矣。然後以淮東軍入京口，淮西軍入金陵，兩淛無出路，其大帥可生致也。」天祥喜甚，即爲書李庭芝、夏貴。庭芝得書，反疑丞相無得脱理，罪真州不當納之。

❶「兵合」二字，鄢本、張元諭本作「合兵」。

遣官諭再成，亟殺天祥以自白。再成不忍殺，三日，紿天祥出視城壕，使王、陸二都統導之出，示以制司文書，謂丞相爲説城。天祥方驚嘆，而兩都統鞭馬入城，門已閉矣。杜滸赴城壕欲死，有張、徐二路分自言苗安撫遣送丞相，惟丞相所向。天祥云：「今惟往楊州。夏老不相識，淮西又無歸路，委命於天，惟往楊州。」久之，有弓刀五十人至。張、徐各就騎，以二騎從天祥。天祥與杜滸連騎行數里，張、徐請下馬，天祥既下，云「且行」。既行，云「且坐」。坐久立談，張、徐云：「制使欲殺丞相，安撫不忍，故遣某二人送行。今丞相安往？」天祥云：「只往楊州。」張、徐云：「楊州欲殺丞相，不可往。」天祥云：「無可柰何，今只欲見李制置，自白此心，庶幾見信，共圖恢復。否則從通州遵海歸行朝。」張、徐云：「安撫已具船，令從丞相江行，歸南歸北皆可。」天祥云：「如此，則安撫亦疑我矣。」張、徐方吐實云：「安撫猶在疑信之間，令某二人便宜從事。某見丞相忠義如此，何敢加害！既決欲往楊州，當相送。」是日暮，張、徐先辭去，留二十人從行。頃之，二十人亦去。明日至楊州，杜滸謂：「制使既不相容，必且死於城門，不如且避哨，以夜趨高郵，至通州，渡海歸江南見二王。與徒死城下，萬萬不侔。」金應又謂：「出門即有哨，此去通州尚五百里，何由而達？與其死於彼，不如死楊州，且猶冀未必死。」天祥計未決，而從行者四人已負腰金逃矣。不得已，去楊州城下。避哨土圍糞穢中，忽數千騎過其後。至賈家庄，已兩日不得食，又迫巡徼者，夜迷失道。幸得至高郵，而制司命下關，防説城愈急，遂不敢入城。過城子河，至海陵，過海安、如皋，舟與追騎常相距，危不免者數矣。至通州，適牒報鎮江大索文丞相十日，且以三千騎追亡於滸浦，❶始釋制司前疑。得海舟，渡楊子江，入蘇州洋，展轉四明、天台，以四月捌日，至温州。

益王建大元帥府於福州，天祥上書勸進，始以五月朔即位福安，改元景炎。以觀文殿學士召天祥，二十六日，行至都門，❷除右丞相。時樞密使陳宜中、副使張世傑用事，丞相具員，天祥辭不拜。以樞密使同都督諸路軍馬發行都，出南劒，號召天下。十月，趨汀洲，❸遣督參趙時賞、督咨趙孟濚復寧都，督贊吴浚復雩都。天祥移屯漳州龍巖縣。未幾，浚銜唆都命來招降，遂殺浚以定衆志。時唆都與左丞阿剌罕、參政董某既入閩，李珏、王積翁以福建宣慰招撫使各致書天祥。天祥復書：「候見老母，即從先帝地下，無可言者。」

明年三月，入梅州，始與母弟妻子相見，進階銀青光禄大夫。四月，斬統制錢漢英，王福引兵自梅州出江西，入會昌，戰雩都，大捷，因開府興國。督謀張抃，監軍趙時賞、孟濚，盛兵薄贛城下。招諭使鄒㵯率贛諸縣兵擣永豐、吉水。招撫副使黎貴達率吉諸縣兵復太和，臨、洪諸郡豪傑皆納欵。淮西義士劉源以兵復黄州，復壽昌軍。潭州趙璠、張琥，撫州何時，皆起義兵。分寧、武寧皆遣使諸軍門受約

❶「滸」，原作「許」，今據張元諭本改。

❷「行至」二字，原作「至行」，今據鄢本、張元諭本乙正。

❸「洲」，鄢本、張元諭本作「州」。

束。福建斬僞天子黄從，傳首至督府，軍勢大振。貴達以正軍千人，民兵數千，次太和。鍾步、張抃、趙時賞、趙孟濴率民兵數萬，逼贛。遇騎卒先後衝之，皆潰，自相蹂藉死。孟濴收殘兵，保雩都。督府聞鄒渢聚兵數萬於永豐，乃引兵就之。會渢兵亦潰，元帥李恒以大軍乘其弊，追及於廬陵東固之方石嶺。都統制鞏信駐軍嶺上，力戰，箭被體不動，猶手殺數十人，乃自投崖谷死。大軍追至空坑，同督府兵潰，天祥幾被執。值山逕險隘，有大石忽墜塞其路，乃得脱去。既而妻妾子女皆陷，惟母曾夫人、子道生從天祥奔汀州。趙時賞、吴文炳、林棟、劉洙皆就執，張抃、劉欽爲亂兵所殺。天祥趨循州。其冬，塔术、吕師夔、李恒以步卒入嶺，唆都、蒲壽庚、劉深以舟師下海，皆會廣州。天祥駐循之南嶺，黎貴達有異志，伏誅。

明年二月，出海豊。三月，屯麗江浦，命弟璧攻惠州。五月，端宗凶問至，衛王改元祥興，天祥奉表起居，自劾罔功，有詔奬諭，陸秀夫當筆，其略曰：「方敵氛之正惡，鞠旅勤王；及皇路之已傾，捐軀徇國。脱危機於虎口，涉遠道於鯨波。雖成敗利鈍逆睹之未能，而險阻艱難略嘗之已熟。❶如金百鍊而益勁，如水萬折而必東。」天祥乞移軍入朝，不許。又欲入廣州，時廣州新復，憚天祥威重，佯遣舟來迎，而中道去之，遂不果入。六月，祥興舟自硇州回駐崖山。督府累請入覲，世傑日以迎候宜中還朝爲辭，諸大將多忌天祥，又位樞密使出己上，皆不便其入。加天祥少保信國公，母曾封齊魏國夫人，同

---

❶「略」，張元諭本作「備」。

督府官屬各轉五資，以金三百兩犒其軍。天祥移書秀夫：「天子幼冲，宰相遁荒，制訓勑令，出諸公口。柰何不恤國事，以游辭相距耶？」秀夫太息而已。時督府全軍疾疫，齊魏國夫人、子道生相繼卒。遣使宣祭，起復。初，陳懿兄弟皆爲劇盜，世傑招之，叛附不常，潮人苦之。潮士民請移行府于潮，十一月，進潮陽縣，戮懿黨劉興。❶時張弘範爲都元帥，以大軍自明、秀下海，以步卒自漳、泉入潮，天祥以聞行朝。十二月十五日，移屯趨海豐，入南嶺。鄒㵯、劉子俊以民兵數千至自江西。時弘範步騎，❷尚隔海港，陳懿爲迎導，具海舟以濟。弘範既濟，使其弟弘正以輕兵直指督帳。二十日午，天祥方飯客五坡嶺，步騎奄至。天祥度不得脱，即取懷中腦子盡服之。衆擁天祥上馬，天祥急索水飲，冀速得死。已乃暴下，竟不死。諸軍皆潰。天祥見弘正於和平，大駡求死。越七日，至潮陽，踴躍請劍就死。弘範必欲以禮見，議相見禮，天祥曰：「吾不能跪。吾嘗見伯顔、阿术，惟長揖耳。」或曰：「柰何不拜？」天祥曰：「吾能死不能拜。」弘範度不能强，❸遂以長揖相見。

明年正月二日，弘範驅天祥登海艘。十日，至崖山。弘範索天祥爲書招世傑，天祥曰：「己不能救父母，又教人叛父母，可乎？」愈益急索，則書《過零丁洋》一詩示之，詩末云：「人生自古誰無死，留取

---

❶「興」，原作「與」，今據張元諭本改。
❷「弘」，原作「宏」，今據張元諭本及上下文「弘範」改。
❸「度」，鄢本、張元諭本作「亦」。

丹心照汗青。」弘範笑而置之。自此守護益謹，然禮貌益隆。二月六日，崖山破。先是，陸秀夫在行朝，以樞密兼宰相，至是請於太妃曰：「臨安母子已被辱，殿下不宜再辱。」言訖，即沉其妻孥，冠裳抱祥興赴海。太妃從之，宫人已下皆從太妃，官屬將士争蹈海，死者數萬人。

十四日，弘範置酒，大會諸將。因舉酒從容謂天祥曰：「國亡矣，忠孝之事盡矣。丞相改心易慮，以事大宋者事大元，大元賢相非丞相而誰？」天祥流涕曰：「國亡不能救，爲人臣者死有餘罪，況敢逃其死而二其心乎？」弘範又謂：「國亡矣，即死誰復書之？」天祥謂：「商亡，而夷、齊不食周粟，亦自盡其心耳。豈論書與不書？」弘範爲改容。副元帥龐鈔兒赤起行酒，天祥不爲禮，龐鈔兒赤怒罵之，天祥亦大罵，請速死。弘範遣使具奏天祥不屈與所以不殺狀，世祖皇帝命護送天祥京師。弘範遣督鎮撫石嵩護行，且以崖山所得宋禮部郎官鄧光薦與俱。二十二日，發廣州，至南安始繫頸縶足，以防江西之奪者。明日，天祥即絶粒不食，計日可丘首廬陵，乃爲文祭墓，爲詩别諸友，遣人馳歸，約日復命廬陵城下，即瞑目長逝。乃水盛風駛，前一日過廬陵。至豊城，始知所遣人竟不得往，於是不食已八日。念不得死廬陵，而委命荒江，志節不白，始從容就義，强復飲食。十二日，至建康囚驛中，鄧光薦寓天慶觀。八月二十四日，天祥北行。十月，至燕。館所供帳如上賓，館人云：「博羅丞相命也。」天祥義不寢處，坐達旦。四日，張弘範至，具言不屈狀。五日，送兵馬司，械繫空宅中。十餘日，解手縛；又十餘日，得疾。十二月二日，去械，猶繫頸。五日，赴樞密院。九日，見博羅丞相。張平章命之跪，天祥曰：「南人不能跪。」左右强之，終不可。問有何言，天祥曰：「自古有興有廢，帝王將相滅亡誅戮，何代無之？　盡忠於宋，所以至此。今日不過死耳，有何言？」又問，天祥曰：「爲宋丞相，宋亡，義當死。爲北朝所獲，法當死。何言？」博羅問：「自古常有宰相以宗廟城郭與人，又遁逃去者否？」天祥曰：「爲宰相而奉國以與人者，賣國之臣也。賣國者必不去，去者必非賣國之臣。前除宰相不拜，奉使伯顏軍前，尋被拘留。不幸有賊臣賣國，國亡當死，但以度宗皇帝二子在淛東，老母在廣，故去之耳。」問：「德祐非君乎？」曰：「吾君也。」曰：「棄嗣君而立二王，果忠臣乎？」曰：「德祐不幸失國，當此之時，社稷爲重，君爲輕。立君者，所以爲宗廟社稷計，故爲忠臣。從懷、愍而北者非忠，從元帝爲忠；從徽、欽而北者非忠，從高宗爲忠。」博羅不能詰。有問：「晉元帝、宋高宗有所受命，二王何所受命？且不正，是篡也。」曰：「景炎乃度宗皇帝長子，德祐親兄，不可謂不正。即位於德祐去位之後，不可謂篡。陳丞相以大皇大后命，奉二王出宮，不可謂無所受命。」博羅謂：「汝爲相，能挾三宮以往，可以爲忠；不能與伯顏丞相一戰決勝負，❶可以爲忠。」天祥曰：「此可以責陳丞相，不可以責我。我此時未當國故也。」又問：「汝立二王，竟成何事？」曰：「立君以存宗社，臣子之責。若夫成功，則天也。」又曰：「既知其不可，何必爲？」曰：「父母有疾，雖不可爲，無不用醫藥之理。不用醫藥者，非人子也。天祥今日至此，惟有死，不在多言。汝所言，都不是。」博羅怒曰：「汝欲死，可得快死耶？　死汝必不可得快。」天祥云：「得死即快，何不快爲？」博羅呼引去。

❶「與」上，鄢本、張元諭本有「則」字。

自是囚兵馬司者四年。其爲詩有《指南前録》三卷，《後録》五卷，《集杜》二百首，皆有自叙。天下誦之，其翰墨滿燕市。又時時爲吏士講前史忠義，聞者傾動。嘗裹所脱爪齒鬚髪寄弟璧，始終未嘗一食官飯。上自開平還大興，問：「南北宰相孰賢？」群臣皆曰：「北人無如耶律某，南人無如文天祥。」上將付以大任。王積翁、謝昌元相率以書諭上意，天祥復書云：「諸君義同鮑叔，而天祥事異管仲。管仲不死，而功名顯於天下。天祥不死，而盡棄其平生，遺臭於萬年，將焉用之？」積翁知不能屈，猶奏請釋天祥而禮之，以爲事君者勸。上語積翁，命兵馬司好與飲食。天祥使人語積翁：「吾義不食官飯，數年矣。今一旦飯於官，吾且不食。」積翁始不敢言。會麥术丁參知政事，麥术丁者，嘗開省江西，親見天祥出師震動，每昌言不如殺之便。自是上與宰相每欲釋之，輒不果。至元壬午十二月八日，召天祥至殿中，天祥長揖不拜，極言：「宋無不道之君，無可吊之民。不幸母老子弱，權臣誤國，用舍失宜。北朝用其叛將叛臣，入其國都，毁其宗社。天祥相宋於再造之時，宋亡，天祥當速死，不當久生。」上使諭之曰：「汝以事宋者事我，即以汝爲中書宰相。」天祥對曰：「天祥爲宋狀元宰相，宋亡，惟可死，不可生。」又使諭之曰：「汝不爲宰相，則爲樞密。」天祥對曰：「一死之外，無可爲者。」遂命之退。明日，有奏：「天祥不願歸附，當如其請，賜之死。」麥术丁力贊其決，遂可其奏。天祥將出獄，即爲絶筆自贊，繫之衣帶間。其詞云：「孔曰成仁，孟云取義。惟其義盡，所以仁至。讀聖賢書，所學何事？而今而後，庶幾無愧。」過市，揚揚顔色不變。觀者如堵。問市人孰爲南北，南面再拜而就死。見者聞者，無不流涕。是日，大風揚沙石，晝晦，咫尺不辨人，城門晝閉。籍兵馬司，得天祥所爲詩文上之。天祥死時年四十有七矣，南人留燕者，悲歌慷慨，相應和爲歌，更置酒酹丞相，相慰藉，更相自賀。至有十義士者，收葬於都城外。

初天祥既第，誓不倚勢近利，自禄賜所入，盡以散族姻鄉友之貧者，至是，官籍其家蕭然。方過南安時，遣人告墓，以弟璧之子陞爲嗣。又寄弟詩曰：「親喪君自盡，猶子是吾兒。」大德中，陞奉母歐陽夫人歸自豊州云。

贊曰：文丞相以廬陵年少，穆陵親擢進士第一，即上書乞斬董宋臣者至再。宋垂亡，猶乞斬吕師孟釁鼓。此豈希合苟生者？賈似道沮之，留夢炎嫉之，宜也。陳宜中、張世傑亦忌之，何也？黄萬石嫉之，何也？李庭芝疑之，至欲殺之，又何也？或謂使庭芝不疑，夏貴可合，事未可知。豈所謂天之所廢，不可興者耶？方其脱京口，走真楊，脱真楊，❶走三山，出萬死，與潮陽仰藥不死，❷南安絶粒不死，燕獄不死何異？若將以有爲者。及得死所，卒以光明俊偉暴之天下後世。殆天以丞相報宋三百年待士之厚，且以昌世教也，而或者咎其疎闊，議其無成，謬矣！夫非諸葛公所謂鞠躬盡瘁，死而後已者乎？死之日，宋亡七年，崖山亡又五年矣。

❶「楊」，原作「陽」，今據上文改。鄢本、張元諭本作「揚」。
❷「陽」，原作「楊」，今據鄢本、張元諭本改。

丞相傳

《宋史》有傳，廬陵劉岳申又爲之傳，稍加詳焉。

國朝永樂丙申，翰林學士吉水胡廣合二傳而爲一，復參互考訂，此其爲全備也。

宋文丞相天祥，字宋瑞，一字履善，吉州廬陵人也。父儀，號革齋，鄉稱長者。大父時用，夢兒乘紫雲下，已復上，而天祥生，故名雲孫，字天祥，英姿儁爽，目光如電。稍長，游鄉校，見學宫祠鄉先生歐陽文忠公、楊忠襄公、胡忠簡公、周文忠公像，慨然曰：「没不俎豆其間，非夫也。」寶祐乙卯，年二十，舉進士，對策集英殿。時理宗在位久，政理浸怠，天祥以法天不息爲對，其言萬餘，不爲藁，一揮而成，寘第五，帝親擢爲第一。考官王應麟奏曰：「是卷古誼若龜鑑，忠肝如鐵石，臣敢爲得人賀。」尋丁父憂歸，服除，授承事郎，簽書寧海軍節度判官廳公事。開慶初，元師圍鄂，江上有警。左相吴潛倡遷幸議，内都知董宋臣實主之，天祥上書，乞斬董宋臣以謝宗廟神靈，以解中外怨怒。并條陳數事，一曰「簡文法以立事」，二曰「倣方鎮以建守」，三曰「就團結以抽兵」，四曰「破資格以用人」。辭旨剴切，幾萬餘言。書奏，不報，自免歸。以前職改鎮南軍，不拜，乞祠，得主管建昌軍仙都觀，除祕書省正字，兼景獻府教授，充殿試考官，進校書郎、著作郎，兼權刑部郎官。董宋臣復入爲内都知，又上書極言其惡，請寘之罪。亦不報，出守瑞州。召爲禮部郎官，尋除江西提刑。伯祖母梁夫人卒，夫人，其父本生母也，即日解官，而臺臣黄萬石論以不職。終喪，除尚書左司郎中，尋兼權直學士院，兼國史院編脩官，實録院檢討官，臺臣黄鏞奏免。除福建提刑，臺臣陳懋欽復奏寢新命。改知寧國府，以郡居上流僻塞，税務無所取辦，爲民害，奏罷之，别取郡計以補課額，民歌舞之，爲立生祠。除軍器監，兼右司，尋兼崇政殿説書，兼權直學士院，兼玉牒所檢討官。賈似道稱疾乞致仕，以要君，有詔不允。學士院降詔，裁責以義。天祥當制，時内制相承，必先呈藁於相，天祥否逆似道意，諷别直院改作。天祥援楊大年故事，亟求解職，似道勉留，力丐祠，束擔出國門，遷祕書監，似道使臺臣張志立劾罷之。除湖南運判，臺臣陳堅復奏寢。天祥既數斥，援錢若水例致仕，時年三十七。始闢文山於其鄉，窮山水之樂。咸淳九年，起爲湖南提刑，平邵、永巨寇，道路肅清。見故相江萬里於長沙，萬里素奇天祥志節，語及國事，愀然曰：「吾老矣，觀天時人事當有變。吾閲人多矣，世道之責，其在君乎？君其勉之！」是冬，乞便郡養親，十年，改知贛州。明年，爲德祐元年乙亥，元至元十二年也。正月朔，牒報元師渡江，詔諸路勤王。天祥捧詔涕泣，使陳繼周發郡中豪傑，并結溪洞蠻，使方興召吉州兵。諸豪傑皆應，有衆萬人。事聞，除右文殿脩撰、樞密副都承旨、江西安撫副使，兼知贛州。尋兼江西提刑，進集英殿脩撰、江西安撫使，加權兵部侍郎。丁祖母劉夫人憂，葬夫人，而起復命下。累疏乞終制，不許，仍趣兵移洪。初，左相王爚主天祥遷擢，屢趣天祥入衛，與右相陳宜中不合，爚引嫌去國。京學生上書訟宜中沮天祥事，宜中出關。留夢炎代相，素厚宜中，又黨江西制置黄萬石。至是夢炎奏趣萬石入衛，以天祥移屯隆興，經略九江。萬石陰與吕師夔通，自隆興退屯，置司撫州。嗾守臣趙必岊以宜黄令趙時祕狀稱，寧都連、謝、吴、唐、明、戴六家義士劫樂安、宜黄，將至撫州，申樞密院。天祥言寧都六姓，招募數千人駐吉州，候旨入衛，未嘗有一足至撫州境内，守臣張皇誑惑，欲沮撓勤王大計。有旨責降必昱、時祕，趣天祥入衛。其友止之曰：「今元軍薄郊畿，君以新集之兵赴之，是何異驅群羊搏猛虎。」天祥曰：「吾豈不知，第國家養育臣庶三百餘年，一旦有急，徵天下兵，無一人一騎入關者，吾深恨於此。故不自量力，而以身徇之。庶天下忠臣義士將有聞風而起者，義勝者謀立，人衆者功濟，如此則社稷可保也。」天祥盡以家貲爲軍費，每與賓佐語及時事，輒流涕撫几言曰：「樂人之樂者，憂人之憂；食人之食者，死人之事。」

八月，天祥提兵二萬至衢州，除權工部尚書，兼都督府參贊軍事。至臨安，朝論猶以宜中未入爲嫌。天祥駐兵西湖兩月，累奏乞終喪，又奏古有墨衰從戎，無墨衰登要津者，乞仍以樞密副都承旨、江西安撫副使領兵國門，皆不許。除浙西江東制置使，兼江西安撫大使，兼知平江府，留不遣。俟宜中至，乃發。朝議以吕師孟爲兵部尚書，封吕文德和義郡王，欲賴以求好，師孟益偃蹇自肆。天祥上疏，言朝廷姑息牽制之意多，奮發剛斷之義少，乞斬師孟釁鼓以作將士之氣，不報。常州已急，始遣天祥就戍，尋除端明殿學士。十月，天祥入平江。宜中遣使張全將淮兵二千援常州。天祥遣其將朱華、尹玉、麻士龍將廣贛兵三千從之。張全以兵伏虞橋，士龍戰死而全不援，走回五牧以就朱華。華措置守禦，全不許。元兵薄華軍，華戰，敗績。張全擁軍，隔河不發一矢。華軍渡水者，争挽全軍船，全令軍斷其指，華軍多溺死。元兵繞山後薄贛軍，曾全等先遁，張全亦宵遁。尹玉獨以孤軍當其鋒，人皆殊死戰，所殺人馬無算，玉死之。及明，得脱者四人，無一人降者。天祥欲斬張全，請於督府，督府竟宥之，獨斬曾全以徇。奏贈尹玉團練使，立廟死所，官其二子。元師破常州，屠其城。進攻獨松關急，留夢炎、陳宜中、陳文龍議棄平江，趣天祥移守餘杭。天祥猶豫未決，兩府劄再至，乃委印通判王舉之，責環衛王邦傑以城守。天祥去平江三日，舉之、邦傑開門迎降。都人大駭，議天祥棄平江，天祥出兩府劄，榜朝天門，衆始定。進資政殿學士，淛西江東制置大使，兼江西安撫大使，置屯餘杭，守獨松關。大臣未幾，留夢炎遁。明年正月，除知臨安府，不拜，以輕兵赴闕，始從天祥初議，送吉王、信王閩廣。大臣日請三宫渡江，太皇太后不允，都人競爲危言，持車駕不欲動。天祥請以福王或沂王判臨安，以繫人望，身爲少尹以輔之，有急，密移三宫，當以死衛社稷。議不合。少保張世傑宿重兵六和塔。天祥又請將京師義士二十萬與城内外軍數萬人隸少保，背城借一，以戰爲守，世傑不許。十八日，元丞相伯顏至皋亭山，距臨安三十里。宜中遣使絡繹講解，伯顏邀宜中相見，宜中許之而遁。明日，世傑亦遁。除天祥樞密使，又除右丞相，兼樞密使，不拜。使者至，上下震恐，莫知所爲。有旨，令天祥詣軍前講解，遂以資政殿學士行。因説伯顏曰：「宋承帝王正統，非遼金比。今北朝將欲以爲與國乎？將欲毁其宗社乎？若以爲與國，則宜退兵平江或嘉興，然後議歲幣金帛犒師。天祥躬督所議輸軍前，北朝全師以還，此不戰而全勝，策之上也。若欲毁其宗社，則兩淮兩淛閩廣，尚多未下，窮兵取之，利鈍未可知。假能盡取，豪傑並起，兵連禍結，必自此始。」伯顏以危言拆之，天祥謂：「宋狀元宰相，所欠一死報國耳。宋存與存，宋亡與亡。刀鋸在前，鼎鑊在後，非所懼也，何怖我爲？」伯顏爲之改容，因留天祥。且曰：「前日已遣程鵬飛詣宋太皇太后簾前，親聽處分，候鵬飛至，即與丞相定議。」明日，左丞相吴堅、右丞相賈餘慶、同知樞密院事謝堂、❶簽書樞密院事家鉉翁、同簽書樞密院事劉岊與吕師孟奉降表至。伯顔引天祥同坐，堅等各就車歸，獨留天祥不遣。天祥大罵賈餘慶等賣國，且責伯顔失信。吕文焕從傍慰解之。初，天祥上疏，乞斬吕師孟，斥言叛逆遺孽，當用《春秋》誅亂賊法。至是，文焕謂天祥：「何故以逆賊見罵？」天祥曰：「國家不幸至今日，汝爲罪魁，非逆賊而何？三尺童子，猶斥罵汝，獨我乎？」文焕曰：「守襄陽六年不救，是以至此。」天祥曰：「吕氏一門父子兄弟，受國厚恩，不幸勢窮援絶，以死報國可也，豈有降理？汝自愛身惜妻子，壞家聲，今汝闔族爲逆矣，尚何言？」文焕慚恚。❷師孟忿怒云：「丞相今日何不殺師孟？」天祥謂：「汝叔姪賣降，恨朝廷失刑，不族滅汝。汝今日能殺我，我得爲大宋忠臣，足矣。豈懼死哉！」師孟語塞，伯顔聞之，吐舌云：「男子！男子！」自是愈益留不遣，賈餘慶歸，令學士院詔天下歸附，放還天祥所部勤王義士，其渡淛歸閩者，惟方興、朱華、鄒渢、張汴數人耳。

二月八日，伯顔趣天祥隨吴堅、賈餘慶北行。初，天祥將詣軍前，諸客皆贊行，天台杜滸獨留行，諸客逐滸去。至是，諸客皆散，惟滸從。至京口，留十日，天祥欲引決，滸與帳前余元慶定計，亡趨真州。舟不可得，元慶遇故舊，以白金千兩求之。其人云：「吾爲大宋脱一丞相，事成，豈止白金千兩

❶「院事」二字，鄢本、張元諭本作「使」。

❷「慚」，原作「漸」，今據鄢本、張元諭本改。

哉！」强委不受，竟得舟。

二十九日午，趣過瓜州，天祥辭以明日同吴丞相渡江，得軀迫稍緩，是夕，醉主人沈氏與守者王千户，得出門。又從沈氏先識巡夜者，杜滸强與之飲而宿之酒樓，得其官燈出巷至舟，幾爲邏舟所獲，賴潮退，彼膠淺，適風便幸脱。至真州城下，三月朔日也。守將苗再成延入城，時真州不聞京師消息已數月，忽天祥至，無不感憤流涕。再成與諸將幕皆謂兩淮兵力足以興復，恨李制置與淮西夏宣撫不能合從，得丞相交通兩閫，不一月間連兵大舉，江南可傳檄定也。天祥問再成計將安出，再成言：「灣頭、楊子橋守者，皆沿江脆兵。今以通泰軍攻灣頭，以高郵、寶應、淮安軍攻楊子橋，以楊州兵向瓜州，再成與刺史趙孟綿以舟師直擣鎮江，同日大舉，彼勢不能相救。復以灣頭、楊子橋兵三面合攻瓜州，再成自江中一面薄之，雖有智者，不能爲之謀矣。然後以淮東軍入京口，淮西軍入金陵，要兩浙歸路，其大帥可坐致也。」天祥喜甚，即爲書李庭芝、夏貴，遣使四出約結。先是，楊州有脱歸卒言，密遣一丞相入真州説降矣。庭芝得書，反疑宰相併十二人無得脱理，以天祥來説降，罪真州開門納之，諭再成遂亟殺天祥以自白。再成不忍殺，紿天祥出視城壕，使王、陸二都統導之出城，示以制司文書。天祥方驚嘆，兩都統即鞭馬入城，門已閉矣。天祥彷徨門外，久之，杜滸欲赴城濠死。有張、徐二路分自言苗安撫遣送丞相，惟丞相所向。天祥云：「今惟往楊州。」路分云：「安撫謂揚州不可往。」天祥云：「夏宣撫不相識，淮西又無歸路，委命於天，惟往揚州。」久之，有弓刀五十人至，張、徐各就騎，以二騎從天祥，天祥與杜滸連騎。行數里，張、徐謂下馬。❶天祥既下，又云且行。既行，又云且坐。坐久立談，張、徐云：「制使欲殺丞相，安撫不忍，故遣某二人送行，今丞相安往？」天祥云：「只往揚州。」張、徐云：「揚州欲殺丞相，丞相不可往。」天祥云：「無可柰何！」張、徐云：「要送丞相往淮西。」天祥云：「淮西無路可歸，今只欲見李制置，自白此心，庶幾見信，共圖恢復。否則從通州遵海歸行朝。」張、徐云：「安撫已具船，今從丞相江行，歸南歸北皆可。」天祥曰：「如此則安撫亦疑我矣！」張、徐方吐實云：「安撫猶在疑信之間，令某二人便宜從事。某見丞相忠義如此，何敢加害？既決欲往楊州，當相送。」然猶以淮西路導之，見天祥無可疑者，然後導以從楊州。日暮，張、徐先辭去，留二十人從行。頃之，亦去。

明日，至楊州。杜滸謂：「制使既不相容，必且死於城門矢石之下。城外去楊子橋近，必有哨騎，不如且避一日，❷以夜趨高郵，至通州，渡海歸江南見二王。與徒死城下，萬萬不侔。」金應又謂：「出門即有哨，此去通州尚五百里，何由而達？與其死於途，不如死楊州。且猶冀未必死。」天祥計未決，從者十二人，四人已腰金逃矣。不得已，往楊州，從賣薪者，依其家避哨。未至而天明，伏土圍糞穢中，忽數千騎過其後。至賈家庄，已兩日不得食。又迫巡徼者，夜趨高郵，失道。哨兵奄至，伏叢篠

❶「謂」，張元諭本作「請」。
❷「避」下，張元諭本有「哨」字。

中。兵入索之，執杜滸、金應而去。虞候張慶矢中目，身被二創。天祥偶不見獲。滸、應解所懷金與卒，獲免。募二樵者，以簣荷天祥，得至高郵。而制司命下關，防説城愈急，遂不敢入城。過城子河亂屍中，舟與哨相先後。至海陵，過海安、如皋，凡三百里，舟與追騎常相距，其間危不免者數矣。至通州，幾不納。適牒報鎮江大索文丞相十日，且以三千騎追亡於滸浦，❶始釋制司前疑。而又迫追騎，賴通州守楊師亮出郊，聞而館於郡，衣服飲食，皆其料理。又得商船通楊子江，入蘇州洋，展轉四明、天台，四月八日至温州。益王建大元帥府於福州，天祥奉書勸進，始以五月朔，即位福安，改元景炎，以觀文殿學士召天祥。二十六日，至行都門，除右丞相。時樞密使陳宜中、副使張世傑用事，丞相具員，天祥辭不拜。以樞密使、同都督諸路軍馬，發行都，出劍南，號召四方。十月，趨汀州，遣督參趙時賞、督咨趙孟濴以一軍取道石城，復寧都；督贊吴浚以一軍屯瑞金，復雩都。劉洙、❷蕭明哲、陳子敬皆自江西起兵來會。天祥覺汀守黄去疾有異志，移屯漳州龍巖縣。時賞、孟濴軍還，惟吴浚不至。未幾，浚降，銜唆都命來説天祥，軍士洶洶，遂殺浚以安衆心。時唆都等既入閩，李珏、王積翁降之，爲福建宣撫招討使，各致書天祥。天祥復書：「候見老母，即從先帝地下，無可言者。」

明年三月，復梅州，始與母弟妻子相見，進階銀青光禄大夫。都統錢漢英、王福有跋扈志，斬之。

❶「滸」，原作「許」，今據張元諭本改。

❷「洙」，原作「朱」，今據鄢本、張元諭本改。

引兵自梅州出江西，入會昌，戰雩都，大捷，因開府興國。督謀張汴、監軍趙時賞、趙孟濚，盛兵薄贛城下，招諭使鄒渢率贛諸縣兵，直擣永豐。吉水招諭副使黎貴達率吉諸縣兵復太和。臨、洪諸郡豪傑皆起響應，多遣人詣軍門受約束。淮西義士劉源以兵復黄州，復壽昌軍。潭州趙璠、張琥、撫州何時皆起義兵。張鎧、熊桂、劉斗元、吴希奭、陳子全、王夢應起兵邵、永間，復數縣，以應天祥。福建斬僞天子黄從，傳首至督府，軍勢大振。元江西宣慰使李恒遣兵援贛，自將兵攻天祥。貴達以軍千人，民兵數千，遇騎兵於太和鍾步。騎兵突正軍，正軍不動，遽出民兵後，民兵驚潰，自相蹂藉死。孟濚收殘兵保雩都，天祥欲引會鄒渢於永豐，會渢先爲恒兵所敗，同起事者，劉欽、鞠華叔、顔斯立、顔起崖皆死。武岡教授羅開禮起兵復永豐，兵敗，被執死。天祥聞之，製服哭祭之。李恒乘勝追天祥，及於廬陵東固之方石嶺，都統制鞏信駐軍嶺上，力戰，箭被體不動，猶手殺數十百人乃自投崖谷死。恒軍復追至空坑，天祥兵潰，幾被執。值山徑險隘，忽有大石塞其路，故追兵緩不及，而妻妾子女皆陷。趙時賞被執，兵問爲誰，時賞曰：「我姓文。」衆以爲天祥，擒之歸。天祥以此得逸去，與母曾夫人、子道生俱奔汀州。吴文炳、劉洙、林棟皆就執，各自引決不屈。張汴、劉欽爲亂兵所殺。天祥趨循州。其冬，元塔朮、吕師夔、李恒以步卒入嶺。唆都、蒲壽庚、劉深以舟師下海。天祥駐循之南嶺，元兵圍廣州，黎貴達潛謀降，斬之。明年二月，出海豐縣，三月，屯麗江浦，命弟璧復惠州。四月，瑞宗凶問至，衛王繼立，改元祥興。天祥奉表起居，自劾罔功，有詔奬諭，陸秀夫當筆，其略曰：「方敵氛之正惡，鞠旅勤王；及皇路之已傾，捐軀奉國。脱危機於虎口，涉遠道於鯨波。雖成敗利鈍逆覩之未能，而險阻艱難備嘗之已熟。如金百鍊而益勁，如水萬折而必東。」天祥乞移軍入朝，不許。乃移書秀夫：「天子幼冲，❶宰相遁荒，詔令出諸公口，柰何不恤國事，以游辭相距？」秀夫太息而已。又欲移廣州。時廣州新復，憚天祥威重，陽遣舟來迎，而中道去，不果入。

六月，祥興帝自硇州廻駐崖山，天祥累請入覲，張世傑以日迎候宜中還朝爲辭，諸大將多忌天祥，又位樞密使出己上，皆不便其入。加天祥少保信國公，母曾封齊魏國夫人，官屬各轉五官，以金三百兩犒其軍。時軍皆疾疫，齊魏國夫人、子道生相繼卒，遣使宣祭，起復。初，陳懿兄弟五人俱爲劇盜，世傑招之攻閩，遂據潮州，叛附不常，潮人苦之。天祥聲罪討懿，懿走山寨，潮士民請移行府于潮。

十一月，進潮陽縣，戮懿黨劉興。明州海艘漂至潮陽，得水軍二十餘人，云元帥張弘範以水軍自明、秀下海，以步卒自漳、泉入潮，水陸並進。天祥以聞行朝。十二月十五日，移屯趨海豐，入南嶺，❷謀結寨據險以自固。鄒渢、劉子俊以民兵數千，至自江西。時弘範兵尚隔海港，陳懿爲鄉導，具舟以濟其師。弘範既濟，使弟弘正以輕兵襲天祥。二十日午，天祥方飯客五坡嶺，步騎奄至，天祥度不得脱，即取懷中腦子盡服之。衆擁天祥上馬，急索水飲，冀得速死，已乃暴下，竟不死。鄒渢自刭未絶，衆扶入南嶺死，劉子俊、陳龍復、蕭明哲、蕭資、張鏜、熊桂、吴希奭、陳子全俱死，杜滸被執，以憂死，惟

❶「幼冲」二字，鄢本、張元諭本作「冲幼」。
❷「南嶺」二字，鄢本、張元諭本作「嶺南」。

趙孟濚遁，諸軍皆潰。天祥見弘正於和平，大罵求死。越七日，至潮陽，踊躍請就劍死。弘範必欲以禮相見，左右命之拜，天祥曰：「吾不能拜。吾嘗見伯顏、阿术，惟長揖耳。」左右曰：「柰何不拜？」天祥曰：「吾能死，不能拜。」日且昃，弘範度不能强，即曰：「見伯顏皋亭時，吾實在傍。」遂以客禮長揖相見。

明年正月二日，弘範驅天祥登海艘。十日，至崖山，弘範索天祥爲書招世傑。天祥曰：「已不能救父母，又教人叛父母，可乎？」愈益急索，乃書《過零丁洋》一詩與之。末云：「人生自古誰無死，留取丹心照汗青。」弘範笑而置之，自此守護益謹，然禮貌益隆。二月六日，崖山破。先是，陸秀夫以樞密兼宰相。至是，請於太妃曰：「臨安母子已被辱，殿下不宜再辱。」言訖，即沉其妻孥，冠裳抱祥興帝赴海死。太妃宫人已下皆從之，將士官屬皆蹈海，死者數十萬人。天祥不勝悲憤，爲長歌哀之。十四日，弘範軍中置酒大會，因舉酒從容謂天祥曰：「國亡矣，忠孝之事盡矣，丞相改心易慮，以事大宋者事大元，大元賢相非丞相而誰？」天祥流涕曰：「國亡不能救，爲人臣者死有餘罪。況敢逃其死而貳其心乎？」弘範又謂：「國亡矣，即死誰復書之？」天祥曰：「商亡，夷、齊不食周粟，亦自盡其心耳，豈論書與不書？」弘範爲之改容。副元帥龐鈔兒赤起行酒，天祥不爲禮。龐怒罵之，天祥亦大罵，請速死。弘範遣使具奏天祥不屈與所以不殺狀。世祖命送天祥至京師，弘範遣都鎮撫石嵩謹護其行，且以崖山所獲宋禮部郎官鄧光薦與俱。

四月二十二日，發廣州。五月二十五日，至南安，始縶頸縶足，以防江西之劫奪者。即絶粒不食，計日可首丘廬陵。乃爲文祭墓，爲詩别諸友，遣人馳歸，約六月二日復命廬陵城下，即瞑目長逝。乃水盛風駛，前一日過廬陵，至豐城，始知所遣人竟不得往。於是不食已八日，念不得死廬陵，而委命荒江，志節不白，始欲從容就義，强復飲食。十二日，至建康因驛中，鄧光薦遷寓天慶觀。

八月二十四日，天祥北行，淮士多謀劫天祥者，不果。十月一日，至燕，供張甚盛。館人云，博羅丞相命也。天祥義不寢處，坐達旦。四日，弘範至，具言不屈狀。❶五日，送兵馬司，械繫空宅中，盛設兵衛。坐十餘日，解手縛；又十餘日，得疾。十一月二日，去械繫頸。五日，赴樞密院。九日，始見丞相博羅、❷平章弘範暨諸院官。通使命之跪，天祥曰：「南人不能跪。」左右力强之，終不可。通事問有何言，天祥曰：「自古有興有廢，帝王將相，滅亡誅戮，何代無之。盡忠於宋，所以至此，今日不過死耳，有何言？」又問更有何言，天祥曰：「爲宋丞相，宋亡，義當死。爲北朝所獲，法當死，何言？」博羅問：「自古嘗有宰相以宗廟城郭土地與人，又遁去者否？」天祥曰：「爲宰相而奉國以與人者，賣國之臣也。賣國者，必不去；去者，必非賣國之人。前除宰相不拜，奉使伯顏軍前，尋被拘留。不幸有賊臣賣國，國亡當死。但以度宗皇帝二子在淛東，老母在廣，故去之耳。」問：「德祐非君乎？」曰：「吾君也。」曰：「棄嗣君而立二王，果忠臣乎？」曰：「德祐不幸失國。當此之時，社稷爲重，君爲輕。立君者，所以爲宗廟社稷計，故爲忠臣。從懷、愍而北者非忠，從元帝爲忠；從徽、欽而北者非忠，從高宗爲

❶「具」，鄢本、張元諭本無。

❷「見」上，張元諭本有「一」字。

忠。」博羅不能詰，平章以下皆笑。有問：「晉元帝、宋高宗有所受命，二王何所受命，且不正，是篡也。」天祥曰：「景炎乃度宗皇帝長子，德祐親兄，不可爲不正。即位於德祐去國之後，不可謂篡。陳丞相以太皇太后命，奉二王出宫，不可謂無所受命。」博羅謂：「汝爲相，能挾三宫以往，可以爲忠；不能，則與伯顔丞相一戰決勝負，可以爲忠。」天祥曰：「此責在陳丞相，我時未當國，難以責我。」又問：「汝立二王，竟成何事？」天祥曰：「立君以存宗社，臣子之責。若夫成功，則天也。」又曰：「既知其不可，何必爲？」天祥曰：「父母有疾，雖不可爲，無不用醫藥之理，不用醫藥者，非人子也。文天祥今日至此，惟有一死，不在多言，丞相所言多不是。」博羅怒曰：「汝欲死，得快死耶？死汝必不可得快。」天祥曰：「得死即快，何不快爲？」博羅呼獄吏引去。自是囚兵馬司四年，其爲詩有《指南前録》三卷、《後録》五卷，《集杜句》二百首，皆有自序。天下誦之，其翰墨滿燕市。又時時爲吏士講前史忠義傳，聞者傾動。所脱爪齒鬚髮，嘗裹寄弟妹，始終未嘗一食官飯。王積翁屢餉以銀物，福王與芮嘆曰：「我家有此人耶！」亦以銀百兩，從積翁轉致之。有勳舊西域人，欲保任歸其家事之；積翁又合宋官謝昌元、程飛卿等十人，謀請釋天祥爲黄冠師，冀得自便。留夢炎私語積翁曰：「文公贛州移檄之志，鎮江脱身之心，固在也。忽有妄作，我輩何以自解。」遂不果。適和禮霍孫爲相，引用文儒，多以天祥爲薦者。世祖自開平還燕，問南北宰相孰賢，群臣皆曰：「北人無如耶律楚材，南人無如文天祥。」世祖將付以大任，積翁、昌元以書諭上意。天祥復書云：「諸公義同鮑叔，天祥事異管仲。管仲不死，而功名顯於天下。天祥不死，而盡棄其平生，遺臭於萬年，將焉用之？」積翁知不可屈，猶奏請釋天祥而禮之，以爲事君者勸。上語積翁，命兵馬司好與飲食。積翁出語宰相，將行之。天祥使人語積翁：「吾義不食官飯數年矣，今一旦飯於官，吾且不食。」積翁始不敢言。會麥朮丁參知政事，嘗開省江西，親見天祥出師震動，每倡言不如殺之便。上與宰相屢欲釋之，輒不果。會有閩僧妙曦言土星犯帝座，疑有變。未幾，中山有狂人薛寶住，自稱宋主，有兵二千人，欲取文丞相。投匿名書，言某日欲舉事，燒蓑城葦爲亂，丞相可無憂者。群臣有言瀛國公族在燕不便，時盜新殺左丞阿合馬，遂命撤城葦，驅瀛國公及宋宗室於開平，頗疑丞相爲天祥。

十二月初七日，司天臺奏三台拆。初八日，召天祥至殿中，長揖不拜，左右强之，堅立不爲動。極言：「宋無不道之君，無可吊之民，不幸母老子弱，權臣誤國，用舍失宜。北朝用其叛將叛臣，入其國都，毁其宗社。天祥相宋於再造之時，宋亡矣，天祥當速死，不當久生。」上使諭之曰：「汝以事宋者事我，即以汝爲中書宰相。」天祥曰：「天祥爲宋狀元宰相，宋亡，惟可死，不可生。願一死足矣。」又使諭之曰：「汝不爲宰相，則爲樞密。」天祥對曰：「一死之外，無可爲者。」遂命之退。明日，有奏天祥不願歸附，當賜之死，麥朮丁力贊其決，遂可其奏。天祥將出獄，即爲絶筆自贊，繫之衣帶間。其詞曰：「孔曰成仁，孟云取義。惟其義盡，是以仁至。❶讀聖賢書，所學何事？而今而後，庶幾無愧。」過市，意氣揚揚自若，觀者如堵。臨刑，從容謂吏曰：「吾事畢矣。」問市人孰爲南北，南面再拜就死。俄有使

❶「是」，鄒本、張元諭本作「所」。

使止之，至則死矣。見聞者無不流涕，南人留燕者悲歌慷慨相應和，更置酒酹丞相，更相慰賀。有十義士收屍葬於都城外，面如生，年四十有七。是日，大風揚沙石，晝晦，咫尺不見人，城門晝閉。籍兵馬司，得天祥所爲詩文上之，觀者咸嗚咽感慟。有得其絲履寶藏之。

初，天祥既第，誓不倚勢近利。自祿賜所入，盡以散族姻賓友之貧者。至是，官籍其家蕭然。方過南安，遣人告墓時，以弟璧之子陞爲嗣。又寄弟詩曰：「親喪君自盡，猶子是吾兒。」大德中，陞奉母歐陽夫人歸自豐州，過京師，有欲官之者，輒辭。仁宗在潛邸，聞其名，召見之。及即位，官以集賢直學士，乞歸，得代祀南海，道卒。官其子富，爲興文署丞。

史臣論曰：「自古志士欲信大義於天下者，不以成敗利鈍動其心，君子命之曰仁，以其合天理之正，即人心之安爾。商之衰，周有代德，盟津之師，不期而會者八百國。伯夷、叔齊以兩男子欲扣馬而止之，三尺童子知其不可。他日孔子賢之，則曰：『求仁而得仁。』宋至德祐亡矣，文天祥往來兵間，初欲以口舌存之，事既無成，奉兩孱王，崎嶇嶺海，以圖興復，兵敗身執。我世祖皇帝，以天地有容之量，既壯其節，又惜其才，留之數年。如虎兕在柙，百計馴之，終不可得。觀其從容伏鑕，就死如歸，是其所欲有甚於生者，可不謂之仁哉？宋三百餘年取士之科，莫盛於進士，進士莫盛於倫魁。自天祥死，世之好爲高論者，謂科目不足以得偉人，豈其然乎？」

廣集廬陵先賢傳，恒病《宋史》文丞相傳簡略失實。蓋後來史臣，爲當時忌諱，多所删削，又事間有牴牾。鄉先生前遼陽儒學副提舉劉岳申爲《丞相傳》，比國史爲詳。大要其去丞相未遠，鄉邦遺老猶有存者，得於見聞爲多，又必參諸丞相年譜及《指南録》諸編，故事蹟覈實可徵。故元元統初，丞相之孫富既以刻梓，後復刊見岳申文集。

近年樂平文學郡人夏伯時，亦以鋟版，於是岳申所撰《丞相傳》盛行於天下，而史傳人蓋少見。廣竊觀二傳，詳略不同，不能無憾。因參互考訂，合而爲一。中主岳申之説爲多，并取證於丞相文集，芟其繁複，正其訛舛，庶幾全備，使人無惑。論贊則並録之。國史之論揆諸人事而言，岳申之贊本乎天運而言，各有發揚，不可偏廢，亦以見夫取舍之公也。於乎！丞相之大忠大節，獨立萬古，直與日月争光，天地悠久，比之夷齊，心則不殊，而所爲反有難者，昌黎韓子所謂特立獨行，窮天地、亘萬古而不顧者也，丞相之云，豈異於是？噫！丞相不可尚矣。其相從興義之士，或出自小官，或奮跡庶民，雖當摧沮敗衂之餘，皆甘心就死，不肯屈辱，殺之殆盡，無一人肯降。丞相忠義至誠，感動固結於人心，牢不可解，有如此者，使人皆爾，則宋豈有亡理？彼臨難苟生，以饕富貴，其視丞相斷卒，尤有媿焉。然則丞相固無待於贊論，誦其詩，讀其書，自有以見之。廣齠齔時，猶及聞先輩言丞相遺事，赫赫悚動人聽。雖小夫婦人，皆習聞而能道之。比年以來，老成凋謝，而談者益稀，雖士夫君子，鮮聞盛事，蓋漸遠漸踈，其勢然耳。更後百年恐寖失實，惟取信於列傳，眩瞀異同，莫適是非。故忘其淺陋，輒復編次第，皆因其舊文，不敢妄加一筆，誠無能有所裨益，特盡區區之愚耳，知之者其必不以爲僭也。

永樂丙申春二月甲戌，翰林學士兼左春坊大學士奉政大夫郡人胡廣謹識。

文山先生文集附録卷之二

文丞相督府忠義傳

鄧光薦

趙時賞，和州宗室也。武舉，歷任知池州旌德縣，以功名自負。抗敵數有功，入閩行朝，擢知邵武軍。自同督府建，隨府典軍。神采明雋，議論慷烈。空坑之敗，走三吴溪，被執，其事見丞相年譜，至隆興遇害。時賞在軍中，見同列盛輜重，飾侍姬，嘆曰：「軍行如春遊，其能濟乎？」及被執，有係累而至者，輒麾去之，云：「小僉職耳，執此何爲？」由是得脱者衆。官至直寶章閣軍器監，同督府參議官。

鞏信，安豐軍人，荆湖老將也。沉勇有謀。同督府建，信爲都統制，兼江西招捕使。行府永豐兵潰，北兵追及丞相於廬陵方石嶺下，信駐隊據險殊死戰，体中數箭，殺敵過當，傷重而死，士人收葬之。事聞，贈清遠軍承宣使，立廟戰所，至今廟食，水旱疾疫禱焉。信初至，丞相付以義士千人，信曰：「此等何用，徒纏手耳！」遂自招募淮卒數千自隨，常怏怏曰：「有將無兵，其如彼何？」

鄒渢，字鳳叔，吉水人也。以豪俠行臺郡間，貌癯寢，挾枯龜，不類貴將。從丞相勤王，補武資至將軍。後以寺丞領江西招諭副使，聚兵甚盛。寧都陷，被執，變姓名爲卜者，得脱。攻興國，復永豐。空坑敗，竄身谿洞，約結酋傑，引兵入廣。潮陽敗，以丞相被執，遂自剄而死。

張汴，字朝宗，蜀人。明鋭輕俊，嘗從吴丞相潛兄淵於荆湖幕，頗習兵事。從丞相贛州勤王，空坑敗而死。仕至秘閣脩撰，廣東提舉，同督府參謀官。

陳龍復，泉州老儒也，登丙辰進士第。沉厚朴茂，有前輩風流。歘歷州縣，以清勤著名。丞相開府南劒，舉辟多知名士，如三山林俞、林元甫，皆卒汀州。龍復以老成重一府，聚兵積粮。循梅行府趨潮陽，北兵追龍復，被執遇害，年七十有三。

吕武，太平人。丞相陷北營，應募隨從北行。勁烈喜面折人，然忠鯁人皆服之。丞相脱鎮江，走淮東，患難中賴武自壯。及開府南劒，遣武結約江淮，間關數千里，至汀、梅，以環衛官將數千，將出江西，死，一軍爲之流涕。

繆朝宗，淮人，有意氣。從丞相于平江，及歸福安，朝宗自婺間道來歸。精練幹實，孜孜奉公。空坑之敗，自縊而死。官至環衛，知梅州。

尹玉，寧都人。以捕盗功，爲贛州三寨巡檢。素驍勇敢戰，從丞相勤王。至平江，遣玉同淮將張全、廣將朱華救常州。拒戰五牧，全、華等遁，惟玉以所部三寨及義士五百人殊死戰。玉手殺數十人，冒箭如蝟，健鬬無如之何，北軍横四鎗於其項，以敲棍擊死之。餘兵夜戰，殺人馬蔽積田間，及明，惟餘四人脱歸。事聞，贈玉壕州團練使，官其二子承節郎，給良田二頃，立廟于贛州。

劉子俊，字民章，丞相同里人也。相友善，領漕貢，從開府興國。行府敗，子俊收散兵保洞源。引軍入廣，會行府潮陽。越二十日而行府敗，子俊遇害。官至宣教郎，帶行軍器監簿，同都督府機宜文字。

蕭明哲，字元甫，吉之泰和人。嘗預鄉貢，剛毅有膽氣，從丞相汀、梅督幕，出江西，以架閣監軍，收復萬安、龍泉。行府敗，元甫入野陂，連結諸寨，爲鄉豪所陷，走敗被執，遇害於隆興。臨刑大駡不絶口，南北壯之。

劉沐，字淵伯，丞相隣曲。丞相喜象奕，沐雖不敵，然窮思忘日夜，言趣俚下，亦以是好之。從勤王，號劉監軍，專將一軍，爲督帳親衛，圓機應物，酬答不倦。會病劇乍起，空坑之敗，執詣隆興，與長子同日受害，次子死亂兵，幼子没於廣。

杜滸，字貴卿，號梅壑，天台人。游俠于臨安，及臨安危，糾合義兵四千人，當國者不省。二年正月十三日，見丞相西湖上，丞相奬異之。丞相使北營，滸力争不可，陳志道逐之去。丞相北行，諸客莫敢從，滸慨然請行。丞相鎮江脱走，滸之力也。忠勞備盡，詳著丞相年譜。及佐府南劒，遣往温、台，招集兵財。福安陷，滸趨行朝，奉朝命歸行府。江西敗，又與跋涉危難者年餘。移屯潮陽，滸護海舟官富場，至厓山。及厓山潰，滸被執，至廣州，貧病無人色，尋卒。

陳繼周，字碩卿，寧都人。以貢士有軍功，歷仕州縣者二十八年。家居贛郭中，詔勤王，丞相造門問計，繼周具言閭里豪傑子弟與凡起兵方略甚詳。其子太學生逢父亦晝夜參預，籌畫調度。繼周雖若不勝衣，以年輩爲鄉里所推服，率贛義士以從。至京，丞相使北營，有旨放散義兵，繼周父子領衆歸，則贛已失守。繼周蟄兵於農，盤辟草莽，將以有爲也。會景炎登極，以繼周知南安軍。八月二十二日，贛州總管楊仔襲執繼周父子，❶殺之。事聞，旨贈敷文閣侍制，謚忠節，與諸子恩澤，俟事平，立廟本州。次子椝從丞相攻江西，死循、潮間，其家人死亂兵，惟繼周幼女廉椝之子英生在。繼周兄子逢春，投拜爲萬户，入燕，間見丞相于千户所。丞相爲書繼周遺事，作行狀，後數日而丞相遇害。

林琦，閩士也。丞相屯餘杭，琦結集赭山忠義，捍禦海道。及南劒開府，琦就辟。外文采，内忠實，患難勞而不怨，權惠州通判。潮陽敗，琦被執，逃奔惠州，又被獲，鎖其項，至建康病卒。

謝杞，秘書郎，大學名士，督府幹辦架閣。許由、李幼節皆閩士之秀，俱登進士第，以文采望一府。空坑之敗，莫知所終。

吴文炳、林棟，皆閩士，有幹實，俱爲督府幹辦、帶架閣。空坑之敗，被執，至隆興遇害。樊録判言，文炳受刑時，吏卒捽辱之，文炳笑而謂之曰：「我與爾亦各爲其主耳，爾何辱我爲？」至死不屈。

劉欽，字敬德，吉水雋人也。預鄉貢，有志氣，健議論，與丞相友善。行府至汀，欽來寧都，就招諭使鄒㵯。北軍奄至，死亂兵。同死者，鞠華叔、顔斯立、顔起巖，皆吉之英俊。欽死，其父母妻子皆以流離終。

曾鳳，字朝陽，廬陵人。丞相嘗從鳳學，自大學釋褐，爲衢州教授，累遷國子監丞。隨行府之汀，丁丑春，添差梅州通判，以病卒於汀。

---

❶「仔」，鄢本、張元諭本作「子」。

張雲，吉州敢勇軍將官。從丞相勤王，丞相奉使，拘留北營，雲引衆歸鄉里。吉城已降，雲不勝憤，丙子七月，引所部夜襲上營前，擊殺北軍數百人。北軍不測其衆寡，與戰於南棚門外，雲衆舉砲發噉，適北軍經過者來援，雲表裏受敵。會天明戰渴，赴江飲，北軍衝擊之，雲衆溺而死。

孫㮚，字實甫，龍泉人，丞相長妹夫也。丞相兵出興國，其邑人奉㮚以邑返正。北軍來攻，衆拒守不能下，爲親黨所賣，遇害於隆興，母妻子没入燕。㮚官至宣教郎，知吉州龍泉縣。

彭震龍，字雷可，永新人也，丞相次妹夫。跌宕喜事功，起兵隨勤王，及歸，郡邑已陷。乃結湖南諸峒豪傑，謀與復。❶會督府出江西，即以永新縣返正。行省命劉槃以重兵攻之，其親黨張履翁等内應，被執，遇害於郡城。槃亦永新人，素無行，爲士人所疾，槃恨之，以運判權知隆興府。德祐元年十一月，北軍至，槃以城降，至是，以私憾導北軍，屠永新。

蕭敬夫、燾夫，兄弟皆工詩，爲丞相客。相從勤王，與彭震龍收復永新縣。及縣再陷，兄弟俱死焉。

陳子敬，贑人，以貲力雄鄉里。行府至汀，子敬請招集義兵，置屯皂口，據贑下流，以遏北船。忠效甚著，行府敗，聚兵黄塘，連結山寨，不降。北以重兵襲其寨，寨潰，不知所終。

趙璠，衡山人，登甲戌進士第。歲丁丑三月，張虎起兵寶慶府，環邵争應之，復邵之新化，潭之安

❶「與」，張元諭本作「興」。

化、益陽、寧鄉、湘潭諸縣。湖南行省遣薩里蠻提兵屢至，虎輒敗，失馬動以百計。五月朔，璠與其叔父漂起兵湘鄉，同督府以璠書達行朝，授璠軍器監，號召勤王。於是，朝奉郎張唐，長沙人，南軒張宣公諸孫也，前通判贛州熊桂，湘潭人，進士，年七十餘，劉斗元，別省魁，皆起兵，復潭之衡山、湘潭、攸三縣。明年，同督府敗歸汀州，人心大失望。潭省兵陷所復諸縣，攻焚下岳祠，璠、漂走不知所終。執唐至行省，參政崔斌欲降之，唐罵曰：「紹興至今百五十年，乃我祖魏公收拾撐拓者，今日降而死，何以見魏公於地下？」遂遇害。桂爲湘潭人所掩殺，并屠其家。

吴希奭、陳子全、王夢應，皆攸縣士人，亦自通於同督府，與趙璠相應。希奭大家，世積善急義，鄉里德之。子全，少剛猛殺人，晚入佛，學徒千數百人，穎悟如高僧。夢應，甲戌進士，調廬陵尉。臨安陷，希奭遣間使通行朝，連蜀師，❶又遣區仲舉通桂師馬暨，及都元帥益王府。旬月間，遠近響應。景炎即位，事聞，同督府承制，各授官有差。希奭志有餘而少斷，子全聚衆數千，善撫御，爲衆所懷。七月二十一日，復袁州萍鄉縣。袁州總管聶嵩孫、宣差來萬户舉兵來争，夢應率數百人，遇于明府嶺，戰數合，殺曹千户大小頭目，北軍敗走。未幾，北益兵，再大戰，北軍又遁，殺來萬户之子及頭目六人，僵尸蔽野，餘兵奔袁州。會傳永新兵敗，督府師潰，衆謂事未可圖，遂退，獨子全所部，據險待命。已而湘部諸縣再陷，北軍日夜環而攻之，子全胸中流矢死，子就逮，盡殺之，妻屬死獄，無遺類。希奭復醴

❶「連」，張元諭本作「通」。

陵，遇北軍，衆寡不敵，死之，一門三十口無免者。夢應竄歸，收淮潭散潰舊兵，❶善鬭，捕者無敢近。己卯春，丞相已執，厓山已亡，乃率百餘人間行入永新境，依顔明叔。後其衆疾疫死散，❷夢應母妻兒女皆殁，惟一身存。

陳莘，字偉節，居饒、撫間，登乙丑進士第。奉同督府命起兵，結約弋陽謝夢得，謀取信州。北軍出捕，莘敗走，伏窖中，不食死。夢得死亂兵。傅卓，盱江人，由進士第受同督府命爲招諭，起兵無成，遇害。

何時，字了翁，撫之樂安人。登丙辰第，歷仕知興國縣，有才識操守。從丞相勤王，駐吉，聚兵財，運軍需，至衢、信間，達平江。丞相奏除知撫州。江西陷，時家居。丞相出江西，以時帶行卿監江西提刑，聚兵入崇仁返正。未幾，富室導北軍奄至，時伏溝竇中，脱走。變姓名，游衎汀、贛間數年，隱吉之永豐。又數年，乃歸。久之，病卒。

羅開禮，字正甫，吉之永豐人，會選解褐，授武岡軍教授，以貲力雄鄉里。景炎元年，受同督府劄，命以土兵復永豐縣。未幾，敗，被執，死吉州獄。

❶「潰」，鄢本、張元諭本作「遺」。
❷「疫」，鄢本、張元諭本作「復」。

劉伯文，字致平，❶吉水人。以武舉絶倫賜第，仕州縣有賢譽。從丞相勤王，明年，義兵散而歸。見鄉國淪陷，居常憤悒。景炎二年，同督府駐興國，伯文詣府受文書，結約遠近。七月四日，至袁州仰山廟祝湯氏家，僕醉漏言，巡兵執而搜其行李，得同督府文書甚多。宣差來萬户鞠之，伯文慷慨自引，一不以累人，獨斬于袁市，家屬徙於燕，二子以屠沽自給。

李梓發，字材甫，南安軍南安縣人。世爲邑豪，主溪洞隅保，梓發爲南安三縣管界巡檢。江西陷，南安守楊公畿迎降，獨南安一縣不下。邑人黄賢與梓發共推前南安尉永嘉葉茂爲主，治守具，北軍至城下，輒敗。景炎元年十二月，北丞相塔出與張、吕二元帥引大軍萬餘，圍之數匝。邑猶彈丸地，城墻及肩，北軍攻之百計，梓發率邑人併力死守。晝則隨機應變，夜則鳴金鼓劫寨，殺獲無筭。塔出等相顧曰：「城子如堞大，人心乃爾硬耶！」明年正月六日，塔出與張、吕至城下諭降，邑人倮噪大駡。俄砲發，幾中塔出。即日徙寨水南，猶力攻，凡三十五日，北軍死者數千，不能克。二月，葉茂出降，北軍乃退。梓發與賢堅守如故。戊寅冬，丞相被執。己卯二月，厓山亡。三月，北參政賈居貞往諭降，城上詬駡如初。時邑人稍稍徙去，心力懈於前時，賈命方文等進攻。十五日，城破，屠之。梓發全家自焚，望煙燄五色，或以爲忠義之感。邑人多殺家屬巷戰，殺敵猶過當。

張哲齋，台州海上豪也。所居曰城門鎮，蓋國初名將永德之後。丞相自通州泛海，過城門，哲齋

❶「平」，張元諭本作「中」。

延欵，結約舉事。張欣然聚海艘，移檄海上豪傑聽命。會丞相至福安，請自取明州，爲陳宜中、張世傑沮止，張亦以失約止。越二年，張弘範南伐，見檄文墻壁間。屬舟人與之有隙，告捕至軍前。哲齋知不免，語弘範曰：「某生爲宋民，死爲宋鬼，何怪我爲？」弘範殺其父子，碎其家。

劉士昭，吉之泰和人，爲鍼工。與鄉人同謀復泰和縣，事敗，血指書帛云：「生爲宋民，死爲宋鬼。赤心報國，一死而已。」以帛自經。士人王士敏，忼慷不撓，題獄中云：「此生斷不望生還，留得虛名在世間。大地盡爲胡血染，好藏吾骨首陽山。」臨刑嘆曰：「恨吾病失聲，不能朗駡。」又萬安縣有僧，起兵舉旗號「降魔」，又曰：「時危聊作將，事定復爲僧。」旋亦敗死。

唐仁，南安土豪也。奉同督府命，通江西音問，結約取贛。約日舉火爲號，城内外夾擊。仁軍輕，先期至，北軍浸覺，閉營掩捕格殺。仁軍不見火，遽退，贛軍殲焉，時丙子冬也。已而仁僞投拜，北官要索倨甚，仁怒，殺其來使，置酒臠其肉，與同督府來使食之。久而仁病死。

鍾震，桂東土豪也。與茶陵賀、尹二姓，禀命同督府，間行至厓山。未幾，厓山潰，被擄，後脱歸。

蕭興，南雄州摧鋒軍。丙子秋，趙溍、方興等兵復廣摧鋒軍寨於韶州仁化縣山谷間，推興爲主，遣使間道受同督府文書，號召浸盛。丁丑，劉自立守韶州，乘間襲擊興寨，興等力戰，不敵，潰散不知所之。

金應、蕭資，吉水人，皆爲丞相書史。應從丞相間關脱鎮江，病死通州城下。資隨丞相家入嶺，忠勤曲盡，丞相之執，遂遇害。

徐榛，永嘉良家子，爲丞相書史。丞相執于潮，榛得脱，自請從行，病死于豐城。

贊曰：文丞相僚將賓從，牽聯可書者四十餘人。其他遥請號令，稱幕府文武士者，不可悉數。雖人品不齊，然一念向正，至死靡悔。蓋貪生畏死，人之常情，而能夷險一節，殺身成仁，君子所取焉。

文山先生文集附録卷之三

宋禮部侍郎廬陵中齋鄧光薦中甫叙公傳

論曰，公高明俊朗，英悟不凡。踰弱冠，即先多士。感激理宗親擢，不倚勢近利，齬齪自棄。故其立朝有本末，諫諍有風烈。治郡持節，廉明有威。及北軍渡江，捧勤王詔書，泣數行下，内不謀於親，外不謀於屬，即建旗移檄，以列郡守舉事。初亦冀奉詔書，多足相和應，已而諸路闃然若不聞，惟天祥獨行其志，堅力直前，百挫而不折，屢躓而愈奮。至拘留北營，驅逐北去，猶冒萬死南走。蒙疑涉險，寄命頃刻，僅而得達。當是時，其飛潛若龍，其變見若神，南北無不想見其風采。故軍日敗，國日蹙，而自遠歸附者日衆。從之者，亡家沉族，折首而不悔。雖緣人心思嚮中國，未忘趙氏，亦由天祥之神氣意度，足以興起動悟之也。天所廢興，智勇爲困，而況居乏深謀之客，出無制勝之將，用之行陣，類非素簡練之兵，大抵瓦合烏散。常抱空志，赤手舉事，上不資籍，傍無掎角。是以先聲有餘，跳身數遁。蓋自江西之衂，麾下單弱，因以疾疫，不能出師矣。不幸被執，仰藥不死，久繫燕獄不死，徒欲信義於前，自白於天下後世，非有秋毫貪生畏死之意也。雖功業不能以尺寸，而志節昭灼乎終古。南北之人，無間識與不識，莫不流涕驚歎，樂道其平生。自古節義之大臣，蓋不若是烈云。又爲詩以哭之。

詩曰

哭公無處哭，忽忽但神傷。一死三年忍，孤忠百世芳。觸山天永折，掘獄斗無光。❶ 收骨誰燕市，猶堪託晉陽。

所欠死分明，何心更苟生。錯疑囚管仲，快見害真卿。魂塞青楓塞，天全汗竹名。北人傳好句，大半獄中成。

怒罵都堪史，須眉更若神。風霜欺遠客，天地負純臣。囚鳳文猶蔚，屠龍性肯馴。淒涼李翰老，無力傳張巡。

又

思公淚懸河，九地無處瀉。想公騎赤龍，請命蒼梧野。世人醉生死，翻笑獨醒者。焉知千載英，精爽皦不夜。義士無廢興，時運有代謝。念昔喪亂初，公騎使君馬。奮袂起勤王，慷慨淚盈把。須臾三萬輩，如自九天下。燈棋書檄交，笑語雜悲咤。捧土障洪河，一繩維大厦。至哉朝宗性，萬折終不捨。身縶冠自南，血碧心肯化。顏鈎凛忠勁，杜句蔚騷雅。晉陽骨肉冤，東市刀兵解。精神揭天日，氣魄

❶「獄」，張元諭本作「玉」。

動夷夏。丈夫如此可，一死猶足怕。田横老賓客，白髮餘息假。有時夢雷巖，意悟尚飄洒。非無中丞傳，殺青付誰寫。魂歸哀江南，千秋俎鄉社。

生祭文丞相文

王炎午　鼎翁　梅邊

丞相再執，就義未聞。慷慨之見，固難測識。因與劉堯舉對牀共賦，感慷嗟惜之，堯舉先賦云：「天留中子墳孤竹，誰向西山飯伯夷。」予問其下句義，❶則謂伯夷久不死，必有飯之矣。予謂「向」字有憂其飢而願人餉之之意，請改作「在」字如何？堯舉然之。予以寂寥短章，不足用吾情，遂不復賦。

蓋丞相初起兵，僕嘗赴其召，進狂言，有云：「願明公復毁家産，供給軍餉，以倡士民助義之心。請購淮卒，參錯戎行，以訓江廣烏合之衆。」他所議論，狂斐尤多，慷慨戇愚，丞相嘉納，令何見山進之幕府，授職從戎。僕以身在大學，父没未葬，母病危殆，屬以時艱，恐進難效忠，退復虧孝，倥偬感泣，以母老控辭，丞相憐而從之。僕於國恩爲已負，於丞相之德則未報，遂作《生祭丞相文》，以速丞相之死。堯舉讀之流涕，遂相與謄録數十本，自贛至洪，於驛途水步山墻店壁貼之，冀丞相經從一見。雖不自揣量，亦求不負此心耳。堯舉名應鳳，黄甲科第，授簽判，與其兄堯咨文章超卓，爲安成名士。

維年月日，里學生舊大學觀化齋生王炎午，謹採西山之薇，酌汨羅之水，哭祭于文山先生未死之

---

❶「問」，鄒本、張元諭本作「聞」。

靈，而言曰：嗚呼！大丞相可死矣。文章周魯，❶科第郊祁，斯文不朽，可死。喪父，受公卿祖奠之榮；奉母，極東西迎養之樂。爲子孝，可死。二十而巍科，四十而將相，功名事業，可死。仗義勤王，使命不辱，不負所學，可死。華元踉蹡，子胥脱走，丞相自叙死者數矣。誠有不幸，則國事未定，臣節未明。今鞠躬盡瘁，則諸葛矣。保捍閩廣，則田單即墨矣。倡義勇出，則顔平原、申包胥矣。雖舉事率無所成，而大節亦無媿，所欠一死耳。柰何再執，涉月踰時，就義寂寥，聞者驚惜。豈丞相尚欲脱去耶？尚欲有所爲耶？或以不屈爲心，而以不死爲事耶？抑舊主尚在，不忍棄捐耶？伏橋於厠舍之後，投筑於目矐之餘，於所希再縱，❷求再生，則二子爲不知矣。尚欲有所爲耶？

識時務者在俊傑，昔東南全勢，不能解襄圍，今以亡國一夫，而欲抗天下。況趙孤蹈海，楚懷入關，商非前日之頑，周無未獻之地，南北之勢既合，天人之際可知。彼齊廢齊興，楚亡楚復，皆兩國相當之勢，而國君大臣固無恙耳。今事勢無可爲，而臣皆爲執矣。❸臣子之於君父，臨大節，決大難，事可爲，則屈意忍死以就義；必不幸，則仗大節以明分。故身執而勇於就義，當於杲卿、張巡諸子爲上。

❶「周」，張元諭本作「鄒」。
❷「所」，張元諭本作「是」。
❸「而」下，張元諭本有「國君大」三字。

李陵降矣，而曰欲有爲，且思刎頸以見志。其言誠僞既不可知，況刑拘勢禁，不及爲者，十八九。❶惟不刎，刎豈足以見志？況使陵降後死他故，則頸且不復刎，❷志何自而明哉！丞相之不爲陵，不待知者而信。柰何慷慨遲回，日久月積，志消氣餒，不陵亦陵，豈不惜哉！欲不屈而死耶，❸惟蘇子卿可。漢室方隆，子卿使耳，非有興復事也，非有抗誓師讎也。丞相事何事，降與死當有分矣。李光弼討史思明，方戰，納劍于靴曰：「夫戰，危事也。吾位三公，不可辱于賊。萬一不利，自當刎。」李存勗伐梁，梁帝朱友貞謂近臣皇甫麟曰：「晉，吾世讎也。不可俟彼刀鋸，卿可盡我命。」麟於是哀泣，進刃於帝，而亦自刎。今丞相以三公之位，兼睚眦之讎，投機明辨，豈堪在李光弼、朱友貞下乎？屈且不保，況不屈乎！丞相不死，當有死丞相者矣。自死於義，死於勢，死於人，以怒罵爲烈。死於怒罵，則肝腦腸腎，有不忍言者矣。雖鑊湯刀鋸，烈士不辭。苟可就義以歸全，豈不因忠而成孝。事在目睫，丞相何所俟乎？以舊主尚在，未忍棄捐也，李昪篡楊行密之業，遷其子孫于廣陵，嚴兵守之，至子孫自爲匹耦，然猶得不死。周世宗征淮南，下詔撫安楊氏子孫，景升驚疑，盡殺其族。夫撫安本以爲德，又反

❶「十」下，張元諭本有「常」字。
❷「復」，張元諭本作「及」。
❸「而」下，張元諭本有「不」字。

爲禍，❶幾微一失，可不懼哉！蜀王衍既歸唐，莊宗發三辰之誓，全其宗族。未幾，信伶人景進之計，衍族盡誅。幾微之倚伏，可不畏哉！夫以趙祖之遇降主，天固巧於報施。然建共暫處，倨坐苟安，舊主正坐於危疑，羈臣尤事於骫髒，而聲氣所逼，猜嫌必生。豈無李昇之疑，或景進之計，❷則丞相於舊主，不足爲情，而反於害矣。❸

炎午，丞相鄉之晚進士也，前成均之弟子員。進而父没，退而國亡。生雖媿陳東報汴之忠，死不效陸機入洛之耻。丞相起兵次鄉國時，有少年狂子持斐牘叫軍門，丞相察其憂憤而進之，憐其親老而退之，非僕也耶？痛惟千載之事，既負於前，一得之愚，敢默於後。進薄昭之素服，先元亮之挽歌，願與丞相商之。廬陵非丞相父母邦乎？趙太祖語孟昶母曰：「勿戚戚，行遣女歸蜀。」昶母曰：「妾，太原人。願歸太原，不願歸蜀。」契丹遷晉出帝及李太后、安太妃于建州，太后疾死，謂帝曰：「我死，焚其骨送范陽僧寺，無使我爲虜地鬼也。」安太妃臨卒，亦謂帝曰：「當焚我爲灰，向南颺之，庶遺魄得返中國也。」❹彼婦人，彼國后，一死一生，尚眷眷故鄉，不忍飄棄仇讎外國，況忠臣義士乎！人不七日穀

❶「又反爲」三字，張元諭本作「而反速」。
❷「或」下，張元諭本有「有」字。
❸「於」，張元諭本作「爲」。
❹「魄」，張元諭本作「魂」。

則斃，自梅嶺以出，縱不得留漢厩而從田横，亦當吐周粟而友孤竹，至父母邦而首丘焉。廬陵盛矣，科目尊矣，宰相忠烈，合爲一傳矣。舊主爲老死於降邸，宋亡而趙不絶矣。不然，或拘囚而不死，或秋暑冬寒，五日不汗，瓜蔕噴鼻而死，溺死、畏死、排墻死、盜賊毒蛇猛虎死。❶輕一死於鴻毛，虧一簣於泰山，而或遺舊主憂。縱不斷趙盾之殺君，❷亦將悔伯仁之由我，則鑄錯已無鐵，噬臍寧有口乎？嗚呼！四忠一節，待公而六，爲位其間，聞訃則哭。

又望祭文丞相文

相國文公再被執，時予嘗爲文生祭之。已而吉水張千載心弘毅，❸自燕山持丞相髮與齒歸，丞相既得死矣。嗚呼！痛哉！謹痛望奠，再致一言。

嗚呼！扶顛持危，文山諸葛。相國雖同，而公死節。倡義舉勇，文山張巡。殺身不異，而公秉鈞。名相烈士，合爲一傳。三千年間，人不兩見。事繆身執，義當勇決。祭公速公，童子易簀。何如天

❶「賊」下，張元諭本有「死」字。
❷「殺」，張元諭本作「弑」。
❸「吉水」二字，張元諭本作「廬陵」。

意，❶佑忠憐才。留公一死，易水金臺。乘氣捐軀，壯士其或。久而不易，雪霜松栢。嗟哉文山，山高水深。難回者天，不負者心。常山之髮，侍中之血。日月韜光，山河改色。生爲名臣，死爲列星。不然勁氣，爲風爲霆。干將莫耶，或寄良冶。出世則神，入土不化。今夕何夕，斗轉河斜。中有光芒，非公也耶？

予嘗讀王梅邊先生所爲生祭、死祭信國公文二篇，其忠烈之氣，直可與天地間風霆日月星辰相永久。偉哉言也！使當時非老去幕下，則發謀出慮，爲信國左右手者，豈在杜架閣諸君子後哉？今諸君子皆以信國牽聯掛名于《宋史》，則先生之志，知者鮮矣。豈不良可慨耶！雖然，先生見義明，信道篤，固不足以史書爲輕重。二祭文不朽也。恨生晚，無繇親炙。❷故再拜而識以斯語，庶百代之下，有能覩先生風神者，尚足以感發而興起云。

祭文丞相文 或傳丞相已死而祭之

盧陵王幼孫 季稚

歲戊寅月日，致祭于文山先生之靈曰：嗚呼！人皆貪生，公死如歸。人爲公悲，我爲公祈。我知公心，豈此而止？而至于此，則又何俟。方其從容，人已或訾。我知公心，感慨易耳。山岳崔嵬，有

❶「如」，張元諭本作「知」。

❷「炙」，原作「災」，今據鄢本改。

時忽頹。滄溟浩發，有時忽竭。月胡而虧，日胡而昃。理數至此，天地無策。公心烈烈，上陋千古。謂山可平，謂天可補。奮身直前，努力撑柱。千周萬折，千苦萬苦。初何所爲，以教臣忠。策名委質，視此高風。我與公友，衮衣裘褐。我安南畝，公盡臣節。此心則同，所處則異。幸公未著，可以無媿。昭昭青史，垂法將來。彼徒生者，尚何爲哉！

祭文丞相歸葬文

前人

歲戊申月日，祭于文山先生之靈。嗚呼！幼孫獨不得從公而俱死耶！始初建議，委曲遷避。惟期純忱，恪盡所事。人皆議其爲非，而終也竟莫移其一是。及其寄聲小村，貽書禾川，謄詩嶺海之南，猶欲收斂以俟，静密而觀，人又議其爲迂愚苟便，而終也竟莫强其所難。嗚呼！前言如夢，不幸而中。予方衰絰，里閈震動。君親危亡，感發悲慟。毀幾滅性，豈敢求用？當途宛轉，乃欲共濟。既無可爲，乃復苦塊。忽焉風傳，謂大索客。遁藏苟免，孰不惕息。幼孫嶷嶷，爲綱常計。士垂不死，死以知己。昔遠闕庭，不及死君。今也狥義，出入于門。於是大揭所授之職銜，不易所服之衣冠，偏告朋友，偏語北官，吾實爲公之門下客而不可逭者也。至於誤傳仙去，設位而致祭，繼聞舟過，追餞而悲歌，貴弟入燕而請委，是皆欲以身從公遊於泉下，而靡恤其他者也。嗚呼！幼孫獨不得從公而俱死耶？嗚呼！公死何憾，予生何心？尚憶昔者小村之行也，傾瀝血忱，但願至性，始終純誠。後會公觀見，謂此語但必上聞。嗚呼！今公一死，彌久彌光，卓然君臣之義，屹立萬世之防。所存者千萬，所損者毫芒。既得正以斯斃，❶縱萬磔其何傷？嗚呼！幼孫獨不得從公而俱死耶！憶從山間，語常夜闌，因及死生。愚謂形有成毁，神無變遷，東生西没，如彼火傳。此義以出義、文之神《易》，豈可謂始於釋老之異端？公則曰否，亦既死後，霍然無有。絶筆流聞，乃若於吾言而有取。今公之形體死矣，其靈明果何如耶？❷豈超鴻蒙，騎日月，而尚顧乎故都耶？倘其然，古人締交，死生何間，道義千古，榮名夜旦。予猶麗於有形而未得與俱遊乎汗漫。倘身心之有愧，尚期賜迷途一呼，沉痼之鍼砭也。嗚呼！痛哉！尚享。

王幼孫

文丞相像贊

宇宙内事，己分内事。況食其禄，而位其位。臣身萬段，臣死無二。孰能使之，烈烈無媿。清氣正氣，間氣英氣。

鄧光薦

又

東南英氣，萃於其身。可死其身，不死其神。

---

❶「以」，鄢本作「而」。

❷「何如」二字，鄢本作「如何」。

又　　劉岳申

死忘其元，生愛其膝。宋亡誰謚，宋史誰筆。當日穆陵，不可第七。萬古廬陵，進士第一。

丞相真贊　　蕭諶一誠

趙宋三百年之治，教萃於此。趙宋三百年之靈，神止於此。屹砥柱於頹波，遡大川而獨逝。不有先生，曷其有以。嗚呼！烈烈丹衷，凛凛生氣。伯仲三仁，綱常萬世。

又

安有如此，而在人下。安有如此，而福壽終。然其所以堂堂不朽者，爲宋五忠。嗚呼！廬陵之風。

文丞相像贊　　許有壬　可用

有壬早慕文山公風節，與其孫富游。嘗序公傳，而未得公像，意其雄傑峭異，昔大史公疑張子房爲魁梧奇偉也。富弟寔奉像求贊，始遂瞻拜。乃温其如玉焉，然其栗而廉者，不可掩也，仁者必有勇，公之謂也。贊曰：

精金不蝕，貞玉不磷。昆岡火炎，乃流乃焚。不流不焚，孰爲首貞。摧抑不至，而力不衂。間關萬狀，而氣益振。我公之心，有如此水。我人我民，我彊我理。獨有入海，萬一振起。而實厭宋，臣力竭矣。慷慨就俘，氣言愈厲。談笑燕市，取義得義。一言一動，足爲人師。若曰父母有疾，不可以難愈而不藥，則百世之訓彝。厚顔鄙夫，偷生一時。死何所遺，壤腐冰澌。公乃不死，孰得而死之？予今見公圖繪，固嚴霜烈日之梗槩，而景星鳳凰，尤足以慰後世快覩之思也。至元己卯望，書于江夏鵠山寓所。相臺許有壬頓首再拜。

浮丘道人招魂歌

汪水雲

有客有客浮丘翁，一生能事今日終。齧氊雪窖身不容，寸心耿耿摩蒼空。睢陽臨難氣塞充，大呼南八男兒忠。我公就義何從容，名垂竹帛生英雄。嗚呼一歌兮歌無窮，魂招不來何所從。

有母有母死南國，天氣黯淡殺氣黑。忍埋玉骨崖山側，蓼莪劬勞淚沾臆。孤兒以忠報罔極，拔舌剖心命何惜。地結葨弘血成碧，九泉見母無言責。嗚呼二歌兮歌復憶，魂招不來長嘆息。

有弟有弟隔風雪，音息不通鴈飛絶。獨處穹廬坐縲絏，短衣凍指不能結。天生男兒硬如鉄，白刃飛空肢體裂。此時與汝成永訣，汝於何地收兄骨。嗚呼三歌兮歌聲咽，魂招不來淚流血。

有妹有妹天一方，良人去後逢此殃。黄塵暗天道路長，男呻女吟不得將。汝母已死埋炎荒，汝兄跣足行雪霜。萬里相逢淚滂滂，驚定拭淚還悲傷。嗚呼四歌兮歌欲狂，魂招不來歸故鄉。

有妻有妻不得顧，飢走荒山汗如雨。一朝中道逢狼虎，不肯偷生作人婦。左挾虞姬右陵母，一劒捐身剛自許。天上地下吾與汝，夫爲忠臣妻烈女。嗚呼五歌兮歌聲苦，魂招不來在何所。

有子有子衣裳單，皮肉凍死傷其寒。蓬空煨燼不得安，叫怒索飯飢無餐。亂離走竄千里山，荆棘蹲坐膚不完。失身被繫淚不乾，父聞此語摧肺肝。嗚呼六歌兮歌欲殘，魂招不來心鼻酸。

有女有女清且淑，學母曉粧顏如玉。憶昔狼狽走空谷，不得還家收骨肉。關河喪亂多殺戮，白日驅人夜燒屋。一雙白璧委溝瀆，日暮潛行向天哭。嗚呼七歌兮歌不足，魂招不來淚盈掬。

有詩有詩《吟嘯集》，紙上飛蛇歕香汁。杜陵寶唾手親拾，滄海月明老珠泣。天地長留日風什，❶鬼神呵護六丁立。我公筆勢人莫及，每一呻吟淚痕濕。嗚呼八歌兮歌轉急，魂招不來風習習。

有官有官位卿相，一代儒宗一敬讓。家亡國破身漂蕩，鐵漢生擒今北向。忠肝義膽不可狀，要與人間留好樣。惜我斯文天已喪，❷我作哀章淚悽愴。嗚呼九歌兮歌始放，魂招不來默惆悵。

哭文丞相

尚書東平徐世隆

大元不殺文丞相，君義臣忠兩得之。義似漢皇封齒日，忠如蜀將斫顏時。乾坤日月華夷見，海嶺

❶ 「日」，張元諭本作「國」。
❷ 「我」，張元諭本作「哉」。

風霜草木知。只恐史官編不盡，老夫和淚寫新詩。

又二絶

尚書大原劉伯宣

衣到弊時饒蟣蝨，國於亡後見孤忠。求仁既得無餘憾，散入區區野史中。

智伯待賢宜厚報，瀛公識爾未應深。堅剛百鍊終須屈，千古難銷國士心。

又

人生無百年，等化一丘土。富貴有朝昏，忠義無今古。巡遠猶有望，宋瑞奚所圖。堂堂罄臣節，存者爲何如。

哭文丞相

泰和龍仁夫

忠節身華冷，堂堂見此英。萬人隨日化，一士與天争。杜宇生啼血，蚩尤死用兵。微生何寸草，惟有淚縱横。

又

虞伯生

徒把金戈挽落暉，南冠無奈北風吹。子房本爲韓仇出，諸葛寧知漢祚移。雲暗鼎湖龍去遠，月明華表鶴歸遲。不須更上新亭望，大不如前洒淚時。

又

文江顔可遠

入關吾自戴吾頭，脱關恨無狐白裘。林深虎鬭日西夕，風急鴈斷江南秋。蒙泉石上礪牛角，障東橋邊鳴鹿呦。忠魂夜歸風雨作，怒氣上激奔湍流。

又

黄誠性

三百餘年樂育恩，晚於科目得斯人。崎嶇嶺海期年國，零落氊毛萬死身。諸葛未亡猶有漢，包胥欲泣更無秦。挑燈慷慨歌梁甫，鬙髮蕭蕭愴鬼神。

謁文丞相祠

豫章胡儼

大厦兮既顛，豈一木兮能全。惟夫子兮遑遑，冀不負兮所天。天茫茫兮曷信，彼覆餗兮何心。志侘傺兮不白，淚浪浪兮盈襟。脱虎口兮危疑，羌中道兮失路。風塵兮澒洞，心鬱抑兮誰訴。乘桴兮浮海，波漫漫兮汪洋。渺靈脩兮何許，雲冥冥兮山蒼蒼。搴旗兮空坑，期王室兮再匡。忽豺虎兮充斥，嗟赤子兮流亡。朱崖兮景從，義旅兮奮張。何時運兮迫阨，披猖兮見縶。矢死兮弗渝，哀夷齊兮不食。拘囚兮纍纍，慷慨兮陳詞。從容兮就義，日慘慘兮風悲。遺祠兮黌宫，儼肅肅兮令容。神逍遥兮八極，驂白螭兮駕青龍。流耿光兮天地，與造化焉窮。

又

胡儼

清風大節古來稀，一寸丹心天地知。獨汎鯨波經汗漫，幾從虎口脱危疑。南歸慷慨勤王日，北上從容就死時。黌舍至今遺廟在，黄鸝碧草不勝思。

文丞相祠重脩記

廬陵楊士奇

孟子曰：「我知言，我善養吾浩然之氣。」知言者，盡心知性，而有以究極天下之理。浩然之氣，即天地之正氣，具於吾身，至大而不可屈撓者。知之至，養之充，而後足以任天下之大事。天下之大事，莫大於君父。文丞相甫冠奉廷對，即極口論國家大計。未幾，元兵渡江，又上書乞斬嬖近之主遷幸議者，以一人心，安社稷，固已氣蓋天下矣。自是而斷斷焉殫力竭謀，扶顛持危，以興復爲己任。雖險阻艱難，百挫千折，有進而無退。不幸國亡身執，而大義愈明。蓋公志正而才廣，識遠而器閎，浩然之氣以爲之主。而卒之其志弗遂者，蓋以天命去宋也。雖天命去宋，而天理在公，必不可已。故宋亡，其臣之殺身成仁者不少，論者必以公爲稱首。公事具《宋史》，而公鄉人劉岳申摭公所箸《日録》《吟嘯集》《指南録》《集杜》二百首及宋禮部郎官鄧光薦所述《督府忠義傳》以作公傳，視史加詳實焉。北京之有公祠，洪武九年，前北平按察副使劉崧始建於教忠坊，今順天府學之右而作塑像焉。永樂六年，大常博士劉履節奉命正祀典，始有春秋之祭於有司，歲以順天府尹行事。宣德四年，府尹李庸始至，謁公祠下，顧瞻祠宇，弊陋弗稱，遵用詔旨，葺而新之，而凡祀神之器，靡不備具。又求劉傳刻石，將使人人皆知世之爲臣者，光明震動，焜焜烈烈有公也。於乎！忠孝，人道之大節，治化所先，而崇禮先賢，表勵後人，尤守令之急務。庸其達爲政之本歟！庸字執中，保定唐縣人，寬厚明敏。自大學生授工科給事中，上親擢爲順天府尹。愛人之心，剸繁之才，上下皆稱之。而盡心學校，敬賢尚德，如飭昌平之狄梁公劉諫議祠，而嚴其祀事之類，皆其知本之務，皆可書也。因并書之，以示來者。

讀文丞相傳有感

臨江金幼孜

憶昨中原板蕩秋，銜哀日夜在興周。全生不爲功名計，後死空懷社稷謀。皦皦丹心明日月，巍巍大節重山丘。北來弔古看遺録，秖在當時已淚流。

謁文丞相祠

盧陵曾棨

國事艱危屬秉鈞，平生慷慨竟捐身。百年社稷歸元主，萬古祠堂表宋臣。已見高名垂宇宙，還瞻遺像肅冠紳。猶疑碧血生芳草，留得清芬歲歲春。

又

盧陵胡廣

丞相生異質，挺特真天人。勁氣薄霄漢，國亡以軀徇。方當横奔日，盡瘁任艱辛。上書抗直言，屢欲斬賊臣。回翔沮蝨蠹，素抱鬱難伸。大事已云徂，乃付秉軸鈞。降表夜竊出，六宫竟蒙塵。嗟彼賣國者，致公何狡獪。萬死出虎口，努力支蒼旻。崎嶇走嶺海，顛沛念君親。鞠旅以勤王，臨危焉顧身。要俾將墜緒，再蘇垂絶晨。徒手格猛獸，胡馬正駪駪。勢窮猝被執，誓死以成仁。甚貴景輿膝，豈憚弘範嗔。悵望零丁洋，欲濟迷遠津。天高憐戢翼，水涸悲縱鱗。羈縲詎遑恤，犴獄經數春。采薇恥食粟，詠歌傷獲麟。從容以就義，慷慨怒目瞋。辨論詞不屈，厲聲若霆震。聞者皆吐舌，爲公却逡巡。宋無不道君，而無可弔民。大命屬更革，皇路哀沉湮。速死乃甘分，苟生鄙胡蓁。所學希聖賢，臨死載書紳。使公死仰藥，雖忠徒荆榛。使公死絶粒，雖義徒江濱。天以公報宋，亦以全公純。良金堅百煉，美玉燦璘霦。光明暴天下，萬古終寡隣。道增名教重，志競日月新。煌煌忠節傳，每讀必霑巾。公胡歸帝鄉，箕尾騎公神。在地爲河嶽，在天爲星辰。陟降在帝傍，爲雨爲風雲。豐年生百穀，室家咸溱溱。聖明啓隆運，褒典昭儀文。祠廟學宫傍，歲時肅嘗禋。重爲事君勸，永以敦彝倫。

又

胡廣

丞相祠堂在帝城，門墻近接學宫平。生留餘恨圖全國，没有精靈食舊京。萬古乾坤高節槩，九霄日月著忠貞。我來稽顙瞻遺像，尚見風姿颯爽清。

文山集序

綱常之道由乎天理，著於人心，如日月之照臨，山川之流峙。綿六合，亘萬古而不可泯也。是故爲臣必盡忠，爲子必盡孝，而後斯道以明，足以爲事君事親者之準則焉。余嘗於宋丞相信國文公深有感焉。公以雄材奥學，擢進士第一。始登仕版，即罹國難，鞠躬盡瘁，死而後已。其精忠大節，卓卓乎不可尚也。洪武丁丑，余以典憲西江，❶因公至京，獲見前監察御史工部尚書吴興嚴公震直，出示丞相所作《指南録》《吟嘯集》。蓋宋垂亡時，元師逼境，倉皇奉使，尋被拘留。北行至京口，脱去，奔真、楊，歷通、泰，遵海以達行朝。與夫再相，出督潮陽，兵敗被執。居元獄六載，❷中間觸目所遭艱難險阻，感憤悲痛，悉形諸詩，以紀其實。余伏讀慨然流涕，是其許國之心，發於言辭之表，非空言也。觀其在高亭抗伯顔，責其失信；罵吕文焕，斥其爲逆。刀鋸鼎鑊之弗懼，與宋存亡，其憤烈爲何如！其在行朝，出師於不可爲之時，震動嶺表，志圖恢復。大事既去，服藥不死，絶粒又不死，雍容就義，死于元市，其忠勇爲何如！陸秀夫所謂「如金百錬而益勁，如水萬折而必東」，信知丞相之心者矣。蓋其得天地至

❶「西江」二字，鄢本作「江西」。
❷「居」，鄢本作「拘」。

大至剛之氣，故能發而爲至堅至貞之節，使綱常之道大明於世。是天有以默佑丞相之忠，爲宋三百年養士之效。嗟乎！丞相雖死，其精神在天地，勳名在簡册，足以輝六合而照萬世。至於成敗利鈍，天實爲之，非人力也。今幸斯集之存，余不敢自私。乃博采遺事，得遼陽提學申齋劉先生所遺《丞相傳》爲一卷，《指南録》《吟嘯集》各爲一卷，復攟摭先達諸儒所爲詩文爲附録一卷，彙而成編，將壽梓以廣其傳。天下後世豈無忠義感發興起其間，其於世教不既大矣乎！此尚書嚴公之志，亦余之志也。遂書此于卷端云。汝南房安序。

題文山集杜句

楊士奇

右信國文公《集杜句》二百首，皆在燕獄所作，每首有公自序。其後鄧中齋譔《督府忠義傳》，劉申齋撰公傳，皆有資於此。初，公得死後，吉水士人張弘毅即序中所稱「千載心」者。自燕以公爪髮及遺文歸，而此詩亦在其中。鄉郡舊嘗刻公遺文，兵後板廢，今士大夫家間存其本。永樂丙申，余於京師遇此詩及《督府忠義傳》，遂録藏之。

文丞相督府忠義傳

楊士奇

右《文丞相督府忠義傳》，宋禮部侍郎兼學士院權直吾郡鄧光薦撰。光薦，字中甫，學者稱中齋先生，與丞相同朝。此傳多本於丞相所自述，故特詳實，而後來作《宋史》又多本於此云。

閲文山集謾述

胡儼

誓死成仁永不忘，勤王發憤更鷹揚。虞淵日落山河慘，吴苑春歸草木長。萬里羈囚抛骨肉，百年忠義見文章。可憐有客王炎午，生祭臨風淚幾行。

二龍南去海茫茫，社屋寒來鴈叫霜。萬死搴旗還舉義，千金脱險竟浮洋。都城不泯忠臣祀，國論猶傳政事堂。志士悲歌多感慨，後人誰識謝翺狂。

神石銘

盧陵李鼎克貞

神石者，宋少保右丞相信國文公兵敗而獲祐于石也。當景炎垂亡，信國開督府于汀州，出兵恢復。至吉之空坑，兵敗而走。山徑險隘，追兵已及，公方過，大石忽墜而塞其路。追兵阻於墜石，不能過，比再求路而公已去矣。夫石者，頑然無知覺運動之物也。今而能拯忠臣於危迫之際，是石而神也。其果孰使之然哉？蓋公之忠義有以感之，而天實使之也。公當宋室潰敗不可爲之時，猶奉其遺孤於海島，致身竭力，奮不顧死，圖欲復其宗社。一念之烈，上通於天，能感夫深山之石，使之震動奔走以効其用，類若軀策之者。此天之所以佑乎忠義，而有非人力之所能及者矣。然予疑天既祐之，❶

❶「祐」，鄢本作「祐」。

而終不使之成功，何哉？豈宋運已終，既不可復，而一時倉卒之間，暗昧而死，不足以表其忠節，必將保祐完護，使之雍容就義，死於燕市。然後精忠大節，烈烈然箸當時而垂無窮，于以正千萬年綱常彝倫之道，爲臣子之準，上天之意其在是歟？噫！向非兹石，則公死于斯時矣。此石之所以神也，爲之銘曰：

空坑之原，厥石齬齬。幾千萬年，峙于幽阻。嗟嗟忠臣，兵敗而馳。追騎已及，形迫勢危。砊然而墜，塞其要阨。昔焉夷途，倏爾阻隔。敵師孔武，竟莫能踰。脱其危迫，靡有艱虞。維石之神，維石之功。維天所使，以完其忠。雍容一死，義盡仁至。千年綱常，由兹弗墜。嗚呼神石，天地悠久。公之忠節，同兹不朽。我作銘詩，以開來哲。烈哉信公，神哉兹石！

神石詩

吉水夏霖道存

巉巖山頭石，頑鈍不可鐫。屹立自大古，閲歷忘歲年。匹馬爲敵走，三軍亂馳奔。微軀豈容惜，忍見天爲崩。山逕方欹危，追騎來如雲。截然阨中路，劃使生死分。鼎命不再凝，誰能支其顛。獨餘忠義士，欲使昌其傳。兹石亦孔神，所使寧非天。火德竟絶焰，孤忠永堪憐。

指南録後序

范陽鄒緝

右《指南後録》三卷，宋丞相信國公文山先生所作也。有《前録》，蓋其奉使元伯顔軍，及脱京口，走三山，益王行在所所作，自分爲四卷。若《後録》，則自潮州被執，北行并繫燕獄中所作。每卷首又各有自序，其第一卷又分爲上下。謂之「指南」者，蓋志其盡忠死國之心，誓不復有他志也。見於其所爲前後《録》自序甚明，而世乃有《吟嘯集》之號，何其異哉？鄉先生劉公岳申所撰公家傳，亦言爲《指南》前後《録》，無有所謂「吟嘯」之號也。但其言《前録》三卷、《後録》五卷，則考公自序爲不合。緝意《後録》亦當爲四卷，第壬午歲詩尚有散逸不存者。今亦不得自爲卷，始以附於三卷之後，俟復有所得，則以補之。且正前號之謬，而復其名爲《指南録》，庶幾公之本志云。然《前録》則公所爲序，號存而詩不完者，幸今皆有在，而廬陵縣學官已鏤板行之。獨此《後録》，世罕有完本，緝求之三十餘年而後得。既手自抄録，以藏于家，遇有好者，即使之傳録，猶慮其傳之未能廣也。而吾郡推官三山林同正行，欣然欲復以刻之學官，以與《前録》共傳焉。正行可謂有志篤義君子矣。嗚呼！公於崎嶇險阻之間，許國之心久而益堅。雖艱苦備嘗，而處之怡然自得，視死如歸。故其大忠大節，所以暴於天地，垂諸後世者，皎然如秋霜烈日之光潔，屹然如岱宗喬嶽之崇高，而人不可狎近也。緝爲公郡人，每一想慕公之風烈，輒爲之流涕感奮而興起。况於是詩實公平生深有望於後人之不泯其傳，冀有以知其心者。然公之心固已白於天下後世矣，而其詩亦不可以不傳也。惜其湮晦已久，幸今得復見於世。緝豈敢私其藏，而不與衆共之哉！因書是説于後，使讀公詩者，知公之所立其志。蓋素定而從容殺身以成夫仁者，其所履蓋尤不易云。

「《儒藏》精華編選刊」選目

經部

讀書叢説
書傳大全（全二册）
古文尚書攷（與《九經古義》合册）
尚書集注音疏（全二册）
尚書後案
毛詩注疏
詩本義
吕氏家塾讀詩記
慈湖詩傳
詩經世本古義（全四册）
毛詩稽古編
毛詩説
毛詩後箋（全二册）
詩毛氏傳疏（全三册）
詩三家義集疏（全三册）
儀禮注疏

儀禮集釋（全二册）
儀禮圖
儀禮鄭註句讀
儀禮章句
儀禮正義（全六册）
禮記正義
禮記集説（衛湜）
禮記集説（陳澔）（全二册）
禮記集解
禮書
五禮通考
禮經釋例
禮經學
司馬氏書儀
春秋左傳正義
左氏傳説

左氏傳續説
左傳杜解補正
春秋左氏傳賈服注輯述
春秋左氏傳舊注疏證（全四册）
春秋左傳讀（全二册）
公羊義疏
春秋穀梁傳注疏
春秋集傳纂例
春秋權衡（與《七經小傳》合册）
春秋集注
春秋經解
春秋胡氏傳
春秋尊王發微（與《孫明復先生小集》合册）
春秋本義
春秋集傳

春秋集傳大全(全三册)
孝經注解
孝經大全
白虎通德論
七經小傳
九經古義
經典釋文
群經平議(全二册)
新學僞經考
論語集解(正平版)
論語義疏
論語注疏
論語全解
論語學案
孟子注疏
孟子正義(全二册)

四書集編(全二册)
四書纂疏(全三册)
四書集註大全(全三册)
四書蒙引(全二册)
四書近指
四書訓義
四書賸言
四書改錯
四書説
廣雅疏證(全三册)
説文解字注

史部

逸周書
國語正義(全二册)
貞觀政要

歷代名臣奏議
御選明臣奏議(全二册)
孔子編年
孟子編年
陳文節公年譜
慈湖先生年譜
宋名臣言行録
伊洛淵源録
道命録
考亭淵源録
道南源委
聖學宗傳
元儒考略
理學宗傳
明儒學案
宋元學案

四先生年譜
洛學編
儒林宗派
程子年譜
學統
伊洛淵源續録
豫章先賢九家年譜
閩中理學淵源考（全三册）
清儒學案
經義考
文史通義

子部

孔子家語（與《曾子注释》合册）
曾子注釋
孔叢子

新書
鹽鐵論
新序
説苑
太玄經
論衡
昌言
傅子
大學衍義
大學衍義補
朱子語類
龜山先生語録
胡子知言（與《五峰集》合册）
木鐘集
西山先生真文忠公讀書記
性理大全書（全四册）

居業録
困知記
思辨録輯要
家範
小學集註
曾文正公家訓
勸學篇
仁學
習學記言序目
日知録集釋（全三册）

集部

蔡中郎集
李文公集
孫明復先生小集
直講李先生文集

歐陽脩全集
伊川擊壤集
元公周先生濂溪集
張載全集
温國文正公文集
公是集(全二册)
游定夫先生集
和靖尹先生文集
豫章羅先生文集
梁溪先生文集
斐然集(全二册)
五峰集
文定集
渭南文集
誠齋集(全四册)
晦庵先生朱文公文集

東萊吕太史集
止齋先生文集
攻媿先生文集
象山先生全集(全二册)
陳亮集(全二册)
絜齋集
文山先生文集(全二册)
勉齋先生黄文肅公文集
北溪先生大全文集(全二册)
西山先生真文忠公文集
鶴山先生大全文集
閑閑老人滏水文集
郝文忠公陵川文集
仁山金先生文集
静修劉先生文集
雲峰胡先生文集

許白雲先生文集
吴文正集(全三册)
道園學古録　道園遺稿
師山先生文集
曹月川先生遺書
康齋先生文集
敬齋集
涇野先生文集(全三册)
重鐫心齋王先生全集
雙江聶先生文集
歐陽南野先生文集(全二册)
念菴羅先生文集(全二册)
正學堂稿
敬和堂集
涇臯藏稿
馮少墟集

高子遺書
劉蕺山先生集（全二册）
霜紅龕集（全二册）
南雷文定
桴亭先生文集
西河文集（全六册）
曝書亭集
三魚堂文集外集
紀文達公遺集
考槃集文録
復初齋文集
述學
揅經室集（全三册）
劉禮部集
籀廎述林
左盦集

出土文獻

郭店楚墓竹簡十二種校釋
上海博物館藏楚竹書十九種校釋（全二册）
秦漢簡帛木牘十種校釋
武威漢簡儀禮校釋

＊合册及分册信息僅限已出版文獻。